U0506667

苏利国 著

唐前期
文学与文化共同体建设

唐前期文学与文化共同体建设

甘肃政法大学重点学科建设经费资助成果

序

雷恩海

三十多年来，不佞承乏教职，研治中国古代文学与文学批评史，为其丰富多彩的内容与沉博绝丽的艺术所吸引，沉潜涵泳，心驰神往。然而，也往往深感有所不足——体制多样、内容丰富的中国传统文学，其内在的逻辑意脉、精神品质究竟是什么？带着这一问题，经过多年的研究与思考，认识到文化乃其最为根本性的属性。

文化，是华夏民族的核心和永久生命力。华夏民族，自古以来就秉持文化认同的观念，而非种族认同。远在周朝，就已经明确有了"天下"的概念。周人的天下，大约就是当时的文明世界，包括周王和诸侯国的国和野。所谓夷夏之分，并不是一个种族的概念，而是一个文化的概念。孔子就已经明确提出了文化认同的观念。陈寅恪先生即秉持文化认同说。钱穆先生说："在古代观念上，四夷与诸夏实在另有一个分别的标准，这个标准，不是'血统'而是'文化'。所谓'诸侯用夷礼则夷之，夷狄进于中国则中国之'，此即以文化为'华''夷'分别之明证。这里所谓'文化'，具体言之，则只是一种'生活习惯与政治方式'。"（钱穆《中国文化史导论》第三章）周王朝的一统天下，为诸侯共主，不仅仅是政治上的统一，而且还指文化上的统一。因此，华夏民族，即后来的汉民族，乃是一个多源的民族融合体。春秋战国时期的民族融合，更加促进了这种文化观念的巩固和深入人心。秦之统一，三十六郡之内大体已无民族区分，不仅是政治的统一，更是文化的统一，民族的统一。两汉近四百年的统一，使得已经融合为一的大汉民族，生活于"一法度衡石丈尺，车同轨，书同文"（《史记·秦始皇本纪》）的文化系统之中，奠定了坚实的文化核心，并形成一个比较稳定的文化圈。钱穆先生指出："汉代统一政府之创兴，并非以一族一系之武力征服四围而起，乃由当时全中国之文化演进所酝酿、所缔构而成此境界。"（钱穆《国史大纲·引论》）即使在南北对峙的五胡十六国时期，这一文化系统并未被消解。"汉人与胡人之分别，在北朝时代，文化较血统尤为重要。凡汉化之人即目为汉人，胡化之人即目为胡人，其血统如何，在所不论。"（陈寅恪《唐代政治史述论稿》）

自汉末战乱，三国鼎立，司马氏建立晋王朝，实现短暂统一，随即遭遇五胡之乱，中原板荡，晋室南渡，建立东晋王朝，南北对峙……这是一个充满痛苦、艰难的战乱和民族融合的漫长过程。中国经历四百年的长期分裂，而重新有统一的政府出现，是为隋唐。李唐帝国之缔造、发展、兴盛，虽经历战乱、挫折而未覆亡，仍然保持着统一帝国的完整性，绵延达三百年之久，与其内在凝聚力和生命力是密不可分的。之所以如此，乃是隋唐帝国在政府、社会诸多方面更坚实、更恢宏的建设，从政府组织、制度、管理、学术、思想等具体方面入手，在更高的层次上、更深刻的意义上建构文化，从而形成了唐代社会的强大凝聚力和发展的内在张力。

有鉴于此，不佞遂于二〇一三年提出"文化共同体"这一命题，并申报了兰州大学"中央高校基本科研业务费项目"，并获得批准"中国传统文化与文化共同体建设"课题。此后数年，致力于这一课题的研究，发表了系列文章，也拟定了几个研究专题，予以全面系统的研究，力求从"文化共同体"这一视阈，进行深入的研究，探讨形成华夏民族、大一统国家的内在逻辑及其综合力量。

此时，苏利国君考取博士研究生，不佞承乏指导。利国君诚悫笃实,勤勉向学,十多年前,跟随我攻读硕士研究生学位,能够认真研读基本文献,也喜欢理论探讨,毕业后任职于高校,从事专业的教学与科研,未曾懈怠,有着比较好的基础。因此,遂将项目的子课题"唐前期文学与文化共同体建设"作为其博士学位论文选题。

应该说,"文化共同体"的建设,是李唐帝国凝聚华夏民族精神,形成影响中国历史、世界历史的最为核心的力量。利国君深知这一课题的难度,能够虚心接受指导,全力以赴,广泛研读基本文献,并认真地梳理研究。初稿完成,不佞提出指导意见,利国几易其稿,论文的送审与答辩,皆获得了很好的评价,于二〇一七年顺利毕业,获得博士学位。此后数年,他又认真研阅文献与理论,用心完善,遂形成了日前的书稿。

将文学与文化共同体关系作为研究对象,主要是基于文化与文学的互动进程中各自彰显出的重要价值和功用思考。通过唐前期高度发展、几乎无所不包的审美意识形态——文学,来重新审视文化高度繁荣的李唐一朝,应该会为研究唐代文化共同体的形成与发展提供一个颇有意义的探索角度。

此书主体分为五部分,比较深入全面地论述了唐前期文学与文化共同体建设问题。第一部分"求正思维",论述高祖时期的基本国策之确立、太宗朝执政理念的建构与唐代文化共同体建设之间的内在逻辑理路,进而探讨唐初文学理想的确立与文化共同体的关系,儒释道三教政策与文化共同体建设的宏观导向,阐明唐初文化共同体建设以及对文学的反思与展望。第二部分从族群、国家、文化认同三个维度,通过对碑铭、传状、诏诰等文章载体的分析,探讨文化共同体建设中的族群认同、文化认同和国家认同,李唐王朝的经世济民思想如何体现在尊奉先祖、颂扬圣贤、封禅、士族迁徙以及一些体制的建设上。第三部分论述唐前期文学在文化共同体建构中的功能与承载,中和雅正之道、昂扬向上精神、雄强鼎盛之国势、丰乐和美之人文环境等,一方面表现于文学,另一方面又起到了标志与召唤的作用,启迪李唐朝野文化共同体建构中的人文化成。第四部分着重论述文化共同体的文学表现,首先分三个时期,从历史的演进来探讨,其次从作家阶层具体分析,其三则从文学体裁来阐释、发掘文化共同体在文学中的传布与彰显。第五部分主要论述文学创作中趋于成熟的文化共同体建设,为世人所艳羡的"盛唐气象"是其最好的体现。唐前期文学,非常形象地呈现出李唐帝国的全盛面貌,而盛世的忧患,士人的敏感,使文学成为先知先觉者。全盛局面之下,理性的认知与思考,使得唐前期文学颇有思想的深度;而安史之乱的文化反思,在徘徊游移中,最终重新确立对文化共同体的再认识,也是一种再巩固。此书注重运用新出墓志文献,对北魏至初唐民族融合问题进行了较具体的考察,为后文的结论增加了说服力,而关于虏姓与唐代两都问题的分析,亦颇有可取之处。此外,附录的三张统计表格,彰显出作者研究工作的深入与细致,也是论文的一大立论基础,值得肯定。

当然,此书也存在一些有待继续完善的地方。首先,是对于文学问题的分析略嫌笼统,也缺乏一些个案研究的支撑,可以考虑从具有代表性的具体作家与作品入手,尝试突破现有的论述格局。其次,此书是从文学视角对于唐代文化共同体建设的研究。可以考虑,从唐前期文化共同体建设的视角,重新认识与评价初盛唐文学,可能会有不同的收获。不过,微瑕不掩其瑜,整体而言,此书问题思考有一定深度,文献翔实,视野较开阔,结构完整,论述也比较充分,结论审慎且有说服力,体现出良好的理论素养和较高的学术水平。此书是利国对自己学术研究的一次挑战,尝试以问题意识拓展研究领域,力图以文学的视角,从更高的层面探讨李唐一朝之所以深远影响中国历史的内在缘由,梳理其发展演变的内在理路,是很有意义的。

灿烂的传统文化须依靠后代的诠释来阐发其底蕴,而诠释随着时代之不同而相异,焕发出强韧的生命力。目前,中国社会正面临着历史发展的一大机遇,如何继承传统,以开阔的视野和胸襟,积极汲取多源文化,而创兴未来,乃现实所提出的一大课题。国家提出文化大发展的战略,建设和谐社会,而推动文化大发展的核心就是文化共同体的建设,形成国家认同、华夏民族的凝聚力和创造力。而"文化共同体"这一命题之提出,熔铸华夏民族凝聚力,实乃历史、现实发展之必然。社会的发展日新月异,但也不会完全脱离传统,事实上是在固有传统的基础上,百尺竿头更进一步,获得长足的发展。这也正是华夏文化虽历经磨难而生生不息的内在密码。因此,研究隋唐帝国的文化共同体建设,不但有助于隋唐研究,而且对当今现实的社会问题研究,有借鉴意义,同时对国民精神、国民品格之塑造有积极的促进作用。由于历史的发展,现代中国人对优秀的文化传统产生了隔膜,这些文化精髓未能深入到现代人的思维深处,因此,研究隋唐社会的文化共同体建设,对当今亦有颇大的借鉴意义。

学术研究不贵新异,而贵正大。不佞激赏邓石如法书"海为龙世界,天是鹤家乡",海天之广阔,龙飞鹤舞,何其自由自在,以为此联语暗合陈寅恪先生之"独立之精神,自由之思想",学术研究亦当如此,遂命寒斋书室为"海天庐"。与利国君共处一城,多所过从,师弟子间那种海阔天空的漫谈,既是学术的交流,也是人生之一乐。想来,利国君亦有同感乎!

利国君大著即将出版,问序于不佞,聊书数语,是以为序。

二〇二三年十二月三十一日,于陇上海天庐

目 录

绪　论

将文学与文化共同体关系作为研究对象,主要是基于文化在与文学的互动进程中所彰显出的重要价值。华夏民族,自古以来就秉持文化认同之观念,而非种族认同。[①]钱穆先生说:"在古代观念上,四夷与诸夏实在另有一个分别的标准,这个标准,不是血统而是文化。所谓'诸侯用夷礼则夷之,夷狄进于中国则中国之',此即以文化为华、夷分别之明证。"[②]

"自历史的演进而言,秦汉以后,华夏文化日益形成一文化共同体。至隋唐,这一文化共同体的建构推进至更高、更新的层次——促进文化认同、国家认同、华夏民族认同、社会价值认同,从而形成国家、社会的凝聚力和创造力。"[③]

公元618年5月,李渊即帝位于长安,改国号曰唐,并先后平定了其他武装力量,于武德七年(624)统一了全国。李唐成为中国历史上政治、军事强大,文化、经济繁荣的一代王朝。后人把强盛繁荣的唐代与汉代并列,称为"汉唐盛世"。

唐太宗破东突厥,服吐谷浑,克高昌,视华夷如一,被西北各族君长

① 陈寅恪:《统治阶级之氏族及其升降》,《陈寅恪集·唐代政治史述论稿》,第200页。"汉人与胡人之分别,在北朝时代,文化较血统尤为重要。凡汉化之人即目为汉人,胡化之人即目为胡人,其血统如何,在所不论。"
② 钱穆:《中国文化史导论》,第35页。
③ 雷恩海:兰州大学中央高校基本业务费团队创新培育项目"中国传统文化与文化共同体建设·隋唐时期"课题报告。

尊为"天可汗"。其后,高宗败西突厥,平高丽。至玄宗开元、天宝年间,国势达到高峰。客观言之,称唐朝在国家实力、典章制度、文化建设等方面凌跨两汉,实为中允之论。即使在"安史之乱"后藩镇叛乱、割据,战争连年不息的中期,以及朝廷内部愈益分裂,统治力大为削弱的后期,唐朝在国外仍然具有很高的声威。这一切,都与大唐帝国在前期奠定了雄厚基础有着不可分割的关系。应该说,唐帝国能够凝聚华夏民族精神,对中国历史乃至亚洲历史产生深远影响,亦得益于文化共同体的建设。

可以说,文化共同体的建设,是隋唐帝国凝聚华夏民族精神,熔铸创造力,形成影响中国历史、世界历史的核心力量。马克思主义理论认为,社会意识形态或间接或直接地受到经济基础以及上层建筑中政治、法律制度等因素的影响;同时,它又具备能动地反映这些因素的能力。因此,本课题决定通过唐前期高度发展、几乎无所不包的审美意识形态——文学,来重新审视文化高度繁荣的大唐帝国,无疑会为研究唐代文化共同体的形成与发展提供一个颇具可操作性的视角。

一、本书研究范围及相关概念的界说

关于唐代文学的分期,从宋代开始,逐渐形成了几种具有代表性的说法,最早对唐代文学进行分期的是北宋宋祁,他在《新唐书·文艺上》中提出"唐文三变"说,[①]但其主旨在于论文而非论诗。南宋严羽《沧浪诗话·诗辨》依时代先后分唐诗为五个阶段,分别对应"唐初体""盛唐体""大历体""元和体""晚唐体"等五种诗体,[②]在对唐诗进行分期的宋人中最有代表性,也最具影响力。元代杨士弘的《唐音》,按照"唐初盛

---

① ［宋］欧阳修、宋祁:《新唐书》卷二百一,第 5725 页。
② 郭绍虞:《沧浪诗话校释》,第 12 页。

唐""中唐""晚唐"三个时期编次,分为"始音"①"正音"②和"遗响"③三个部分。这一分法大体承严羽《沧浪诗话》而来,又开启了明代高棅《唐诗品汇》中初唐、盛唐、中唐、晚唐的四分法。④

　　关于唐代历史的分期,主要有二分法、三分法和四分法等。四分法实际上来自唐诗研究领域,因此与明代高棅《唐诗品汇》、胡震亨《唐音癸签》等著作中关于唐代诗歌的分期基本一致。三分法则以范文澜先生的《中国通史简编》第三编的说法为代表:前期是高祖武德元年至玄宗开元二十九年(618—741);⑤中期自玄宗天宝元年至宪宗元和十五年(742—820);⑥后期自穆宗长庆元年至哀帝天祐四年(821—907)。⑦这种分法的立足点是唐代政治史,特别是统治阶级内部的斗争史。二分法的代表人物是史学大家陈寅恪先生。他说:"综括言之,唐代之史可分前后两期,前期结束南北朝相承之旧局面,后期开启赵宋以降之新局面,关于政治社会经济者如此,关于文化学术者亦莫不如此。"⑧此一分法既关注到政治、社会、经济,又考虑到文化学术,遂在学术界得到普遍认可。

　　通过对比,我们可以看出唐代历史与文学的各自分期虽有联系,但并非同步。而且,文学的发展,与涵盖了政治、经济、文化、学术等因素的文化共同体更不能等同,两者之间的关系必须要有一定的时间跨度,才能得以充分表现。于是,在研究唐前期文学与文化共同体的关系这

---

① ［元］杨士弘:《唐音》卷一,文渊阁四库全书本。
② ［元］杨士弘:《唐音》卷二至卷七,文渊阁四库全书本。
③ ［元］杨士弘:《唐音》卷八至卷十四,文渊阁四库全书本。
④ ［明］高棅:《唐诗品汇》,第8页。
⑤ 范文澜:《范文澜全集》第七卷《中国通史简编(上)》,第225页。
⑥ 范文澜:《范文澜全集》第七卷《中国通史简编(上)》,第241页。
⑦ 范文澜:《范文澜全集》第七卷《中国通史简编(上)》,第258页。
⑧ 陈寅恪:《论韩愈》,《陈寅恪集·金明馆丛稿初编》,第332页。

一课题时,本书选取了二分法,以"安史之乱"作为划分唐代历史与文学的分水岭,故唐前期的概念就大致界定在武德元年(618)至天宝十四载(755)之间。

现代学术中的"共同体"一词,源于社会学。在社会学中,该词最早由德国古典社会学家斐迪南·滕尼斯(1855—1936)引入,在《共同体与社会》中,他按照共同体的发展顺序将其划分为血缘共同体、地缘共同体和精神共同体三大类。① 英国社会学家齐格蒙特·鲍曼认为,共同体是"社会中存在的、基于主观上或客观上的共同特征而组成的各种层次的团体、组织","既包括有形的共同体,也有无形的共同体"。② 可见,文化共同体乃指在同一核心价值观念的约束和引导下,所形成的大致相同的文化理念、共同的文化记忆、共同的文化精神以及共同的文化生活。文化共同体促进文化认同、国家认同、华夏民族认同、社会价值认同,从而形成国家、社会的凝聚力和创造力。

二、研究综述

隋唐研究,尤其是文学、史学、政治、经济、文化的研究,一直是国内外学术研究的重要领域,学术研究深入广阔,研究者在各自的专业领域内拓展,涉及学术研究的各个方面,取得了丰硕的学术成果。可以说,隋唐研究已经达到了一个很高的学术水平,应当从更高的层次上,探讨隋唐帝国形成世界影响力的内在生命张力。

到目前为止,对这一课题的相关研究主要有日本学者谷川道雄先生的《隋唐帝国形成史论》和《中国中世社会与共同体》等著作。他在中古历史研究中引进了社会学中"共同体"的概念,提出隋唐政权的本质并不是单纯的阶级统治的暴力机器,而是受到民众支持、与他们意愿相

---

① (德)斐迪南·滕尼斯著,林荣远译:《共同体与社会》,第65页。
② (英)齐格蒙特·鲍曼著,欧阳景根译:《共同体》,第4页。

结合的公共性国家,可谓开隋唐共同体研究之先河。不过,谷川氏在其著作中提出了"家族共同体""村落共同体""豪族共同体""地域共同体"以及"国家共同体"等一系列名词。这一点,无疑是受到德国社会学家斐迪南·滕尼斯《共同体与社会》的影响,而后者曾将共同体具体划分为"血缘共同体""地缘共同体"和"精神共同体"三大类。[①]　总体而言,谷川道雄的共同体理论源自社会学,其着眼点则在于史学领域。

　　将文学与文化共同体予以联系,进行整体地观照与思考,则是一种新的思路。关于这一问题的研究成果,主要有雷恩海先生的论文《论唐朝文化共同体建设——以萧颖士"化理"思想为中心的考察》(《西北师大学报》,2015.1)、《文化共同体视阈下唐初文学理想的建构》(《甘肃社会科学》,2015.1)、《重建文化共同体的学术自觉——陆德明〈经典释文〉与隋唐文化共同体建设》(《兰州大学学报》,2015.9)等。借助这些文章,可知无论是作为上层统治者的初唐君臣,还是以陆德明为代表的经学家,抑或是以萧颖士等为代表的盛唐古文家,他们无不立足于时代需要,从自身出发,自觉地投身于文化共同体建设这一宏伟壮阔的事业之中。通过以上一系列论文,雷恩海先生开创性地提出了"隋唐时期的文化共同体建设"这一课题,以开阔的学术视野,立足文献,对隋唐帝国建构文化共同体的过程和成就进行了全方位地探索,以问题意识开拓研究领域,探讨、彰显隋唐之所以影响中国乃至世界历史的内在活力,探讨其发展演变的内在理路。

　　此外,刘顺的论文《构建共同体:唐初的"尧舜记忆"》(《西北师大学报》,2015.1)通过对两汉以来言说传统的梳理、对胡汉关系的互动分析,以及对唐初统治者以德化民理念选择的深入分析,论证了构建唐代文化共同体这一政治文化走向的合理性。

---

① 　(德)斐迪南·滕尼斯著,林荣远译:《共同体与社会》,第65页。

基于上述研究成果，本研究课题将立足于隋唐时代大背景，聚焦文化共同体建设，将研究内容的时间段限定在唐代前期，来具体探讨这一时期文学与唐代文化共同体建设之间的关系，并进一步探讨文化共同体建构对历史理性和社会文化的重要贡献。

三、研究思路和方法

（一）研究思路

英国现代思想家齐格蒙特·鲍曼认为，"共同体是指社会中存在的、基于主观上或客观上的共同特征而组成的各种层次的团体、组织"，"既可指有形的共同体，也可指无形的共同体"。① 可见，文化共同体是指在同一核心价值观念的约束和引导下，所形成的大致相同的文化理念、共同的文化记忆、共同的文化精神以及共同的文化生活。它在促进文化认同、国家认同、华夏民族认同、社会价值认同，形成国家、社会的凝聚力和创造力方面具有重要意义。然而，"文化共同体并不是一个社会的有形实体，而是隐性存在于政治、制度、管理、政府组织、科举、教育、史学、文学、艺术等诸多领域之中，并且通过这些门类彰显出来，从而约束、规范全体社会成员，取得共识，化为自觉的意识，形成凝聚力和创造力，为社会的发展作出贡献"。②

文学是最具有感染力的文化艺术载体，承载着丰富而生动的社会文化信息，人文化成，经世济民，塑造着人的精神品性与民族性格。本课题从文学批评的视角切入，在借助诗、赋、记、论、说等狭义文学作品，挖掘其谐和群体之社会作用与怡情悦性之审美功能的同时，亦借助疏、奏、章、表、诏、制、敕等诸多广义文学样式来探讨唐前期文学创作与文

---

① （英）齐格蒙特·鲍曼著，欧阳景根译：《共同体》，第1页。
② 雷恩海：兰州大学中央高校基本业务费团队创新培育项目"中国传统文化与文化共同体建设·隋唐时期"课题报告。

化共同体建设之间的关系。

本研究立足于两大基点：一是文化共同体对于国家和社会的重要意义；二是文学在文化共同体建构中的功能与承载。以此为据，对这一时期文学理想、文学创作和社会现实之间的关系加以探讨，力图在大文学概念的观照中，从家国天下一统、华夏正统的确认、良好的社会秩序等诸多方面，客观、具体地完成对唐代文化共同体从建构到形成的真实解读。最终阐释唐前期文学在反映、建构唐代文化共同体方面所发挥的重要作用，及其值得借鉴的文化价值。

（二）研究方法

1. 微观研究与宏观研究相结合

首先，整体梳理唐代前期文学，对初、盛唐经典作家作品予以精读，同时关注其他作家及其作品，将整体研究与个案研究相结合；其次，在研究诗、赋、记、论、说等狭义文学作品怡情悦性、谐和群体的同时，运用大文学样式理念，将疏、奏、章、表、诏、制、敕等体裁亦作为唐代前期文学不可或缺的内容；第三，运用跨学科研究法，借鉴社会学、历史学、民俗学、民族学的相关理论与研究，来探讨唐前期文学与文化共同体建设之间的关系。

2. 文献实证与理论探讨相结合

本课题将唐代前期文化共同体建设作为研究核心，以《全唐文》《全唐诗》《通典》《唐会要》《资治通鉴》《新唐书》《旧唐书》等为基础文献，立足于坚实的文献资料，既重视文献考证、归纳、概括，也重视理论的思辨、阐释，融会贯通，确保理论探讨建立于坚实的文献基础之上。

3. 纵向研究与横向研究相结合

纵向研究。首先，是将李唐政权置于中国历史上长期分裂后短暂统一随即再次陷入战乱的大背景下，结合民族融合、文化交流的趋势去予以定位；其次，是以李唐建国至"安史之乱"爆发的时间为序，探讨由初唐至盛唐这一历史进程中文学的发展及其与文化共同体建设之间的关系。

　　横向研究。第一是关注唐代前期文学领域不同作家间的前后传承以及相互影响的关系;第二,则是重视文学通过道德、史学、绘画、音乐、舞蹈、书法等思想上层建筑承载唐代前期文化共同体建设的事实;第三,是对文学反映政治、军事、社会集团等政治上层建筑的深层思考。在这些不同层面的观照中,总结、归纳并合理评价唐代前期文学与文化共同体建设之间的关系。

　　要之,本书是笔者博士论文选题"唐前期文学与文化共同体建设"下的阶段性成果,限于学养才力,必有诸多不足,恳请诸位专家批评指正。

第一章

求正思维——唐初文化共同体建设及对文学的反思与展望

第一节　高祖时期基本国策之确立

作为李唐近三百年辉煌基业的开创者,高祖李渊的贡献不容忽视。《旧唐书·高祖本纪》云:

> 有隋季年,皇图板荡,荒主燀燎原之焰,群盗发逐鹿之机,殄暴无厌,横流靡救。高祖审独夫之运去,知新主之勃兴,密运雄图,未伸龙跃。而屈己求可汗之援,卑辞答李密之书,决神机而速若疾雷,驱豪杰而从如偃草。洎讴谣允属,揖让受终,刑名大划于烦苛,爵位不逾于蔼轴。由是攫金有耻,伏莽知非,人怀汉道之宽平,不责高皇之慢骂。①

《旧唐书》着眼高祖审时度势以问鼎中原的才能与魄力,称道其代隋而立的历史功绩,较为客观。然而,高祖、太宗两代君主之间是以政变的形式完成最高权力更替的,而太宗又是以文治武功兼隆而名世之一代英主,于是,在继任者固有的丰功伟绩及其有意识地修撰史书的双重影响下,高祖作为政治家的光芒几乎完全为太宗所遮掩。实际上,考诸史籍文献,高祖对李唐政权政治、经济、文化、法律、科举等制度的草创做出了重要贡献。国家一系列基本政策、制度在武德年间的确立,不

---

① ［后晋］刘昫等:《旧唐书》卷一,第18—19页。

仅是唐初社会稳定、经济恢复的重要保障,亦为"贞观之治"以及"开元盛世"奠定了基础。具体而言,确立于高祖时期并影响了有唐一代的基本国策主要体现在以下方面。

一、基本治国理念

(一)取民心,扩大统治基础

对新生政权的生存而言,至重之事自然莫过于赢得民心,实现统治基础的最大化。高祖对此极为重视,其《改元大赦诏》云:

> 可大赦天下,改隋义宁二年为武德元年。自五月二十日昧爽以前,罪无轻重,已发露、未发露,皆赦除之。……百官及庶人赐爵一级,义师所行之处给复三年,自余给复一年。①

李唐开国之日,即以皇帝诏书这一级别至高的形式普降恩露,对治内不同身份等级之官员、庶民皆赏赐爵位,对李氏自太原至长安行军之地域范围免除三年赋税徭役,治内其余各地则免除一年。武德元年(618)此一奖励、赦免兼顾的积极政策,既安抚、鼓励了李唐政权内部,又因其所传递的信息而对其他割据势力构成威胁,可谓一石二鸟,深孚众望。更重要的是,这一政策在高祖时期得到了维持,表现出明显的延续性。如武德四年(621)的《武德年中平王充窦建德大赦诏》云:

> 丧乱以来,人多失业,宁壹之后,方定厥居。宜有优裕,蠲其事役。天下萌庶,并宜给复一年。其陕、鼎、虢、函、虞、芮六州,供东行兵马运

---

① [唐]李渊:《改元大赦诏》,《全唐文》卷一,第20页。

粮者,转输之费,劳弊实深。又幽州总管内诸州,久隔寇戎,诚节表著,并宜给复二年。其运粮经十回以上者,给复三年。①

又如武德七年(624)的《武德年中平辅公祏及新定律令大赦诏》云:

其江州道行军,经途悠远,非无劳倦。供运转及从军者,并宜给复二年。从军之内有犯罪除解官人立勋效者,并复官爵。仍依本品,随才处分。扬越之人,厌乱日久,新沾大化,宜加凯泽。……见在户口,并给复一年。②

不仅如此,高祖赢取民心,扩大统治基础的努力还表现在一定程度上打破李唐建国之前良人与贱民的界限方面。如《太常乐人蠲除一同民例诏》云:

太常乐人,今因罪谪入营署,习艺伶官,前代以来,转相承袭。或有衣冠世绪,公卿子孙,一沾此色,后世不改。婚姻绝于士类,名籍异于编甿。大耻深疵,良可哀愍。朕君临区宇,思从宽惠,永言沦滞,义存刷荡。其大乐鼓吹诸旧人,年月已久,世代迁易,宜得蠲除,一同民例。但音律之伎,积学所成,传授之人,不可顿阙,仍依旧本司上下。若已仕官,见入班流,勿更追呼,各从品秩。自武德元年以来配充乐户者,不入此例。③

---

① ［唐］李渊:《武德年中平王充窦建德大赦诏》,《日藏弘仁本文馆词林校证》卷六六九,第359—360页。

② ［唐］李渊:《武德年中平辅公祏及新定律令大赦诏》,《日藏弘仁本文馆词林校证》卷六六九,第362页。

③ ［唐］李渊:《太常乐人蠲除一同民例诏》,《全唐文》卷一,第26页。

太常乐人，其地位在唐代虽接近良人，但仍属官贱之列。依照唐律，"所有的贱民都不得应考出仕，都不得与良人，甚至不得与不同阶梯的贱民通婚或相养"，[①]此正所谓"婚姻绝于士类，名籍异于编甿"者。因此，高祖诏令蠲其旧籍，一同民例，而且规定"若已仕官，见入班流，勿更追呼，各从品秩"，这就在事实上给予太常乐人以良人地位。其实，早在大业十三年(617)十一月壬戌改元义宁之前，[②]高祖出于加强兵力之考虑，对待贱民与良人的态度已经表现出这一倾向。如《资治通鉴》卷一百八十四云：

　　(义宁元年八月)渊赏霍邑之功，军吏疑奴应募者不得与良人同，渊曰："矢石之间，不辨贵贱，论勋之际，何有等差，宜并从本勋授。"[③]

此外，他还颁行一系列教书，如《授老人等官教》《徒隶等准从本色授官教》《授逸民道士等官教》《授三秦豪杰等官教》等，[④]不分年龄，不论主奴，不计身份，广泛吸纳各色人等为其所用，争取在最大程度上获得民心，以期在群雄逐鹿中脱颖而出，平定天下。

(二) 和外藩，稳定周边环境

凡问题之解决，须抓住主要矛盾及矛盾的主要方面。在新生政权如何处理与周边民族政权的关系问题上，高祖有着清醒而明确的认识。其《命行人镇抚外藩诏》云：

---

① ［唐］长孙无忌等编撰，刘俊文笺解：《唐律疏议笺解》，第38页。
② ［宋］司马光：《资治通鉴》卷一百八十四，第5765页。"壬戌，李渊备法驾迎代王即皇帝位于天兴殿，时年十三，大赦改元，遥尊炀帝为太上皇。……以武德殿为丞相府，改教称令，日于虔化门视事。"
③ ［宋］司马光：《资治通鉴》卷一百八十四，第5748—5749页。
④ ［唐］李渊：《授老人等官教》《徒隶等准从本色授官教》《授逸民道士等官教》《授三秦豪杰等官教》等，《全唐文》卷一，第17页。

画野分疆，山川限其内外；遐荒绝域，刑政殊于函夏。是以昔王御世，怀柔远人，义在羁縻，无取臣属。渠搜即叙，表夏后之成功；越裳重译，美周邦之长算。有隋季世，黩武耀兵，万乘疲于河源，三年伐于辽外。构怨连祸，力屈货殚。朕祗膺宝图，抚临四极，悦近来远，追革前弊。要荒藩服，宜与和亲。其吐谷浑已修职贡，高句丽远送诚款，契丹、靺鞨，咸求内附。因而镇抚，允合机宜，分命行人，就申好睦，静乱息民，于是乎在。布告天下，明知朕意。①

高祖认为，历代君主对周边化外之民采取"怀柔""羁縻"之统治政策，并非无能之举，而是由于华夏与四夷各自受到自然环境的制约，在文化上存在着明显差异。因此，这种貌似消极的政策事实上取得了良好的效果。与此相反，隋炀帝好大喜功，穷兵黩武，致使"构怨连祸，力屈货殚"。而这一错误的对外政策，成为隋末社会矛盾全面爆发的一个重要原因。

以此为鉴，高祖认为新生的李唐政权在对外关系的处理中应以"和"为核心，在"追革前弊"中实现"悦近来远"之根本目的。当是时，北方突厥与唐相对缓和，②西南吐蕃与唐两安，③而西方吐谷浑、东北高句丽、契丹、靺鞨等邻近的民族政权均有于唐和平相处之意愿。天下甫一，人心思安，百业待兴。高祖在特定历史时期选择三代以来的行之有效的"怀柔"传统，顺势而为，正是出于"静乱息民"的深层考虑，他提出"就申好睦"以稳定周边环境，而这一政策的实际施行，无疑为李唐政权

---

①　［唐］李渊：《命行人镇抚外藩诏》，《全唐文》卷一，第 24 页。

②　［后晋］刘昫等：《旧唐书》卷六十七，第 2480 页。"往者国家草创，太上皇以百姓之故，称臣于突厥。"

③　［宋］司马光：《资治通鉴》卷一百九十四，第 6107 页。贞观八年(634)之前吐蕃政权与中原政权当无正式接触。"(贞观八年)吐蕃赞普弃宗弄赞遣使入贡，仍请婚。吐蕃在吐谷浑西南，近世浸强，蚕食他国，土宇广大，胜兵数十万，然未尝通中国。"

肃清隋弊、恢复经济、加强武备、推行文治等诸多方面赢得了至关重要的时间与空间,从而提升国力,在国际事务中立于不败之地。

(三) 虚心纳谏

高祖一生,历仕周、隋,立唐之后,其以史为鉴,积极总结前朝之功过得失,有意识地提出了有益于国计民生的基本理念,虚心纳谏即为其一。《颁示孙伏伽谏书诏》云:

> 秦以不闻其过而亡,典籍岂无先诫? 臣仆谄谀,故弗之觉也。汉高祖反正,从谏如流。洎乎文、景继业,宣、元承绪,不由斯道,孰隆景祚?周隋之季,忠臣结舌,一言丧邦,良足深诫。永言于此,常深叹息。朕每惟寡薄,恭膺宝命,虽不能性与天道,庶思勉力,常冀弼谐,以匡不逮。而群公卿士,罕进直言。将申虚受之怀,物所未谕。万年县法曹孙伏伽,至诚慷慨,词义恳切,指陈得失,无所回避。非有不次之举,曷贻利行之益。伏伽既怀谅直,宜处宪司。可治书侍御史。仍颁示远近,知朕意焉。①

《令陈直言诏》云:

> 前政多僻,人不聊生,怨讟如雠,尝无控告。……庆妖怪为祯祥,称希旨为奉法,至于亡灭,上莫之知,静言其事,可为太息者也。朕恭膺宝历,救斯兆庶,思革前弊,念兹在兹。……但四方州镇,习俗未惩,表疏因循,尚多迂诞。申请盗贼,不肯至言,论民疾苦,每亏实录。妄引哲王,深相佞媚;假托符瑞,极笔阿谀。乱语细书,动盈数纸,非直乖于体用,固亦失于事情。千里伫于一言,万机凑于一日。表奏如是,稽疑处

---

① ［唐］李渊:《颁示孙伏伽谏书诏》,《全唐文》卷一,第21页。

断,不知此者,谓我何哉? 宜颁告远近,知朕至意。[1]

胡亥不闻其过而亡国,刘邦从谏如流而兴祚。亲历"周隋之季,忠臣结舌"之局面,高祖深感"一言丧邦,良足深诫",故深冀群臣直言进谏。唐初,万年县属京兆府。[2] 法曹,为司法佐之简称。据《唐六典》卷三十:"万年、长安、河南、洛阳、奉先、太原、晋阳,令各一人,正六品上,主簿一人,正九品上……司法佐五人,史十人。"[3]县司法佐职位在主簿之下,其品阶最高只能是正九品下。治书侍御史,即持书侍御史,为御史中丞之别称。[4] 据《唐六典》卷十三:"(御史)中丞二人,正五品上。"[5]由此可见,唐代治书侍御史与京县法曹之间至少相差九级。高祖将孙伏伽连升九级,由一县小吏提拔为清要言官,真实反映出其虚心求谏的诚意。

进一步看,高祖纳谏的要求可分为两个层次。首先,是要改变臣下由不说到说的状态。他主张臣下不事谄谀,勇于表达,"指陈得失,无所回避"。纵有"不次之举",只要其有"利行之益",亦并无不妥。其次,是要解决如何说的方式。他以前朝"庆妖怪为祯祥,称希旨为奉法,至于亡灭,上莫之知"的情形为反面教材,针对治下州镇"表疏因循,尚多迂诞"的不良现象,指出其"非直乖于体用,固亦失于事情"的严重弊端,从而肯定"至言""实录"之说,斥责"佞媚""阿谀"之论。相较而言,《颁示孙伏伽谏书诏》旨在解决前者,而《令陈直言诏》则重在关注后者。

(四) 严修武备

作为政权存在与发展之两翼,文教、武备缺一不可。两者凭借相异

---

① ［唐］李渊:《令陈直言诏》,《全唐文》卷一,第 21 页。
② ［后晋］刘昫等:《旧唐书》卷三十八,第 1395 页。
③ ［唐］李林甫等:《唐六典》卷三十,第 750—751 页。
④ ［唐］杜佑:《通典》卷二十四"职官",第 666 页。"御史中丞,旧持书侍御史也。"
⑤ ［唐］李林甫等:《唐六典》卷十三,第 378 页。"(御史)中丞二人,正五品上。"

而又互补的关系共同维护着国家秩序的正常运行。高祖对此有明确认识，"安人静俗，文教为先；禁暴惩凶，武略斯重"乃其对文武之道的核心观点。① 就武备而言，小处着眼，是"禁暴惩凶"，放眼大处，则可"拨乱所以定功"。② 故其有云："禁暴安人，率由兹道，创业垂统，莫此为先。"③

事实上，李唐政权于武德前期面对着"人蠹未尽，寇盗尚繁"的社会动荡现状，④而且"伊雒犹芜，江湖尚梗"，⑤王世充、窦建德、辅公祏、萧铣等割据势力日渐强大，导致"役车未息，戎马载驰"，⑥因此首当其冲的任务并非大兴文教，而是在群雄环伺的复杂形势下求得生存，这就促使李唐必须将武备放在第一位，故高祖强调"武备之方，尤宜精练"，⑦"欲畅兵威，须加练习"。⑧ 否则，不仅不能像周、汉"化行九有，威震百蛮，奸宄不萌，虔刘息志"。⑨ 而且还会像先朝末年一样"军政湮亡，行列不修，旌旗舛杂"，"遂使戎狄放命，盗贼交侵，战争多虞，黔黎殄丧"。⑩

显然，尽管高祖对文武之道认识准确、到位，但特殊历史时期下具体的社会环境决定了只能暂时对文武二途有所轩轾，只有外部环境出现根本性改变后，才能对这一理念做出相应的调整。而这一条件的具备，则需要等到李唐逐步夷平群雄，安辑天下之后。

---

① ［唐］李渊：《阅武诏》，《全唐文》卷一，第 22 页。
② ［唐］李渊：《修武备诏》，《全唐文》卷一，第 25 页。
③ ［唐］李渊：《修武备诏》，《全唐文》卷一，第 25 页。
④ ［唐］李渊：《阅武诏》，《全唐文》卷一，第 22 页。
⑤ ［唐］李渊：《修武备诏》，《全唐文》卷一，第 25 页。
⑥ ［唐］李渊：《修武备诏》，《全唐文》卷一，第 25 页。
⑦ ［唐］李渊：《修武备诏》，《全唐文》卷一，第 25 页。
⑧ ［唐］李渊：《阅武诏》，《全唐文》卷一，第 22 页。
⑨ ［唐］李渊：《修武备诏》，《全唐文》卷一，第 25 页。
⑩ ［唐］李渊：《修武备诏》，《全唐文》卷一，第 25 页。

二、文化政策建设

(一)礼制建设

儒家思想,自孔子之后一直对中国社会产生影响。汉武帝以来,儒家礼乐文化更是上升为代表国家意志的主流价值观,为历代统治者所推行、利用。李唐建立之后,面对治国核心思想问题,高祖认为,"叔世浇讹,民多伪薄",①需"修身克己",而"民禀五常,仁义斯重;士有百行,孝敬为先。自古哲王,经邦致治,设教垂范,莫尚于兹"。② 故他在对现实社会与传统惯性的考量中,毅然选择了儒家。

然而,隋末唐初最为兴盛的思想并非儒学,而是佛教。"沙门事佛,灵宇相望;朝贤宗儒,辟雍顿废"便是主流思潮在现实世界中的真实反映。③ 有鉴于"仁、义、礼、智、信五者俱备,故能为利博深",④高祖提出"敦本息末,崇尚儒宗,开后生之耳目,行先王之典训"的指导思想。⑤指导思想一旦确立,相应的具体措施便可循之而至,对前者不断加以充实和完善。

1. 褒崇儒家先圣

在最高学府为周公、孔子两圣立庙祭祀,并访求后嗣,赐以名爵,从国家层面为儒家思想扬旗树帜。如《令国子学立周公孔子庙诏》云:

盛德必祀,义存方策,达人命世,流庆后昆。建国君人,弘风阐教,崇贤彰善,莫尚于兹。……惟兹二圣,道济群生,尊礼不修,孰明褒尚。朕君临区宇,兴化崇儒,永言先达,情深绍嗣。宜令有司于国子学立周

---

① [唐]李渊:《旌表孝友诏》,《全唐文》卷一,第25页。
② [唐]李渊:《旌表孝友诏》,《全唐文》卷一,第24—25页。
③ [唐]李渊:《赐学官胄子诏》,《全唐文》卷三,第36页。
④ [唐]李渊:《赐学官胄子诏》,《全唐文》卷三,第36页。
⑤ [唐]李渊:《赐学官胄子诏》,《全唐文》卷三,第36页。

公、孔子庙各一所,四时致祭。仍博求其后,具以名闻,详考所宜,当加爵土。①

2. 全面推行礼制

高祖《令诸州举送明经诏》有"安上治民,莫善于礼,出忠入孝,自家刑国"之说,②可见借助礼制以治国才是李唐政权重视儒家之重心所在。而对礼制的维护与推行,实际上在国家社会生活的诸多方面都有所体现。

第一,依照儒家原则举行祭祀。因为祭祀社稷神灵能够"劝农务本,修始报功,敦序教义,整齐风俗",③而"末代浇浮,祀典亏替,时逢丧乱,仁惠弛薄,坛壝阙昭备之礼,乡闾无纠合之训",④故高祖特颁《立社诏》以节文典制之形式,将此一仪式予以肯定和延续。不仅如此,高祖能够意识到"祭祀之本,皆以为身,穷极事神,有乖正直。杀牛不如禴祭,明德即是馨香"。⑤他正确认识到祭祀与明德的关系,将作为礼制重要表现的祭祀仪式置于国家治理的适当位置,的确难能可贵。

第二,对儒学教育的重视。加强儒学教育,提高其地位,亦为李唐维护、推行礼制的重要表现。武德初年,高祖为实现"礼让既行,风教渐改"之风化气象,一方面亲临国子监观览视察,颁行《赐学官胄子诏》,令征集王公子弟率先研习,"冀日就月将,并得成业";⑥另一方面,颁行《令诸州举送明经诏》,令"吏民子弟,有识性开敏,志希学艺,亦具名状,

---

① [唐] 李渊:《令国子学立周公孔子庙诏》,《全唐文》卷一,第25页。
② [唐] 李渊:《令诸州举送明经诏》,《全唐文》卷三,第35页。
③ [唐] 李渊:《立社诏》,《全唐文》卷三,第37页。
④ [唐] 李渊:《立社诏》,《全唐文》卷三,第37页。
⑤ [唐] 李渊:《减用牲牢诏》,《全唐文》卷一,第22页。
⑥ [唐] 李渊:《赐学官胄子诏》,《全唐文》卷三,第36页。

申送入京,量其差品,并即配学",①同时规定"州县及乡,各令置学"。②这意味着自汉代以来逐渐形成的从中央到地方的国家教育网络体系,在经历了隋末战乱之后,重新在一统天下的李唐帝国域内重新生成。

第三,旌表力行礼制之举。李渊改元武德之际,颁布诏书大赦天下,明令"孝子顺孙,义夫节妇,旌表门闾;孝悌力田,鳏寡孤独,量加赈恤"。③ 其后,因雍州万年县人王世贵、宋兴贵"宏长民教,敦睦风俗",故高祖特颁《旌表孝友诏》,令有司"旌表门闾,蠲免课役,布告天下,使明知之"。④ 因宁州罗川县前兵曹史孝谦"义方之训,实堪励俗",故"特将褒异"。⑤

第四,以律法形式维护礼制。《武德年中平王充窦建德大赦诏》规定,"子煞父母,孙煞祖父母,妻妾煞夫,奴客女部曲煞其主"者,不予赦免;⑥《武德年中平辅公祏及新定律令大赦诏》规定,"十恶劫贼,官人枉法受赇,主守自盗"者,亦不得赦免。⑦ 中国古代大赦,是以皇帝的名义施以恩典,对特定时期的罪犯免除追诉或刑罚的制度,其适用范围非常广泛。唐初大赦对谋杀父母或祖父母、妻妾杀夫、奴杀主、触犯十恶、贪赃枉法、监守自盗等违法行为皆不予赦免,根本原因就在于其触犯了作为礼制根本的忠、孝大节。

第五,提倡节俭的社会风气。"俭"与温、良、恭、让一起,作为待人

---

① 〔唐〕李渊:《令诸州举送明经诏》,全唐文,卷三,第35页。
② 〔唐〕李渊:《令诸州举送明经诏》,全唐文,卷三,第35页。
③ 〔唐〕李渊:《改元大赦诏》,《全唐文》卷一,第20页。
④ 〔唐〕李渊:《旌表孝友诏》,《全唐文》卷一,第24页。
⑤ 〔唐〕李渊:《擢史孝谦诏》,《全唐文》卷三,第37页。
⑥ 〔唐〕李渊:《武德年中平王充窦建德大赦诏》,《日藏弘仁本文馆词林校证》卷六六九,第359—360页。
⑦ 〔唐〕李渊:《武德年中平辅公祏及新定律令大赦诏》,《日藏弘仁本文馆词林校证》卷六六九,第362页。

接物的准则而为儒家所高度赞许。① 高祖鉴于"隋末无道,肆极奢靡","公私扰遽,徭费无穷"所带来的无穷祸患,以"俭约"为志,明令"纂组珠玑,皆云屏绝;雕琢绮丽,久从抑止",②致力于良好社会风气的建设。而且,高祖在主张生者求俭之外还反对当时蔚然成风的厚葬之俗,惟其如此,才能真正将尚俭落于实处。

(二) 史籍编纂

重史观念在中国由来已久。唐人亦云"司典序言,史官记事,考论得失,究尽变通",以期"裁成义类,惩恶劝善,多识前古,贻鉴将来"。③自后汉班固著《汉书》以来,新生朝代修撰前朝历史的传统逐渐得以形成。然而,李唐建国后面对的情况却比较特殊。《修魏周隋梁齐陈史诏》云:

　　自有魏南徙,乘机抚运;周隋禅代,历世相仍。梁氏称邦,跨据淮海;齐迁龟鼎,陈建宗祊。莫不自命正朔,绵历岁祀,各殊徽号,删定礼仪。至于发迹开基,受终告代,嘉谋善政,名臣奇士,立言著绩,无乏于时。然而简牍未编,纪传咸阙,炎凉已积,谣俗迁讹,余烈遗风,泯焉将坠。④

于是,高度的历史使命感令高祖意识到,不仅唐修隋史责无旁贷,且将北魏、北周、萧梁、北齐、陈诸朝史实的修撰亦视为其责任所系,表现出混同天下的一代明君所应具备的眼界与气魄。事实上,这一举措

---

① [清]刘宝楠:《论语正义》卷一,第 25 页。"子贡曰:'夫子温、良、恭、俭、让以得之。'"
② [唐]李渊:《罢贡异物诏》,《全唐文》卷一,第 23 页。
③ [唐]李渊:《修魏周隋梁齐陈史诏》,《全唐文》卷二,第 32 页。
④ [唐]李渊:《修魏周隋梁齐陈史诏》,《全唐文》卷二,第 32 页。

本身,亦成为李唐文化政策建设环节的重要组成部分。

(三) 优待前朝

《封隋帝为酅公诏》云:

> 革命创制,礼乐变于三王;修废继绝,德泽隆于二代。是以鸣条克伐,杞用夏郊;牧野降休,宋承殷祀。爰及魏晋,禅代相仍,山阳赐号于当涂,陈留受封于典午。上天回眷,授历朕躬,隋氏顺时,逊其宝位。敬奉休命,敢不对扬,永作我宾,宜开土宇。其以莒之酅邑奉隋帝为酅公,行隋正朔。车旗服色,一依旧章。仍立周后介公,共为二王后。[①]

“禅让”作为最高政治权力更替方式之一,尽管有着浓厚的虚伪色彩,但较之杀戮清洗则明显要人性化。这种被冠以上古遗风美誉的改朝换代模式,在中古之前屡见不鲜,如当涂代汉、典午代曹之类即是如此。然而,自从刘裕灭亡东晋,这一为前代王室留存血嗣的改朝换代方式也被赶尽杀绝所代替。与隋文帝剿灭北周宇文氏一系截然不同,唐高祖选择了立“二王后”。事实上,这一貌似多余的政策,却大有深意。

首先,效法西周,将其崇儒重礼的文化政策与文明历史衔接。“二王后”,指中国古代新朝建立后为表示尊敬而分封前两朝王族后裔。西晋杜预云:“周得天下,封夏、殷二王后,又封舜后,谓之恪,并二王后为三国。其礼转降,示敬而已,故曰三恪。”[②]可见这一政策出现于周朝。

其次,分封周、隋二王后,尤其是封隋帝为酅公,乃是用诏令形式进一步强调李唐取得政权的合法性。

---

① ［唐］李渊:《封隋帝为酅公诏》,《全唐文》卷一,第20—21页。
② ［春秋］左丘明传,［晋］杜预注,［唐］孔颖达正义:《春秋左传正义》卷三十六,第1174页。

第三,立二王后,以及选用隋朝宗室、①公卿民庶等,②一改刘宋以来灭绝前朝的夺权模式,既团结了可以团结的前朝力量,扩大了统治基础,又反映出大唐帝国强大的政治自信。

三、管理制度建设

(一) 农业制度

民以食为天。农业生产实为农耕时代社会经济之根本命脉。隋末兵乱迭起,致使"田亩荒废,饥馑荐臻,元元无辜,堕于沟壑"。③ 当是时,李唐并非无意于此,实因群雄逐鹿,力不从心。天下统一之后,有志于廓清四海、安辑遗民的高祖便着手农功。诚然,肆力畎亩是促进农业发展的重心,但若只是留意于此,其效果必然因为大打折扣而难以尽如人意。正是出于这一考虑,李唐又相继颁布一系列辅助农业生产的诏令。如《罢差科徭役诏》云:

> 上天降监,爰命朕躬,廓定凶灾,乂宁区域。念此黎庶,凋弊日久,新获安堵,衣食未丰。所以每给优复,蠲减徭赋,不许差科,辄有劳役,乂行简静,使务农桑。……自今以后,非有别敕,不得辄差科徭役,及迎送供承。④

高祖通过《罢差科徭役诏》和《申禁差科诏》等,将"蠲减徭赋""不许差科"作为日常化管理制度的形式予以确立,有力保障了农业生产的顺利进行。

---

① 〔唐〕李渊:《选用前隋蔡王智积等子孙诏》,《全唐文》卷一,第21页。
② 〔唐〕李渊:《加恩隋公卿民庶诏》,《全唐文》卷一,第21页。
③ 〔唐〕李渊:《劝农诏》,《全唐文》卷二,第34页。
④ 〔唐〕李渊:《罢差科徭役诏》,《全唐文》卷二,第33页。

（二）经济制度

唐代前期,最重要的经济制度是租、庸、调制。据《新唐书·高祖本纪》,武德二年(619)二月,高祖初定租、庸、调法。① 事实上,租庸调制需要以必要的人口和大量国有土地为实施基础,李唐政权在武德二年(619)时因战争而无暇及此。故当时租、庸、调制难以得到真正实施。随着天下一统,李唐社会形势渐趋稳定。武德七年(624)四月,"初定均田租、庸、调法",②开始了唐朝租、庸、调制在全国的正式实施。

租、庸、调制是一种以人口为基础,以土地为载体的赋役制度,从国家角度讲,它为征税提供了一个颇具可操作性的执行标准,在唐代前期扩大并稳定了的国家税收,有力促进了人口增长和经济发展;从民众角度看,它提供了赖以生存的土地资源,在一定程度上减轻了农户的负担。由此可见,高祖在位之时创立的租、庸、调制适应了隋末唐初现实社会,成为唐代前期社会经济制度的核心,无论是"贞观之治",还是"开元盛世",无一不是建立于这一制度之上。故陆贽《论两税之弊须有厘革》对其予以高度评价:"有田则有租,有家则有调,有身则有庸。天下为家,法制均一;虽欲转徙,莫容其奸。故人无摇心,而事有定制。"③

（三）官职及律法制度

唐初职官制度,一言蔽之,"多因隋制,虽小有变革,而大较不异"。④ 仍实行三省六部制,朝廷机构和官员总体分为京职事官和外职事官两大类,官员品级按照正、从、上、下可分为九品三十级。唐初律法制度,实以隋开皇律为准而予以撰定。⑤ 相比于律法,儒家仁义之说主要是一种道德层面的预防式教化,它并不能妥善解决社会生活中业已

---

① ［宋］欧阳修、宋祁:《新唐书》卷一,第8页。
② ［宋］司马光:《资治通鉴》卷一百九十,第5982页。
③ ［唐］陆贽:《均节赋税恤百姓六条》,《全唐文》卷四六五,第4748页。
④ ［唐］杜佑:《通典》卷十九,第471页。
⑤ ［后晋］刘昫等:《旧唐书》卷五十,第2134页。

产生的种种罪恶。于是,法制作为道德的补充自然必不可少。自汉武帝"推明孔氏,抑黜百家"之后,①儒家学说虽然成为历代王朝的官方思想,然纯粹的仁义、忠孝治国实无异于空中楼阁,因此,上者德主法辅,下者外儒内法,德、法在不同程度上相结合的做法便因其良好的实际效果而长盛不衰。

唐高祖《颁定科律诏》云:"九畴之叙,兴于夏世;两观之法,大备隆周。所以禁暴惩奸,弘风阐化,安民立政,莫此为先。"②由此来看,李唐推重儒家礼制,但并不否定法制的功用。针对魏晋以来"五胡乱华"、政权林立之世"流弊相沿,宽猛乖方,纲维失序,下陵上替,政散民凋,皆由法令湮讹,条章混谬"的社会乱象,③短暂统一的隋朝也曾试图变革,但是"损益不定,疏密无准,品式章程,罕能甄备"。④而且"微文曲致,览者惑其浅深;异例同科,用者殊其轻重"。最终导致"遂使奸吏巧诋,任情与夺,愚民妄触,动陷罗网"。⑤

隋朝律法,前有开皇律,后有大业律。从"屡闻厘革,卒以无成"看,⑥唐高祖对于隋律改革实持每况愈下之见,故于登基之后诏令"纳言刘文静与当朝通识之士,因开皇律令而损益之,尽削大业所由烦峻之法",⑦以宽简作为其立法定律的指导思想。其后,"又敕尚书左仆射裴寂、尚书右仆射萧瑀及大理卿崔善为、给事中王敬业、中书舍人刘林甫、颜师古、王孝远、泾州别驾靖延、太常丞丁孝乌、隋大理丞房轴、上将府参军李桐客、太常博士徐上机等,撰定律令,大略以开皇为准"。⑧ 武德

---

① 　[汉]班固:《汉书》卷五十六"董仲舒传",第2525页。
② 　[唐]李渊:《颁定科律诏》,《全唐文》卷三,第36页。
③ 　[唐]李渊:《颁定科律诏》,《全唐文》卷三,第36页。
④ 　[唐]李渊:《颁定科律诏》,《全唐文》卷三,第36—37页。
⑤ 　[唐]李渊:《颁定科律诏》,《全唐文》卷三,第37页。
⑥ 　[唐]李渊:《颁定科律诏》,《全唐文》卷三,第37页。
⑦ 　[后晋]刘昫等:《旧唐书》卷五十,第2134页。
⑧ 　[后晋]刘昫等:《旧唐书》卷五十,第2134页。

四年(621)七月平定窦建德、王世充之时,仍沿用开皇旧法。[①]　直至武德七年(624)五月,《颁定科律诏》中才将新修科律颁行天下,是为武德律。武德律修订的原则是"斟酌繁省,取合时宜,矫正差违,务从体要"。[②]　虽然其"篇目一准隋开皇之律,刑名之制又亦略同",[③]但其在唐代律法史上的开创意义却不容抹杀。武德初选定开皇律作为唐律修订的蓝本,以律、令、格、式等部分构成了唐代完整的法典体系,不仅为李唐贞观律、永徽律、显庆律、垂拱律、开元律等的修撰提供了至关重要的正确基础,并对后世和周边国家的法制产生了重大影响。就此而论,作为有唐一代律法制度开创时代的君主,高祖之功实不可没。

(四) 货币制度

有唐立国之初,仍然沿用前代五铢钱。在汉代至唐初的七百多年里,五铢钱的使用始终未曾绝迹。因流传年代久远,加之汉代以来许多朝代又自铸五铢,导致钱币形状、重量极度混乱。同时,北周、北齐和南朝部分钱币在隋朝亦没有禁断。于是,在隋末各种社会矛盾全面爆发中,货币已经很难发挥其作为一般等价物的社会作用。因此,李唐政权在消灭了窦建德、王世充,基本掌控了天下格局后,为巩固其统治,适应社会经济发展的需要,于武德四年(621)七月"废五铢钱,行开元通宝钱"。[④]

据高宗朝《仍用开元通宝钱诏》"太宗立极承天,无所改作"之说,[⑤]可知贞观年间始终沿用开元通宝。高宗一朝情况有所变化,为解决"年月既深,伪滥斯起"的问题,高宗于乾封初曾令改铸新钱,但于乾封二年

---

① 〔唐〕李渊:《武德年中平王充窦建德大赦诏》,《日藏弘仁本文馆词林校证》卷六六九,第 359—360 页。
② 〔唐〕李渊:《颁定科律诏》,《全唐文》卷三,第 37 页。
③ 〔唐〕李林甫等:《唐六典》卷六"尚书刑部",第 183 页。
④ 〔后晋〕刘昫等:《旧唐书》卷一,第 12 页。
⑤ 〔唐〕李治:《仍用开元通宝钱诏》,《全唐文》卷一二,第 152 页。

(667)废除铸造新钱之令,复行开元通宝。

开元通宝的使用,使唐代货币保持了长期的统一与稳定。直至肃宗乾元元年(758)才发行"乾元重宝",自此开始,货币制度渐趋混乱。事实上,在高祖草创的货币政策指导下铸造的开元通宝,不仅是唐代前期,而且是李唐近三百年历史时期流通的主要货币。它在钱币铸造的形制、重量上成为唐代武德之后及其后世各朝代铜钱的范本,在中国钱币史上具有划时代的地位。

(五) 人才选拔制度

唐朝建立之后,高祖李渊因为认识到曹魏以来"九品中正制"以门第取士的弊端,为广招人才扩大统治基础,缓和社会矛盾,依然沿袭了隋朝创设的科举制度。五代王定保《唐摭言·统序科第》云:

> 始自武德辛巳岁四月一日,敕诸州学士及早有明经及秀才、俊士、进士,明于理体,为乡里所称者,委本县考试,州长重覆,取其合格,每年十月随物入贡。斯我唐贡士之始也。①

辛巳岁为武德四年(621),据高祖此一敕令,李唐初设明经、秀才、俊士、进士科诸科的选士制度,成为唐朝开始科举取士的标志。与其他各科相比,高祖朝创立人才选拔制度对儒学人才更为重视。如《令诸州举送明经诏》云:

> 六经茂典,百王仰则;四学崇教,千载垂范。是以西胶东序,春诵夏弦,说《礼》敦《诗》,本仁祖义,建邦立极,咸必由之。……而凋弊之余,湮替日久,学徒尚少,经术未隆,《子衿》之叹,无忘兴寝。方今函夏既

---

① ［五代］王定保:《唐摭言》卷一,第1页。

清，干戈渐戢，搢绅之业，此则可兴。宜下四方诸州，有明一经已上未被升擢者，本属举送，具以名闻，有司试策，加阶叙用。①

在科举取士之外，高祖朝还推行达到一定级别的官员为国荐才的制度，作为对前者的必要补充。如："宜令京官五品以上及诸州总管刺史举一人，其有志行可录，才用未申，亦听自己具陈艺能，当加显擢，授以不次。"②武德之后，以科举为主辅之以其他的人才选拔制度完全确立，成为唐朝至关重要的基本国策得以延续。

武德一朝，作为近三百年基业的草创阶段，对整个唐代，乃至后世朝代皆产生极其深远的影响。仅就武德、贞观对比而言，两朝在思想、宗教、政治、文化、经济、律法、教育等方面无不表现出高度的一致性。显然，作为继任君主，太宗对高祖所确立的重大国策首先是全盘承袭，然后再根据实际情况进行与时俱进的逐步完善。从这一意义上说，发生于武德九年六月的"玄武门之变"不过是李唐统治集团内部一场非正常的最高权力转移方式。虽然它历来为立足忠孝的儒家观念所诟病，但是在李唐合理、有序的储君继位制度形成之前，这场夺嫡之变实为不得已之举，它以小范围的流血冲突换取了整个新生政权的完整统一，乃是统治高层不同势力的斗争发展到不可调和的产物。事实上，"玄武门之变"后，国家最高权力由高祖转至太宗，李唐统治集团内部亦相应地进行了一系列整合，在君臣功业、威望、能力等诸多方面几乎达到了当时的最佳配置，为李唐文化共同体的建设提供了一个君臣相得的统治集团，从而奠定了"贞观之治"的基本格局。

---

① ［唐］李渊：《令诸州举送明经诏》，《全唐文》卷三，第35页。
② ［唐］李渊：《令京官五品以上及诸州总管刺史各举一人诏》，《全唐文》卷二，第32页。

第二节　太宗朝执政理念与唐代
文化共同体建设

　　唐太宗李世民为高祖李渊次子,唐朝第二任皇帝,在位二十四年,功德兼隆,后世多将其与汉高祖刘邦并称。《旧唐书》称太宗"聪明神武","拔人物则不私于党,负志业则咸尽其才",能够"听断不惑,从善如流",赞之曰:"千载可称,一人而已!"①《全唐诗》卷一云:"(太宗)聪明英武。贞观之治,庶几成康,功德兼隆,由汉以来,未之有也。而锐情经术……至于天文秀发,沉丽高朗,有唐三百年风雅之盛,帝实有以启之焉。"②前者从执政角度褒扬太宗长于纳谏、善于用人,能以公心治国,道出其在政治领域之功业;后者从文学角度赞誉太宗能专一经术,实启大唐三百年风雅之盛,言明其在学术文化领域之贡献。政治与文化学术虽领域不同,然均为唐代文化共同体建设之重要组成部分,客观而论,有唐一代国势之强、文化之盛,实与太宗一朝执政理念有着密不可分的关系。后世学者对此亦有所论及。

一、太宗朝执政理念的依据：承德顺治

　　明代学者薛瑄《读书录》云:"四百年之汉,文帝培其本;三百年之唐,太宗养其根。……唐高祖之后,非得太宗之富民,即继之以高宗之昏懦,则唐之存亡未可知也。"③薛氏统观全局,以"富民"二字言明唐太宗乃奠定大唐三百年基业之根本人物。确切而言,太宗之目标不仅是要"富民",还要"贵民"。他说:

---

① 　[后晋]刘昫等:《旧唐书》卷三,第63页。
② 　[清]彭定求等编:《全唐诗》卷一,第1页。
③ 　[明]薛瑄:《读书录》卷七,文渊阁四库全书本。

朕为兆民之主，皆欲使之富贵。若教以礼义，使之少敬长、妇敬夫，则皆贵矣。轻徭薄敛，使之各治生业，则皆富矣。①

《尚书》卷七云："民惟邦本，本固邦宁。"②《吴越春秋》卷八云："民富国强，众安道泰。"③治理国家的核心在于管理民众，故历代有识者皆对民众问题未敢忽视。在太宗看来，杨隋灭国殷鉴不远，"舟所以比人君，水所以比黎庶，水能载舟，亦能覆舟"④的见解证明他在隋末乱世后对民众的作用和力量有着清醒的认识。"富民""贵民"观念的提出，实为唐朝政府养根立本之关键，而其根源须追溯到太宗的执政理念。

所谓执政理念，是指统治者的执政宗旨和指导思想。成功的执政理念，应该是一套完整而又能够行之有效的理论体系。唐太宗的执政理念，要而言之，可以归结为一个"顺"字。

从整体治国方略考虑，唐太宗对"顺"曾多次谈及。

（贞观二年）上与侍臣论周、秦修短。萧瑀对曰："纣为不道，武王征之。周及六国无罪，始皇灭之。得天下虽同，失人心则异。"上曰："公知其一，未知其二。周得天下，增修仁义；秦得天下，益尚诈力。此修短之所以殊也。盖取之或可以逆得，而守之不可以不顺也。"瑀谢不及。⑤

周武王以仁义得天下，是为顺取；而秦始皇以诈力得天下，是为逆得。"顺"者，沿循，与"逆"相对，其义是指思维或行为与参照对象趋于同一方向。在政治家看来，成功的执政理念必然要遵循宇宙自然的普

---

①　［宋］司马光：《资治通鉴》卷一百九十六，第 6181 页。
②　［汉］孔安国传，［唐］孔颖达疏：《尚书正义》卷七，第 212 页。
③　［汉］赵晔：《吴越春秋》卷八，第 131 页。
④　谢保成：《贞观政要集校》，第 213 页。
⑤　［宋］王溥：《唐会要》卷五十一，第 885—886 页。

遍法则与社会发展的客观规律,这便是"顺"。从宏观的宇宙自然落实到具体的国家治理和社会发展,"顺"便体现为人心之向背。

"朕于戎、狄所以能取古人所不能取,臣古人所不能臣者,皆顺众人之所欲故也。"①唐太宗的这一认识,得到了后世高度肯定,如清代于成龙就立足《易经》,道出唐太宗顺应自然法则与社会规律,终使政教大成的深层缘由。其《乐经内篇序》云:

> 唐太宗有言:"朕闻人和则乐清,若百姓安乐则金石自谐矣。"是诚得与民同乐之旨。《易》:"雷地豫,豫顺以动。"故天地如之,此作乐崇德之所由来,不可识政教之大成也欤?②

然而,"顺"是太宗对治国方略的整体思考,至于这一大巧若拙的理念如何落实,尚需更加明晰、更具可操作性的具体工作来进一步完成。就范围而言,太宗"顺"的理念相当广泛,大体可以分为文治和武功两个方面,他以"德"为纽带,将二者紧密联系起来,使之彼此倚重,相辅相成。不过,"德"在内政管理与对外关系上的具体表现又不尽相同,前者表现为"德"与"法"的结合,而后者则表现为"德"与"武"的统一。

文治,即以文教礼乐治理国家,它是儒家德治思想的体现,其核心为"仁义"之说。《礼记·曲礼上》曰:"道德仁义,非礼不成。"孔颖达疏云:"仁是施恩及物,义是裁断合宜。"③作为帝王,唐太宗对"德"深为推重。在他看来,欲达文治,君主先须端正其身,为国垂范。所以他说:"君天下者,惟须正身修德而已。"④而帝王要做到正身,必得严于律己:

① [宋]司马光:《资治通鉴》卷一百九十八,第6246页。
② [清]于成龙:《乐经内篇序》,《于清端公政书》卷八,文渊阁四库全书本。
③ [汉]郑玄注,[唐]孔颖达疏:《礼记正义》卷一,第18页。
④ 谢保成:《贞观政要集校》,第333页。

"若耽嗜滋味,玩悦声色,所欲既多,所损亦大,既妨政事,又扰生民。且复出一非理之言,万姓为之解体,怨讟既作,离叛亦兴。"①不仅如此,他在教育荆王元景、汉王元昌、吴王恪、魏王泰等子弟亲属时,亦曰:"人之立身,所贵者惟在德行。"②

　　太宗重德,还表现在君臣关系的建设方面。他清醒地认识到"天子者,有道则人推而为主;无道则人弃而不用",③而臣子作为君主的"耳目股肱",与君主"义均一体,宜协力同心"。④ 故而对于魏征"赏不遗疏远,罚不阿亲贵,以公平为规矩,以仁义为准绳,考事以正其名,循名以求其实"的御臣之策甚为赞赏,⑤以致有"每思臣下有谠言直谏,可以施以政教者,当拭目以师友待之"之说。⑥ 正是在太宗以仁待臣的感召下,才实现了贞观君臣关系的宽松和谐,开创了君臣之义的典范。

　　"仁""义"之外,属于儒家"八德"的"忠"与"孝"同样具有普遍意义。孝为小忠,忠为大孝。因"孝""始于事亲,中于事君,终于立身。君子之事上,进思尽忠,退思补过,将顺其美,匡救其恶",⑦故太宗认为欲加强德行修养,先须自"孝"入手,如此便可以将家、国、天下三者紧密联系起来,由重孝而趋于崇德,为德治的实现营造出普遍、良好的社会文化氛围。明代学者葛昕《刻孝经引》曰:"唐太宗特表《孝经》,训迪海内,卒能身致太平,聿臻刑措,所为弼教成化,洵非细故。"⑧葛氏之说可谓太宗这一思路之精要注脚。因为君主有志于立德,故以魏征为代表的臣子便顺理成章地提出了帝王修德的整体标准。其语云:

---

① 谢保成:《贞观政要集校》,第11页。
② 谢保成:《贞观政要集校》,第218页。
③ 谢保成:《贞观政要集校》,第34页。
④ 谢保成:《贞观政要集校》,第33页。
⑤ 谢保成:《贞观政要集校》,第168页。
⑥ 谢保成:《贞观政要集校》,第49页。
⑦ [后晋]刘昫等:《旧唐书》卷四,第65页。
⑧ [明]葛昕:《刻孝经引》,《集玉山房稿》卷六,文渊阁四库全书本。

　　人主诚能见可欲则思知足,将兴缮则思知止,处高危则思谦降,临满盈则思挹损,遇逸乐则思撙节,在宴安则思后患,防壅蔽则思延纳,疾谗邪则思正己,行爵赏则思因喜而僭,施刑罚则思因怒而滥,兼是十思,而选贤任能,固可以无为而治,又何必劳神苦体以代百司之任哉!①

　　鉴于"以仁义为治者,国祚延长;任法御人者,虽救弊于一时,败亡亦促"的史实,太宗提出"欲专以仁义诚信为治,望革近代之浇薄"的目标。② 在对汉后唐前诸代不及汉代的原因深入分析之后,太宗认可了"汉世尚儒术,宰相多用经术士,故风俗淳厚;近世重文轻儒,参以法律,此治化之所以益衰"之说,③进一步坚定了以儒术治国的理念。

　　然而,"以仁义诚信为治"是儒家德治思想的根本特征,它并不等同于尚德废法。这一点,太宗有着明确的认识。他说:"为国之道,必须抚之以仁义,示之以威信,因人之心,去其苛刻,不作异端。"④这其实是儒家德主刑辅的治国方针,它脱胎于孔子"道之以政,齐之以刑,民免而无耻;道之以德,齐之以礼,有耻且格"的论断。⑤ 唐人对于德治的理解,已经突破了先秦儒家思想中尊德礼而排政刑的局限性,他们虽坚持"仁义,理之本;刑罚,理之末也。为理之有刑罚,犹执御之有鞭策",⑥但并不否认法令在治理国家中的作用,完全肯定"法者,国之权衡也,时之准绳也。权衡所以定轻重,准绳所以正曲直"的论断。⑦ 太宗更是明言:"国家纲纪,唯赏与罚。"⑧可见,"抚之以仁义"是德政,而"示之以威信"

① ［宋］司马光:《资治通鉴》卷一百九十四,第6128页。
② 谢保成:《贞观政要集校》,第249页。
③ ［宋］司马光:《资治通鉴》卷一百九十三,第6058页。
④ 谢保成:《贞观政要集校》,第251页。
⑤ ［清］刘宝楠:《论语正义》卷二,第41页。
⑥ 谢保成:《贞观政要集校》,第293页。
⑦ 谢保成:《贞观政要集校》,第297页。
⑧ ［宋］司马光:《资治通鉴》卷一百九十四,第6099页。

则是德治所必需的法制补充。就事实而论，在实际执法过程中，德治理念也以慎刑、轻刑等方式得到较好贯彻。如贞观元年(627)，太宗提出："死者不可再生，用法须务从宽简。"①且降诏："犯大辟罪者，令断其右趾。"②

自西汉而降，以三代之君臣相得、大治大化为理想政治模式，成为历代统治者向往的政治典范，唐太宗便颇具代表性。他说："朕今所好者，惟在尧舜之道，周孔之教，以为如鸟有翼，如鱼依水，失之必死，不可暂无耳。"③

实际上，太宗朝在治国理念上选择儒家，并非偶然。大唐开国，虽然高祖李渊先后颁布《旌表孝友诏》《令国子学立周公孔子庙诏》等诏令，④始扇重儒之风，但在太宗即位之初，朝中却就治国理念出现过激烈论争。《资治通鉴》卷一百九十三云：

> 上曰："今承大乱之后，恐斯民未易化也。"魏征对曰："不然。久安之民骄佚，骄佚则难教；经乱之民愁苦，愁苦则易化。譬犹饥者易为食，渴者易为饮也。"上深然之。封德彝非之曰："三代以还，人渐浇讹，故秦任法律，汉杂霸道，盖欲化而不能，岂能之而不欲邪！魏征书生，未识时务，若信其虚论，必败国家。"征曰："五帝、三王不易民而化，昔黄帝征蚩尤，颛顼诛九黎，汤放桀，武王伐纣，皆能身致太平，岂非承大乱之后邪！若谓古人淳朴，渐至浇讹，则至于今日，当悉化为鬼魅矣，人主安得而治之！"上卒从征言。⑤

---

① 谢保成：《贞观政要集校》，第428页。
② 谢保成：《贞观政要集校》，第428页。
③ 谢保成：《贞观政要集校》，第331页。
④ ［后晋］刘昫等：《旧唐书》卷二，第24—25页。
⑤ ［宋］司马光：《资治通鉴》卷一百九十三，第6084页。

最终，唐太宗采纳了魏征的建议，放弃了依仗权势、武力与刑法统治天下的霸道思想，选择了以仁义治天下的儒家王道思想。这一选择，见效甚快。如贞观四年(630)，太宗曰：

> 贞观之初，上书者皆云："人主当独运威权，不可委之臣下。"又云："宜震耀威武，征讨四夷。"唯魏征劝朕："偃武修文，中国既安，四夷自服。"朕用其言。今颉利成擒，其酋长并带刀宿卫，部落皆袭衣冠，征之力也，但恨不使封德彝见之耳！①

贞观末年，太宗将平定中夏，兼服戎狄的原因概括为五点，即"见人之善，若己有之"，"弃其所短，取其所长"，"贤不肖各得其所"，"正直之士，比肩于朝"，"自古皆贵中华，贱夷、狄，朕独爱之如一"。② 此论可谓唐太宗对自己治国理念的完整总结。在对外关系方面，唐太宗同样坚持德治理念。如：

> 夷狄亦人耳，其情与中夏不殊。人主患德泽不加，不必猜忌异类。盖德泽洽，则四夷可使如一家；猜忌多，则骨肉不免为雠敌。③

随着国势日益强盛，作为各民族共同推举的天可汗，④太宗自是以"君临四海，含育万类"为己任，⑤若"一物失所"，则"深责在予"，⑥将周

---

① ［宋］司马光：《资治通鉴》卷一百九十三，第 6085 页。
② ［宋］司马光：《资治通鉴》卷一百九十八，第 6247 页。
③ ［宋］司马光：《资治通鉴》卷一百九十七，第 6215—6216 页。
④ ［后晋］刘昫等：《旧唐书》卷三，第 39 页。"(贞观)四年，夏四月丁酉，御顺天门，军吏执颉利以献捷。自是西北诸蕃咸请上尊号为'天可汗'，于是降玺书册命其君长，则兼称之。"
⑤ ［清］董诰等编：《全唐文》卷五，第 66 页。
⑥ ［清］董诰等编：《全唐文》卷五，第 66 页。

边民族与唐政权一起,纳入其德治的宏大范畴。贞观一朝,太宗始终致力于这一思想的实施。如掩埋突厥尸骸、平定吐谷浑内乱、问罪鞠文泰苛政、讨伐盖苏文篡位等,而且在体恤一些弱势民族的方面,甚至将其等同于唐朝之民。① 太宗之德治理念在对外关系中功效显著,其尝谓侍臣曰:"汉武帝穷兵三十余年,疲弊中国,所获无几;岂如今日绥之以德,使穷发之地尽为编户乎!"②

不过,对于唐政权和周边民族政权的关系,太宗有着非常清楚的定位,认为:"中国,根干也;四夷,枝叶也;割根干以奉枝叶,木安得滋荣!"③因此,他对夷狄绥之以德是有前提的,那就是他们对唐政权不能构成威胁,否则必将以"武"代"德"。如贞观十七(643)年,针对与薛延陀和亲毁约一事,褚遂良上疏曰:

> 陛下君临天下十有七载,以仁恩结庶类,以信义抚戎夷,莫不欣然,负之无力,何惜不使有始有卒乎!夫龙沙以北,部落无算,中国诛之,终不能尽,当怀之以德,使为恶者在夷不在华,失信者在彼不在此,则尧、舜、禹、汤不及陛下远矣!④

太宗对曰:

> 卿曹皆知古而不知今。昔汉初匈奴强,中国弱,故饰子女,捐金絮以饵之,得事之宜。今中国强,戎狄弱,以我徒兵一千,可击胡骑数万,薛延陀所以甸匐稽颡,惟我所欲,不敢骄慢者,以新为君长,杂姓非其种

---

① [清]董诰等编:《全唐文》卷五至卷八,第 61 页、第 68 页、第 76 页、第 86 页、第 99 页。
② [宋]司马光:《资治通鉴》卷一百九十八,第 6253 页。
③ [宋]司马光:《资治通鉴》卷一百九十五,第 6149 页。
④ [宋]司马光:《资治通鉴》卷一百九十七,第 6201 页。

族，欲假中国之势以威服之耳。……今吾绝其婚，杀其礼，杂姓知我弃之，不日将瓜剖之矣，卿曹第志之！①

　　正是出于治国的实际需要，以及对唐政权与周边民族关系的正确认识，唐太宗虽极言德治之重要，但在治国具体事务中，却并未忽视武功之地位。一个国家的强大与太平，固然与其经济基础、政治法律制度、社会意识形态等有着密切联系，但在列强环伺、群雄并生的时代，武功地位之重要性自不待言，因为没有强大的武力保障，莫说文治遥不可及，就连国家的建立也无从谈起。《旧唐书》卷二称扬唐太宗云："除隋之乱，比迹汤武，致治之美，庶几成康，自古功德兼隆，由汉以来未之有。"②便是统观文治与武功，高度肯定其不世勋业。

　　不仅如此，在国家建立之后，国防武备依然不可荒废。《司马法》云："国虽大，好战必亡；天下虽安，忘战必危。"③太宗《帝范》亦云：

　　夫兵甲者，国之凶器也。土地虽广，好战则人凋；邦国虽安，亟战则人殆。凋非保全之术，殆非拟寇之方，不可以全除，不可以常用。故农隙讲武，习威仪也。④

　　太宗此言，意在调教太子，它并非简单地援引前贤之见，更是身体力行的经验总结。早在即位之初，他就曾告诫侍卫将卒："戎狄侵盗，自古有之，患在边境少安，则人主逸游忘战，是以寇来莫之能御。今朕不使汝曹穿池筑苑，专习弓矢，居闲无事，则为汝师，突厥入寇，则为汝将，

①　［宋］司马光：《资治通鉴》卷一百九十七，第 6201 页。
②　［后晋］刘昫等：《旧唐书》卷三，第 48 页。
③　［战国］佚名：《司马法》"仁本第一"，文渊阁四库全书本。
④　［唐］李世民：《帝范》卷四，文渊阁四库全书本。

庶几中国之民可以少安乎!"①而且"日引数百人教射于殿庭,上亲临试,中多者赏以弓、刀、帛,其将帅亦加上考"。② 事实上,"文武二途,舍一不可,与时优劣,各有其宜",③就二者作用言之,"戡乱以武,守成以文,文武之用,各随其时"。④ 由此可见,文武并举,实为立国之根本,帝王之大纲。

二、太宗朝执政理念的实践: 倡兴礼乐

唐太宗以德为治,兼顾文武的治国理念,在礼乐、文章诸领域也有明确体现。"礼"是儒家思想的产物,在中国古代社会生活中扮演着极其重要的角色。礼乐之制实为文明教化之关键,故深得太宗重视。他说:

> 夫功成设乐,治定制礼。礼乐之兴,以儒为本。弘风导俗,莫尚于文;敷教训人,莫善于学。因文而隆道,假学以光身。不临深溪,不知地之厚;不游文翰,不识智之源。然则质蕴吴竿,非筈羽不美;性怀辨慧,非积学不成。是以建明堂,立辟雍。博览百家,精研六艺,端拱而知天下,无为而鉴古今。飞英声,腾茂实,光于天下不朽者,其惟学乎? 此文术也。⑤

儒道为礼乐之里,礼乐为儒道之表。礼乐德化,其本质为儒家仁政思想,体现为"乐和同,礼别异"。⑥ 礼表现出对自然与伦理秩序的尊重

---

① ［宋］司马光:《资治通鉴》卷一百九十二,第6021页。
② ［宋］司马光:《资治通鉴》卷一百九十二,第6021页。
③ ［唐］李世民:《帝范》卷四,文渊阁四库全书本。
④ ［宋］司马光:《资治通鉴》卷一百九十二,第6030页。
⑤ ［唐］李世民:《帝范》卷四,文渊阁四库全书本。
⑥ ［清］王先谦:《荀子集解》卷十四,第382页。

和约束,而乐则体现了对情感的疏导以及和乐精神,即在礼所强调的求"异"斥力与乐所体现的求"同"引力之间,形成一种适当距离的和谐,这正是唐太宗倡导的礼乐精神之本质内涵。而且,就君王而言,"礼以禁其奢,乐以防其佚",①这对有志于兴复尧舜之道、虚心纳谏的唐太宗尤为重要。

　　出于对"礼"的看重,太宗主张依周礼以定唐律;②而对于"乐",太宗的识见显然在时人之上。③为效法三代之圣,成为一代明主,唐太宗选择了以礼乐德治为代表的儒家思想,这就必然决定了其对于儒学之重视。贞观五年,"太宗数幸国学,遂增筑学舍千二百间。国学、太学、四门亦增生员,其书算各置博士,凡三千二百六十员。其屯营飞骑,亦给博士,授以经业。无何,高丽、百济、新罗、高昌、吐蕃诸国酋长,亦遣子弟请入国学。于是国学之内八千余人。国学之盛,近古未有"。④贞观十一年,太学"停祭周公,以孔子为先圣,颜回配享"。⑤贞观十四年,"大征天下名儒为学官,数幸国子监,使之讲论,学生能明一大经以上皆得补官"。⑥又"令孔颖达与诸儒撰定《五经》疏,谓之《正义》,令学者习

---

① ［后晋］刘昫等:《旧唐书》卷一百九十上,第4992页。
② ［宋］王溥:《唐会要》卷五十四,第936页。"(贞观)十六年,刑部奏请'反叛者兄弟并坐'。给事中崔仁师驳之曰:'诛其父子,足警其心。此而不恤,何忧兄弟?'议遂寝。"
③ ［宋］王溥:《唐会要》卷六十,第1041页。太宗曰:"礼乐之作,盖圣人缘物设教,以为撙节,治之隆替,岂此之由?"御史大夫杜淹对曰:"前代兴亡,实由于乐。陈将亡也,为玉树后庭花;齐将亡也,而为伴侣曲,行路闻之,莫不悲泣,所谓亡国之音也。以是观之,盖乐之由也。"太宗曰:"不然,夫音声能感人,自然之道也,故欢者闻之则悦,忧者听之则悲。悲欢之情,在于人心,非由乐也。将亡之政,其民必苦,然苦心所感,故闻之则悲耳。何有乐声哀怨,能使悦者悲乎?今玉树、伴侣之曲,其声具存,朕当为公奏之,知公必不悲矣。"尚书右丞魏征进曰:"古人称:'礼云礼云,玉帛云乎哉!乐云乐云,钟鼓云乎哉!'乐在人和,不由音调。"太宗然之。
④ ［唐］杜佑:《通典》卷五十三,第1467页。
⑤ ［宋］司马光:《资治通鉴》卷一百九十四,第6126页。
⑥ ［宋］司马光:《资治通鉴》卷一百九十五,第6153页。

之"。① 此外,还"诏求近世名儒梁皇甫侃、褚仲都,周熊安生、沈重,陈沈文阿、周弘正、张讥,隋何妥、刘炫等子孙以闻,当加引擢"。② 事实上,这种尊崇儒家学术的思想,对有唐一代文学产生了深刻影响。

三、太宗朝执政理念与文化共同体建设

李唐帝国之缔造、发展、兴盛,虽经历战乱、挫折而未覆亡,保持着统一的帝国完整性,绵延达三百年之久,自有其内在的凝聚力和生命活力。究其原因,实得益于其在政府、社会层面甚为坚实、恢宏的建设,从政府组织、礼乐制度、科举教育、学术思想等具体方面入手,在更高层次、更深意义上进行文化共同体的合理建构。可以说,文化共同体的建设,是大唐帝国凝聚华夏民族精神,在新的历史阶段开拓创新,顺势而为,进而形成影响中国乃至东亚历史的最为核心的力量。然而,这一切成就,都与唐太宗李世民的执政理念决然不可分割。

北宋理学家程颐曾综论汉唐之治云:"汉大纲正,唐万目举。"③明初吴伯宗对此做了进一步阐释,他说:

> 唐太宗之有天下也,则有魏征定新礼,祖孝孙奏雅乐,房玄龄修律令,李卫公明兵法,而唐之所以为治者靡有遗矣。是虽未必合乎先王之道,亦未尝不本于先王之道也。先儒谓"汉大纲正,唐万目举"者,盖以汉之规模宏远而唐之法令详密尔。④

吴氏将唐帝国得以大治之缘由归结为礼、乐、律、法等方面的建设,

---

① ［宋］司马光:《资治通鉴》卷一百九十五,第 6153 页。
② ［宋］司马光:《资治通鉴》卷一百九十五,第 6153 页。
③ ［宋］程颢、程颐:《二程集·河南程氏遗书》卷十八,第 236 页。
④ ［明］吴伯宗:《荣进集》卷一,文渊阁四库全书本。

甚有卓见。然其注意到了唐朝政府为维护国家长治久安而做出的一些重要措施,却对唐朝政府致力于文化共同体建设的宏观理念有所忽视,未免有只见树木不见森林之嫌。

太宗一统华夷,建立了一个超越前代的新典范,故唐人对太宗极尽赞誉之辞。如吴兢云:"窃惟太宗文武皇帝之政化,自旷古而来,未有如此之盛者也。虽唐尧、虞舜、夏禹、殷汤,周之文武,汉之文景,皆所不逮也。至于用贤纳谏之美,垂代立教之规,可以弘阐大猷、增崇至道者,并焕乎国籍,作鉴来叶。"①他认为太宗"政化"之盛,根本原因为用贤纳谏、尊崇儒道,在创设典范中实现德治天下之目的,而这一切成就都被冠之以"贞观之治"的美誉成为后世效法之楷模。

李唐之后颂赞太宗功业者亦不乏其人,如南宋朱翌《猗觉寮杂记》云:"自三代而下,创业守文之君兼之者惟唐太宗,汉之文、景、武、宣皆不及也。其后永徽有贞观风见《张说传》,开元有贞观风见《姚崇传》,建中有贞观风见《李吉甫传》,惜乎三君皆不克终,遂使太宗独称焉。"②此论首先概况了太宗兼有文武功德;其次,强调太宗对于大唐帝国的重要意义;最后,道破终唐一世李氏子孙之有为者皆效法太宗之真实状况。其实,创设一套堪为后世取法的治国理念与典章制度,乃太宗固有之雄心。他说:"朕观前王有功于民者,作事施令,后即为法,所谓不忘其德者也。既平定天下,安堵海内,若德惠不倦,有始善终,自我作故,何虑不法。若遂无德于物,后何所遵? 以此而言,后法不法,犹在朕耳。"③太宗认为前代明君之功业能否得到后世效法的关键在于"德",既明乎此,他才有志于比肩尧舜,而且还敢于自我作故。客观而言,"德""武"兼隆之后的唐太宗,对其历经实践检验的治国理念与典章制度高度自

---

① 谢保成:《贞观政要集校》,第3页。
② [宋]朱翌:《猗觉寮杂记》卷下,文渊阁四库全书本。
③ 谢保成:《贞观政要集校》,第567页。

信，而这些理念与制度，对后来唐代文化共同体的形成至关重要。

　　隋末大乱中凭借卓越军事才华协助其父建国的唐太宗，在获得帝位之后，能够遵从马上得天下，不能马上治天下的历史规律，以"顺"为指导思想，下应民心，有意识地选择了崇尚德治，辅之以法，同时秉持文武并举，不可偏废的执政理念。通过大力尊崇儒家文化学术、礼乐制度，文治之象蔚然而成。在这一过程中，有着远见卓识的太宗，坚持让贞观君臣的努力具有垂法后世的意义，这种定位和与之相应的约束力，使得太宗一朝的统治成为典范。而"贞观之治"的成功理念与实践，一直是后世效法的对象，它实际上成为唐代文化共同体得以形成的顶层设计和宏观构想。

第三节　文学理想在唐初的重新确立

一、从文治到文学

　　作为一代英主，唐太宗对于文治和武功的地位与作用有着明确的认识。他说："文武二途，舍一不可，与时优劣，各有其宜。"[①]若将其予以具体区分，则是"戡乱以武，守成以文，文武之用，各随其时"。[②] 作为治国之必需，文治与武功各有优势，相辅相成，须两者兼顾，配合运用，才能达到富国强兵、长治久安之根本目的。

　　其实，早在高祖武德四年(621)，身为天策上将的秦王李世民，就已依据各武装集团的实力准确判断出海内浸平为大势所趋，天下终归李唐已无悬念。当此时，从武功向文治的合理转向，乃是国家决策者应有的正确选择。于是，他做出了富有前瞻性的重要举措，即"开馆于宫西，

---

① ［唐］李世民：《帝范》卷四，文渊阁四库全书本。
② ［宋］司马光：《资治通鉴》卷一百九十二，第6030页。

延四方文学之士"，①开始为巩固新生的李唐政权储备必要之文治人才。李世民先后吸纳王府属杜如晦，记室房玄龄、虞世南，文学褚亮、姚思廉，主簿李玄道，参军蔡允恭、薛元敬、颜相时，咨议典签苏勖，天策府从事中郎于志宁，军咨祭酒苏世长，记室薛收，仓曹李守素，国子助教陆德明、孔颖达，信都盖文达，宋州总管府户曹许敬宗等人，令其以本官兼文学馆学士，并赐以珍膳，恩礼优厚，当时有"十八学士"之誉。秦王李世民于朝谒公事之暇，与诸人商议国事，讨论文籍。

五年之后，太宗于武德九年（626）八月即位，九月即着手典籍、文学方面的各项工作。"于弘文殿聚四部书二十余万卷，置弘文馆于殿侧，精选天下文学之士虞世南、褚亮、姚思廉、欧阳询、蔡允恭、萧德言等，以本官兼学士，令更日宿直，听朝之隙，引入内殿，讲论前言往行，商榷政事，或至夜分乃罢。又取三品已上子孙充弘文馆学士。"②对此，胡三省评价唐太宗曰："以武定祸乱，出入行间，与之俱者，皆西北骁武之士。至天下既定，精选弘文馆学生，日夕与之议论商榷者，皆东南儒生也。然则欲守成者，舍儒何以哉！"③堪为至论。太宗洞悉天下大势之变化，顺势而为，而"取三品已上子孙充弘文馆学士"的做法，不但是有意抬高文学之地位，而且还将这一理念以可持续发展之形式，于国家上层管理群体中予以确立。

戎马生涯和日理朝政之余，太宗诗文著述颇丰。"于听览之暇，留情文史。叙事言怀，时有构属。"④现存《全唐诗》收其诗一百〇二首，其中断句三联，与大臣联句《两仪殿赋柏梁体》一首；《全唐文》录其赋五篇，著有《文集》四十卷、《帝范》四卷、《凌烟阁功臣赞》一卷。

---

① 〔宋〕司马光：《资治通鉴》卷一百八十九，第 5931 页。
② 〔宋〕司马光：《资治通鉴》卷一百九十二，第 6023 页。
③ 〔宋〕司马光：《资治通鉴》卷一百九十二，第 6023 页。
④ 〔后晋〕刘昫等：《旧唐书》卷七十三，第 2600 页。

　　唐太宗文学思想的正面表达，比较集中地体现在其《帝京篇序》中。序曰：

　　予以万机之暇，游息艺文。观列代之皇王，考当时之行事，轩、昊、舜、禹之上，信无间然矣！至于秦皇、周穆，汉武、魏明，峻宇雕墙，穷侈极丽，征税殚于宇宙，辙迹遍于天下，九州无以称其求，江海不能赡其欲，覆亡颠沛，不亦宜乎！予追踪百王之末，驰心千载之下，慷慨怀古，想彼哲人。庶以尧舜之风，荡秦汉之弊；用《咸》《英》之曲，变烂熳之音；求之人情，不为难矣！故观文教于六经，阅武功于七德，台榭取其避燥湿，金石尚其谐神人，皆节之于中和，不系之于淫放。故沟洫可悦，何必江海之滨乎？麟阁可玩，何必山林之间乎？忠良可接，何必海上神仙乎？丰镐可游，何必瑶池之上乎？释实求华，以人从欲，乱于大道，君子耻之。故述《帝京篇》以明雅志云尔。①

　　此处所谓"《咸》《英》之曲"，是指三代盛世的政教和文化；而"烂熳之音"，则指秦汉以来侈丽淫放的文风。唐太宗放眼前代，纵观历史，认为文学风貌与国运兴衰紧密相关，故主张文学必须要裨补教化、有益世风。

　　太宗尝谓侍臣曰："朕每庶几唐虞，亦欲公等齐肩稷契。"②又云："朕今所好者，惟在尧舜之道，周孔之教。"③可见，儒家历来颂赞的三代盛世，实为其执政理想之所在。虽然这种高度美化的盛世风貌极具理想化色彩，但其对于世人所具有的吸引力却不容小觑。作为雄才大略而不世出的一代明主，唐太宗将唐虞之世视为其奋斗的宏大愿景，表现

---

① ［唐］李世民：《帝京篇十首序》，《全唐诗》卷一，第1页。
② ［清］董诰等编：《全唐文》卷三二二，第3268页。
③ 谢保成：《贞观政要集校》，第331页。

出的正是过人的智慧、胆识与魄力。这样做,首先给予饱受战乱之苦的举国民众以幸福美好的希冀;其次,标志着其治国理念由重武功向文治为主、武功辅之的明确转变;再其次,以此为旗帜,可以最大程度上号召并团结李唐政权之中各阶层、各地域和各种族的民众群体,致力于形成一种强大的凝聚力和向心力。而且,既推重儒家尧舜盛世之说,那么"远人不服,则修文德以来之"的政策自是顺理成章,①故远追唐虞之论亦有利于占据理论高地,改善与周边民族政权的关系,进一步提升李唐政权的国际地位。

太宗提倡求雅求正的文学思想,在其他资料中同样有所反映。据《大唐新语》卷三所载:

> 太宗谓侍臣曰:"朕戏作艳诗。"虞世南便谏曰:"圣作虽工,体制非雅。上之所好,下必随之。此文一行,恐致风靡。而今而后,请不奉诏。"太宗曰:"卿恳诚如此,朕用嘉之。群臣皆若世南,天下何忧不理。"乃赐绢五十匹。②

虞世南在贞观时期有一代文宗之誉,他对太宗艳诗的批评,正是有鉴于梁朝君臣"宫体"文学之失而对唐初文学思想的努力匡正。太宗对虞世南予以嘉奖,并希冀群臣皆以虞氏为楷模,正反映了其欲通过追求文学之正以资治道的深远考虑。

在理论上提出以上古盛世为执政理想的同时,太宗还清醒地认识到实际操作方面的问题,尤其是从可持续发展的角度主张后继者应该予以坚持,形成一种一以贯之的执政模式,才能达到预期之目的。因此,他强调:"善始令终,永固鸿业,子子孙孙,递相辅翼。"惟其如此,才

---

① [清]刘宝楠:《论语正义》卷十九,第 649 页。
② [唐]刘肃:《大唐新语》卷三,第 41 页。

能够真正做到"使丰功厚利施于来叶，令数百年后读我国史，鸿勋茂业
粲然可观，岂惟称隆周、盛汉及建武、永平故事而已哉"。① 太宗《帝范》
曰："取法于上，仅得为中，取法于中，故为其下。"②其实，高度理想化的
唐虞时代已遥不可及，但若能远法盛世，则建鸿勋茂业，成千古明君，比
肩隆周、两汉当非难事。

从儒家诗教理论开始，文学就扮演着非常重要的角色。"经礼乐而
纬国家，通古今而述美恶，非文莫可也。是以君临天下者，莫不敦悦其
义，缙绅之学，咸贵尚其道，古往今来，未之能易。"③作为君主，第一要
务无疑是理政治国。为达到化成天下、媲美唐虞之目的，唐太宗从"节
之于中和，不系于淫放"的理论出发，提倡以雅正作为文学追求的标准，
主张文学应该兴复古道，有益于政教，同时还须注重文学艺术的独特
性。太宗强调文质并重的文学观，其直接目的意在改变秦汉以降绮靡
烂漫之整体风气。

从这一思路出发，他对晋代文学家陆机给予了高度评价。《晋书·
陆机传论》云：

文藻宏丽，独步当时；言论慷慨，冠乎终古。高词迥映，如朗月之悬
光；叠意回舒，若重岩之积秀。千条析理，则电坼霜开；一绪连文，则珠
流璧合。其词深而雅，其义博而显，故足远超枚、马，高蹑王、刘，百代文
宗，一人而已。④

传论从辞、论、意、理等方面着眼，称扬"其词深而雅，其义博而显"

---

① 谢保成：《贞观政要集校》，第533页。
② ［唐］李世民：《帝范》卷四，文渊阁四库全书本。
③ ［唐］姚思廉：《梁书》卷四十九，第685页。
④ ［唐］房玄龄等：《晋书》卷五十四，第1487页。

的文学风格。太宗虽反对"释实求华",但这一观点与具实而求华的要求实际上并不相悖。沈约《宋书·谢灵运传论》云:"降及元康,潘、陆特秀。律异班、贾,体变曹、王;缛旨星稠,繁文绮合。"①《文赋》云:"藻思绮合,清丽千眠;炳若缛绣,凄若繁弦。"②这是陆机旗帜鲜明地表现出自己对文章构思、辞采、声律等要素的重视,我们完全可依据此说来概括其自身文风。至《文心雕龙》出,则"繁缛"成为文之一体而被正式确立。③ 从陆机到沈约再到刘勰,他们对于"繁缛"的评骘,均不曾表现出重形式而轻内容的倾向,所谓"求华"则有之,而"释实"则无稽。因此,陆机能得到唐太宗"百代文宗"之誉,实有赖于其质文兼备、辞义并茂的文学特征。

另一方面,太宗亦认识到文学的健康发展,离不开时代政治背景和社会环境的外部影响。他说:"夫贤之立身,以功名为本;士之居世,以富贵为先。然则荣利人之所贪,祸辱人之所恶,故居安保名,则君子处焉;冒危履贵,则哲士去焉。"④功名与富贵,即勋业、名誉、财富和地位。在主张入世的儒家看来,通过正当、合理的途径去获得,自然无可厚非。在贞观年间,李唐政权已经扫清隋末各派割据力量,完成了平定天下的大业,执政者已经开始由武功向文治的顺势转变。雄才大略而欲令"天下英雄入吾彀中"之唐太宗,⑤自然深谙世道与人情,能够准确把握文治中坚力量——士人阶层的志向与心态,以功名、富贵为抓手,当可进一步实现文治之顺利推进。他在《晋书·陆机传论》中对陆机才高而不遇深表惋惜的同时,亦流露出对亲手开创的贞观治世风貌的自豪,并对

① ［南朝梁］沈约:《宋书》卷六十七,第 1778 页。
② 张少康:《文赋集释》,第 145 页。
③ 范文澜:《文心雕龙注》卷六,第 505 页。"体性"篇云:"数穷八体……五曰繁缛。""繁缛者,博喻酿采,炜烨枝派者也。"
④ ［唐］房玄龄等:《晋书》卷五十四,第 1487—1488 页。
⑤ ［五代］王定保:《唐摭言》卷一,第 3 页。

在此良好局面下蓬勃发展的文学趋势充满信心与期望。

要之，就文治与文学的关系而言，文治为根本，文学乃表象。太宗以及贞观群臣致力于文学理想在唐初的重新建立，其意实为循此以彰显文学之盛，从而达到文治之高标。

二、初唐文学理想的生成

《隋书·儒林传》云："俗易风移，必由上之所好，非夫圣明御世，亦无以振斯颓俗矣。"①国家最高决策者的志向、意图和喜好，对整个国家的文化走向和社会风貌无疑具有极其重要的引导意义。作为文治与武功兼备的一代英主，唐太宗的威望与权势在贞观时代更是具有无可比拟的影响力。他提出的"节之于中和，不系之于淫放"②的文学主张，必然会对臣下产生重要影响。

《晋书》卷五十五云：

> 孝若（夏侯湛）捴蔚春华，时标丽藻。睹其抵疑诠理，本穷通于自天；作诰敷文，流英声于孝悌，旨深致远，殊有大雅之风烈焉。安仁（潘岳）思绪云骞，词锋景焕，前史俦于贾谊，先达方之士衡。贾论政范，源王化之幽赜；潘著哀词，贯人灵之情性。机文喻海，韫蓬山而育芜；岳藻如江，濯美锦而增绚。混三家以通校，为二贤之亚匹矣。然其挟弹盈果，拜尘趋贵，蔑弃倚门之训，干没不逞之间，斯才也而有斯行也，天之所赋，何其驳欤！正叔（潘尼）含咀艺文，履危居正，安其身而后动，契其心而后言，著论究人道之纲，裁箴悬乘舆之鉴，可谓玉质而金相者矣。③

---

①　［唐］魏征：《隋书》卷七十五，第 1706 页。
②　［清］彭定求等编：《全唐诗》卷一，第 1 页。
③　［唐］房玄龄等：《晋书》卷五十五，第 1525 页。

　　史臣评价夏侯湛既"捺蔚春华，时标丽藻"，又"有大雅之风烈"。这与太宗对陆机"文藻宏丽，言论慷慨"，"其词深而雅，其义博而显"的称道如出一辙。二人皆兼顾文章内容与形式双方面，追求辞与意、文与质的统一和谐。而且，《晋书》评论文学并非仅仅就文而论文，作家德行亦为其评判文之高下的一个重要因素，如对潘岳的评价即是如此。潘文之构思与辞采并驾齐驱，堪为双美，然较之陆文则稍逊；潘文贵重情性，然无关于雅正教化，故较贾文则亚之。潘岳为人"挟弹盈果，拜尘趋贵，蔑弃倚门之训，干没不遑之间"。因德行有亏，则其文不近雅正，纵然文采能似"濯美锦而增绚"，亦因无补于教化而终落于下乘。正是以德行为据，唐人才评价潘尼之文与其叔相左，云："正叔含咀艺文，履危居正，安其身而后动，契其心而后言，著论究人道之纲，裁箴悬乘舆之鉴，可谓玉质而金相者矣。"

　　《晋书》作于贞观（627—649）中期，是唐前期官修诸史中较为独特的一部，太宗亲自为宣帝（司马懿）、武帝（司马炎）、陆机、王羲之分别撰写史论，故其书有"御题"之说。《晋书》由房玄龄监修，参与修撰者有中书侍郎褚遂良，太子左庶子许敬宗，中书舍人来济，著作郎陆元仕、刘子翼，前雍州刺史令狐德棻，太子舍人李义府、薛元超，起居郎上官仪等人。[1] 该书的修撰，具体由令狐德棻负责。[2]

　　作为宰相监修的官方史书，参与者皆为朝廷官员，又经御览最后定稿，则《晋书》所秉持的文学理论主张，无疑代表着帝王意志。由此可见，史臣在评价夏侯湛、潘岳、潘尼之文时，所持的标准完全一致。即为人与为文合一、辞采与文意合一，这种回归儒家传统的文论观点，实为

---

[1]　［后晋］刘昫等：《旧唐书》卷六十六，第2463页。
[2]　［后晋］刘昫等：《旧唐书》卷七十三，第2598页。"令狐德棻传"云："有诏改撰《晋书》，房玄龄奏德棻令预修撰，当时同修一十八人，并推德棻为首，其体制多取决焉。"

对太宗"节之于中和,不系之于淫放"主张的呼应与践行。这种思想,在唐初《梁书》《陈书》《周书》《北齐书》《隋书》等史学著作中皆有体现。诸史出自不同史家之手,其主张虽不尽相同,但在彰显文学的教化作用方面,则与《晋书》表现出高度的一致性。

《梁书》在突出文学裨益教化的重要社会作用的同时,亦推重文采。其"文学传上"云:"经礼乐而纬国家,通古今而述美恶,非文莫可也。是以君临天下者,莫不敦悦其义,缙绅之学,咸贵尚其道,古往今来,未之能易。"①《陈书》"文学传"云:"《易》曰'观乎人文以化成天下',孔子曰'焕乎其有文章'也。自楚、汉以降,辞人世出,洛汭、江左,其流弥畅。莫不思侔造化,明并日月,大则宪章典谟,裨赞王道,小则文理清正,申纾性灵。至于经礼乐,综人伦,通古今,述美恶,莫尚乎此。"②

《北齐书》"文苑传"云:"夫玄象著明,以察时变,天文也;圣达立言,化成天下,人文也;达幽显之情,明天人之际,其在文乎。遡听三古,弥纶百代,制礼作乐,腾实飞声,若或言之不文,岂能行之远也。"③《北齐书》所书内容为北齐一代之史。但在"文学传"中亦兼及南朝文学。首先,强调了文学在化成天下中的重要作用,然后批判了梁末文章尚"轻险"、杂"㳙㳚"。轻险者,轻靡奇险,就辞采而言;㳙㳚者,弊败不和,就声律而论。因辞采与声律皆不合雅正之道,故著者有梁末文学"虽悲而不雅"之整体论断。对于北齐文学,李百药评价说:"爰逮武平,政乖时蠹,唯藻思之美,雅道犹存,履柔顺以成文,蒙大难而能正。"北齐后主高纬武平(570—575)年间,政治局面已是乱象丛生,但因文章之作雅正之道尚存,故李氏对当时文学表现出来的"藻思之美"依然予以肯定。

《隋书》卷七十六"文学传"云:"暨永明、天监之际,太和、天保之间,

---

① ［唐］姚思廉:《梁书》卷四十九,第 685 页。
② ［唐］姚思廉:《陈书》卷三十四,第 453 页。
③ ［唐］李百药:《北齐书》卷四十五,第 601 页。

洛阳、江左,文雅尤盛。于时作者,济阳江淹、吴郡沈约、乐安任昉、济阴温子昇、河间邢子才、钜鹿魏伯起等,并学穷书圃,思极人文,缛彩郁于云霞,逸响振于金石。英华秀发,波澜浩荡,笔有余力,词无竭源。方诸张、蔡、曹、王,亦各一时之选也。"①永明(483—493)为齐武帝萧赜年号,天监(502—519)为梁武帝萧衍年号;太和(477—499)为北魏孝文帝元宏年号,天保(550—559)为北齐文宣帝高洋年号。据《隋书·文学传》,约公元五世纪末期至六世纪中期,南北朝均迎来了文学创作的繁荣阶段。"学穷书圃,思极人文,缛彩郁于云霞,逸响振于金石"乃是魏征从学问、修养、辞采、声律等多方面着眼文学的结果,而"英华秀发,波澜浩荡,笔有余力,词无竭源",则是其对当时文学总体把握后对其整体风貌的宏观概括。正因为魏氏有"文雅尤盛"之断语,才避免后世对当时文学产生文胜于质之诟病。

然而,南北两朝文雅并盛的局面犹如昙花一现,便各自凋落。魏征将南朝文风转折的时间定在大同(535—546)年间:"梁自大同之后,雅道沦缺,渐乖典则,争驰新巧。简文、湘东,启其淫放,徐陵、庾信,分路扬镳。其意浅而繁,其文匿而彩,词尚轻险,情多哀思。格以延陵之听,盖亦亡国之音乎!"②李百药则笼统地将南北两朝文风转折的时间定为萧梁末世与高齐末世:"原夫两朝叔世,俱肆淫声,而齐氏变风,属诸弦管,梁时变雅,在夫篇什。"③

自先秦开始,文学的发展与社会变化密切相关的观点就已经出现,并且演进成为中国古典文论中一个极其重要的命题。一方面,社会的变化影响到文学内容的变化,如《礼记·乐记》云:"凡音者,生人心者也。情动于中,故形于声;声成文谓之音。是故治世之音安以乐,其政

---

①　[唐]魏征:《隋书》卷七十六,第 1729—1730 页。

②　[唐]魏征:《隋书》卷七十六,第 1730 页。

③　[唐]李百药:《北齐书》卷四十五,第 602 页。

和；乱世之音怨以怒，其政乖；亡国之音哀以思，其民困。声音之道，与政通矣。"①《文心雕龙·时序》云："歌谣文理，与世推移。"②又云："文变染乎世情，兴衰系乎时序。"③

另一方面，文学在发展进程中自身能量的合理彰显，又会对社会的发展产生不容忽视之反作用，此即文学的社会作用。如《诗经·魏风·葛屦》云："维是褊心，是以为刺。"④《诗经·小雅·节南山》云："家父作诵，以究王讻。式讹尔心，以畜万邦。"⑤《论语·阳货》云："诗，可以兴，可以观，可以群，可以怨。迩之事父，远之事君，多识于鸟兽草木之名。"⑥孔子"兴""观""群""怨"之说最具代表性，它是对文学所具有的陶冶、观风、美刺、言志等作用进行的一次较有系统的理论表述。

从世运与文学的关系不难看出，萧梁与高齐两朝末世出现的文风变化，实为对其政治腐败、社会黑暗真实而曲折的反映。在这种充满乱世之象的政治环境下，文学自然无法独善其身。于是，和光同尘、明哲保身的作家们，与雅道日益沦失、逐渐背离典则的文学作品一起，在文学社会作用的被迫缺失中，令先前短暂的文学盛况悄然褪色，取而代之的则是"争驰新巧"的畸形文学追求。

开皇元年（581），隋文帝杨坚统一南北朝，结束了自西晋末年以来近三百年的分裂局面，中国重新进入大一统时期。一个新生的统一王朝，在政治、法律、文化、道德等上层建筑方面必然要求与之相应的内容。于是，改革旧文风、建立新文风的希冀便在杨隋政权的实际需求中应运而生。隋文帝是当时文风改革的支持者，他致力于"屏黜轻浮，遏

①　［汉］郑玄注，［唐］孔颖达疏：《礼记正义》卷三十七，第 1254 页。
②　范文澜：《文心雕龙注》卷九，第 671 页。
③　范文澜：《文心雕龙注》卷九，第 675 页。
④　［汉］毛亨传，［汉］郑玄笺，［唐］孔颖达疏：《毛诗正义》卷五，第 425 页。
⑤　［汉］毛亨传，［汉］郑玄笺，［唐］孔颖达疏：《毛诗正义》卷十二，第 825 页。
⑥　［清］刘宝楠：《论语正义》卷二十，第 689 页。

止华伪"。① 开皇四年(584),还曾下诏,令天下公私文章,并宜实录。其年九月,泗州刺史司马幼之还因文表华艳而受惩戒。② 改革文风诉求的提出,在朝士人中以治书侍御史李谔为代表。他说:

> 魏之三祖,更尚文词,忽君人之大道,好雕虫之小艺;下之从上,有同影响,竞骋文华,遂成风俗。江左齐梁,其弊弥甚,贵贱贤愚,惟务吟咏,遂复遗理存异,寻虚逐微,竞一韵之奇,争一字之功,连篇累牍,不出月露之形,积案盈箱,唯是风云之状。世俗以此相高,朝廷据兹擢士;禄利之路既开,爱尚之情愈笃。于是闾里童昏,贵游总丱,未窥六甲,先制五言。至如羲皇、舜、禹之典,伊、傅、周、孔之说,不复关心,何尝入耳。以傲诞为清虚,以缘情为勋绩,指儒素为古拙,用词赋为君子。故文笔日繁,其政日乱,良由弃大圣之规模,构无用以为用也。损本逐末,流遍华壤,递相祖师,久而愈扇。③

　　首先,李谔对建安以来日益注重辞采、声律等形式之美的文学现象大加斥责,指出在这一现象下文学作品必然走向内容空虚、题材狭隘的事实;其次,他指出文学创作中抛弃雅正、"竞骋文华"完全是本末倒置,会直接导致国家政治生活陷入混乱。显然,在李谔看来,魏晋至隋代近四百年社会局面的持续动荡,文学自是难辞其咎。因为在文学创作中"弃大圣之规模,构无用以为用"的做法,背离了儒家先圣提倡的礼乐之道。也就是说,文学根本没有发挥出应有的社会教化的作用。李谔之论,批曹氏崇尚文词,视文学为雕虫小技,虽未能充分认识文学之特点,对建安文学华实并茂的本质理解不足,但其于"江左齐梁,其弊弥甚,贵

---

① ［唐］魏征:《隋书》卷六十六,第 1545 页。
② ［唐］魏征:《隋书》卷六十六,第 1545 页。
③ ［唐］魏征:《隋书》卷六十六,第 1544 页。

贱贤愚,惟务吟咏"的特定时代,能够从国家大局出发,从文学与社会的关系层面来看待文学发展,依然值得肯定。

　　在野文人之中,同样不乏具有远见卓识者,其中以文中子王通最为著名。其《事君篇》云:"有四名焉,有五志焉。何谓四名? 一曰化,天子所以风天下也;二曰政,蕃臣所以移其俗也;三曰颂,以成功告于神明也;四曰叹,以陈诲立诚于家也。凡此四者,或美焉,或勉焉,或伤焉,或恶焉,或诫焉,是谓五志。"①王通非常重视儒家道德与礼乐制度,坚持置德行于文学之上,强调文学必须要遵循雅正之道,突出了文学教化人心的重要功用。以此为据,他往往将作家的德操与作品的风格联系起来整体观照。如:

　　谢灵运小人哉,其文傲,君子则谨;沈休文小人哉,其文冶,君子则典;鲍照、江淹,古之狷者也,其文急以怨;吴筠、孔珪,古之狂者也,其文怪以怒;谢庄、王融,古之纤人也,其文碎;徐陵、庾信,古之夸人也,其文诞。②

　　在中国社会从动荡走向统一的历史进程中,王通以胸怀天下之志扯起振兴儒学的旗帜。他在分析社会动荡、世风日下的根本原因后,有针对性地提出其兴复儒道的学术理想,以及德行济文的文学理念。在他看来,儒学之道是提升道德的基础,道德修养又决定着文学创作的境界,而文学在一定程度上亦可提高社会群体的道德修养。王通在有隋一代声名远播,求学者自远而至,盛况空前。弟子多达千余人,其中薛收、温彦博、杜淹、房玄龄、魏征、王珪、杜如晦、李靖、陈叔达等,皆为初唐政治舞台上的重要角色。因此,这种文学、道德和儒学三者浑然不可

---

①　[隋]王通:《事君篇》,《中说》卷三,文渊阁四库全书本。
②　[隋]王通:《事君篇》,《中说》卷三,文渊阁四库全书本。

分割的理念,对新文学观在初唐的重建产生了重要影响。

实际上,萧梁末世衰变之后的文风,并非陈灭才传入杨隋。早在宇文周一朝,已成气候。"梁、荆之风,扇于关右,狂简之徒,斐然成俗,流宕忘反,无所取裁。"①隋文帝以行政命令为据,李谔、王通以世道教化为旗,最终都没有达到改革文风之目的。数代积习,实难一日而返,更何况隋炀帝又反其道而行之,复扇浮荡之风。② 政治格局的统一、社会经济的发展,与多种文化之间的交流融汇,的确存在着深层联系。虽然从相当长的历史时期来看,两者之间总体上大致处于平衡关系。但在特定时代来看,两者并非理想状态下的亦步亦趋。所以,实现前者并不就意味着后者的必然实现,隋朝即是如此。它虽完成了疆域的统一,但短短三十七年的国祚根本无法完成南北文化与文学交流融汇的历史任务。于是,这一重担便落在了李唐执政者的肩上。

三、初唐文学理想与文化共同体建设的关系

贞观十八年,散骑常侍刘洎上疏颂扬太宗曰:"暂屏机务,即寓雕虫。纡宝思于天文,则长河韬映;摛玉字于仙札,则流霞成彩。固以锱铢万代,冠冕百王,屈宋不足以升堂,钟张何阶于入室。"③著作佐郎邓世隆亦云:"太宗以武功定海内,栉风沐雨,不暇于诗书。……道致隆平,遂于听览之暇,留情文史。叙事言怀,时有构属,天才宏丽,兴托玄远。"④

太宗亦自云:"以万机之暇,游息艺文。"⑤唐太宗钟意于文学之原因,可以从两个方面进行分析。首先,是个人喜好。周、隋以来,南朝文

---

① [唐]李延寿:《北史》卷八十三,第 2781 页。
② [唐]魏征:《隋书》卷七十六,第 730 页。"炀帝初习艺文,有非轻侧之论,暨乎即位,一变其风。"
③ 谢保成:《贞观政要集校》,第 206 页。
④ [后晋]刘昫等:《旧唐书》卷七十三,第 2600 页。
⑤ [清]彭定求等编:《全唐诗》卷一,第 1 页。

风北传后愈演愈烈，一时蔚然成风。李氏数代仕宦，生长于斯的李世民在这种风气下耳濡目染，喜好文学并不为怪。从个人喜好看，他颇重为文之辞采。如他对"初唐文宗"虞世南"词藻"之绝的欣赏。[1]　又如他颇看重张昌龄、王公治之文："初，昌龄与进士王公治皆善属文，名震京师，考功员外郎王师旦知贡举，黜之，举朝莫晓其故。及奏第，上怪无二人名，诘之。师旦对曰：'二人虽有辞华，然其体轻薄，终不成令器。若置之高第，恐后进效之，伤陛下雅道。'上善其言。"[2]然而，作为帝王，太宗对于文学的评判标准自有其独特之处。如吴兢《贞观政要》云：

　　贞观十一年，著作佐郎邓隆表请编次太宗文章为集。太宗谓曰："朕若制事出令，有益于人者，史则书之，足为不朽。若事不师古，乱政害物，虽有词藻，终贻后代笑，非所须也。只如梁武帝父子及陈后主、隋炀帝，亦大有文集，而所为多不法，宗社皆须臾倾覆。凡人主惟在德行，何必要事文章耶？"竟不许。[3]

　　略看此论，似乎梁武帝父子、陈后主、隋炀帝诸人导致宗社倾覆的根源是喜好文学，但仔细推敲，则不难看出太宗实际反对的是"事不师古，乱政害物"，他将诸帝身死国灭之责归咎于其文学之"不法"。[4]　其所反对之"不法"，实为作品不遵文章主旨之正，徒事辞采形式之艳。基于如此识见，太宗坚决主张文学要秉承古圣贤所传的雅正之道。从帝王立场出发，他认为政事无疑应置于文学之上。

　　《隋书·经籍志》云："夫仁义礼智，所以治国也，方技数术，所以治

---

①　谢保成：《贞观政要集校》，第 74 页。
②　［宋］司马光：《资治通鉴》卷一百九十八，第 6246 页。
③　谢保成：《贞观政要集校》，第 388 页。
④　谢保成：《贞观政要集校》，第 389 页。"营家本作'所为多不法古'"。

身也；诸子为经籍之鼓吹，文章乃政化之黼黻，皆为治之具也。"①《隋书》为贞观朝官修史书，由魏征负责主持修撰。故此一识见，必然与君主之主张一致。所以，文学在李唐政权的决策者眼中与"仁义礼智""经籍"一道，皆为维护其统治所不可或缺之措施，必须要正确、合理地加以有效利用。因此，太宗说：

　　贞观初，太宗谓监修国史房玄龄曰："比见前、后《汉史》载录扬雄《甘泉》《羽猎》，司马相如《子虚》《上林》，班固《两都》等赋，此既文体浮华，无益劝诫，何假书之史策？ 其有上书论事，词理切直，可裨于政理者，朕从与不从皆须备载。"②

　　由此可见，他对虞世南的欣赏，当不单是由于"词藻"，因为虞氏操行高洁，其"德行""忠直""博学""书翰"与"词藻"并称五绝。③

　　在君主专制时代，国君的喜好、言行、意志等往往会对臣下产生重要影响，然后以一种层层传递的方式，从上到下在整个国家和社会中引起一系列的连锁反应。这种影响力，在贞观文臣中已成共识。如："俗易风移，必由上之所好，非夫圣明御世，亦无以振斯颓俗矣。"④又如："原夫两朝叔世，俱肆淫声，而齐氏变风，属诸弦管，梁时变雅，在夫篇什。莫非易俗所致，并为亡国之音；而应变不殊，感物或异，何哉？ 盖随君上之情欲也。"⑤

　　太宗身兼喜好文学的作家与掌控国家的帝王双重身份，故其推重雅正，又不废辞采之文学主张，便无可争议地成为初唐文学观的核心内

---

① ［唐］魏征：《隋书》卷三十二，第 909 页。
② 谢保成：《贞观政要集校》，第 387 页。
③ 谢保成：《贞观政要集校》，第 74 页。
④ ［唐］魏征：《隋书》卷七十五，第 1706 页。
⑤ ［唐］李百药：《北齐书》卷四十五，第 602 页。

容。不仅如此,贞观君臣对于文学功用的认识,事实上已经达到了一个更高的层面。如《隋书·文学传》云:

> 《易》曰:"观乎天文,以察时变,观乎人文,以化成天下。"《传》曰:"言,身之文也,言而不文,行之不远。"故尧曰则天,表文明之称,周云盛德,著焕乎之美。然则文之为用,其大矣哉!上所以敷德教于下,下所以达情志于上,大则经纬天地,作训垂范;次则风谣歌颂,匡主和民。①

魏征此言,乃就文学的政教功能而言,在他看来,文学的社会功用并不是单向的"化民",而是统治者与民众的双向教化,是一个"双向建构"的过程。通过"文"这一载体,使上德泽被万民,下情达于天颜。执政者通过"文"了解民情世事,反观施政效果,约束调整自己的欲望政令。在下者通过"文"使其情志得以申纾,心灵得以净化。潜移默化中,达到"经邦纬俗""纲纪人伦"的政治目的。②

然而,初唐文学观的力图建立,同时还有另外一个方面的原因。杨隋统一了南北疆域,但因命短祚薄而没能完成对南北分裂造成的多元文化的整合,此乃新生的李唐政权仍然需要面对之旧问题。从秦始皇统一六国,"车同轨,书同文"③开始,中国完成了统一国家的建立。西晋亡后的政局纷乱与南北对峙,是历史造成的原因,虽持续时间达二百多年,但是从中国历史的纵向发展而言,这段时期不过是短暂的分裂,各割据政权的文化皆呈现出以儒治国、兼顾三教的特色。所以南北朝之间的文化差异,不是异源纷争,而是同源异流。这种差异主要表现在

---

① 〔唐〕魏征:《隋书》卷七十六,第 1729 页。
② 参见雷恩海、陆双祖:《文化共同体视阈下唐初文学理想的建构》,《甘肃社会科学》,2015(1)。
③ 〔汉〕郑玄注,〔唐〕孔颖达疏:《礼记正义》卷五十二,第 1700 页。

经学与文学方面。

《隋书·儒林传》云：

> 暨夫太和之后，盛修文教，搢绅硕学，济济盈朝，缝掖巨儒，往往杰出，其雅诰奥义，宋及齐、梁不能尚也。南北所治，章句好尚，互有不同。江左《周易》则王辅嗣，《尚书》则孔安国，《左传》则杜元凯。河、洛《左传》则服子慎，《尚书》《周易》则郑康成。《诗》则并主于毛公，《礼》则同遵于郑氏。大抵南人约简，得其英华，北学深芜，穷其枝叶。考其终始，要其会归，其立身成名，殊方同致矣。①

《隋书·文学传》云：

> 江左宫商发越，贵于清绮，河朔词义贞刚，重乎气质。气质则理胜其词，清绮则文过其意，理深者便于时用，文华者宜于咏歌，此其南北词人得失之大较也。若能掇彼清音，简兹累句，各去所短，合其两长，则文质斌斌，尽善尽美矣。②

于此，魏征承认南北经学、文学之间存在着明显差异。但是，他指出在不同环境下经学、文学好尚不同有着历史、地域等的深层原因。而且，这种差异各有利弊，并不能说明南北之人、南北学术和南北文学有高下之分。如此一来，无疑是从国家的高度，以文化视角将各地域、各种族、各阶层民众最大限度地纳入新生的李唐政权统治之下，并给予其平等的地位。所以，初唐文化的出发点，不是存南北之异，而是求大唐之同。其经学的努力方向，是按照南北学术"殊方同致"的趋势，完成大

---

① ［唐］魏征：《隋书》卷七十五，第 1705—1706 页。
② ［唐］魏征：《隋书》卷七十六，第 1729—1730 页。

一统王朝在学术文化方面的合流；就文学而言，则是"掇彼清音，简兹累句，各去所短，合其两长"。

　　贞观君臣一方面强烈批评南朝衰世绮靡浮艳文风对社会风气带来的不良影响；另一方面，又清醒地认识到周隋以来苏绰、李谔、王通等人重质轻文的文学主张在现实社会难以实现，而隋文帝依靠政治手段强制推行文学政策的手段更是胶柱鼓瑟。因此，他们尊重文学之独特性及其独立地位，以政教为指导，为辅佐。将文学的问题在更大程度上交由文学自身来解决，而政教则从外围适度干预文学的发展，使两者相辅相成。以此为基础完成"文质斌斌，尽善尽美"文学理想之建构。

　　"新文学理想建构之关键，在于正确对待前代文学遗产，处理好南北文学之关系。贞观君臣很好地解决了这一问题。他们从政治的视域审视文学，反思前代文学遗产，探讨文学的本质与功能，其目就在于探索文学发展的道路，建构能与新的时代政治、文化相适应的文学发展格局。"①因此，初唐新文学理想的建构过程，亦是李唐政权因势利导，为新生时代孕育出与其相应之文学的过程，从而使文学在积极健康的政治文化背景下，在反映大唐帝国昂扬宏阔气象风貌的同时，以其现实情怀、辞章之美，和追求真善美的精神品性，逐渐营造出美好的人文环境，隐然推进文化共同体的建设。

第四节　唐前期三教政策与文化共同体建设指导思想的宏观导向

一、唐代前期的"僧道拜俗"之争

　　唐代前期的政治舞台上，曾出现过一场大讨论，这一事牵涉三教，

①　参见雷恩海、陆双祖：《文化共同体视阈下唐初文学理想的建构》，《甘肃社会科学》，2015(1)。

波及朝野，对有唐一代及后世朝代产生重要影响的历史事件，便是"僧道拜俗"之争。此一论争，其本质实乃正统思想观念应该如何确立之问题，而正统思想观念则直接决定着国家社会的"核心价值观"。惟其如此，它必然成为唐代前期文化共同体建设中无法回避的环节。龙朔二年(662)，唐高宗颁布了《制沙门等致拜君亲敕》：

> 朕禀天经以扬孝，资地义而宣礼。奖以名教，被兹真俗。而濑乡之基克成，天构连河之化。付以国王裁制之由，谅归斯矣。今欲令道士女官僧尼，于君、皇后及皇太子其父母所致拜。或恐爽其恒情，宜付有司详议奏闻。①

而在此之前，高宗认为僧尼出家后须接受父母跪拜的做法"弃礼悖德"，违背了儒家风教，曾颁布《僧尼不得受父母及尊者礼拜诏》予以变革：

> 父子君臣之际，长幼仁义之序，与夫周公、孔子之教，异辙同归。弃礼悖德，深所不取。僧尼之徒，自云离俗，先自贵高。父母之亲，人伦以极，整容端坐，受其礼拜，自余尊属，莫不皆然，有伤名教，实敤彝典。自今以后，僧尼不得受父母及尊者礼拜。②

就现存史料看，佛教势力对《僧尼不得受父母及尊者礼拜诏》没有产生明显反应，但对《制沙门等致拜君亲敕》的抵触却异常强烈。"时京邑僧等二百余人，往蓬莱宫申表。上请左右相云敕令详议，拜不未定，

---

① ［唐］彦悰：《集沙门不应拜俗等事》，《大正新修大藏经》第 52 册，第 455 页。
② ［唐］李治：《僧尼不得受父母及尊者礼拜诏》，《全唐文》卷一二，第 147 页。

可待后集。僧等乃退。于是大集西明相与谋议。共陈启状闻诸僚采云。"①印度佛教传入中国后，与华夏本土文化间的碰撞、交融自是不可避免，在这一外教华化的进程中，出家僧尼与世俗家庭之间的亲情关系并非决然割裂。毕竟是面对生身父母，故虽有佛教戒律，僧尼对不受父母礼拜的规定似尚可容忍，但致拜君亲则截然不同，因为问题的关键不在拜亲，而在拜君。不拜君王，原始佛教在理论上自有其依据。"《梵网经》下卷云：出家法，不礼拜国王、父母、六亲，亦不敬事鬼神。《涅槃经》第六卷云：出家人不礼敬在家人。《四分律》云：佛令诸比丘，长幼相次礼拜，不应礼拜一切白衣。"②现实生活中"自云离俗，先自贵高"的佛教徒，③的确有着不同寻常的自豪感。佛教东渐的六百余年里，影响深广。"四俗立归戒之因，五众开福田之务。百王承至道之化，万载扇惟圣之风。"④尤其是承南北朝诸代与杨隋二帝大兴佛教之后，其势力更是获得迅猛发展。佛教作为独立性较强的宗教团体，隐然有与皇权分庭抗礼之势。于是，在是否致拜君亲上，两派势力的矛盾斗争在所难免。

为妥善解决"僧道拜俗"之争，高宗敕令俗官详议，由司礼太常伯、陇西郡王李博乂具体主持，于五月十五日"大集文武官寮九品以上，并州县官等千有余人，总坐中台都堂将议其事"。⑤ 司礼大夫孔志约执笔述状。参加本次讨论的官员，据其观点分为两派，其中反对致拜君亲者五百三十九人，以大司成（国子监祭酒）令狐德棻为代表；赞成致拜君亲者三百五十四人，以司平太常伯（工部尚书）阎立本为代表。持反对意

---

① ［唐］彦悰：《集沙门不应拜俗等事》，《大正新修大藏经》第 52 册，第 455 页。

② ［唐］彦悰：《集沙门不应拜俗等事》，《大正新修大藏经》第 52 册，第 457 页。

③ ［唐］李治：《僧尼不得受父母及尊者礼拜诏》，《全唐文》卷一二，第 147 页。

④ ［唐］道宣：《上荣国夫人杨氏沙门不合拜俗启》，《全唐文》卷九百九，第 9484 页。

⑤ ［唐］彦悰：《集沙门不应拜俗等事》，《大正新修大藏经》第 52 册，第 457 页。

见人数占六成以上,陇西郡王李博义与司礼大夫孔志约亦在其列。①

　　此次大讨论,反对拜俗的理由主要有六条:出家人属于别一文化体系,不宜再受儒家礼教之约束;②基于佛教经文,认为敬忠与不行跪拜并无相悖;③因循师古,不变为宜;④宗教与宗教徒实为一体,不能贵其道而贱其人;⑤佛教始源地天竺僧尼不拜君王、父母,而君王、父母皆礼拜僧尼;⑥俗传僧尼拜君于国无益,拜亲于亲不利。⑦

　　赞成拜俗的理由主要有五条:唐朝子民皆宜以君亲为上,以儒家道德规范为准绳,僧、道行为必须受其约束;⑧宗教的传播与发扬离不开世俗皇权的支持;⑨佛、道地位虽尊贵,但逊于帝王;⑩僧尼出家之后仍受世俗皇权辖制;⑪打击佛、道二教矜高之风,隆兴儒教。⑫

　　双方都不反对三教同旨之说,然论其根本,却大相径庭。赞成与反对拜俗者最关键的分歧,在于以什么思想作为思考的核心。反对拜俗者以佛教为中心言三教同旨,故主张存异,保持佛教独立性;⑬而赞成拜俗者以儒学为中心言三教同旨,故主张求同,实现三教合流。⑭ 而在赞同拜俗的阵营中,还出现了一种比较独特的意见。如刘仁叡《议沙门不应拜俗状》云:"陛下乘乾御历,咸五登三,振千古之隤纲,维万国之绝

① [唐]彦悰:《集沙门不应拜俗等事》,《大正新修大藏经》第52册,第457页。
② [唐]刘祥道:《僧道拜君亲议状》,《全唐文》卷一六二,第1655页。
③ [唐]杜君绰:《议沙门不应拜俗状》,《全唐文》卷一八六,第1887页。
④ [唐]权善才:《议释道不应拜俗状》,《全唐文》卷一八六,第1887页。
⑤ [唐]李晦:《议沙门不应拜俗状》,《全唐文》卷二〇四,第2063页。
⑥ [唐]王玄策:《议沙门不应拜俗状》,《全唐文》卷二〇四,第2064页。
⑦ [唐]王玄策:《议沙门不应拜俗状》,《全唐文》卷二〇四,第2064页。
⑧ [唐]李淳风:《议沙门僧道不应拜俗状》,《全唐文》卷一五九,第1631页。
⑨ [唐]郝处俊:《僧道拜君亲议状》,《全唐文》卷一六二,第1656页。
⑩ [唐]李义范:《议沙门不应拜俗状》,《全唐文》卷二〇三,第2054页。
⑪ [唐]杨思俭:《议沙门不应拜俗状》,《全唐文》卷二〇三,第2055页。
⑫ [唐]邱神静:《议沙门不应拜俗状》,《全唐文》卷二〇四,第2059页。
⑬ [唐]皇甫公义:《议沙门不应拜俗状》,《全唐文》卷二〇四,第2066页。
⑭ [唐]斛斯敬则:《议沙门不应拜俗状》,《全唐文》卷二〇三,第2055页。

纽，岂徒革《狸首》之咏，资父事君？方且变天竺之风，自家刑国。"①可见，在本次论争中，已有大臣洞穿"僧道拜俗"问题的核心，积极支持高宗一变前代，自我作古，加强世俗皇权对宗教势力的有效控制，只是这种力量还较弱，尚未形成气候。

因佛教势力的强烈反对，加之反对致拜君亲官员数目庞大，高宗最终认识到使佛教势力屈服于皇权的时机尚未成熟，不得已退而求其次，其《令僧道致拜父母诏》云："前欲令道士女冠僧尼等致拜，将恐振骇恒心，爰俾详定。有司咸引典据，兼陈情理，沿革二涂，纷纶相半。朕商榷群议，沉研幽赜，然箕颍之风，高尚其事，遐想前载，故亦有之。今于君处，勿须致拜。其父母之所，慈育弥深，祗伏斯旷，更将安设？自今已后，即宜跪拜，主者施行。"②最终，通过这种折中的方式，令拜君之争暂时平息，皇权与佛教力量各退一步，双方势力在角逐中达成了暂时平衡。③

二、高宗之前李唐对于"僧道拜俗"的真实态度

在龙朔二年（662）是否致拜君亲的大讨论中，右骁卫长史王玄策云："望随旧轨请不改张，同太宗文皇帝故事，依前不拜。"④右春坊主事谢寿云："太宗文皇帝圣智则无所不达，神威则无所不伏。于时僧众，岂不易令跪拜？……但愿近依先朝圣化之道。"⑤二人皆以太宗故事为依据，支撑其不拜君亲意见的合理性，谢寿甚至明言，高宗若变太宗不拜

① ［唐］刘仁轨：《议沙门不应拜俗状》，《全唐文》卷二〇四，第2060页。
② ［唐］李治：《令僧道致拜父母诏》，《全唐文》卷一二，第148页。
③ ［宋］宋敏求：《唐大诏令集》卷一一三，第589页。玄宗于开元二十一年十月颁布《僧尼拜父母敕》，可见高宗《令僧道致拜父母诏》并未得到真正执行。
④ ［唐］王玄策：《议沙门不应拜俗状》，《全唐文》卷二〇四，第2064页。
⑤ ［唐］谢寿：《议沙门不应拜俗状》，《全唐文》卷二〇五，第2067页。

君亲之成法即为不孝。① 据二人之说，似乎太宗历来反对僧道致拜君亲。然据史料所载，事实并非如此。

贞观五年(631)，"春，正月，诏僧、尼、道士致拜父母"。② 对此，《贞观政要》的记载更为详细："贞观五年，太宗谓侍臣曰：'佛道设教，本行善事，岂遣僧尼道士等妄自尊崇，坐受父母之拜，损害风俗，悖乱礼经？宜即禁断，仍令致拜于父母。'"③

据《佛祖统纪》卷三十九，"贞观七年，敕僧、道停致敬父母"，④可见太宗要求僧道致拜父母之诏令在实行两年后即停止推行。由高宗龙朔二年情形推断，贞观七年停致敬父母敕令颁布，当为"始波涌于闾里，终风靡于朝廷"之强大佛教势力极力反对之故。⑤ 但是太宗并未放弃，贞观十一年，颁布了《令道士在僧前诏》：

老君垂范，义在清虚；释迦贻则，理存因果。求其教也，汲引之迹殊途；穷其宗也，宏益之风齐致。然大道之兴，肇于遂古，源出无名之始，事高有形之外。迈两仪而运行，包万物而亭育，故能经邦致治，反朴还淳。至如佛教之兴，基于西域，逮于后汉，方被中华。神变之理多方，报应之缘匪一。洎乎近世，崇信滋深，人觊当年之福。家惧来生之祸。由是滞俗者闻元宗而大笑，好异者望真谛而争归，始波涌于闾里，终风靡于朝廷。遂使殊俗之典，郁为众妙之先；诸华之教，翻居一乘之后。流遁忘反，于兹累代。朕夙夜寅畏，缅惟至道，思革前弊，纳诸轨物。况朕之本系，出于柱史。今鼎祚克昌，既凭上德之庆；天下大定，亦赖无为之

① ［唐］谢寿：《议沙门不应拜俗状》，《全唐文》卷二○五，第 2067 页。
② ［宋］司马光：《资治通鉴》卷一百九十三，第 6086 页。
③ 谢保成：《贞观政要集校》，第 395 页。
④ ［宋］志磐：《佛祖统纪》卷三十九，《大正新修大藏经》第 49 册，第 364 页。
⑤ ［唐］李世民：《道士女冠在僧尼之上诏》，《唐大诏令集》卷一一三，第 586 页。

功。宜有改张，阐兹元化。自今以后，斋供行立，至于称谓，其道士女冠，可在僧尼之前。庶敦本之俗，畅于九有；尊祖之风，贻诸万叶。告报天下，主者施行。①

太宗之执政理想在于"经邦致治，反朴还淳"，其颁布此诏令之意图，一方面是出于维护李唐统治合法性与合理性的需要，极力扶持道教；另一方面，则是佛教的发展速度与势力异常壮大，已经影响到世俗皇权，必须要对其予以限制。其实，不仅太宗如此，高祖的宗教政策，亦是出于同一考虑。

武德九年（626），高祖颁布《沙汰佛道诏》云：

释迦阐教，清静为先，远离尘垢，断除贪欲。……近代已来，多立寺舍，不求闲旷之境，唯趣喧杂之方。缮筑崎岖，薨宇舛错，招来隐匿，诱纳奸邪。或有接近廓邸，邻迹屠酤，埃尘满室，膻腥盈道。徒长轻慢之心，有亏崇敬之义。且老氏垂化，本实冲虚，养志无为，遗情物外。全真守一，是为元门，驱驰世务，尤乖宗旨。朕膺期驭，兴隆教法，志思利益，情在护持。欲使玉石区分，薰莸有辨，长存妙道，永固福田，正本澄源，宜从沙汰。诸僧、尼、道士、女冠等，有精勤练行守戒律者，并令就大寺观居住，官给衣食，勿令乏短。其不能精进戒行有阙者，不堪供养，并令罢退，各还桑梓。所司明为条式，务依法教，违制之事，悉宜停断。京城留寺三所，观二所，其余天下诸州各留一所，余悉罢之。②

当时，"天下僧尼，数盈十万"，③而普通百姓出于或"规自尊高"，或

---

①　[唐]李世民：《道士女冠在僧尼之上诏》，《唐大诏令集》卷一一三，第586页。
②　[唐]李渊：《沙汰佛道诏》，《全唐文》卷三，第38页。
③　[宋]司马光：《资治通鉴》卷一百九十一，第6001页。

"苟避徭役"之目的，通过种种手段争求成为"事同编户，迹等齐人"的僧侣，正如傅奕"不忠不孝削发而揖君亲，游手游食易服以逃租赋"①之说，成为当时不容忽视的社会问题。针对傅奕请除佛法的上疏，"上（高祖）诏百官议其事，唯太仆卿张道源称奕言合理"。②满朝文武，唯有不掌实权的太史令与太仆卿赞同废除佛法。朝廷之中尚且如此，加之僧侣、世俗信众，佛教影响之大、势力之强可见一斑。而对于帝王来说，维护国家稳定，实现长治久安才是重心所在，当佛教势力壮大到不利于统治之时，则必须进行干预。其实，"上亦恶沙门、道士苟避征徭，不守戒律，皆如奕言"。③然建国伊始，李渊出于稳固政权的宏观考虑，面对众寡悬殊的信佛与反佛力量对比，慎重选择了以"沙汰"为借口，以压制佛教势力。④

　　"玄武门之变"后，高祖下诏大赦天下。"僧、尼、道士、女冠并宜依旧。国家庶事，皆取秦王处分。"⑤因"国家庶事，皆取秦王处分"，故此诏令内容所体现者，当为秦王（李世民）之意图，他在掌握实际政权的第一时间，便将宗教问题作为急务之一。因沙汰僧道的诏令当即废止，故高祖朝对佛教的打压计划并未实施。秦王停止沙汰僧道的诏令，根本原因就在于，政变之后需要团结一切可以团结之力量为己所用，安辑人心，稳定局面。故李渊、李世民父子在宗教问题上的分歧，并不能证明李世民是佛教力量的支持者和代言人。

　　考诸史料，太宗对于佛教的态度，体现在诸多方面，有些看似矛盾，

①　[宋] 司马光：《资治通鉴》卷一百九十一，第 6001 页。
②　[宋] 司马光：《资治通鉴》卷一百九十一，第 6002 页。
③　[宋] 司马光：《资治通鉴》卷一百九十一，第 6002 页。
④　高祖此诏名为《沙汰佛道诏》，似为佛、道二教而颁，然考之内容，诏书批评佛教徒妄自尊高、逃避徭役、违背戒律、劫掠偷窃、结交豪猾、招诱奸邪等罪状；而仅于诏书末尾象征性地指出道教"驱驰世务"之弊。可见此诏矛头所向，实为佛教势力。
⑤　[宋] 司马光：《资治通鉴》卷一百九十一，第 6012 页。

但本质上依然一致。贞观初年,太宗颁布了一系列内容较为特别的诏令,其中有《为殒身戎阵者立寺刹诏》、①《为战亡人设斋行道诏》、②《为战阵处立寺诏》、③《度僧于天下诏》等。④ 他出于怆悯"恻隐之心"、哀矜"生灵之重"⑤的考虑,遂"建斋行道",以"竭诚礼忏",⑥并于"建义以来交兵之处,为义士凶徒陨身戎阵者,各建寺刹,招延胜侣"。⑦ 又鉴于"比因丧乱,僧徒减少"的现象,⑧下令度僧出家。

　　就内容言,这些诏令皆有利于佛教发展。无论是为殒身戎阵者立寺刹,还是为战亡人设斋行道,皆为得民心之善举。因为这些做法无一不表现出一国之君心系苍生、悲天悯人的博爱,太宗将这一情怀借助当时信众最广的佛教来予以表现,无疑最为妥当。但是,在度僧出家的问题上,太宗却规定了诸多限制:"其天下诸州有寺之处,宜令度人为僧尼,总数以三千为限。"⑨"必无人可取,亦任其阙数。"⑩"若官人简练不精,宜录附殿失。"⑪不但严格限制了人数,要求宁缺毋滥,而且将度僧数量与质量直接与负责具体事务官员的考核密切挂钩。简而言之,人数可少不可多,更不可弄错! 如此一来,官员对诏令的实际执行自然是多一事不如少一事,慎之又慎。

　　武德九年(626)十二月,太宗曾问著名反佛人士傅奕曰:"佛之为教,玄妙可师,卿何独不悟其理?"对曰:"佛乃胡中桀黠,诳耀彼土。中

---

① ［唐］李世民:《为殒身戎阵者立寺刹诏》,《唐大诏令集》卷一一三,第586页。
② ［唐］李世民:《为战亡人设斋行道诏》,《全唐文》卷四,第57页。
③ ［唐］李世民:《为战阵处立寺诏》,《全唐文》卷五,第59页。
④ ［唐］李世民:《度僧于天下诏》,《全唐文》卷五,第66页。
⑤ ［唐］李世民:《为战亡人设斋行道诏》,《全唐文》卷四,第58页。
⑥ ［唐］李世民:《为战亡人设斋行道诏》,《全唐文》卷四,第58页。
⑦ ［唐］李世民:《为战阵处立寺诏》,《全唐文》卷五,第60页。
⑧ ［唐］李世民:《度僧于天下诏》,《全唐文》卷五,第66页。
⑨ ［唐］李世民:《度僧于天下诏》,《全唐文》卷五,第66页。
⑩ ［唐］李世民:《度僧于天下诏》,《全唐文》卷五,第66页。
⑪ ［唐］李世民:《度僧于天下诏》,《全唐文》卷五,第66页。

国邪僻之人，取庄、老玄谈，饰以妖幻之语，用欺愚俗，无益于民，有害于国，臣非不悟，鄙不学也。"上颇然之。① 贞观十年（636），太宗长孙皇后曾对太子说："道、释异端之教，蠹国病民，皆上素所不为。"②贞观二十年（646），太宗曰："朕于佛教，非意所遵。求其道者未验福于将来，修其教者翻受辜于既往。至若梁武穷心于释氏，简文锐意于法门，倾帑藏以给僧祇，殚人力以供塔庙。及乎三淮沸浪，五岭腾烟，假余息于熊蹯，引残魂于雀鷇，子孙覆亡而不暇，社稷俄顷而为墟，报施之征，何其谬也！"③

傅奕提出佛教"无益于民，有害于国"的观点，太宗深表赞同，这与长孙皇后母子心目中太宗关于佛教"蠹国病民"的观点，以及太宗批驳佛教信徒萧瑀的观点完全一致。至此，太宗对于佛教之真实态度当不辩自明。正因佛教于民、于国皆有不容忽视之负面影响，故太宗才说："朕于佛教，非意所遵。"而梁武帝、梁简文帝沉溺于佛教，最终导致身死国灭、子孙覆亡的实例，自然成为极具说服力的反面教材。

三、唐初的三教政策及其本质

贞观二年（628），太宗曰："梁武帝君臣惟谈苦空，侯景之乱，百官不能乘马。元帝为周师所围，犹讲老子，百官戎服以听。此深足为戒。"④太宗此论，可谓"道、释异端之教"的恰当注解。身为拥有雄才大略的一代君主，太宗既然视道、释二教为异端，那么他所提倡的正统之教究竟是什么？而他又是凭借何种统治思想，于不断开疆拓土后将国势逐渐推向顶峰，致使大唐帝国得以绵延近三百年之久的国祚呢？

---

① ［宋］司马光：《资治通鉴》卷一百九十二，第 6029 页。
② ［宋］司马光：《资治通鉴》卷一百九十四，第 6120 页。
③ ［宋］司马光：《资治通鉴》卷二百一，第 6340 页。
④ ［宋］司马光：《资治通鉴》卷一百九十二，第 6054 页。

　　自西汉以降,以三代之君臣相得、大治大化为理想政治模式,遂成为历代统治者向往的政治典范,唐太宗是其中具有代表性的一位。他说:"朕今所好者,惟在尧、舜之道,周、孔之教,以为如鸟有翼,如鱼依水,失之必死,不可暂无耳。"[1]实际上,大唐开国之时高祖李渊就先后颁布《旌表孝友诏》《令国子学立周公孔子庙诏》等诏令,[2]始扇重儒之风。为效法三代之圣,成为一代明主,唐太宗选择了以礼乐德治为代表的儒家学说作为其统治的主导思想。他说:"朕为兆民之主,皆欲使之富贵。若教以礼义,使之少敬长、妇敬夫,则皆贵矣。轻徭薄敛,使之各治生业,则皆富矣。"[3]言论之外,其执政举措亦多有表现。

　　首先,是重视教育。贞观五年,"太宗数幸国学,遂增筑学舍千二百间。国学、太学、四门亦增生员,其书算各置博士,凡三千二百六十员。其屯营飞骑,亦给博士,授以经业。无何,高丽、百济、新罗、高昌、吐蕃诸国酋长,亦遣子弟请入国学。于是国学之内八千余人。国学之盛,近古未有"。[4]贞观十一年,太学"停祭周公,以孔子为先圣,颜回配享"。[5]贞观十四年,"大征天下名儒为学官,数幸国子监,使之讲论,学生能明一大经以上皆得补官"。[6]

　　其次,是整理儒家经典。"令孔颖达与诸儒撰定《五经》疏,谓之《正义》,令学者习之。"[7]此外,还"诏求近世名儒梁皇甫侃、褚仲都,周熊安生、沈重,陈沈文阿、周弘正、张讥,隋何妥、刘炫等子孙以闻,当加引

①　谢保成:《贞观政要集校》,第 331 页。
②　[唐]李渊:《旌表孝友诏》《令国子学立周公孔子庙诏》,《全唐文》卷一,第 24—25 页。
③　[宋]司马光:《资治通鉴》卷一百九十六,第 6181 页。
④　[唐]杜佑:《通典》卷五十三,第 1467 页。
⑤　[宋]司马光:《资治通鉴》卷一百九十四,第 6126 页。
⑥　[宋]司马光:《资治通鉴》卷一百九十五,第 6153 页。
⑦　[宋]司马光:《资治通鉴》卷一百九十五,第 6153 页。

擢"。① 重儒之思想倾向不言自明。

贞观十一年，礼部尚书王珪为魏王泰师，史书云"上谓泰曰：'汝事珪当如事我。'泰见珪，辄先拜，珪亦以师道自居。珪子敬直尚南平公主。先是，公主下嫁，皆不以妇礼事舅姑，珪曰：'今主上钦明，动循礼法，吾受公主谒见，岂为身荣，所以成国家之美耳。'"②王珪言行，则从另一个侧面表明太宗当时崇尚儒家礼教制度的真实性，及其以身作则的重要影响。

帝王对储君的教育，亦能反映出其真实的政治思想。太宗《帝范》"崇文第十二"云："夫功成设乐，治定制礼。礼乐之兴，以儒为本。弘风导俗，莫尚于文；敷教训人，莫善于学。因文而隆道，假学以光身。"③可见，他推荐给太子的仍然是儒家思想。在儒家礼乐制度中，"仁""义"之外，"忠"与"孝"同样具有普遍意义。孝为小忠，忠为大孝。因孝"始于事亲，中于事君，终于立身。君子之事上，进思尽忠，退思补过，将顺其美，匡救其恶"，④故太宗认为唯有加强德行修养，从孝入手，由重孝而尽忠，融家、国、天下三者为一体，营造出普遍、良好的社会文化氛围，才能推进文化共同体的建设，形成强大的向心力，实现大唐帝国的长治久安。

然而，以儒家学说作为治国的指导思想理论上完全可行，在实际操作中却存在无法回避的障碍。李唐家族出身关陇士族，与山东士族为两派政治势力，在李唐建国之初，山东士族势力颇为强大，在世俗社会中依然得到高度认可。⑤ 为了巩固政权，太宗采取了双管齐下之策略，

---

① [宋]司马光：《资治通鉴》卷一百九十五，第 6153 页。
② [宋]司马光：《资治通鉴》卷一百九十四，第 6127 页。
③ [唐]李世民：《帝范》卷四，文渊阁四库全书本。
④ [后晋]刘昫等：《旧唐书》卷四，第 65 页。
⑤ [宋]司马光：《资治通鉴》卷一百九十五，第 6135 页。贞观十二年(638)："吏部尚书高士廉、黄门侍郎韦挺、礼部侍郎令狐德棻、中书侍郎岑文本撰《氏族志》成，上之。……士廉等以黄门侍郎崔民干为第一。上曰：'汉高祖与萧、曹、樊、灌皆起闾阎布衣，卿辈至今推仰，以为英贤，岂在世禄乎！……今欲厘正讹谬，舍名取实，而卿曹犹以崔民干为第一，是轻我官爵而徇流俗之情也。'"

在政治上对山东士族打压的同时,宗老子为始祖,通过尊奉老子、提升道教地位以彰显李唐政权的神圣色彩。[①] 对于影响巨大、信众广泛的佛教势力,他虽不信仰,但出于政治需要,不得不时拉时压,为其所用。于是,以"三教虽异,善归一揆"为理论依据,[②]致力于推行以三教论衡为其表,重儒、抬道、控佛为其里的政治思想,通过文化共同体的建设来维护国家的向心力,实现皇权的无上权威。由此可见,高宗"僧道致拜君亲"的要求,完全是对太宗"僧道致拜父母"政策的继承和发展。

高宗之后,虽有中宗、睿宗先后执政,然大权均在武后之手。为实现称帝之目的,武后需要一种理论作为支持,而东魏国寺僧法明等撰《大云经》四卷进献朝堂,则正当其时。经文"言太后乃弥勒佛下生,当代唐为阎浮提主,制颁于天下"。[③] 可见,佛教之于武后,正如道教之于李唐。故武则天建周代唐后,颁布《释教在道法上制》提升佛教,[④]打压道教,佛教势力赢得了皇权支持,获得进一步发展。然而,武氏另又颁布《禁僧道毁谤制》:

> 佛道二教,同归于善,无为究竟,皆是一宗。比有浅识之徒,竞生物我,或因恚怒,各出丑言。僧既排斥老君,道士乃诽谤佛法,更相訾毁,务在加诸,人而无良,一至于此。且出家之人,须崇业行,非圣犯义,岂是法门。自今僧及道士敢毁谤佛道者,先决杖,即令还俗。[⑤]

显然,则天此制,旨在调和佛、道之二教矛盾。武氏先佛后道与李氏先道后佛之政策,在利用宗教为政治服务的本质上并无区别。对于

---

① ［唐］李世民:《道士女冠在僧尼之上诏》,《唐大诏令集》卷一一三,第586页。
② ［宋］王钦若等:《册府元龟》卷五十"帝王部·崇儒术第二",文渊阁四库全书本。
③ ［宋］司马光:《资治通鉴》卷二百四,第6466页。
④ ［武周］武则天:《释教在道法上制》,《全唐文》九五,第981页。
⑤ ［武周］武则天:《禁僧道毁谤制》,《全唐文》卷九五,第983页。

儒家,武则天非但不排除,反而在更高层面上加以改造利用。如臣子上表武氏时,直言:"圣人在上,孝理天下,整齐风俗,砥砺名教。"①又如垂拱四年(688)的"明堂"之议:"太宗、高宗之世,屡欲立明堂,诸儒议其制度,不决而止。及太后称制,独与北门学士议其制,不问诸儒。……二月,庚午,毁乾元殿,于其地作明堂。"②

《逸周书·明堂解第五十五》云:"明堂,明诸侯之尊卑也,故周公建焉,而明诸侯于明堂之位。制礼作乐,颁度、量而天下大服,万国各致其方贿。"③《孝经·圣治章第九》云:"昔者周公郊祀后稷以配天,宗祀文王于明堂,以配上帝。"④由此可见,明堂的作用就是通过祭祀天帝祖先神灵,颁布政令,以施行王道教化。其目的就在于神话天子,维护其作为最高统治者的合法地位。所以,作为一国之君的武则天,在借助佛教站稳脚跟之后,在儒、道、释之间,依然采取了并立共存、为我所用的三教合流原则。

中宗即位后,拒绝使用"中兴"之说,对武氏政策多继承而少革新。"唐周之号暂殊,社稷之祚斯永,天保定尔,实繇于兹,朕所以抚璇玑,握金镜,事惟继体,义即缵戎。"⑤其后,睿宗在三教问题上,基本上还是继承了武氏政策。如《令僧道并行制》云:

　　朕闻释及元宗,理均迹异,拯人救俗,教别功齐。岂于中闲,妄生彼我。不遵善下之旨,相高无上之法,有殊圣教,颇失彝章。自今每缘法事集会,僧尼道士女冠等,宜令齐行并进。⑥

① 〔唐〕崔融:《为温给事请致仕归侍表》,《全唐文》卷二一九,第2211页。
② 〔宋〕司马光:《资治通鉴》卷二百四,第6447页。
③ 黄怀信等:《逸周书汇校集注》,第765页。
④ 〔唐〕李隆基注,〔宋〕邢昺疏:《孝经注疏(十三经注疏本)》卷五,第34页。
⑤ 〔唐〕李显:《答张景源请改中兴寺敕》,《全唐文》卷一七,第203页。
⑥ 〔唐〕李旦:《令僧道并行制》,《全唐文》卷一八,第217页。

　　佛教徒"藉武曌家庭传统之信仰,以恢复其自李唐开国以来所丧失之权势。而武曌复转借佛教经典之教义,以证明其政治上所享之特殊地位"。①　在此相互依存相互利用的局面下,武氏虽在思想导向上坚持三教并存,为我所用。然而,现实之中佛教势力于则天一朝的发展隐然已在儒、道之上,甚至可以影响国家的行政制度。如:"游僧皆托佛法,诖误生人;里陌动有经坊,阛阓亦立精舍。化诱所急,切于官征;法事所须,严于制敕。"②

　　此种情形,在中宗、睿宗两朝更是愈演愈烈。如:"营建佛寺,日广月滋,劳人费财,无有穷极。"③"当今出财依势者,尽度为沙门;避役奸讹者,尽度为沙门;其所未度,惟贫穷与善人耳……今天下之寺,盖无其数。"④又如:"比者营造寺观,其数极多,皆务取宏博,竞崇瑰丽。大则费耗百十万,小则尚用三五万余,略计都用资财,动至千万已上。转运木石,人牛不停,废人功,害农务,事既非急,时多怨咨。"⑤再如:"其有鬻贩先觉,诡饰浮言,以复殿为经坊,用层台为道法,皆无功于元虑,诚有害于生人。……若使广事修营,假饰图像,尽宇内之功巧,倾万国之资储。为福则靡效于先朝,树怨则取谤于天下。"⑥因此,玄宗即位之后,即重用姚崇等人大革前代弊政,宗教问题首当其冲。

四、文化共同体建设指导思想的宏观导向

　　"中宗以来,贵戚争营佛寺,奏度人为僧,兼以伪妄;富户强丁多削

①　陈寅恪:《陈寅恪集·金明馆丛稿二编》,第 164 页。
②　[唐] 狄仁杰:《谏造大像疏》,《全唐文》卷一六九,第 1727 页。
③　[宋] 司马光:《资治通鉴》卷二百九,第 6622 页。
④　[唐] 辛替否:《陈时政疏》,《全唐文》卷二七二,第 2762 页。
⑤　[唐] 韦嗣立:《请减滥食封邑疏》,《全唐文》卷二三六,第 2383 页。
⑥　[唐] 宁原悌:《论时政疏五篇》,《全唐文》卷二七八,第 2819—2820 页。

发以避徭役，所在充满。"①针对放任佛教发展带来的严重社会现状，姚崇于开元二年(714)正月建议对其严厉制裁，玄宗深以为是，于是"命有司沙汰天下僧尼，以伪妄还俗者万二千余人"。② 同年二月，又颁布《禁创造寺观诏》，③严禁新造寺观，旧有寺观若需修葺，则先须上报政府审批。通过一系列行之有效的政治措施，玄宗开展了对武后至睿宗朝泛滥发展的佛教势力不断削弱、压制。闰二月，颁布《令僧尼道士女冠拜父母敕》：

> 夫孝者，天之经，地之义，人之行。故上自天子，下至庶人，资于敬爱，以事父母，所谓冠五常之表，称百行之先。如或不由，其何以训？如闻道士女冠僧尼等，有不拜父母之礼，朕用思之，茫然罔识。……自是已后，道士女冠僧尼等，并令拜父母，丧纪变除，亦依月数，庶能正此颓弊，用明典则。④

此诏立足儒家礼制，以"孝"为准则来裁度僧、道行为，再一次提出"僧尼致拜父母"的要求。此外，《禁百官与僧道往还制》规定："自今已后，百官家不得辄容僧尼道士等。至家缘吉凶。要须设斋，皆于州县陈牒寺观，然后依数听去。"⑤禁止百官与僧道私自接触。《禁坊市铸佛写经诏》规定："自今已后，禁坊市等不得辄更铸佛写经为业。须瞻仰尊容者，任就寺拜礼。须经典读诵者，勒于寺取读。"⑥禁止在坊(生活区)、市(商业区)私自生产和买卖佛像、佛经等物品。

---

① ［宋］司马光：《资治通鉴》卷二百一十一，第 6695 页。
② ［宋］司马光：《资治通鉴》卷二百一十一，第 6695 页。
③ ［唐］李隆基：《禁创造寺观诏》，《全唐文》卷二六，第 304 页。
④ ［唐］李隆基：《令僧尼道士女冠拜父母敕》，《唐大诏令集》卷一一三，第 588 页。
⑤ ［唐］李隆基：《禁百官与僧道往还制》，《全唐文》卷二一，第 243 页。
⑥ ［唐］李隆基：《禁坊市铸佛写经诏》，《全唐文》卷二六，第 300 页。

　　开元十九年(731)四月,颁布《诫励僧尼敕》,以佛教讲说"无益于人,有蠹于俗",[①]故禁断僧尼俗讲,进一步压缩佛教传播渠道与势力范围,严格按照世俗法令约束僧尼行为。开元二十一年(733)十月,颁布《僧尼拜父母敕》:

　　近者道士女冠,称君子之礼,僧尼企踵,勤戍请之仪。以为佛初灭度,付嘱国王,猥当负荷,愿在宣布,盖欲崇其教而先于朕者也。自今已后,僧尼一依道士女冠例,兼拜其父母,宜增修戒行,无违僧律,兴行至道,俾在于此。[②]

　　所谓僧尼"兼拜其父母",即既拜君王,又拜父母。从内容看,此令等同于高宗龙朔二年颁布的《制沙门等致拜君亲敕》。在唐代,僧尼致拜父母的问题从太宗贞观五年(631)首次提出,高宗龙朔二年(662)再次提出,至玄宗开元二年(714)又重新提出,跨时八十余年,其间经历六帝。这个命题的反复提出,背后必然有着不容忽视的原因。拜君之争,太宗、高宗朝皆以向佛教势力妥协告终,玄宗在半个世纪后提出同样的要求,却最终达到了目的。[③] 酌之情理,当是在此期间形势出现了有利于皇权的重大变化。那么,究竟是什么变化呢?

　　先天二年(713)清除太平公主集团后,李隆基开始励精图治,他通过惩治前代酷吏、[④]罢免冗滥官员、[⑤]提倡简朴以正风俗,[⑥]逐步树立起

① 　[唐] 李隆基:《诫励僧尼敕》,《唐大诏令集》卷一一三,第588页。
② 　[唐] 李隆基:《僧尼拜父母敕》,《唐大诏令集》卷一一三,第589页。
③ 　[唐] 杜佑:《通典》卷六十八,第1893页。"礼·僧尼不受父母拜及立位"条云:"(肃宗)上元二年(761)九月敕:'自今以后,僧尼等朝会,并不须称臣及礼拜。'"可知玄宗朝僧道拜俗之礼的确得到推行。
④ 　[宋] 司马光:《资治通鉴》卷二百一十一,第6698页。
⑤ 　[宋] 司马光:《资治通鉴》卷二百一十一,第6699页。
⑥ 　[宋] 司马光:《资治通鉴》卷二百一十一,第6702页。

清明的政治气象。随后,选拔学者编校群书,[①]置丽正书院修书侍讲,[②]尊崇儒术,[③]致力于恢复贞观之风,[④]成为继太宗之后又一位树立起极高个人威望的李唐君主。

在开元二十二年之前,玄宗的思想依然是崇文重儒、抑佛弘道。[⑤]在这一指导思想下,政治开明,社会安定,经济稳步发展。永徽三年(652)年,唐朝人口仅为 380 万户;[⑥]开元十四年(726),人口为 7 069 565户;[⑦]至天宝元年(742),人口为 8 525 763 户。[⑧] 短短十六年时间,人口增长了 1 456 198 户,人口总数达到高宗初年的两倍有余,出现了"开元盛世"。杜诗之中不乏这一时期社会风貌的真实写照,如《忆昔(其二)》云:"忆昔开元全盛日,小邑犹藏万家室。稻米流脂粟米白,公私仓廪俱丰实。九州道路无豺虎,远行不劳吉日出。齐纨鲁缟车班班,男耕女桑不相失。宫中圣人奏云门,天下朋友皆胶漆。百余年间未灾变,叔孙礼乐萧何律。"[⑨]

裴光庭《宰相等上尊号表》云:"允协圣谟,肇修人纪,不易日月,再

---

① [宋] 司马光:《资治通鉴》卷二百一十一,第 6730 页。
② [宋] 司马光:《资治通鉴》卷二百一十二,第 6756 页。
③ [宋] 司马光:《资治通鉴》卷二百一十二,第 6764 页。
④ [宋] 司马光:《资治通鉴》卷二百一十二,第 6738 页。
⑤ [宋] 司马光:《资治通鉴》卷二百一十四,第 6808 页。"(开元二十二年)张果固请归恒山,制以为银青光禄大夫,号通玄先生,厚赐而遣之。后卒,好异者奏以为尸解;上由是颇信神仙。"据《资治通鉴》卷二百一十二,第 6747 页。"(开元九年)梁文献公姚崇薨,遗令:'佛以清净慈悲为本,而愚者写经造像,冀以求福。……汝曹勿效儿女子终身不寤,追荐冥福! 道士见僧获利,效其所为,尤不可延之于家。当永为后法!'"从玄宗朝前期的第一重臣姚崇对佛、道二教的负面评价,可以看出佛道二教在执政者心目中的实际地位——国家允许其存在,止是出于其有助于统治的考虑。
⑥ [宋] 司马光:《资治通鉴》卷一百九十九,第 6279 页。
⑦ [宋] 司马光:《资治通鉴》卷二百一十三,第 6773 页。
⑧ [宋] 司马光:《资治通鉴》卷二百一十五,第 6856 页。
⑨ [清] 仇兆鳌:《杜诗详注》卷十三,第 1163 页。

造乾坤,此陛下之神武也;若乃钦明上古,允恭克让,缀学设教,定礼创历,章施五采,克谐八音,缉熙之教成,肃雍之德备,此陛下之圣文也。若郊祀天地,文之经也;敬事神祇,文之德也;柔远能迩,文之化也;登封告成,文之表也。"①此文虽为颂圣之作,但考察盛唐历史,裴氏从文治、武功两方面概况玄宗一生的功业,还是较为客观。

牢牢掌控国家最高权力的玄宗,凭借个人威望和综合国力对佛教势力进行了进一步压制,可见,致拜君亲之礼在玄宗朝的最终实行,反映出国家意志的强大和有力。一方面,政府在将近百年的时间坚持推行三教合流的政策,同时佛教之于世俗世界的独立性也在逐渐减弱。于是,拜君政策便在双方势力的消长中最终实行。其实,就拜俗而言,不论是拜亲还是拜君,皆为世俗皇权借助儒家理念对佛、道二教的试图改造,本质上并无区别。拜亲是拜君的准备阶段,拜君才是皇权致力于统摄三教,使其隶属于国家之下,为政治服务的根本目的。

从初唐历史来看,"僧道拜俗"实际上就是李唐政权与佛教势力斗争状况的晴雨表,②它反映出唐代文化共同体建设指导思想的宏观导向。李唐政权以儒家礼乐制度为主导,通过对佛、道二教殊途同归的宗教政策,逐步实现了三教合流,标志着唐代文化共同体建设指导思想的真正形成。这一指导思想,在唐代明确体现出国家意志,它从理论到实践的过程,见证了唐代文化共同体建设的艰难历程;而指导思想的形成,又促进了文化认同、国家认同、华夏民族认同、社会价值认同,形成了国家、社会的凝聚力和创造力,既维护、巩固了大唐帝国的完整统一和国祚绵延,亦对其后中国历史的发展具有不容忽视的典范意义,厥功甚伟。

---

① ［唐］裴光庭:《宰相等上尊号表》,《全唐文》卷二九九,第 3029 页。
② 由于李唐政权需要维护其统治的神圣地位,所以道教在唐代实际上具有国家宗教的地位,它在致拜君亲问题上实际是积极顺应皇权的意志。参见吴真:《道教修道生活的忠与孝——以初唐"致拜君亲"论争为中心》,《现代哲学》,2009(7)。

第二章

经世济民——族群、国家、
文化认同主题的凸显

李唐承隋之举，以科举取士，与南北朝相比，其时士族已经失去了政治上的特权，谱牒也不再具有从前据以选官、品人之作用。然而唐代前期并没有真正废除谱牒，相反，在唐初还屡修谱牒，而且声势很大。唐初大规模的修撰谱牒共有三次。

　　第一次在贞观初年。唐太宗命吏部尚书高士廉、黄门侍郎韦挺、礼部侍郎令狐德棻、中书侍郎岑文本等主持修撰谱牒。贞观十二年（638）撰成《氏族志》。① 究其用意，主要是唐太宗等人力图以唐朝皇室和功臣为主要成分，培植一个新的士族集团，用以替代山东士族和东南望族等旧士族集团，作为其核心社会基础，以巩固唐王朝的统治。

　　第二次在高宗后期。此时武则天当政，中书令许敬宗等以贞观《氏族志》不叙武氏本望，奏请改之。显庆四年（659），诏令礼部郎中孔志约等主持其事，书成，诏改《氏族志》为《姓氏录》。按照当时规定，士卒可"以军功致位五品，豫士流"。② 此举将士族范围进一步扩大，而该次新晋士族则成为武则天执政的坚实基础。

　　第三次在中宗复位之时。当时左散骑常侍柳冲认为，《氏族志》《姓氏录》颁行已近百年，士族兴衰变化很大，于是上表请加以改修。中宗命柳冲与左仆射魏元忠及史官张锡、徐坚、刘宪等八人依据《氏族志》重

① ［宋］司马光：《资治通鉴》卷一百九十五，第 6135 页。
② ［宋］司马光：《资治通鉴》卷一百九十五，第 6135 页。

新修撰。其间几经波折，至玄宗即位，才撰成《姓族系录》二百卷奏上，复又命柳冲及著作郎薛南金予以刊定。[①] 本次修订的宗旨是"序大唐之隆，修氏族之谱，使九围仰止，百代承风"，[②]而入谱之标准，则"共取德、功、时望、国籍之家，等而次之"。[③] 这一标准表明，《姓族系录》既不同于《氏族志》也不同于《姓氏录》，而是兼顾新旧士族的一次大协调，从另一角度看，它也是士、庶矛盾逐渐趋于淡化在谱牒著作中的真实反映。

唐代柳芳云：

夫文之弊，至于尚官；官之弊，至于尚姓；姓之弊，至于尚诈。隋承其弊，不知其所以弊，乃反古道，罢乡举，离地著，尊执事之吏。于是乎士无乡里，里无衣冠，人无廉耻，士族乱而庶人僭矣。故善言谱者，系之地望而不惑，质之姓氏而无疑，缀之婚姻而有别。[④]

柳氏为唐代史学名家，字仲敷，蒲州河东人，"开元末，擢进士第"。[⑤] 唐初，太宗、高宗、中宗三朝大张旗鼓地修撰谱牒，以柳芳为代表的盛唐史学家亦强调"尚姓"之于国家世运的重要性。可见，氏族谱系的地位虽已非六朝可比，但在唐代前期仍然受到执政者的高度重视，根本原因就在于它关系到李唐政权统治地位的合理性和统治基础的稳固性，直接影响着分别拥有政治、文化、经济等资源的世家豪族对于新生政权的国家认同。实际上，氏族谱系在折射出国家认同的同时，亦从不同程度显示出民族认同与文化认同之色彩。

---

① ［后晋］刘昫等：《旧唐书》卷一百八十九下，第 4972 页。
② ［唐］柳冲：《请修谱牒表》，《全唐文》卷二三五，第 2371 页。
③ ［宋］欧阳修、宋祁：《新唐书》卷一百九十九，第 5676 页。
④ ［唐］柳芳：《姓系论》，《全唐文》卷三七二，第 3779 页。
⑤ ［宋］欧阳修、宋祁：《新唐书》卷一百三十二，第 4536 页。

海内著姓的分布情况，自南北朝以降具有代表性的是五分法："过江则为侨姓，王、谢、袁、萧为大；东南则为吴姓，朱、张、顾、陆为大；山东则为郡姓，王、崔、卢、李、郑为大；关中亦号郡姓，韦、裴、柳、薛、杨、杜首之；代北则为虏姓，元、长孙、宇文、于、陆、源、窦首之。"[①]但是，就唐代前期情形而言，这一分法却不甚切合。首先，随着南北混一，大一统国家的建立，午马南渡后过江侨姓的概念便无须再作强调；其次，氏族谱系在唐前期先后经历了三次官方修订后，统治基础进一步扩大，仅仅以王、谢、朱、张、韦、裴、元、长孙等二十六个姓氏来代表进入士族阶层的众多姓氏，便显得单薄；第三，欲探究姓氏谱系的分布、迁徙及其文化传承与文化共同体建设之间的关系，关注的姓氏愈多，得出的结论自然愈为可靠。

因此，本章以唐代出土墓志等为主要研究资料，将唐代主要姓氏的分布、郡望、源流、家族文化等情况，置于开元十五道的地域划分中予以具体考察。

第一节　族　群　认　同

所谓族群认同，就是族群的身份确认，是指成员对自己所属族群的认知和情感依附。"族群"，是来自民族学的一个术语。德国著名社会学家、政治学家马克斯·韦伯认为它是"体型或习俗或两者兼备的类似特征，或者由于对殖民或移民的记忆而在渊源上享有共同的主观信念的人类群体"，而且"这种信念对群体的形成至关重要，而不一定关涉客观的血缘关系是否存在"。[②] 美国著名学者本尼迪克特·安德森认为

---

① ［唐］柳芳：《姓系论》，《全唐文》卷三七二，第 3779 页。
② （德）马克斯·韦伯著，林荣远译：《经济与社会》，第 439 页。

族群是想象的共同体,而享有共同信念的人群因各自的神话、历史、文化属性、种族意识形态而互相区别。① 可见,族群认同的关键并非血统,而是文化。实际上,华夏民族自古以来就秉持文化认同,而非种族认同之观念。陈寅恪先生即持文化认同之说。② 钱穆先生亦有相近之论,他说:"在古代观念上,四夷与诸夏实在另有一个分别的标准,这个标准,不是血统而是文化。所谓'诸侯用夷礼则夷之,夷狄进于中国则中国之',此即以文化为华、夷分别之证。"③

事实上,有唐一代族群认同最为典型者,当属李氏皇族。李唐母系源出夷狄,又为汉化之代表。其明确表述胡汉一体的思想,意在消泯胡汉畛域,欲天下皆以中华正统视之。

关于族群认同的信息在文化层面的反映,唐代前期文学中并不鲜见。其中在墓志铭中表现得尤为集中和突出。墓志铭又称"埋铭""圹铭""圹志""葬志"等,属于悼念性的实用文体,中国古代墓志铭篆刻于石碑之上,与死者一起埋入墓穴。作为一种独特的文化表现形式,其在中国古代社会具有重要的文化内涵。儒家"三不朽"的人生追求,④将"立德""立功""立言"的信条牢固地嵌入到中国古代士人的心灵深处,而墓志铭正是这种理念在某种程度上的明确体现。

魏文帝曹丕云:"夫文,本同而末异。盖奏议宜雅,书论宜理,铭诔尚实,诗赋欲丽。"⑤笼统地提出铭诔等纪念性文体宜遵循实事求是的

---

① (美)本尼迪克特·安德森著,吴叡人译:《想象的共同体:民族主义的起源与散布》,第7页。
② 陈寅恪:《统治阶级之氏族及其升降》,《陈寅恪集·唐代政治史述论稿》,第200页。"汉人与胡人之分别,在北朝时代文化较血统尤为重要。凡汉化之人即目为汉人,胡化之人即目为胡人,其血统如何,在所不论。"
③ 钱穆:《中国文化史导论》,第35页。
④ [春秋]左丘明传,[晋]杜预注,[唐]孔颖达正义:《春秋左传正义》卷三十五,第1152页。
⑤ [三国魏]曹丕:《典论·论文》,《文选》卷五十二,第2271页。

写作原则。西晋陆机云："碑披文以相质，诔缠绵而凄怆。铭博约而温润，箴顿挫而清壮。"①李善云："碑以序德，故文质相半。"②"诔以陈哀，故缠绵凄怆。"③南朝刘勰云："碑者，埤也。上古帝皇，纪号封禅，树石埤岳，故曰碑也。"④很明显，碑本身并非一种文体，而是文章的载体，故刘勰云："碑实铭器，铭实碑文。"⑤墓志铭的内容，一般由志（又称序）和铭两部分组成："其序则传，其文则铭。"⑥明代徐师云："故碑实铭器，铭实碑文；其序则传，其文则铭。此碑之体也。"⑦完全承袭刘勰之说。

《文心雕龙·史传》云："传者，转也；转受经旨，以授于后，实圣文之羽翮，记籍之冠冕也。"⑧刘勰认为，左丘明所创的"传"，是在完全忠实的基础上对"史"进行更为详尽的阐述；其后西汉司马迁用"本纪以述皇王，列传以总侯伯，八书以铺政体，十表以谱年爵"的方式将"传"进一步转变为将相功臣的生平传记；⑨南北朝时，其功用又继续延伸，转变为多用散文撰写，对逝者姓名、字号、郡望、籍贯、生平事略、死亡时间及埋葬地点等内容的简要陈述，故而又称序文。《文心雕龙·铭箴》云："铭者，名也，观器必也正名，审用贵乎盛德。"⑩可见"铭"本为镂刻于器物之上以纪念德操的文字，而在不断演进变迁之后，墓志铭中的"铭"则专指于文末概括全篇，对逝者予以赞颂、追悼的押韵文字。

关于墓志铭的起源，众说纷纭，莫衷一是。有始于王戎说、始于西

①　张少康：《文赋集释》，第 99 页。
②　张少康：《文赋集释》，第 113 页。
③　张少康：《文赋集释》，第 114 页。
④　范文澜：《文心雕龙注》卷三，第 214 页。
⑤　范文澜：《文心雕龙注》卷三，第 214 页。
⑥　范文澜：《文心雕龙注》卷三，第 214 页。
⑦　[明] 徐师曾：《文体明辨序说》，第 144 页。
⑧　范文澜：《文心雕龙注》卷四，第 284 页。
⑨　范文澜：《文心雕龙注》卷四，第 284 页。
⑩　范文澜：《文心雕龙注》卷三，第 193 页。

汉杜子春说、始于比干说等。① 范文澜先生认为："墓铭之来久矣……窃以古来铭墓，但书姓名官位，间或铭数语于其上，而撰文叙事，胪述生平，则起于颜延之耳。"②范氏综核众说而得此论，颇能令人信服。

追本溯源，墓志铭本求征实。然而在实际发展的过程中，却逐渐背离了这一原则。对此，批评者历来不乏其人。如《洛阳伽蓝记·城东篇》载隐士赵逸之言云："生时中庸之人耳，及其死也，碑文墓志，莫不穷天地之大德，尽生民之能事。为君共尧舜连衡，为臣与伊皋等迹。牧民之官，浮虎慕其清尘；执法之吏，埋轮谢其梗直。所谓生为盗跖，死为夷齐，佞言伤正，华辞损实。"③又如顾炎武《日知录》卷十九于"志状不可妄作"条提出"志状在文章家为史之流，上之史官，传之后人，为史之本"的重要意义，④而在"作文润笔"条亦明确反对文人受赇为文的不良风气。⑤ 范文澜曰："自文章与学术分道，缀文之徒，起似牛毛，贵室富贾之死，其子孙必求名士献谀为快，即乡里庸流，亦好牵率文人，冀依附文集传世。文人亦有所利而轻应之。"⑥考之史料，墓志不同程度失实情况的出现，确因文人诿金，以及为尊者、贤者、亲者讳等缘故而真实存在，但是我们并不能因噎废食，全盘否定墓志所具有的独特史料、文学价值，如不同姓氏的郡望分布、家族世系传承，以及胡汉交融进程中的相关族群信息等。南北朝以来，墓志铭大行于世，其中以唐代最为繁盛。这些丰富的文献资料，对于唐代文化共同体的建设中的民族认同、

① ［清］王士禛：《池北偶谈》卷十七，第 402 页。"墓志之始：《事祖广记》引《炙毂子》以为始于王戎；冯鉴《续事始》以为起于西汉杜子春；高承《事物纪原》以为始于比干。"
② 范文澜：《文心雕龙注》卷三，第 237 页。
③ 周祖谟：《洛阳伽蓝记校释》卷二，第 81—82 页。
④ 黄汝成：《日知录集释》卷十九，第 1107 页。
⑤ 黄汝成：《日知录集释》卷十九，第 1108 页。
⑥ 范文澜：《文心雕龙注》卷四，第 232 页。

文化认同和国家认同等方面的研究，具有不容忽视的重要价值。

唐代少数民族，在唐前期有墓志出土的，主要可见本书附表一《唐前期墓志所见主要少数民族姓氏及郡望一览表》。通过对这些少数民族姓氏在居住地、郡望变迁、得姓始祖，以及日常行为、德行等方面的考察，可以看出其汉化的整体趋势已颇为明显。而根据汉化程度的不同，这些少数民族姓氏可以分为以下几类。

第一类，明言其本非汉族。此类具体可分为三种情形。其一为郡望、姓氏皆沿袭祖上者，如金河曹氏。《曹氏谯郡君夫人墓志铭》序云："曾祖继代，金河贵族。"①其二为郡望、姓氏有部分改易者，如洛阳何氏。《大唐故处士何君墓志》序云："君讳盛，字多子，洛阳人也，其先出自大夏之后。"②其三为郡望、姓氏皆改易者，如扶风和氏。《唐故中大夫使持节江华郡诸军事江华郡太守上柱国和府君墓志铭》序云："君讳守阳，字守阳，扶风人也。始祖夏后氏之苗裔曰淳维，尝居北地，逐丰水草以自恣。适代为酋长，至突跋从后魏入都河南，拜龙骧将军，封日南公。其本为素和氏，后魏文帝分定氏族，因为和氏焉。"③

第二类，沿袭其姓氏郡望，但不言族别归属。若不详加考证、推究，仅凭墓志铭中的内容已经很难捕捉到其本为少数族裔的相关信息，如南安姚氏。《隋毗陵郡无锡县令姚君墓志铭》序云："君讳孝宽，字博德，南安人也。即帝舜有虞之裔。……以大唐贞观十二年九月十日卒于洛阳敦厚之里第。"④据《北朝胡姓考》："南安姚氏，羌族人也。"⑤又如西河卜氏。《大唐朝议郎行澧州司户参军事上柱国卜君之墓志铭》序云："君

---

① 周绍良、赵超：《唐代墓志汇编》，第 1284 页。
② 周绍良、赵超：《唐代墓志汇编》，第 188 页。
③ 周绍良、赵超：《唐代墓志汇编》，第 1580 页。
④ 周绍良、赵超：《唐代墓志汇编》，第 66 页。
⑤ 姚薇元：《北朝胡姓考》，第 345 页。

讳元简,字延休,西河人也。"①曹魏西河郡治离石(今山西省吕梁市),②至唐代,西河郡治汾州(今山西省汾阳市),③其地均处晋西。《魏书·刘聪传》云:"匈奴刘聪,字玄明,一名载,冒顿之后也。汉高祖以宗女妻冒顿,故其子孙以母姓为氏。祖豹,为左贤王。及魏分匈奴之众为五部,以豹为左部帅。豹虽分属五部,然皆家于晋阳汾涧之滨。"④据《北朝胡姓考》,须卜氏为匈奴贵族,后改为卜氏。⑤《史记·仲尼弟子列传》云:"卜商字子夏。……孔子既没,子夏居西河教授,为魏文侯师。"⑥世遂相传西河卜氏为卜夏之后。依理而论,西河自曹魏后即为南匈奴聚居之地,卜氏又为匈奴贵族,无论从时间还是地点而言,西河卜氏为匈奴后裔的可能性都要远大于子夏后裔之说。

第三类,附会汉族郡望,宣称族别为汉族,如河南于氏。《唐故延州肤施县令上柱国于公墓志铭》序云:"公讳士恭,字履揖,其先东海人也,汉太守定国之胤。洎五代祖谨仕魏,遂居河南,今为河南人也。……曾祖宣道,隋左卫率,皇凉、甘、肃、瓜、沙五州诸军使,凉州刺史成安子。"⑦《旧唐书·于志宁传》云:"于志宁,雍州高陵人,周太师燕文公谨之曾孙也。父宣道,隋内史舍人。"⑧可见,于士恭五代祖谨必为北周太师于谨。《周书·唐瑾传》云:"时燕公于谨勋高望重,朝野所属。白文帝,言瑾学行兼修,愿与之同姓,结为兄弟,庶子孙承其余论,有益义方。文帝叹异者久之,更赐瑾姓万纽于氏。"⑨可知于谨为代北鲜卑人,本姓

---

① 周绍良、赵超:《唐代墓志汇编》,第 1044 页。
② 谭其骧:《简明中国历史地图集》,第 21—22 页。
③ 谭其骧:《简明中国历史地图集》,第 41—42 页。
④ [北齐]魏收:《魏书》卷九十五,第 2043 页。
⑤ 姚薇元:《北朝胡姓考》,第 158 页。
⑥ [汉]司马迁:《史记》卷六十七,第 2202—2203 页。
⑦ 周绍良、赵超:《唐代墓志汇编》,第 1343 页。
⑧ [后晋]刘昫等:《旧唐书》卷七十八,第 2693 页。
⑨ [唐]令狐德棻:《周书》卷三十二,第 564 页。

万纽于氏，与汉代东海郯人于定国自当无涉。

又如河南独孤氏。龙朔时《□□景城县令京兆独孤公墓志铭》云："公讳澄，字凝道，其先代居河西，英武冠族，遂以独孤为号，子孙因氏焉。"[1]景龙时《大唐故朝散大夫行定王府掾独孤府君墓志铭》序云："君讳思敬，字□□，河南人也。汉光武之后。桓灵末，有刘卑为北地中郎将，镇桑干。属后魏平文帝将图中夏，因率众独归之，因赐姓独孤氏。"[2]开元时《大唐我府君故汉州刺史独孤公墓志铭》序云："□讳炫，字不耀，河南洛阳人也。其先汉之裔胄，及大盗乱常，神器中绝，全身避地，保姓因山□□□殊方，而代有贵位。六代祖俟尼，与后魏西迁洛阳封东平王，束马悬车，归于乐土，龙骧云□□□大人。"[3]从高宗龙朔至玄宗开元年间的三篇独孤氏墓志铭，所述其得姓之因皆不相合，可见其内容并不可靠。据《北朝胡姓考》："《官氏志》独孤氏乃屠各之异译，本匈奴单于贵种。"[4]

就历史而言，文化之间的交流与民族之间的融合在人类社会中从未停息，始终是一个动态的过程。本书如此分类，仅仅是因为其有助于阐明少数民族汉化进程中的几个重要阶段的考虑，并非要静止、孤立地胪列出个别姓氏以分其高下。而且，即便是同一源流的少数族裔姓氏，在唐代前期文化、民族的交融过程中，也同样呈现出由浅及深的汉化脉络，如西域康姓。贞观时《大唐上仪同故康莫量息阿达墓志铭》云："公讳阿达，西域康国人也。"[5]贞观时《大唐故洛阳康大农墓铭》云："君讳婆，字季大，博陵人也，本康国王之裔也。高祖罗，以魏孝文世，举国内

---

①　周绍良、赵超：《唐代墓志汇编》，第 380 页。
②　周绍良、赵超：《唐代墓志汇编》，第 1102 页。
③　周绍良、赵超：《唐代墓志汇编》，第 1461 页。
④　姚薇元：《北朝胡姓考》，第 52 页。
⑤　周绍良、赵超：《唐代墓志汇编》，第 124 页。

附,朝于洛阳,因而家焉,故为洛阳人也。"①咸亨时《唐故处士康君墓志》云:"君讳元敬,字留师,相州安阳人也。原夫吹律命氏,其先肇自康居毕万之后,因从孝文,遂居于邺。"②长寿时《大唐故康府君墓志铭》序云:"君讳智,字感,本炎帝之苗裔,后有康叔,即其先也。自后枝分叶散,以字因生,厥有斯宗,即公之谓矣。"③开元时《大唐故左监门校尉上柱国康君墓志铭》序云:"君讳远,字迁迪。其先卫康叔之门华,风俗通之叙述,祖宗累美,子胄光扬。君稽古文儒,英威武略。"④

从贞观至开元一个多世纪里,西域康氏的墓志铭书写发生了明显变化:郡望从康国改为内地,埋葬地点亦由陇右(如武威)改为中原(如洛阳),⑤且悄然尊周朝康叔为其得姓始祖。如此一来,西域康氏在经历了胡族汉化的几个基本阶段后终得顺利跻身于汉族行列,成为唐代前期完成族群认同的一个典型案例。

第二节　文化认同

一、尊奉先祖

(一) 郡望之说在唐代前期的兴盛

中国古代,敬天法祖的思想观念一直占据着主导地位。葛兆光在《中国思想史》中说:"中国古代思想世界一开始就与'天'相关。"⑥《礼

---

①　周绍良、赵超:《唐代墓志汇编》,第 96 页。
②　周绍良、赵超:《唐代墓志汇编》,第 571 页。
③　周绍良、赵超:《唐代墓志汇编》,第 855 页。
④　吴钢:《全唐文补遗(千唐志斋新藏专辑)》,第 136 页。
⑤　荣新江:《安史之乱后粟特胡人的动向》,《暨南史学》,2003(12)。文中称《大唐上仪同故康莫量息阿达墓志铭》出土于甘肃武威。
⑥　葛兆光:《中国思想史》第一卷《七世纪前中国的知识、思想与信仰世界》,第 19 页。

记·表记》云：“夏道尊命，事鬼敬神而远之。”①《尚书·盘庚上》云：“先王有服，恪谨天命。”②有学者提出：“殷人的宗教生活，主要是受祖宗神的支配。他们与天、帝的关系，都是通过自己的祖宗作中介人。”③由此可见，敬天和法祖的观念至迟在商代已经结合，并在政治生活中开始发生作用。此后，历代统治者莫不以敬天法祖为其统治思想的重要环节。

在先秦诸子中，儒家思想尤其注重崇敬祖先的意义。孔子以“祖述尧舜，宪章文武”为己任，④这是着眼宏观，言明国家和民族宜不忘圣王与明君，是欲开来必先继往的思路；曾子提出“慎终，追远，民德归厚矣”，⑤这是着眼微观，强调从思想建设、上层倡导方面重视丧祭之仪对社会道德建设的重要作用。从此，在历代政权倡导与儒家思想熏陶的双重作用之下，尊崇先祖这一根深蒂固的观念逐渐深入人心。

李唐开国之后，帝室迅速采取了三项措施：尊老子为其先祖，提升道教地位，⑥以当时官爵地位为标准重新修撰谱牒。⑦ 李氏此举，便是力图在郡望与先祖方面大做文章，以树立其统治的正当性与合理性。

唐代前期修撰谱牒共有三次。贞观初年，唐太宗欲提高皇室和功臣地位，并以其为主要成分致力于培植一个新的士族集团，用以代替山东士族、东南望族等旧有士族集团在社会中固有的影响力，从而夯实社会基础，巩固李唐政权。出于扩大士族的范围、巩固其统治的相似目

---

① ［汉］郑玄注，［唐］孔颖达疏：《礼记正义》卷五十四，第 1732 页。

② ［汉］孔安国传，［唐］孔颖达疏：《尚书正义》卷九，第 268 页。

③ 徐复观：《中国人性史论》，第 15 页。

④ ［汉］郑玄注，［唐］孔颖达疏：《礼记正义》卷五十三，第 1703 页。

⑤ ［清］刘宝楠：《论语正义》卷一，第 23 页。

⑥ ［后晋］刘昫等：《旧唐书》卷一，第 15 页。“武德七年，十月癸酉，（高祖）幸终南山，谒老子庙。”［唐］李世民：《令道士在僧前诏》，《唐大诏令集》卷一一三，第 587 页。“朕之本系，出于柱史。”［唐］李隆基：《庆唐观纪圣铭序》，《全唐文》卷四一，第 452 页。“我远祖元元皇帝，道家所号太上老君者也。”

⑦ ［宋］司马光：《资治通鉴》卷一百九十五，第 6136 页。

的，武后用事之时再次修撰谱牒，改《氏族志》为《姓氏录》。中宗李显复位之后，诏以"共取德、功、时望、国籍之家，等而次之"为宗旨，[1]对李唐系之《氏族志》和武周系之《姓氏录》予以调和，在一定程度上兼顾、平衡了新旧士族的利益。

正是在这一大背景下，郡望、谱牒之说继南北朝后于唐代前期以异常迅猛之势掀起了新的高潮。

（二）文化乃郡望之表征

所谓郡望，其实就是"郡"与"望"的合称。"郡"指行政区划，"望"是名门望族，故"郡望"一词，多用来指称与世家大族具有密切联系的地域范围。

中国古代称郡望之惯例，往往先称郡名，其后附该郡所属之具体县名，唐人亦是如此，如"陇西成纪""陇西狄道"等。但是，考察唐代历史与地理沿革，唐人所称郡望与实际行政区划并不相符，如"陇西成纪"、[2]"陇西狄道"、[3]"陇西天水"、[4]"陇西敦煌"、[5]"陇西金城"、[6]"陇西汧源"、[7]"北地灵州"、[8]"北地泥阳"等。[9] 据《通典·古雍州下》，天水、金城、敦煌等皆为与陇西郡并列之郡名，而唐代陇西郡所领仅襄武、陇西、渭源、鄣四县。成纪县属天水郡，狄道县属金城郡，敦煌县属敦煌

---

① ［宋］欧阳修、宋祁：《新唐书》卷一百九十九，第 5676 页。
② 周绍良、赵超：《唐代墓志汇编》，第 146 页《大唐□李君墓志之铭》。
③ 周绍良、赵超：《唐代墓志汇编》，第 465 页《唐故董府君墓志铭并序》。
④ 周绍良、赵超：《唐代墓志汇编》，第 240 页《唐故陇西天水赵府君墓志铭并序》。
⑤ 周绍良、赵超：《唐代墓志汇编》，第 1474 页《唐故李府君墓志铭并序》。
⑥ 周绍良、赵超：《唐代墓志汇编》，第 824 页《大周故处士申屠君墓志之铭》。
⑦ 周绍良、赵超：《唐代墓志汇编》，第 923 页《大周故登仕郎前复州监利县尉秦府君墓志铭并序》。
⑧ 周绍良、赵超：《唐代墓志汇编》，第 88 页《隋处士傅君志铭》。
⑨ 周绍良、赵超：《唐代墓志汇编》，第 924 页《大周故傅君墓志铭并序》。

郡。① 据《通典·古雍州上》,汧源县属汧阳郡,与陇西郡无涉。② 唐以秦、汉北地郡之地为安化郡,又另置灵州(灵武郡),③以汉泥阳县之地置安定县,属彭原郡。④ 由此可见,唐人所言郡望,与唐代实际行政区划并不吻合,故云唐人所称郡望乃是一种文化记忆则更为准确,因为它实际上是对前代成例的因袭转述,如"陇西成纪"、⑤"陇西狄道"、⑥"北地灵州"、⑦"北地泥阳"等。⑧

　　进一步讲,陇西成纪、北地泥阳式"郡＋县"的郡望表述,虽然与李唐行政区划不符,但其中郡与县皆属一道(如陇西成纪属陇右道,北地泥阳属关内道),此类表述与李唐行政区划之间的差异实为历史地理沿革中的正常变化。然而,"太原广平郡"、⑨"南安谯郡"、⑩"恒州代郡"、⑪"南阳同州"一类的郡望表述方式则有异于此,⑫其采用了一种甚为独特的表述方式——"郡＋郡",而且此两郡往往分属不同的道。如"太原广平郡"(唐太原属河东道,唐广平郡属河北道)、"南安谯郡"(唐无南安郡,此为沿袭曹魏旧称,其地唐属陇右道,唐谯郡属河南道)、"恒

---

① ［唐］杜佑:《通典》卷一百七十四,第 4543 页。
② ［唐］杜佑:《通典》卷一百七十三,第 4517 页。
③ ［唐］杜佑:《通典》卷一百七十三,第 4520—4522 页。
④ ［唐］杜佑:《通典》卷一百七十三,第 4519 页。
⑤ ［汉］司马迁:《史记》卷一百九,第 2867 页。"李将军广者,陇西成纪人也。"
⑥ ［北齐］魏收:《魏书》卷三九,第 885 页。"李宝,字怀素,小字衍孙,陇西狄道人,私署凉王暠之孙也。"
⑦ ［南朝宋］范晔:《后汉书》卷五十八,第 1873 页。"傅燮字南容,北地灵州人也。"
⑧ ［晋］陈寿:《三国志》卷二十一,第 622 页。"傅嘏,字兰石,北地泥阳人,傅介子之后也。"
⑨ 周绍良、赵超:《唐代墓志汇编》,第 1331 页《故前安乐州兵曹参军京兆程君墓志铭并序》。
⑩ 周绍良、赵超:《唐代墓志汇编》,第 397 页《大唐故焦君墓志铭并序》。
⑪ 周绍良、赵超:《唐代墓志汇编》,第 2 页《大唐洛州别驾大将军崔公妻库狄夫人墓志铭》。
⑫ 周绍良、赵超:《唐代墓志汇编》,第 166 页《大唐故金紫光禄大夫右屯卫司骑赵君墓志铭并序》。

州代郡"(唐恒州属河北道,唐无代郡而有代州,属河东道)、"南阳同州"(唐南阳郡属山南东道,唐同州属京畿道)。如果说"陇西成纪"式的郡望表述是转述成例,是通过转述对定格于历史时空中先祖的一种遥远而模糊的尊重与怀念,那么,"太原广平郡"式的郡望表述便是对祖先迁徙过程的一种扼要表述。原因很简单,如果这种"郡＋郡"式的郡望表述不是客观概括某一姓氏的郡望迁徙,便会因涵盖地域过广,缺乏具体指代而丧失其作为郡望表述的实际意义。

因此,通过考察郡望的表述方式,我们不难捕捉到相关信息:对唐人而言,郡望之说并非具体行政区划下的籍贯说明,而是时空观念下或固定或迁徙的一种文化记忆。

(三) 尊奉先祖的文化意义

崇敬先祖与注重郡望实为同一问题之两个方面,二者互为因果而无法剥离。李唐奉宗先祖老子,是对华夏正统文化之体认,也是其对于自身文化之追认。此后之颂扬圣贤,既是对这一理念的一贯秉持,亦是对华夏优秀文化之认同与治国指导思想之确立。事实上,李唐宗老子为先祖的行为,直接推动了唐代前期郡望观念的重新抬头,而注重郡望的社会思潮又再次加强了先祖崇敬的观念。

从现存史料看,唐代前期尊奉先祖的情形甚为突出。据本书附表二《唐前期墓志所见主要姓氏尊奉先祖情况一览表》,至少有122个姓氏明确指出其传说始祖、肇姓始祖或远祖具体为何人。如刘氏,综合彭城、河间、广平、中山、弘农等地刘氏多方墓志内容,可知其传说始祖为帝喾(或其子帝尧),[①]肇姓始祖为刘累,而远祖则为丰公刘仁、或汉高祖刘邦、竟陵侯刘隆、河间献王刘德、河间中山靖王刘胜等刘仁后裔;又如杨氏,根据弘农、洛阳等地杨氏墓志,可知其传说始祖为周文王,肇姓

---

① [汉]司马迁:《史记》卷一,第14页。"帝喾娶陈锋氏女,生放勋。娶娵訾氏女,生挚。帝喾崩,而挚代立。帝挚立,不善,而弟放勋立,是为帝尧。"

始祖为晋大夫阳处父,追述其远祖则皆称汉太尉杨震;再如张姓,综合南阳、范阳、武城等地张氏墓志,可知其传说始祖为少昊(或其父黄帝),[1]肇姓始祖为晋大夫张老老,而远祖或为汉相张良,或为汉安昌侯张禹,或为汉赵王张耳,及后汉太中大夫张湛、晋司空张华、晋黄门侍郎张协等。

通过对本书附表二《唐前期墓志所见主要姓氏尊奉先祖情况一览表》收录的 122 个姓氏进行比较,可以得出以下几点结论。

第一,各个姓氏的传说始祖的最终指向,不为少昊、炎帝、黄帝、尧、舜等传说中的上古先圣,必为夏、商、周上古三朝之明君或始祖,如禹、汤、后稷等。

第二,各个姓氏的肇姓始祖多为先圣臣子及有夏以来的卿大夫。如尧臣羲和,夏关龙逢,商微子,周泰伯、姜太公、虢叔、仲山甫、老子,晋解狐、赵衰,越范蠡等。

第三,各个姓氏尊奉之先祖或为名臣,或为骁将,几乎全为历史上之真实人物。如楚大夫伍负,秦将李信,汉长沙王吴芮、丞相张良、酂侯萧何、光禄勋冯奉世,后汉司徒王允、大将军梁冀、伏波将军马援,蜀丞相秦宓,吴将周瑜,晋当阳侯杜预等。

客观而言,墓志所云先祖其实并不可靠,更遑论其传说始祖与肇姓始祖。但是,通过对一百多个姓氏数千方墓志的考察,我们可以看出在唐代前期这样一个崇尚郡望的时代,各个姓氏皆致力于祖先崇敬则是不争之事实。而这一时期汉族高涨的先祖崇敬文化精神,直接影响并同化了众多的少数族裔,如辽西段氏(鲜卑)、南安姚氏(羌)、河南单氏(鲜卑)、酒泉支氏(月氏胡)、河南金氏(匈奴)、河南房氏(鲜卑)、河南车氏(车师胡)、上谷奇氏(高车)、邺县纥干氏(鲜卑)、河南斛斯氏(高车)、河

---

① ［汉］司马迁:《史记》卷一,第 9—10 页。司马贞认为黄帝之子青阳是少昊;皇甫谧、宋衷认为黄帝之子玄嚣青阳是少昊。

南呼延氏(匈奴)、河南独孤氏(匈奴)、河南贺兰氏(匈奴)、京兆乔氏(匈奴)、京兆茹氏(柔然)、河南路氏(鲜卑)、河南康氏(康居胡)、东海于氏(鲜卑)、河南元氏(鲜卑)、太原白氏(龟兹胡)等,[①]实例繁多,不胜枚举。

这种基本上覆盖汉族所有姓氏,涉及唐代前期众多民族的崇祖思想,固为儒家文化精神内涵的应有之义,加之李唐政权着力重提郡望的重要性,使得崇祖敬宗的观念获得长足发展,更加深入人心。这种观念,从单个家族和姓氏群体层面而言,可以增进家族自豪感、姓氏荣誉感并形成强烈的宗族凝聚力;从国家与社会层面而言,各个姓氏的传说先祖最终皆指向上古先圣,而且各姓所尊奉的先祖虽然各异,但均为符合儒家立德、立功、立言追求之英贤俊士,推崇此等人物自可辅行教化,推移世风。所以,此一金字塔型祖先崇拜形式表似别异,质实求同。

这种熔汉民族所有姓氏于一炉的祖先崇拜现象,实际上反映出的是文化认同的真实本质。而在这一过程中,少数民族亦深为此思想倾向所影响,并逐渐走向同化。因此,我们可以说唐代前期墓志中所反映出的祖先崇拜,既是唐代文化共同体形成趋势的体现,同时亦是文化共同体形成的重要动力与幕后推手之一。

二、颂扬圣贤

唐前期文学中颂扬的圣贤主要有三类,即上古明君、儒家先圣和唐前贤士,其中以孔子、周公尤为突出。

(一) 孔子

自汉武帝"推明孔氏,抑黜百家"之后,[②]儒家学说在官方大力支持

---

① 少数族裔姓氏的先祖尊奉情况,见本书附表二《唐前期墓志所见主要姓氏尊奉先祖情况一览表》;少数族裔姓氏的民族归属情况,见本书附表一《唐前期墓志所见主要少数民族姓氏及郡望一览表》。

② [汉] 班固:《汉书》卷五十六"董仲舒传",第 2525 页。

下，成为后世推行不辍的主导思想，随之而起的，则是孔子地位的逐步提升。唐代前期士人对孔子有着极高的评价。《陈留郡文宣王庙堂碑》云："夫子修《诗》《书》以酌虞、夏、殷、周之损益，而国风帝典备；约《鲁史记》以书二百四十二年之废兴，而乱臣贼子惧。"①这是孔子整理坟典、编纂史书的努力。"中都之制，立民极也，以匡颓风，防不为曲；两观之法，用重典也，以去奸宄，政不为苛；夹谷之会，诛无礼也，以尊两君，刑不为僭。"②这是孔子投身政务，对其政治主张的践行。"宏其教以救物，处其顺以安时，行藏屈伸，与化推移。其世衰也，揭仁义于天下；其世平也，启土宇于身后。出入百代，波流万方，孰不日用圣猷、钦若祀典？然后知素王之德，与天地并。"③则是对孔子于进退之间顺势而为的概括，及其比德天地、百世流芳之功德的高度评价。

如果说以《陈留郡文宣王庙堂碑》为代表的作品是对孔子一生成就的客观表述，那么以《兖州曲阜县孔子庙碑》《巴州化成县新文宣王庙颂》为代表的作品则将孔子的成就与地位提升到至高无上。如前者云："夫亭之者莫如天，藉之者莫如地，教之者莫如夫子。……夫博之者莫如文，约之者莫如礼，行之者莫如夫子。"④后者云："故夫子之前，未曾生夫子；夫子之后，不复有夫子。宇宙古今，倬惟一人。"⑤

其原因就在于孔圣之道"教之所入者深，化之所宏者远"，"恢张而天下理，污杀而天下乱，观其可以卜理乱也"。⑥ 不仅如此，在唐人的观念中，洽文教、"广旧典""尊先圣"已经成为判断天下有道与否的关键标

---

① ［唐］陈兼：《陈留郡文宣王庙堂碑并序》，《全唐文》卷三七三，第 3788 页。
② ［唐］陈兼：《陈留郡文宣王庙堂碑并序》，《全唐文》卷三七三，第 3788 页。
③ ［唐］陈兼：《陈留郡文宣王庙堂碑并序》，《全唐文》卷三七三，第 3788 页。
④ ［唐］李邕：《兖州曲阜县孔子庙碑并序》，《全唐文》卷二六二，第 2666 页。
⑤ ［唐］乔琳：《巴州化成县新文宣王庙颂并序》，《全唐文》卷三五六，第 3615 页。
⑥ ［唐］乔琳：《巴州化成县新文宣王庙颂并序》，《全唐文》卷三五六，第 3615 页。

准,①故李唐自立国之日起即尊崇儒教,推重孔子,并实施了一系列具体措施。如立孔庙于国子学,②封孔子后裔孔德纶为褒圣侯,③令左丘明等人配享孔庙,④于诸州县营造孔庙及学馆,⑤皇帝幸曲阜孔庙祭以少牢之礼,⑥皇帝幸曲阜孔宅且以太牢祭墓,⑦追谥孔子为文宣王,褒封孔门"十哲"为公侯,⑧追赠孔门弟子曾参等。⑨

　　事实上,李唐走向盛唐的过程,恰好与逐渐重视儒学的过程同步。"文教大洽"的盛世局面得以出现,自然离不开儒学的兴盛以及儒家思想的深入传播。故此,唐人有云:"我国家敷教训俗,以王者之礼加徽号焉,示明王果有宗也。德位交叙,以奉天时。然三皇五帝迄于今,春秋释菜,庙食千祀,特惟夫子耳。则冕旒衮服,圣人之余事;封建褒崇,有国之盛典。"⑩

(二) 周公

　　与孔子并称之周公,姓姬,名旦。是西周集政治家、军事家、思想家、教育家等为一身的儒学先驱。因其采邑在周,故称为周公。史书称其功业云:"一年救乱,二年克殷,三年践奄,四年建侯卫,五年营成周,六年制礼乐,七年致政成王。"⑪孔子云:"周监于二代,郁郁乎文哉! 吾

---

①　[唐]陈兼:《陈留郡文宣王庙堂碑并序》,《全唐文》卷三七三,第 3788 页。
②　[唐]李渊:《令国子学立周公孔子庙诏》,《全唐文》卷一,第 25 页。
③　[唐]李世民:《封孔德纶为褒圣侯诏》,《全唐文》卷四,第 54 页。
④　[唐]李世民:《左丘明等二十一人配享孔子庙诏》,《全唐文》卷八,第 99 页。
⑤　[唐]李治:《营造孔子庙堂及学馆诏》,《全唐文》卷一三,第 158—159 页。
⑥　[唐]李治:《祭告孔子庙文》,《全唐文》卷一五,第 158—159 页。[后晋]刘昫等:《旧唐书》卷五,第 90 页。"(乾封元年)甲午,次曲阜县,幸孔子庙,追赠太师,增修祠宇,以少牢致祭。"
⑦　[唐]李隆基:《幸孔子宅遣使以太牢祭墓诏》,《全唐文》卷二九,第 331 页。
⑧　[唐]李隆基:《追谥孔子十哲并升曾子四科诏》,《全唐文》卷三一,第 348 页。
⑨　[唐]李隆基:《追赠曾参等六十七人诏》,《全唐文》卷三一,第 347 页。
⑩　[唐]乔琳:《巴州化成县新文宣王庙颂并序》,《全唐文》卷三五六,第 3615 页。
⑪　[唐]魏征:《隋书》卷四十二,第 1195 页。

从周。"①儒家文化的源头可远溯至西周，故孔子对西周文化的真正奠基人周公深为敬重。②

鉴于周公对华夏文明做出的巨大贡献，历代好评史不绝书。如汉初思想家贾谊颂成王之功德云："文王有大德而功未就，武王有大功而治未成。……成王质仁圣哲，能明其先，能承其亲，不敢惰懈，以安天下，以敬民人。"③事实上，周公不仅为成王排内忧，征外患，辅助其功业，巩固其统治，还为"成康之治"奠定了坚实基础。故清人孙诒让云："粤昔周公，缵文、武之志，光辅成王，宅中作雒，爰述官政，以垂成宪，有周一代之典，炳然大备。"④今人对周公同样予以高度评价，如："没有周公不会有武王灭殷后的一统天下；没有周公不会有传世的礼乐文明；没有周公就没有儒家的历史渊源；没有儒家，中国传统的文明可能是另一种精神状态。"⑤又如："周公是一个真正的克里斯玛人物和中国历史上第一个思想家，不仅经他的手而奠定了西周的制度，而且构造了西周的政治文化。……孔子之后一千五百年间，中国文化一直以周孔并称，既表明周公与孔子一脉相承的联系，又充分显示了周公享有重要的文化地位。"⑥

唐人称颂周公，贾正义《周公祠碑》颇具代表性。其文云：

尊严其父，孝理也；炳诚其子，卑牧也；七月艰难，陈业也；三年征

---

①　[清]刘宝楠：《论语正义》卷三，第103页。

②　[清]刘宝楠：《论语正义》卷八，第256页。"子曰：'甚矣吾衰也！久矣吾不复梦见周公。'"《论语正义》卷九，第301页。"子曰：'如有周公之才之美，使骄且吝，其余不足观也已。'"

③　阎振益、钟夏校注：《新书校注》卷十，第379页。

④　[清]孙诒让：《周礼正义》序，第1页。

⑤　杨向奎：《宗周社会与礼乐文明》，第136页。

⑥　陈来：《古代宗教与伦理——儒家思想的根源》，第195—196页。

伐,叙功也。复子宝位,不亏忠敬之诚;并我金滕,乃得风雷之意。于是测四方以定都邑,分六职以明典刑。制大礼以安上理人,则俎豆之法行,揖让之仪备;制大乐以移风易俗,则和感之音畅,无咏之情宣。详八卦而究精微,演六爻而告疑滞,所谓极揆研精、立功成器,以为天下利者也。敢问先王之德,何以加于斯乎?①

　　周公为人事亲以孝、严诫子嗣、注重诚敬;行事则定都邑、明典刑、制礼、作乐,其于私德无亏,于天下有利,奠定了西周文明乃至整个华夏文明的基业,因盛德而受万世景仰。

(三) 上古明君

　　近代史学家夏曾佑云:"孔子之前,黄帝之后,于中国大有关系者,周公一人而已。"②夏氏此论,是强调介于黄帝和孔子之间的周公在中国历史进程和华夏文明发展中起到的重要作用。然而,如若立足孔子,通过周公来反溯黄帝,则可以从儒家的视角重新审视春秋、西周和远古部落联盟时代三者之间的关系。

　　《礼记·中庸》曰:"仲尼祖述尧舜,宪章文武。"③孔颖达正义云:"'仲尼祖述尧舜'者,祖,始也。言仲尼祖述始行尧、舜之道也。'宪章文武'者,宪,法也;章,明也。言夫子法明文武之德。"④那么,何为尧舜之道呢?

　　因为"终不以天下之病而利一人"的仁德精神,⑤孔子赞扬尧说:"大哉! 尧之为君也! 巍巍乎! 唯天为大,唯尧则之。荡荡乎,民无能

---

①　[唐] 贾正义:《周公祠碑》,《全唐文》卷三〇三,第 3071 页。
②　夏曾佑:《夏曾佑讲中国古代史》,第 28 页。
③　[汉] 郑玄注,[唐] 孔颖达疏:《礼记正义》卷五十三,第 1703 页。
④　[汉] 郑玄注,[唐] 孔颖达疏:《礼记正义》卷五十三,第 1707 页。
⑤　[汉] 司马迁:《史记》卷一,第 30 页。

名焉。巍巍乎其有成功也,焕乎其有文章!"①因为"选于众,举皋陶,不仁者远"的大公品质,②孔子赞扬舜:"无为而治者其舜也与? 夫何为哉? 恭己正南面而已矣。"③

由此可见,孔子认为尧舜之道的核心不但包括私德修养,更重要的是以此为基础推己及人,从而利于天下之仁义大德。正是从宣扬儒道以行教化之目的出发,远古部落联盟的尧、舜时代才被儒家层层美化,成为后世难以企及的理想社会。对此,唐人已有清醒认识。如《兖州曲阜县孔子庙碑》云:

> 唐虞之美,不必至是,赞而大者,进圣君也;夏桀之恶,不必至是,挤而毁者,激庸主也;伊尹之忠,不必至是,演而数者,勉诚节也;赵盾之逆,不必至是,抑而书者,诛贼臣也。至若论慈广孝,辅仁宠义,职此之由。④

唐代对尧、舜的评价,仍然聚焦于大孝、至公、明赏、明刑、敦俗、优贤等方面,从作者的立场可以真实反映出儒家思想在唐代前期的突出地位与影响力。如《论舜庙状》赞曰:"盛德大业,百王师表。"⑤《祭舜庙文》赞曰:"惟神以大孝而崇德,以大圣而奋庸,以至公而有天下,以至均而一海内。"⑥此外,唐代前期文学对神话传说中的广成子等远古神灵亦有所颂扬。如《广成宫碑记》云:

---

① 〔清〕刘宝楠:《论语正义》卷九,第308页。
② 〔清〕刘宝楠:《论语正义》卷十五,第511页。
③ 〔清〕刘宝楠:《论语正义》卷十八,第615页。
④ 〔唐〕李邕:《兖州曲阜县孔子庙碑并序》,《全唐文》卷二六二,第2666页。
⑤ 〔唐〕元结:《论舜庙状》,《全唐文》卷三八一,第3866页。
⑥ 〔唐〕张九龄:《祭舜庙文》,《全唐文》卷二九三,第2972页。

《经》云："平天下在修其身"，广成子以修身之道授黄帝，而天下治。俾千百年，人畏其神，思其德，不曰协于教乎？《祀典》云："德施于民，能御大灾，捍大患，则祀之。"黄帝率广成子之法，以致天地之和，御阴阳之灾，捍刑杀之患，不曰宜祀于庙乎？广成子与孔宣父，遭时不同，故教有精粗，迹有远近耳，非殊涂也。①

分析此文褒扬广成子的原因，似乎在于其授黄帝以道而天下得治，但从广成子与孔子"教有精粗""迹有远近"的差异背后得出"非殊涂"之最终结论，则表现出作者儒、道调和的思想倾向，而这种现象实际上与李唐三教合流的宏观指导思想在文学领域中的体现不无关系。

（四）唐前贤士

除上古明君、儒家先圣之外，唐前各时代、诸领域的英贤高士也是唐前期文学所褒美的主要对象。

此类作品数量较多，概而言之，有颂其"德"者，以颜回、冉雍、徐稚、王通等为代表。如《兖公颂》云："驱儒墨，蹈仁义，旷志鹏海，服膺蚁术，瑳琢金玉，钻仰情性者，其唯兖公乎？……困而能通，休休焉拾尘著德；贫而不仕，衍衍焉鼓琴自娱。虽行藏坐忘，黜聪堕体，确乎不拔，澹乎自持。"②《先师仲弓赞》云："诸侯为邦，雍也可使。道在于政，政期于理。用刑者何？居敬则已。况礼况德，闻之夫子。"③颜回与冉雍皆跻身"十哲"，"孔门四科"中有以德行闻世者，二人即在其列。④《后汉征君徐君碣铭》云："先生则贬绝在心，而经修于世：纯俭以存戒，博爱以体仁，应物以会通，全己以归正。汉庭所以宗其德，天下所以服其行。"⑤《隋故

---

① ［唐］卢贞：《广成宫碑记》，《全唐文》卷三〇三，第3078页。
② ［唐］张之宏：《兖公颂》，《全唐文》卷三六五，第3713页。
③ ［唐］张嘉贞：《先师仲弓赞》，《全唐文》卷二九九，第3036页。
④ ［清］刘宝楠：《论语正义》卷十四，第441页。
⑤ ［唐］张九龄：《后汉征君徐君碣铭并序》，《全唐文》卷二九二，第2961页。

征君文中子碣铭》云："盛德大业,至矣哉! 道风扇而方远,元猷陟而逾密。可以比姑射于尼岫,拟河汾于洙泗矣。"①

　　有赞其"让"者,以伯夷、叔齐、季札等为代表。《左传·襄公十三年》云："君子曰:'让,礼之主也。'"②《尚书·尧典》云："曰若稽古,帝尧,曰放勋,钦明文思安安,允恭克让,光被四表,格于上下。"③郑玄注云："不懈于位曰恭,推贤尚善曰让。"④《论语集注》云："让者,礼之实也。"⑤由此可见,儒家极为推重"让",故唐人对古之礼让者皆予以高度评价。如《古义士伯夷叔齐二公碑》云："自历载所记,有国以来,事之美者,莫先于让。"⑥《赛雨纪石文》云："此神祠者,有吴公子讳季札,贤而能让,信必由衷,听乐彰于识微,挂剑表乎心许。故以生则君子敬而让之,没则国人思而像之。"⑦

　　有彰其"忠"者,以伯夷、叔齐、梅福等为代表。如《吊夷齐文》云:"若皆旁通以阜厥躬,应物以济其利,则焉有贞节之规、各亲之事? 灵乎灵乎! 虽非与道而保生,可勖为臣之不二。"⑧《梅先生碑》云:"呜呼!宠禄所以劝功,而立大者不语朝廷事,是知天下有道,则正人在上;无道,则正人在下。余读先生书,未尝不为汉朝公卿恨。"⑨

　　有敬其"孝"者,以微子、老莱子、苏耽、蒋澄等为代表。如《微子庙碑颂》云:"君肃恭神人,恪慎克孝,才兼八元之伟,德首三仁之列。始在

---

①　[唐]薛收:《隋故征君文中子碣铭》,《全唐文》卷一三三,第1338页。
②　[春秋]左丘明传,[晋]杜预注,[唐]孔颖达正义:《春秋左传正义》卷三十二,第1044页。
③　[汉]孔安国传,[唐]孔颖达疏:《尚书正义》卷二,第29页。
④　[汉]孔安国传,[唐]孔颖达疏:《尚书正义》卷二,第30页。
⑤　[宋]朱熹:《四书章句集注·论语集注》卷二,第72页。
⑥　[唐]梁升卿:《古义士伯夷叔齐二公碑》,《全唐文》卷三五七,第3621页。
⑦　[唐]赵晋用:《赛雨纪石文》,《全唐文》卷三六四,第3693页。
⑧　[唐]柳识:《吊夷齐文》,《全唐文》卷三七七,第3830页。
⑨　[唐]陈章甫:《梅先生碑》,《全唐文》卷三七三,第3790页。

择嗣,箕子赞焉;尹兹东夏,周公嘉焉;殁而不朽,仲尼称焉。"①王绩《老莱养亲赞》云:"老莱父母,白首同归。欣欣爱养,慊慊无违。宛转儿戏,斑斓彩衣。笃哉孝思,心精且微。"②《苏仙碑铭》云:"及潘氏怛化之后,仙公全以孝行,栖于东山烟雾之中,号哭不绝,啼猿为之酸切,流水为之鸣咽。至若系白马于树,执慈母三年之丧,所以竭哀戚之情也;化赤龙桥,感太守一吊之礼,所以重桑梓之敬也。"③《后汉亩亭乡侯蒋澄碑》云:"公所怀罔极,以逮形消,取彼逸人,感于天罚。孝者德之本,又何加焉?"④

有显其"义"者,以荆轲、贞义女等为代表。王绩《荆轲刺秦王赞》云:"衔易水,报秦皇。精心贯日,匕首横霸。欲持两闲,生擒一王。惜哉智浅,琴声不防。"⑤《溧阳濑水贞义女碑铭》云:"粲粲贞女,孤生寒门。上无所天,下报母恩……伍胥东奔,乞食于此。女分壶浆,灭口而死。声动列国,义形壮士。"⑥

有称其"功"者,以宓子贱、商山四皓、刘贾、刘章等为代表。如《宓子贱碑颂》云:"观夫为政之大,体元之要,恤孤哀丧,举事问吊,训之以悌,加之以孝,借五更而悟君,贤三老而禀教。然后燕居以佚其体,张乐以和其人,夜渔不戒而信,欺吏不威而息。是以宣尼惜君之理小,子期问君之政暇,何其远哉?"⑦《新修四皓庙记》云:"非四公之高名,不能割汉祖肌肤之爱;非留侯之奇策,不能振大贤金玉之音。……兼济独善,相与背驰,唯四先生两有之矣。"⑧《朱虚侯赞》云:"嬴氏秽德,金精摧

①　[唐]贾至:《微子庙碑颂》,《全唐文》卷三六八,第3740页。
②　[唐]王绩:《老莱养亲赞》,《全唐文》卷一三二,第1326页。
③　[唐]孙会:《苏仙碑铭》,《全唐文》卷三六二,第3681页。
④　[唐]齐光义:《后汉亩亭乡侯蒋澄碑》,《全唐文》卷三五四,第3585页。
⑤　[唐]王绩:《荆轲刺秦王赞》,《全唐文》卷一三二,第1325页。
⑥　[唐]李白:《溧阳濑水贞义女碑铭》,《全唐文》卷三五〇,第3551页。
⑦　[唐]贾至:《宓子贱碑颂》,《全唐文》卷三六八,第3741页。
⑧　[唐]柳识:《新修四皓庙记》,《全唐文》卷三七七,第3827页。

伤。秦鹿克获，汉风飞扬。赤龙登天，白日升光。阴虹贼虐，诸吕扰攘。朱虚来归，会酌高堂。雄剑奋击，太后震惶。爰锄产禄，大运乃昌。功冠帝室，于今不亡。"①《重修顺祐王庙碑》云："润州城内荆王神庙者，汉高帝之从父兄也。……深谋出于不代，异绩崇于一时。周、邵未之方，桓、文安足比？致君尧舜，拯俗阽危，大启荆宇，爰藩汉室。"②

有崇其"言"者，以子贡、郑玄等为代表。《先师子贡赞》云："闻一知二，□□□□。冠讦就吴，灭言行鲁。"③据《论语·先进》："德行：颜渊、闵子骞、冉伯牛、仲弓。言语：宰我、子贡。政事：冉有、季路。文学：子游、子夏。"④可见子贡在孔门四科之"言语"方面有突出才华。《郑康成祠碑》云："夫囊括宇宙者文字，发明道业者坟典，是以圣人作而万物睹，贤人述而百代通。礼乐得之以昭月，日月失之而寒沍。宣尼彰删缉之功，始皇速烧焚之祸。迨乎群儒在汉，传注瑶□，莫不珠玉交辉，纤微洞迹，同见集于芸阁，独有缀于环林。岂若经教奥义，图纬深术，兼行者多，无如我郑公也！"⑤

事实上，对历代圣贤的颂扬只是其文化认同、传承之一面，另一面则是对乱臣贼子的口诛笔伐。如针对狄道之人盛唐时期竟为董卓立庙祭祀之事，高适《后汉贼臣董卓庙议》曾大加斥责：

董卓地兼形胜，手握兵钤，颠而不扶，祸则先唱。兴晋阳之甲，君侧未除；入洛阳之宫，臣节如扫。至乃发掘园寝，逼辱妃嫔。……故神赞允诚，天假布手，母妻屠戮，种族无留。悬首燃脐，遗臭万代，骨肉灰烬，不其快哉！今狄道之人，不惭卓之不臣，而务其为鬼。苟斯鬼足尚，则

---

① ［唐］李白：《朱虚侯赞》，《全唐文》卷三五〇，第3543页。
② ［唐］孙处玄：《重修顺祐王庙碑》，《全唐文》卷二六六，第2697页。
③ ［唐］韦抗：《先师子贡赞》，《全唐文》卷三〇二，第3069页。
④ ［清］刘宝楠：《论语正义》卷十四，第441页。
⑤ ［唐］史承节：《郑康成祠碑》，《全唐文》卷三三〇，第3342页。

汉莽可得而神，晋敦可得而庙，桓元父子，可享于江乡，尔朱弟兄，可祀于朔上。……谨按《尚书》王者望秩天地之神祇，诸侯祭境内之山川，乱臣不言，淫祀无取。则董卓之庙，义当焚毁。①

　　惩恶是为扬善，扬善则必惩恶。因此，批判与颂扬于此并行不悖、相辅相成，二者从正反两面共同促进了对传统文化认同的巩固和发展。

　　此外，在颂扬圣贤的题材之外，唐代前期文学中还有一类文学样式大量涌现，那就是德政碑文，其目的在于赞扬李唐循吏。此类作品或美其洁身自好，公正廉洁，如《元氏县令庞君清德碑》云："廉平称职，西河知鲁卫之风；清俭当官，南土变夷齐之俗。可大可久，是谓贤人之德；惟几惟深，以成天下之务。"②或赞其敬上爱下、轻财重义，如《大唐睢阳郡柘城县令李公德政碑》云："以管子之术御下，用平仲之心奉上，莫不以石投水，若砺资金。故道不虚行，人仰攸墍，胜残去杀，百姓称仁焉。省徭薄赋，百姓称宽焉；敬上爱下，百姓称顺焉；轻财重义，百姓称廉焉。"③或褒其严惩奸吏，震慑豪宗，如《武昌宰韩君去思颂碑》云："未下车，人惧之；既下车，人悦之。惠如春风，三月大化，奸吏束手，豪宗侧目。"④或敬其崇让励俭，培直养廉，如《虞城县令李公去思颂碑》云："公酌以钧道，和之琴心。于是安四人，敷五教，处必砺食，行惟单车。观其约而吏俭，仰其敬而俗让，激直士之素节，扬廉夫之清波。三月政成，邻境取则。"⑤

　　"循吏"一词，源于《史记·循吏列传》。司马迁云："法令所以导民也，刑罚所以禁奸也。文武不备，良民惧然身修者，官未曾乱也。奉职

---

①　[唐] 高适：《后汉贼臣董卓庙议》，《全唐文》卷三五七，第 3628—3629 页。
②　[唐] 邵混之：《元氏县令庞君清德碑》，《全唐文》卷三六四，第 3705—3706 页。
③　[唐] 封利建：《大唐睢阳郡柘城县令李公德政碑》，《全唐文》卷三六二，第 3674 页。
④　[唐] 李白：《武昌宰韩君去思颂碑》，《全唐文》卷三五〇，第 3548 页。
⑤　[唐] 李白：《虞城县令李公去思颂碑》，《全唐文》卷三五〇，第 3549 页。

循理，亦可以为治，何必威严哉？"①关于"循吏"之义，司马贞释云："谓本法循理之吏也。"②可见，在司马迁看来，循吏之根本特征是"奉职循理"，而其所谓"理"者，当指法令和刑罚。但据唐代前期德政碑文的情况看，唐代循吏的特征已不仅仅是依仗硬性的法令与刑罚来治民，而是在此基础上辅之以儒家思想中的仁、义、俭、让等柔性的道德教化方式，力图在刚柔相济中实现人文化成。

通过对唐代前期文学中以颂扬圣贤为主题的作品予以梳理、总结，我们从总体上可以得出这样一个结论：唐代前期的颂圣褒贤是儒家思想的集中表现，其颂扬的核心是孔子；继而由孔子上溯至周公，将儒家思想的源头确定至西周，在"周孔之教"的表述中形成儒家思想的完整表述；最后再进一步上溯至黄帝、尧、舜，在观念上建立起一个尽善尽美的理想世界。就事实而论，西周遗留的政治、文化遗产是儒家思想的主要资源，故儒家对西周文化的认识较为符合实际，而对于远古部落联盟的黄帝及其尧、舜时代的评价则有着过度明显的倾向。

在向上追溯的同时，儒家亦以孔子为中心向下延伸，于是，由"三不朽"进一步细化而来的"仁""让""忠""孝""义""功""言"等人生信条便通过赞颂奉行儒家精神的历代贤士以完成其层递表达。这种文化熏陶与个体追求交互影响下的思想修养和人格完善，若再加之以国家权力的有意倡导，无疑会成为一种不可阻挡的强大趋势。故历代有识之帝王皆推波助澜，加以利用。"自太古及今，君君臣臣，烈士贞女，采其史传名节尤彰、可激清颓俗者，皆扫地而祠之。"③李唐亦不外乎此。从高祖立国至玄宗统治的百余年时间里，李唐诸帝虽然一直在努力提升道家地位，但其深知增强国家实力，实现长治久安离不开儒家思想的参

---

① ［汉］司马迁：《史记》卷一百一十九，第 3099 页。
② ［汉］司马迁：《史记》卷一百一十九，第 3099 页。
③ ［唐］李白：《溧阳濑水贞义女碑铭》，《全唐文》卷三五〇，第 3551 页。

与,故能因势利导,以求为我所用。如:"敷教训俗,以王者之礼加徽号"于孔子,以"封建褒崇"为"有国之盛典"。① 于是,在继承前代中加强了文化认同,在文化认同中推进了国家认同,一个新的文化共同体便在通与变的复杂进程中逐渐形成。

三、胡风东渐中的文化碰撞与认同

在中国古代,中原文明与周边各民族文化间的交往源远流长,由来已久。"永嘉南渡"后,黄河流域有匈奴、鲜卑、羯、氐、羌等少数民族先后建立了数十个政权,其后拓跋珪统一北方,北魏建立。从十六国时期(304—439)至北朝(386—581)终结,近三百年的时间里,中国北方一直处于少数民族统治之下,胡风大盛乃必然之势。即使在大一统王朝建立之后,国家政权明显胡化的色彩依然突出。作为西晋亡后南北长期分裂局面的终结者,新的大一统王朝的建立者,杨隋政权就颇具代表性地反映出这一特征,我们可以音乐为例来看。《隋书·音乐志》云:

> 始开皇初定令,置《七部乐》:一曰《国伎》,二曰《清商伎》,三曰《高丽伎》,四曰《天竺伎》,五曰《安国伎》,六曰《龟兹伎》,七曰《文康伎》。又杂有疏勒、扶南、康国、百济、突厥、新罗、倭国等伎。……及大业中,炀帝乃定《清乐》《西凉》《龟兹》《天竺》《康国》《疏勒》《安国》《高丽》《礼毕》,以为《九部》。乐器工依创造既成,大备于兹矣。……高祖听之,善其节奏,曰:"此华夏正声也。昔因永嘉,流于江外,我受天明命,今复会同。虽赏逐时迁,而古致犹在。可以此为本,微更损益,去其哀怨,考而补之。以新定律吕,更造乐器。"其歌曲有《阳伴》,舞曲有《明君》《并契》。其乐器有钟、磬、琴、瑟、击琴、琵琶、箜篌、筑、筝、节鼓、笙、笛、箫、

---

① 〔唐〕乔琳:《巴州化成县新文宣王庙颂并序》,《全唐文》卷三五六,第3615页。

篪、埙等十五种,为一部。①

据此,无论是《七部乐》还是《九部乐》,其中大部分为胡乐,就连被隋高祖誉为"华夏正声"的《清乐》,从演奏乐器中有琵琶、箜篌等可知其实为华夷音乐交混之后的产物。同处于华夷文化大交流时期的李唐情形,与杨隋之时如出一辙,其乐则有"十部"之说。《唐六典》云:"凡大宴会,则设十部之伎于庭,以备华夷:一曰燕乐伎,有景云乐之舞、庆善之舞、破阵乐之舞、承天乐之舞;二曰清乐伎;三曰西凉伎;四曰天竺伎;五曰高丽伎;六曰龟兹伎;七曰安国伎;八曰疏勒伎;九曰高昌伎;十曰康国伎。"②《新唐书·礼乐志》云:"东夷乐有高丽、百济,北狄有鲜卑、吐谷浑、部落稽,南蛮有扶南、天竺、南诏、骠国,西戎有高昌、龟兹、疏勒、康国、安国,凡十四国之乐,而八国之伎,列于十部乐。"③

唐代前期诗歌对胡乐亦有所描述,如杜甫《自京窜至凤翔喜达行在所》云:"愁思胡笳夕,凄凉汉苑春。"④李颀《听安万善吹觱篥歌》云:"南山截竹为觱篥,此乐本自龟兹出。流传汉地曲转奇,凉州胡人为我吹。傍邻闻者多叹息,远客思乡皆泪垂。"⑤两诗一愁一悲,描绘出胡乐动人心魄的艺术力量,两位著名诗人皆给予高度评价。

(一) 胡文化对汉文化的影响

唐代建立之前,胡风东渐已成趋势,而唐代建立之后,这种趋势依然在继续。明人胡震亨《唐音癸签·乐通》云:

① 〔唐〕魏征:《隋书》卷十五"音乐下",第 376—378 页。
② 〔唐〕李林甫等:《唐六典》卷十四"太常寺",第 404—405 页。
③ 〔宋〕欧阳修、宋祁:《新唐书》卷二十二"礼乐十二",第 478—479 页。
④ 〔清〕仇兆鳌:《杜诗详注》卷五,第 348 页。
⑤ 〔清〕彭定求等编:《全唐诗》,卷一三三,第 1354 页。

降至周、隋，管弦杂曲，多用西凉；鼓舞曲多用龟兹；燕享九部之乐，夷乐至居其七。唐兴，仍而不改。开元末，甚而升胡部于堂上，使之坐奏，非惟不能厘正，更扬其波。于是昧禁之音，益流传乐府，浸渍人心，不可复浣涤矣。①

由此可见，胡乐对于唐代音乐艺术的确产生非常重要的影响。事实上，这种影响还表现在音乐之外的诸多领域。

舞蹈方面，有杂技足舞。"睿宗时，婆罗门国献人倒行以足舞，仰植铦刀，俯身就锋，历脸下，复植于背，觱篥者立腹上，终曲而不伤。又伏伸其手，二人蹑之，周旋百转。开元初，其乐犹与四夷乐同列。"②有胡旋舞。此舞在盛唐时颇为流行，西域诸国多进贡舞女于李唐政权。"开元初，（康国）贡锁子铠、水精杯、码磶瓶、驼鸟卵及越诺、侏儒、胡旋女子。"③"开元时，（米国）献璧、舞筵、师子、胡旋女。"④"开元十五年，（史国）君忽必多献舞女、文豹。"⑤"开元中，（俱密国）献胡旋舞女。"⑥盛唐诗歌对此舞多有赞美，如岑参《田使君美人舞如莲花北鋋歌》云："美人舞如莲花旋，世人有眼应未见。高堂满地红氍毹，试舞一曲天下无。此曲胡人传入汉，诸客见之惊且叹。慢脸娇娥纤复秾，轻罗金缕花葱茏。回裾转袖若飞雪，左鋋右鋋生旋风。"⑦

还有剑器浑脱舞。如杜甫《观公孙大娘弟子舞剑器行》即描摹了开元盛世常见的此舞面貌。诗云："昔有佳人公孙氏，一舞剑气动四方。

①　[明]胡震亨：《唐音癸签》卷十四"乐通三"，第163页。
②　[宋]欧阳修、宋祁：《新唐书》卷二十二"礼乐十二"，第479—480页。
③　[宋]欧阳修、宋祁：《新唐书》卷二十二一下"西域下"，第6244页。
④　[宋]欧阳修、宋祁：《新唐书》卷二十二一下"西域下"，第6247页。
⑤　[宋]欧阳修、宋祁：《新唐书》卷二十二一下"西域下"，第6248页。
⑥　[宋]欧阳修、宋祁：《新唐书》卷二十二一下"西域下"，第6255页。
⑦　[清]彭定求等编：《全唐诗》卷一百九十九，第2057页。

观者如山色沮丧，天地为之久低昂。燿如羿射九日落，矫如群帝骖龙翔。来如雷霆收震怒，罢如江海凝清光。"①

服饰方面，《旧唐书·舆服志》所载颇详：

武德、贞观之时，宫人骑马者，依齐、隋旧制，多着幂䍦。虽发自戎夷，而全身障蔽，不欲途路窥之。王公之家，亦同此制。永徽之后，皆用帷帽，拖裙到颈，渐为浅露。寻下敕禁断，初虽暂息，旋又仍旧。咸亨二年又下敕曰："百官家口，咸预士流，至于衢路之间，岂可全无障蔽。比来多着帷帽，遂弃幂䍦，曾不乘车，别坐檐子。递相仿效，浸成风俗，过为轻率，深失礼容。前者已令渐改，如闻犹未止息。"……开元初，从驾宫人骑马者，皆着胡帽，靓妆露面，无复障蔽。士庶之家，又相仿效，帷帽之制，绝不行用。俄又露髻驰骋，或有着丈夫衣服靴衫，而尊卑内外，斯一贯矣。②

此段史料，盛唐李华之说可为佐证。其《与外孙崔氏二孩书》云："吾小时南市帽行，见貂帽多、帷帽少，当时旧人，已叹风俗。中年至西京市，帽行乃无帷帽，貂帽亦无。男子衫袖蒙鼻，妇人领巾覆头。向有帷帽幂离，必为瓦石所及。"③缘此可知，李唐建立之初宫人所着主要为幂䍦，永徽后代之以帷帽，开元初则代之以胡帽，不久又发生改变——骑马宫人或露发髻，或着男衣。幂䍦发自戎夷，"大约乘马之时，以大幅方布被体，以敝全身，乘舆或坐檐子，则幂䍦不适于用"。④ 此种服饰在吐谷浑人和白兰国丁零人中普遍使用。帷帽起自隋代，周围垂网，从吐

①　[清]仇兆鳌：《杜诗详注》卷二十，第 1816 页。
②　[后晋]刘昫等：《旧唐书》卷四十五"舆服志"，第 1957 页。
③　[唐]李华：《与外孙崔氏二孩书》，《全唐文》卷三一五，第 3195 页。
④　向达：《唐代长安与西域文明》，第 45 页。

谷浑的长裙缯帽、吐火罗的长裙帽发展而来,原为西域之服。① 幂䍦→
帷帽→胡帽→无帽,从唐前期宫人骑马服饰的演变,我们不难窥得胡族
文化对华夏传统文明不断冲击的大量信息:初唐至盛唐,社会风气日
益开放,而服饰变化所折射出的男女大防思想的逐渐削弱,正是胡风潜
移默化的必然结果。

　　王翰《子夜春歌》云:"桑女淮南曲,金鞍塞北装。行行小垂手,日暮
渭川阳。"②此诗言渭川采桑女哼唱"淮南曲"而身穿"塞北装",反映出
胡汉文化的交流在盛唐京畿已属平常。《明皇杂录·辑佚》亦描述了这
一时期胡族文化在社会上受欢迎的程度:"天宝初,时士庶好为胡服貂
皮帽,妇人则步摇钗,窄小襟袖。"③唐人张守节释胡服为"今时服也"。④
张守节《史记正义序》作于开元二十四年(736)八月,⑤胡服在开天盛世
之时的普及程度由此可见一斑。

　　饮食方面,唐代流行胡食。胡食早在汉代就已传入中原,史载汉灵
帝好胡食,唐代此风益盛。当时长安人喜欢吃的油饼、烧饼、胡饼、抓饭
等皆属此类。唐代慧琳《一切经音义》云:"胡食者,即馎饦、烧饼、胡饼、
搭纳等是。""油饼本是胡食,中国效之,微有改变。"⑥唐代街市上有专
营胡食的商铺,其中胡饼最为常见。据《资治通鉴》记载,安史之乱发
生,唐玄宗逃至咸阳集贤宫,时值中午,"上犹未食,杨国忠自市胡饼
以献"。⑦

　　又有马乳葡萄。自汉代张骞凿空西域,葡萄便已传入内地。然而,

① 　向达:《唐代长安与西域文明》,第 46 页。
② 　[唐]王翰:《子夜春歌》,《全唐诗》卷二十一,第 263 页。
③ 　[唐]郑处诲:《明皇杂录》,第 66 页。
④ 　[汉]司马迁:《史记》卷四十三"赵世家",第 1789 页。
⑤ 　[唐]张守节:《上史记正义序》,《全唐文》卷三九七,第 4053 页。
⑥ 　[唐]慧琳:《一切经音义》卷三十七《陀罗尼集》,第 1154 页。
⑦ 　[宋]司马光:《资治通鉴》卷二百一十八,第 6972 页。

真正引领酿酒工艺传入唐朝的是马乳葡萄。贞观十四年(640)，唐破高昌，"收马乳蒲桃实，于苑中种之，并得其酒法，自损益造酒。酒成，凡有八色，芳辛酷烈，味兼醍醐，既颁赐群臣，京中始识其味"。① 贞观二十一年(647)，突厥叶护可汗亦作为贡品"献马乳葡萄一房，长二尺，子亦稍大，其色紫"。② 唐人赵鸾鸾即以此为喻体赋得艳诗《酥乳》，诗云："粉香汗湿瑶琴轸，春逗酥融绵雨膏。浴罢檀郎扪弄处，灵华凉沁紫葡萄。"③还有葡萄酒。据《唐代的外来文明》记载，林邑能够用槟榔汁酿酒，诃陵国从椰树花中提取一种汁液，制作一种棕榈叶酒，而党项羌则"求大麦于他界，酿以为酒"。但是尚未发现唐朝人饮用这些外国佳酿的证据，唯一的例外是西域的葡萄酒。④ 可见，葡萄酒在唐代乃影响最大、流传最广之西域饮料。盛唐鲍防《杂感》诗云："汉家海内承平久，万国戎王皆稽首。天马常衔苜蓿花，胡人岁献葡萄酒。"⑤而王翰《凉州词二首(其一)》更是脍炙人口："蒲萄美酒夜光杯，欲饮琵琶马上催。醉卧沙场君莫笑，古来征战几人回。"⑥

　　唐代饮食亦常用外来调料。如石蜜(蔗糖)，据《唐会要》记载："西番胡国出石蜜，中国贵之。太宗遣使至摩伽佗国取其法，令扬州煎蔗之汁，于中厨自造焉。色味逾于西域所出者。"又如胡椒，唐人苏恭《唐本草》云："胡椒生西戎，形如鼠李子，调食用之，味甚辛辣。"⑦段成式《酉阳杂俎》说："胡椒，出摩伽陀国，呼为味履支。……今人作胡盘肉食皆用之。"⑧再如莳萝子(小茴香)，李珣《海药本草》引《广州记》称莳萝子

① ［宋］王溥：《唐会要》卷一百，第 1796—1797 页。
② ［宋］王溥：《唐会要》卷一百，第 1796 页。
③ ［唐］赵鸾鸾：《酥乳》，《全唐诗》卷八百二，第 9033 页。
④ （美）谢弗著，吴玉贵译：《唐代的外来文明》，第 142 页。
⑤ ［唐］鲍防：《杂感》，《全唐诗》卷三百七，3485 页。
⑥ ［唐］王翰：《凉州词二首(其一)》，《全唐诗》卷一百五十六，第 1605 页。
⑦ ［明］李时珍：《本草纲目》卷三十二，第 789 页。
⑧ ［唐］段成式：《酉阳杂俎》前集第十八卷"木篇"，第 179 页。

"生波斯国","善滋食味"。① 这些调料皆用于唐人之饮食烹饪中,唐代文学亦有所反映。如高适《奉赠贺郎诗一首》云:"清酒浓如鸡,臛犹与白羊。不论空蒜酢,兼要好椒姜。"②又如《新唐书·元载传》云:"籍其(元载)家,钟乳五百两,诏分赐中书、门下台省官,胡椒至八百石,它物称是。"③

凡此种种,不一而足。这种几乎渗透到盛唐社会人们日常生活各个方面的胡化风尚,正如《旧唐书·舆服志》所云:"太常乐尚胡曲,贵人御馔,尽供胡食,士女皆竞衣胡服。"④刘昫之说简明扼要,可为概括。

然就事实而言,文化间的交往与影响乃是双向互动之关系,汉文化受胡文化影响的同时,胡文化也受到汉文化的影响。岑参诗云:"花门将军善胡歌,叶河蕃王能汉语。"所反映的正是这一现象。⑤

(二) 汉文化对胡文化的影响

太宗经过一系列统一战争,将西域重新纳入中央王朝的版图。为了巩固边疆,李唐在天山南北分别设置都护府、都督府以及军镇、州、县,逐步完善了政权和军事机构。汉文化教育机构的设置和汉文经典的使用,使中原文化以崭新的方式进入了西域社会。

音乐艺术。在胡乐广泛传入内地的同时,西域乐舞的乐队中亦吸收了许多汉族乐器,如龟兹乐、高昌乐、疏勒乐中的笙、筝、鼗鼓、排箫、阮咸等乐器便来自中原。"胡人吹玉笛,一半是秦声"所反映的便是这一现象。⑥

---

① 〔五代〕李珣著,尚志钧辑校:《海药本草》第二卷,第 30 页。
② 陈尚君辑校:《全唐诗续拾》卷十五,《全唐诗补编》第 874—875 页。
③ 〔宋〕欧阳修、宋祁:《新唐书》卷一百四十五,第 4714 页。
④ 〔后晋〕刘昫等:《旧唐书》卷四十五"舆服志",第 1958 页。
⑤ 〔唐〕岑参:《与独孤渐道别长句兼呈严八侍御》,《全唐诗》卷一百九十九,第 2054 页。
⑥ 〔唐〕李白:《观胡人吹笛》,《全唐诗》卷一百八十四,第 1876 页。

　　绘画艺术。隋唐之际,作为于阗画派代表人物的尉迟乙僧以中原文化为根,以西域凹凸晕染为技,通过两者的高度结合,达到了以形写神、形神兼备的高妙境界,使兴起于西域而成熟于中原的于阗画派展示出别具特色的艺术魅力。

　　石窟艺术。位于古龟兹的库木吐拉千佛洞,许多洞窟不仅是汉人开凿、汉僧住持,而且其中壁画的内容和形式与中原绘画特别是与敦煌壁画相似,可见中原艺术观念和艺术技法对西域造型艺术的冲击已十分深广。① 此外,高昌的各类纸质、绢质绘画、于阗佛像雕塑以及鄯善一带出土的丝织品等等,无不闪耀着盛唐文化的光彩。

(三) 礼乐之道的重要性

　　胡风东渐是文化交流的大趋势,而在这一进程中,颇受胡风浸染的王朝则表现出另外一种趋势:具有统一潜质的政权(如灭北齐后的北周)和统一政权(如隋、唐)出于其统治合理性、合法性与稳固性的深层关注,皆努力向华夏文化正统靠拢。如《周书·宣帝纪》云:“大象元年春正月癸巳,受朝于露门,帝服通天冠、绛纱袍,群臣皆服汉魏衣冠。”②

　　《隋书·礼仪志》云:“高祖初即位,将改周制。……太子庶子、摄太常少卿裴政奏曰:‘……今皇隋革命,宪章前代,其魏、周辇辂不合制者,已敕有司尽令除废,然衣冠礼器,尚且兼行。……今请冠及冕,色并用玄,唯应著帻者,任依汉、晋。’制曰:‘可。’”③

　　李唐建国,因“军国多务,未遑改创,乐府尚用隋氏旧文”。④ 待武德九年(626)国家统一、社会安定后始命祖孝孙修定雅乐,至贞观二年(628)六月完成。以此为契机,贞观君臣曾围绕礼乐与治国之因果关系

---

① 王嵘:《论库木吐拉石窟汉风壁画》,《新疆大学学报》,1998(4)。
② 〔唐〕令狐德棻:《周书》卷七,第117页。
③ 〔唐〕魏征:《隋书》卷一二“礼仪七”,第253—254页。
④ 〔后晋〕刘昫等:《旧唐书》卷二十八“音乐一”,第1040页。

展开讨论。《旧唐书·音乐志》云：

　　太宗曰："礼乐之作，盖圣人缘物设教，以为撙节，治之隆替，岂此之由？"御史大夫杜淹对曰："前代兴亡，实由于乐。陈将亡也，为《玉树后庭花》；齐将亡也，而为《伴侣曲》，行路闻之，莫不悲泣，所谓亡国之音也。以是观之，盖乐之由也。"太宗曰："不然，夫音声能感人，自然之道也，故欢者闻之则悦，忧者听之则悲。悲欢之情，在于人心，非由乐也。将亡之政，其民必苦，然苦心所感，故闻之则悲耳。何有乐声哀怨，能使悦者悲乎？今《玉树》《伴侣》之曲，其声具存，朕当为公奏之，知公必不悲矣。"尚书右丞魏征进曰："古人称：'礼云礼云，玉帛云乎哉！乐云乐云，钟鼓云乎哉！'乐在人和，不由音调。"太宗然之。[①]

　　杜淹认为音乐能够决定国家政治，国之兴亡实系于乐，乐不正则政不清，政不清则国难安。太宗、魏征观点则与此相左。太宗肯定"悲欢之情，在于人心，非由乐也"，政不清则民必苦，民生苦则其心悲，其心悲则必使乐声哀婉；魏征认为，"乐在人和，不由音调"。从修定雅乐以及乐、治关系之讨论，真实反映出初唐君臣在华夷文化交流背景下对传统礼乐制度重要性的正确认识，而这一观点在当时士人阶层中实具有普遍意义。

　　如初唐孙伏伽《陈三事疏（其二）》云："《论语》云：'放郑声，远佞人。'又云：'乐则韶舞。'以此言之，散妓定非功成之乐也。如臣愚见，请并废之，则天下不胜幸甚。"[②]又如张鷟《太乐令卢庆状称五帝殊时不相沿乐三王异代不相袭礼请改圣朝乐名大象天下往极为号又应国姓》云："古之天子，制礼以安人；昔者明王，作乐以崇德。移风易俗，成孝敬而

---

① ［后晋］刘昫等：《旧唐书》卷二十八"音乐一"，第1041页。
② ［唐］孙伏伽：《陈三事疏（其二）》，《全唐文》卷一三五，第1360页。

厚人伦;快耳娱心,感鬼神而通教化。"①再如盛唐源乾曜《请举行射礼疏》云:"夫圣王之教天下也,必制礼以正人情,人情正,则孝于家,忠于国,此道不替,所以理也。故君子三年不为礼,礼必坏;三年不为乐,乐必崩。"②

因儒家礼仪制度在维护国家正常秩序中具有不可或缺之政治作用,故太宗之后高宗亦大力倡导。如《令州县举明习礼乐诏》云:

> 礼乐之道,其来尚矣。朕诞膺明命,克光正历,思隆颂声,以康至道。而曲台阐训,犹乖揖让之容;大乐登歌,徒纪铿锵之韵。……其四方士庶,及丘园栖隐,有能明习礼乐,详究音律,于行无遗,在艺可录者,宜令州县搜扬博访。具以名闻。③

玄宗朝时还专门颁布《令蕃客国子监观礼教敕》,规定蕃客入朝先须前往国子监观习礼教。其文云:

> 近戎狄纳款,日归夕朝,慕我华风,孰先儒礼。由是执于干羽,常不讨而来宾;事于俎豆,庶几知而往学。彼蓬麻之自直,在桑葚之怀音,则仁岂远哉,习相近也。自令以后,蕃客入朝,并引向国子监,令观礼教。④

儒家有"乐和同,礼别异"之说,⑤两者地位平等而作用不同。不

---

① ［唐］张鷟:《太乐令卢庆状称五帝殊时不相沿乐三王异代不相袭礼请改圣朝乐名大象天下往极为号又应国姓》,《全唐文》卷一七四,第1771页。
② ［唐］源乾曜:《请举行射礼疏》,《全唐文》卷二七九,第2828—2829页。
③ ［唐］李治:《令州县举明习礼乐诏》,《全唐文》卷一三,第159页。
④ ［唐］李隆基:《令蕃客国子监观礼教敕》,《全唐文》卷三四,第375页。
⑤ ［清］王先谦:《荀子集解》卷十四,第382页。

过，在具体情境中何时奏乐、何地奏乐、如何奏乐、所奏何乐则须受礼制约束，唐代亦不例外。如韦挺《论风俗失礼表》云："夫妇之道，王化所基，故有三日不息烛不举乐之感，今昏嫁之初，杂奏丝竹，以穷晏欢。官司习俗，弗为条禁。望一切惩革，申明礼宪。"①又如《禁止临丧嫁娶及上墓欢乐诏》云：

如闻父母初亡，临丧嫁娶，积习日久，遂以为恒。亦有送葬之时，共为燕饮，递相酬劝，酗醉始归。或寒食上墓，复为欢乐，坐对松槚，曾无戚容。既点风猷，并宜禁断。仍令州县捉搦，勿使更然。②

此外，作为礼乐制度重要组成部分的历法，自古皆受到中国历代政权的高度重视，其中尤以"正朔"之说最具代表性，它往往与改朝换代紧密联系在一起。《礼记·大传》云："圣人南面而治天下，必自人道始矣。立权度量，考文章，改正朔，易服色，殊徽号，异器械，别衣服，此其所得与民变革者也。"③《史记·历书》云："王者易姓受命，必慎始初，改正朔，易服色，推本天元，顺承厥意。"④汉代以后，虽然政权更替时一般只改年号而少改正朔，但天子通过颁布新历以定正朔的做法依然保留。古人称历书为皇历，就在于它是皇权的重要体现。正因为统一历法的推行是国家统一和文化认同的象征，李唐政权对其治下不执行国家统一颁行历法的行为绝不允许。如赵和璧《对伏日出何典宪判》云：

广汉夷陬，境连巴俗，岷隅沓转，云峰与霞岫争辉；江溜横分，锦派

① ［唐］韦挺：《论风俗失礼表》，《全唐文》卷一五四，第 1575 页。
② ［唐］李治：《禁止临丧嫁娶及上墓欢乐诏》，《全唐文》卷一二，第 148 页。
③ ［汉］郑玄注，［唐］孔颖达疏：《礼记正义》卷三十四，第 1166 页。
④ ［汉］司马迁：《史记》卷二十六，第 1256 页。

共沙湍递映。候乖中壤,叶茂三秋;气离炎州,草长二月。至若时钟季夏,节一重阳,金方始萌,火德不竞,非无典司之主,必告伏匿之辰。当复取舍因循,何得辄为改革? 国家明堂布政,象法已行,岂使均雨之乡,翻闻易日之义? 虽殊风俗之典,恐非得时之宜。勒依恒式,谓符通理。①

邵润之《对伏日出何典宪判》云:

广汉四郡,蜀门九折,通濯锦之流,入青衣之徼。徒以温暑异于中夏,畜驭同于夷狄,许令自择伏日,所以遂其土风。当今齐七政之明,垂四方之则,百蛮由其奉朔,九译于是同文。况兹巴蜀之人,素陶齐鲁之教,自当变而至道,率乃旧仪,苟乱人时,奚同文轨? 风俗通之小说,未足宪章;中和乐之雅音,须崇舞咏。清下四郡,俾依三伏。②

贞观一朝,君臣对礼乐制度已予以重视,但在太宗"华夷一视"的民族观念下,国家层面对华夷文化主次关系的思考仍以太宗乐、治之论作为基础,并未对胡汉艺术文化有所轩轾。然而,随着胡风东渐的日益加深,国家政治生活的某些方面亦开始受到影响。如《资治通鉴》卷一百九十六云:

太子(承乾)好效突厥语及其服饰,选左右貌类突厥者五人为一落,辫发羊裘而牧羊,作五狼头纛及幡旗,设穹庐,太子自处其中,敛羊而烹之,抽佩刀割肉相啖。又尝谓左右曰:"我试作可汗死,汝曹效其丧仪。"因僵卧于地,众悉号哭,跨马环走,临其身,劙面。良久,太子欻起,曰:

---

① [唐]赵和璧:《对伏日出何典宪判》,《全唐文》卷二九六,第3003页。
② [唐]邵润之:《对伏日出何典宪判》,《全唐文》卷四〇四,第4135页。

"一朝有天下,当帅数万骑猎于金城西,然后解发为突厥,委身思摩,若当一设,不居人后矣。"①

身为国之储君,竟以效法突厥风习为尚,若其志得遂,则不啻为国家文明程度的巨大退步。有鉴于此,统治阶层开始从是否会对李唐政权的统治基础产生负面影响的角度重新思考胡风深化之问题。于是,从高宗朝开始便立足传统礼乐制度,开始了对胡族文化在一定程度上的限制和约束。如《禁幻戏诏》云:"如闻在外有婆罗门胡等,每于戏处,乃将剑刺肚,以刀割舌,幻惑百姓,极非道理。宜并发遣还蕃,勿令久住。仍约束边州,若更有此色,并不须遣入朝。"②又如武平一《谏大飨用倡优媟狎书》云:"伏见胡乐施于音律,本备四夷之数,比来日益流宕。异曲新声,哀思淫溺,始自王公,稍及闾巷。妖伎胡人,街童市子,或言妃主情貌,或列王公名质,咏歌蹈舞,号曰合生。……夫礼慢而不进即销,乐流而不反则放。臣愿屏流僻,崇肃雍,凡胡乐备四夷外,一皆罢遣。"③关于传统礼制与胡族文化之间的矛盾冲突,"泼寒胡戏之争"则是富有代表性的事件。

(四) 文化认同的本质

泼寒胡戏,又称乞寒胡戏,本出于西域康国,十一月鼓舞乞寒,以水交泼为乐,武后末年始以季冬为之。《资治通鉴》卷一百七十三云:"大成元年(579)十二月,戊午,周天元以灾异屡见,舍仗卫,如天兴宫。百官上表,劝复寝膳。甲子,还宫,御正武殿,集百官及宫人、外命妇,大列伎乐,初作乞寒胡戏。"④据此,该戏在北周末年已传入中土。唐中宗朝

① [宋] 司马光:《资治通鉴》卷一百九十六,第6189—6190页。
② [唐] 李治:《禁幻戏诏》,《全唐文》卷一二,第145页。
③ [唐] 武平一:《谏大飨用倡优媟狎书》,《全唐文》卷二六八,第2723页。
④ [宋] 司马光:《资治通鉴》卷一百七十三,第5401—5402页。

其风大盛,故吕元泰作《陈政事疏》劝谏,其文云:

> 臣比见都邑坊市,相率为浑脱队,骏马胡服,名为苏莫遮。旗鼓相当,军阵之势也;腾逐喧噪,战争之象也。锦绣夸竞,害女工也;征敛贫弱,伤政体也;胡服相观,非雅乐也;浑脱为号,非美名也。安可以礼义之朝,法胡虏之俗?……非先王之礼乐,而示则于四方者,斯实愚臣之所未喻也。……夫乐者,动天地,感鬼神,移风易俗,布德施化。重戎狄之化,不足以移风也;非宫商之度,不足以易俗也;无八佾之制,不足以布德也;非六代之乐,不足以施化也。四者无一,何以教人?①

在儒家看来,四夷文化仅是术,而华夏文明则为道。他们认为要维系一个社会的正常运行,实现国家的文明富强,唯有弘扬仁德,施以教化。以此为出发点,吕元泰从象征战争、助长奢靡、有损政体、不合雅乐、得名不正等诸多方面一一否定了乞寒胡戏之价值。吕氏之文,从表面看是深受中原儒家传统文化的士人仅对胡乐胡舞借"裸露形体,浇灌衢路,鼓舞跳跃"以祈祷这种操作方式的不满,而根本上则反映出其于夷夏文化碰撞交融进程中主张必须坚持华夏文明正统地位的坚定立场,因此强烈反对"以礼义之朝,法胡虏之俗"的胡化行为。

睿宗朝韩朝宗上《谏作乞寒胡戏表》,其文曰:"今之乞寒,滥觞胡俗,臣参听物议,咸言非古。……臣闻皇天无亲,惟德是辅,未闻兆乱,以来多福。太戊修政而桑谷自萎,景公善言而荧惑退舍,彰善罚恶,天之道也。伏愿去邪勿疑,昭德以待,岂区区末法,而能定其休咎哉?"②玄宗朝张说《谏泼寒胡戏疏》云:"泼寒胡未闻典故,踝体跳足,盛德何观?挥水投泥,失容斯甚。法殊鲁礼,亵比齐优,恐非干羽柔远之义,樽

---

① 〔唐〕吕元泰:《陈政事疏》,《全唐文》卷二七〇,第 2742 页。
② 〔唐〕韩朝宗:《谏作乞寒胡戏表》,《全唐文》卷三〇一,第 3058 页。

俎折冲之道。愿择刍言,特罢此戏。"①

　　韩朝宗所言之"法古",即主张遵循历代以来递相沿袭之儒家礼乐制度。他推测皇帝支持泼寒胡戏之目的,不外乎"元象变见,疫疠相仍,厌甲兵之灾,助太阴之气"的考虑,然其最终结论是帝王唯有修德才能化祸为福,若借泼寒胡戏以祈福、禳灾实无异于缘木求鱼。张说则直言"踝体跳足""挥水投泥"的泼寒胡戏堪比优伶,有悖于儒道盛德。两人之论殊途而同归,完全否定了泼寒胡戏举行的意义。于是,玄宗于开元六年(718)颁发《禁断腊月乞寒敕》曰:

　　腊月乞寒,外蕃所出,渐渍成俗,因循已久,至使乘肥衣轻,竞矜胡服,阗城溢陌,深玷华风。朕思革颓弊,返于淳朴,《书》不云乎:"不作无益害有益,功乃成;不贵异物贱用物,人乃足。"况妨于政要,败紊礼经,习而行之,将何以训? 自今以后,即宜禁断。②

　　窥一斑而知全豹,通过泼寒胡戏在唐代前期的命运,我们可以看出胡风东渐过程中无可避免地出现了较激烈的文化碰撞。所谓胡风东渐,其本质为胡汉民族之间的融合以及各种文化之间的相互影响,尽管胡风相对汉风似乎既显且盛,但这一过程依然不是单方面压倒性的胡化,因为真正意义上的同化是"一个民族从精神、心理到文化的各种形态都被其他民族同化",③而唐代前期出现的这种"化"只是外在形式上的一些变化,并未触动华夏传统文化的根基、命脉。事实上,此一时期"胡化"与"汉化"双向互动的关系中,有一种极具生命力的文化始终在

① ［唐］张说:《谏泼寒胡戏疏》,《全唐文》卷二二三,第 2256—2257 页。
② ［唐］苏颋:《禁断腊月乞寒敕》,《全唐文》卷二五四,第 2573 页。
③ 葛晓音:《论唐前期文明华化的主导倾向——从各族文化的交流对初盛唐诗的影响谈起》,《中国社会科学》,1997(5)。

起主导作用——那就是以仁义精神为本质、礼乐制度为表征的华夏正统文明。当其时,固守传统的审美价值观依然是秉承儒家思想的唐代文人内在思想的根本特征,在他们看来,胡族文化可聊以助兴但终非雅道,故对其接受的同时亦不无居高临下的轻视与排斥,只不过,这种微妙抵触的态度在国家政治、经济正常的发展态势下并没有完全凸显出来。

通过对唐代前期社会生活中所呈现的尊奉先祖、颂扬圣贤以及对胡风东渐文化碰撞与认同现象的观照,可以看出这一时期的大唐帝国实际上呈现出以华夏为主而不同程度兼收并蓄周边民族文化的理念,即以华为体,以夷为用。受惠于这一理念,唐代前期文化碰撞与融合的发展态势总体上渐趋于对李唐政权的国家认同和对儒家文明的义化认同。

美国当代学者约瑟夫·奈说:"倘若一个国家的文化处于中心位置,别国就会自动向它靠拢;倘若一个国家的价值观支配了国际秩序,它就必然在国际社会中居于领导地位。"[1]以文化共同体的视角而言,唐代前期立足儒家以审视胡风的做法并非多此一举。从国家立场出发,文化交流很有必要,但这种交流亦非没有条件。无论国家之间还是一国内部,若在多种文化交流融汇中丧失了自身面目,抑或是多种文化虽共存共生,但缺失一种能够兼容、统摄诸多文化支流并为广大国民所普遍认可的先进文化主流,则往往会引发战争乃至国家分裂。"安史之乱"便是典型的反面教材(唐代前期河朔地区的问题比较复杂,本书第四章专设了一节予以论述)。

第三节　国家认同

国家认同,是指国民对自己所归属国家的认知,具体表现为他们对

---

[1]　李智:《文化外交——一种传播学的解读》,第2—3页。

这个国家得以构成的核心要素(如政治、文化、族群等)的情感和评价。这一主题,在唐代前期诸多文学样式中皆有所体现。

一、综合实力与李唐统治的合理性

杨隋末年,社会问题日益突出,以东征高丽的战争为导火索,各种矛盾全面爆发。大业十三年(617)七月癸丑,李渊在太原起兵,开启了其逐鹿中原,一统天下的征程。"自隋末乱离,群雄竞逐。跨州连郡,不可胜数。"①一时出现了众多割据势力,其中曾仕于杨隋者主要有据涿郡的罗艺、据朔方郡的梁师都、据马邑的刘武周、据金城的薛举、据江陵的萧铣、据武康的沈法兴、据江都的宇文化及和东都的王世充等。农民武装主要有中原的翟让、李密,河北的窦建德和江淮的杜伏威、辅公祏等。据《旧唐书·高祖本纪》,大业十三年(617)六月李渊于太原起事,七月西图关中时有兵三万,三个月后至长乐宫时,其众达二十万。② 这些新招部众,其中多数是来自太原、关中一带的避乱百姓,并未经过正式军事训练,因此战斗力并不强。但李渊却以此为基础,仅用两年时间便以席卷之势一跃成为隋末众多武装力量中举足轻重的人物。武德二年(619),情况发生了根本性变化。《旧唐书·刘武周传》云:"唐主举一州之兵,定三辅之地,郡县纷纷归附,海内望风而降,此乃天命,非人力可为。"③这是苑君璋对李渊的评价,其人为刘武周部将兼妹婿。来自敌对阵营的正面评价,当非溢美之辞。李渊实力不断壮大的原因,不仅在于其正确的军事战略与战术,政治策略的运用得当亦为不可忽略之重要因素。李渊以"举义兵,匡帝室"为政治口号,④攻克隋都长安后

---

① [唐]魏征:《与徐世绩书》,《全唐文》卷一四一,第1429页。
② [后晋]刘昫等:《旧唐书》卷一,第3—4页。
③ [后晋]刘昫等:《旧唐书》卷五十五,第2255页。
④ [宋]司马光:《资治通鉴》卷一百八十四,第5761页。

"迎王于东宫,迁居大兴殿后"(胡三省注曰:大兴殿,隋宫正殿也,未及即位,故居殿后),[1]并"与民约法十二条,悉除隋苛禁"。[2] "壬戌,李渊备法驾迎代王即皇帝位于天兴殿,时年十三,大赦,改元,遥尊炀帝为太上皇。甲子,渊自长乐宫入长安。以渊为假黄钺、使持节、大都督内外诸军事、尚书令、大丞相,进封唐王。以武德殿为丞相府,改教称令,日于虔化门视事。乙丑,榆林、灵武、平凉、安定诸郡皆遣使请命。丙寅,诏军国机务,事无大小,文武设官,位无贵贱,宪章赏罚,咸归相府;唯郊祀天地,四时禘祫奏闻。"[3]

李渊所为,一方面暗合汉高祖刘邦"与父老约,法三章耳;杀人者死,伤人及盗抵罪"之政策,[4]有利于赢得民心;另一方面又与魏武帝曹操"挟天子而令诸侯"之举措如出一辙,[5]获取了统一天下的主动权。

此外,在军事实力不断扩张与政治优势合力并举的同时,李渊还在思想舆论方面占据有利地位。在隋末,李氏将代杨氏而为天子的传言,可谓人尽皆知。如:

(615 年)会有方士安伽陀,言"李氏当为天子",劝(炀)帝尽诛海内凡李姓者。[6]

(616 年)时又有外黄王当仁、济阳王伯当、韦城周文举、雍丘李公逸等皆拥众为盗。李密自雍州亡命,往来诸帅间,说以取天下之策,始皆不信。久之,稍以为然,相谓曰:"斯人公卿子弟,志气若是。今人人皆云杨

① [宋]司马光:《资治通鉴》卷一百八十四,第 5762 页。
② [宋]司马光:《资治通鉴》卷一百八十四,第 5761 页。
③ [宋]司马光:《资治通鉴》卷一百八十四,第 5765 页。
④ [汉]司马迁:《史记》卷八"高祖本纪",第 362 页。
⑤ [南朝宋]范晔:《后汉书》卷七十四上"袁绍刘表列传",第 2382 页。
⑥ [宋]司马光:《资治通鉴》卷一百八十二,第 5695 页。

氏将灭,李氏将兴。吾闻王者不死。斯人再三获济,岂非其人乎!"①

(616年)会有李玄英者,自东都逃来,经历诸贼,求访李密,云"斯人当代隋家"。人问其故,玄英言:"比来民间谣歌有《桃李章》曰:'桃李子,皇后绕扬州,宛转花园里。勿浪语,谁道许!''桃李子',谓逃亡者李氏之子也;皇与后,皆君也;'宛转花园里',谓天子在扬州无还日,将转于沟壑也;'莫浪语,谁道许'者,密也。"②

就内容而言,此三则史料中有两则是指向李密的。然而,谶纬之说,主要是民众根据相关情形对未来结果的一种揣测。据《资治通鉴》,此三则材料皆出现于李渊义宁元年(617)入长安之前,此后随着李唐政权的建立,李密于武德元年(618)岁末叛唐被盛彦师所杀,"李氏当为天子"之说便自然落于李渊身上。

继义宁元年(617)榆林、灵武、平凉、安定诸郡归顺后,③义宁二年(618)李渊"以书谕诸郡县,于是东自商洛,南尽巴、蜀,郡县长吏及盗贼渠帅、氐羌酋长,争遣子弟入见请降,有司复书,日以百数"。④ 甚至远处涿郡的罗艺,亦云:"建德、开道,皆剧贼耳。吾闻唐公已定关中,人望归之。……遂奉表,与渔阳、上谷等诸郡皆来降。"⑤因在军事实力、政治优势和思想舆论等诸多方面具备了优势,故李渊在太原起兵后便一路占有先机,这种优势让李渊最终完成了国家的统一,而在李唐建国之后又在一定程度上促使民众产生强烈的国家认同感。这一现象在唐代前期墓志中同样有所体现。

---

① [宋]司马光:《资治通鉴》卷一百八十三,第5708页。
② [宋]司马光:《资治通鉴》卷一百八十三,第5709页。
③ [宋]司马光:《资治通鉴》卷一百八十四,第5765页。
④ [宋]司马光:《资治通鉴》卷一百八十五,第5772页。
⑤ [宋]司马光:《资治通鉴》卷一百八十六,第5828页。

　　关于隋末唐初之朝代更替，武德二年《唐故卧龙寺黄叶和尚墓志铭》云："隋氏末年，稍显灵迹，披发徒跣，负杖挟镜，或征索酒肴，或十余日不食，预言未兆，题识他心，一时之中，分形数处。属我皇应运，率土崩裂，和尚竟著先知，住锡黄龙寺。迨于定鼎，果获奇验矣。"①贞观元年《大唐吴国公府记室参军故刘君墓之铭并序》云："顷以妖构奸纷，隋室沦谢；俄而枭奸镜毙，唐祚郁兴。"②贞观二年《大唐故左光禄大夫蒋国公屈突府君墓志铭》云："南征不返，怨切于周王；东游靡归，酷深于秦帝。既而昏明递袭，否泰相因，圣人潜跃之初，皇代经纶之始，狡兔方殄，瞻鸟有归，公乃心本朝，竭忠旧主。"③永徽二年《隋豫州保城县丞支君墓志铭》序云："伪郑王充授公镇南府车骑将军，固辞不免。可谓汉朝既乱，不受王莽之官；晋室虽微，莫荣刘曜之职。忠勇既发，节义俱存，实一代之伟人，谅千龄之轨躅。自皇家应箓，拨乱反正，更悬日月，重缀参晨，挥雄旗而扫百蛮，奋干将而清六合，生人济仁寿之业，礼乐符自卫之功。"④麟德元年的《大唐故翊卫大督罗府墓志铭并序》云："俄而戈穷牧野，胶没渚宫，君泪尽当涂，目开炎□，送故之情既毕，维新之命□隆，于是有诏旌甄，复参仙卫。"⑤

　　此类实例，在唐前期墓志铭中俯拾即是，故选取几例作为代表。对以上几篇墓志铭我们可以简要归纳：

　　刘粲郡望中山（属河北道），祖、父历仕魏、齐，自己曾任隋吴公府记室；屈突通郡望长安（属京畿道），高祖、祖、父历仕魏、周，自己曾任隋右骁卫大将军等职；支彦本为西域胡，内迁后称籍酒泉（陇右道），祖仕齐为安乐王记室，自己曾任隋豫州保城县丞；罗端郡望河南（都畿道），祖、

---

①　周绍良、赵超：《唐代墓志汇编》，第 1 页。
②　周绍良、赵超：《唐代墓志汇编》，第 10 页。
③　周绍良、赵超：《唐代墓志汇编》，第 14 页。
④　周绍良、赵超：《唐代墓志汇编》，第 143 页。
⑤　周绍良、赵超：《唐代墓志汇编》，第 410 页。

父历仕周、隋,自己曾任隋朝散大夫……这些家族皆为历代仕宦,而墓主亦曾出仕杨隋,他们最终都选择了李唐,从根本上说,仍然是李渊集团在军事实力、政治优势和思想舆论等方面优势地位的凸显。

　　另外还有一点,我们极易忽视,那就是唐朝政府对李唐和杨隋政权的定位及其宣传。李唐从起兵之日起,打出的旗号便是尊隋帝、平内乱。义宁二年(618)五月,李渊以内禅形式代隋而帝,改元武德,但李唐对外的宣传始终是隋先倾国鼎,群雄遂并起逐鹿,最后则是唐承天命而一统之,并非直接取隋而代之。对此,"大业十四年"的说法亦可佐证。

　　《李月相墓志铭》云:

　　　　以大业十四年十月遘疾,终于东都。粤以大唐武德八年岁次乙酉十二月辛酉朔廿五日乙酉,合葬于幽州范阳县之永福乡安阳府君之墓。子君胤陕东道大行台尚书膳部郎中。①

　　隋炀帝大业十三年(617)十一月,李渊攻入长安之后,拥立隋炀帝之孙代王侑为帝,是为隋恭帝,改大业十三年为义宁元年,遥尊隋炀帝为太上皇。次年(618)三月十一日,隋炀帝在江都被杀;五月,李渊受禅登基,是为唐高祖,改义宁二年为武德元年;九月,追谥此年三月十一日在江都被杀的隋太上皇为炀帝。作为唐人,书写此年之事件时年号不用武德却用大业,似乎是一个严重的政治立场问题。然而,李月相郡望陇西狄道,属关陇集团陇西李氏,按理不可能否认李唐统治的合法性。而且,武德八年时李世民为陕东道大行台尚书令,身为唐朝陕东道大行台尚书膳部郎中的卢君胤为其下属,以卢氏当时身份,为其母所撰墓志

<hr />

① 周绍良、赵超:《唐代墓志汇编》,第3页。

铭时居然采用隋朝纪年方式,实有悖常理。而较为合理的解释,应为此举在当时已为李唐官方所允许。当是时,唐朝对与其对峙之其他政权(如王世充建立的郑朝和麹氏建立的高昌国等),一律斥之为伪朝。[①]据此而言,李唐政权无疑是以隋代合法继承者而自居的。

事实业已证明,这种宣传无疑是成功的,唐代墓志正好可以从一个侧面反映出民间对于李唐和杨隋关系的看法。"炎精标季,乾纲落钮"即杨隋失驭;"豺狼孔炽,江海横流","豺狼塞路,枭镜成群"即群雄逐鹿;"圣人潜跃之初,皇代经纶之始"与"皇家应箓,拨乱反正,更悬日月,重缀参晨",即李唐因得天命而重整山河,天下归心。正如《唐故卧龙寺黄叶和尚墓志铭》所云,李唐兴而代杨隋,在唐人看来,乃是天命所归的表现,故为极其正常的过程。因此,唐代前期的墓志皆以自然过渡的方式表述这一由乱而治的历史进程。

二、唐代两都制与国家认同

唐代前期有四都,即西京长安、东都洛阳、北都太原和中都河中。因中都仅仅是昙花一现,故真正发挥作用者实为三都。

从功能上看,太原为李唐龙兴与武周根脉之地,其精神地位自然无可比拟;长安为宇文周、杨隋两朝定都之地,为关陇军事集团之核心所在,作为该集团之重要势力,李唐以此为根据地绝非偶然。同时,作为高祖登基之地,西京长安的政治象征地位亦至关重要;而洛阳自东汉即为国都,其后曹魏、西晋、北魏等朝又相继建都于此。作为可以兼顾东西、统摄南北的地理中心,洛阳实为统一的中原王朝所不能忽视的国都候选之地。而且,杨隋虽定鼎长安,但出于发展经济,维护统治的需要,

---

① 周绍良、赵超:《唐代墓志汇编》,第 143 页《隋豫州保城县丞支君墓志铭》;第 367 页《鞠善岳墓志铭》。

炀帝在仁寿四年(604)下诏于洛阳建东京。① 大业五年(609)春,又改东京为东都。② 于是,兼顾了地理优势和经济实力的洛阳遂为唐代东都的不二之选。

唐代前期君臣对此已有非常明确的认识,如高宗《建东都诏》云:"此都中兹宇宙,通赋贡于四方,交乎风雨,均朝宗于万国。置槷之规犹勤,测圭之地载革,岂得宅帝之乡,独称都于四塞;来王之邑,匪建国于三川?"③《幸东都诏》云:"交风奥壤,测景神州,职贡所均,水陆辐辏。"④

玄宗《幸东都制》云:"帝业初起,崤函乃金汤之地;天下大定,河雒为会同之府。周公测景,寔曰土中。总六气之所交,均万方之来贡,引鱼盐于淮海,通粳绠于吴越,瞻彼雒汭,长无阻饥。"⑤《幸东都诏》云:"卜雒万方之隩,维嵩五岳之中,风雨之所交,舟车之所会,流通江汴之漕,控引河淇之运,利俗阜财,于是乎在。"⑥

宋之问《为东都僧等请留驾表》云:"东都有河朔之饶,食江淮之利,九年之储已积,四方之赋攸均。"⑦苏颋《幸东都制》云:"国之中洛,王者上地,均诸侯之赋,当天下之枢。"⑧

史载唐代始置北都是在长寿元年(692)九月。⑨ 武则天之父武士彟为文水人,因从李渊起兵太原而飞黄腾达。武氏先茔在文水,⑩故光宅元年(684)武则天曾令作五代祠堂于文水。胡三省注曰:"文水县,旧

① [宋] 司马光:《资治通鉴》卷一百八十,第 5615 页。
② [宋] 司马光:《资治通鉴》卷一百八十一,第 5642 页。
③ [唐] 李治:《建东都诏》,《全唐文》卷一二,第 147 页。
④ [唐] 李治:《幸东都诏》,《全唐文》卷一三,第 160 页。
⑤ [唐] 李隆基:《幸东都制》,《全唐文》卷二〇,第 238 页。
⑥ [唐] 李隆基:《幸东都诏》,《全唐文》卷二八,第 323 页。
⑦ [唐] 宋之问:《为东都僧等请留驾表》,《全唐文》卷二四〇,第 2432 页。
⑧ [唐] 苏颋:《幸东都制》,《全唐文》卷二五三,第 2565 页。
⑨ [宋] 司马光:《资治通鉴》卷二百五,第 6487 页。
⑩ [宋] 司马光:《资治通鉴》卷二百四,第 6457 页。

受阳,隋开皇十一年更名,属并州。"①武则天祖籍文水,其父发迹于太原,故于并州置北都既可神化武氏为姬周后裔又可光宗耀祖。这是思想舆论方面的原因。

同时,置北都还有军事安全方面的原因。隋唐时期,太原一直是防御北方游牧部落的军事重镇。武周时期,正是后突厥帝国扩张时期,骨笃禄、默啜先后南下,不断入寇河东道北部的朔、蔚、代、忻等州,直接威胁到并州。因此,设置北都无疑有利于提高并州政治地位,加强国家北方门户的军事力量,彰显其抵抗突厥入侵的决心。此后,中宗复李唐国号,于神龙元年(705)改北都为并州。② 其实,就象征意义而言,太原在李唐、武周政权中皆有不可忽视之重要作用。因其地为李渊起兵之处,乃李唐帝业根基之所在,故玄宗在消除武周以来之舆论流弊与尊崇祖业的综合权衡中,既关注太原作为帝国北方门户的军事地位,又逐步提升其作为龙兴之地的精神地位。因此,开元十一年(723)复于并州置北都;③天宝元年(742)改北都为北京,是年复曰北都。④

从汉末至隋唐,并州地区始终是旱作农耕文化与草原游牧文化的交会地带,因此,晋阳也就成为民族迁徙与融合的主要城邑。在唐代,晋阳不仅肩负着捍卫北疆、远慑漠北的重任,亦成为中原文化辐射北传的重要据点。而将晋阳升级为北都,无疑强化了其在文化传播方面的重要功能。

由此可见,立太原为北都,主要是因为其精神层面的影响力和军事层面的重要性,而李唐政权真正发挥实际作用的都城是西京长安和东都洛阳。自秦汉至隋唐,洛阳成为中国历史上唯一可以与长安并驾齐

---

① [宋] 司马光:《资治通鉴》卷二百三,第 6422 页。
② [宋] 司马光:《资治通鉴》卷二百八,第 6583 页。
③ [宋] 司马光:《资治通鉴》卷二百一十二,第 6755 页。
④ [宋] 司马光:《资治通鉴》卷二百一十八,第 6990 页。

驱的都城,唐初帝王即如此认为。如高宗曰:

> 朕闻践华固德,百二称乎建瓴;卜洛归仁,七百崇乎定鼎。是以控膏腴于天府,启黄图于渭滨;襟沃壤于王城,摛绿字于河渚。市朝之城,丽皇州之九纬;丹紫之原,邈神杞之千里。二京之盛,其来自昔。[①]

在中国历史上,除了短命的隋朝外,唐代以前并没有国祚绵延、实力强大的统一国家同时以长安、洛阳为都城。高宗此论,只是就洛阳与长安在不同历史时期各自崭露头角的史实而言,并没有对两城进行具体的优劣对比,更不曾分析两都制实行的历史渊源和现实需要。

(一) 隋唐两都制的早期雏形

隋唐时代的两都制,其雏形可追溯至北魏末年。北魏孝武帝永熙元年(532),高欢击败尔朱氏占据了邺(今河北省临漳县西),于其地建大丞相府。[②] 其后又在洛阳拥立元修为孝武帝,于是形成"洛阳—邺"的两都制模式。后来,随着高欢将大丞相府迁往晋阳(今山西省太原市),又形成"洛阳—晋阳"模式。此后几经变革,因东魏定都于邺,东魏最终形成"邺—晋阳"的两都制固定模式。北齐沿袭东魏此制。[③]

西魏的情况与此相似。大统元年(535),宇文泰拥立元宝炬为帝,建立西魏,而宇文泰则于同州(今陕西省大荔县)设立霸府,确立"长安—同州"的两都制模式。北周沿袭西魏此制。[④]

如此一来,约在公元六世纪的 30—70 年代之间,中国北方围绕着

---

① 〔唐〕李治:《建东都诏》,《全唐文》卷一二,第 147 页。
② 〔唐〕李百药:《北齐书》卷六"孝昭帝纪",第 79 页。"及文襄执政,遣中书侍郎李同轨就霸府为诸弟师。"此霸府即指大丞相府。
③ (日)谷川道雄著,李济沧译:《隋唐帝国形成史论》,第 301 页。
④ (日)谷川道雄著,李济沧译:《隋唐帝国形成史论》,第 304 页。

霸府与王都实际出现了四个政治中心。直到北周统一北方，这一局面才宣告结束。武平元年(570)北齐灭亡，北周占领邺城后于其地设相州六府，作为中央的派出机构。北周宣帝大成元年(579)二月下诏："以洛阳为东京，发山东诸州兵治洛阳宫，常役四万人。徙相州六府于洛阳。"①灭掉北齐之后，因同州已不再具备前沿基地的作用，北周削减了当地兵力，开始回撤长安驻守。②

至此，北周、北齐对峙时代的四个中心演变为两个——帝都长安与东京洛阳。客观而论，唐代的两都制与东西两魏、北周、北齐的两都制在本质上有很大差别，但我们不能否认它们之间所存在的历史渊源。正是在从分裂走向统一的进程中，国家逐渐完成了霸府与王都角逐的两都制与统一帝国长治久安的两都制之间的历史演进。

(二)隋唐两都制的历史沿革

虽然北周灭齐之初的洛阳在整体实力上还和长安差距很大，但它统辖着河阳、幽、相、豫、亳、青、徐七总管。③ 七总管所统之地，基本上等于除山西以外的原北齐所辖区域，可见，洛阳实际上已经成为北周在华北的军事、政治中心。

隋初，曾一度削弱洛阳作为东京的地位。文帝开皇元年(581)八月，废东京官；④而炀帝于仁寿四年(604)十一月，下诏于伊洛建东京；⑤大业五年(609)正月，又改东京为东都，⑥使"长安—洛阳"两都制得到了进一步加强。

贞观四年(630)六月，太宗以"洛阳土中，朝贡道均，意欲便民"为

---

① ［宋］司马光：《资治通鉴》卷一百七十三，第5394页。
② （日）谷川道雄著，李济沧译：《隋唐帝国形成史论》，第305页。
③ ［唐］令狐德棻：《周书》卷七"宣帝纪"，第119页。
④ ［唐］魏征：《隋书》卷一"高祖上"，第15页。
⑤ ［宋］司马光：《资治通鉴》卷一百八十，第5615页。
⑥ ［宋］司马光：《资治通鉴》卷一百八十一，第5642页。

由，欲修洛阳宫，但因给事中张玄素以其事非国之急务，且帝王宜诫奢靡为谏而止；①贞观十一年（637）七月，隋洛阳宫为水所坏，太宗下诏："洛阳宫为水所毁者，少加修缮，才令可居。"②可见唐朝洛阳宫只是在隋朝基础上略加修缮而成。

　　显庆二年（657）十二月，高宗令"以洛阳宫为东都，洛州官吏员品并如雍州"。③ 距隋炀帝设东都半个世纪之后，唐朝又一次以洛阳为东都，其中必然有着不得不然之原因。而在武则天当政时期，为彰显其执政的合理性并打压李唐势力，光宅元年（684）定都洛阳，"改东都为神都，宫名太初"。④ 天授二年（691）又"改社稷于神都"。⑤ 使洛阳地位进一步提升，直接凌驾于长安之上。

　　中宗复位后，于神龙元年（705）二月，"甲寅，复国号曰唐。郊庙、社稷、陵寝、百官、旗帜、服色、文字皆如永淳以前故事。复以神都为东都"。⑥ 并于同年五月"乙酉，立太庙、社稷于东都"。⑦ 改神都为东都，与改东都与神都一样，不过是政治斗争中权力更替的一种外在表现。然而，于东都立太庙和社稷，这就等于分流了西京的祭祀特权。从高宗朝"洛州官吏员品并如雍州"，到中宗朝"立太庙、社稷于东都"，洛阳完成了足以与长安分庭抗礼的地位提升。中宗将武周朝关于郊庙、社稷、陵寝、百官、旗帜、服色、文字等事关国家社会的几乎所有方面都予以反正，但唯独在东都地位的巩固方面却予以加强，这一做法，实际上反映出了洛阳作为东都的政治、经济地位已经相当稳固，不会因为权力的更

---

① ［宋］司马光：《资治通鉴》卷一百九十三，第 6079—6080 页。
② ［宋］司马光：《资治通鉴》卷一百九十五，第 6131 页。
③ ［宋］司马光：《资治通鉴》卷二百，第 6308 页。
④ ［宋］司马光：《资治通鉴》卷二百三，第 6421 页。
⑤ ［宋］司马光：《资治通鉴》卷二百四，第 6470 页。
⑥ ［宋］司马光：《资治通鉴》卷二百八，第 6583 页。
⑦ ［宋］欧阳修、宋祁：《新唐书》卷四，第 107 页。

替而有所动摇。事实上,东都洛阳的出现,不仅是历史原因的延续,更为重要的是现实统治的需要。

(三) 隋唐两都制的现实需要

唐代以前,长安即为关陇军事集团的重心所在,自西魏以来,北周、隋均依靠关陇集团以建国,故皆定都长安。而作为关陇集团重要代表的李渊家族,继续以长安为都城,自然在情理之中。从地理位置看,长安在函谷关以西,北濒渭河,南依秦岭,位于关中平原腹地,有"八水绕长安"之美称;从军事角度看,长安向西北统摄关内、向西遥控陇右、向南可通剑南,其控制力量的辐射范围亦深亦广,无异于中原王朝的西大门,直接关系到唐朝西方、西北方少数民族势力对中原王朝的威胁。可见,长安具有天府饶都与军事重镇的双重作用,地位极其重要。

关陇地区虽然富饶,其农业经济状况却无法维系一国之都的正常物资需要:"咸京天府,地隘人繁,百役所归,五方胥萃。虽获登秋之积,犹亏荐岁之资。"[1]而崤山、函谷关的险要地形又使得交通运输十分不便,东部的资源不易送达长安,往往造成长安粮荒:"长安府库及仓,庶事空缺,皆藉洛京转输,价值非率户征科,其物尽官库酬给,公私靡耗,盖亦兹多。"[2]因此,唐朝便采取了在山东之地设立东都的方式来解决这一问题,而选择的具体地方便是洛阳。自显庆二年(657)高宗"以洛阳宫为东都"后,[3]整个唐代前期,每逢关中歉收之年,皇帝往往巡幸东都——率朝中官员赴洛阳以度饥荒。如永淳元年(682)四月,"上(高宗)以关中饥馑,米斗三百,将幸东都"。[4] 玄宗则以"苟利于物,可随方而变通;将适于人,故因时以巡幸"为据,[5]审时度势以备东巡。

---

① 　[唐]李治:《幸东都诏》,《全唐文》卷一三,第 160 页。
② 　[唐]杨齐哲:《谏幸西京疏》,《全唐文》卷二六〇,第 2636 页。
③ 　[宋]司马光:《资治通鉴》卷二百,第 6308 页。
④ 　[宋]司马光:《资治通鉴》卷二百三,第 6407 页。
⑤ 　[唐]李隆基:《幸东都诏》,《全唐文》卷二八,第 323 页。

在这种观念下，洛阳的地位日渐提升，将其与长安相提并论者大有人在。如太宗时褚遂良已云："天下譬犹一身：两京，心腹也；州县，四支也；四夷，身外之物也。"①胡三省注云："唐世人主，往来东都、西京，而寔都长安，以长安为京师。"②玄宗云："三秦九雒，咸曰帝京。"③又云："两京来去，乃是寻常。"④"东幸西顾，乃其常也。"⑤可见盛唐之时，皇帝已对长安、洛阳无所轩轾，以来往两都之间为正常之事耳。

其实，东都的建立不仅仅是因为军事战略、物资供应的原因，还有政治、文化等方面的考虑。

太宗能登基称帝，实得益于"山东豪杰"系统之助。"当时中国武力集团最重要者，为关陇六镇及山东豪杰两系统，而太宗与世绩二人即可视为其代表人也。世绩地位之重要实因其为山东豪杰领袖之故，太宗为身后之计欲平衡关陇、山东两大武力集团之力量，以巩固其皇祚，是以委任长孙无忌及世绩辅佐柔懦之高宗。"⑥"山东豪杰"系统之领袖先为翟让，翟让死后为徐世绩，而"翟让、徐世绩之系统人物实以洛阳为其政治信仰之重心"。⑦李唐建国之后，皇帝实际上已经不仅仅是关陇集团的代言人，而是"关陇六镇"与"山东豪杰"两大集团之间的维系人与平衡者。因此，为巩固其统治，李唐帝室必然要对"山东豪杰"集团予以拉拢、控制。

此外，在国家发展的不同历史阶段，对于都城功能则会产生不同的要求。"帝业初起，崤函乃金汤之地；天下大定，河雒为会同之府。"⑧李

① ［宋］司马光：《资治通鉴》卷一百九十七，第 6207 页。
② ［宋］司马光：《资治通鉴》卷二百二，第 6397 页。
③ ［唐］李隆基：《幸东都制》，《全唐文》卷二三，第 269 页。
④ ［唐］李隆基：《禁刺史进奉诏》，《全唐文》卷二八，第 315 页。
⑤ ［唐］苏颋：《幸东都制》，《全唐文》卷二五三，第 2565 页。
⑥ 陈寅恪：《陈寅恪集·金明馆丛稿初编》，第 254 页。
⑦ 陈寅恪：《陈寅恪集·金明馆丛稿初编》，第 252—254 页。
⑧ ［唐］李隆基：《幸东都制》，《全唐文》卷二〇，第 238 页。

唐立国伊始,首当其冲需要保证的是都城的军事重要性和安全性,而统一全国、人心稳定之后都城需要发挥出政治、经济、文化中心的地位,成为各种社会资源辐辏的核心。从这一角度出发,高宗采取建东都于洛阳的决策无疑是国家社会发展的必然结果,乃水到渠成之举。

当然,对于一个国家来说,都城并非愈多愈好。唐代前期曾在极为短暂的时期内出现过四都制,即在西京、东都、北都基础上又设立了中都。开元九年(721)正月,"丙辰,改蒲州为河中府,置中都官僚,一准京兆、河南"。① 而同年六月,"己卯,罢中都,复为蒲州"。② 关于是否应该营建中都的问题,当时多有异同之论,赞同者盛言中都有地理之利,其地"左右王都,黄河北来,太华南倚,总水陆之形势,壮关河之气色",故建中都可"固长安""安成周""制蛮夷""定天下"。③ 而反对者独论建中都多疲民之弊,如曰:"今不恤庶人之扰而建都国,不畏上天之怒而长戏豫,弃安就危,弃存就亡,弃易就难,弃约就奢,而欲永有天下,恐不可得也。但恐顷年已来,水旱不节,天下虚竭,兆庶困穷,户口逃散,流离艰苦,巩洛暴水,所丧尤多,江淮赤地,饥馁者众。加以东北有不宾之寇,西凉有丧失之军,干戈岁增,疆场骚动,近又胡羯逆命,征发不宁:料事度宜,岂应更建中都乎? 至若两都,虽旧制矣,然而分守官众多矣,费耗用度,尚以为损,岂况更建中都乎?"④正是在臣下的直言劝谏下,玄宗果断终止了历时半年的中都之制。

唐代以复都为制,皇帝不定期巡幸于西京、东都和北都之间。唐人言帝王巡狩,多以五载为期。如:"帝王五载一巡狩,群后四朝,此盖常礼。"⑤又如:"陛下玉琯四周,金舆三驾,车辙马迹,虽未出于两都;巡狩

---

① ［宋］司马光:《资治通鉴》卷二百一十二,第6743页。
② ［宋］司马光:《资治通鉴》卷二百一十二,第6745页。
③ ［唐］元载:《建中都议》,《全唐文》卷三六九,第3743页。
④ ［唐］韩覃:《谏营建中都表》,《全唐文》卷二九六,第3001页。
⑤ 周勋初校证:《唐语林校证》卷一,第41页。

省方,事不师于五载。"①再如:"三秦九雒,咸曰帝京;五载一巡,时惟邦典。"②这种说法,源于上古。《尚书·舜典第二》云:"五载一巡守,群后四朝。"③司马迁《史记》沿袭其说,云:"古者天子五载一巡狩。"④班固《汉书》亦云:"五月,(舜)巡狩至南岳。南岳者,衡山也。八月,巡狩至西岳。西岳者,华山也。十一月,巡狩至北岳。北岳者,恒山也。皆如岱宗之礼。中岳,嵩高也。五载一巡狩。"⑤

　　唐代前期,君主欲以三代之治为目标,追求大化,故仿"先王卜征",以"观乎风俗",奉行"巡以五载""遍于人寰"的巡狩模式。⑥于是,静则诸都,动则巡幸,巡幸以诸都为据点,诸都借巡幸以为治,这种观风巡狩模式与诸都制度的结合,无疑推进了复都制(主要为西京、东都)的进一步发展。

(四) 唐代两都制的文化共同体意义

　　与西京长安相比,东都洛阳还是存在着一些劣势。"洛阳城阙,虽曰皇都,至于宫苑之间,制度本狭,然风土气候,不甚宜人。"⑦伊洛之间不如关中平原地域广阔,依地而建的东都宫苑城池规模自然比西京狭小逼仄,而且由于"经度地带性的关系,洛阳的降水量要比长安大,虽然长安、洛阳都具有降水季节分布不均的特点,但洛阳水灾却大大多于长安",⑧其风土气候亦不如西京舒适。缘此可知,从个人生活的舒适程度看,皇帝居东都不如居西京;但从国家的发展与稳定看,皇帝居西京

---

① ［唐］杨齐哲:《谏幸西京疏》,《全唐文》卷二六〇,第 2635 页。
② ［唐］李隆基:《幸东都制》,《全唐文》卷二三,第 269 页。
③ ［汉］孔安国传,［唐］孔颖达疏:《尚书正义》卷三,第 72 页。
④ ［汉］司马迁:《史记》卷十二"孝武本纪",第 476 页。
⑤ ［汉］班固:《汉书》卷二十五上,第 1191 页。
⑥ ［唐］苏颋:《幸东都制》,《全唐文》卷二五三,第 2565 页。
⑦ ［唐］张九龄:《西幸改期请宣付史馆状》,《全唐文》卷二八八,第 2929 页。
⑧ 勾利军:《唐代长安、洛阳作为都城和陪都的气候原因》,《史学月刊》,2002(2)。

则不如居东都。私欲与公利于此存在着无法调和的矛盾。而在两者的选择中若能律己为公，便可以反映出作为明君的眼界、修养与政治智慧，玄宗即是如此。

居于东都的玄宗本欲西幸长安，但"闻京畿百姓，犹有未安"，遂改变主意，"欲延期至来冬，待看谷麦"收成情况再定行期。臣下以玄宗此举难能可贵，故申请记入史书。① 很明显，玄宗留居东都是克己之欲以求民安，根本上是为了大唐帝国的长治久安。"陛下之居长安也，山东之财力日匮；在洛邑也，关西百姓赋役靡加。"②这是唐代士人对国家设立东都，又不伤劳民力行为的认可。"务在都国之多，不恤危亡之变；悦在游幸之丽，不顾兆庶之困。"③这是唐代士人对国家滥建都城的切谏。而"岁既稔而时清，我后来兮应天行。东都士庶扶轮送，西土诸侯扫地迎。君之德兮德无有，路旁劳赍皆牛酒。乘舆一至长安城，千秋万岁南山寿"，④则反映出民众对皇帝"岂肆心于宴安，期顺人而从幸"⑤出发点的高度赞扬，以及对李唐政权的国家认同。这种认同，从更深层次而言，则是对必要的复都制与巡幸制背后国家强、财力富、赋税轻、百姓安的盛世风貌的希冀和向往。

三、封禅、封禅文学与国家认同

封禅，是指古代帝王在实现太平之治时以祭祀天地的方式回报神灵的至高礼仪，其神圣性无可比拟。故《史记》云："自古受命帝王，曷尝不封禅？"⑥《五经通义》云："易姓而王，太平必封泰山、禅梁父何？天命

①　［唐］张九龄：《西幸改期请宣付史馆状》，《全唐文》卷二八八，第 2929 页。
②　［唐］杨齐哲：《谏幸西京疏》，《全唐文》卷二六〇，第 2636 页。
③　［唐］韩覃：《谏营建中都表》，《全唐文》卷二九六，第 3001 页。
④　［唐］吕令问：《驾幸天安宫赋》，《全唐文》卷二九六，第 2997—2998 页。
⑤　［唐］李隆基：《幸东都制》，《全唐文》卷二三，第 269 页。
⑥　［汉］司马迁：《史记》卷二十八"封禅书第六"，第 1355 页。

已为王,使理群生也。……告太平于天,报群神之功也。"①概而言之,封禅是以皇帝为主角而进行的一种集体祭祀仪式,它昭示出封禅君主统治的正当性以及国君与国家的合一性,有着极为重要的政治意义。

唐代的封禅亦不外乎此。唐人张守节解释封禅云:"此泰山上筑土为坛以祭天,报天之功,故曰封。此泰山下小山上除地,报地之功,故曰禅。"②《史记正义》作于开元二十四(736)年,③张守节的说法,基本可以表明唐人对封禅的概念界定。学界的主要观点认为,唐代封禅的最大目的,依然是政治原因,强调唐代封禅从提议、设计到执行皆有强烈的政治考虑,封禅典礼既构成皇权存在合法性的终极依据,又是皇位正统与大一统必需的文化表征,而封禅意识的过程和象征意义,不仅是一种政治秩序与制度模式的构建,而且也是一种意识形态和价值观的展示。④ 就唐代前期诸帝的封禅而言,太宗欲借封禅彰显李唐对天下秩序的重新构建;高宗封禅出于同一目的,是对太宗未竟事业的承继;而武氏封禅旨在为自己以后妃身份干预朝政获取合理的礼仪解释;玄宗则是以封禅这一至高级别的仪式来彻底否定武、韦两朝的妇女干政等现象,并宣告天下大治时代的到来。诸帝之意图无不以封禅之礼展现天命之所归,从而确立其统治的合理性与正当性。

从本质上讲,唐代封禅是帝王个人行为与国家行为在民族、疆域、文化融汇合流的特定时代欲以积极有为的综合思想体现,因此必然会在某种程度上彰显出文化认同与国家认同的意义。同时,作为古代社会的一项重大典礼,封禅需要与之相应的文章予以表现,于是封禅文亦成为中国古代受到重视的文体之一。故《文选》创设"符命"之体,颂山

---

① [宋]李昉等:《太平御览》卷五百三十六"礼仪部十五",第 2429 页。
② [汉]司马迁:《史记》卷二十八"封禅书第六",第 1355 页。
③ [唐]张守节:《史记正义序》,《史记》附录,第 11 页。
④ 何平立:《中国封建皇帝封禅略论》,《安徽史学》,2005(1)。

川祥瑞,歌帝王功德。《文心雕龙·封禅》则云:"兹文为用,盖一代之典章也。"①

　　唐代前期文学,反映封禅题材者主要为诏、诗、赋、铭、颂、表等。诏则唐玄宗《允行封禅诏》等;诗则卢照邻《登封大酺歌四首》,张九龄《奉和圣制登封礼毕洛城酺宴》等;赋则杜甫《封西岳赋》,阎隋侯《西岳望幸赋》等;铭则玄宗《纪泰山铭》,李荃《大唐博陵郡北岳恒山封安天王铭》等;颂则张说《大唐封祀坛颂》,苏颋《封东岳朝觐颂》等;表则李元景、长孙无忌、朱子奢等各有《请封禅表》,岑文本、刘洎、李百药、上官仪、高若思等各有《劝封禅表》,陈子昂《为赤县父老劝封禅表》,崔融《贺封禅表》《为朝集使于思言等请封中岳表》,苏颋《贺封禅表》,蒋钦绪《代宰相请封禅表》等。

　　房玄龄云:"封禅者,本以功成,告于上帝。"②张九龄云:"夫封禅者,所以告成功也。"③可见,在初唐至盛唐的一个多世纪,唐人对于封禅的识见非常一致。唐玄宗在决定封禅时说:

　　今晨谷有年,五材无眚,刑罚不用。礼义兴行,和气氤氲,淳风淡泊,蛮夷戎狄,殊方异类,重译而至者,日月于阙庭。奇兽神禽,甘露醴泉,穷祥极瑞者,朝夕于林籞。王公卿士,罄乃诚于中,鸿生硕儒,献其书于外,莫不以神祇合契,亿兆同心。④

　　其文分别从天时、地利、人和、祥瑞、文化等多个方面论证了封禅条件的具备和时机的到来,而"神祇合契,亿兆同心"的表达,则意味着在

---

① 范文澜:《文心雕龙注》,第 393 页。
② ［唐］房玄龄:《封禅议》,《全唐文》卷一三七,第 1385 页。
③ ［唐］张九龄:《大唐金紫光禄大夫行侍中兼吏部尚书宏文馆学士赠太师正平忠献公裴公碑铭序》,《全唐文》卷二九一,第 2956 页。
④ ［唐］李隆基:《允行封禅诏》,《全唐文》卷二九,第 330 页。

玄宗看来,一个新的文化共同体已有隐然形成之势。

诚然,借封禅以告成功,确有炫耀之嫌。然就根本而言,则绝非止于炫耀。李元景《请封禅表》云:"夫功成道合,古今以为隆平;登封降禅,圣贤谓之大典。"①朱子奢《请封禅表》云:"天地之大德曰生,遂其生者元后;圣人之大宝曰位,固其位者上元。岂可不对越坛场,钦若穹昊?"②李百药《劝封禅表》云:"大礼与天地同节,大乐与天地同和。六宗五帝,禋祀惟永。名山大川,缞礼无辍。而告成方岳,独异师古,自朝及野,驰心荡虑。伏愿御六气之辨,顺四序之和,升彼岱宗,具斯盛礼。听万岁之逸响,绍千载之遐踪。"③崔融《为朝集使于思言等请封中岳表》云:"古之圣王,受命者然后得封禅。……致太平,必封禅。"④

由此可见,在唐人看来,关于帝王封禅至少有三点不能忽视:首先,受命于天,继承大统者,可封禅;其次,执政合于古道,卓有成效且有祥瑞现者,可封禅;第三,达于治世者,则必须封禅。而执政合于古道,实现治世之时才可封禅,这种行为完全是得到古代圣贤所认可、称扬的。如:"夫其推步律历,帝尧分命之典也;增修封禅,帝舜时巡之义也。"⑤

实际上,唐代前期文人的这种认识,来源于《史记·封禅书》中帝王封禅需要满足的四个条件:一曰得天命,二曰符瑞现,三曰功业至,四曰道德洽。⑥ 首先,古人认为天道幽远,冥冥之中自有定数,因此是否得天命是封禅最为核心的基础条件;其次,帝王若得天命,则域内山川江湖必有祥瑞外显以应之;再其次,若两者齐备而帝王不能建立功勋、

① 〔唐〕李元景:《请封禅表》,《全唐文》卷九九,第 1016 页。
② 〔唐〕朱子奢:《请封禅表》,《全唐文》卷一三五,第 1361 页。
③ 〔唐〕李百药:《劝封禅表》,《全唐文》卷一四二,第 1441 页。
④ 〔唐〕崔融:《为朝集使于思言等请封中岳表》,《全唐文》卷二一七,第 2195 页。
⑤ 〔唐〕萧颖士:《为陈正卿进续尚书表》,《全唐文》卷三二二,第 3267 页。
⑥ 〔汉〕司马迁:《史记》卷二十八"封禅书第六",第 1355 页。

勤修德业，即使勉强封禅亦会违背天道，贻笑天下。司马迁认为，历史上能行封禅的帝王寥若晨星的根本原因就在于能齐备此四个条件者少之又少。这种观念影响深远，唐代封禅文学基本上是紧扣此四点进行阐述的。

根据写作动机的不同，我们可以将封禅文学分为纪封禅文、请封禅文和颂封禅文三类。纪封禅文是指以皇帝身份撰写的封禅之文，如《纪泰山铭序》云："四海会同，五典敷畅，岁云嘉熟，人用大和。"是从疆域统一、文教大兴、农业丰收、安居乐业等方面承认当时已经具备了封禅的先决条件。"一王度，齋象法，榷旧章，补缺政，存易简，去烦苛，思立人极，乃见天则。"则是为自己日后树立追求的目标。"方士虚诞，儒书龌龊，佚后求仙，诬神检玉。秦灾风雨，汉污编录，德未合天，或承之辱。"是身处大唐盛世的玄宗对秦汉封禅奢求长生的否定，而自己则是"道在观政，名非从欲"，"实欲报元天之眷命，为苍生之祈福"。[①] 说明其封禅的目的是顺承天命，为民祈福，非秦皇汉武之封禅可比。实际上，玄宗封禅泰山时确曾一反前代故事，出玉牒以宣示群臣，以明其封禅实为家国天下祈福之真实目的。[②]

请封禅文为上疏皇帝以促成封禅之文，此类文章旨在劝谏皇帝举行封禅，故强调封禅之重要意义多为作者着力所在。如杜甫《封西岳赋》云：

虽东岱五岳之长，足以勒崇重鸿，与山石无极，伊太华最为难上，至于封禅之事，独轩辕氏得之。夫七十二君，罕能兼之矣。其余或蹶踣风雨，碑版祠庙，终么么不足追数。今圣主功格轩辕氏，业纂七十君，风雨所及，日月所照，莫不砥砺。华近甸也，其可恧乎？比岁鸿生巨儒之徒，

---

① ［唐］李隆基：《纪泰山铭序》，《全唐文》卷四一，第 453 页。
② ［宋］司马光：《资治通鉴》卷二百一十二，第 6766 页。

诵古史、引时义云：国家土德，与黄帝合；主上本命，与金天合。①

　　此赋讽劝玄宗封禅华山，其理由主要有二：其一，自古封西岳者唯有黄帝，而玄宗功德堪比黄帝，且华山临近长安，故不可令黄帝独美；其二，按照五德终始说，李唐为土德，黄帝亦为土德，玄宗以华岳当本命，本命是与出生时的地支相联系的，十二地支中，酉当西方，而华山为西岳，玄宗本命正当，故曰两者相合。② 至于封禅活动中必须面对的供给劳费等问题，杜甫云："古者疆场有常处，赞见有常仪，则备乎玉帛，而财不匮乏矣；动乎车舆，而人不愁痛矣。"他认为在封禅仪式中合理的花费是必要的，只要是在正确的地点，行合适的礼仪，当不会对百姓生活造成不良影响。

　　颂封禅文为封禅既成而颂扬庆贺之文。此类文章之作用在于赞颂，故其立足点往往在于陈述封禅的合理性、宏大的场面以及封禅的意义。如苏颋《封东岳朝觐颂》云："封祀之山，五在中国，泰岳首之；昊穹之命，再集巨唐，皇帝受之。"此言李唐得天命。"陛下得天之经，得地之义，得人之行。行也者，存莫大焉，兼三才以为政；孝也者，仁莫大焉，含万物以为性。"此言玄宗之德洽。"提三尺之剑，矼阊阖，绝勾陈，趋北军，正北辰，然后翼翼乾乾，尊尊亲亲，立我蒸人。"此言玄宗之功至。"籍三脊，盛六穗，不召斯至，拥休之类，如山则委，曷月而秘？"此言祥瑞频现。"天子圣兮天孙崇，登以封兮报以功。受命再，惟皇代，天之赉，人所载。……太元册兮太乙精，休光光我之庆成。舜四朝而禹万国，莫之我京。"③则是对玄宗以功德之盛而封禅告成，超越前勋业的高度颂扬。

---

① ［唐］杜甫：《封西岳赋》，《全唐文》卷三五九，第3643—3644页。
② ［后晋］刘昫等：《旧唐书》卷二十三"礼仪三"，第904页。"玄宗乙酉岁生，以华岳当本命。"另参阅贾二强：《"本命"略说》，《中国典籍与文化》，1998(2)。
③ ［唐］苏颋：《封东岳朝觐颂》，《全唐文》卷二五〇，第2525页。

　　与汉代相比,唐代封禅"个人的迷信色彩显然淡化,关心国事的成败,有十分明确的主张。质言之,他们能将国家的安危、人民生产、生活的安定作为主要目标"。① 同样是以封禅作为政治活动的手段,唐代君主更为立足现实的做法,实际上是在维护君权神授的大前提下,逐步推进族群认同、文化认同乃至国家认同的步伐,希图最终完成文化共同体建设的深层考虑。

　　从初唐到盛唐的历史进程中,封禅文在继承秦汉以来说理传统的同时,受政治文化背景与社会思潮的影响,表现出一些独特之处。首先,唐代封禅得到文士的普遍参与,封禅文学的数量与质量皆有可观。《旧唐书·礼仪志》云:

　　玄宗开元十二年,文武百僚、朝集使、皇亲及四方文学之士,皆以理化升平,时谷屡稔,上书请修封禅之礼并献赋颂者,前后千有余篇。②

　　可见,仅玄宗一朝开元十二年"上书请修封禅之礼并献赋颂者"即有千余篇。蒋钦绪《代宰相请封禅表》亦云:"鸿生硕儒,上章奏而请封禅者,前后千百。"③此类作品数量之多,可见一斑。

　　其次,是在较为平实的表达中逐渐突出辞采的运用,融入更多的情感色彩。《文心雕龙·封禅》云:"兹文为用,盖一代之典章也。构位之始,宜明大体,树骨于训典之区,选言于宏富之路;使意古而不晦于深,文今而不坠于浅,义吐光芒,辞成廉锷,则为伟矣。"④刘勰对封禅之文从体制的选择到语言的安排都有所涉及,他主张运用恰当的辞采以彰

---

① 汤贵仁:《泰山封禅与祭祀》,第 87 页。
② 〔后晋〕刘昫等:《旧唐书》卷二十三"礼仪三",第 891 页。
③ 〔唐〕蒋钦绪:《代宰相请封禅表》,《全唐文》卷二七〇,第 2749 页。
④ 范文澜:《文心雕龙注》,第 394 页。

显文意,使其合理舒张于晦深、肤浅之间,达到其作为庙堂之文所应具备的整体风貌。文采的铺陈,情与理的各具面目、相得益彰,可以看作是唐代封禅文学从微调的角度对《文心雕龙》封禅思想的践行。如同样是劝谏皇帝封禅,太宗朝李百药《劝封禅表》云:"伏愿御六气之辨,顺四序之和,升彼岱宗,具斯盛礼。"①岑文本《劝封禅表》云:"伏愿顺万国之欢心,膺三灵之眷命,备天官以周卫,盛舆服以巡游。五辂齐列,六龙按辔,瞻岱郊而启轫,指嬴里为一息。"②

而高宗朝许敬宗《劝封禅表》云:"实望凤恭储祉,仰副元符,召圆冠,征博带,缉无怀之逸宪,采夷吾之旧文。式道扬銮,错事介丘之表;飞英腾茂,展采日观之前。阐绝代之丕业,尽天子之能事。"③上官仪《劝封禅表》云:"伏愿杲其日出,照其倾阳之心;油然作云,降其离毕之泽,庶使飞英腾茂,秘玉检而遐传;手舞足蹈,扈翠华于乔岳。"④骆宾王《为齐州父老请陪封禅表》云:"傥允微诚,许陪大礼,则梦琼余息,仰仙阙以交欢;就木残魂,游岱宗而载跃。"⑤由此可见,唐代封禅文既叙述客观的封禅条件,亦明确彰显出个人的真实感情指向,即对封禅的认可、期望和颂扬,为文章增添了强烈的感染力。

再其次,能顺应时代发展,正确处理封禅中的通变关系。

作为古代社会的最高礼仪,唐代对封禅始终予以高度重视。故太宗起东封之念,先令"所司宜与公卿并诸儒士及朝臣有学业者详定其仪,博考圣贤之旨,以允古今之中"。⑥玄宗欲东封泰山,先令"所司与

① ［唐］李百药:《劝封禅表》,《全唐文》卷一四二,第 1441 页。
② ［唐］岑文本:《劝封禅表》,《全唐文》卷一五〇,第 1522 页。
③ ［唐］许敬宗:《劝封禅表》,《全唐文》卷一五一,第 1540 页。
④ ［唐］上官仪:《劝封禅表》,《全唐文》卷一五五,第 1581 页。
⑤ ［唐］骆宾王:《为齐州父老请陪封禅表》,《全唐文》卷一九七,第 1995 页。
⑥ ［唐］李世民:《详定封禅仪诏》,《全唐文》卷六,第 78 页。

公卿诸儒,详择典礼,预为备具"。① 且"诏中书令张说、右散骑常侍徐坚、太常少卿韦绍、秘书少监康子元、国子博士侯行果等,与礼官于集贤书院刊撰仪注"。② 实际上,在有司、公卿、儒士等集中讨论封禅仪式的过程中,可以真实反映出当时士人的封禅观念及其背后的世界观与人生观。

如唐初颜师古认为,封禅"但当赞述希夷,以摅臣下之至,具祭坛之例,登封之所,肆觐万国,受记百神,固宜刻颂,显扬功业"。至于细枝末节,无关大局之礼:"事非经据,无益礼仪,烦而非要,请从减省。"因为封禅仪式随时代变迁者自古不乏其例:"且夫沿革不同,著之前诰;自君作古,闻诸往册。"太宗朝"台铉佐时,远超风后,秩宗典职,追迈伯夷",故而建议"究六经之妙旨,毕天下之能事,纳于圣德,禀自宸宗,果断而行,文质斯允"。此外,"自外委细不载于文者,职在所司,随事量定"。③ 又如玄宗朝首倡封禅的张说,主张:"凡祭者,本以心为主,心至则通于天地,达于神明。既有先燔、后燎,自可断于圣意所至,则通于神明。"④而对具体礼仪中的不同意见,采用"临时量事改摄"的建议,得到了玄宗的赞同。⑤

颜师古与张说的封禅观,皆反映出在政治一统、民族融合的大背景下,思想成熟、富有大局观的帝王、政治家和士人们更为看重的是封禅隐含的现实政治意义,而非秦汉以来日益僵化的外在求仙形式。他们在封禅之论中所彰显的自我作古意识,反映出走向盛世的唐人善于灵活变通,不泥于古制,既有继承,更有创新的自信精神。

---

① ［唐］李隆基:《允行封禅诏》,《全唐文》卷二九,第330页。
② ［后晋］刘昫等:《旧唐书》卷二十三"礼仪三",第892页。
③ ［唐］颜师古:《封禅议》,《全唐文》卷一四七,第1492—1493页。
④ ［唐］张说:《郊祀燔柴先后奏》,《全唐文》卷二二三,第2255—2256页。
⑤ ［后晋］刘昫等:《旧唐书》卷二十三"礼仪三",第898页。

总而言之，天下大治后的封禅，既是有志兴复儒道的君王所欲达到的最终结果，同时又是体现其继承先圣事业的一种最佳方式。所以，陈子昂才有"圣人封禅，天下所以会昌"之论。① 而唐人对于封禅行为的高度认可及其在封禅文学中的诸多表现，则从侧面反映出封禅在文化共同体建构过程中的重要意义。

四、普通士人家族迁徙及埋葬地点的变化

自先秦始，华夏文化就已奠定了农耕文明的格局。农耕文明对土地存有强烈的依赖性，因此它也具有极强的传承性。在农耕文明孕育下的典型社会中，家族式的聚居状况便表现出较强的稳定性。正因为如此，在中国古代除了政治原因（如北魏孝文帝改革）和战争原因（如五胡乱华），一般不会出现大规模的家族迁徙。在正常情况下，世家大族进行迁徙的主要原因便是仕宦。

有唐一代，家族迁徙主要分为以下几类。

第一类，由郡望外迁，籍贯所在地、居住地、葬地合一。如《唐故象城县尉李君墓志铭序》云："君讳果，字智果，其先赵郡平棘人；远祖因宦河南，今即河南洛阳人也。……以永徽五年十二月十九日合葬于邙山之阳。"②《唐故并州太谷县尉贾君墓志铭序》云："君讳统，字知人，平阳人也；近徙三川，又为洛阳人也。……以其月廿七日迁窆于邙山。"③《唐故左武候桑泉府司马程君墓志铭》序云："君讳鸷，字宝柱，广平曲安人也。考念，隋季因官洛阳，遂家于河南焉。……殡于平乐乡邙山之阳。"④

---

① ［唐］陈子昂：《为赤县父老劝封禅表》，《全唐文》卷二一〇，第 2123 页。

② 周绍良、赵超：《唐代墓志汇编》，第 208 页。

③ 周绍良、赵超：《唐代墓志汇编》，第 234 页。

④ 周绍良、赵超：《唐代墓志汇编》，第 245 页。

　　第二类，由郡望外迁，籍贯所在地与居住地分离，居住地即葬地。如《唐故张君墓志铭》序云："君讳奖，字如相，南阳人也，今寓居洛阳焉。"①《唐故文林郎爨君墓志铭》序云："君讳□□，字□□，雁门人也，今寓居洛阳焉。……以龙朔元年十月八日窆于邙山之茔。"②《唐故开府索君墓志铭》序云："君讳玄，字德伟，敦煌人也，今寓居洛阳县焉。……与君合窆于河南平乐乡邙山之阳。"③《唐故隋立信尉袁君墓志铭》序云："君讳相，字厉俗，汝南人也。寓居洛阳焉。……以其年十一月十一日窆于邙山之阳。"④《唐故右卫德润府左果毅都尉上柱国高公墓志铭》序云："公讳捧，字文颖，渤海蓨人，今寓居河南焉。……以龙朔二年岁次壬戌十一月景辰朔廿九日甲申葬于邙山之阳。"⑤《□□□周君墓志铭》序云："□讳师，字法祖，平舆人也，今寓居洛阳焉。……以龙朔三年正月卅日，与君合葬于邙山平乐乡之原。"⑥

　　第三类，由郡望外迁，籍贯所在地、居住地、葬地皆分离。如《大唐故始州黄安县令傅君墓志》云："公讳交益，字交益。望隆北地，贯隶颍川。属隋代云亡，朝市迁贸，移居汲郡，因而家焉，遂为卫州共城人也。……即以龙朔三年岁次癸亥十二月庚辰朔廿七日景午，移殡于河南县平乐乡郝村西北二百步。"⑦

　　通过对唐代墓志的考察，可以看出唐代前期世家大族迁徙的原因主要为仕宦，迁徙的落脚点主要是东都洛阳，其次为西京长安。洛阳位于今河南省西部，其地西依秦岭，东临嵩岳，北靠太行可凭黄河之险南

①　周绍良、赵超：《唐代墓志汇编》，第346页。
②　周绍良、赵超：《唐代墓志汇编》，第346页。
③　周绍良、赵超：《唐代墓志汇编》，第362页。
④　周绍良、赵超：《唐代墓志汇编》，第368页。
⑤　周绍良、赵超：《唐代墓志汇编》，第370页。
⑥　周绍良、赵超：《唐代墓志汇编》，第372页。
⑦　周绍良、赵超：《唐代墓志汇编》，第393页。

望伏牛而有宛叶之饶,故有"九州腹地""居天下之中"的美称。自东汉建都洛阳以来,曹魏、西晋、北魏等朝先后以此地为都。大业元年(605),隋炀帝下诏于洛阳营建东京,[1]开凿大运河,形成向东北、东南辐射的南北水运网,而这一网络的中心即为洛阳。至此,洛阳集地理、政治、经济和文化诸优势于一身,复成人文荟萃之地。唐代虽定都长安,但仍上承杨隋之举,以洛阳为东都。自太宗开始,唐代前期的几任皇帝都往来于长安、洛阳之间,而且还在洛阳设立整套政府机构。其中,天授元年(690)武则天自立为帝,改国号为周之后,还曾以洛阳为都城,改东都为神都。经济方面,作为大运河的中心,洛阳的经济发展程度远在长安之上。文化方面,自东汉以来洛阳的地位始终较高。李唐为了笼络关东的文人学士,在东都洛阳设立考场,举行全国规模的科举考试。总体而言,洛阳在唐代前期实际上具备了可比肩长安的国都地位。

国都,是一个国家政治、经济和文化的中心,在帝国时代,无疑是王权的集中象征。从地方到国都,体现出权力由小到大、地位由低到高,以及人才储备逐层精英化的明显态势。因此,拥有一定经济实力、政治地位的士人为了实现其人生价值的最大化,普遍性地将展示才华的舞台指向都城,这无疑是人口迁徙现象中的正常趋势,而这种趋势自有国以来从未停息,唐代依然如此。

通过对《唐代墓志汇编》所收墓志进行统计,可以看出家族迁徙及埋葬地点的改变情况广泛存在于大唐帝国的版图之中,其范围几乎涵盖了开元十五道所辖的全部地域。

据本书附表三《唐前期墓志所见主要家族郡望分布及埋葬地点一览表》,其中河北道姓氏数量为 116 个(本书郡望统计以县为单位,其中

---

① 　[宋]司马光:《资治通鉴》卷一百八十,第 5617 页。

姓氏郡望同而葬地异者，只记一次），葬于洛阳者 112 个；都畿道姓氏数量为 98 个，葬于洛阳者 97 个；河南道姓氏数量为 90 个，葬于洛阳者 81 个；河东道姓氏数量为 61 个，葬于洛阳者 56 个；陇右道姓氏数量为 50 个，葬于洛阳者 46 个；京畿道姓氏数量为 31 个，葬于洛阳者 26 个；江南东道姓氏数量为 18 个，葬于洛阳者 18 个；山南东道姓氏数量为 16 个，葬于洛阳者 15 个；关内道姓氏数量为 12 个，葬于洛阳者 11 个；淮南道姓氏数量为 3 个，葬于洛阳者 3 个；江南西道姓氏数量为 3 个，葬于洛阳者 3 个；山南西道姓氏数量为 1 个，葬于洛阳者 1 个；剑南道姓氏数量为 1 个，葬于洛阳者 1 个；岭南道姓氏数量为 1 个，葬于洛阳者 1 个。

《唐代墓志汇编》所收唐前期墓志铭中所见姓氏共有 501 个，其中葬于洛阳者为 471 个，达到总量的 94％以上。在众多士人家族由郡望外迁的过程中，不可避免地会产生籍贯所在地、居住地，以及葬地的分离情况，唐代前期出现的具体情形是家族迁徙的目的地主要在洛阳，而埋葬地点也主要在洛阳。这一状况充分说明，李唐政权在其疆域内的诸多家族（主要为一般士人家族）中具有极高的认可度。因为中国古代正常的家族迁徙原因主要是仕宦，对广大士人而言，只有认可一个新生的政权，才会自觉地投身其间，甘心成为该政权政治程序运行中的一分子，在一代又一代的奋斗中将努力的方向定格在都城。而在死后，亦不再归葬早已成为文化记忆的郡望，而是以都城作为其一生的终点。长此以往，正是在这一观念的影响下，埋葬地点便逐渐在洛阳以祖茔的方式得以固定。

不过，在唐代前期著姓士族（如崔、卢、李、郑、王等）迁徙与埋葬的情况有些特别，故在此予以单列表述。

五、著姓士族迁徙及埋葬地点的变化

西晋以降，随着南北分裂政治局面的形成，各政权内部逐渐涌现出一些可以影响国家政局的世家大族。柳芳《姓系论》云："过江则为侨姓，王、谢、袁、萧为大；东南则为吴姓，朱、张、顾、陆为大。"此就南朝一系而言。"山东则为郡姓，王、崔、卢、李、郑为大。"此就高齐一系而言。"关中亦号郡姓，韦、裴、柳、薛、杨、杜首之。"此就北周一系而言。"代北则为虏姓，元、长孙、宇文、于、陆、源、窦首之。"此就北魏孝文帝改革以来之鲜卑一系而言。① 李唐建立之后，世族高门的势力和影响仍然比较突出，成为唐朝政府巩固、提升国家认同进程中必须面对的问题。于是，围绕国家行政权力与世俗影响力的角逐，李唐政权采取了一系列措施：

首先，是姓氏排名。贞观十二年，太宗因反感"山东人士崔、卢、李、郑诸族，好自矜地望"的情况，"命士廉等遍责天下谱谍，质诸史籍，考其真伪，辩其昭穆，第其甲乙，褒进忠贤，贬退奸逆，分为九等。士廉等以黄门侍郎崔民干为第一"。② 据《旧唐书·高士廉传》，"高俭字士廉，渤海蓚人"，③《氏族志》由高士廉总揽其事，蓚县高氏为山东著姓，士廉系出高齐皇族，其虽为太宗妻舅，但受其出身地位、家族文化及社会观念影响，仍旧将崔氏列为第一。最终，在太宗"轻我官爵而徇流俗之情"的斥责下，《氏族志》才"以皇族为首，外戚次之，降崔民干为第三"。④ 对于本次《氏族志》的修订，史书有"升降去取，时称允当"之誉。⑤ 可见，太宗采取新的标准来划分姓氏排名之做法，因其强烈的现实针对性而获得了进入李唐政权体制内部士人的国家认同感。

---

① ［唐］柳芳：《姓系论》，《全唐文》卷三七二，第 3778—3779 页。
② ［宋］司马光：《资治通鉴》卷一百九十五，第 6135 页。
③ ［后晋］刘昫等：《旧唐书》卷六十五，第 2441 页。
④ ［宋］司马光：《资治通鉴》卷一百九十五，第 6136 页。
⑤ ［后晋］刘昫等：《旧唐书》卷八十二，第 2769 页。"初，贞观中，太宗命吏部尚书高士廉、御史大夫韦挺、中书侍郎岑文本、礼部侍郎令狐德棻等及四方士大夫谙练门阀者修《氏族志》，勒成百卷，升降去取，时称允当，颁下诸州，藏为永式。"

其次，是婚姻限制。据《资治通鉴》卷二百：

> 太宗疾山东士人自矜门地，婚姻多责资财，命修《氏族志》例降一等；王妃、主婿皆取勋臣家，不议山东之族。而魏征、房玄龄、李绩家皆盛与为婚，常左右之，由是旧望不减。……壬戌，诏后魏陇西李宝，太原王琼，荥阳郑温，范阳卢子迁、卢浑、卢辅，清河崔宗伯、崔元孙，前燕博陵崔懿，晋赵郡李楷等子孙，不得自为婚姻。仍定天下嫁女受财之数，毋得受陪门财。然族望为时所尚，终不能禁，或载女窃送夫家，或女老不嫁，终不与异姓为婚。①

太宗明令皇室子女不得与山东大族通婚，但山东士族出身的魏征、房玄龄、李绩等家族却不在此限。究其原因，魏征并非山东盛门，实为山东武装农民集团即"山东豪杰"之联络人，②为太宗需要借重的人选；李绩（徐世绩）为唐初"山东豪杰"系统之领袖人物，③为太宗必须笼络的对象；而房玄龄虽为山东士人，系出清河房氏，④于太宗入关之时即投身帐下成为谋主，故其虽籍贯山东，实为关陇集团之重要人物。故此，魏征、李绩、房玄龄三人自然不受太宗婚姻政策限制。

高宗朝的限制更为具体，直接以行政手段干预陇西李氏、⑤赵郡李氏、太原王氏、荥阳郑氏、范阳卢氏、清河崔氏、博陵崔氏等高门的婚姻情况，令其不得自为婚姻，且不得再受"陪门财"。由此可见，太宗、高宗

---

① ［宋］司马光：《资治通鉴》卷二百，第 6318 页。
② 陈寅恪：《陈寅恪集·金明馆丛稿初编》，第 255 页。
③ 陈寅恪：《陈寅恪集·金明馆丛稿初编》，第 254 页。
④ ［唐］魏征：《隋书》卷六十六，第 1561 页。"（房玄龄之父）房彦谦字孝冲，本清河人也。七世祖谌，仕燕太尉掾，随慕容氏迁于齐，子孙因家焉。世为著姓。"
⑤ 陈寅恪：《陈寅恪集·金明馆丛稿二编》，第 340 页。陈寅恪先生认为："李唐先世若非赵郡李氏之'破落户'，即是赵郡李氏之'假冒牌'。"因李唐先世并非陇西李氏，故有限制真正陇西李氏之必要。

均以婚娶政策为突破口对山东大族予以坚决的压制和打击。但终因
"族望为时所尚",这一政策实际上并未取得预期之效果。

此外,著姓高门在埋葬地点上亦表现出异于普通士族之特点。通
过考察唐代前期墓志,从埋葬地点看,陇西李氏极少有归葬陇西者,究
其缘由,或因陇西郡地处偏僻,远离政治文化中心,故陇西李氏多葬于
"新贯"(如京兆、洛阳等地);或因李氏当国之时诸李称郡望为陇西者多
属附会。相对于普通士族,崔、卢、李、郑、王等著姓高门迁徙情况相对
较少,但仍皆不乏葬于洛阳者,如《故济阴郡参军博陵崔府君墓志
铭》、[①]《唐故司农主簿范阳卢府君墓志铭》、[②]《大唐故通直郎行曹州济
阴县尉郑君墓志》等,[③]亦有因故权窆于洛阳者,如《唐故相州临漳县令
范阳卢府君墓志铭》、[④]《唐故大中大夫使持节青州诸军事青州刺史上
柱国荥阳郑公墓志铭》等。[⑤]

对于此一现象,毛汉光先生曾有颇为详审的考据统计。他提出,在
隋唐之际士族中最具影响的十姓十三家八十三个著房支由郡望逐渐迁
往"新贯"的情况有河南府四十七个,京兆府二十四个,河中府五个,绛
州两个(原籍),郑州两个,相州、汝州、磁州等各一个。[⑥] 迁往洛阳者达
57%,迁往京兆者达29%。若按迁徙时间予以统计,则十姓十三家中
共有个四十九个著房支于唐代前期完成迁徙,包括清河崔氏五房、博陵
崔氏四房、范阳卢氏六房、陇西李氏三房、赵郡李氏七房、太原王氏五
房、琅琊王氏五房、彭城刘氏一房、渤海高氏一房、河东裴氏五房、兰陵

①　周绍良、赵超:《唐代墓志汇编》,第1667页。
②　周绍良、赵超:《唐代墓志汇编》,第1561页。
③　周绍良、赵超:《唐代墓志汇编》,第1151页。
④　周绍良、赵超:《唐代墓志汇编》,第1472页。
⑤　周绍良、赵超:《唐代墓志汇编》,第1440页。
⑥　毛汉光:《中古中国社会史论》,第329页。

萧氏四房、河东薛氏两房、河东柳氏一房。① 著姓士族在北魏至李唐二百余年的迁徙中，完成于唐代前期的约为 60％。据此，可以管窥李唐政权在唐代前期士族中逐步实现国家认同的程度。

从具体墓葬之地看，著姓大族在其郡望与归葬地（主要为洛阳）之间，②似乎还拥有选择的空间。然而，这种情况在安史之乱后彻底改变。

据白居易《唐故虢州刺史赠礼部尚书崔公墓志铭并序》："自天宝已还，山东士人皆改葬两京，利于便近。"③究其原因，陈寅恪先生之论深中肯綮。其《论李栖筠自赵徙卫事》云："盖自玄宗开元初，东突厥衰败后，其本部及别部诸胡族先后分别降附中国，而中国又用绥怀政策，加以招抚。于是河北之地，至开元晚世，约二十年间，诸胡族入居者日益众多，喧宾夺主，数百载山东士族聚居之旧乡，遂一变而为戎区。"④

由此可以看出，在同一华夏文化体系之中，著姓士族尤其是山东高门以文化正统自居，力求在李唐皇权的统治范围内维护其一定学术、文化地位的独立性。然而，当面对华夷两种文化的剧烈碰撞、冲突时，他们又会毫不犹豫地选择华夏传统文化，坚定不移地拥护李唐政权的统治地位。

起兵太原，李氏集团的旗号是尊隋平乱；有唐立国，对外的宣传是

---

① 参阅毛汉光：《中古中国社会史论》，第 324—328 页。
② 全汉升：《唐宋帝国与运河》，第 28 页。全汉升先生立足经济，认为李唐军事政治中心长安无法与经济中心江淮密切联系，而洛阳位于南北交通要冲，是江淮物资通过运河北上的集散中心，故其经济地位在当时变得日益重要。毛汉光：《中国中古社会史论》，第 330 页。毛汉光先生着眼文化，认为自北魏定都洛阳以迄隋唐之发展，洛阳已成为人文荟萃之所，是一个最重要的社会中心。由于此两方面原因，正常的士族迁徙多以洛阳为目的地。
③ ［唐］白居易：《唐故虢州刺史赠礼部尚书崔公墓志铭并序》，《白居易集笺校》卷七十，第 3749 页。
④ 陈寅恪：《论李栖筠自赵徙卫事》，《陈寅恪集·金明馆丛稿二编》，第 5 页。

隋倾国鼎，群雄逐鹿，唐承天命而统一，并非直接取之于隋。沧海横流之世，李唐集团在军事实力、政治优势、舆论导向等多重合力作用下逐步取得了统一天下的主动权，取得了其统治的合理性，为李唐国家认同奠定了基础。在李唐前期的统治中，国家认同反映在社会生活的诸多领域，其中在两都巡幸制、封禅仪式以及士人家族迁徙与埋葬地点等方面表现得较为集中。李唐兼顾历史发展与现实需要，对周隋以来的复都制予以继承和发展，具体表现为巡幸以两都为据点，两都借巡幸以为治，将两都制与巡幸制紧密结合，以期国家的长治久安。天下大治后的封禅，既是有志兴复儒道的君王所欲达到的最终结果，同时又是体现其继承先圣事业的一种最佳方式。唐人对于封禅行为的高度认可及其在封禅文学中的丰富表达，无疑反映了封禅在文化共同体建构过程中关于国家认同的重要意义。

客观而论，唐前期文学所表现出的对于官方行为如两都巡幸制和封禅仪式的认可，表层是对李唐政权的国家认同，深层则是对国家强、财力富、赋税轻、百姓安的盛世风貌的希冀与向往。而士人家族迁徙与埋葬地点的变化则是民众对于李唐政权的顺应和认可，更是从其自身出发，合家族、国家、天下于一体的渐进式接力。

第三章

人文化成——文学在文化共同体建构中的功能与承载

文学是最具感染力的文化载体,其作用有显性与隐性之分。其显性者,如舟楫,具有明显的文献价值特征。通过文学作品承载的信息,可以高度再现一个时代的文化背景、政治生活、社会思潮和世相百态,亦可真实反映出微观心灵世界的情感历程。其隐性者,如雨露,彰显出强大而能动的社会功用。通过文学既可以经世济民,又可以塑造人的精神品性与民族性格。根据其所指对象的不同,我们可以将文学经世济民的作用称为外向型功用;将文学陶冶情操、提升个体审美修养的作用称为内指型功用。国家走向富强,社会走向文明,离不开人文化成,而文学的教化、审美功能够给予人心以潜移默化的浸润和滋养。

唐代前期不断上升的国力、昂扬的精神以及诗国高潮在开元、天宝之际的到来,皆为文化共同体形成的具体体现。作为以语言文字为工具来形象地反映客观现实、表达心灵世界的艺术形式,文学在文化共同体建构中具有独特的功能与承载,其显性与隐性之合力作用始终不曾缺席。概括而言,这一作用主要体现在秉承雅正之道、讴歌向上精神、宣扬强盛国势和营造美好人文环境等方面。

第一节　秉承中和雅正之道

儒家学说主张文、德并重,且先德后文。《论语·述而》有"志于道,据于德,依于仁,游于艺"之说。①《论语·宪问》又云:"有德者必有言,有言者不必有德。"②《诗大序》云:"风,风也,教也。风以动之,教以化之。诗者,志之所之也。在心为志,发言为诗。……故正得失,动天地,感鬼神,莫近于诗。先王以是经夫妇,成孝敬,厚人伦,美教化,移风俗。"③此说概括了秦汉以前儒家关于文学与音乐的核心见解,在补充和发展中形成了新的理论,成为汉代儒家文学观的重要总结。从此,诗教传统在中国历史上得以确立,因其有益于教化,故后世例行不辍。

以礼乐文化为代表的雅正之道,乃中华传统文明的精髓所在。通过文学来崇尚雅正,可以同时增强文学接受双方的文化自信与担当意识,保证文化学术的良好传承,为文化共同体奠定坚实的人文根柢。事实上,对于雅正之道的坚持,是唐代前期从未断绝的一个文学传统,尽管有时候这种呼声与表现并不突出。

一、雅正之道的重新提出

有唐一代,崇尚雅道、提倡文学理念的提出,首推太宗。其《帝范》云:

　　夫功成设乐,治定制礼。礼乐之兴,以儒为本。弘风导俗,莫尚于文;敷教训人,莫善于学。因文而隆道,假学以光身。不临深溪,不知地之厚;不游文翰,不识智之源。④

凭借武力得天下之后,唐太宗清醒地认识到奉行儒家学说是实现

---

① ［清］刘宝楠:《论语正义》卷八,第 257 页。
② ［清］刘宝楠:《论语正义》卷十七,第 555 页。
③ ［汉］毛亨传,［汉］郑玄笺,［唐］孔颖达疏:《毛诗正义》卷一,第 6—12 页。
④ ［唐］李世民:《帝范》卷四,文渊阁四库全书本。

国家文明昌盛的根本途径,惟有如此才能实现其"功成设乐,治定制礼"的宏伟抱负。在这一背景下,能够"美教化、移风俗"的文学必然带上政治色彩,成为唐初弘风导俗的重要载体。鉴于前代文章"释实求华,以人从欲,乱于大道"的弊病,太宗提出"以尧舜之风,荡秦汉之弊;用《咸》《英》之曲,变烂熳之音"的文风改革主张,概而言之,便是尚"中和"、去"淫放"。①

　　孟子云:"上有好者,下必有甚焉者矣。君子之德,风也。小人之德,草也。草尚之风必偃。"②古代社会,帝王之好恶往往可以左右一国之好恶,更何况太宗这一文学思想顺应历史规律,符合时代要求,故能得贞观诸臣之群起呼应。如长孙无忌《进五经正义表》云:

　　昔云官司契之后,火纪建极之君,虽步骤不同,质文有异,莫不开兹胶序,乐以典坟,敦稽古以弘风,阐儒雅以立训,启含灵之耳目,赞神化之丹青。姬孔发挥于前,荀孟抑扬于后。马郑迭进,成均之望郁兴;萧载同升,石渠之业愈峻。历夷险其教不坠,经隆替其道弥尊。斯乃邦家之基,王化之本者也。③

　　房玄龄《公平正直对》云:

　　臣闻理国要道,实在公平正直,故《尚书》云:"无偏无党,王道荡荡;无党无偏,王道平安。"又孔子称:"举直错诸枉,则民服。"今圣虑所尚,诚足以极政教之源,尽至公之要,囊括区宇,化成天下。④

---

① 〔唐〕李世民:《帝京篇十首序》,《全唐诗》卷一,第1页。
② 〔清〕焦循:《孟子正义》卷十"滕文公章句上",第330页。
③ 〔唐〕长孙无忌:《进五经正义表》,《全唐文》卷一三六,第1374—1375页。
④ 〔唐〕房玄龄:《公平正直对》,《全唐文》卷一三七,第1384—1385页。

李百药《赞道赋》云：

自大道云革，礼教斯起。以正君臣，以笃父子，君臣之礼，父子之亲。尽情义以兼极，谅弘道之在人。岂夏启与周诵，亦丹朱与商均。既雕且琢，温故知新。惟忠与敬，曰孝与仁。则可以下光四海，上烛三辰。昔三王之教子，兼四时以齿学。将交发于中外，乃先之以礼乐，乐以移风易俗，礼以安上化人。①

谢偃《正名论》云：

当今天下文明，会昌御运。……方欲阐文儒，销锋刃，陈俎豆，散牛马，肆志于礼场，游心乎文圃，大启石渠之署，广开天禄之门，搜寰内之琳球，擢天下之杞梓，旅之于东观，会之于北阁，考往圣之遗逸，正先贤之纰紊，欲令微言隐而更显，至德晦而复明。②

杜正伦《弹将军张瑾等文》云：

今四海乂安，群生乐业，陛下思治之情，劳于寤寐。臣谓欲防其末，先正其本。若廉耻之教不行，则升平之化无自。③

张玄素《谏修洛阳乾阳殿书》云：

天下不可以力胜，神祇不可以亲恃。惟当弘俭约，薄赋敛，慎终如

---

① ［唐］李百药：《赞道赋》，《全唐文》卷一四二，第 1437 页。
② ［唐］谢偃：《正名论》，《全唐文》卷一五六，第 1596—1597 页。
③ ［唐］杜正伦：《弹将军张瑾等文》，《全唐文》卷一五〇，第 1517 页。

始,可以永固。方今承百王之末,属凋弊之余,必欲节之以礼制,陛下宜以身为先。①

魏征《理狱听谏疏》云:

臣闻道德之厚,莫尚于轩、唐;仁义之隆,莫彰于舜、禹。欲继轩、唐之风,将追舜、禹之迹,必镇之以道德,弘之以仁义,举善而任之,择善而从之。……故圣哲君临,移风易俗,不资严刑峻法,在仁义而已。故非仁无以广施,非义无以正身。惠下以仁,正身以义,则其政不严而理,其教不肃而成矣。②

于文章之外,以犯颜直谏著称的魏征,其诗歌亦颇见讽谏之功。《旧唐书·魏征传》云:

太宗在洛阳宫,幸积翠池,宴群臣,酒酣各赋一事。太宗赋《尚书》曰:"日昃玩百篇,临灯披《五典》。夏康既逸豫,商辛亦流湎。恣情昏主多,克己明君鲜。灭身资累恶,成名由积善。"征赋西汉曰:"受降临轵道,争长趣鸿门。驱传渭桥上,观兵细柳屯。夜宴经柏谷,朝游出杜原。终藉叔孙礼,方知皇帝尊。"太宗曰:"魏征每言,必约我以礼也。"③

贞观一朝,君臣相得,皆以兴复儒道作为追求目标,正是这种君唱臣和、同声相应的局面,为唐代文学走向雅正奠定了良好的根基。从这

---

① 〔唐〕张玄素:《谏修洛阳乾阳殿书》,《全唐文》卷一四八,第 1500 页。
② 〔唐〕魏征:《理狱听谏疏》,《全唐文》卷一四〇,第 1423 页。
③ 〔后晋〕刘昫等:《旧唐书》卷七十一,第 2558 页。

一角度而言，"有唐三百年风雅之盛，帝实有以启之"一说，①殆非虚美。不过，贞观君臣对于礼乐之道的推重，并非止于文学，而是在治国方略和执政理念的宏观视野下做出的方向性选择。准确地说，"文质斌斌，尽善尽美"的文学理想乃是立足儒家思想而推导出的一种完美理性结论。② 事实上，当时的实际创作虽与此尚有很大距离，但其发展的总体方向依然是积极向上的。我们以虞世南为例来看。

虞世南在陈朝即以文学、书法而负重名，唐初名列"秦府十八学士"，太宗即位后为弘文馆学士，与房玄龄对掌文翰。其人以德行、忠直、博学、文词、书翰"五绝"而深得太宗器重，③有"德行淳备，文为辞宗"之誉。④ 其《孔子庙堂碑》云：

> 皇上以几览余暇，遍该群籍，乃制《金镜述》一篇，永垂鉴戒。极圣人之用心，弘大训之微旨。妙道天文，焕乎毕备。副君膺上嗣之尊，体元良之德。降情儒术，游心经艺。楚诗盛于六义，沛易明于九师。多士伏膺，名儒接武。四海之内，靡然成俗。⑤

虞氏秉性忠直、德行淳备，其文亦以践行儒道为己任，但其诗风却是效法徐陵，以婉缛见称。⑥ 何以反差如此之大？

《隋书·文学传》云："梁自大同之后，雅道沦缺，渐乖典则，争驰新

---

① ［清］彭定求等编：《全唐诗》卷一"太宗皇帝小传"，第 1 页。
② ［唐］魏征：《隋书》卷七十六，第 1730 页。
③ ［宋］欧阳修、宋祁：《新唐书》卷一百二，第 3972 页。
④ ［后晋］刘昫等：《旧唐书》卷七十二，第 2571 页。
⑤ ［唐］虞世南：《孔子庙堂碑》，《全唐文》卷一三八，第 1405 页。
⑥ ［后晋］刘昫等：《旧唐书》卷七十二，第 2565 页。"善属文，常祖述徐陵，陵亦言世南得己之意。"［宋］欧阳修、宋祁：《新唐书》卷一百二，第 3969 页。"文章婉缛，慕仆射徐陵，陵白以类己，由是有名。"

巧。简文、湘东,启其淫放,徐陵、庾信,分路扬镳。其意浅而繁,其文匿而彩,词尚轻险,情多哀思。格以延陵之听,盖亦亡国之音乎!"①魏征认为,徐陵、庾信的文学创作是萧梁大同以来文学"淫放"面貌的体现,其"意浅而繁""文匿而彩""词尚轻险""情多哀思"的文学风格与风雅精神、诗教传统完全背道而驰。以"中和"取代"淫放",是唐太宗的文学主张。②《隋书》为官修史书,因此魏征这种观念实际上代表了唐初文学观念的官方立场。他批评徐、庾是针对"徐庾体",而"徐庾体"在一般情况下乃是南朝宫体诗的另一种说法。然而,太宗之论文学,却并不排斥辞藻繁缛。③ 从对南朝文学的评价可以看出,他反对的实为艳诗(宫体诗),而虞世南对于艳诗的抵制态度则更为旗帜鲜明。④ 由此可知,作为"徐庾体"的继承者和贞观年间的文坛领袖,此时虞世南诗歌创作与仕陈之时已有重要区别——与宫体诗划清了界限。这不但标志着初唐文坛通过反对"淫放"以兴复雅道的初步胜利,而且对于文学创作实践亦有着重要的示范意义。

　　诚然,从一种文学理论主张的提出到相应文学创作实践的成功,只有在较长时间的发展后才能得到验证。初唐新的文学观虽然提出,但在具体创作中仍然需要探索。无论是唐太宗,还是北方诗风的代表杨师道、李百药等,以及南方诗风的代表虞世南、许敬宗等,都表

① ［唐］魏征:《隋书》卷七十六,第 1730 页。
② ［唐］李世民:《帝京篇十首序》,《全唐诗》卷一,第 1 页。
③ ［唐］房玄龄等:《晋书》卷五十四"陆机传论",第 1487 页。"(陆机)文藻宏丽,独步当时;言论慷慨,冠乎终古。高词迥映,如朗月之悬光;叠意回舒,若重岩之积秀。千条析理,则电坼霜开;一绪连文,则珠流璧合。其词深而雅,其义博而显,故足远超枚、马,高蹑王、刘,百代文宗,一人而已。"
④ ［唐］刘肃:《大唐新语》卷三,第 41 页。"太宗谓侍臣曰:'朕戏作艳诗。'虞世南便谏曰:'圣作虽工,体制非雅。上之所好,下必随之。此文一行,恐致风靡。而今而后,请不奉诏。'太宗曰:'卿恳诚若此,朕用嘉之。群臣皆若世南,天下何忧不理!'乃赐绢五十疋。"

现出形式的雕琢化倾向,而且在内容上只是脱离宫体而未走出宫廷,但这是由他们生活的具体生活环境所决定的,不宜过于苛求。故此,文学理想的提出仅仅是在方向选择上走出了至关重要的一步,至于如何更好地在文学中贯彻雅正之道,尚待后来者在创作实践中进一步努力。

二、雅正之道的曲折拓展

虞世南之后,文风"绮错婉媚"的上官仪成为新的文章宗师,他力图通过追求体物图貌、声辞之美,体现出一种较为健康开朗的创作心态和雍容典雅的气度,但其本质上仍然是虞氏"婉缛"风格的延续。因为上官仪的诗歌创作努力的方向是形式之美,故在当时深为有志于兴复雅道者所诟病。如杨炯《王勃集序》云:

> 尝以龙朔初载,文场变体,争构纤微,竞为雕刻。糅之金玉龙凤,乱之朱紫青黄。影带以徇其功,假对以称其美。骨气都尽,刚健不闻。思革其弊,用光志业。①

这段文字提供了至少两个方面的信息。第一,高宗龙朔(661—663)初年,文坛出现了变体,其主要特征是"争构纤微,竞为雕刻。糅之金玉龙凤,乱之朱紫青黄。影带以徇其功,假对以称其美",其弊病在于因缺少骨气而不够刚健;第二,王勃有志于革除其弊。

王勃为隋末大儒文中子王通之孙,其文学主张受祖父影响,强调文学应该有助于教化。其《上吏部裴侍郎启》云:

---

① 〔唐〕杨炯:《王勃集序》,《全唐文》卷一九一,第1931页。

夫文章之道,自古称难。圣人以开物成务,君子以立言见志。遗雅背训,孟子不为;劝百讽一,扬雄所耻。苟非可以甄明大义,矫正末流,俗化资以兴衰,国家由其轻重,古人未尝留心也。自微言既绝,斯文不振。屈宋导浇源于前,枚马张淫风于后。谈人主者,以宫室苑囿为雄;叙名流者,以沉酗骄奢为达。故魏文用之而中国衰,宋武贵之而江东乱。虽沈、谢争骛,适足兆齐梁之危;徐、庾并驰,不能止周陈之祸。①

　　基于相似的文学价值追求,杨炯对王勃予以高度评价:"蹈前贤之未识,探先圣之不言。经籍为心,得土、何于逸契;风云入思,叶张、左于神交。故能使六合殊材,并推心于意匠;八方好事,咸受气于文枢。"②

　　杨炯与王勃齐名,同在"四杰"之列。二人与卢照邻、骆宾王志同道合,互通声气,皆有志于改革当时文坛之不良风气,使诗歌担负起应有的责任,焕发出新的时代风貌。他们一致将矛头指向了"龙朔变体",那么谁才是"龙朔变体"的代表性作家呢?

　　卢藏用《右拾遗陈子昂文集序》云:"宋、齐之末,盖憔悴矣。逶迤陵颓,流靡忘返。至于徐、庾,天之将丧斯文也。后进之士若上官仪者,继踵而生,于是风雅之道,扫地尽矣。"③李德裕《臣子论》云:"近日宰相上官仪,诗多浮艳,时人称为上官体,实为正人所病。"④上官仪活跃于政坛的时间是贞观年间至高宗前期,卢藏用主要活跃于是武后朝,两人相距时间不远,而李德裕之见亦与卢氏相合,可见"龙朔变体"实为"上官

---

① ［唐］王勃:《上吏部裴侍郎启》,《全唐文》卷一八〇,第1829页。
② ［唐］杨炯:《王勃集序》,《全唐文》卷一九一,第1931页。
③ ［唐］卢藏用:《右拾遗陈子昂文集序》,《全唐文》卷二三八,第2402页。
④ ［唐］李德裕:《臣子论》,《全唐文》卷七〇九,第7274页。

体"的观点在当时较为普遍。对此,一些现代学者有不同看法。①

王勃反对"龙朔变体",是因为其"争构纤微,竞为雕刻。糅之金玉龙凤,乱之朱紫青黄。影带以徇其功,假对以称其美"。所谓"纤微""雕刻",是指刻意注重细节的雕琢与描摹,而上官仪对诗歌体制的创新,主要在于体物图貌的细腻和精巧。如《奉和山夜临秋》云:

殿帐清炎气,辇道含秋阴。凄风移汉筑,流水入虞琴。云飞送断雁,月上净疏林。滴沥露枝响,空濛烟壑深。②

所谓"糅之金玉龙凤,乱之朱紫青黄",则指文学创作多突显出用词的富贵堂皇与绚烂夺目。初唐许敬宗等人歌功颂德、点缀升平的颂体诗,因缺乏真情实感故只能堆砌用事、敷衍成文。如《奉和喜雪应制》云:

嶰州表奇贶,阆竹应遐巡。何如御京洛,流霰下天津。忽若琼林曙,俄同李径春。姑峰映仙质,郢路杂歌尘。伏槛观花瑞,称觞庆冬积。飘河共泻银,委树还重璧。连山分掩翠,绵霄远韬碧。千里遍浮空,五轫咸沦迹。机前辉裂素,池上伴凌波。腾华承玉宇,凝照混金娥。是日松筠性,欣奉柏梁歌。③

---

① 如赵昌平:《上官体及其历史承担》,见《赵昌平自选集》,第 60 页。赵文认为"上官体"得小谢体的精髓,"对六朝声辞作洗汰取舍,并进而自铸新词,自成体段"。聂永华:《初唐宫廷诗风流变考论》,第 158—159 页。聂文提出"上官仪是四声二元化和粘对规则的最早研究者和倡导者",其对"对偶技巧的规范与运用"有积极贡献。祝良文:《"龙朔变体"新论》,《宁夏大学学报(人文社会科学版)》,2009(11)。祝文认为,以许敬宗为代表的"颂体诗"才是杨炯要批评的主体,其富丽诡媚的特征正是"龙朔变体"的主要内涵。
② 〔唐〕上官仪:《奉和山夜临秋》,《全唐诗》卷四十,第 507 页。
③ 〔唐〕许敬宗:《奉和喜雪应制》,《全唐诗》卷三十五,第 464 页。

所谓"影带以徇其功,假对以称其美",乃批评诗句雕琢之弊。"影带",即"映带""映带体"之简称。《文镜秘府论·十体》云:"映带体者,谓以事意相惬,复而用之者是。"①"假对",是指诗文对偶中的借对,即不管内容而只看字面的对偶,或取其谐音字而成对偶者。由此可见,"影带""假对",或为堆砌意象、典故,或为曲意以成对偶,皆是针对诗歌形式的刻意雕琢而言,认为此无异于文字游戏。

由此,我们可以说"龙朔变体"实际上既包含了"上官体",亦包含了"颂体诗",因为虽在具体表现中有所差异,但两者皆注重文学创作的形式而忽视了更为重要的思想内涵,实为本同而末异。

与王、杨相近,骆宾王与卢照邻亦有秉承雅道之文学主张。骆氏《和学士闺情诗启》云:"宏兹雅奏,抑彼淫哇。澄五际之源,救四始之弊。固可以用之邦国,厚此人伦。"②卢氏《乐府杂诗序》云:"闻夫歌以永言,庭坚有歌虞之曲;颂以纪德,奚斯有颂鲁之篇。四始六义,存亡播矣;八音九阕,哀乐生焉。是以叔誉闻诗,验同盟之成败;延陵听乐,知列国之典彝。"③

"四杰"之外,武后朝崇尚雅正之道者亦不乏其人,如朱敬则《五等论》云:

盖明王之理天下也,先之以博爱,本之以仁义。张四维,尊五美,悬礼乐于庭宇,置轨范于中衢。然后决元波使横流,扬薰风以高扇,流恺悌之甘泽,浸旷荡之膏腴。正理革其淫邪,淳风柔其骨髓。使天下之人,心醉而神足。其于忠义也,立则见其参于前;其于进趋也,皎若章程

---

① [日]遍照金刚:《文镜密府论》"地卷",第52页。
② [唐]骆宾王:《和学士闺情诗启》,《全唐文》卷一九八,第2001页。
③ [唐]卢照邻:《乐府杂诗序》,《全唐文》卷一六六,第1693页。

之在目。礼经所及,等日月之难逾;声教所行,虽风雨之不辍。①

司马逸客《雅琴篇》云:

亭亭峄阳树,落落千万寻。独抱出云节,孤生不作林。影摇绿波水,彩绚丹霞岑。直干思有托,雅志期所任。匠者果留盼,雕斫为雅琴。……陇水悲风已鸣咽,离鸾别鹤更凄清。将军塞外多奇操,中散林间有正声。正声谐风雅,欲竟此曲谁知者。②

然其中声名最著者当属陈子昂。其《与东方左史虬修竹篇序》云:

文章道弊,五百年矣。汉魏风骨,晋宋莫传,然而文献有可征者。仆尝暇时观齐、梁间诗,彩丽竞繁,而兴寄都绝。每以永叹,思古人,常恐逦逶颓靡,风雅不作,以耿耿也。一昨于解三处,见明公《咏孤桐篇》,骨气端翔,音情顿挫,光英朗练,有金石声。遂用洗心饰视,发挥幽郁。③

陈子昂认为,自汉魏至李唐的五百年间,文章之道衰败凋敝,其根本原因就在于文学创作中"风骨"不传、"兴寄都绝"、"风雅"精神的缺失。有鉴于此,他提出复归诗歌比兴、言志、风雅传统的理论主张,并且进行了以《感遇》等诗为代表的诗歌创作实践,其作品整体展示出迥异于宫廷文学创作的精神风貌。

---

① ［唐］朱敬则:《五等论》,《全唐文》卷一七一,第 1748 页。
② ［唐］司马逸客:《雅琴篇》,《全唐诗》卷一百,第 1073 页。
③ ［唐］陈子昂:《与东方左史虬修竹篇序》,《全唐诗》卷八十三,第 895 页。

几乎与陈子昂同一时期,富嘉谟与吴少微亦因在文学创作中追求雅道而为时人所重。① 据《新唐书·文艺传中》:"嘉谟,武功人,举进士。长安中,累转晋阳尉;少微,新安人,亦尉晋阳,尤相友善;有魏谷倚者,为太原主簿,并负文辞,时称'北京三杰'。天下文章尚徐、庾,浮俚不竞,独嘉谟、少微本经术,雅厚雄迈,人争慕之,号'吴富体'。"②《全唐诗》现存富诗仅《明冰篇》一首。诗云:

北陆苍茫河海凝,南山阑干昼夜冰,素彩峨峨明月升。深山穷谷不自见,安知采斫备嘉荐,阴房涸冱掩寒扇。阳春二月朝始暾,春光潭沱度千门,明冰时出御至尊。彤庭赫赫九仪备,腰玉煌煌千官事,明冰毕赋周在位。忆昨沙漠寒风涨,昆仑长河冰始壮,漫汗崚嶒积亭障。嗺嗺鸣雁江上来,禁苑池台冰复开,摇青涵绿映楼台。幽歌七月王风始,凿冰藏用昭物轨,四时不忒千万祀。③

该诗以王室凿冰藏用为表现题材,虽不离宫廷,但字里行间隐隐透出朔地刚健之风,气势自来。故张说称其文云:"如孤峰绝岸,壁立万仞,丛云郁兴,震雷俱发,诚可畏乎!"④

《全唐诗》存吴诗有《哭富嘉谟》《过汉古城》《古意》等六首。《过汉故城》云:

---

① 据[清]石麟《山西通志》卷七十四,"富嘉谟嗣圣(684)末晋阳尉,吴少微嗣圣末晋阳尉",《新唐书·文艺传中》云"嘉谟,武功人,举进士。长安(701—704)中,累转晋阳尉",故其知名文坛最迟当在 684—704 年之间。又据[唐]陈子昂《陈子昂集》第 320—358 页,陈氏开耀元年(681)入咸京,游太学,为远近知名。文明元年(684)陈氏以《谏灵驾入京书》等而得武后赏识,授麟台正字。长安二年(702)卒。故其文学创作活动约在 681—702 年之间。
② [宋]欧阳修、宋祁:《新唐书》卷二百二,第 5752 页。
③ [唐]富嘉谟:《明冰篇》,《全唐诗》卷九十四,第 1011 页。
④ [唐]刘肃:《大唐新语》卷八,第 130 页。

大汉昔未定，强秦犹擅场。中原逐鹿罢，高祖郁龙骧。经始谋帝座，兹焉壮未央。……君王无处所，年代几荒凉。宫阙谁家域，蓁芜冒我裳。井田唯有草，海水变为桑。昔在高门内，于今岐路傍。余基不可识，古墓列成行。狐兔惊魍魉，鸱鸟吓猖狂。空城寒日晚，平野暮云黄。烈烈樊青棘，萧萧吹白杨。千秋并万岁，空使咏歌伤。①

该诗素朴苍劲，挚情流露，怀古思今，寄寓深远。富、吴二人作品留存甚少，然仅存的数首诗歌确能反映出其自觉疏离宫廷诗歌刻意追求声律、辞藻的创作思路，而是从较为广阔的现实社会生活出发，以北人质朴的情感与手法抒写人生的真性情，表现出决然不类于徐、庾之体的艺术特色。不过，因富、吴二人传世作品较少，亦无明确理论以阐明其诗文革新主张，故其在文学史上的影响要逊于"四杰"、陈子昂诸人。

任何现象的出现，无一不是继承与发展合力的结果。"四杰"、陈子昂等人致力于改变文坛现状，但其自身又不得不受到南朝文风的影响。唐人陆希声云："唐兴，犹袭隋故态。至天后朝，陈伯玉始复古制，当世高之。虽博雅典实，犹未能全去谐靡。"②陆氏此论虽针对陈子昂而发，但就初唐文学改革诸人而言，实无一能避免此一情状存在。事实上，"四杰"、陈子昂、富嘉谟、吴少微诸人虽欲竭力革除背离雅道之文坛痼疾，但他们所遵循的文学理念在当时并非主流，而数百年之文风积弊亦非朝夕之间所能尽革。因此，就初唐而论，文学宜秉承雅道的思想仍然需要继续坚持，而作者更多、范围更广、影响更大的文坛新局面之出现，还有待盛唐的到来。

---

① ［唐］吴少微：《过汉故城》，《全唐诗》卷九十四，第1012—1013页。
② ［唐］陆希声：《唐太子校书李观文集序》，《全唐文》卷八一三，第8550页。

三、雅正之道的普遍认同

以时间而论,盛唐文坛以秉承雅道著称且富有建树者,当推李白。更值得一提的是,他对于雅道的推崇在理论倡导与实践创作中得到高度结合。李白以复古为革新的文学主张,集中体现在其《古风(其一)》中:

大雅久不作,吾衰竟谁陈。王风委蔓草,战国多荆榛。龙虎相啖食,兵戈逮狂秦。正声何微茫,哀怨起骚人。扬马激颓波,开流荡无垠。废兴虽万变,宪章亦已沦。自从建安来,绮丽不足珍。圣代复元古,垂衣贵清真。群才属休明,乘运共跃鳞。文质相炳焕,众星罗秋旻。我志在删述,垂辉映千春。希圣如有立,绝笔于获麟。①

从"大雅""王风""正声"等可以看出,李白所推崇的完全是《诗经》以来风雅比兴的传统。"蓬莱文章建安骨"是对建安诗歌具有风骨的肯定;而"自从建安来,绮丽不足珍"则是对六朝文学重文轻质倾向的批评。正是在"文质相炳焕"理想的指引下,李白以卓越的创作成就践行了其文学主张。故李阳冰在《唐李翰林草堂集序》中对其大加赞扬:"不读非圣之书,耻为郑卫之作,故其言多似天仙之辞,所为著述,言多讽兴。自三代以来,《风》《骚》之后,驰驱屈宋,鞭挞扬马,千载独步,惟公一人。……卢黄门云:陈拾遗横制颓波,天下质文,翕然一变。至今朝诗体,尚有梁陈宫掖之风。至公大变,扫地并尽。"②

从陈子昂挚友卢藏用之言,可知李白实为陈氏兴复雅道事业之继承者,而李白本人对陈子昂亦有高度评价。如《赠僧行融》云:"梁有汤

---

① ［唐］李白:《古风(其一)》,《全唐诗》卷一百六十一,第 1670—1671 页。
② ［唐］李阳冰:《唐李翰林草堂集序》,《全唐文》卷四三七,第 4460 页。

惠休，常从鲍照游。峨眉史怀一，独映陈公出。卓绝二道人，结交凤与麟。"①

在这一时期，雅正之道得到更多作家的推重。如杜甫，对自己的要求是"别裁伪体亲风雅"，②对四杰的评价是"劣于汉魏近风骚"，③教诲儿子"应须饱经术"，④赞扬柏大兄弟"山居精典籍，文雅涉风骚"。⑤

同样是赞扬别人，孟浩然云："文章推后辈，风雅激颓波。"⑥郑愔云："诗礼康成学，文章贾谊才。"⑦高适或云："吾见风雅作，人知德业尊。"⑧或云："故人美酒胜浊醪，故人清词合风骚。"⑨或云："则是刊石经，终然继梼杌。我来观雅制，慷慨变毛发。"⑩

要之，雅正之道在唐代前期的重新提出，实为初唐"文质彬彬，尽善尽美"新文学理想下的产物。贞观君臣同声相应，同气相求，其以兴复儒道为追求目标，为唐代文学走向雅正奠定了良好的根基。其后，经过高宗至睿宗朝的半个多世纪，雅正之道在"四杰"、陈子昂、富嘉谟、吴少微等一批先进作家的努力中曲折发展，终于在盛唐前期迎来了全新面貌。

以李白、孟浩然、高适、杜甫等为代表的诗人群体通过文学作品，以

---

① ［唐］李白：《赠僧行融》，《全唐诗》卷一百七十一，第 1763 页。
② ［唐］杜甫：《戏为六绝句（其六）》，《杜诗详注》卷十一，第 901 页。
③ ［唐］杜甫：《戏为六绝句（其三）》，《杜诗详注》卷十一，第 899 页。
④ ［唐］杜甫：《又示宗武》，《杜诗详注》卷二十一，第 1850 页。
⑤ ［唐］杜甫：《题柏大兄弟山居屋壁二首（其一）》，《杜诗详注》卷二十一，第 1838 页。
⑥ ［唐］孟浩然：《陪卢明府泛舟回作》，《全唐诗》卷一百六十，第 1663 页。
⑦ ［唐］郑愔：《哭郎著作》，《全唐诗》卷一百六，第 1109 页。
⑧ ［唐］高适：《酬司空璲少府》，《全唐诗》卷二百一十一，第 2193 页。
⑨ ［唐］高适：《同河南李少尹毕员外宅夜饮时洛阳告捷遂作春酒歌》，《全唐诗》卷二百十三，第 2222 页。
⑩ ［唐］高适：《同观陈十六史兴碑序》，《全唐诗》卷二百十二，第 2210 页。"楚人阵章甫，继《毛诗》而作《史兴碑》，远自周末，迨乎隋季，善恶不隐，盖《国风》之流。未藏名山，刊在乐石。仆美其事，而赋是诗焉。"

较为一致的方式来强调风雅,说明雅正之道在盛唐文人群体中得到普遍认同,此一时期作家们已经认识到了雅正之道对于自己置身其中的时代具有不可或缺的作用和意义。如若从文化共同体建设的角度而言,秉承雅正之道既可以增强凝聚力,又可以保持礼乐文化的延续性。一旦缺少了雅正传统这种由来已久且行之有效的人心维系力量,华夏文化便会丧失根基,国家社会将会涣散离析。届时,再辉煌的盛世亦不过是镜花水月般的虚假繁华。

第二节 彰显昂扬向上之精神

文学创作作为一种有意识的精神生产活动,它可以能动地将客观世界中的社会意识、社会心理、文化思潮、历史现象,以及作家个人对生活的体验等统统作为创作的客体予以表现。但是,无论作家还是作品,无论采用什么样的文学体裁、艺术技巧,皆无法脱离具体时空条件的限制,因此我们说社会生活是文学创作的客体和唯一源泉。文学中昂扬向上精神的彰显,乃是奋发有为、勇于担当意识下的产物,作为重塑华夏民族文化精神的重要组成部分,其根柢实为情志深处的文化自信。在唐代前期,文学的整体精神风貌是刚健向上的,这种昂扬基调的出现和确立,背后必然有着独特的社会生活作为其基础。

一、昂扬向上精神的生成基础

(一)强盛的国力与辽阔的疆域

武德元年(618)五月,李渊即帝位于长安,定国号曰唐,渐次平定了薛举、刘武周、窦建德、王世充等隋末以来的割据势力。太宗即位之后,于贞观二年(628)完成了对杨隋疆域的重新统一和巩固,并以强盛的国力与个人威望得到了周边政权与少数民族势力的逐渐认可。

　　武德九年(626)十二月,"新罗、龟兹、突厥、高丽、百济、党项并遣使朝贡"。[1]

　　贞观二年(628)二月,"靺鞨内属";[2]四月,"契丹内属"。[3]

　　贞观三年(629)正月,"契丹渠帅来朝";[4]八月,"薛延陀遣使朝贡";十一月,"西突厥、高昌遣使朝贡"。据户部所奏,此年"中国人自塞外来归及突厥前后内附、开四夷为州县者,男女一百二十余万口"。[5]

　　贞观四年(630)三月,生擒颉利可汗,灭东突厥。"自是西北诸蕃咸请上尊号为'天可汗',于是降玺书册命其君长,则兼称之。"[6]从此,唐太宗既是李唐政权的皇帝,又是西北诸蕃的"天可汗"。"天可汗"的尊号标志着李唐取代东突厥成为东亚最强盛的国家,奠定了李唐作为东亚宗主国的历史地位。贞观四年(630),北方东突厥破灭,西北诸蕃称臣。当是时,"东至于海,南至于岭,皆外户不闭,行旅不赍粮",而且"断死刑二十九人,几致刑措"。[7]这种安定统一局面的出现,宣告了一个崭新的时代——"贞观之治"自此开启。

　　此后,李唐强盛地位日渐上升。太宗贞观十四年(640)灭高昌,贞观二十年(646)降薛延陀;高宗显庆二年(657)降西突厥,显庆五年(660)降百济,龙朔二年(662)破铁勒,总章元年(668)灭高丽。与一系列开疆拓土的进程同步,四裔各族多相继归附,李唐国势在玄宗开元、天宝间趋于鼎盛,而疆域版图则从侧面反映出其国家实力和国际地位。

　　据《资治通鉴》所载,唐代全盛之时"天下声教所被之州三百三十

---

①　[后晋]刘昫等:《旧唐书》卷二"太宗本纪上",第32页。
②　[后晋]刘昫等:《旧唐书》卷二"太宗本纪上",第33页。
③　[后晋]刘昫等:《旧唐书》卷二"太宗本纪上",第34页。
④　[后晋]刘昫等:《旧唐书》卷二"太宗本纪上",第36页。
⑤　[后晋]刘昫等:《旧唐书》卷二"太宗本纪上",第37页。
⑥　[后晋]刘昫等:《旧唐书》卷三"太宗本纪下",第39页。
⑦　[后晋]刘昫等:《旧唐书》卷三"太宗本纪下",第41页。

一,羁縻之州八百,置十节度、经略使以备边"。① 李唐自武德初年,即改郡为州,实行州(府)、县制。对于边境少数民族地区,则置羁縻府州,由当地部族首领充任刺史或都督,并允许世袭其职,但必须接受唐代在地方设置的最高行政机构都护府的监领。安西、单于、安北、安东四都护府即为此专设。其中,安西都护府辖西突厥故地,跨天山南北,西逾葱岭,东至西州、庭州,治龟兹镇;单于都护府辖南突厥故地,治云州;安北都护府辖北突厥、铁勒故地,治回纥部落;安东都护府辖高丽故地,治平壤城。开元年间,又增设北庭都护府,治庭州;安南都护府,治交州。为了进一步镇防四裔,景云二年(711)始于边境置节度使,天宝初年增至十节度使。其中安西节度使抚宁西域,治龟兹城;北庭节度使防制突骑施、坚昆,治庭州;河西节度隔断吐蕃、突厥,治凉州;朔方节度使捍御突厥,治灵州;河东节度使与朔方节度使掎角以御突厥,治太原府;范阳节度使临制奚、契丹,治幽州;平卢节度使镇抚室韦、靺鞨,治营州;陇右节度使备御吐蕃,治鄯州;剑南节度使西抗吐蕃、南抚蛮獠,治益州;岭南五府经略使绥静夷、獠,治广州;此外还有长乐经略使,福州刺史领之;东莱守捉使,莱州刺史领之;东牟守捉使,登州刺史领之,皆为防御海疆而置。②

由此,不难看出从内地正州到边境羁縻府州,从都护府到节度使,李唐政权精心设计并逐渐巩固了由内到外的阶梯式防线,形成了一个以内地为统治核心,同时辐射四裔边境的政治区域管理模式,最大限度地完成了对大唐帝国的合理统治和对整个东亚文化圈的有效控制。如此强大的综合国力与辽阔疆域,自然会赋予置身其中的国人以强烈的自豪感。

---

① [宋]司马光:《资治通鉴》卷二百一十五,第 6847 页。
② [宋]司马光:《资治通鉴》卷二百一十五,第 6847—6851 页。

(二) 执政理念与文化政策

李唐政权自太宗始,便遵从历史规律,迎合民心、因势利导、依"顺"治国,有意识地选择了崇尚德治、辅之以法,同时文武并举不可偏废的执政理念,文治之象蔚然而成。不仅如此,太宗还力图保证自己文武并举的卓越理念和"贞观之治"的成功实践模式具有垂法后世的意义。由太宗所确立的这一成功理念与实践,实际上成为唐代文化共同体得以形成的顶层设计和宏观构想,一直为后世所崇尚、效法。

从巩固中央集权的角度出发,李唐建国伊始即提倡"尧舜之道""周孔之教",①恢复以儒学为本的历史传统。整个唐代前期,基本上是以儒家礼乐制度为主导,通过对佛、道二教殊途同归的宗教政策,逐步实现了三教合流。而三教合流局面的出现,标志着唐代文化共同体建设指导思想的真正形成。这一指导思想,在唐代明确体现为国家意志,其从理论到实践的过程,见证了唐代文化共同体建设的艰难历程,而指导思想的形成,又促进了文化认同、国家认同、华夏民族认同、社会价值认同等,形成了国家和社会的凝聚力、创造力,既维护、巩固了大唐帝国的完整统一和国祚绵延,亦对其后中国历史的发展具有不容忽视的典范意义。

同时,在李唐政权主观上杜绝一家独大,促进三教合流的进程中,一种积极开放的文化氛围在客观上得以形成。因此,多种宗教、思想和文化都得到了长足发展,这种兼容并蓄的文化政策,实际上有力促进了有唐一代文化新格局的产生,那就是开放的社会风气、开阔的文化胸怀和较为平等的文化政策。

---

① 　［唐］李渊:《赐学官胄子诏》,《全唐文》卷三,第36页。"自古为政,莫不以学,则仁、义、礼、智、信五者俱备,故能为利博深。朕今欲敦本息末,崇尚儒宗,开后生之耳目,行先王之典训。"［唐］李世民:《帝京篇十首序》,《全唐诗》卷一,第1页。"予追踪百王之末,驰心千载之下,慷慨怀古,想彼哲人。庶以尧舜之风,荡秦汉之弊;用咸英之曲,变烂熳之音。"

"自古皆贵中华,贱夷、狄,朕独爱之如一。"①太宗认为这是他混同天下最重要的原因之一,唐王朝繁盛的根基亦由此奠定。"爱之如一"、平等对待,不仅较成功地解决了与周边少数民族的关系问题,也使唐王朝能从其他文化中不断汲取更为丰厚的养分。整个唐代前期,都不同程度地沿袭了贞观一朝开放的文化政策,民族融合与文化交流的进程始终未曾断绝。"李唐一族之所以崛兴,盖取塞外野蛮精悍之血,注入中原文化颓废之躯,旧染既除,新机重启,扩大恢张,遂能别创空前之世局。"②对于唐王朝开放的文化胸怀,鲁迅先生也是赞誉有加,他觉得"唐代的文化观念,很可以做我们现代的参考,那时我们的祖先们,对于自己的文化抱有极坚强的把握,决不轻易动摇他们的自信力;同时对于别系的文化抱有极恢廓的胸襟与极精严的抉择,决不轻易地崇拜或轻易地唾弃"。③ 基于强烈的民族自信与文化自信,唐人敢于大胆吸取异质文化,以开阔的视野、开放的胸襟面对世界。这种做法在增强国力的同时,亦有助于国人昂扬向上精神的整体养成。

(三) 儒风复兴与重视教育

李唐开国之时,高祖就先后颁布《旌表孝友诏》、④《令国子学立周公孔子庙诏》等诏令,⑤开重儒之风。太宗欲效法三代之圣,成一代明主,遂选择以礼乐德治为代表的儒家学说作为其主导统治思想。他说:"朕为兆民之主,皆欲使之富贵。若教以礼义,使之少敬长、妇敬夫,则皆贵矣。轻徭薄敛,使之各治生业,则皆富矣。"⑥

言论之外,其执政举措亦对此多有体现,具体有加大儒学教育力

---

① [宋] 司马光:《资治通鉴》卷一百九十八,第 6247 页。
② 陈寅恪:《李唐氏族之推测后记》,《陈寅恪集·金明馆丛稿二编》,第 344 页。
③ 孙伏园:《杨贵妃》,《鲁迅先生二三事:前期弟子忆鲁迅》,第 63 页。
④ [唐] 李渊:《旌表孝友诏》,《全唐文》卷一,第 24 页。
⑤ [唐] 李渊:《令国子学立周公孔子庙诏》,《全唐文》卷一,第 25 页。
⑥ [宋] 司马光:《资治通鉴》卷一百九十六,第 6181 页。

度、重视儒家经典整理，以及推崇"近世名儒"等。如：

> （贞观五年）太宗数幸国学，遂增筑学舍千二百闲。国学、太学、四门亦增生员，其书算各置博士，凡三千二百六十员。其屯营飞骑，亦给博士，授以经业。无何，高丽、百济、新罗、高昌、吐蕃诸国首长，亦遣子弟请入国学。于是国学之内八千余人。国学之盛，近古未有。①
>
> （贞观十一年）停祭周公，以孔子为先圣，颜回配享。②
>
> （贞观十四年）大征天下名儒为学官，数幸国子监，使之讲论，学生能明一大经以上皆得补官。③
>
> （贞观十四年）命孔颖达与诸儒撰定《五经》疏，谓之《正义》，令学者习之。④
>
> （贞观十四年）诏求近世名儒梁皇甫侃、褚仲都，周熊安生、沈重，陈沈文阿、周弘正、张讥，隋何妥、刘炫等子孙以闻，当加引擢。⑤

　　玄宗开元年间，沿袭太宗之文化政策和执政思想，采取一系列重视儒学的措施，如选拔学者编校群书，⑥置丽正书院"延礼文儒，发挥典籍"，⑦改集仙殿为集贤殿等，⑧致力于恢复贞观之政。⑨

　　李唐开国以来这种尊崇儒家思想的理念，对有唐一代士人及其文学创作产生了深刻影响。就儒家思想而言，我们历来强调仁义忠孝与

---

① ［唐］杜佑：《通典》卷五十三，第1467页。
② ［宋］司马光：《资治通鉴》卷一百九十四，第6126页。
③ ［宋］司马光：《资治通鉴》卷一百九十五，第6153页。
④ ［宋］司马光：《资治通鉴》卷一百九十五，第6153页。
⑤ ［宋］司马光：《资治通鉴》卷一百九十五，第6153页。
⑥ ［宋］司马光：《资治通鉴》卷二百一十一，第6730页。
⑦ ［宋］司马光：《资治通鉴》卷二百一十二，第6756页。
⑧ ［宋］司马光：《资治通鉴》卷二百一十二，第6764页。
⑨ ［宋］司马光：《资治通鉴》卷二百一十一，第6728页。

中庸之道。事实上，积极用世、昂扬向上的精神亦为其不可忽视的重要组成部分，这在儒家元典及其代表人物言论中皆有明确反映。如《周易》"乾卦"《象》云："天行健，君子以自强不息。"①《周易》"大有卦"《象》云："其德刚健而文明，应乎天而时行，是以元亨。"②《周易》"大畜卦"《象》云："刚健笃实，辉光日新其德；刚上而尚贤，能止健，大正也。"③

　　孔子云："三军可夺帅也，匹夫不可夺志也。"④又云："刚、毅、木、讷近仁。"⑤曾子云："士不可以不弘毅，任重而道远。"⑥孟子"浩然之气"与"大丈夫"之论，更是昂扬向上精神的集中体现。其文曰："我善养吾浩然之气……其为气也，至大至刚，以直养而无害，则塞于天地之间。其为气也，配义与道；无是，馁也。是集义所生者，非义袭而取之也。"⑦又云："居天下之广居，立天下之正位，行天下之大道，得志与民由之，不得志独行其道。富贵不能淫，贫贱不能移，威武不能屈，此之谓大丈夫。"⑧

　　李唐政权为了治国需要而重视儒家学说，提升儒家地位，在这一过程中，唐人思想逐渐与传统礼乐文明进一步接轨。因此，儒家学说中积极用世、奋发有为的精神渐次深入人心，并成为唐代前期国人昂扬向上精神的重要来源。

（四）科举制度的成功推行

　　作为人才选拔制度，科举制比汉代的察举制、魏晋的九品中正制等更趋于公平、合理，它尽可能地剥离考生在门第、郡望等方面的外围因

---

① 黄寿祺、张善文《周易译注》，第 8 页。
② 黄寿祺、张善文《周易译注》，第 130 页。
③ 黄寿祺、张善文《周易译注》，第 219 页。
④ ［清］刘宝楠：《论语正义》卷十，第 354 页。
⑤ ［清］刘宝楠：《论语正义》卷十六，第 548 页。
⑥ ［清］刘宝楠：《论语正义》卷十二，第 396 页。
⑦ ［清］焦循：《孟子正义》卷六"公孙丑章句上"，第 199—202 页。
⑧ ［清］焦循：《孟子正义》卷十二"滕文公章句下"，第 419 页。

素,旨在考察其学识和能力,因此在一定程度上打破了考生于地域、阶层等方面的界限,选拔对象的范围较前代有了大幅拓展。只要名实相符,德行无亏,不仅庶族可"怀牒自列于州、县",①甚至工商子弟与下层胥吏亦有机会参与。至此,"贵仕素资,皆由门庆;平流进取,坐至公卿"的政治局面一去而不复返。②

　　隋末唐初,随着封建经济的发展,逐渐壮大的庶族阶层与士族分享政治权力的要求日益明显。李唐适时选择科举制度,对巩固中央集权、平衡各阶层利益、缓和阶级矛盾等具有不容忽视之意义,遂使科举制在有唐一代成为国家选拔官员之重要渠道。"三百年来,科第之设,草泽望之起家,簪绂望之继世。孤寒失之,其族馁矣;世禄失之,其族绝矣。"③由此可见,在当时欲获得权力、地位,皆离不开科举。实际上,科举制度已成为士、庶两族共同倚重的制度,其中进士科地位尤其突出。"李唐设科举以网罗天下英雄豪杰,三百年间,号为得人者,莫盛于进士。"④风尚如此,故"缙绅虽位及人臣,不有进士第,终不以为美"。⑤ 在唐代,读书人一旦科举登第,便会享有多种特权。如凡进士及第者,本人及全家可免除徭役;进士科出身者,朝野均对其礼遇有加,时人羡称其为"白衣公卿""一品白衫"。⑥

　　李唐因势利导,以科举取士的做法,吸引了大批庶族知识分子,因为这一制度给予其在政治、文化领域一展才华的机会。正如牛希济《寒素论》云:"朝为匹夫,暮为卿相者有之矣;朝为诸侯,暮为馁鬼者有之矣。道之用舍,在于我而已。是玉之美者,不产于廊庙之下,为瑚琏之

---

① ［宋］欧阳修、宋祁:《新唐书》卷四十四"选举志上",第 1161 页。
② ［南朝梁］萧子显:《南齐书》卷二十三"褚渊、王俭传论",第 438 页。
③ ［五代］王定保:《唐摭言》卷九,第 97 页。
④ ［宋］华镇:《上门下许侍郎书》,《云溪居士集》卷二十四,文渊阁四库全书本。
⑤ ［五代］王定保:《唐摭言》卷一,第 4 页。
⑥ ［五代］王定保:《唐摭言》卷一,第 4 页。

器。材之美者,不出于里闾之内,为栋梁之用。士之美者,非贵胄之子,而登卿相之位。"①此论不卑不亢,充满自信,堪为庶族士人对于科举制度之代表性主张。

在武则天执政期间,曾"不惜爵位,以笼四方豪杰自为助"。② 其具体体现为一方面不断打击、压制关陇士族势力,另一方面推进科举改革,以迎合庶族寒素进一步开放仕途的强烈要求。随着科举制度的进一步发展、完善,投身科举(尤其是进士科)与关注文学成为当时重要的社会风气,遂使文化接受者逐步扩大,文学创作阶层有所下移。盛唐时代,"海内和平,士有不由文学而进,谈者所耻"。③ 这种以文章之途为仕进正道的社会风尚,为整个士人阶层确立了一种全新的竞争、激励机制,更为庶族寒素带来了更多的希望和机遇,为国家管理体系注入了鲜活之力量。对于庶族寒素而言,科举制度成为其获得政治地位与社会权力的关键途径,因此他们表现出前所未有的关心现实、参与政治的热情,以昂扬向上的精神面貌来实现其人生价值。

(五) 北方地域特色与胡化风尚

地域环境对于文化的发生、发展,无不具有重要意义。西晋之后,中国形成南北对峙的局面,时人对于南北地域差异与文化、文学关系的思考逐渐增多。如梁朝江淹云:"楚谣汉风,既非一骨;魏制晋造,固亦二体。……关西邺下,既已罕同;河外江南,颇为异法。"④北齐颜之推云:"南方水土和柔,其音清举而切诣,失在浮浅,其辞多鄙俗;北方山川深厚,其音沉浊而𫖮钝,得其质直,其辞多古语。"⑤

---

① ［五代］牛希济:《寒素论》,《全唐文》卷八四六,第 8892 页。
② ［宋］欧阳修、宋祁:《新唐书》卷七十六,第 3479 页。
③ ［唐］梁肃:《侍御史摄御史中丞赠尚书户部侍郎李公墓志铭》,《全唐文》卷五二〇,第 5289 页。
④ ［南朝梁］江淹:《杂体三十首序》,《江文通集汇注》卷四,第 136 页。
⑤ 王利器:《颜氏家训集解》卷七"音辞",第 529 页。

　　江淹只是陈述了南北文学之间存在差异这一事实,而颜之推则进一步言明自然环境对于生长于斯的民众在语音、语辞及其语言特色方面的决定性作用。地域环境影响文化,其根本原因乃是不同地域性特色对人的性格、心理产生不同的影响,初唐学者孔颖达即持此论。其语云:"南方,谓荆扬之南,其地多阳。阳气舒散,人情宽缓和柔。……北方沙漠之地,其地多阴。阴气坚急,故人刚猛,恒好争斗。"①

　　与孔氏同一时代的魏征亦有相近之见。他说:"江左宫商发越,贵于清绮,河朔词义贞刚,重乎气质。"②然而,其主旨意在肯定自然环境对于文学风格的制约,即"气质则理胜其词,清绮则文过其意,理深者便于时用,文华者宜于咏歌,此其南北词人得失之大较也"。③ 以此为据,唐人认为北方较为严酷的自然环境必然赋予置身其间的民众朴实、刚强的性格特征。这一观念,得到后世的广泛认可。如北宋马存《赠盖邦式序》云:"醉把杯酒,可以吞江南吴越之清风;拂剑长啸,可以吸燕赵秦陇之劲气。"④又如明代唐顺之《东川子诗序》云:"西北之音慷慨,东南之音柔婉,盖昔人所谓系水土之风气。"⑤再如清初申涵光《畿辅先贤诗序》云:"燕赵山川雄广,士生其间,多伉爽明大义,无幽滞纤秾之习,故其音阂以肆,沉郁而悲凉,气使然也。"⑥

　　显然,历代诸人之论,皆强调文章之气的养成离不开独特地域环境的陶冶、滋润。而近代学者刘师培对地域环境与民众性格、文学文体等关系的论述则更为详赡。其《南北文学不同论》云:

① ［汉］郑玄注,［唐］孔颖达疏:《礼记正义》卷五十二,第 1667—1668 页。
② ［唐］魏征:《隋书》卷七十六,第 1730 页。
③ ［唐］魏征:《隋书》卷七十六,第 1730 页。
④ ［宋］马存:《赠盖邦式序》,《文章辨体汇选》卷三百三十九,文渊阁四库全书本。
⑤ ［明］唐顺之:《东川子诗序》,《荆川集》卷六,文渊阁四库全书本。
⑥ ［清］申涵光:《畿辅先贤诗序》,《聪山集》卷一,第 1 页,丛书集成初编本。

大抵北方之地，土厚水深，民生其间，多尚实际。南方之地，水势浩洋，民生其际，多尚虚无。民崇实际，故所著之文，不外记事、析理二端。民尚虚无，故所作之文，或为言志、抒情之体。[①]

自建安文学以降，南朝一系渐趋彩丽竞繁，而北朝文学虽少有"体物缘情"之诗，然内容充实，气质刚健的风格始终得以延续。如赫连夏、西凉等国亦有"宏丽""清典"之作，北魏文学"声实俱茂，词义典正"，北周则"纂遗文于既丧"。[②] 缘此可知，文学之中劲健阳刚的精神与北方独特的地域环境有着不可分割的关系。故明代李东阳云：

文章固关气运，亦系于习尚。周召二南、王豳曹卫诸风，商周鲁三颂，皆北方之诗，汉魏西晋亦然。唐之盛时称作家在选列者，大抵多秦晋之人也。盖周以诗教民，而唐以诗取士，畿甸之地，王化所先，文轨车书所聚，虽欲其不能，不可得也。荆楚之音，圣人不录，实以要荒之故。六朝所制，则出于偏安僭据之域，君子固有讥焉，然则东南之以文著者，亦鲜矣。[③]

除此之外，唐代前期昂扬向上精神风貌的形成，亦离不开北方少数民族文化风尚的浸染。作为李唐西京的长安，"五胡乱华"以来先后有前赵、前秦、后秦、西魏、北周等政权定都于此；东都洛阳亦为北魏南迁后之国都，两地受"胡风"浸染乃不可避免之事。唐代西北、北方的少数民族，多以游牧为生。逐水草而居，与严峻的生存环境抗争，形成了其坚韧顽强、自然质朴、粗犷豪爽、刚烈强悍的民族个性。李唐皇室出身

---

① 　刘师培：《刘申叔遗书》，第 560 页。
② 　[唐] 令狐德棻：《周书》卷四十一，第 743—744 页。
③ 　[明] 李东阳：《麓堂诗话》，《历代诗话续编》，第 1377 页。

于关陇集团,实为鲜卑化较深之汉人。陈寅恪先生说:

> 若以女系母统言之,唐代创业及初期君主,如高祖之母为独孤氏,太宗之母为窦氏,即纥豆陵氏,高宗之母为长孙氏,皆是胡种,而非汉族。故李唐皇室之女系母统杂有胡族血胤,世所共知,不待阐述。①

他们长期生活于北方少数民族中间,在文化习俗上沿袭了北朝传统,深受鲜卑文化影响,对少数民族和外来文化并无芥蒂。于是,在胡风东渐的背景下,唐朝在汉民族处于强大和主动的情况下,改变了南北朝被动、受压抑的局面,地域更为广阔的各民族之间展开了相互接触与渗透,广泛接纳了异族群体和异域文化。至盛唐时代,胡化风尚几乎渗透到音乐、舞蹈、服饰、饮食等日常生活的各个方面,"太常乐尚胡曲,贵人御馔,尽供胡食,士女皆竟衣胡服"即为当时社会风貌的真实写照。②

总之,北方天高土厚,山川雄广,故有秦陇劲气,燕赵悲歌。而胡风东渐进程中华夷民族间精神文化的摩荡、融合,不断"丰富和活跃了唐代社会物质与精神文化生活,开阔了人们的视野,突破了长期囿于中原文化圈的某些狭隘见解和观念"。③ 因此,独特的北方地域环境与胡化风尚,亦有利于唐代前期国人昂扬向上精神的生成。

二、昂扬向上精神的多重表现

有唐前期,国力的强大、社会风气的开放,使国人普遍表现出一种恢宏的胸怀、气度、抱负与强烈的进取精神,上至帝王下至士人,莫不如

---

① 陈寅恪:《统治阶级之氏族及其升降》,《陈寅恪集·唐代政治史述论稿》,第183页。
② [后晋]刘昫等:《旧唐书》卷四十五"舆服志",第1958页。
③ 余恕诚:《唐诗风貌》,第25页。

是。这种昂扬进取的精神反映到文学之中，则呈现出一派雄姿英发、刚健向上的基调。自李唐太宗始，此一特点就表现得甚为明显。从晋阳龙兴至代隋而立，太宗不但全程参与，而且是李唐集团一系列重大事件的关键性人物，虽无开国之君名分，却起到了开国之君作用。其人不只精于武事，且喜好文史，气度、眼界、志向皆高出前朝诸帝，既为李唐后世树立了典范，亦替开元盛世奠定了格局。

其言宏图大志云："予追踪百王之末，驰心千载之下，慷慨怀古，想彼哲人。庶以尧舜之风，荡秦汉之弊；用咸英之曲，变烂熳之音。"①

其言执政心态云："人道恶高危，虚心戒盈荡。奉天竭诚敬，临民思惠养。纳善察忠谏，明科慎刑赏。六五诚难继，四三非易仰。广待淳化敷，方嗣云亭响。"②

其言削平域内云："慨然抚长剑，济世岂邀名。星旗纷电举，日羽肃天行。遍野屯万骑，临原驻五营。登山麾武节，背水纵神兵。在昔戎戈动，今来宇宙平。"③

其言远服四裔云："指麾八荒定，怀柔万国夷。梯山咸入款，驾海亦来思。单于陪武帐，日逐卫文榱。端扆朝四岳，无为任百司。"④

初唐时期之于大唐帝国，犹如少年时期之于人生。率真、自信、豪迈、昂扬自然成为大唐帝国少年时代不可或缺之气象，这个积极向上，奋发有为的时代似乎能够为国人带来无限的可能性。

（一）自信豪迈的心态

卢照邻《南阳公集序》云："贞观年中，太宗外厌兵革，垂衣裳于万国，舞干戚于两阶，留思政涂，内兴文事。虞、李、岑、许之俦以文章进，

---

① ［唐］李世民：《帝京篇十首序》，《全唐诗》卷一，第1页。
② ［唐］李世民：《帝京篇十首（其十）》，《全唐诗》卷一，第2页。
③ ［唐］李世民：《还陕述怀》，《全唐诗》卷一，第5页。
④ ［唐］李世民：《幸武功庆善宫》，《全唐诗》卷一，第4页。

王、魏、来、褚之辈以材术显,咸能起自布衣,蔚为卿相,雍容侍从,朝夕
献纳。我之得人,于斯为盛。"①王勃《山亭思友人序》云:"大丈夫荷帝
王之雨露,对清平之日月,文章可以经纬天地,器局可以畜洩江河,七星
可以气冲,八风可以调合。独行万里,觉天地之崆峒,高枕百年,见生灵
之醒酲。虽俗人不识,下士徒轻,顾视天下,亦可以蔽寰中之一半
矣。"②卢氏之言,表现出的是对贞观时代的敬意与向往;而王氏之言明
确表达的,正是初唐文人在太平岁月中欲藉文章以欲有所作为的诉求,
以及必将有所作为的深度自信。

　　如果说卢照邻、王勃距离贞观时代较远,那么隋末唐初的隐逸诗人
王绩则是置身其中。他说:"房李诸贤,肆力廊庙,吾家魏学士亦申其
才,公卿勤勤,有志于礼乐,元首明哲,股肱惟良,何庆如之也。"③王绩
在唐初隐逸东皋,不求仕进。因远处江湖,故其对当时政治的评价应当
比较客观。其"元首明哲,股肱惟良"的评价,无疑是对贞观君臣政治作
为的高度肯定。

　　由此可见,初唐虽百废待兴,但焕然一新的政权、励精图治的君主、
起自布衣的卿相等诸多因素所展现出的崭新气象,给予国人以前所未
有的吸引力。如元结《别王佐卿序》云:

　　癸卯岁,京兆王契佐卿年四十六,河南元结次山年四十五。时次山
顷日浪游吴中,佐卿顷日去西蜀,对酒欲别,此情易邪? 在少年时,握手
笑别,虽远不恨,以天下无事,志气犹壮。今与佐卿年近五十,又逢战争
未息,相去万里,欲强笑别,其可得乎?④

---

① ［唐］卢照邻:《南阳公集序》,《全唐文》卷一六六,第1692页。
② ［唐］王勃:《山亭思友人序》,《全唐文》卷一八〇,第1837页。
③ ［唐］王绩:《答冯子华处士书》,《全唐文》卷一三一,第1323页。
④ ［唐］元结:《别王佐卿序》,《全唐文》卷三八一,第3874页。

　　癸卯岁为代宗宝应二年(763),由此上推四十五年,元结当生于玄宗开元七年(719)。据《新唐书·元结传》:"结少不羁,十七乃折节向学,事元德秀。天宝十二载(753)举进士。"①其所谓少年之时者,正是开天盛世之时。在"天下无事"的伟大时代,志气豪壮是唐人情感与个性的正常外现,只有在如此盛世,才能"握手笑别,虽远不恨"。这种强盛国力在国民精神世界里的自然折射,便是发自内心的自信与从容。其反映到文学创作中,则既有宏观理论上"发挥新体,孤飞百代之前;开凿古人,独步九流之上。自我作古,粤在兹乎"的呐喊和诉求,②亦有具体创作成熟后的繁花似锦,异彩纷呈。有"海内存知己,天涯若比邻"的旷达,③有"长风破浪会有时,直挂云帆济沧海"的自信,④有"醉卧沙场君莫笑,古来征战几人回"的洒脱,⑤有"黄河落天走东海,万里写入胸怀间"的豪迈,⑥有"三杯吐然诺,五岳倒为轻"的任侠,⑦有"感君恩重许君命,太山一掷轻鸿毛"的重义,⑧更有"再取连城璧,三陟平津侯"的自负,⑨甚至"发言立意,自比王侯"的简傲。⑩

　　不仅如此,唐代前期文人自信豪迈的心态还表现在"五百年一贤"的观念之中。⑪ 其实,"五百年一贤"之说,并非始于唐代。《颜氏家训·慕贤》曰:"古人云:'千载一圣,犹旦暮也;五百年一贤,犹比髆

①　[宋]欧阳修、宋祁:《新唐书》卷一百四十三,第 4682 页。
②　[唐]卢照邻:《乐府杂诗序》,《全唐文》卷一六六,第 1693 页。
③　[唐]王勃:《杜少府之任蜀州》,《全唐诗》卷五十六,第 676 页。
④　[唐]李白:《行路难三首(其一)》,《全唐诗》卷一百六十二,第 1684 页。
⑤　[唐]王翰:《凉州词二首(其一)》,《全唐诗》卷一百五十六,第 1605 页。
⑥　[唐]李白:《赠裴十四》,《全唐诗》卷一百六十八,第 1736 页。
⑦　[唐]李白:《侠客行》,《全唐诗》卷一百六十二,第 1688 页。
⑧　[唐]李白:《结袜子》,《全唐诗》卷一百六十三,第 1694 页。
⑨　[唐]陈子昂:《答洛阳主人》,《全唐诗》卷八十三,第 899 页。
⑩　[后晋]刘昫等:《旧唐书》卷一百九十中"王浣传",第 5039 页。
⑪　[后晋]刘昫等:《旧唐书》卷一百九十中"贠半千传",第 5014 页。

也。'"①可见这一说法在南北朝之前早已出现。据现存史料,此说雏形可追溯至先秦儒家。如《孟子·公孙丑下》云:"五百年必有王者兴,其间必有名世者。"②《孟子·尽心下》云:

> 由尧舜至于汤,五百有余岁;若禹、皋陶,则见而知之;若汤,则闻而知之。由汤至于文王,五百有余岁,若伊尹、莱朱,则见而知之;若文王,则闻而知之。由文王至于孔子,五百有余岁,若太公望、散宜生,则见而知之;若孔子,则闻而知之。③

然而,孟子的说法是"五百年必有王者兴",其所举人物中尧、舜、汤、文王、孔子等无一不为先圣,与后世出现的"五百年一贤"之说并不相符。事实上,从"五百年必有王者兴"到"五百年一贤"的表述转变中,司马迁起到了关键性的作用。他说:

> 太史公曰:先人有言:"自周公卒五百岁而有孔子。孔子卒后至于今五百岁,有能绍明世,正《易传》,继《春秋》,本《诗》《书》《礼》《乐》之际?"意在斯乎! 意在斯乎! 小子何敢让焉!④

显然,司马迁深切认识到自周公至孔子而完全建立起来的礼乐文明制度的重要意义,其于特定历史时代,以当仁不让的高度责任感,将自己定位成了周孔学说的继承者,这就将孟子自尧舜至孔子"五百年必有王者兴"的论断演变成为孔子之后"五百年一贤"的说法。不过,此说

---

① 王利器:《颜氏家训集解》卷二"慕贤",第127页。
② 〔清〕焦循:《孟子正义》卷九,第309页。
③ 〔清〕焦循:《孟子正义》卷二十九,第1034—1036页。
④ 〔汉〕司马迁:《史记》卷一百三十"太史公自序",第3296页。

亦受到后世学者的批判和反驳。如针对司马迁以贤继圣之说，西汉扬雄、东晋孙盛等人明确表示反对；[1]而卢藏用"道丧五百岁而得陈君"之说，[2]受到中唐皎然的指摘。[3] 扬、孙诸人之论司马迁，既驳其五百岁之说不符史实，又斥其以贤继圣不合正统；而皎然之论卢藏用，则以司马迁以来文章名家代不乏人之史实，责其以"五百之数独归于陈君"之论失之偏颇。

诚然，无论是"五百年必有王者兴"，还是"五百年一贤"，均不能尽合于史实。对此，《孟子·公孙丑下》云："夫天未欲平治天下也，如欲平治天下，当今之世，舍我其谁也。"[4]《史记·太史公自序》云："意在斯乎，意在斯乎，小子何敢让焉！"[5]

二人之本意，皆为抒发抱负，凸显其敢为天下先的责任感，实为强烈自信心态的集中表现。与此相近，卢氏对陈子昂的评价，乃是一种夸张的说法，旨在褒扬其于初唐文坛上以兴寄、风骨涤荡齐梁文风的重要贡献，并非定欲将"五百年一贤"之誉靠实于陈氏不可。事实上，在整个唐代前期，"五百年一贤"的观念已经在文学作品中得到较为广泛的表

---

① ［唐］司马贞：《史记索隐》，《史记》卷一百三十"太史公自序"，第 3297 页。"《孟子》称尧舜至汤五百余岁，汤至文王五百余岁，文王至孔子五百余岁。按：太史公略取于《孟子》，而扬雄、孙盛深所不然，所谓多见不知量也。以为淳气育才，岂有常数，五百之期，何异瞬息。是以上皇相次，或有万龄为间，而唐尧、舜、禹比肩并列。降及周室，圣贤盈朝；孔子之没，千载莫嗣，安在于千年五百乎？具述作者，盖记注之志士耳，岂圣人之论哉！"

② ［唐］卢藏用：《右拾遗陈子昂文集序》，《全唐文》卷二三八，第 2402 页。

③ 李壮鹰：《诗式校注》卷三"论卢藏用《陈子昂集序》"，第 221 页。"司马子长《自序》云，周公卒五百岁而有孔子，孔子卒五百岁而有司马公。迩来年代既遥，作者无限。若论笔语，则东汉有班、张、崔、蔡；若但论诗，则魏有曹、刘、三傅，晋有潘岳、陆机、阮籍、卢谌，宋有谢康乐、陶渊明、鲍明远，齐有谢吏部，梁有柳文畅、吴叔庠，作者纷纭，继在青史，如何五百之数独归于陈君乎？藏用欲为子昂张一尺之罗盖，弥天之宇，上掩曹、刘，下遗康乐，安可得耶？"

④ ［清］焦循：《孟子正义》卷九，第 311 页。

⑤ ［汉］司马迁：《史记》卷一百三十"太史公自序"，第 3296 页。

现。如：

　　文章道弊，五百年矣。①

　　道丧五百岁而得陈君。②

　　张翰黄花句，风流五百年。③

　　世上五百年，吾家一千里。④

　　连城之璧不可量，五百年知草圣当。⑤

　　有唐以来，无数才子，至于崔融、李峤、宋之问、沈佺期、富嘉谋、徐彦伯、杜审言、陈子昂者，与公连飞并驱，更唱迭和。此数公者，真可谓五百年挺生矣。⑥

　　如若这种认可逐渐具有普遍性，且让士人对此有所期待，那么整个社会风气中自会焕发出一种集体性的自信光芒，而唐代前期的情形正是如此。

（二）建功立业的壮志

　　唐代前期，国家处于上升阶段，在这个健康而充满朝气的时代，国人普遍萌发出积极向上、追求功业的豪情，而文士的表现尤为突出。此一时期，文人对功业的追求既有文途，亦有武路。文途主要是通过科举进身，武路则主要是建功于边疆。相比于隋唐之前的官员选拔制度，科举考试因为削弱了对士子个人才能之外的考量而更趋于公平合理，因此激发出后者前所未有的参与热情。

----

① ［唐］陈子昂：《与东方左史虬修竹篇序》，《全唐诗》卷八十三，第895页。

② ［唐］卢藏用：《右拾遗陈子昂文集序》，《全唐文》卷二三八，第2402页。

③ ［唐］李白：《金陵送张十一再游东吴》，《全唐诗》卷一百七十六，第1800页。

④ ［唐］高适：《又送族侄式颜》，《全唐诗》卷二百十一，第2199页。

⑤ ［唐］窦冀：《怀素上人草书歌》，《全唐诗》卷二百四，第2134页。

⑥ ［唐］王泠然：《论荐书》，《全唐文》卷二九四，第2981页。

高宗永隆年间,"始以文章选士,及永淳之后,太后君天下二十余年,当时公卿百辟,无不以文章,因循遐久,浸以成风"。① 玄宗开元之后,"四海晏清,无贤不肖,耻不以文章达"。② 在初唐诸帝百余年的倡导之下,热衷科举以求仕进之行为已蔚然成风。"故太平君子,唯门调户选,征文射策,以取禄位,此行己立身之美者也。父教其子,兄教其弟,无所易业。大者登台阁,小者任郡县,资身奉家,各得其足,五尺童子,耻不言文墨焉。是以进士为士林华选,四方观听,希其风采,每岁得第之人,不浃辰而周闻天下。"③

科举之外,文人边塞诗中驰驱沙场、杀敌报国豪情的抒发,则反映出他们希冀通过武路积极用世的思想和建功立业的壮志。客观而论,文人之出塞,当是兼顾了保国靖边和寻求仕进的双重动机。"所谓出塞,至少应包括入幕、游边、使边三个方面。"④盛唐时代,与出塞有关的诗歌灿若群星。如张说诗云:"沙场碛路何为尔,重气轻生知许国。"⑤源乾曜诗云:"奉国知命轻,忘家以身许。"⑥王维诗云:"愿得燕弓射天将,耻令越甲鸣吴君。"⑦祖咏诗云:"少小虽非投笔吏,论功还欲请长缨。"⑧李昂诗云:"欲令塞上无干戚,会待单于系颈时。"⑨万齐融诗云:"愿骑单马仗天威,挼取长绳缚虏归。"⑩……纵观唐代前期诗坛,此类作品俯拾即是。在这份因太长而无法尽列的清单中,仅不以边塞诗擅

① ［唐］沈既济:《词科论序》,《全唐文》卷四七六,第 4868 页。
② ［唐］沈既济:《词科论序》,《全唐文》卷四七六,第 4867 页。
③ ［唐］沈既济:《词科论序》,《全唐文》卷四七六,第 4868 页。
④ 陈铁民:《唐代文史研究丛稿》,第 21 页。
⑤ ［唐］张说:《巡边在河北作》,《全唐诗》卷八十六,第 940 页。
⑥ ［唐］源乾曜:《奉和圣制送张尚书巡边》,《全唐诗》卷一百七,第 1111 页。
⑦ ［唐］王维:《老将行》,《全唐诗》卷一百二十五,第 1257 页。
⑧ ［唐］祖咏:《望蓟门》,《全唐诗》卷一百三十一,第 1336 页。
⑨ ［唐］李昂:《从军行》,《全唐诗》卷一百二十,第 1209 页。
⑩ ［唐］万齐融:《仗剑行》,《全唐诗》卷一百十七,第 1182 页。

名的李白就创作了《塞下曲》《塞上曲》《出自蓟北门行》《紫骝马》《从军行》《长歌行》《幽州胡马客歌》等与边塞相关的数十首诗歌,更遑论"万里不惜死,一朝得成功"的高适、[①]"丈夫三十未富贵,安能终日守笔砚"的岑参,[②]以及"明敕星驰封宝剑,辞君一夜取楼兰"的王昌龄等著名边塞诗人。[③]

据陈铁民先生《盛唐诗人出塞与边塞诗创作情况表》统计,71 位盛唐诗人,今存边塞诗 440 首,其中曾出塞者 35 人,现存边塞诗 342 首(其中一部分系诗人未出塞时的作品),占据着突出地位。几乎所有值得一提的盛唐诗人,如高适、岑参、王昌龄、李白、王维、崔颢、王翰、王之涣、祖咏、陶翰等,都结合其出塞经历写有边塞题材的作品。[④]

其实,边塞诗歌的创作并非始于盛唐,初唐文坛上已非罕见。即使以"文章婉缛"著称的虞世南,亦不乏风格刚健之作。如《结客少年场行》云:

少年重一顾,长驱背陇头。焰焰霜戈动,耿耿剑虹浮。天山冬夏雪,交河南北流。云起龙沙暗,木落雁行秋。轻生殉知己,非是为身谋。[⑤]

此外,虞羽客有"轻生辞凤阙,挥袂上祁连",[⑥]卢照邻有"横行殉知己,负羽远从戎",[⑦]杨炯有"宁为百夫长,胜作一书生",[⑧]骆宾王有"但

---

① ［唐］高适:《塞下曲》,《全唐诗》卷二百十一,第 2189 页。
② ［唐］岑参:《银山碛西馆》,《全唐诗》卷一百九十九,第 2056 页。
③ ［唐］王昌龄:《从军行七首(其六)》,《全唐诗》卷一百四十三,第 1444 页。
④ 陈铁民:《唐代文史研究丛稿》,第 29 页。
⑤ ［唐］虞世南:《结客少年场行》,《全唐诗》卷二十四,第 321 页。
⑥ ［唐］虞羽客:《结客少年场行》,《全唐诗》卷二十四,第 322 页。
⑦ ［唐］卢照邻:《结客少年场行》,《全唐诗》卷二十四,第 322 页。
⑧ ［唐］杨炯:《从军行》,《全唐诗》卷五十,第 611 页。

令一被君王知,谁惮三边征战苦",①刘希夷有"丈夫清万里,谁能扫一室",②崔湜有"岂要黄河誓,须勒燕然石",③崔融有"坐看战壁为平土,近待军营作破羌",④郭元振有"虽复尘埋无所用,犹能夜夜气冲天"……⑤凡此种种,不一而足。唐代前期健康而富有活力的风尚如此,故昂扬向上精神在文学中的表现自然会异军突起,蔚为大观。

(三) 激扬刚健的风骨

上升的国势、开放的思想、多元文化的交融等诸多因素的合力,共同促成了唐代前期国人自信豪迈的心态和建功立业的壮志。就其本质而言,此两者属于精神内涵的范畴,而激扬刚健的风骨则是这种精神内涵由内及外的从容彰显。事实上,这一铺张扬厉的个性力量不但具有明显的共性,而且还体现于当时社会生活的方方面面,其中尤以干谒题材最具代表性。

所谓干谒,是指对他人有所求而请见,干谒之目的往往是获得进身的机会,以此干谒对象多为地位较高而富有权势者。由于干谒行为的双方在地位和对社会资源的占有方面具有明显的不平衡性,而干谒对象对于干谒者的前途又有着重要的影响力,故两者间的沟通和交流实际上从一开始便处于一种不平等的状态。正因为如此,干谒者在干谒行动中能够保持自信、从容,以一种平等的精神状态努力去赢得干谒对象认可的做法才显得弥足珍贵。在唐代前期,这种情形可谓屡见不鲜,其人自荐,亦多以道义相砥。如王勃《上刘右相书》云:

---

①　[唐]骆宾王:《从军中行路难二首(其一)》,《全唐诗》卷七十七,第833页。
②　[唐]刘希夷:《从军行》,《全唐诗》卷八十二,第880页。
③　[唐]崔湜:《塞垣行》,《全唐诗》卷五十四,第660页。
④　[唐]崔融:《从军行》,《全唐诗》卷六十八,第765页。
⑤　[唐]郭元振:《古剑篇》,《全唐诗》卷六十六,第756页。

借如勃者,眇小之一书生耳,曾无击钟鼎食之荣,非有南邻北阁之援。山野悖其心迹,烟雾养其神爽。未尝降身摧气,逡巡于列相之门;窃誉干时,匍匐于群公之室。所以慷慨于君侯者,有气存乎心耳。实以四海兄弟,齐远契于萧、韩;千载风云,托神知于管、鲍。不然,则荷裳桂楫,拂衣于东海之东;菌阁松楹,高枕于北山之北。焉复区区屑屑,践名利之门哉?①

房琯《上张燕公书》云:

忽不知相国之富贵如此,琯之贫贱又如此,期相国乃曰:人以道义求我,我不当以贵贱隔之,借如宣父有相国之贵,宁拒游夏之徒欤? 夫其此心,千载一用,岂琯也当之? ……又见《礼经》有难进易退者,戒贪也;起人来学者,劝道也。琯趣仁者,而久未行,何乎? 衣惟素褐,乘非车马,阍人斥之,驭者排之。长衢高门,骤拜左右,则近于论诉,岂闻道之士乎? 故献玉贡书,以先其意。②

张楚《与达奚侍郎书》云:

今公全德之际,愿交者多;昔者未达之前,欲相知者少。于多甚易,在少诚难。则公居甚易之时,下走处诚难之日,本以义分相许,明非势利相趋。③

由此可见,这种循道义而求进身的恳请迥异于屈膝乞求的跪拜式

① [唐] 王勃:《上刘右相书》,《全唐文》卷一七九,第 1821 页。
② [唐] 房琯:《上张燕公书》,《全唐文》卷三三二,第 3367 页。
③ [唐] 张楚:《与达奚侍郎书》,《全唐文》卷三百六,第 3114 页。

干谒,而挺直腰板的平视式干谒,完全符合先秦以来勇于担当之"士"的行事准则。余英时先生认为中国史上的"士"大致相当于今天所谓的"知识分子",他说:

> 孔子最先揭示的"士志于道"便已规定了"士"是基本价值的维护者。曾参发挥师教,说得更为明白:"士不可以不弘毅,任重而道远。仁以为己任,不亦重乎? 死而后已,不亦远乎?"这一原始教义对后世的"士"发生了深远的影响,而且愈是在"天下无道"的时代也愈显出它的力量。……如果根据西方的标准,"士"作为一个承担着文化使命的特殊阶层,自始便在中国史上发挥着"知识分子"的功用。①

这里的"知识分子"是引自西方的一个概念,在此特指那些献身于专业工作的同时,还以超越个人私利的伟大情怀深切关怀着国家和社会的人。

关于"士"与"道"关系的缘起,余先生的看法是:"中国古代知识分子直接承三代礼乐的传统而起。春秋战国是一个'礼崩乐坏'的时代;礼乐已不再出自天子,而出自诸侯,故孔子斥之为'天下无道'。统治阶级既不能承担'道','道'的担子便落到了真正了解'礼仪'的'士'的身上。"②于是,便出现了君王有"势"而士人承"道"的局面。然而,双方为了各自目标的实现,又不得不相互借重。美国社会学家爱德华·席尔思认为,各高级文化中的知识分子都因为他们所追求的是最终极的真理而产生一种"自重"的感觉。③ 而中国古代的"士"为了尊显其"道",也曾作过一些希求与"势"分庭抗礼的努力,"最明显的便是以'道'为标

---

① 余英时:《士与中国文化·自序》,第2页。
② 余英时:《士与中国文化》,第118页。
③ 余英时:《士与中国文化》,第121页。

准,而把知识分子与君主的关系分为师、友、臣三类。在这种分类之下,最高一层的知识分子在'道'的立场上和君主是师弟关系而不是君臣关系了"。①

实际上,对于那些怀道自重的士人而言,为实现人生价值,获得社会认可,通过以道相求的合理方式进行干谒之行为,依然是先秦以来君王据"势"、士人承"道"局面的力图平衡和变相延续。表面看,隋唐所处的中古时代与先秦时期的政治情形有很大差别,即国家一统时代士人干谒的对象不再是君王,而是位高权重的官员。然而,这一过程中决定谁成为干谒对象的核心因素是"势"的本质并未改变,社会权力结构中的"势"在中国古代始终取决于君王。因此,士人欲在势位处下的干谒中保持人格之独立,以道相求,便成为其必然途径,这既是传统,亦是当时现状。因此,初盛唐人即使有求于人的时候,亦不曾放弃对干谒对象的客观评判,抑或预测干谒失败时的坦荡。前者如王泠然《论荐书》:

> 仆闻位称燮理者,则道合阴阳;四时不愆,则百姓无怨。岂有冬初不雪,春尽不雨,麦苗继日而青死,桑叶未秋而黄落,蠢蠢迷愚,嗷嗷愁怨,而相公温服甲第,饱食庙堂?……主上开张翰林,引纳才子,公以傲物而富贵骄人,为相以来,竟不能进一善,拔一贤。……今岁大旱,黎人阻饥,公何不固辞金银,请赈仓廪? 怀宝衣锦,于相公安乎? 百姓饿欲死,公何不举贤自代,让位请归? ……仆窃谓今之得举者,不以亲,则以势;不以贿,则以交:未必能鸣鼓四科,而裹粮三道。其不得举者,无媒无党,有行有才,处卑位之闲,反陋之下,吞声饮气,何足算哉? 何乃天子令有司举之,而相公令有司拒之?②

———————————

① 余英时:《士与中国文化》,第120页。
② 〔唐〕王泠然:《论荐书》,《全唐文》卷二九四,第2981—2982页。

后者如李白《上安州裴长史书》：

愿君侯惠以大遇，洞开心颜，终乎前恩，再辱英盼。白必能使精诚动天，长虹贯日，直度易水，不以为寒。若赫然作威，加以大怒。不许门下，逐之长途，白即膝行于前，再拜而去，西入秦海，一观国风，永辞君侯，黄鹄举矣。何王公大人之门不可以弹长剑乎？[①]

又如萧颖士《赠韦司业书》：

足下必不以为狂，而亮其志。越绊拘之常礼，顿风流之雅躅，乘蹑屦之遇，展倾盖之欢，则重赐一书，猥答诚贶。既奔足下不暇，岂敢差池？若文不足征，道未相借，请见还此本，谨俟烧焚。无为轻置盖瓴，使识者一窥齐楚交失，非古之君子退人有礼之道也。[②]

不仅如此，唐代前期士人这种扬厉、自信甚至自负的风骨与气度，并不囿于普通干谒，即使干谒对象为皇帝，亦不为奴颜婢膝之态。如负半千《陈情表》云：

若使臣七步成文，一定无改，臣不愧子建；若使臣飞书走檄，援笔立成，臣不愧枚皋。陛下何惜玉阶前方寸地，不使臣披露肝胆，抑扬辞翰？请陛下召天下才子三五千人，与臣同试诗、策、判、笺、表、论，勒字数，定一人在臣先者，陛下斩臣头，粉臣骨，悬于都市，以谢天下才子。望陛下收臣才，与臣官，如用臣刍荛之言，一辞一句，敢陈于玉阶之前。如弃臣微见，即烧诗书，焚笔砚，独坐幽岩，看陛下召得何人？举得何士？无任

---

① ［唐］李白：《上安州裴长史书》，《全唐文》卷三四八，第3533—3534页。
② ［唐］萧颖士：《赠韦司业书》，《全唐文》卷三二三，第3279页。

郁结之至!①

(四) 现实关注的情怀

唐代前期,置身于上升国势中的士人对现实生活始终予以高度重视。早在武德年间,李纲即针对"戚藩公主,皆逾宪式,嫔嫒之家,多违法度",以及"皇太子令及秦、齐二教,共诏敕并行"等国之乱象令"亿兆失望,阴怀叹息"的社会现状而上《论时事表》,②一开唐人现实关注情怀之先河。其后,一系列社会现实问题渐次得到广泛关注。如:

孙伏伽等关注帝王修身、娱乐问题,谏太宗以穷奢极欲之险、百戏散乐之弊。③

马周等关注治国理念及其名实之辩问题,谏太宗尊孝治国,敬重祭祀。④

高冯等关注吏治问题,劝太宗"擢温厚之人,升清洁之吏,敦朴素,革浇浮,先之以敬让,示之以好恶",以促成"家肥国富,气和物阜"。⑤

温彦博等关注异族降附安置问题,以突厥为例提出"我援护之,使居内地,我指麾之,教以礼法,数载之后,尽为农人"。⑥

褚遂良、狄仁杰、崔融、陈子昂等关注边疆治理问题。褚氏认为,对新纳入版图的高昌等地宜"可立者立之,微给首领,遣还本国,负戴洪恩。长为藩翰。中国不扰,既富且宁"。⑦ 狄氏主张"捐四镇以肥中国,罢安东以宽辽西,省军费于远方,并甲兵于塞上,则恒代之镇重,而边州

---

① 〔唐〕贠半千:《陈情表》,《全唐文》卷一六五,第 1682 页。
② 〔唐〕李纲:《论时事表》,《全唐文》卷一三三,第 1339 页。
③ 〔唐〕孙伏伽:《陈三事疏》,《全唐文》卷一三五,第 1360 页。
④ 〔唐〕马周:《上太宗疏》,《全唐文》卷一五五,第 1585—1586 页。
⑤ 〔唐〕高冯:《上太宗封事》,《全唐文》卷一三五,第 1370 页。
⑥ 〔唐〕温彦博:《安置突厥议》,《全唐文》卷一三七,第 1388 页。
⑦ 〔唐〕褚遂良:《谏戍高昌疏》,《全唐文》卷一四九,第 1510 页。

之备实矣"。① 崔氏则与其意见相左,他提出:"拔旧安之四镇,委难制之两凶,求将来之端,考已然之验,伏念五六,至于再三,愚下固陋,知其不可。"②陈氏针对吐蕃等政权对河西诸州的威胁而提出加强甘州军事地位以稳定河西之计,云:"今若加兵,务穷地利,岁三十万。不为难得。国家若以此计为便,遂即行之,臣以河西不出数年之间,百万之兵食无不足而致。仓廪既实,边境又强,则天兵所临,何求不得?"③

陈元光等关注蛮夷之地的教化问题,认为:"其本则在创州县,其要则在兴庠序。盖伦理谨则风欲自尔渐孚,治理彰则民心自知感激。"④

裴守真等关注国家农业、手工业的问题,认为两者为"赋调所资,军国之急,烦徭细役,并出其中,黠吏因公以贪求,豪强恃私而逼掠,以此取济,民无以堪"。⑤

朱敬则等关注国家刑法问题,提出"改法制,立章程,下恬愉之词,流旷荡之泽,去蒺藜之牙角,顿奸险之锋铓,杜告密之源,绝罗织之迹",⑥以杜绝刑罚泛滥现象。

姚崇等关注国家灾异治理问题,力排灭蝗贾祸之说,毅然"救人杀虫",声明若"因缘致祸,崇请独受,义不仰关",⑦表现出高度的担当意识。

韦嗣立等关注学校教育问题,针对高宗永淳已来"国学废散,胄子衰缺,时轻儒学之官,莫存章句之选"的局面,建议皇帝"下明制,发德音,广开庠序,大敦学校,三馆生徒,即令追集。王公已下子弟,不容别

---

① ［唐］狄仁杰:《请罢百姓西戍疏勒等四镇疏》,《全唐文》卷一六九,第 1726 页。
② ［唐］崔融:《拔四镇议》,《全唐文》卷二一九,第 2215 页。
③ ［唐］陈子昂:《上西蕃边州安危事》,《全唐文》卷二一一,第 2142 页。
④ ［唐］陈元光:《请建州县表》,《全唐文》卷一六四,第 1674 页。
⑤ ［唐］裴守真:《请重耕织表》,《全唐文》卷一六八,第 1717 页。
⑥ ［唐］朱敬则:《请除滥刑疏》,《全唐文》卷一七〇,第 1736 页。
⑦ ［唐］姚崇:《答卢怀慎捕蝗说》,《全唐文》卷二〇六,第 2085 页。

求仕进,皆入国学,服膺训典。崇饰馆庙,尊尚儒师,盛陈奠菜之仪,宏敷讲说之会",以达到"四海之内,靡然向风"之目的。①

　　与文章相比,唐代前期诗歌在关注现实、反映生活方面的步伐则显得缓慢许多。这一方面是因为文章与诗歌在当时所承担的功用各有侧重;另一方面,这一时期主要诗人大都集中在宫廷之中,他们缺乏较为广阔的生活空间与丰富的社会体验。一直到初唐"四杰"出现,这一局面才有所改观。至陈子昂倡导"风雅""兴寄"、汉魏风骨,使诗歌从一味追求形式之美的齐梁遗风中解放出来,关注其反映现实生活的丰富内容,在对政治、道德、人生等一系列重要问题的审视与思考中抒发昂扬激越的思想情感,从而推进其质朴刚健风格的形成。

　　其后,最具代表性的现实主义诗人当非杜甫莫属。他紧扣时代脉搏,客观描绘社会面貌,真实抒写家国情怀,以汉乐府"感于哀乐,缘事而发"的精神自创新题,②开创了一条全方位展示现实生活的创作道路。"唐诗的触角伸展到生活的每一个角落,无论是陆海山川、村落城镇、驿楼寺观、市农工商、僧道妇孺,还是社会各阶层、南北各民族的生活、重大的现实政治斗争、历史题材,无不加以描写,在诗歌这样一种文学体裁的作品中,反映这么广阔的社会生活,不仅前所未有,亦且后所未见。"③明末袁宏道云:"唐人之诗无论工不工,第取而读之,其色鲜妍,如旦晚脱笔砚者。"④他概括的这一特点,乃是唐诗活力与朝气之真实所在,其恰恰来自诗人对于现实生活的深切关注。

　　要之,唐代前期昂扬向上精神的产生,有着极为复杂的社会背景。李唐以强盛的国力、辽阔的疆域为基础,确立顺应民心的执政理

---

① ［唐］韦嗣立:《请崇学校疏》,《全唐文》卷二三六,第2382页。
② ［汉］班固:《汉书》卷三十"艺文志",第1756页。
③ 余恕诚:《唐诗风貌》,第4页。
④ ［明］江盈科:《敝箧集引》,《明文海》卷二百七十,文渊阁四库全书本。

念、促进儒风复兴发展，建立科举制等一系列较为合理的国家制度。同时，在北方地域特色与胡化风尚之影响下，李唐又积极推行兼容开放的文化政策。总体上，这种昂扬向上精神主要表现为自信豪迈的心态、建功立业的壮志、激扬刚健的风骨和现实关注的情怀等诸多方面。

从文章到诗歌，唐代前期文学清晰表现出面对现实的创作方向，它反映出士人不断增强的现实关注情怀，而这种立足社会、贴近生活的深切情怀，则在很大程度上成为初盛唐人自信豪迈心态、建功立业壮志和激扬刚健风骨等精神风貌的良好基础。因为一旦离开对现实的关注，包括文学在内的一切精神生产都会成为无源之水、无本之木，以文学为载体而得以彰显的昂扬向上之风貌，自然也就不复存在。在唐代前期充满活力和希望的社会背景下，士人积极主动地投身于社会，他们借助文学所展现的努力进取、奋发有为的精神力量，又以不断熏陶、滋润国人心灵的方式反哺社会，并在良好人文环境中的营造中有力促进唐代文化共同体的最终形成。

第三节　宣扬雄强鼎盛之国势

一、唐代前期的"天下"观及其表现

在中国古代社会，历朝君臣、士人所秉持的宏观疆域概念并非明确的国家观，而是天下观。"天下"的观念，来源于"天"。《尚书·泰誓上》云："天佑下民，作之君，作之师。"[1]《尚书·泰誓中》云："惟天惠民，惟辟奉天。"[2]《诗经·大雅·大明》云："天监在下，有命既集。"[3]"有命自

---

① ［汉］孔安国传、［唐］孔颖达疏：《尚书正义》卷十一，第 323 页。
② ［汉］孔安国传、［唐］孔颖达疏：《尚书正义》卷十一，第 327 页。
③ ［汉］毛亨传，［汉］郑玄笺，［唐］孔颖达疏：《毛诗正义》卷十六，第 1135 页。

天，命此文王。"①《周易》云："上九，自天祐之，吉无不利。"②《论语》云："孔子曰：'君子有三畏：畏天命，畏大人，畏圣人之言。'"③《大戴礼记·曾子天圆》云："参尝闻之夫子曰：'天道曰圆，地道曰方。'"④缘此可知，"天"对于中国古人而言，不仅是具象的存在，而且还是万物的主宰。这种万事万物皆生于"天"、制于"天"的认识，自然导致了"天下"具有唯一性的观念产生。

关于"天下"观念的形成时间，学术界比较普遍的观点是先秦时期，主要依据是"皇天眷命，奄有四海，为天下君"，⑤以及"溥天之下，莫非王土，率土之滨，莫非王臣"等说法。⑥关于这一时间阶段，李宪堂从史学角度进行的界定显得更为具体。他说："大约从春秋中期开始，'四夷'开始与'华夏'相对而成为一个流行词汇，原来与夷狄混居的'诸夏'开始成为一个拥有共同语言文字、共同礼仪规范和共同民族意识的文化统一体。……从此，西起秦陇，东至海滨，北起幽燕，南至江汉，成为华夏民族的共同家园。华夏居中、夷狄环绕四周的天下格局开始形成，'天下'遂成为制度和文化的世界。"⑦

自汉代董仲舒借鉴先秦道家"人与天一"提出"天人合一"的哲学思想体系后，⑧"唯天子受命于天，天下受命于天子，一国则受命于君"的观念，⑨便在"推明孔氏，抑黜百家"的大背景下逐渐深入人心。⑩董氏

①　[汉]毛亨传，[汉]郑玄笺，[唐]孔颖达疏：《毛诗正义》卷十六，第1140页。
②　黄寿祺、张善文《周易译注》"大有卦第十四"，第135页。
③　[清]刘宝楠：《论语正义》卷十九，第661页。
④　[清]王聘珍：《大戴礼记解诂》卷五，第98页。
⑤　[汉]孔安国传，[唐]孔颖达疏：《尚书正义》卷四，第104页。
⑥　[汉]毛亨传，[汉]郑玄笺，[唐]孔颖达疏：《毛诗正义》卷十三，第931页。
⑦　李宪堂：《"天下观"的逻辑起点与历史生成》，《学术月刊》，2012(10)。
⑧　[清]王先谦：《庄子集解》卷五，第173—174页。
⑨　[清]苏舆：《春秋繁露义证》卷十一"为人者天"，第319页。
⑩　[汉]班固：《汉书》卷五十六"董仲舒传"，第2525页。

"天人三策"还提出了"一统"思想，论证了以皇帝为核心的君主专制制度的合理性："春秋大一统者，天地之常经，古今之通谊也。"①其"大一统"理论，便是主张由思想统一达到政治统一，由军事的统一完成疆域统一，由文化统一实现天下统一。董氏"天下"观与"大一统"理论紧密结合，自问世之日便因契合君主专制之需要而得到皇帝的高度认可，遂对中国历史的发展产生深远影响。

关于中国古代"天下"的疆域范围，并没有明确的史料记载。《礼记·王制篇》提到了"五方之民"的说法。其文云：

中国戎夷，五方之民，皆有性也，不可推移。东方曰夷，被发文身，有不火食者矣。南方曰蛮，雕题交趾，有不火食者矣。西方曰戎，被发衣皮，有不粒食者矣。北方曰狄，衣羽毛穴居，有不粒食者矣。②

本条材料虽未准确界定"天下"四极，但提出夷、蛮、戎、狄分别居于华夏民族的东、西、南、北四方。因此，其生活的地域即为古人观念中"天下"的四方边缘。在地理位置上处于核心地位的华夏民族看来，"天下"的所有土地、民众都属于天子统治的范围。然而，"无论多么强大的王朝，总不能完全控制这一相对封闭的地理单元。在中国古代数千年的中原王朝发展史上，总能遇到一些或强或弱的边疆政权。当这些边疆政权弱于中原王朝时，则以羁縻藩属等名义与中原王朝形成间接归属或名义上的归属；而当这些政权比较强大时，则往往与中原王朝发生战争，两者的军事控制线就有了边界的意义"。③ 安史之乱之前的唐

---

① ［汉］班固：《汉书》卷五十六"董仲舒传"，第 2523 页。
② ［汉］郑玄注，［唐］孔颖达疏：《礼记正义》卷十二"王制"，第 467 页。
③ 张文：《论古代中国的国家观与天下观——边境与边界形成的历史坐标》，《中国边疆史地研究》，2007(9)。

朝,便是中原王朝强盛于边疆各少数民族政权的典型历史时期。

　　作为中国历史上重要的中原王朝,李唐政权凭借强大的武力、鼎盛的国势和辽阔的疆域等硬性实力,在与周边政权的力量对比中处于明显的优势地位。(详见第三章第二节)同时,李唐自太宗开始,即主张"戡乱以武,守成以文,文武之用,各随其时",①将儒家礼乐制度为核心的文治与必要的国防武备相结合。而且明确提出:"夷狄亦人,以德治之,可使如一家。"②"自古皆贵中华,贱夷、狄,朕独爱之如一。"③表示出平等对待各民族的先进态度。如此一来,文治、武功,加上平等的民族政策,便形成足以巩固自身亦能辐射周边的文化软实力。于是,各具优势的软硬实力在相辅相成中,奠定了唐朝在当时的东亚文化圈中无可替代的影响力。

　　太宗的"天下"观在其相关诏令中反映得比较具体。如《复建吐谷浑诏》云:

　　伐罪吊人,前王高义,兴亡继绝,有国令典。……朕君临四海,含育万类,一物失所,深责在予。所以爰命六军,申兹九伐,义存活国,情非黩武。④

　　《讨高昌诏》云:

　　朕受命上元,为人父母:禁暴之道,无隔内外;纳隍之虑,切于寝兴。……宜顺夷夏之心,以申吊伐之典,讨凶渠之多罪,拯无辜之

---

① [宋]司马光:《资治通鉴》卷一百九十二,第6030页。
② [宋]王溥:《唐会要》卷九十四,第1690页。
③ [宋]司马光:《资治通鉴》卷一百九十八,第6247页。
④ [唐]李世民:《复建吐谷浑诏》,《全唐文》卷五,第65页。

倒悬。①

《亲征高丽手诏》云：

行师用兵，古之常道，取乱侮亡，先哲所贵。高丽莫离支盖苏文，弑逆其主，酷害其臣，窃据边隅，肆其蜂虿。朕以君臣之义，情何可忍。若不诛翦蟊秽，无以澄肃中华。②

《平薛延陀幸灵州诏》云：

安边静乱，下固丕基，一轨同文，永宏家业。使万里之外，不有半烽；百郡之中，犹无一戍。永绝镇防之役，岂非黎元乐见。③

从"君临四海""无隔夷夏"④"禁暴之道，无隔内外"之态度，和派兵讨伐吐谷浑、高昌、高丽、薛延陀等不臣政权之军事行动，可以明显看出李唐力图将其周边各少数民族政权置于其统辖范围的事实，"一轨同文""永绝镇防"才是其致力于实现的终极目标。经过数代努力，随着盛世时代的到来，唐朝日益强大的国势得到了周边各民族政权的一致认可。玄宗一朝，先后颁布《册勃律国王文》《册疏勒国王裴安定文》《册于阗王尉迟伏师文》《册个失密国王木多笔文》《册渤海郡王大钦茂文》《册顺义王莫贺咄吐屯文》《册突厥苾伽骨咄禄为可汗文》《册小勃律国王麻来兮文》《册陁拔萨惮国王为恭化王文》《册突骑施伊里底密施骨咄禄毗

---

① ［唐］李世民：《讨高昌诏》，《全唐文》卷六，第76页。
② ［唐］李世民：《亲征高丽手诏》，《全唐文》卷七，第86页。
③ ［唐］李世民：《平薛延陀幸灵州诏》，《全唐文》卷八，第96页。
④ ［唐］李世民：《令侯君集等经略吐谷浑诏》，《全唐文》卷五，第68页。

伽为十姓可汗文》《册罽宾国王勃匐准文》《册十姓突骑施移拨可汗文》《册羯帅国王素迦文》《册骨咄国王罗金节为叶护文》《册突骑施黑姓可汗文》《赐护密国王子颉吉里匐铁券文》等一系列文书，[1]将大勃律、小勃律、疏勒、于阗、个失密、渤海、石国、突厥、突骑施、陁拔萨惮、罽宾、羯帅、骨咄、护密等数十个民族政权以李唐皇帝正式册封的方式纳入其宏观统治秩序之中，成为大唐帝国国势鼎盛的有力佐证。

二、唐代前期对历史功业的自我定位

取法上古先圣，追慕大治大化的理想时代，是李唐立国之初便已树立的宏大志向。太宗云："朕今所好者，惟在尧舜之道，周孔之教，以为如鸟有翼，如鱼依水，失之必死，不可暂无耳。"[2]又云："以尧舜之风，荡秦汉之弊；用《咸》《英》之曲，变烂熳之音。"[3]由此开启了李唐由儒家礼乐制度而遥尊上古盛世的执政理想。但是，理想虽美，毕竟与现实相隔太远。

尧舜之道是儒家对上古时代高度美化之后的一种追忆，尧舜之世自三代以来亦从未得到真正实现，只能作为历代执政者的终极理想而存在于观念之中。故而，李唐在具体执政实践中需要确立一个既不失崇高又能通过努力可以实现的目标。自夏代至唐初，中国历史上以礼乐昌明、国势鼎盛和疆域统一而享誉百世的朝代唯有西周与两汉。嬴秦、西晋和杨隋亦曾一度统一，先不论礼乐文治方面之贡献，仅其昙花一现的国祚便已入不了强大帝国的眼界。于是，李唐政权很自然地将西周、两汉作为其效法和比照的对象。如：

太宗《缓力役诏》云："周氏设官，分掌邦事；汉家创制，允定章程。

---

① ［清］董诰等编：《全唐文》卷三九，第 422—426 页。
② 谢保成：《贞观政要集校》，第 331 页。
③ ［唐］李世民：《帝京篇十首序》，《全唐诗》卷一，第 1 页。

故使百工咸理，五材异用。虽沿革有时，而此途莫爽。"①《议于太原立高祖寝庙诏》云："昔周监二代，崇文武之典礼；汉绍三王，尊高光之功烈。斯固有国之彝训，不刊之令范。"②《玉华宫成曲赦宜君县诏》云："昔周武应天，克瑶台而靡处；汉高作极，获薆阳而不居。散服桃林，革命先于卜雒，既迁粉社，创制肇于疏龙。朕御九成，有乖斯义，以兹抚事，尤须改作。"③《遗诏》云："属纩之后，七日便殡。宗社存焉，不可无主，皇太子即于枢前即皇帝位，依周、汉旧制。"④

高宗《万年宫碑铭序》云："周王肆辙，唯招既往之愆；汉帝遐游，空益将来之弊。岂如岐阳峻阜，镇兹京甸，疏林光之别馆，建甘泉之离宫！"⑤

中宗《金城公主出降吐蕃制》云："隆周理历，启柔远之图；强汉乘时，建和亲之义。斯盖御寓长策，经邦茂范。"⑥

玄宗《授王晙朔方节度使制》云："周建司马，以申九法；汉用丞相，兼抚四夷。伐畔柔服，于是乎在。"⑦《命薛讷等讨吐蕃诏》云："命彼太师，闻乎周颂；安得猛士，钦若汉图。朕怀柔百蛮，茂育万姓，绥之则教人息战，靖之则去兵不用，故獯戎是逐，前史尝载；夷狄为乱，先王必征。"⑧

事实上，李唐不仅诸事参照周、汉，而且在某种程度上还自视为大汉事业之合理继承者。如高宗《颁行麟德历诏》云："昔洛下闳造汉历，

---

① ［唐］李世民：《缓力役诏》，《全唐文》卷四，第 55 页。
② ［唐］李世民：《议于太原立高祖寝庙诏》，《全唐文》卷五，第 67 页。
③ ［唐］李世民：《玉华宫成曲赦宜君县诏》，《全唐文》卷八，第 103 页。
④ ［唐］李世民：《遗诏》，《全唐文》卷九，第 109 页。
⑤ ［唐］李治：《万年宫碑铭序》，《全唐文》卷一五，第 180 页。
⑥ ［唐］李显：《金城公主出降吐蕃制》，《全唐文》卷一六，第 195 页。
⑦ ［唐］李隆基：《授王晙朔方节度使制》，《全唐文》卷二二，第 260 页。
⑧ ［唐］李隆基：《命薛讷等讨吐蕃诏》，《全唐文》卷二六，第 304 页。

云后八百岁,当有圣人定之。自火德洎我,年将八百,事合当仁,朕亦何让!"①玄宗《南郊大赦文》云:"上稽历象,傍采舆议,爰以土德,承汉火行,是凭《大易》之辞,用绍前王之烈。"②

相比于官方文献中比肩周、汉的表述,士人对李唐功业的历史定位有过之而无不及。如贾至《工部侍郎李公集序》云:"皇唐绍周继汉,颂声大作,神龙中兴,朝称多士。"③又如萧颖士《为陈正卿进续尚书表》云:

> 振颓纲者,孰若汉朝?兴盛言者,莫如圣代。……有周之末,礼乐崩坏,连横合纵,俱非正朔,则秦氏略定,而汉代以兴。在晋之亡,寓县崩折,南吴北虏,各擅名号,则隋氏削平,而圣朝以作。……臣尝伏读《贞观实录》昔太宗因听政之暇,观览《尚书》谓侍臣曰:"朕每庶几唐虞,亦欲公等齐肩稷契。"又曰:"令数百年外,读我国史,岂独窥两汉哉?"臣故知有汉之功业,与我唐之化理,俱可以继夫唐虞之盛也。④

从执政者和士人对于国家政权的历史预期与功业定位不难看出,李唐动辄以周、汉自比的立足点并非只限于疆域一统的相似性,其于礼乐制度、强盛国力中表现出来的自信似乎更为重要。如果离开制度、国力和疆域这些坚实基础而强比周、汉,不仅毫无意义,亦难脱夜郎自大之讥,而唐代前期在以上三个方面所具有的明显优势,则决定了此一时期在文学的不同样式中将李唐与周、汉并称之现象,不过是其鼎盛国势的自然外现。

---

① [唐]李治:《颁行麟德历诏》,《全唐文》卷一二,第150页。
② [唐]李隆基:《南郊大赦文》,《全唐文》卷四十,第433页。
③ [唐]贾至:《工部侍郎李公集序》,《全唐文》卷三六八,第3736页。
④ [唐]萧颖士:《为陈正卿进〈续尚书〉表》,《全唐文》卷三二二,第3266—3268页。

三、强盛国势下的封禅和封禅文学

唐代封禅,就礼乐制度的演进而言,有着文化传承与文化认同的意义,而从士人的广泛认可来看,又反映出李唐封禅背后国势的日益强盛。有唐一代,高宗、武则天、玄宗三位皇帝分别于乾封元年(666)、天册万岁二年(695)和开元十三年(725)举行封禅。

据《旧唐书·礼仪三》:"玄宗开元十二年,文武百僚、朝集使、皇亲及四方文学之士,皆以理化升平,时谷屡稔,上书请修封禅之礼并献赋颂者,前后千有余篇。"①仅开元十二年针对唐代历史上的第三次封禅,臣下上书请修封禅的各类文章便有千余篇。蒋钦绪《代宰相请封禅表》亦称:"鸿生硕儒,上章奏而请封禅者,前后千百。"②由此可以看出唐代士人对封禅仪式的认可程度和广泛参与的积极性。事实上,唐人对于封禅不仅高度认可、广泛参与,而且在关于封禅的前提上亦有着非常一致的认识。如房玄龄云:"封禅者,本以功成,告于上帝。"③崔融云:"功成道洽,符出乃封……致太平,必封禅。"④张说云:"封禅者,帝王受天命、告成功之为也。"⑤张九龄云:"夫封禅者,所以告成功也。"⑥

由此可知,从初唐至盛唐,功业有成始终是国人心目中帝王具备封禅资格的一个重要条件,这种观念实际上源自《史记·封禅书》。⑦ 帝王所谓功业有成者,唐人认为具体是指"时会四海升平之运"和"德具钦

① 〔后晋〕刘昫等:《旧唐书》卷二十三,第891页。
② 〔唐〕蒋钦绪:《代宰相请封禅表》《全唐文》卷二七〇,第2749页。
③ 〔唐〕房玄龄:《封禅议》,《全唐文》卷一三七,第1385页。
④ 〔唐〕崔融:《为朝集使于思言等请封中岳表》,《全唐文》卷二一七,第2195页。
⑤ 〔唐〕张说:《大唐封祀坛颂》,《全唐文》卷二二一,第2233页。
⑥ 〔唐〕张九龄:《大唐金紫光禄大夫行侍中兼吏部尚书宏文馆学士赠太师正平忠献公裴公神道碑铭序》,《全唐文》卷二九一,第2956页。
⑦ 〔汉〕司马迁:《史记》卷二十八"封禅书",第1355页。

明文思之美"。① 在他们看来，太宗、高宗、武曌、玄宗在各自统治的鼎盛时期，已经达到了帝王功业有成、国势强盛、天下太平的标准，故积极上书，力促封禅。

在这种情况下，皇帝本人也不断以同样的标准自我衡量，批准封禅的诏令最终颁布，则说明皇帝亦对其功业和国势充满着自信。玄宗《允行封禅诏》即是如此，其文云："今百谷有年，五材无眚，刑罚不用，礼义兴行。和气氤氲，淳风淡泊，蛮夷戎狄，殊方异类，重译而至者，日月于阙庭。奇兽神禽，甘露醴泉，穷祥极瑞者，朝夕于林籞。"②《纪泰山铭》云："四海会同，五典敷畅，岁云嘉熟，人用大和。"③

对于积极关注封禅的士人而言，封禅之前请求封禅，待封禅之后又撰写各体文章颂扬帝王功业与大唐国势。此类文章以"燕许大手笔"所撰《大唐封祀坛颂》和《封东岳朝觐颂》为代表之作。④ 如张说《大唐封祀坛颂》云：

> 皇帝攘内难而启新命，戴睿宗而缵旧服，宇宙更辟，朝廷始位，盖羲轩氏之造皇图也；九族敦叙，百姓昭明，万邦咸和，黎人于变，立土圭以步历，革铜浑以正天，盖唐、虞氏之张帝道也；天地四时，六宫著礼，井田三壤，五圻成赋，广九庙以尊祖，定六律以和神，盖三代之设王制也。……议夫泰山者，圣帝受天官之宫，天孙总人灵之府，自昔立国，莫知万数，克升中而建号，惟七十而有五，我高宗六之，而今七矣，非夫尊位盛时，明德旷代，辽阔难并之甚哉！⑤

---

① ［唐］张说：《大唐封祀坛颂》，《全唐文》卷二二一，第2233—2234页。
② ［唐］李隆基：《允行封禅诏》，《全唐文》卷二九，第330页。
③ ［唐］李隆基：《纪泰山铭》，《全唐文》卷四一，第453页。
④ ［宋］欧阳修、宋祁：《新唐书》卷一百二十五"苏颋传"，第4402页。
⑤ ［唐］张说：《大唐封祀坛颂》，《全唐文》卷二二一，第2234—2235页。

苏颋《封东岳朝觐颂序》云：

今三才贞，万物亨，六典平，九功成，官不滔，狱不放，至于刑清，良有以也。因斯而谈，清明在躬，志气如神之睿者君也；四国于藩，四方于宣之美者臣也。……古者振兵释旅，祠土祈谷先事也。我是以幸太原，祭汾脽，耀金甲，肃边鄙，虏马詟而不敢南向，解严京师；获宝鼎，献宗庙，戍人归而尽务东作，报福京垠。于是乎爰佐五畤，郊天以奉时；爰崇九室，祫祖而敬思。昭格迟迟，神人允厘。①

客观而论，封禅本身虽不能完全排除帝王好大喜功的成分，但出于炫耀而欺民瞒天的情形应当不会出现。因为在古人眼里，"天"不仅是一个空间概念，更是一位亭育万类、无所不能的神灵，而对神灵的欺骗甚为不吉，乃是一种不可饶恕的罪行。唐人认为："封禅之义有三……一，位当五行图箓之序；二，时会四海升平之运；三，德具钦明文思之美：是谓与天合符，名不死矣。有一不足，而云封禅，人且未许，其如天何？"②其对于冥冥之中"天"的力量深存敬畏。明乎此，当可判断唐代前期君臣士人致力于封禅的热情实来自国势的外现和内心的真诚。正因为如此，普通文人"虽吾道之穷矣，夫何妨乎浩然？今将授子以中和之乐，申子以封禅之篇"的表达才显得入情入理。③

从封禅的从驾人员来看，高宗朝情况如下：

（麟德二年）上发东都，从驾文武仪仗，数百里不绝。列营置幕，弥亘原野。东自高丽，西至波斯、乌长诸国，朝会者，各帅其属扈从，穹庐

① ［唐］苏颋：《封东岳朝觐颂序》，《全唐文》卷二五〇，第 2526 页。
② ［唐］张说：《大唐封祀坛颂》，《全唐文》卷二二一，第 2233—2234 页。
③ ［唐］卢照邻：《对蜀父老问》，《全唐文》卷一六七，第 1707 页。

毳幕,牛羊驼马,填咽道路。①

玄宗朝情况如下:

(开元十三年十一月)壬辰,玄宗御朝觐之帐殿,大备陈布。文武百僚,二王后,孔子后,诸方朝集使,岳牧举贤良及儒生、文士上赋颂者,戎狄夷蛮羌胡朝献之国,突厥颉利发,契丹、奚等王,大食、谢飔、五天十姓,昆仑、日本、新罗、靺鞨之侍子及使,内臣之番,高丽朝鲜王,百济带方王,十姓摩阿史那兴昔可汗,三十姓左右贤王,日南、西竺、凿齿、雕题、牂牁、乌浒之酋长,咸在位。②

通过对比,可以看出玄宗朝参与封禅者无论是国内人员、羁縻府州人员还是李唐周边政权数量,均超过高宗朝。此外,唐代封禅地点的变化(高宗封禅泰山,武曌封禅嵩山,玄宗封禅泰山之后又欲封禅华山)和封禅仪式的变化,无不反映出李唐皇帝自我作古的自信与魄力,而这种自信与魄力在最基本的层面上无不以其强盛鼎盛的国势作为基础。显然,从高宗封禅到玄宗封禅,经过了半个多世纪,李唐政权实力至开元年间有了长足发展,其国势的强盛及其在东亚文化圈中的影响力已趋于鼎盛状态。

四、初盛唐国势在主要文学体裁中的异同表现

除封禅文学之外,唐代前期强盛的国势在诏、敕、赦令、颂、赋、表、铭、碑文、序、诗歌等文学样式中亦有不同程度的反映。如高宗自道其

---

① 〔宋〕司马光:《资治通鉴》卷二百一,第 6345 页。
② 〔后晋〕刘昫等:《旧唐书》卷二十三"礼仪三",第 900 页。

功业云:"封金岱岭,昭累圣之鸿勋;勒石九都,成文考之先志。功标偃革,时会委裘,固可以作化明台,显庸太室。"①其《建明堂敕》云:"今国家四表无虞,人和岁稔,作范垂训,今也其时。宜令所司与礼官学士等,考核故事,详议得失,务依典礼,造立明堂。庶旷代阙文,获申于兹日,因心展敬,永垂于后昆。"②

所谓表嘉名、崇美制者,即针对创建明堂而言。明堂之制,其来久远。初唐大儒颜师古认为:"始之黄帝,降及有虞,弥历夏、殷,迄于周代,各立名号,别创规模。""究其指要,实布政之宫也。"③布政,即发布王命、处理政治事务。《礼记·明堂位》云:"明堂也者,明诸侯之尊卑也。"④可见,明堂作为"布政之宫",象征着最高权力,遂具有彰显尊卑、辨明等级之作用。建明堂与行封禅相似,皆肩负着文化认同与彰显国力的双重任务,故每逢国势强盛的朝代,帝王便会有行封禅、建明堂以显盛世的希求。自汉武以来,后汉、曹魏、西晋、杨隋等朝皆有意于此,然终因秦火之后经籍湮亡等原因而未果。李唐立国,高祖无暇顾及其事;太宗平定天下后,于贞观五年(631)命儒官议其制,终因诸说纷纭而未能营造;高宗朝"四表无虞,人和岁稔",为彰显李唐帝王功业与鼎盛国势,行封禅、建明堂诸事遂得重提。

处于初盛唐之交的睿宗,在《北郊赦文》中历赞初唐诸帝功业之时,亦对其治下之强盛国势充满自信。其文云:

高祖神尧皇帝膺箓受图,继天立极;太宗文皇帝吊人伐罪,南征北怨。是用拯生灵于涂炭,登人物于休和。高宗天皇大帝惟睿作圣,垂衣

---

① [唐]李治:《敕建明堂诏》,《全唐文》卷一三,第154页。
② [唐]李治:《建明堂敕》,《全唐文》卷一四,第164页。
③ [后晋]刘昫等:《旧唐书》卷二十二"礼仪二",第851页。
④ [汉]郑玄注,[唐]孔颖达疏:《礼记正义》卷三十一"明堂位",第1088页。

而理；大圣天后受托从权，当宁而化。中宗孝和皇帝允恭克让，守文御武，能致刑措，于变时雍。朕以眇身，恭荷丕构，常恐政理乖中，风雨愆期，惕虑周于万户，疚怀心于一物。幸乾坤交泰，宗社降灵，气无疵疠之灾，物遂生成之性。呼韩慕化，侍子来庭；月支请职，名王入贡。大荒同轨，瀛海无波。①

睿宗尚且如此，亲手缔造了开天盛世的玄宗对其统治的自我评价，更是凸显出疆域的辽阔和国泰民安的局面。如：

匈奴成父子之乡，大戎为姻好之国。西南邛笮，皆曰内臣，东北林胡，是称边捍。②

边隅底定，风雨时若。人和岁稔，且洽于时雍；极瑞殊祥，荐臻于昭应。③

刑清俗阜，天成地平。万方底宁，群物咸遂，虽惭大化，且谓小康。④

今九有大宁，群氓乐业，时必敬授而不夺，物亦顺成而无夭，懋建皇极，幸致太和。洎乃幽遐，率由感被，戎狄不轨，唯文告而来庭；麟凤已臻，将觉悟而在薮。⑤

实际上，强盛国势的宣扬在唐代前期并非仅仅局限于体现帝王意志的诏令、赦文等，而反映臣下、文士情志的作品，无论是从文学体裁还是表现技巧而言，都能更多、更好、更全面地真实反映出李唐走向盛世

① 〔唐〕李旦：《北郊赦文》，《全唐文》卷一九，第229页。
② 〔唐〕李隆基：《听逃户归首赦》，《全唐文》卷三五，第388页。
③ 〔唐〕李隆基：《加天地大宝尊号大赦文》，《全唐文》卷四〇，第431页。
④ 〔唐〕李隆基：《南效大赦文》，《全唐文》卷四〇，第433页。
⑤ 〔唐〕张九龄：《东封赦书》，《全唐文》卷二八七，第2914页。

的宏大局面。如高士廉《文思博要序》言李唐之重视文籍云：

> 槖弓矢于灵台，执赞者万国；张礼乐于太室，受职者百神。苍旻降祥，黔黎禔福。置成均之职，刘董与马郑风驰；开崇文之馆，扬班与潘江雾集。搢绅先生聚蠹简于内，輶轩使者采遗篆于外。刊正分其朱紫，缮写垺于丘山。外史所未录，既盈太常之藏；中经所不载，盛积秘室之府。比夫轩皇宛委，穆满羽陵，炎汉之广内，有晋之秘阁。①

司马太贞《纪功碑》言李唐之镇服四裔云：

> 大唐德合二仪，道高五帝，握金镜以朝万国，调玉烛以驭兆民，济济衣冠，煌煌礼乐。车书顺轨，扶桑之表俱同；治化所沾，蒙氾之乡咸暨。苑天山而池瀚海，内比户以静幽都，莫不解辫发于槁街，改左衽于夷陋。②

王勃《益州夫子庙碑》言李唐之大兴儒教云：

> 国家袭宇宙之淳精，据明灵之宝位。高祖武皇帝以黄旗问罪，杖金策以劳华夷；太宗文皇帝以朱翟承天，穆玉衡而正区宇。皇上宣祖宗之累洽，奉文武之重光，稽历数而坐明堂，陈礼容而谒太庙。八神齐缟，停旒太史之宫；六辩同和，驻跸华胥之野。文物隐地，声名动天，乐繁九俗，礼盛三古。冠带混并之所，书轨八纮；闾阎兼匝之乡，烟火四极。竭河追日，夸父力尽于楹间；越海陵山，竖亥涂穷于庑下。③

---

① ［唐］高士廉：《文思博要序》，《全唐文》卷一三四，第1357页。
② ［唐］司马太贞：《纪功碑》，《全唐文》卷一六二，第1659页。
③ ［唐］王勃：《益州夫子庙碑》，《全唐文》卷一八三，第1861页。

　　若就文体而论,最能集中反映李唐国势强盛者,莫过于颂、赋和诗。《文心雕龙·颂赞》云:"颂者,容也,所以美盛德而述形容也。"①关于颂的文体特征,刘勰说:"颂惟典雅,辞必清铄,敷写似赋,而不入华侈之区;敬慎如铭,而异乎规戒之域。"②以此为据,他说:"班傅之《北征》《西征》,变为序引,岂不褒过而谬体哉!马融之《广成》《上林》,雅而似赋,何弄文而失质乎?"③可见颂作为一种文体,典雅宜为其标准,若过分虚美、追求辞藻华丽以及偏重规戒之意者,皆非颂体之正途。《文心雕龙·诠赋》云:"赋者,铺也;铺采摘文,体物写志也。"④"情以物兴,故义必明雅;物以情观,故词必巧丽。丽词雅义,符采相胜,如组织之品朱紫,画绘之著玄黄,文虽新而有质,色虽糅而有本,此立赋之大体也。"⑤

　　将颂与赋两相对比,显然颂在内容和形式两方面的要求更为传统,作为庙堂之文,其以庄严雅正为首要特征;而赋在保证主旨明确、内容充实的前提下并不排斥辞采之"巧丽","丽词雅义"为其总体特征。这就意味着作家的情感抒发在赋体之中有着更多的自由度,因而赋体要比颂体更加靠近狭义文学的核心。

　　社会生活是文学赖以存在的源泉,而文学又会艺术地对社会生活予以再现或表现。对于唐代前期的强盛国势,身处其间的士人必然会在文学中有所反映。于是,以"美盛德而述形容"为文体要求的颂,则尤为适合表现李唐前期逐步上升的国势特征。此类文体中具有代表性的主要有李百药《皇德颂》、颜师古《圣德颂》、岑文本《三元颂》《藉田颂》、王勃《乾元殿颂》、张说《圣德颂》《起义堂颂》《上党旧宫述圣颂》《大唐封祀坛颂》《开元正历握乾符颂》、张九龄《开元纪功德颂》等。

---

① 范文澜:《文心雕龙注》,第156页。
② 范文澜:《文心雕龙注》,第158页。
③ 范文澜:《文心雕龙注》,第157页。
④ 范文澜:《文心雕龙注》,第134页。
⑤ 范文澜:《文心雕龙注》,第136页。

　　然而,颂是典型的庙堂文学,其创作主体多为朝廷大臣,其表现内容较狭窄,主要为帝王德行、军国大事、重要仪式等;而赋在创作主体身份和表现内容方面限制较少,且更富于文学特质。其代表作品有颜真卿《象魏赋》、李邕《春赋》、梁献《出师赋》《大阅赋》、赵自励《出师赋》、彭殷贤《大厦赋》、李华《含元殿赋》、李白《明堂赋》《大猎赋》等。这种宣扬强盛国势的赋从某种程度上说,已经具备了颂、赋二体合一的性质。从形式上看,它表现出赋的特征,就内容而言,不论所赋何物,皆呈现出颂的功能。如颜真卿《象魏赋》云:

　　曰有唐之建都兮,盖法天而立象。浚重门于北极,耸双阙以南敞;夹黄道而巍峙,干青云之直上。岂一人之是凭,抑万国之攸仰。……公卿翼翼而仰化,黎庶欣欣而无忒;自皇明而播九重,由京师而降万国。美哉,真盛代之圣明也。①

　　梁献《出师赋》云:

　　天子乃整师旅,振威德,班列品类,巾拂𫐄勒,杂沓参差,骈阗逼侧,隐隐轸轸,锵锵翼翼,锐兵含气,武士作色。后殿未出于朝廷,前驱已罗乎郊国。大哉圣主,乘时而抚:内修恩德,于以广文;外整兵戈,于以克武。设鱼丽,布鹅鹳,良将劲卒,威武刚断,欲使凶渠斩首,豺狼慑窜,一劳而逸,永清疆畔。②

　　颂、赋之外,唐代前期诗歌亦是反映李唐国势走向强盛的重镇。如太宗诗云:

------

①　[唐]颜真卿:《象魏赋》,《全唐文》卷三三六,第3400页。
②　[唐]梁献:《出师赋》,《全唐文》卷二八二,第2867页。

扬麾氛雾静,纪石功名立。荒裔一戎衣,灵台凯歌入。①

元首仁盐梅,股肱惟辅弼。羽贤崆岭四,翼圣襄城七。浇俗庶反淳,替文聊就质。已知隆至道,共欢区宇一。②

百蛮奉遐赆,万国朝未央。虽无舜禹迹,幸欣天地康。车轨同八表,书文混四方。赫奕俨冠盖,纷纶盛服章。羽旄飞驰道,钟鼓震岩廊。③

士人所作,更是俯拾即是。如袁朗《赋饮马长城窟》云:"四时徭役尽,千载干戈戢。太平今若斯,汗马竟无施。唯当事笔砚,归去草封禅。"卢照邻《登封大酺歌四首(其四)》云:"千年圣主应昌期,万国淳风王化基。请比上古无为代,何如今日太平时。"④杜审言《大酺》云:"昆陵震泽九州通,士女欢娱万国同。伐鼓撞钟惊海上,新妆袨服照江东。"⑤王维《和贾舍人早朝大明宫之作》云:"绛帻鸡人送晓筹,尚衣方进翠云裘。九天阊阖开宫殿,万国衣冠拜冕旒。"⑥储光羲《洛中贻朝校书衡朝即日本人也》云:"万国朝天中,东隅道最长。吾生美无度,高驾仕春坊。"⑦

《文心雕龙·明诗》云:"诗者,持也,持人情性;三百之蔽,义归无邪,持之为训,有符焉尔。"⑧刘勰秉持孔子以来儒家对诗歌内容的衡量标准,强调诗只要在"无邪"的前提下合理表现诗人的真挚情感即可。

---

① [唐]李世民:《饮马长城窟行》,《全唐诗》卷一,第3页。
② [唐]李世民:《执契静三边》,《全唐诗》卷一,第3页。
③ [唐]李世民:《正日临朝》,《全唐诗》卷一,第3页。
④ [唐]卢照邻:《登封大酺歌四首(其四)》,《全唐诗》卷四十二,第532页。
⑤ [唐]杜审言:《大酺》,《全唐诗》卷六十二,第737页。
⑥ [唐]王维:《和贾舍人早朝大明宫之作》,《全唐诗》卷一百二十八,第1296页。
⑦ [唐]储光羲:《洛中贻朝校书衡》,《全唐诗》卷一百三十八,第1405页。
⑧ 范文澜:《文心雕龙注》,第65页。

因此,可以直抒胸臆的诗在创作群体的范围、反映生活的广度和表现情志的方式上要比颂、赋等文学样式更为灵活。显然,以颂、赋、诗等为主体的多种文学样式虽因文体特点各异而产生不同的创作要求,但其通过不同形式而反映出的李唐强盛国势却是完全一致的。

要之,强大的武力、鼎盛的国势和辽阔的疆域为李唐政权提供了硬实力;植根于文治思想的文化、民族政策,又成为其巩固自身和辐射周边的软实力。两种实力的同时具备,使大唐帝国在与周边民族政权的力量对比中体现出明显的优势,从而奠定了其在当时东亚文化圈中无可替代的影响力。这种强盛的国势在文学中自然得到多种形式的反映。此一国势,实际上成为李唐以尧舜之世为愿景,以西周两汉为比照的自信来源,而此一时期在不同样式的文学作品中将李唐与周、汉并称的现象,则是其鼎盛国势的自然外现。

李唐强盛的国势,还体现在封禅与封禅文学之中。自西汉以降,帝王功业有成者可封禅的观念已经形成。唐人认为,太宗、高宗、武后、玄宗四人在各自统治的鼎盛时期皆已达到帝王功业有成之标准,其大行封禅乃是国势强盛、天下太平的体现,因此实为合理之举,并无不妥。同时,唐代封禅地点和封禅仪式的变化,亦反映出李唐皇帝自我作古的自信与魄力,而这种自信与魄力在最基本的层面上无不以其强盛鼎盛之国势作为基础。

从文学视角看,诸文学体裁虽因文体特点各异而产生不同的创作要求,但其对李唐强盛国势的反映却殊途同归。诚然,我们无法否认初盛唐文学在宣扬国势的过程中不同程度地带有颂圣的色彩,但是我们也不能忽视这样一个事实:在中古时代的中国,要将皇帝与帝国完全剥离无疑是徒劳的;同样,要将文学中赞颂君主与宣扬国势的内容明确分开也是极不现实的。较为客观的做法,应该是将一个朝代的君主与国家视为一体,在分析、参考颂圣文章的同时,核之以各种可靠的文献史料，如此便可判断出这种颂圣文学到底是阿谀谄媚还是客观表达。按照这一思路，鉴于初唐至盛唐逐渐上升的国势，以及开天盛世的真实存在，若将唐代前期带有颂圣色彩的文学一概否定，恐有武断之嫌。因此，唐代前期文学中一统天下的帝国、君临万邦的君主、胸怀天下的气度以及建功立业的豪情，实为同一时期鼎盛宏阔之国势与壮丽昂扬之时代气象的客观彰显。

第四节　营造丰乐和美之人文环境

一、唐代前期文学的求真表现

"真"是文学作为认识活动所追求的核心鹄的。在文学活动中，它为"善"与"美"的存在奠定了基础。中国文学自先秦以来便将"真"视为不可或缺的元素。如《周易》云："君子进德修业。忠信所以进德也，修辞立其诚，所以居业也。"①《庄子》云："真者，精诚之至也，不精不诚，不能动人。"②

此后，这一观念得到承袭并不断强化。如后汉王充《论衡·超奇》云："精诚由中，故其文语感动人深。"③南朝刘勰《文心雕龙·辨骚》云："酌奇而不失其真，玩华而不坠其实。"④明清以降，文学之"真"的强调更是蔚为壮观。如陆时雍《诗境总论》云："诗贵真，诗之真趣，又在意似之间。"⑤祁彪佳云："词之能动人者，惟在真切。"⑥陈少香云："诗欲其真，不欲其伪。……得其真，则一花一木，一水一石，一讴一咏，皆有天

---

① ［三国魏］王弼注，［唐］孔颖达疏：《周易正义》卷一，第18页。
② ［清］王先谦：《庄子集解》卷八，第275页。
③ ［汉］王充：《论衡校释》卷十三，第612页。
④ 范文澜：《文心雕龙注》，第48页。
⑤ ［明］陆时雍：《诗境总论》，《历代诗话续编（下）》，第1420页。
⑥ ［明］祁彪佳：《远山堂曲品》，《中国古典戏曲论著集成（六）》，第24页。

趣，足以移人；失其真，则虽镂金错采，累牍连篇，吾不知其中何所有也。"①袁枚云："善乎郑夹漈曰：'千古文章，传真不传伪。'"②刘熙载云："诗可数年不作，不可一作不真。"③

就求真而言，唐代前期文学表现出生活之真、情感之真和性情之真等几个方面的特点。从初唐到盛唐的百年之间，处于上升国势中的士人以饱满的情怀对社会现实给予了深切而广泛的关注，包括治国理念、帝王修身、吏治整饬、异族降附安置、边疆治理、国家刑法、灾异善后、学校教育、蛮夷开化、农业手工业、漕运、税收等等，几乎现实生活中的一切都被纳入其视野。开放的思想、强盛的国势、辽阔的疆域和民族的融合，多种条件的同时具备，无疑为唐代前期文学表达提供了极度广阔的驰骋空间。这一局面在诗歌中表现得尤为突出。

作为唐代最具代表性的文学体裁，诗歌既广泛又细致地反映了那个时代各阶层、各类型人物在物质与精神生活中的各个侧面。有李白式的自信傲岸、杜甫式的家国之忧，亦有王、孟式的寄情山水田园，高、岑式的横行边疆塞外。"西陆蝉声唱，南冠客思侵"是拘禁的愁苦，④"客散同秋叶，人亡似夜川"是悼亡的哀恸，⑤"骑驴十三载，旅食京华春"是求仕的艰辛，⑥"隐扇羞应惯，含情愁已多"是新婚的娇羞，⑦"遥知兄弟登高处，遍插茱萸少一人"是思亲的寂寥，⑧"恐逢故里莺花笑，且

① ［清］林昌彝：《射鹰楼诗话》卷十，第 226 页。
② ［清］袁枚：《答蕺园论诗书》，《小仓山房诗文集·小仓山房续文集》卷三十，第1803 页。
③ ［清］刘熙载：《艺概》卷二"诗概"，第 55 页。
④ ［唐］骆宾王：《在狱咏蝉》，《全唐诗》卷七十八，第 848 页。
⑤ ［唐］卢照邻：《哭明堂裴主簿》，《全唐诗》卷四十二，第 530 页。
⑥ ［唐］杜甫：《奉赠韦左丞丈二十二韵》，《杜诗详注》卷一，第 75 页。
⑦ ［唐］杨师道：《初宵看婚》，《全唐诗》卷三十四，第 459 页。
⑧ ［唐］王维：《九月九日忆山东兄弟》，《全唐诗》卷一百二十八，第 1306 页。

向长安度一春"是落第的思忖，①"少小离乡老大回，乡音难改鬓毛衰"
是归乡的感慨，②"玉颜不及寒鸦色，犹带昭阳日影来"是失宠的幽
怨……③除此之外，贬谪、送别、科举、宗教等各种题材无不得到充分展
示。林庚先生说："唐诗的时代感越鲜明，它的生活气息也就越浓
厚。"④换一个角度思考，也正是由于唐诗浓厚的生活气息，才焕发出鲜
明的时代感以及由此而产生的独特魅力，而这种生活气息恰恰是唐代
前期文学表现生活之真的最佳诠释。

　　钱钟书《谈艺录》云："唐诗多以丰神情韵擅长，宋诗多以筋骨思理
见胜。"⑤缪钺《诗词散论》云："唐诗以韵胜，故浑雅，而贵蕴藉空
灵。……唐诗之美在情辞，故丰腴。"⑥钱、缪两位先生皆力主情韵乃唐
诗得以名世之精髓所在，由此可见情在诗歌乃至整个文学艺术领域中
的地位。所有强调文学中情之重要性的论断，其本意皆离不开情感之
真。因为唯有真情才能动人，虚伪的情感只会令读者更加反感。正所
谓"不精不诚，不能动人"。⑦

　　古人有云："一切景语皆情语。"⑧今人有云："客观的生活现实和作
者主观的思想感情，在作品中是融为一体的，在艺术创作中，绝没有纯
客观的、未经心灵观照过的真实，也没有独立于客观描写对象之外的真
诚。"⑨显然，情感之真与生活之真实有密不可分之关系。若仅有真情
而没有生活体验，则真情无法落到实处；若仅有生活体验而缺乏真情，

──────────

①　[唐]常建：《落第长安》，《全唐诗》卷一百四十四，第1463页。
②　[唐]贺知章：《回乡偶书二首(其一)》，《全唐诗》卷一百十二，第1147页。
③　[唐]王昌龄：《长信秋词五首(其三)》，《全唐诗》卷一百四十三，第1445页。
④　林庚：《唐诗综论》，第223页。
⑤　钱钟书：《谈艺录·诗分唐宋》，第3页。
⑥　缪钺：《诗词散论·论宋诗》，第36页。
⑦　[清]王先谦：《庄子集解》卷八，第275页。
⑧　王国维：《人间词话》，第34页。
⑨　《钱谷融与殷国明谈真诚》，《学术研究》，1999(10)。

则作品难以感人至深。

除了生活之真、情感之真，初盛唐文学中还有另外一个值得关注的问题，即性情之真。唐代前期是一个思想开放、文化繁荣的时代，国人言行少矫饰而多率真，士子文人们不在干谒时丧失节操，不遮掩对功名的希求，不隐藏获得仕进的狂喜，不回避失意后的惆怅，也不伪饰贬谪中的乡愁。他们会将种种有别于温柔敦厚的情感在其作品中实实在在地尽情宣泄。如：

> 足下本以道垂访，小人亦以道自谋，故此书之礼，过于慢易，成足下之高耳。①
> 人生荣耀当及时，白发须臾乱如丝。②
> 仰天大笑出门去，我辈岂是蓬蒿人。③
> 念天地之悠悠，独怆然而涕下。④
> 近乡情更怯，不敢问来人。⑤

正是在生活之真、情感之真和性情之真的共同作用下，唐代前期文学的求真特色才得以全方位地展现。

二、唐代前期文学的向善努力

这里所谓的“善”，乃就其狭义内涵而言。它不同于伦理学中理性而客观的评判，而是兼顾了伦理与情感两种因素，并基于此而形成的一种良性人格品质和价值观。从先秦儒家开始，便已树立了文、德并重之

---

① ［唐］萧颖士：《赠韦司业书》，《全唐文》卷三二三，第 3279 页。
② ［唐］张嵩：《云中古城赋》，《全唐文》卷三二八，第 3325—3326 页。
③ ［唐］李白：《南陵别儿童入京》，《全唐诗》卷一百七十四，第 1787 页。
④ ［唐］陈子昂：《登幽州台歌》，《全唐诗》卷八十三，第 902 页。
⑤ ［唐］宋之问：《渡汉江》，《全唐诗》卷五十三，第 655 页。

观念，这一观念在汉代进一步强化，有鉴于文学裨补教化的社会功用，逐渐形成了通过文学以"经夫妇，成孝敬，厚人伦，美教化，移风俗"的诗教传统。① 自汉武帝后，儒家学说成为历代奉行不辍的官方思想。有唐一代虽推行三教合流的执政理念，但是因为释、道两家的出世思想无法直接运用到世俗行政事务的管理之中，因而以积极有为的入世思想为代表的儒家文化实际上成为帝国时代社会文化的主流。

　　李唐开国初期，太宗提出"功成设乐，治定制礼。礼乐之兴，以儒为本。弘风导俗，莫尚于文"的理论主张，②实践中又通过加强国学建设、③以孔子为先圣、④大征天下名儒为学官、⑤诏撰《五经正义》并投入使用、⑥引擢近世名儒子孙等一系列措施，⑦将儒家礼乐文化的复兴提上议事日程。其后，贞观文臣对于"徐庾体"的否定，⑧"初唐四杰"对于"龙朔变体"的抨击，⑨陈子昂对"风雅""兴寄"的提倡，以"富吴体"否定"徐庾体"的实践尝试，李白主张以复古为革新，杜甫坚持"别裁伪体亲风雅"等，无一不是对儒家雅正中和之道极力推崇的表现。究其缘由，

---

① ［汉］毛亨传，［汉］郑玄笺，［唐］孔颖达疏：《毛诗正义》卷一，第 12 页。
② ［唐］李世民：《帝范》卷四，文渊阁四库全书本。
③ ［唐］杜佑：《通典》卷五十三，第 1467 页。
④ ［宋］司马光：《资治通鉴》卷一百九十四，第 6126 页。
⑤ ［宋］司马光：《资治通鉴》卷一百九十五，第 6153 页。
⑥ ［宋］司马光：《资治通鉴》卷一百九十五，第 6153 页。
⑦ ［宋］司马光：《资治通鉴》卷一百九十五，第 6153 页。
⑧ ［唐］魏征：《隋书》卷七十六，第 1730 页。"梁自大同之后，雅道沦缺，渐乖典则，争驰新巧。简文、湘东，启其淫放，徐陵、庾信，分路扬镳。其意浅而繁，其文匿而彩，词尚轻险，情多哀思。格以延陵之听，盖亦亡国之音乎！"
⑨ ［唐］杨炯：《王勃集序》，《全唐文》卷一九一，第 1931 页。"尝以龙朔初载，文场变体，争构纤微，竞为雕刻。糅之金玉龙凤，乱之朱紫青黄。影带以徇其功，假对以称其美。骨气都尽，刚健不闻；思革其弊，用光志业。"［唐］骆宾王：《和学士闺情诗启》，《全唐文》卷一九八，第 2001 页。"宏兹雅奏，抑彼淫哇。澄五际之源，救四始之弊。固可以用之邦国，厚此人伦。"［唐］卢照邻：《乐府杂诗序》，《全唐文》卷一六六，第 1693 页。"闻夫歌以永言，庭坚有歌虞之曲；颂以纪德，奚斯有颂鲁之篇。四始六义，存亡播矣；八音九阕，哀乐生焉。"

有太宗尊崇儒学、致力文治的理念影响,但更深层次的原因还是先秦以来诗教传统根深蒂固的思想浸染。而且,随着有识之士的不懈努力,礼、义、廉、耻、忠、孝、仁、爱等维系国家安定、社会和谐、家庭美满的进步观念以文学为重要载体而逐渐深入人心。唐代前期无数士人在文学中倡导诗教,薪火相传,说明他们不仅清楚雅正之道由来已久的普遍性社会功用,而且认识到其对处于特殊历史时期的李唐政权在疆域空前辽阔、多民族频繁交流、多种文化宗教广泛碰撞融合的特定时代背景下所具有的特殊意义。

与贯彻诗教传统同时,文学作品中还有关于唐朝政府对其治下文化落后地区、少数民族地区(包括剑南道、江南道、岭南道等区域)成功教化的大量事实的记载,它们既是文化认同的有力证据,亦是导人向善的典型案例。如太宗朝高士廉任益州大都督府长史之时,"蜀土俗薄,畏鬼而恶疾,父母病有危殆者,多不亲扶侍,杖头挂食,遥以哺之。士廉随方训诱,风俗顿改。……又因暇日汲引辞人,以为文会,兼命儒生讲论经史,勉励后进,蜀中学校粲然复兴"。① 又如武后朝狄仁杰任江南巡抚使之时,"吴、楚之俗多淫祠,仁杰奏毁一千七百所,唯留夏禹、吴太伯、季札、伍员四祠"。② 再如玄宗朝宋璟任广州都督之时,"广州旧俗,皆以竹茅为屋,屡有火灾。璟教人烧瓦,改造店肆,自是无复延烧之患,人皆怀惠,立颂以纪其政"。③ 裴耀卿任宣州刺史时,"以为立政在于树本,树本在于设教,设教在于率身。乃洁其源,举其端,削烦苛,布宽惠。简易得而庶务修,恺悌行而群心化,赭衣垩面者知禁,乡校党序者胥劝,自是宣人始服教矣"。④

---

① [后晋]刘昫等:《旧唐书》卷六十五,第2442页。
② [后晋]刘昫等:《旧唐书》卷八十九,第2887页。
③ [后晋]刘昫等:《旧唐书》卷九十六,第3032页。
④ [唐]陈简甫:《宣州开元以来良吏记》,《全唐文》卷四三八,第4463页。

玄宗《令葬埋暴骨诏》云：

> 移风易俗，王化之大猷，掩骼埋胔，时令之通典。如闻江左百姓之
> 闲，或家遭疾疫，因而致死，皆弃之中野，无复安葬。情理都阙，一至于
> 斯。习以为常，乃成其弊。自今已后，宜委郡县长吏，严加诫约，俾其知
> 禁，勿使更然。[1]

总而言之，儒家礼乐文明、雅正之道的秉承和提倡，纵向而言能够在兼容并蓄中维持华夏文化的延续性，横向而言则可以加强各地域、民族、阶层间的凝聚力。因此，它无可辩驳地成为唐代前期文学中引人向上的"善"的主体，这种"善"从某种程度上已经突破了对一朝一代政权更替的浅层思考，而是顺应历史发展趋势，整体上致力于将多元文化、多种民族、多个地域纳入华夏礼乐文明体系，在大一统思想的统摄下百花齐放，异彩纷呈。从这一角度而言，唐代前期文学中向善的种种努力，实际上具有文化共同体建设的纵深意义。

三、唐代前期文学的至美追求

从文学视角出发，这里的"美"是在"真""善"基础上的一种升华，具体表现为现实之美和精神之美。唐代前期文学中对美的不懈追求，以诗歌最有代表性，它以超越前古的艺术力量，在反映公元七世纪至八世纪时期中国现实社会昌盛之美的同时，亦表现出这一阶段唐人昂扬向上的精神之美。

从初唐到盛唐，是国家实力稳定上升，社会充满活力，能够给人以无限希望的历史时期。在这一伟大的时代，现实生活中的一切无不激

---

① ［唐］李隆基：《令葬埋暴骨诏》，《全唐文》卷三一，第352—353页。

发出作家鲜活的诗情。而在时代精神的感召下，身处其间的文人们又会很自然地带着一种诗意的眼光审视现实。心态如此，即便面对着习以为常的生活，也能捕捉到绚烂多彩的美。随着盛唐时代的到来，文学中对现实之美的表现愈加突出。有以王维、孟浩然为代表的静逸明秀之美，如：

> 日落江湖白，潮来天地青。[①]
> 野旷天低树，江清月近人。[②]
> 竹径通幽处，禅房花木深。[③]

有以王昌龄、崔颢为代表的清刚劲健之美，如：

> 大漠风尘日色昏，红旗半卷出辕门。[④]
> 黄鹤一去不复返，白云千载空悠悠。[⑤]
> 醉卧不知白日暮，有时空望孤云高。[⑥]

有以高适、岑参为代表的慷慨奇伟之美，如：

> 暮天摇落伤怀抱，倚剑悲歌对秋草。[⑦]
> 忽如一夜春风来，千树万树梨花开。[⑧]

---

① ［唐］王维：《送邢桂州》，《全唐诗》卷一百二十六，第 1272 页。
② ［唐］孟浩然：《宿建德江》，《全唐诗》卷一百六十，第 1668 页。
③ ［唐］常建：《题破山寺后禅院》，《全唐诗》卷一百四十四，第 1461 页。
④ ［唐］王昌龄：《从军行七首(其五)》，《全唐诗》卷一百四十三，第 1444 页。
⑤ ［唐］崔颢：《黄鹤楼》，《全唐诗》卷一百三十，第 1329 页。
⑥ ［唐］李颀：《送陈章甫》，《全唐诗》卷一百三十三，第 1353 页。
⑦ ［唐］高适：《古大梁行》，《全唐诗》卷二百十三，第 2217 页。
⑧ ［唐］岑参：《白雪歌送武判官归京》，《全唐诗》卷一百九十九，第 2050 页。

羌笛何须怨杨柳，春风不度玉门关。①

　　然而，以非凡的自信、狂傲的个性、洒脱的气度熔现实之美与精神之美于一炉，将积极浪漫主义情怀推向极致的作家，自然非李白莫属。"神来、气来、情来"的盛唐气象，②在其作品中得到尽情发挥。

　　唐代前期文学真实地表现出唐人对于美好生活的向往和不曾停息的努力追求，他们思索、感怀、期待和歌唱的情感指向完全背离了落寞和消沉。与真实的物质世界相比，唐代前期文学显现出朦胧而悠远的时空美感，那是现实之美折射出的积极向上时代精神的光芒。这种美的表现是多方面的，表现自然之景的"海日生残夜，江春入旧年"如此，③表现送别之情的"唯有相思似春色，江南江北送君归"如此，④表现知己之谊的"昔时人已没，今日水犹寒"如此，⑤就连表现贬谪之愁的"天长地阔岭头分，去国离家见白云"亦是如此。⑥

　　现实之美与精神之美并不能截然分离。且不论作品中有意为之的精神内涵之美，单是作家赖以表现生活之美的思想、气质、情怀本身，亦不乏个性独具的精神之美。置身于昂扬向上的时代，"人们的精神、情思，不是像秋水般的沉静，而是像春水般的不安于平地，寻找浩瀚的海洋。在那春潮般涨满的生活江面上，烟云缭绕，浮动着一种热烈的情绪，一股深情的期待和展望"。⑦这样说，并非意味着唐代前期诗歌中

---

①　［唐］王之涣：《凉州词二首（其一）》，《全唐诗》卷二百五十三，第 2849 页。

②　李珍华、傅璇琮：《河岳英灵集研究·河岳英灵集（校点）》，第 117 页。

③　［唐］王湾：《次北固山下》，《全唐诗》卷一百一十五，第 1170 页。

④　［唐］王维：《送沈子归江东》，《全唐诗》卷一百二十八，第 1307 页。

⑤　［唐］骆宾王：《于易水送人》，《全唐诗》卷七十九，第 863 页。

⑥　［唐］沈佺期：《遥同杜员外审言过岭》，《全唐诗》卷九十六，第 1043 页。

⑦　余恕诚：《唐诗风貌》，第 6 页。

不存在感伤,但这一时期的作家表达其哀伤与怅惘的主旨不是为了描摹现实中的苦难,而是对于社会、自然和人生的诗意解读。如:"江畔何人初见月,江月何年初照人。人生代代无穷已,江月年年只相似。不知江月待何人,但见长江送流水。白云一片去悠悠,青枫浦上不胜愁。"①即使是"前不见古人,后不见来者。念天地之悠悠,独怆然而涕下"式的孤独倾诉,②在忧伤中散发出的是一种在宇宙的广阔与悠长面前怆然悲慨的沧桑,是坚毅有力、希求奋进的浑朴大气,而不是绝望。

初盛唐文学中的精神之美,集中表现在自信豪迈的心态、建功立业的壮志、激扬刚健的风骨和现实关注的情怀等方面。这一时期的文学整体"表现为要和美一起奋飞",③鲜明折射出唐人在时代风气的熏染中对人生的积极把握和对理想的执着追求。

要之,文学的任务不仅在于真实描绘现实生活的本来面目,更应该在理想光芒的照耀下用审美的力量来反哺、干预生活,以一种回归的方式来实现其作为"人学"的根本宗旨。按照这一标准来衡量,唐代前期文学无疑是成功的,其以求真表现、向善努力和至美追求三位一体的模式,成就了后世文学难以企及的典范。

对于文学活动而言,其主体和客体都离不开人,文学对于经济、政治和文化的能动作用,无一不是通过影响人来实现的。文化向心力的出现、社会凝聚力的产生、文化共同体的形成,以及一个王朝盛世的到来,仅凭政治措施和行政手段等硬性方式根本无法做到,唯有辅之以柔性力量的无声滋润才能够真正实现。在社会转型和大变革时期,艺术作为民族精神的重要表现形式,对社会人心更是具有不容忽视的引领

① [唐]张若虚:《春江花月夜》,《全唐诗》卷一百十七,第 1184 页。
② [唐]陈子昂:《登幽州台歌》,《全唐诗》卷八十三,第 902 页。
③ 余恕诚:《唐诗风貌》,第 11 页。

和凝聚作用,而文学对人的心灵抚慰和精神激励功能尤为突出。唐代前期文学,在初唐文学理想的指引下,正是通过将反映生活、愉情悦性、裨补教化和审美理想完美结合的途径,营造出美好的人文环境,有力促进了唐代文化共同体在渐进中的最终形成。

第四章

异彩纷呈——文化共同体的文学表现

第一节 从历史演进看唐前期
文化共同体建设

一、高祖、太宗时期

这一时期,是唐前期文化共同体建设的起始阶段。高祖在位之时,李唐政权虽已建立,但政事重心乃是削平群雄,完成统一。特殊的时代背景决定了真正开启文化共同体建设征程的时代是贞观,而不是武德。但是,有唐一代政治、经济、文化、法律、科举等主要制度皆草创于高祖时期。因此,武德时代为唐代文化共同体建设的发轫奠定了坚实的基础。

说唐代文化共同体建设真正开始于贞观时代,主要是因为武德时代的一系列基本国策多是在杨隋基础上的修修补补,无不带有浓重的前朝痕迹。而贞观一朝则是有意识地提出了属于李唐自己的文学理想、价值观念和文化期望。因此它标志着唐代文化共同体建设的真正开始。

贞观时代国家统一,社会安定,因此,巩固新生政权、维护国家稳定、促进经济发展取代统一战争而成为政府的首要任务。在吸取历史教训与总结实践经验的过程中,太宗及其群臣深切认识到文化对于国家和民族的重要意义,因此通过"节之于中和,不系于淫放"这一根本原则的提出,①在武功有成的局面下选择设乐、制礼,期以儒家文化精神

---

① 〔唐〕李世民:《帝京篇十首序》,《全唐诗》卷一,第1页。

来"弘风导俗""敷教训人"。① 太宗具有的特殊身份,以及文治理念所融汇的历史、现实双重思考,直接影响到唐代前期的核心文化观。而作为最具艺术感染力的文化载体,文学注定不能缺席于这场社会核心价值体系的重构中,政府必然会借助其独特的地位和作用来促成大治大化文化期望的形成,而文化共同体的建设亦由此得以推进。

在这一形势下,"文质斌斌,尽善尽美"的文学理想应运而生,②这无疑是贞观君臣的整体性追求。其用意所在,首先是要以渗透儒家文化精神的文学理想来指导文学的健康发展。其次,表现为秉承雅正之道、彰显昂扬精神、宣扬鼎盛国势,以及营造丰乐和美人文环境的儒家积极用世的文化精神。通过文学作品的承载与传播,将会对积极、健康、和谐的价值观念的形成产生不可估量的正面影响。第三,在新的文学理想、价值观念得到良好践行的基础上,完成李唐政权的文化期望,即文化共同体的最终完成。而处于这一背景下之下的武德、贞观时期文学,必然会不同程度地对文化共同体建设的诸多方面有所表现。

(一) 对儒家礼乐制度的赞赏与秉承

太宗《帝京篇十首(其二)》云:"岩廊罢机务,崇文聊驻辇。玉匣启龙图,金绳披凤篆。韦编断仍续,缥帙舒还卷。对此乃淹留,欹案观坟典。"③陈叔达《州城西园入斋祠社》云:"农教先八政,阳和秩四时。祈年服垂冕,告币动寒帷。……折俎分归胙,充庭降受釐。方凭知礼节,况奉化雍熙。"④魏征《赋西汉》云:"受降临轵道,争长趣鸿门。……终藉叔孙礼,方知皇帝尊。"⑤

---

① ［唐］李世民:《帝范》卷四,文渊阁四库全书本。
② ［唐］魏征:《隋书》卷七十六,第 1729—1730 页。
③ ［唐］李世民:《帝京篇十首(其二)》,《全唐诗》卷一,第 2 页。
④ ［唐］陈叔达:《州城西园入斋祠社》,《全唐诗》卷三十,第 430 页。
⑤ ［唐］魏征:《赋西汉》,《全唐诗》卷三十一,第 441 页。

　　从内容看，以上作品皆与儒家有关。"岩廊罢机务，崇文聊驻辇"是太宗"以万几之暇，游息艺文"的真实写照，[①]而寄情书卷、淹留坟典，则与"以尧舜之风，荡秦汉之弊；用《咸》《英》之曲，变烂熳之音"的文化追求完全一致；[②]《州城西园入斋祠社》所反映的，是作家进行祭礼仪式、人文教化以及和乐升平人文环境之间关系的深层思考后，对于传统礼制意义的诚挚认可；《赋西汉》积极强调的，是礼乐制度在社会秩序和政治体系中不可或缺的重要意义。

（二）自信豪迈与建功立业的心态

　　此类作品初唐甚多，如太宗《还陕述怀》云："在昔戎戈动，今来宇宙平。"[③]杜淹《召拜御史大夫赠袁天纲》云："既逢杨得意，非复久闲居。"[④]李义府《咏乌》云："上林如许树，不借一枝栖。"[⑤]虞世南《拟饮马长城窟》云："怀君不可遇，聊持报一餐。"[⑥]孔绍安《结客少年场行》云："若使三边定，当封万户侯。"[⑦]凡此种种，不一而足。

　　通过作品可以看出，无论是杜淹的深慕伊吕、李义府的心系上林，还是虞世南的怀君知遇、孔绍安的定边封侯，皆为风云际会时代身处强盛统一政权下国人自信豪迈心态和建功立业壮志的反映。而处于国家政治权力顶端的太宗皇帝，在唐初对自己的定位并非"邀名"，而是"济世"。于是，欲能济世安民的帝王，和希求建立功勋的臣工一起，共同迎来了"在昔戎戈动，今来宇宙平"的崭新时代。

（三）对鼎盛雄强国势的著颂宣扬

　　如太宗《幸武功庆善宫》云：

---

①　［唐］李世民：《帝京篇十首序》，《全唐诗》卷一，第1页。
②　［唐］李世民：《帝京篇十首序》，《全唐诗》卷一，第1页。
③　［唐］李世民：《还陕述怀》，《全唐诗》卷一，第5页。
④　［唐］杜淹：《召拜御史大夫赠袁天纲》，《全唐诗》卷三十，第435页。
⑤　［唐］李义府：《咏乌》，《全唐诗》卷三十五，第469页。
⑥　［唐］虞世南：《拟饮马长城窟》，《全唐诗》卷三十六，第471页。
⑦　［唐］孔绍安：《结客少年场行》，《全唐诗》卷三十八，第491页。

指麾八荒定，怀柔万国夷。梯山咸入款，驾海亦来思。单于陪武帐，日逐卫文槐。端扆朝四岳，无为任百司。①

袁朗《和洗掾登城南坂望京邑》云：

万国朝前殿，群公议宣室。鸣珮含早风，华蝉曜朝日。柏梁宴初罢，千钟欢未毕。端拱肃岩廊，思贤听琴瑟。②

颜师古《奉和正日临朝》云：

七府璇衡始，三元宝历新。负扆延百辟，垂旒御九宾。肃肃皆鹓鹭，济济盛簪绅。天涯致重译，日域献奇珍。③

魏征《奉和正日临朝应诏》云：

百灵侍轩后，万国会涂山。岂如今睿哲，迈古独光前。声教溢四海，朝宗引百川。锵洋鸣玉珮，灼烁耀金蝉。淑景辉雕辇，高旌扬翠烟。庭实超王会，广乐盛钧天。④

杨师道《咏马》云：

宝马权奇出未央，雕鞍照曜紫金装。春草初生驰上苑，秋风欲动戏

---

① 〔唐〕李世民：《幸武功庆善宫》，《全唐诗》卷一，第 4 页。
② 〔唐〕袁朗：《和洗掾登城南坂望京邑》，《全唐诗》卷三十，第 432 页。
③ 〔唐〕颜师古：《奉和正日临朝》，《全唐诗》卷三十，第 434 页。
④ 〔唐〕魏征：《奉和正日临朝应诏》，《全唐诗》卷三十一，第 441 页。

长杨。鸣珂屡度章台侧，细蹀经向濯龙傍。徒令汉将连年去，宛城今已
献名王。①

岑文本《奉和正日临朝》云：

时雍表昌运，日正叶灵符。德兼三代礼，功包四海图。逾沙纷在
列，执玉俨相趋。清跸喧辇道，张乐骇天衢。拂蜺九旗映，仪凤八
音殊。②

武德、贞观文学对李唐强盛国势的表现，一般是正面、直接的表达，
主要突出在历史事件陈述与宏大场面描写等方面。前者有"指麾八荒
定，怀柔万国夷""万国朝前殿，群公议宣室""逾沙纷在列，执玉俨相趋"
"天涯致重译，日域献奇珍"等，后者有"鸣珮含早风，华蝉曜朝日""淑景
辉雕辇，高旌扬翠烟""清跸喧辇道，张乐骇天衢""庭实超王会，广乐盛
钧天"等。相比之下，此一时期文学对李唐国势比较委婉的表达方式，
如杨师道的"徒令汉将连年去，宛城今已献名王"等，则以其曲折、迂回
的艺术手法而显得更胜一筹。从武德九年（626）十二月开始，至贞观四
年（630）三月，在不满四年的时间里，太宗相继得到新罗、龟兹、突厥、高
丽、百济、党项、鞑靼、契丹、薛延陀、西突厥、高昌等周边政权的朝贡或
内附，灭东突厥之后又兼李唐政权皇帝与西北诸蕃的"天可汗"于一
身。③ 据此而言，则"梯山咸入款，驾海亦来思。单于陪武帐，日逐卫文
榱"之说实非虚誉。于是，史实叙述为场面描写提供了坚实依据，而场
面描写又为史实叙述平添了感性魅力，它们一起完成了对李唐鼎盛雄

①　［唐］杨师道：《咏马》，《全唐诗》卷三十四，第461页。
②　［唐］岑文本：《奉和正日临朝》，《全唐诗》卷三十三，第451页。
③　［后晋］刘昫等：《旧唐书》卷二"太宗本纪上"，第32—39页。

强国势的宣扬。

（四）对美好人文环境的期待与构想

如太宗《执契静三边》云：

循躬思励己，抚俗愧时康。元首伫盐梅，股肱惟辅弼。羽贤崆岭四，翼圣襄城七。浇俗庶反淳，替文聊就质。已知隆至道，共欢区宇一。①

袁朗《赋饮马长城窟》云：

玉关尘卷静，金微路已通。汤征随北怨，舜咏起南风。画地功初立，绥边事云集。朝服践狼居，凯歌旋马邑。山响传凤吹，霜华藻琼钑。属国拥节归，单于款关入。……四时徭役尽，千载干戈戢。太平今若斯，汗马竟无施。唯当事笔砚，归去草封禅。②

虞世南《赋得慎罚》云：

乐和知化洽，讼息表刑清。罚轻犹在念，勿喜尚留情。明慎全无枉，哀矜在好生。五疵过亦察，二辟理弥精。幪巾示谦耻，嘉石务详平。每削繁苛性，常深恻隐诚。政宽思济猛，疑罪必从轻。于张惩不滥，陈郭宪无倾。刑措谅斯在，欢然仰颂声。③

孔绍安《伤顾学士》云：

① ［唐］李世民：《执契静三边》，《全唐诗》卷一，第3页。
② ［唐］袁朗：《赋饮马长城窟》，《全唐诗》卷三十，第432页。
③ ［唐］虞世南：《赋得慎罚》，《全唐诗》卷三十六，第473页。

与善成空说,奸良信在兹。今日严夫子,哀命不哀时。①

　　总体看,在李唐大一统的疆域内,皇帝励精图治、群臣竭力辅佐,以及浇俗反淳、替文就质、慎刑息讼、轻徭薄赋、天下太平等,构成了武德、贞观文学对美好人文环境描绘的核心内容,其表现方式以正面陈述为主。正因为如此,侧面而艺术的表现,如孔绍安的"今日严夫子,哀命不哀时"等诗句,才显得弥足珍贵。② 这一时期文学对君臣相得、浇俗反淳等内容的讴歌和赞美,一方面因为君臣协力、天下太平是皇权时代人们丰乐和美生活的保证;另一方面,实现社会风气由文到质、由浇漓到淳朴的转变,慎刑息讼、轻徭薄赋等实为国家层面不可缺少的举措。由于李唐文化共同体建设的征程刚刚起步,伟大理想需要一个循序渐进的过程来实现,因此,与其说这一时期的文学是对美好人文环境的真实描绘,毋宁说是对其到来的真诚期待与构想。

二、高宗、武后时期

　　这一时期,是唐前期文化共同体建设的发展阶段。从表象看,因高宗一朝对太宗政策予以继承,是唐前期文化共同体建设的承继阶段,而武后执政则是唐前期文化共同体建设的转折阶段。客观言之,此一说法的前半部分并没有错。高宗登基,即颁《改元永徽诏》,以示继承太宗遗志。③ 高宗前期亦基本上沿袭了太宗一朝的各项制度,对内能够有

① ［唐］孔绍安:《伤顾学士》,《全唐诗》卷三十八,第491页。
② 孔绍安《伤顾学士》是悼亡诗,表达的是真挚的个体情感。从"哀命不哀时"可以看出孔氏对其生活时代评价较高。在悼亡诗中表达对所处时代的高度肯定,无疑使该诗成为唐初之人评价当时社会的第一手资料。
③ ［唐］李治:《改元永徽诏》,《全唐文》卷一一,第140页。"太宗文皇帝龚行天罚,宁一区夏,宏功无外,盛烈难名。攀望徽猷,哀盈园寝,朕以寡德,守兹神器,仰凭堂构,俯畅生灵,酌彼彝伦,道兼文武。"

效协调李唐社会各方重要政治力量,发展经济、大兴文教,人口数量显著增长;①对外,致力于安辑边陲。永徽元年(650),擒突厥车鼻可汗,平漠北;②显庆二年(657),擒西突厥沙钵罗可汗贺鲁,定西突厥;③显庆五年(660)十月,平百济;④总章元年(668)八月,破平壤,灭亡高句丽。⑤如此,完成了李唐国力的进一步提升。

　　然而,武后临朝时期是唐前期文化共同体建设的转折阶段这一论断却难以成立。从根本上讲,文化共同体并非有形之实体,而是"隐性存在于政治、制度、管理、政府组织、科举、教育、史学、文学、艺术等诸多领域之中"。⑥故而,唯有通过对政治、制度、管理等一系列内容的考察,才能对武后时期在唐前期文化共同体建设进程中的地位予以客观评价。事实上,从显庆五年(660)直至长安四年(704),李唐三代君主奠定的庞大帝国实际掌握在武后手中几乎达半个世纪之久。⑦故这一时期在唐前期文化共同体建设进程中有着不容忽视的作用。

　　若仅就现象而言,武后朝推行之政策与太宗、高宗朝多大相径庭者。如李唐宗老子,武氏奉周文王;⑧李唐大兴道教,武氏推崇佛教;李唐加强关陇集团势力,武氏加强山东集团势力;李唐政治侧重士族,武

①　[宋]司马光:《资治通鉴》卷一百八十一,第5645页。"(大业五年)是时天下凡有郡一百九十、县一千二百五十五,户八百九十万有奇。"[唐]马周:《陈时政疏》,《全唐文》卷一五五,第1586页。"今百姓承丧乱之后,比于隋时,才十分之一。"

②　[宋]司马光:《资治通鉴》卷一百九十九,第6271页。

③　[宋]司马光:《资治通鉴》卷二百,第6307页。

④　[宋]司马光:《资治通鉴》卷二百,第6321页。

⑤　[宋]司马光:《资治通鉴》卷二百一,第6356页。

⑥　雷恩海:兰州大学中央高校基本业务费团队创新培育项目"中国传统文化与文化共同体建设·隋唐时期"课题报告。

⑦　[后晋]刘昫等:《旧唐书》卷五,第100页。"(显庆五年)时帝风疹不能听朝,政事皆决于天后。自诛上官仪后,上每视朝,天后垂帘于御座后,政事大小皆预闻之,内外称为'二圣'。"

⑧　[宋]司马光:《资治通鉴》卷二百四,第6467页。"(天授元年九月)丙戌,立武氏七庙于神都,追尊周文王曰始祖文皇帝,妣姒氏曰文定皇后。"

氏政治争取庶族等等。然而，这些政策分歧在本质上并无不同。

　　首先，武氏奉文王、崇佛教，与李唐宗老子、兴道教一样，皆为以华夏正统自居，为其统治获取一种文化、族源之合法性。其次，加强关陇集团与加强山东集团的区别，不过是李唐立国所依靠的两大集团之间因主政者不同而表现出彼此势力之正常消长。第三，李唐重修氏族谱牒，欲以皇室和功臣为主要成分，培植新的士族集团，替代山东士族和东南望族等旧士族集团。而武氏重修氏族谱牒，同样是将士族范围进一步扩大，欲以新晋士族作为其执政的坚实基础。其实，士族与庶族只是在社会地位上具有差异，他们在体现儒家积极用世的文化精神，如秉承雅正之道、彰显昂扬精神、宣扬鼎盛国势，以及营造美好人文环境等方面并无根本区别。第四，武后是在维持李唐基本国策的基础上，进行了与时俱进的局部改革。如在科举制度中增设殿试、武举等。第五，武后知人善任，得其重用的狄仁杰、魏元忠、张柬之、桓彦范、敬晖、姚崇等皆为国之栋梁，同时推行较为合理的统治政策，促进了社会的进一步发展。在其主政末年，全国人口达到六百一十五万户，[①]比永徽三年(652)之时多出二百三十五万户。[②]

　　故此，武后执政时期与高宗一朝一样，同属唐前期文化共同体建设的承继、发展阶段。而处于发展阶段的唐前期文化共同体，在这一时期的文学亦有所表现。

(一) 假雅正之气，涤当世颓风

　　如陈子昂《感遇诗三十八首(逶迤势已久)》云：“逶迤势已久，骨鲠道斯穷。岂无感激者，时俗颓此风。”[③]司马逸客《雅琴篇》云：“弹弦本

---

① ［宋］司马光：《资治通鉴》卷二百八，第 6597 页。“是岁(神龙元年)，户部奏天下户六百一十五万。”
② ［宋］司马光：《资治通鉴》卷一百九十九，第 6279 页。永徽三年(652)，唐朝人口仅为三百八十万户。
③ ［唐］陈子昂：《感遇诗三十八首(逶迤势已久)》，《全唐诗》卷八十三，第 892 页。

自称仁祖,吹管由来许季长。犹怜雅歌淡无味,渌水白云谁相贵。还将逸词赏幽心,不觉繁声论远意。"①吴少微《哭富嘉谟》云:"子之文章在,其殆尼父新。鼓兴翰河岳,贞词毒鬼神。可悲不可朽,车辅没荒榛。"②陈元光《示珦》云:"日阅书开士,星言驾劝农。勤劳思命重,戏谑逐时空。"③

循礼乐制度,弘雅正之道的理念自太宗年间提出,至高宗、武后时期仍然是当时文学中一个反复出现的主题。陈子昂对骨鲠忠介品质的咏叹,司马逸客对雅歌清调的激赏,吴少微对贞词文章的坚守,以及陈元光用习儒修德来教育子嗣等,无一不是对雅正中和之道的希求与体认。可见,儒家礼乐制度的重建问题,作为唐代文化共同体建设中的关键内容,在高宗、武后时期得到了承继和发展,而此类诗歌中不时流露出的叹息和惆怅,则说明这一在崇高理想导引下的道路,在现实社会还有很长的路要走。

(二) 贾勇边塞,立勋报主

如杨炯《出塞》云:"丈夫皆有志,会见立功勋。"④卢照邻《紫骝马》云:"不辞横绝漠,流血几时干。"⑤崔湜《大漠行》云:"但使将军能百战,不须天子筑长城。"⑥李峤《饯薛大夫护边》云:"伫见燕然上,抽毫颂武功。"⑦崔融《从军行》云:"坐看战壁为平土,近待军营作破羌。"⑧骆宾王《咏怀古意上裴侍郎》云:"为国坚诚款,捐躯忘贱贫。勒功思比宪,决略

①　[唐] 司马逸客:《雅琴篇》,《全唐诗》卷一百,第 1073 页。
②　[唐] 吴少微:《哭富嘉谟》,《全唐诗》卷九十四,第 1012 页。
③　[唐] 陈元光:《示珦》,《全唐诗》卷四十五,第 551 页。
④　[唐] 杨炯:《出塞》,《全唐诗》卷五十,第 612 页。
⑤　[唐] 卢照邻:《紫骝马》,《全唐诗》卷四十一,第 512 页。
⑥　[唐] 崔湜:《大漠行》,《全唐诗》卷五十四,第 662 页。
⑦　[唐] 李峤:《饯薛大夫护边》,《全唐诗》卷六十一,第 726 页。
⑧　[唐] 崔融:《从军行》,《全唐诗》卷六十八,第 765 页。

暗欺陈。"①刘希夷《从军行》云："丈夫清万里,谁能扫一室。"②李乂《夏日都门送司马员外逸客孙员外佺北征》云："坐闻关陇外,无复引弓儿。"③沈佺期《塞北二首(其二)》云："秘略三军动,妖氛百战摧。何言投笔去,终作勒铭回。"④张柬之《出塞》云："手擒郅支长,面缚谷蠡王。"⑤郑愔《塞外三首(其一)》云："丈夫期报主,万里独辞家。"⑥许天正《和陈元光平潮寇诗》云："长戈收百甲,聚骑破千重。落剑惟戎首,游绳系胁从。"⑦

　　高宗、武后时期文学,对唐代文化共同体中昂扬向上精神的彰显,主要表现在边塞诗方面。这一时代活跃于文坛的主要诗人,如杨炯、卢照邻、崔湜、李峤、崔融、骆宾王、刘希夷、李乂、沈佺期、张柬之、郑愔等,皆有此类作品。诸人或为诗界巨擘,或为朝廷重臣,他们一起致力于边塞诗歌的创作,既有其政治现状之因,即李唐辽阔疆域在西方、北方、东北方面对着诸多对华夏文明产生潜在威胁的游牧民族政权;亦有其文化现状之因,即汉魏六朝以来,尤其是唐代文化共同体建设起始阶段所形成的保家卫国、立功边塞的文学创作传统与惯性。事实上,抒写这一主题的作家并非皆有边塞生活的体验,但其受到当时边塞诗歌创作风气浸润的同时,又反过来推动了这一风气的继续壮大。此外,亲临一线的战将对战争的记录,亦为此一主题的表现注入了更多生机,如许天正《和陈元光平潮寇诗》等。

---

① 　[唐]骆宾王:《咏怀古意上裴侍郎》,《全唐诗》卷七十七,第832页。
② 　[唐]刘希夷:《从军行》,《全唐诗》卷八十二,第880页。
③ 　[唐]李乂:《夏日都门送司马员外逸客孙员外佺北征》,《全唐诗》卷九十二,第1000页。
④ 　[唐]沈佺期:《塞北二首(其二)》,《全唐诗》卷九十七,第1048页。
⑤ 　[唐]张柬之:《出塞》,《全唐诗》卷九十九,第1067页。
⑥ 　[唐]郑愔:《塞外三首(其一)》,《全唐诗》卷一百六,第1108页。
⑦ 　[唐]许天正:《和陈元光平潮寇诗》,《全唐诗》卷四十五,第551页。

(三) 两行封禅,远夷来朝

杨炯《奉和上元酺宴应诏》云:

万物睹真人,千秋逢圣政。祖宗玄泽远,文武休光盛。大号域中
平,皇威天下惊。……百戏骋鱼龙,千门壮宫殿。深仁洽蛮徼,恺乐周
寰县。宣室召群臣,明庭礼百神。①

卢照邻《登封大酺歌四首(其一)》云:

明君封禅日重光,天子垂衣历数长。九州四海常无事,万岁千秋乐
未央。②

宋之问《扈从登封告成颂》云:

复道开行殿,钩陈列禁兵。和风吹鼓角,佳气动旗旌。后骑回天
苑,前山入御营。万方俱下拜,相与乐升平。③

李峤《奉使筑朔方六州城率尔而作》云:

奉诏受边服,总徒筑朔方。驱彼犬羊族,正此戎夏疆。……道隐前
业衰,运开今化昌。制为百王式,举合千载防。马牛被路隅,锋镝销战
场。岂不怀贤劳,所图在永康。④

---

① 〔唐〕杨炯:《奉和上元酺宴应诏》,《全唐诗》卷五十,第 610—611 页。
② 〔唐〕卢照邻:《登封大酺歌四首(其一)》,《全唐诗》卷四十二,第 532 页。
③ 〔唐〕宋之问:《扈从登封告成颂》,《全唐诗》卷五十二,第 633 页。
④ 〔唐〕李峤:《奉使筑朔方六州城率尔而作》,《全唐诗》卷五十七,第 687 页。

薛曜《舞马篇》云：

星精龙种竞腾骧，双眼黄金紫艳光。一朝逢遇升平代，伏皂衔图事帝王。我皇盛德苞六宇，俗泰时和虞石拊。昔闻九代有余名，今日百兽先来舞。……不辞辛苦来东道，只为箫韶朝夕闻。阊阖间，玉台侧，承恩煦兮生光色。鸾锵锵，车翼翼，备国容兮为戎饰。充云翘兮天子庭，荷日用兮情无极。吉良乘兮一千岁，神是得兮天地期。大易占云南山寿，趢趗共乐圣明时。①

　　与武德、贞观时期相比，高宗、武后时期文学对强盛国势的讴歌增添了一个全新的内容——帝王封禅。这一时期有两次封禅，分别为乾封元年（666）封禅泰山和天册万岁二年（695）封禅嵩山。唐人对封禅评价很高，认为它是帝王功业有成后敬禀神灵的一种方式，②而且还是天下太平之后的必然选择。③　客观而论，从礼乐制度的演进角度看，封禅仪式具有文化传承与文化认同的双重含义；从士人的普遍认可及文学的广泛表现来看，诚可反映出两次封禅背后有唐一代国势的日益强盛。如卢照邻《登封大酺歌四首》、宋之问《扈从登封告成颂》等。

　　通过宏大场面描写、概括性表述等正面表现李唐强盛国势的手法，依然是此类作品的主流。如杨炯《奉和上元酺宴应诏》中的"百戏骋鱼龙，千门壮宫殿""宣室召群臣，明庭礼百神"，李峤《奉使筑朔方六州城率尔而作》中的"道隐前业衰，运开今化昌。制为百王式，举合千载防"等。

　　此外，还有一类文学作品值得一提，如薛曜《舞马篇》。作者从反映

---

① 　［唐］薛曜：《舞马篇》，《全唐诗》卷八十，第 870 页。
② 　［唐］房玄龄：《封禅议》，《全唐文》卷一三七，第 1385 页。"封禅者，本以功成，告于上帝。"
③ 　［唐］崔融：《为朝集使于思言等请封中岳表》，《全唐文》卷二一七，第 2195 页。"致太平，必封禅。"

国家政治生活的重要场面中精心采撷别具一格的物体"舞马",从时间、空间两个向度全方位予以表现,颇能曲尽其意。显然,若成功描摹了这一物体,也就意味着作为其背景的宏伟壮丽场面得到完美展示,进而对场面背后隐现着的强大国力予以巧妙呈现。"一朝逢遇升平代,伏皂衔图事帝王。我皇盛德苞六宇,俗泰时和虞石拊。"可谓由点及面,新意自见。

(四) 宇内平定,教化倡行

卢照邻《登封大酺歌四首(其四)》云:

千年圣主应昌期,万国淳风王化基。请比上古无为代,何如今日太平时。①

陈元光《落成会咏一首》云:

昆俊歌常棣,民和教即戎。盘庚迁美土,陶侃效兼庸。设醴延张老,开轩礼吕蒙。无孤南国仰,庶补圣皇功。②

杜审言《和李大夫嗣真奉使存抚河东》云:

隐隐帝乡远,瞻瞻肃命虔。西河偃风俗,东壁挂星躔。井邑枌榆社,陵园松柏田。荣光晴掩代,佳气晓侵燕。雨霈鸿私涤,风行睿旨宣。茕嫠访疾苦,屠钓采贞坚。人乐逢刑措,时康洽赏延。③

骆宾王《至分陕》云:

① ［唐］卢照邻:《登封大酺歌四首(其一)》,《全唐诗》卷四十二,第 532 页。
② ［唐］陈元光:《落成会咏一首》,《全唐诗》卷四十五,第 550 页。
③ ［唐］杜审言:《和李大夫嗣真奉使存抚河东》,《全唐诗》卷六十二,第 739 页。

陕西开胜壤，召南分沃畴。列树巢维鹊，平渚下睢鸠。憩棠疑勿剪，曳葛似攀樛。至今王化美，非独在隆周。[1]

在中古帝国时代，颂扬君主与赞美国家实为一体。既然唐人视帝王功业与国泰民安为封禅必备之条件，则其对于封禅的表达自然会有君主功德与国富民康两条走向，而封禅文学又因为两者之间的密切关系而往往将其熔于一炉。如卢照邻《登封大酺歌四首（其四）》中，"千年圣主应昌期，万国淳风王化基"属于前者，而"请比上古无为代，何如今日太平时"则属后者。

事实上，文学对和美人文环境的表现，不仅停留在泛言概况上，而且有具体地域的描绘。如"雨霈鸿私涤，风行睿旨宣""人乐逢刑措，时康洽赏延"反映的是河东之地，"陕西开胜壤，召南分沃畴""至今王化美，非独在隆周"反映的是河南道陕州一带。而且，在对人文环境被动反映的同时，文学还从一定程度上对其生成的原因、动力和过程等亦有所表现。如"昆俊歌常棣，民和教即戎""设醴延张老，开轩礼吕蒙"等，实为有"开漳圣王"之称的陈元光借助礼仪、武备的描绘，歌颂帝王通过尊贤能、重文教等方式促进了中原文化与闽越文化融合，实现了当地各民族的安居乐业。

总体而言，高宗、武后时期文学在唐代文化共同体起始阶段对和美人文环境的真诚期待与构想基础上，继续向前推进，随着经济发展步入了对其真实描绘的历史时期。

三、中宗、睿宗、玄宗时期

这一时期，是唐前期文化共同体建设的形成阶段。自神龙元年

---

[1]　［唐］骆宾王：《至分陕》，《全唐诗》卷七十七，第830页。

（705）至延和元年（712），中宗、睿宗共计在位七年，名义上实现了李唐复兴，但在国家各项政策的执行上多为武后时期的沿袭，且前有韦氏之乱，后有太平干政，政出多门的混乱局面直至先天二年（713）七月玄宗亲揽大权才得以结束。因此，这七年时间可视作初唐与盛唐之间的短暂过渡。

开元君臣，志在效法太宗以复贞观之治，然当时之要务，并非开疆拓土，而是促进社会平稳发展，以巩固李唐政权。因此，为维持通往西域的要道，解决陇右道甚至西京可能受到的威胁，唐朝这一时期的军事战略，对北方突厥采取守势，对西方吐蕃采取攻势。虽先后与契丹、奚、吐蕃、南诏、渤海、突骑施、大食等不同程度地发生了一定规模战争，但基本上还是维持了较为和平的大环境。总体上，玄宗朝日益强大的国势亦得到了周边各民族政权的普遍认可，相继将大勃律、小勃律、疏勒、于阗、个失密、渤海、石国、突厥、突骑施、陁拔萨惮、罽宾、羯帅、骨咄、护密等数十个民族政权以李唐皇帝正式册封的方式纳入其势力范围。[①]如此，有力促进了多民族、多文化的交流、融汇，从而为李唐政权的巩固与发展创造了外部条件，在时间和空间两方面保障了唐代文化共同体的顺利形成。

客观而论，开天之际雄壮的国力孕育了风骨与声律兼具的盛唐诗歌，这是有唐一代距离"文质斌斌，尽善尽美"文学理想最为接近的时代。相应地，文学发展的盛况亦反映出李唐国力、经济、政治、文化等领域的同步繁荣。然而，绝盛之时亦是衰落之始，万物概莫能外。大唐帝国步入繁盛的同时，亦表现出一些式微的迹象，这在同一时期的文学中亦有真实反映。不过，这种通过文学以重新思考文质关系、批评当时世风的文学现象实际上超出了文学的界域，直指政治与文化。浅层而言，

①　［清］董诰等编：《全唐文》卷三九，第422—426页。

是对盛唐末期重文轻质倾向逐步强化后对文学教化功能日益淡漠的反正；深层则是自文学角度切入，以兴复儒道、维系人心为鹄的，尽力发挥文学反映、干预现实的积极社会功用，与时俱进地推动唐代文化共同体的维护与完善。

（一）歌雅道，斥浇浮

如卢象《赠广川马先生》云："人归洙泗学，歌盛舞雩风。"①崔颢《澄水如鉴》云："洁白依全德，澄清有片心。浇浮知不挠，滥浊固难侵。……廉慎传家政，流芳合古今。"②储光羲《同诸公秋日游昆明池思古》云："穆穆轩辕朝，耀德守方陲。君臣日安闲，远近无怨思。"③李华《杂诗六首（其五）》云："孔光尊董贤，胡广惭李固。儒风冠天下，而乃败王度。绛侯与博陆，忠朴受遗顾。求名不考实，文弊反成蠹。"④萧颖士《过河滨和文学张志尹》云："隆古日以远，举世丧其淳。慷慨怀黄虞，化理何由臻。"⑤张巡《守睢阳作》云："忠信应难敌，坚贞谅不移。无人报天子，心计欲何施。"⑥李希仲《蓟北行二首（其二）》云："当须徇忠义，身死报国恩。"⑦孟浩然《仲夏归汉南园寄京邑耆旧》云："忠欲事明主，孝思侍老亲。"⑧李白《古风（丑女来效颦）》云："大雅思文王，颂声久崩沦。安得郢中质，一挥成斧斤。"⑨程弥纶《怀鲁》云："曲阜国，尼丘山。周公邈难问，夫子犹启关。履风雩兮若见，游夏兴兮鲁颜。"⑩高适《同观陈

---

①　［唐］卢象：《赠广川马先生》，《全唐诗》卷一百二十二，第 1218 页。

②　［唐］崔颢：《澄水如鉴》，《全唐诗》卷一百三十，第 1330 页。

③　［唐］储光羲：《同诸公秋日游昆明池思古》，《全唐诗》卷一百三十八，第 1398 页。

④　［唐］李华：《杂诗六首（其五）》，《全唐诗》卷一百五十三，第 1586 页。

⑤　［唐］萧颖士：《过河滨和文学张志尹》，《全唐诗》卷一百五十四，第 1595 页。

⑥　［唐］张巡：《守睢阳作》，《全唐诗》卷一百五十八，第 1611 页。

⑦　［唐］李希仲：《蓟北行二首（其二）》，《全唐诗》卷一百五十八，第 1616 页。

⑧　［唐］孟浩然：《仲夏归汉南园寄京邑耆旧》，《全唐诗》卷一百五十九，第 1619 页。

⑨　［唐］李白：《古风（丑女来效颦）》，《全唐诗》卷一百六十一，第 1676 页。

⑩　［唐］程弥纶：《怀鲁》，《全唐诗》卷二百三，第 2122 页。

十六史兴碑》云:"永怀掩风骚,千载常矻矻。新碑亦崔嵬,佳句悬日月。则是刊石经,终然继梅杭。"①元结《闵荒诗一首》云:"吾闻古贤君,其道常静柔。慈惠恐不足,端和忘所求。"②薛据《初去郡斋书怀》云:"肃徒辞汝颍,怀古独凄然。尚想文王化,犹思巢父贤。"③

　　经历了文化共同体建设的起始、发展阶段,礼乐制度在初唐的追寻与重建问题基本解决,因而盛唐文学对雅正之道的秉承主要是突破外在礼乐形式,直寻儒家精神内涵。一方面,它表现为对儒家圣贤、学术、德行、修养等的敬仰与怀想,如《赠广川马先生》《澄水如鉴》《同诸公秋日游昆明池思古》《守睢阳作》《蓟北行二首(其二)》《仲夏归汉南园寄京邑耆旧》《古风(丑女来效颦)》《怀鲁》《同观陈十六史兴碑》《闵荒诗一首》等;另一方面,它又表现为对盛唐末季存在社会弊病的感喟与批判,如《杂诗六首(其五)》《过河滨和文学张志尹》《初去郡斋书怀》等。两者尽管在表现的方式与侧重点上有所不同,但其汲儒家雅正精神以疗当世之疾的根本目的却毫无二致。诚然,赞美是为了文化共同体的建设,而以维护、完善为目标的批判更是为了建设。

(二) 心怀功业,矢志不移

　　如杨重玄《正朝上左相张燕公》云:"岁去愁终在,春还命不来。长吁问丞相,东阁几时开。"④刘庭琦《从军》云:"决胜方求敌,衔恩本轻死。萧萧牧马鸣,中夜拔剑起。"⑤张宣明《使至三姓咽面》云:"东都日眘眘,西海此悠悠。卒使功名建,长封万里侯。"⑥贺朝《从军行》云:"烽

---

① 　[唐] 高适:《同观陈十六史兴碑》,《全唐诗》卷二百十二,第 2210 页。
② 　[唐] 元结:《闵荒诗一首》,《全唐诗》卷二百四十一,第 2703 页。
③ 　[唐] 薛据:《初去郡斋书怀》,《全唐诗》卷二百五十三,第 2853 页。
④ 　[唐] 杨重玄:《正朝上左相张燕公》,《全唐诗》卷九十八,第 1064 页。
⑤ 　[唐] 刘庭琦:《从军》,《全唐诗》卷一百十,第 1131 页。
⑥ 　[唐] 张宣明:《使至三姓咽面》,《全唐诗》卷一百十三,第 1151 页。

沉灶减静边亭，海晏山空肃已宁。行望凤京旋凯捷，重来麟阁画丹青。"①万齐融《仗剑行》云："愿骑单马仗天威，接取长绳缚虏归。仗剑遥叱路傍子，匈奴头血溅君衣。"②李昂《从军行》云："匈奴未灭不言家，驱逐行行边徼赊。"③王维《送宇文三赴河西充行军司马》云："蒲类成秦地，莎车属汉家。当令犬戎国，朝聘学昆邪。"④丘为《冬至下寄舍弟时应赴入京》云："男儿出门事四海，立身世业文章在。"⑤崔颢《赠王威古》云："长驱救东北，战解城亦全。报国行赴难，古来皆共然。"⑥祖咏《望蓟门》云："少小虽非投笔吏，论功还欲请长缨。"⑦李颀《缓歌行》云："男儿立身须自强，十年闭户颍水阳。业就功成见明主，击钟鼎食坐华堂。"⑧储光羲《登戏马台作》云："少年自古未得意，日暮萧条登古台。"⑨王昌龄《九江口作》云："鸷鸟立寒木，丈夫佩吴钩。何当报君恩，却系单于头。"⑩陶翰《赠郑员外》云："人生志气立，所贵功业昌。何必守章句，终年事铅黄。"⑪萧颖士《答邹象先》云："壮图悲岁月，明代耻贫贱。回首无津梁，只令二毛变。"⑫孟浩然《洗然弟竹亭》云："吾与二三子，平生结交深。俱怀鸿鹄志，昔有鹡鸰心。"⑬李白《临江王节士歌》云："白日当天心，照之可以事明主。壮士愤，雄风生。安得倚天剑，跨海斩长

① 〔唐〕贺朝：《从军行》，《全唐诗》卷一百十七，第 1181 页。
② 〔唐〕万齐融：《仗剑行》，《全唐诗》卷一百十七，第 1182 页。
③ 〔唐〕李昂：《从军行》，《全唐诗》卷一百二十，第 1209 页。
④ 〔唐〕王维：《送宇文三赴河西充行军司马》，《全唐诗》卷一百二十六，第 1273 页。
⑤ 〔唐〕丘为：《冬至下寄舍弟时应赴入京》，《全唐诗》卷一百二十九，第 1320 页。
⑥ 〔唐〕崔颢：《赠王威古》，《全唐诗》卷一百三十，第 1321 页。
⑦ 〔唐〕祖咏：《望蓟门》，《全唐诗》卷一百三十一，第 1336 页。
⑧ 〔唐〕李颀：《缓歌行》，《全唐诗》卷一百三十三，第 1348 页。
⑨ 〔唐〕储光羲：《登戏马台作》，《全唐诗》卷一百三十八，第 1407 页。
⑩ 〔唐〕王昌龄：《九江口作》，《全唐诗》卷一百四十一，第 1434 页。
⑪ 〔唐〕陶翰：《赠郑员外》，《全唐诗》卷一百四十六，第 1474 页。
⑫ 〔唐〕萧颖士：《答邹象先》，《全唐诗》卷一百五十四，第 1596 页。
⑬ 〔唐〕孟浩然：《洗然弟竹亭》，《全唐诗》卷一百五十九，第 1626 页。

鲸。"①岑参《陪狄员外早秋登府西楼因呈院中诸公》云："知己犹未报，鬓毛飒已苍。时命难自知，功业岂暂忘。"②薛奇童《塞下曲》云："一身许明主，万里总元戎。"③郭向《途中口号》云："抱玉三朝楚，怀书十上秦。年年洛阳陌，花鸟弄归人。"④徐九皋《途中览镜》云："四海游长倦，百年愁半侵。赖窥明镜里，时见丈夫心。"⑤荆冬倩《奉试咏青》云："未映君王史，先标胄子襟。经明如可拾，自有致云心。"⑥高适《酬裴员外以诗代书》云："单车入燕赵，独立心悠哉。宁知戎马间，忽展平生怀。"⑦杜甫《奉赠韦左丞丈二十二韵》云："甫昔少年日，早充观国宾。……自谓颇挺出，立登要路津。"⑧王之涣《登鹳雀楼》云："白日依山尽，黄河入海流，欲穷千里目，更上一层楼。"⑨薛据《古兴》云："丈夫须兼济，岂能乐一身。君今皆得志，肯顾憔悴人。"⑩

相比于唐代文化共同体的起始、发展阶段，开天时期文学中表现出昂扬向上精神的作家与作品都达到了前所未有的盛况。自信豪迈的心态、建功立业的壮志、激扬刚健的风骨、现实关注的情怀等诸多内容可谓一时齐备。

从作家方面来看，人才济济，阵容强大。从盛唐之初的杨重玄，到盛唐之末的萧颖士，从当时浪漫主义诗歌的巅峰李白，到后来成为现实主义诗歌集巨匠的杜甫，无不寄情于此（关于文化共同体中昂扬向上精

---

① ［唐］李白：《临江王节士歌》，《全唐诗》卷一百六十三，第 1693 页。
② ［唐］岑参：《陪狄员外早秋登府西楼因呈院中诸公》，《全唐诗》卷一百九十八，第 2025 页。
③ ［唐］薛奇童：《塞下曲》，《全唐诗》卷二百二，第 2110 页。
④ ［唐］郭向：《途中口号》，《全唐诗》卷二百三，第 2118 页。
⑤ ［唐］徐九皋：《途中览镜》，《全唐诗》卷二百三，第 2120 页。
⑥ ［唐］荆冬倩：《奉试咏青》，《全唐诗》卷二百三，第 2124 页。
⑦ ［唐］高适：《酬裴员外以诗代书》，《全唐诗》卷二百十一，第 2194 页。
⑧ ［清］仇兆鳌：《杜诗详注》卷一，第 74 页。
⑨ ［唐］王之涣：《登鹳雀楼》，《全唐诗》卷二百五十三，第 2849 页。
⑩ ［唐］薛据：《古兴》，《全唐诗》卷二百五十三，第 2852 页。

神在重臣达官文学作品中的表现将在本章第二节论及，故此处不予赘述）。而且，这一时期具有一定影响的文学流派主要作家皆有相关创作，其中包括以刚健清扬著称的王昌龄、崔颢一派，以奇伟慷慨名世的高适、岑参一派，和以明秀静逸之美见长的王维、孟浩然一派。这是一个值得关注的现象。

诚然，王、崔与高、岑两派于诗歌中表达奋发有为的激情乃是应有之义，但以山水、田园诗歌见长的王、孟一派按理不应如是。然而，事实胜于雄辩。王维、孟浩然、祖咏、储光羲诸人通过《送宇文三赴河西充行军司马》《洗然弟竹亭》《望蓟门》《登戏马台作》等作品表达出的正是对事功追求的诚挚抒发。不仅如此，从王昌龄《几江口作》、萧颖士《答邹象先》、郭向《途中口号》、徐九皋《途中览镜》、薛据《古兴》等诸多作品完全可以看出，在盛唐文人"虽九死其犹未悔"的追求中，[1]即便功名路远，壮志难酬，他们也很难彻底放弃用世之心，往往会归咎于自己时运不济，而不是对国家选拔人才的根本制度有所怀疑。

事实上，这一现象恰恰证明了身处盛世的唐人，无不为国势鼎盛、政治清明的时代背景和人文环境所影响、浸润，积极而自发地萌生建功立业的强劲动力和实现自我价值的无限希望。

从作品方面来看，表现昂扬向上精神的作品在数量和质量上均超越了初唐。盛唐诗人积极用世的思想和建功立业的壮志，表达得最为充分的是边塞诗。有学者统计，七十一位盛唐诗人，今存边塞诗四百四十首，在盛唐诗歌中占据着相当突出的地位。[2] 这一局面的出现，有其深层原因。首先，在保国靖边与寻求仕进的双重动机下，文人对出塞的关注从初唐以来呈逐渐加强之势。其次，武后以来科举制度的良好运

---

① 　［宋］洪兴祖：《楚辞补注》，第 14 页。
② 　陈铁民：《唐代文史研究丛稿》，第 29 页。

行,因削弱了对个人才能之外的考量,为庶族阶层提供上升的空间,从而激发出广大文人士子的参与热情和重视文学创作的倾向。① 第三,盛唐初期,玄宗进一步倡明文教,②宰相张说以文见长,③重文之风在君臣同心之下亦促成了文学创作的繁盛局面。

(三) 国容赫然,四方来朝

如苏颋《奉和圣制行次成皋途经先圣擒建德之所感而成诗应制》云:"用武三川震,归淳六代醨。成皋睹王业,天下致人雍。即此巡于岱,曾孙受命封。"④张说《奉和圣制爰因巡省途次旧居应制》云:"岁卜銮舆迈,农祠雁政敷。武威棱外域,文教靡中区。警跸干戈捧,朝宗万玉趋。旧藩人事革,新化国容殊。"⑤卢象《驾幸温泉》云:"千官扈从骊山北,万国来朝渭水东。"⑥王维《和仆射晋公扈从温汤》云:"上宰无为化,明时太古同。灵芝三秀紫,陈粟万箱红。王礼尊儒教,天兵小战功。"⑦储光羲《送人随大夫和蕃》云:"西方有六国,国国愿来宾。圣主今无外,怀柔遣使臣。"⑧王昌龄《驾幸河东》云:"晋水千庐合,汾桥万国从。开唐天业盛,入沛圣恩浓。下辇回三象,题碑任六龙。睿明悬日

① [唐] 沈既济:《词科论序》,《全唐文》卷四七六,第4868页。"永淳之后,太后君天下二十余年,当时公卿百辟,无不以文章,因循遐久,浸以成风。"

② [宋] 司马光:《资治通鉴》卷二百一十二,第6756页。"上(玄宗)置丽正书院,聚文学之士。……有司供给优厚。中书舍人洛阳陆坚以为此属无益于国,徒为糜费,欲悉奏罢之。张说曰:'自古帝王于国家无事之时,莫不崇宫室,广声色,今天子独延礼文儒,发挥典籍,所益者大,所损者微。陆子之言,何不达也!'上闻之,重说而薄坚。"

③ [宋] 司马光:《资治通鉴》卷二百一十四,第6824页"上(玄宗)即位以来,所用之相,姚崇尚通,宋璟尚法,张嘉贞尚吏,张说尚文,李元纮、杜暹尚俭,韩休、张九龄尚直,各其所长也。"

④ [唐] 苏颋:《奉和圣制行次成皋途经先圣擒建德之所感而成诗应制》,《全唐诗》卷七十三,第795页。

⑤ [唐] 张说:《奉和圣制爰因巡省途次旧居应制》,《全唐诗》卷八十八,第968页。

⑥ [唐] 卢象:《驾幸温泉》,《全唐诗》卷一百二十二,第1219页。

⑦ [唐] 王维:《和仆射晋公扈从温汤》,《全唐诗》卷一百二十七,第1287页。

⑧ [唐] 储光羲:《送人随大夫和蕃》,《全唐诗》卷一百三十九,第1414页。

月，千岁此时逢。"①陶翰《送金卿归新罗》云："奉义朝中国，殊恩及远臣。……礼乐夷风变，衣冠汉制新。"②颜真卿《赠裴将军》云："大君制六合，猛将清九垓。战马若龙虎，腾凌何壮哉。"③李白《古风（一百四十年）》云："一百四十年，国容何赫然。隐隐五凤楼，峨峨横三川。王侯象星月，宾客如云烟。"④岑参《入剑门作寄杜杨二郎中时二公并为杜元帅判官》云："圣朝无外户，寰宇被德泽。四海今一家，徒然剑门石。"⑤高适《途中酬李少府赠别之作》云："皇明烛幽遐，德泽普照宣。鹓鸿列霄汉，燕雀何翾翾。"⑥王之涣《凉州词二首（其二）》云："汉家天子今神武，不肯和亲归去来。"⑦

"用武三川震，归淳六代醨"是太宗肇其始，"成皋睹王业，天下致人雍"是玄宗继其道。开元以来，李唐以文治华夏、以武慑外邦的宏观国策得到贯彻的结果，便是礼教倡兴，民风归淳，社会安宁，天下富庶。这一盛世局面的到来，实为李白"一百四十年，国容何赫然"所道尽。

这一时期，强盛国势在文学中的表现，出现了一个显著特点，即初唐文学中开疆拓土、征服异邦主题的霸气凸显，悄然转向唐人对其文化软实力的自信与彰显。如"文教靡中区""王礼尊儒教""怀柔遣使臣""礼乐夷风变""寰宇被德泽""皇明烛幽遐"等，无不如是。不仅如此，盛唐诗歌在对强盛国势和美好人文环境的表现方面，走向融合的趋势日益明显。究其核心原因，自然得益于玄宗朝的锐意文治。

---

① ［唐］王昌龄：《驾幸河东》，《全唐诗》卷一百四十二，第 1438 页。
② ［唐］陶翰：《送金卿归新罗》，《全唐诗》卷一百四十六，第 1477 页。
③ ［唐］颜真卿：《赠裴将军》，《全唐诗》卷一百五十二，第 1583 页。
④ ［唐］李白：《古风（一百四十年）》，《全唐诗》卷一百六十一，第 1677 页。
⑤ ［唐］岑参：《入剑门作寄杜杨二郎中时二公并为杜元帅判官》，《全唐诗》卷一百九十八，第 2029 页。
⑥ ［唐］高适：《途中酬李少府赠别之作》，《全唐诗》卷二百十二，第 2203 页。
⑦ ［唐］王之涣：《凉州词二首（其二）》，《全唐诗》卷二百五十三，第 2850 页。

（四）政清治明，邦安人康

如宋璟《蒲津迎驾》云："省方知化洽，察俗觉时清。天下长无事，空余襟带名。"①苏颋《奉和圣制过晋阳宫应制》云："下辇崇三教，建碑当九门。孝思敦至美，亿载奉开元。"②张说《奉和圣制暇日与兄弟同游兴庆宫作应制》云："永言形友爱，万国共周旋。"③王维《晦日游大理韦卿城南别业四声依次用各六韵》云："故乡信高会，牢醴及佳辰。幸同击壤乐，心荷尧为君。"④李颀《野老曝背》云："百岁老翁不种田，惟知曝背乐残年。有时扪虱独搔首，目送归鸿篱下眠。"⑤崔颢《雁门胡人歌》云："闻道辽西无斗战，时时醉向酒家眠。"⑥祖咏《归汝坟山庄留别卢象》云："沤麻入南涧，刈麦向东菑。对酒鸡黍熟，闭门风雪时。"⑦李颀《寄万齐融》云："青枫半村户，香稻盈田畴。为政日清净，何人同海鸥。"⑧储光羲《献高使君大酺作》云："三朝遵湛露，一道洽仁明。布德言皆应，无为物自成。"⑨王昌龄《风凉原上作》云："海内方晏然，庙堂有奇策。时贞守全运，罢去游说客。"⑩万楚《题江潮庄壁》云："禾黍积场圃，楂梨垂户扉。野闲犬时吠，日暮牛自归。"⑪杨颜《田家》云："小园足生事，寻胜日倾壶。莳蔬利于鬻，才青摘已无。四邻依野竹，日夕采其枯。田家

① ［唐］宋璟：《蒲津迎驾》，《全唐诗》卷六十四，第751页。
② ［唐］苏颋：《奉和圣制过晋阳宫应制》，《全唐诗》卷七十三，第796页。
③ ［唐］张说：《奉和圣制暇日与兄弟同游兴庆宫作应制》，《全唐诗》卷八十八，第967页。
④ ［唐］王维：《晦日游大理韦卿城南别业四声依次用各六韵》，《全唐诗》卷一百二十五，第1245页。
⑤ ［唐］李颀：《野老曝背》，《全唐诗》卷一百三十四，第1367页。
⑥ ［唐］崔颢：《雁门胡人歌》，《全唐诗》卷一百三十，第1326页。
⑦ ［唐］祖咏：《归汝坟山庄留别卢象》，《全唐诗》卷一百三十一，第1331页。
⑧ ［唐］李颀：《寄万齐融》，《全唐诗》卷一百三十二，第1339页。
⑨ ［唐］储光羲：《献高使君大酺作》，《全唐诗》卷一百三十九，第1416页。
⑩ ［唐］王昌龄：《风凉原上作》，《全唐诗》卷一百四十一，第1433页。
⑪ ［唐］万楚：《题江潮庄壁》，《全唐诗》卷一百四十五，第1468页。

心适时,春色遍桑榆。"①王諲《十五夜观灯》云:"妓杂歌偏胜,场移舞更新。应须尽记取,说向不来人。"②孟浩然《长安早春》云:"关戍惟东井,城池起北辰。咸歌太平日,共乐建寅春。"③李白《赠清漳明府侄聿》云:"心和得天真,风俗犹太古。牛羊散阡陌,夜寝不扃户。"④岑参《敦煌太守后庭歌》云:"敦煌耆旧鬓皓然,愿留太守更五年。"⑤梁锽《赠李中华》云:"莫向嵩山去,神仙多误人。不如朝魏阙,天子重贤臣。"⑥赵良器《三月三日曲江侍宴》云:"圣祖发神谋,灵符叶帝求。一人光锡命,万国荷时休。"⑦高适《过卢明府有赠》云:"时平俯鹊巢,岁熟多人烟。奸猾唯闭户,逃亡归种田。回轩自郭南,老幼满马前。皆贺蚕农至,而无徭役牵。"⑧

一个有强大武备作为保障,建立于文治基础上的鼎盛政权,其国势必然集中体现为整个社会和乐安康的美好人文环境。两者之间既是基础与表现的关系,又是整体与局部的关系。李唐玄宗大行文治,并成功迎来了盛世,因此这一时期文学关于李唐文化共同体中美好和乐人文环境的表现颇为丰富。

其中,有概括性地颂扬国家时清化洽,君主推行仁治、重用贤才者,如《蒲津迎驾》《晦日游大理韦卿城南别业四声依次用各六韵》《献高使君大酺作》《三月三日曲江侍宴》《赠李中华》等;有对普通百姓安乐生活津津乐道者,如《野老曝背》《归汝坟山庄留别卢象》《题江潮庄壁》《寄万

---

①　[唐] 杨颜:《田家》,《全唐诗》卷一百四十五,第 1470 页。
②　[唐] 王諲:《十五夜观灯》,《全唐诗》卷一百四十五,第 1471 页。
③　[唐] 孟浩然:《长安早春》,《全唐诗》卷一百六十,第 1658 页。
④　[唐] 李白:《赠清漳明府侄聿》,《全唐诗》卷一百六十八,第 1737 页。
⑤　[唐] 岑参:《敦煌太守后庭歌》,《全唐诗》卷一百九十九,第 2056 页。
⑥　[唐] 梁锽:《赠李中华》,《全唐诗》卷二百二,第 2116 页。
⑦　[唐] 赵良器:《三月三日曲江侍宴》,《全唐诗》卷二百三,第 2117 页。
⑧　[唐] 高适:《过卢明府有赠》,《全唐诗》卷二百十一,第 2242 页。

齐融》《田家》等；有叹赏边塞无事，海内晏然者，如《雁门胡人歌》《风凉原上作》《长安早春》等；有赞美太平盛世民俗风情者，如《十五夜观灯》等；有褒扬地方官员治化有方者，如《赠清漳明府侄聿》《敦煌太守后庭歌》《过卢明府有赠》等。就这样，处于不同社会阶层的作家，从不同的视角切入，运用不同的艺术手法，让众多作品走向了一个共同的主题——形成于大唐帝国盛世背景下的丰乐和美之人文环境。

整体而言，唐代前期文学对文化共同体的表现，可以分为起始、发展和形成三个阶段，大致对应高祖、太宗时期，高宗、武后时期，以及中宗、睿宗、玄宗时期。总体上，唐代文化共同体在文学中的表现可以从秉承雅正之道、彰显昂扬精神、宣扬鼎盛国势，和营造丰乐和美人文环境等方面予以概括，其在不同阶段又表现出迥异的特征。

第一阶段，文学为政治服务的特色较浓，旨在强调礼乐制度对社会秩序和政治体系所具有的重要意义。于是，君臣相得、充满信心的贞观君臣借助文学开始了或济世安民，或建功立业的追求。这一时期文学多为正面、直接地表现国势，主要突出在历史事件陈述与宏大场面描写方面。而天下太平之后对美好人文环境的真诚期待与构想，成为武德、贞观朝文学对文化共同体表现的核心内容。

第二阶段，文学通过对儒家礼乐制度的重建问题继续关注的方式，对第一阶段予以承继和发展。这一时期文学对唐代文化共同体中昂扬向上精神的彰显，主要表现在边塞诗方面。同时，颂扬帝王封禅的作品成为讴歌强盛国势的一个全新的内容。至于对美好人文环境的描述，则是随着社会的发展，从期待与构想开始步入真实描绘。

第三阶段，礼乐制度的追寻与重建问题基本解决，文学对雅正之道的秉承主要表现为突破外在礼乐形式，以直寻儒家精神内涵。这一时期文学中表现出昂扬向上精神的作家与作品均达到了前所未有的盛况。而初唐文学中常见的开疆拓土等征服型国势的彰显，则悄然转向唐人对其文化软实力的自信与彰显。于是，"文质相炳焕，众星罗秋旻"的盛唐诗人们，①以多种艺术视角和多样表现手法，在文学艺术中展现出大唐帝国丰乐和美的人文环境。

第二节　从作家阶层看唐前期文化共同体建设

文化共同体建设主题在唐代前期文学中多有表现，而出身于不同阶层的作家对文化共同体的认识和理解必然有所不同，其在文学作品中表达的方式和重点亦会各具特色。在中国古代官僚体制之下，只有具备一定社会地位和经济水平的人才能接受正规教育，唐代的情形也不例外。因而，在唐代前期作家群体中，除占极小比例的帝王、后妃、方外、隐逸之外，几乎皆有仕宦经历。这些分属各级别的官员（或曾为官员）构成了当时社会的作家主体。

有鉴于此，本节将通过文学来反映文化共同体的唐代前期社会作家阶层分为皇帝、平民（隐逸）和官员三类。其中官员又细分为高级官员（一品至三品）、中层官员（四品和五品）、中下官员（六品和七品）和底层官员（八品和九品）。② 将官员分为四个等级，并非随意之举，而是有着可靠的历史依据。

唐朝官员品级，依正、从、上、下分为九品三十级（一品至三品仅有正、从之分，而四品至九品则有正、从、上下之分）。"九品已上官者，谓身有八品、九品之官。"③"'七品以上'，谓六品、七品文武职事、散官、卫

---

① ［唐］李白：《古风（大雅久不作）》，《全唐诗》卷一百六十一，第 1670 页。
② 官员品阶是一个动态过程，不能固化。本节内所有官员品阶，仅就其创作本节所引作品时而言。
③ 刘俊文：《唐律疏议笺解》卷二，第 133 页。

官、勋官等身。"①故七品以上为六品、七品，五品以上为四品、五品，三品以上为一品、二品、三品。于是，职事官三品以上的"议贵"、②五品以上的"通贵"、③七品以上官员与九品以上四类官员共同构成了唐代官制中的流内官员。不仅皇帝颁诏赏赐时按照这四个类别（有时亦将一品单独分出而成五类，或将一品、二品均单独分出而成六类），如："一品宜赐五十匹，二品、三品四十匹，四品、五品三十匹，六品、七品二十匹，八品九品十五匹。"④又如："一品赐物一百匹，二品八十匹，三品七十匹，四品、五品五十匹，六品、七品各三十匹，八品、九品各二十匹。"⑤

事实上，在唐代官制中有一道明显的鸿沟将九品三十级官员分为两大类，而这一界限便处于五品与六品官员之间。不仅皇帝赏赐时对其标准有别，如"六品以下五匹为等，五品以上十匹为等"。⑥ 更为重要的是"庶官五品已上，制敕命之；六品已下，并旨授"。⑦ 何为制敕？ 何为旨授？ 两者到底有什么区别？ 陆贽有云：

　　制敕所命者，盖宰相商议奏可而除拜之也。旨授者，盖吏部铨材署职，然后上言，诏旨但画闻以从之，而不可否者也。开元中，吏部注拟选人奏置，循资格限自起居、遗、补及御史等官，犹并列于选曹铨综之例，著在格令，至今不刊。⑧

---

① 刘俊文：《唐律疏议笺解》卷二，第 128 页。
② 刘俊文：《唐律疏议笺解》卷一，第 105 页。"六曰议贵。谓职事官三品以上，散官二品以上及爵一品者。"
③ 刘俊文：《唐律疏议笺解》卷二，第 119 页。"官爵五品以上者，谓文武职事四品以下、散官三品以下、勋官及爵二品以下，五品以上。"《唐律疏议笺解》卷二，第 156 页。"五品以上之官，是为'通贵'。"
④ ［唐］李隆基：《皇太子入学庆赐诏》，《全唐文》卷二八，第 317 页。
⑤ ［唐］李隆基：《加证道孝德尊号大赦文》，《全唐文》卷四〇，第 436 页。
⑥ ［唐］李隆基：《皇太子入学庆赐诏》，《全唐文》卷二八，第 317 页。
⑦ ［唐］陆贽：《请许台省长官举荐属吏状》，《全唐文》卷四七二，第 4818 页。
⑧ ［唐］陆贽：《请许台省长官举荐属吏状》，《全唐文》卷四七二，第 4818 页。

由此可见,五品以上乃是经宰相商议后所拜之官,而六品以下则是吏部铨选之后所授之官,得官的不同权威性决定了两者在级别上的天壤之别。

一、皇帝

作为中国古代官僚专制社会的最高统治者,皇帝拥有至高无上的地位和权利,直接影响到治国理念、思想导向、基本国策、管理制度等重要方面。因此,关系到文化认同、国家认同、华夏民族认同、社会价值认同的唐代文化共同体建设,必然离不开皇帝的参与。在唐代前期,进行以文化共同体建设为主题文学创作的皇帝主要为太宗和玄宗。

隋末大乱中凭借卓越军事才华助父开国的唐太宗,即位后有意选择了崇尚德治,辅之以法,同时文武并举、不可偏废的执政理念,上应天时,下得民心。事实上,其大力尊崇儒家礼乐制度、文化学术以期实现文治气象的举措,正是文化共同体的建设的实际表现。作为此一伟大工程的最高设计者、决策者、领导者,太宗在践行的同时,亦将文化共同体建设的奋斗方向、蓝图展望、努力现状、经验教训,及其持续发展的重要性等都不同程度地反映于文学创作之中。

首先,亲手为李唐文化共同体的建设开创了一个安定和平的时代。如《述圣赋序》云:"远夷委贽,万国归心。致使朝有进善之臣,野无行歌之士。节义盈于私室,狱讼息于公门。一尉候于东西,混车书于南北,由是偃组练而敷礼乐,放牛马而逸黎元。"[①]

其次,以前代强势君主自况,理智把握作为帝王的思想倾向。如《春日望海》云:"之罘思汉帝,碣石想秦皇。霓裳非本意,端拱且图王。"[②]

---

① [唐]李世民:《述圣赋序》,《全唐文》卷一〇,第119页。
② [唐]李世民:《春日望海》,《全唐诗》卷一,第7页。

　　第三,通过批评当时文学、音乐等,确立李唐文化发展的正确方向。如《帝京篇序》曰:"庶以尧舜之风,荡秦汉之弊;用《咸》《英》之曲,变烂熳之音……皆节之于中和,不系之于淫放。"①"去兹郑卫声,雅音方可悦。"②

　　第四,概括其平定天下后因遵行儒道而出现的美好社会现状。如《元日》云:"恭己临四极,垂衣驭八荒。霜戟列丹陛,丝竹韵长廊。穆矣熏风茂,康哉帝道昌。继文遵后轨,循古鉴前王。"③

　　第五,能意识到众志成城的重要性,钟意于君臣相得。如《初春登楼即目观作述怀》云:"连甍岂一拱,众干如千寻。明非独材力,终藉栋梁深。"④

　　第六,承华夏百王之后,以华夏正统自视。如:"雪耻酬百王,除凶报千古。"⑤

　　第七,以古为鉴,勇于自省、自诫。如《临层台赋》云:"彼露台之一俭,乃延德于苍生;此崇基之渐泰,方起谤于黎甿,利怀小而忘大,害弃重而思轻。"⑥

　　第八,加强皇嗣教育,从顶层保障文化共同体建设的可持续性。如《帝范序》云:"自轩昊以降,迄至周隋,以经天纬地之君,纂业承基之主,兴亡治乱,其道焕然。所以披镜前踪,博采史籍,聚其要言,以为近诫云尔。"⑦

　　玄宗即位之后,承袭太宗兴礼乐、施文治的理念,君臣以"贞观之治"为范本,将李唐强盛国势和人文环境的发展推向了高峰。关于文化

---

① ［唐］李世民:《帝京篇十首序》,《全唐诗》卷一,第1页。
② ［唐］李世民:《帝京篇十首(其四)》,《全唐诗》卷一,第2页。
③ ［唐］李世民:《元日》,《全唐诗》卷一,第8页。
④ ［唐］李世民:《初春登楼即目观作述怀》,《全唐诗》卷一,第8页。
⑤ ［宋］司马光:《资治通鉴》卷一百九十八,第6240页。"(贞观二十年)九月,上至灵州,敕勒诸部俟斤遣使相继诣灵州者数千人,咸云:'愿得天至尊为奴等天可汗,子子孙孙常为天至尊奴,死无所恨。'甲辰,上为诗序其事曰:'雪耻酬百王,除凶报千古。'"
⑥ ［唐］李世民:《临层台赋》,《全唐文》卷四,第46页。
⑦ ［唐］李世民:《帝范序》,《全唐文》卷一〇,第121页。

共同体建设在玄宗文学作品中的表现，主要有以下几个方面。

其一，以天下为己任的担当意识与宏阔胸怀。如《喜雨赋》云："仰重华于齐政，步文命之彝伦。何天道之云远？亦明征之在人。……彼有凭而可举，予何抑而未许，恐岁凶之及人，宁天谴于我身。"①

其二，尊崇儒典，以彰显仁义忠孝。如《孝经注序》云："子曰：'吾志在《春秋》行在《孝经》。'是知孝者德之本欤。《经》曰：'昔者明王之以孝理天下也，不敢遗小国之臣，而况于公侯伯子男乎。'朕尝三复斯言，景行先哲。虽无德教加于百姓，庶几广爱刑于四海。"②

其三，怀慕太宗，并承其壮志。如《行次成皋途经先圣擒建德之所缅思功业感而赋诗》云："顾惭嗣宝历，恭承天下平。幸过翦鲸地，感慕神且英。"③

其四，遥追大化，履冰自箴的心态。如《过晋阳宫》云："顾循承丕构，怵惕多忧虞。尚恐威不逮，复虑化未孚。……长怀经纶日，叹息履庭隅。艰难安可忘，欲去良踟蹰。"④

其五，勖励封疆大吏以治民之理，从而营造良好的人文环境。如《赐诸州刺史以题座右》云："贤能既俟进，黎献实伫康。视人当如子，爱人亦如伤。讲学试诵论，阡陌务耕桑。虚誉不可饰，清知不可忘。求名迹易见，安贞德自彰。讼狱必以情，教民贵有常。恤惸且存老，抚弱复绥强。"⑤

其六，对君主臣辅共理天下的清醒认识。如《送忠州太守康昭远等》云："端拱临中枢，缅怀共予理。不有台阁英，孰振循良美。"⑥

---

①　[唐]李隆基：《喜雨赋》，《全唐文》卷二〇，第233—234页。
②　[唐]李隆基：《孝经注序》，《全唐文》卷四一，第444页。
③　[唐]李隆基：《行次成皋途经先圣擒建德之所缅思功业感而赋诗》，《全唐诗》卷三，第26页。
④　[唐]李隆基：《过晋阳宫》，《全唐诗》卷三，第26页。
⑤　[唐]李隆基：《赐诸州刺史以题座右》，《全唐诗》卷三，第27页。
⑥　[唐]李隆基：《送忠州太守康昭远等》，《全唐诗》卷三，第27页。

其七，总结文化共同体建设中的具体措施及成功经验。如《春晚宴两相及礼官丽正殿学士探得风字序》云：

> 祖述尧典，宪章禹绩，敦睦九族，会同四海。犹恐烝黎未乂，徭戍未安；礼乐之政亏，师儒之道丧。乃命使者，衣绣服，行郡县，因人所利，择其可劳，所以便亿兆也；乃命将士，摄介胄，砺矢石，审山川之向背，应岁月之孤虚，所以静边陲也；乃命礼官，考制度，稽典则，序文昭武穆，享天地神祇，所以申严洁也。乃命学者，缮落简，缉遗编，篹鲁壁之文章，缀秦坑之煨烬，所以修文教也。故能使流寓返枌榆之业，戎狄称藩屏之臣，神祇歆其禋祀，庠序阐其经术。①

因为面对不同的时代背景，处于不同的社会发展阶段，唐代文化共同体建设事业在太宗与玄宗的文学作品中有着不尽相同的表现。但是，胸怀天下的气度、尊崇儒道的信念、君臣相得的重要性、人文化成的期望，以及常驻于心的自诫与反躬等等，则是二人共有的人文亮点。他们既是通过文学来集中表现唐代文化共同体内容的两位帝王，亦各自抵达了有唐一代国势与文治在不同时代的巅峰。这一切，当非巧合。作为皇帝，在文化共同体建设中必然担负着设计、决策和领导的职责，其任至重，其道长远。故欲大治大化则不得缺文治，欲行文治则不可少文学，太宗、玄宗宜深谙其道。依仗共有的亮点，他们从国家最高层面保障了唐代文化共同体建设能够顺利发展，并保持着良好的延续性。

二、高级官员

此处所言之高级官员，是指李唐政权中的高官显贵，其品阶在一品

---

① ［唐］李隆基：《春晚宴两相及礼官丽正殿学士探得风字序》，《全唐诗》卷三，第34页。

至三品之间。他们处于古代官僚社会金字塔的高层,对社会资源具备较大的占有、调配能力,在国家制度、组织、管理、文化等方面具有一定的影响力。因此,对唐代文化共同体建设在这一部分官员文学作品中的表现进行梳理、研究,具有一定的价值和意义。

唐代前期,通过文学来反映文化共同体建设的高级官员,主要有陈叔达、颜师古、杜淹、魏征、杨师道、岑文本、虞世南、张柬之、崔日用、李峤、宋璟、张嘉贞、源乾曜、张说、苏颋、史承节、李邕等人。(相关人物品阶情况详下表)

陈叔达	[后晋]刘昫等:《旧唐书》卷六十一,第 2363 页。"贞观初,加授光禄大夫。……授遂州都督,以疾不行。久之,拜礼部尚书。"[唐]李林甫等:《唐六典》卷二"尚书吏部",第 29 页。"从二品曰光禄大夫。"卷四"尚书礼部",第 108 页。"礼部尚书一人,正三品。"
颜师古	[后晋]刘昫等:《旧唐书》卷七十三,第 2594—2595 页。"太宗践祚,擢拜中书侍郎。……贞观七年,拜秘书少监。……师古俄迁秘书监、弘文馆学士。"[唐]李林甫等:《唐六典》卷九"中书省集贤院史馆匦使",第 275 页。"中书侍郎二人,正四品上。"卷十"秘书省",第 295—296 页。"监一人,从三品;……少监二人,从四品上。"颜师古在贞观初虽为四品官员,然太宗爱重其才识,令其撰《五礼》、注《汉书》,封禅仪注亦多从师古之说。所受恩遇几同于三品以上官,贞观十五年后,入三品之列。
杜　淹	[后晋]刘昫等:《旧唐书》卷六十六,第 2471 页。"及(太宗)即位,征拜御史大夫……寻判吏部尚书,参议朝政。"[唐]李林甫等:《唐六典》卷十三"御史台",第 377 页。"御史大夫一人,从三品。"卷二"尚书吏部",第 26 页。"吏部尚书一人,正三品。"
魏　征	[后晋]刘昫等:《旧唐书》卷七十一,第 2548—2549 页。"贞观二年,迁秘书监,参预朝政。……七年,代王珪为侍中。……十六年,拜太子太师,知门下省事如故。"[唐]李林甫等:《唐六典》卷十"秘书省",第 295 页。"监一人,从三品。"卷八"门下省",第 240 页。"侍中二人,正三品。"卷二十六"太子三师三少詹事府左右春坊内官",第 660 页。"太子太师一人……从一品。"

杨师道	［宋］欧阳修、宋祁：《新唐书》卷一百，第 3927—3928 页。"贞观十年，拜侍中。……久之，迁中书令。……罢为吏部尚书。……从征高丽，摄中书令。军还，颇不职，改工部尚书，复为太常卿。"［唐］李林甫等：《唐六典》卷八"门下省"，第 240 页。"侍中二人，正三品。"卷九"中书省集贤院史馆瓯使"，第 272 页。"中书令二人，正三品。"卷二"尚书吏部"，第 26 页。"吏部尚书一人，正三品。"卷七"尚书工部"，第 215 页。"工部尚书一人，正三品。"卷十四"太常寺"，第 394 页。"太常寺：卿一人，正三品。"
岑文本	［后晋］刘昫等：《旧唐书》卷七十，第 2536—2538 页。"温彦博奏曰：'师古谙练时事，长于文法，时无及者，冀蒙复用。'太宗曰：'我自举一人，公勿忧也。'于是以文本为中书侍郎，专典机密。……十七年，加银青光禄大夫。……俄拜中书令。"［唐］李林甫等：《唐六典》卷九"中书省集贤院史馆瓯使"，第 275 页。"中书侍郎二人，正四品上。"岑文本贞观前期虽为四品官，然其代颜师古为太宗钦选，且参与机密，故可视之以显贵。卷二"尚书吏部"，第 30 页。"从三品曰银青光禄大夫。"卷九"中书省集贤院史馆瓯使"，第 272 页。"中书令二人，正三品。"
虞世南	［后晋］刘昫等：《旧唐书》卷七十二，第 2566—2570 页。"（太宗即位）除秘书少监。……七年，转秘书监，赐爵永兴县子。……十二年……仍授银青光禄大夫。"［唐］李林甫等：《唐六典》卷十"秘书省"，第 295—296 页。"监一人，从三品；……少监二人，从四品上。"卷二"尚书吏部"，第 30 页。"从三品曰银青光禄大夫。"据《旧唐书》卷七十二，第 2566—2570 页。太宗甚重虞氏，尝云："朕因暇日与虞世南商略古今，有一言之失，未尝不怅恨，其恳诚若此，朕用嘉焉。群臣皆若世南，天下何忧不理。……尝称世南有五绝：一曰德行，二曰忠直，三曰博学，四曰文辞，五曰书翰。"故其人虽于贞观七年前官居四品，但深得皇帝器重，而贞观七年之后正式进入"议贵"之列，故本节将其归于高级官员一类。
张柬之	［清］彭定求等编：《全唐诗》卷九十九，第 1066—1067 页。"长安中……迁凤阁侍郎，知政事。……中宗即位，以功擢天官尚书，封汉阳王，迁中书令。"凤阁侍郎即中书侍郎。［唐］李林甫等：《唐六典》卷九"中书省集贤院史馆瓯使"，第 275 页。"中书侍郎二人，正四品上。"天官尚书即礼部尚书。《唐六典》卷二"尚书吏部"，第 26 页。"吏部尚书一人，正三品。"卷九"中书省集贤院史馆瓯使"，第 272 页。"中书令二人，正三品。"长安年间，张柬之虽为四品官，然其以凤阁侍郎之职知政事，故本节将其归于高级官员行列。

崔日用	［宋］欧阳修、宋祁：《新唐书》卷五，第 129 页。"（开元十年）闰月壬申，张说巡边。"本节所引崔诗为《奉和圣制送张说巡边》。［后晋］刘昫等：《旧唐书》卷九十九，第 3088—3089 页。"及讨平韦氏……（日用）以功授银青光禄大夫，寻出为常州刺史，削实封三百户，转汝州刺史。……十年，转并州大都督长史。"［唐］李林甫等：《唐六典》卷二"尚书吏部"，第 30 页。"从三品曰银青光禄大夫。"卷三十"三府督护州县官吏"，第 745 页，"上州（注云：凡户满四万已上为上州），刺史一人，从三品。"第 742 页，"大都督府：长史一人，从三品。"［唐］杜佑：《通典》卷一百七十七，第 4660 页。"汝州（临汝郡），户六万四千八百九十。"可见崔日用自景龙四年（710）年至开元十年（722）皆属"议贵"。
李 峤	［后晋］刘昫等：《旧唐书》卷九十四，第 2995 页。"景龙三年，罢中书令，以特进守兵部尚书、同中书门下三品。"木节所引李诗为《奉使筑朔方六州城率尔而作》，奉使筑城为军旅之事，为兵部任上所作可能性较大。［唐］李林甫等：《唐六典》卷五"尚书兵部"，第 150 页。"兵部尚书一人，正三品。"
宋 璟	［宋］欧阳修、宋祁：《新唐书》卷五，第 129 页。"（开元十年）闰月壬申，张说巡边。"［宋］司马光：《资治通鉴》卷二百一十二，第 6739 页。"（开元八年）侍中宋璟疾负罪而妄诉不已者，悉付御史台治之。"第 6752 页。"（开元十年秋）上乃以开府仪同三司宋璟为西京留守。"［唐］李林甫等：《唐六典》卷八"门下省"，第 240 页。"侍中二人，正三品。"卷二"尚书吏部"，第 29 页。"从一品曰开府仪同三司。"本节所选宋诗为《奉和圣制送张说巡边》，可见宋璟作此诗时为"议贵"。
张嘉贞	［后晋］刘昫等：《旧唐书》卷九十九，第 3092 页。"明年（开元十三年），（嘉贞）左转台州刺史。复代卢从愿为工部尚书、定州刺史，知北平军事，累封河东侯。……至州，于恒岳庙中立颂，嘉贞自为其文。"［唐］李林甫等：《唐六典》卷七"尚书工部"，第 215 页。"工部尚书一人，正三品。"
源乾曜	［后晋］刘昫等：《旧唐书》卷九十八，第 3071 页。"八年春，复为黄门侍郎、同中书门下三品，寻加银青光禄大夫，迁侍中。……乾曜后扈从东封，拜尚书左丞相，仍兼侍中。"玄宗东封泰山是在开元十三年夏，可知源乾曜自开元八年至十三年间始终任侍中一职。［唐］李林甫等：《唐六典》卷八"门下省"，第 240 页。"侍中二人，正三品。"

张　说	［清］彭定求等编：《全唐诗》卷八十五，第 918 页。"开元初，进中书令，封燕国公。寻出刺相州，左转岳州，召拜兵部尚书，知政事，敕令巡边。后为集贤院学士，尚书左丞相。"［唐］李林甫等：《唐六典》卷三十"三府督护州县官吏"，第 745—746 页。"上州（注云：凡户满四万已上为上州），刺史一人，从三品。……下州（注云：户不满二万者为下州）。刺史一人，正四品下。"［唐］杜佑：《通典》卷一百七十八，第 4696 页。"相州（邺郡），户十万九千四百五十。"卷一百八十三，第 4875 页。"岳州（巴陵郡），户一万一千六百七十六。"据《唐六典》卷五"尚书兵部"，第 150 页。"兵部尚书一人，正三品。"［宋］司马光：《资治通鉴》卷二百一十二，第 6755 页。"（开元十一年）癸亥，以张说兼中书令。"卷二百一十三，第 6771 页。"（开元十四年）上召河南尹崔隐甫，欲用之，中书令张说薄其无文，奏拟金吾大将军。"据此可知，张说在玄宗一朝唯贬刺岳州时品阶低于三品，然不久即再次显达。本节所引张氏作品主要为其主政之时君臣唱和之作及封禅之文，故将其列入"议贵"。
苏　颋	［后晋］刘昫等：《旧唐书》卷八十八，第 2881 页。"开元四年，迁紫微侍郎、同紫微黄门平章事，与侍中宋璟同知政事。……八年，除礼部尚书，罢政事，俄为益州大都督府长史事。……俄（十三年）又知吏部选事。"紫微侍郎即中书侍郎。［唐］李林甫等：《唐六典》卷九"中书省集贤院史馆匦使"，第 275 页。"中书侍郎二人，正四品上。"纵观苏颋在开元所任京官职务，除紫微侍郎之外，皆人三品。但其以紫微侍郎之职知政事，固不可泥于品阶。加之本节所引苏颋作品，或为与玄宗君臣唱和，或为颂赞东封，皆为在京所作，故归其于"议贵"。
史承节	［清］董诰等编：《全唐文》卷三三〇，第 3342 页。"承节，万岁通天元年充河南道察访使，玄宗初官邢州刺史。"察访使为临时性职务，故考察史氏品阶，还需借助刺史一职。［唐］杜佑：《通典》卷一百七十八，第 4699 页。"巨鹿郡（邢州）户六万七千五百六十。"［唐］李林甫等：《唐六典》卷三十"三府督护州县官吏"，第 745 页。"上州（注云：凡户满四万以上为上州）刺史一人，从三品。"
李　邕	［后晋］刘昫等：《旧唐书》卷一百九十中，第 5041—5043 页。开元之后李邕历任陈、括、淄、滑诸州刺史。天宝初，又先后为汲郡、北海二太守。《旧唐书》卷九，第 211 页。"（开元二十七年八月）甲申，制追赠孔宣父为文宣王，颜回为兖国公，余十哲皆为侯，夹坐。后嗣褒圣侯改封为文宣公。"李文《兖州曲阜县孔子庙碑》称孔璲之为褒圣侯而非文宣公，故此文当作于开元二十七年之前。［唐］杜佑：《通典》卷一百七十七，第 4668 页，陈州为上州；卷一百八十二，第 4835 页，括州为上州；卷一百八十，第 4773 页，淄州为上州；卷一百八十，第 4756 页，滑州为上州。［唐］李林甫等：《唐六典》卷三十"三府督护州县官吏"，第 745 页。"上州（注云：凡户满四万已上为上州）刺史一人，从三品。"故本节置李邕于"议贵"之列。

　　这一级别官员的文学创作，或作为表达高度责任感的介质，如张说《赦归在道中作》云"谁能定礼乐，为国著功成"；①或以临近皇帝的优势适时劝谏，以间接作用于文化共同体的建设，如魏征《赋西汉》等；或自觉投身于文化共同体建设的身体力行之中，如陈叔达《州城西园入斋祠社》等；或从朝廷重臣的视角出发，对文化共同体建设在国家实力、思想文化、社会风气等众多领域的发展现状予以反映，如"德兼三代礼，功包四海图"②是对皇帝功德的综合概况，"乐和知化洽，讼息表刑清"③是对人文化成的形象表达，"既立省方馆，复建礼神坛"④是言皇帝对传统文化的继承，"坊因购书立，殿为集贤开"⑤是言皇帝对文学人才的重视。

　　这一阶层官员的大部分作品是辅理政务之暇，通过典雅庄重、气势磅礴，与处于上升时代的大唐帝国遥相呼应的庙堂之文，对有益于文化共同体建设的帝王重要行为举措予以赞赏和褒扬，如张嘉贞《北岳庙碑序》、张说《大唐封祀坛颂》、苏颋《奉和圣制行次成皋途经先圣擒建德之所感而成诗应制》、李邕《兖州曲阜县孔子庙碑并序》等。还有对前贤功业的称颂，如史承节《郑康成祠碑》等。此外，时代气息赋予的昂扬奋发精神，也会在一些乐府旧题中表现出来，如虞世南《从军行二首（其二）》云："交河梁已毕，燕山旆欲挥。方知万里相，侯服见光辉。"⑥又如李峤《奉使筑朔方六州城率尔而作》云："雄视沙漠垂，有截北海阳。二庭已顿颡，五岭尽来王。"⑦再如张柬之《出塞》云："电断冲胡塞，风飞出洛阳。转战磨笄俗，横行戴斗乡。"⑧

---

① ［唐］张说：《赦归在道中作》，《全唐诗》卷八十八，第976页。
② ［唐］岑文本：《奉和正日临朝》，《全唐诗》卷三十三，第451页。
③ ［唐］虞世南：《赋得慎罚》，《全唐诗》卷三十六，第473页。
④ ［唐］张说：《奉和圣制太行山中言志应制》，《全唐诗》卷八十八，第966页。
⑤ ［唐］张说：《春晚侍宴丽正殿探得开字》，《全唐诗》卷八十八，第964页。
⑥ ［唐］虞世南：《从军行二首（其二）》，《全唐诗》卷三十六，第470页。
⑦ ［唐］李峤：《奉使筑朔方六州城率尔而作》，《全唐诗》卷五十七，第687页。
⑧ ［唐］张柬之：《出塞》，《全唐诗》卷九十九，第1067页。

对于这一级别的官员而言,其核心任务为国家政事,文学必须从属于政治。因此,其文学创作总体上表现出宏观胜过微观、理性大于情感的特点。社会地位在很大程度上影响眼界和思维,从文学角度看,这一群体的文学表现范围较为狭小,个性不够突出;但从文化共同体的建设角度看,其在文学创作中的这一特点却非弱点。实际上,其表现出的对于理性和庄重的追求、真实的时代感、必要的大局观,以及切合其身份的文学表达,都是国家高层管理者不可缺少的能力。他们正是以这种文学辅助政治的方式致力于唐代文化共同体事业的建设。

三、中层官员

这一阶层的官员,品阶为四品、五品。其地位虽低于高级官员,然其官职仍为制敕所命而非旨授,故有"通贵"之称。作为末等贵官,他们在国家政治、文化中的影响力逊于高官,但其处于朝廷官员由显贵到普通的分水岭上,而且人数众多。故而,对唐代文化共同体建设在这一群体文学创作中的表现,同样值得关注。

唐代前期,通过文学来反映文化共同体建设的中级官员,主要有袁朗、李百药、孔绍安、崔湜、陈元光、薛曜、李乂、孙会、王翰、王维、丘为、薛据诸人。(相关人物品阶情况详下表)

袁　朗	［后晋］刘昫等:《旧唐书》卷一百九十上,第 4984—4985 页。"武德初,授齐王文学、祠部郎中……再转给事中。贞观初卒官。太宗为之废朝一日,谓高士廉曰:'袁朗在任虽近,然其性谨厚,特使人伤惜。'因敕给其丧事,并存问妻子。"［唐］李林甫等:《唐六典》卷四"尚书礼部",第120 页。"祠部郎中一人,从五品上。"卷八"门下省",第244 页。"给事中四人,正五品上。"故本节归袁氏于"通贵"。
李百药	［后晋］刘昫等:《旧唐书》卷七十二,第 2572—2577 页。"太宗重其才名,贞观元年,召拜中书舍人。……二年,除礼部侍郎。……四年,授太子右庶子。……十年……加散骑常侍,行太子左庶子……俄除宗正卿。"

续　表

	［唐］李林甫等：《唐六典》卷九"中书省集贤院史馆瓯使"，第 275 页。"中书舍人六人，正五品上。"卷二十六"太子三师三少詹事府左右春坊内官"，第 663 页。"左庶子二人，正四品上。"第 670 页。"右庶子二人，正四品下。卷四"尚书礼部"，第 108 页。"侍郎一人，正四品下。"卷十六"卫尉宗正寺"，第 459 页。"卿一人，从三品。"李百药致仕前虽官至从三品，然考其履历，自贞观元年至十年间担任官职皆在五品至四品之间，故本节将其归于"通贵"。
孔绍安	［清］彭定求等编：《全唐诗》卷三十八，第 490 页。"隋末，为监察御史。归唐，拜内史舍人。恩礼甚厚，尝诏撰《梁史》，未成而卒。"［唐］李林甫等：《唐六典》卷九"中书省集贤院史馆瓯使"，第 275 页。"中书舍人六人，正五品上。"
崔　湜	［清］彭定求等编：《全唐诗》卷五十四，第 660 页。"擢进士第，累转左补阙。……附武三思、上官昭容，由考功员外郎骤迁中书舍人，兵部侍郎。俄拜中书侍郎，检校吏部侍郎，同中书门下平章事。……贬江州司马。安乐公主从中申护，改襄州刺史。韦氏称制，复同中书门下三品。睿宗立，出为华州刺史，除太子詹事。景云中，太平公主引为中书令。明皇立，流岭外。"［唐］李林甫等：《唐六典》卷八"门下省"，第 247 页。"左补阙二人，从七品上。"卷九"中书省集贤院史馆瓯使"，第 372 页。"中书令二人，正三品。"崔湜仕宦，历任左补阙、考功员外郎、兵部侍郎、中书令等十数种官职，品阶由从七品上直至正三品。其诗《塞垣行》《大漠行》《冀北春望》《早春边城怀归》等多涉边塞、军旅、战争等内容，相比而言作于兵部侍郎任上可能性最大。［唐］李林甫等：《唐六典》卷五"尚书兵部"，第 150 页。"侍郎二人，正四品下。"故归崔湜于"通贵"。
陈元光	［清］彭定求等编：《全唐诗》卷四十五，第 550 页。"高宗朝，以左郎将戍闽，进岭南行军总管，奏天漳州为郡，世守刺史。"［唐］杜佑：《通典》卷一百八十二，第 4848 页。"漳州（漳浦郡），户二千六百三十二。"［唐］李林甫等：《唐六典》卷三十"三府督护州县官吏"，第 746 页。"下州（注云：户不满二万者为下州）……刺史一人，正四品下。"
薛　曜	［清］彭定求等编：《全唐诗》卷八十，第 869 页。"圣历中，与修三教珠英，官正谏大夫。"正谏大夫即谏议大夫。［唐］李林甫等：《唐六典》卷八"门下省"，第 246 页。"谏议大夫四人，正五品上。"

李　乂	［清］彭定求等编：《全唐诗》卷一百，第 1073 页。"司马逸客，则天朝，尝从相王北征。李乂有诗送之，称为员外。"可知李乂《夏日东门送司马员外逸客孙员外佺北征》作于则天朝。卷九十二，第 993 页。"长安中，（乂）擢监察御史，迁中书舍人。"［唐］李林甫等：《唐六典》卷十三"御史台"，第 381 页。"监察御史十人，正八品上。"卷九"中书省集贤院史馆瓯使"，第 275 页。"中书舍人六人，正五品上。"员外为员外郎简称，六部均设此职，品阶为从六品上。李乂送别司马逸客、孙佺二人皆为员外郎，若其时为监察御史，则品阶似相差过大，故本节暂取其当时为中书舍人之说，以俟后考。
孙　会	［清］董诰等编：《全唐文》卷三百六十二，第 3680 页。"会，开元二十九年官郴州太守。"［唐］杜佑：《通典》卷一百八十三，第 4879 页。"桂阳郡（郴州）户二万七千九百九十。"据《唐六典》卷三十"三府督护州县官吏"，第 746 页。"中州（注云：户二万已上）刺史一人，正四品上。"
王　翰	［清］彭定求等编：《全唐诗》卷一百五十六"王翰小传"，第 1602 页。王翰历昌乐尉、秘书正字、通事舍人、驾部员外、汝州长史、仙州别驾，以道州司马卒。据［唐］杜佑：《通典》卷一百七十七，第 4660 页。"仙州（汝州）户六万四千八百九十。"［唐］李林甫等：《唐六典》卷三十"三府督护州县官吏"，第 745 页。"上州（注云：凡户满四万已上为上州）……别驾一人；从四品下。"
王　维	［后晋］刘昫等：《旧唐书》卷一百九十下，第 5051—5052 页。"历右拾遗、监察御史、左补阙、库部郎中。……拜吏部郎中。天宝末，为给事中。"［唐］李林甫等：《唐六典》卷八"门下省"，第 244 页。"给事中四人，正五品上。"《全唐诗》卷一百二十五，第 1234 页。"王维，开元九年，进士擢第，历右拾遗、监察御史、左补阙、库部郎中，拜吏部郎中。天宝末，为给事中。"［唐］李林甫等：《唐六典》卷九"中书省集贤院史馆瓯使"，第 277 页。"右拾遗二人，从八品上。"卷二"尚书吏部"，第 28 页。"郎中二人，从五品上。"卷八"门下省"，第 244 页。"给事中四人，正五品上。"王维仕宦履历由从八品开始，天宝末已为正五品上。故对其分类只能按照作品，据早期边塞诗如《老将行》《燕支行》等，或归王氏于下层官员；据《和贾舍人早朝大明宫之作》《和仆射晋公扈从温汤》等，则可归入中层官员。
丘　为	［清］彭定求等编：《全唐诗》卷一百二十九，第 1317 页。"丘为，苏州嘉兴人。……累官太子右庶子。"［唐］李林甫等：《唐六典》卷二十六"太子三师三少詹事府左右春坊内官"，第 670 页。"太子右春坊：右庶子二人，正四品下。"

续　表

薛　据	［清］彭定求等编：《全唐诗》卷二百五十三，第 2851 页。"薛据……开元十九年登第，尚书水部郎中，赠给事中。"［唐］李林甫等：《唐六典》卷七"尚书工部"，第 216 页。"郎中一人，从五品上。"

从文学作品反映的内容来看，这一群体涉及的范围要比高级官员广泛。其中有的颂扬帝王功德，如袁朗《和洗掾登城南坂望京邑》、李百药《奉和正日临朝应诏》、薛曜《舞马篇》、李邕《春赋》、王维《和贾舍人早朝大明宫之作》《和仆射晋公扈从温汤》等；有的对边塞题材有所反映，如孔绍安《结客少年场行》、崔湜《大漠行》、李乂《夏日都门送司马员外逸客孙员外佺北征》、王翰《凉州词二首》、王维《老将行》《送宇文三赴河西充行军司马》《燕支行》等；有的褒美儒家圣贤以及忠孝节义等思想，如孙会《苏仙碑铭》等；亦有对美好人文环境的描画，如王维《听百舌鸟》《晦日游大理韦卿城南别业四声依次用各六韵》等。

具体而言，这一群体官员在创作的内容和风格上既有非常接近高级官员的一面，也有与其相异的地方。不同之处主要表现在以下两点。

首先，对边塞诗歌的创作有所侧重，这一群体既有京官也有外官，社会接触面较为广泛。同时，其地位与功业尚有很大的上升空间，在唐代前期昂扬奋进的时代精神激励之下，积极投身于边塞诗歌的关注和创作实为正常之举。而且，他们之中还涌现出能够结合自身守土封疆的切身体验来进行文学创作的官员，如陈元光《落成会咏一首》等。

其次，与高级官员偏理性，重庙堂之文不同，中层官员群体在文学创作中并不介意丰富情感的真实表达，如沈佺期《遥同杜员外审言过岭》、丘为《冬至下寄舍弟时应赴入京》等。而这些官员未曾显贵之时，更是钟情于圣贤事业的赞赏感喟和功业情思的率性直抒。如王翰《飞燕篇》、薛据《古兴》《初去郡斋书怀》等。

四、普通官员

这一阶层的官员，品阶为六品和七品。在旨授官员之中，其级别较高。作为下层官员中的上层官员，李唐官僚群体中由普通到显贵的衔接部分，其文学创作对于唐代文化共同体建设内容的表现，自然有其独特之处。

唐代前期，通过文学来反映文化共同体建设的普通官员，主要有杜审言、司马逸客、武平一、王勃、杨炯、宋之问、崔融、沈佺期、张若虚、李昂、崔颢、岑参、卢象、陶翰、陈兼、贾正义、张之宏、邵混之、封利建、万齐融、贾至、李华、萧颖士、王諲、郑愔、赵良器等人。（相关人物品阶情况详下表）

杜审言	［宋］欧阳修、宋祁：《新唐书》卷二百一，第 5735 页。"擢进士，为隰城尉……累迁洛阳丞，坐事贬吉州司户参军。……武后叹重其文，授著作佐郎，迁膳部员外郎。神龙初，坐交通张易之，流峰州。"［后晋］刘昫等：《旧唐书》卷一百九十一，"永昌（689）中，（李嗣真）拜右御史中丞，知大夫事。"杜氏有《和李大夫嗣真奉使存抚河东》，故此诗当作于则天时期。［唐］李林甫等：《唐六典》卷三十"三府督护州县官吏"，第 750 页。"万年、长安、河南、洛阳、奉先、太原、晋阳，令各一人，正五品上。……丞二人，从七品上。"卷十"秘书省"，第 301 页。"著作佐郎四人，从六品上。"卷四"尚书礼部"，第 120 页。"膳部郎中一人，从五品上；……员外郎一人，从六品上。"
司马逸客	［清］彭定求等编：《全唐诗》卷一百，第 1073 页。"司马逸客，则天朝，尝从相王北征。李乂有诗送之，称为员外。"员外为员外郎之简称，六部均设此职，品阶为从六品上。
武平一	［清］彭定求等编：《全唐诗》卷一百二，第 1083 页。"中宗复位，平一居母丧，迫召为起居舍人……景龙二年，兼修文馆直学士，迁考功员外郎。虽预宴游，尝因诗规戒。"可知其《谏大飨用倡优媟狎书》当作于是时。［唐］李林甫等：《唐六典》卷二"尚书吏部"，第 41 页。"考功郎中一人，从五品上；员外郎一人，从六品上。"

王　勃	［宋］欧阳修、宋祁：《新唐书》卷二百一，第5739页。"（勃）年未及冠，授朝散郎，数献颂阙下。沛王闻其名，召署府修撰……勃既废，客剑南。尝登葛愦山旷望，慨然思诸葛亮之功，赋诗见情。"［唐］李林甫等：《唐六典》卷二"尚书吏部"，第31页。"从六品上曰朝散郎。"因此，以《乾元殿颂》等前期作品而言，当归其于普通官员；以《益州夫子庙碑》《山亭思友人序》等客剑南之作而言，又可归于流外一类。
杨　炯	［清］彭定求等编：《全唐诗》卷五十，第610页。"（炯）年十一，举神童，授校书郎，为崇文馆学士，迁詹事司直。……武后时，左转梓州司法参军。秩满，迁婺州盈川令，卒于官。"［唐］李林甫等：《唐六典》卷十"秘书省"，第298页。"校书郎八人，正九品上。"［宋］司马光：《资治通鉴》卷二百三，第6422页。"胡注云：唐詹事司直，正九品上，掌弹劾宫僚，纠举职事。"［唐］杜佑：《通典》卷一百七十六，第4624页。梓潼郡（梓州）户五万五千五百。［唐］李林甫等：《唐六典》卷三十"三府督护州县官吏"，第746页。"上州（注云：凡户满四万已上为上州）司法参军事一人，从七品下。"卷三十"三府督护州县官吏"，第752页。诸州上县、中县、中下县、下县令分别为从六品上、正七品上、从七品上、从七品下。据此，就《奉和上元酺宴应诏》等前期作品而言，当归京官杨炯于下层官员；就《王勃集序》等而言，当归地方官杨炯于普通官员。
宋之问	［后晋］刘昫等：《旧唐书》卷一百九十中，第5025页。"初征令与杨炯分直内教，俄授洛州参军，累转尚方监丞。……及易之等败，左迁泷州参军。"［唐］李林甫等：《唐六典》卷二十二"少府军监"，第571页。"少府监（注云：光宅元年改为尚方监）丞四人，从六品下。"据内容而言，宋氏《扈从登途中作》《扈从登封告成颂》当作于则天封中岳之时，以此归宋氏于普通官员。
崔　融	崔融《从军行》难以考定创作时间，但《为朝集使于思言等请封中岳表》则有迹可循。［宋］司马光：《资治通鉴》卷二百四，第6471页。"（天授二年）一月，地官尚书武思文及朝集使二千八百人，表请封中岳。"崔融《为朝集使于思言等请封中岳表》或作于此时。［后晋］刘昫等：《旧唐书》卷九十四，第2996页。"中宗在春宫，制融为侍读，兼侍属文，东朝表疏，多成其手。圣历中，则天幸嵩县，见融所撰《启母庙碑》……自魏州司功参军擢授著作佐郎，寻转右史。"作为东宫属官，崔融断不会公开结交外官，而圣历之时封中岳已毕，故其《为朝集使于思言等请封中岳表》当作于两事之间。则天封禅之后才将崔融从魏州司功参军提拔为著作佐郎，可见之前实为司功参军。［唐］杜佑：《通典》卷一百八十，第4760页。魏郡（魏州）户十四万九千七百二十。［唐］李林甫等：《唐六典》卷三十"三府督护州县官吏"，第745页。"上州（注云：凡户满四万已上为上州）司功参军事一人，从七品下。"

续　表

沈佺期	［后晋］刘昫等：《旧唐书》卷一百九十中，第5017页。"长安中，累迁通事舍人。……再转考功员外郎，坐赃配流岭表。神龙中，授起居郎，加修文馆直学士。后历中书舍人、太子詹事。"本节所引沈诗为《遥同杜员外审言过岭》，据"洛浦风光何所似，崇山瘴疠不堪闻。……两地江山万余里，何时重谒圣明君。"可知其作于配流岭表，尚未回京之时。故只需考察其流配之前官职即可。［唐］李林甫等：《唐六典》卷九"中书省集贤院史馆瓯使"，第278页。"起居舍人二人，从六品上。"卷二"尚书吏部"，第29页。"员外郎一人，从六品上。"
张若虚	［后晋］刘昫等：《旧唐书》卷一百九十中，第5035页。"神龙中，知章与越州贺朝、万齐融，扬州张若虚、邢巨、湖州包融，俱以吴、越之士，文词俊秀，名扬于上京。朝万止山阴尉，齐融昆山令，若虚兖州兵曹，巨监察御史。"［唐］杜佑：《通典》卷一百八十，第4781页。"鲁郡（兖州）户八万五千三百四十五。"［唐］李林甫等：《唐六典》卷三十"三府督护州县官吏"，第745—746页。"上州（注云：凡户满四万已上为上州）司兵参军事一人；从七品下。"
李　昂	［清］彭定求等编：《全唐诗》卷一百二十，第1209页。"昂，开元中考功员外郎。"［唐］李林甫等：《唐六典》卷二"尚书吏部"，第29页。"员外郎一人，从六品上。"
崔　颢	［后晋］刘昫等：《旧唐书》卷一百九十下，第5049—5050页。"（颢）登进士第……累官司勋员外郎。"［唐］李林甫等：《唐六典》卷二"尚书吏部"，第29页。"员外郎二人；从六品上。"
岑　参	［清］彭定求等编：《全唐诗》卷一百九十八，第2023页。"登天宝三载进士第，由率府参军累官右补阙，论斥权佞。改起居郎，寻出为虢州长史，复入为太子中允。"［唐］李林甫等：《唐六典》卷九"中书省集贤院史馆瓯使"，第277页，"右补阙二人，从七品上"。起居郎即起居舍人。第278页，"起居舍人二人，从六品上。"据本节所引《银山碛西馆》《敦煌太守后庭歌》等言之，当为任虢州长史前所作，故归岑氏于普通官员。
卢　象	［清］董诰等编：《全唐文》卷三〇七，第3121页。"开元中由前进士补秘书郎，转右卫仓曹掾，擢左补阙、河南府录事，迁司勋员外郎。左迁历齐、邠、郑三郡司马，入为膳部员外郎。"［唐］李林甫等：《唐六典》卷二十八"太子左右司卫及诸率府"，第716页。"太子左、右司御率府……仓曹参军事各一人，从八品下。"卷八"门下省"，第247页。"左补阙二人，从七品上。"卷三十"三府督护州县官吏"，第741页。"京兆、河南、太原府……司录参军事二人，正七品上。"卷二"尚书吏部"，第29页。"员外郎二人，从六品上。"以本节所引卢氏《驾幸温泉》而言，当为其任京官时所作，故归其于普通官员。

陶　翰	［清］董诰等编：《全唐文》卷三三四，第 3378 页。"翰，润州人。开元十八年进士，又擢宏词科，官礼部员外郎。"［唐］李林甫等：《唐六典》卷四"尚书礼部"，第 110 页。"员外郎一人，从六品上。"
陈　兼	［清］董诰等编：《全唐文》卷三七三，第 3788 页。"兼，秘书少监京父。官右补阙翰林学士。"［唐］李林甫等：《唐六典》卷九"中书省集贤院史馆瓯使"，第 277 页。"右补阙二人，从七品上。"
贾正义	［清］董诰等编：《全唐文》卷三〇三，第 3071 页。"正义，开元二年朝议郎，行偃师县尉。"其《周公祠碑》云："偃师县祠堂者，按图经云，后人怀圣恩所置也。"此文当作于任偃师县尉之时。［唐］李林甫等：《唐六典》卷二"尚书吏部"，第 31 页。"正六品上曰朝议郎。"
张之宏	［清］董诰等编：《全唐文》卷三六五，第 3713 页。"之宏，天宝中官曲阜县令。"［唐］李林甫等：《唐六典》卷三十"三府督护州县官吏"，第 752 页。诸州上县、中县、中下县、下县令分别为从六品上、正七品上、从七品上、从七品下。
邵混之	［清］董诰等编：《全唐文》卷三六四，第 3705 页。"混之，开元二十四年官鹿泉县令。"［唐］李林甫等：《唐六典》卷三十"三府督护州县官吏"，第 752 页。诸州上县、中县、中下县、下县令分别为从六品上、正七品上、从七品上、从七品下。
封利建	［清］董诰等编：《全唐文》卷三六二，第 3673 页。"利建，天宝十三载柏城县令。"［唐］李林甫等：《唐六典》卷三十"三府督护州县官吏"，第 752 页。诸州上县、中县、中下县、下县令分别为从六品上、正七品上、从七品上、从七品下。
万齐融	［清］彭定求等编：《全唐诗》卷一百十七，第 1182 页。"万齐融，越州人。官昆山令。"［唐］李林甫等：《唐六典》卷三十"三府督护州县官吏"，第 752 页。诸州上县、中县、中下县、下县令分别为从六品上、正七品上、从七品上、从七品下。
贾　至	［清］彭定求等编：《全唐诗》卷二百三十五，第 2591 页。"贾至，擢明经第，为单父尉，拜起居舍人、知制诰。"［唐］李林甫等：《唐六典》卷三十"三府督护州县官吏"，第 752—753 页。诸州上县、中县、中下县、下县尉分别为从九品上、从九品下、从九品下、从九品下。卷九"中书省集贤院史馆瓯使"，第 278 页。"起居舍人二人，从六品上。"据此，贾氏《旌儒庙碑》《微子庙碑颂》《虑子贱碑颂》等或作于任单父尉时，《工部侍郎李公集序》等或作于任起居舍人时。若以前期地方官生涯论，宜归贾氏于下层官员，若以京官时期论，则可归之于普通官员。

李　华	［清］彭定求等编：《全唐诗》卷一百五十三,第 1585 页。"开元中第进士,擢宏辞科。累官监察御史,右补阙。以受安禄山伪署,贬杭州司户。"［唐］李林甫等：《唐六典》卷十三"御史台",第 381 页。"监察御史十人,正八品上。"卷九"中书省集贤院史馆瓯使",第 277 页。"右补阙二人,从七品上。"因《元鲁山墓碣铭序》《扬州功曹萧颖士文集序》《祭萧颖士文》等文皆作于其挚友元德秀、萧颖士亡后,故舍前职监察御史而取后职右补阙,归李氏于普通官员。
萧颖士	［清］董诰等编：《全唐文》卷三二二,第 3259 页。"天宝初补秘书正字。……召为集贤校理,尝作《伐樱桃赋》讥李林甫,见疾免官。林甫死,更调河南府参军事。"［唐］李林甫等：《唐六典》卷十"秘书省",第 302 页。"正字四人,正九品下。"［唐］杜佑：《通典》卷一百七十六,第 4651 页。河南府(洛州)户十九万三千四百八十。《唐六典》卷三十"三府督护州县官吏",第 745—747 页。上州(注云：凡户满四万已上为上州)司录、司法、功曹、仓曹、户曹、法曹诸参军事品阶由从七品上至从七品下不等。以萧氏著作而言,《江有归舟三章序》《江有枫一篇十章序》《为陈正卿进续尚书表》《赠韦司业书》《过河滨和文学张志尹》等皆为免秘书正字后所作,故本节归其于普通官员。
王　諲	［清］董诰等编：《全唐文》卷三三三,第 3374 页。"諲,开元中进士,官右补阙。"［唐］李林甫等：《唐六典》卷九"中书省集贤院史馆瓯使",第 277 页。"右补阙二人,从七品上。"
郑　愔	［清］彭定求等编：《全唐诗》卷一百六,第 1104 页。"进士擢第。天后时,张易之兄弟荐为殿中侍御史。易之败,贬宣州司户,既而附武三思,累迁吏部侍郎。"［唐］李林甫等：《唐六典》卷十三"御史台",第 381 页。"殿中侍御史六人,从七品上。"从本节所引《塞外三首》云"将军犹转战,都尉不成名"而言,当非其任吏部侍郎后所作,故归其于普通官员。
赵良器	［清］董诰等编：《全唐文》卷三七四,第 3799 页。"良器,开元时官殿中侍御史、兵部员外郎。"［唐］李林甫等：《唐六典》卷十三"御史台",第 381 页。"殿中侍御史六人,从七品上。"卷五"尚书兵部",第 152 页。"员外郎二人,从六品上。"

这一群体的文学创作,几乎涉及李唐文化共同体建设的方方面面。其中,秉承中和雅正之道者,有司马逸客《雅琴篇》、武平一《谏大飨用倡优媒狎书》、王勃《益州夫子庙碑》、崔颢《澄水如鉴》、卢象《赠广川马先

生》、陈兼《陈留郡文宣王庙堂碑并序》、贾正义《周公祠碑》、张之宏《兖公颂》、贾至《旌儒庙碑》《微子庙碑颂》《虞子贱碑颂》、李华《元鲁山墓碣铭序》《扬州功曹萧颖士文集序》《祭萧颖士文》《三贤论》《质文论》《杂诗六首》、萧颖士《江有归舟三章序》《江有枫一篇十章序》《为陈正卿进续尚书表》《赠韦司业书》《过河滨和文学张志尹》、郑愔《哭郎著作》等。

彰显昂扬向上精神者，有王勃《上吏部裴侍郎启》《山亭思友人序》《上刘右相书》、杨炯《王勃集序》《从军行》《出塞》、李昂《从军行》、崔颢《赠王威古》《黄鹤楼》《渭城少年行》、岑参《银山碛西馆》、陶翰《赠郑员外》、万齐融《仗剑行》、萧颖士《蒙山作》《答邹象先》、郑愔《塞外三首》等。

宣扬雄强鼎盛国势者，有王勃《乾元殿颂》、杨炯《奉和上元酬宴应诏》、崔融《为朝集使于思言等请封中岳表》、宋之问《扈从登封途中作》《扈从登封告成颂》、崔颢《荐樊衡书》、卢象《驾幸温泉》、陶翰《送金卿归新罗》、贾至《工部侍郎李公集序》、李华《含元殿赋》、王諲《明堂赋》、赵良器《三月三日曲江侍宴》等。

表现丰乐和美人文环境者，有杜审言《和李大夫嗣真奉使存抚河东》《大酺》、张若虚《春江花月夜》、崔颢《雁门胡人歌》、岑参《敦煌太守后庭歌》《与独孤渐道别长句兼呈严八侍御》、邵混之《元氏县令庞君清德碑》、封利建《大唐睢阳郡柘城县令李公德政碑》、李华《杨骑曹集序》、王諲《十五夜观灯》等。

这一群体之中名家辈出，其文学作品中的理性精神和感性力量可谓齐驱并驾，各擅其长。涌现出王勃、杨炯、宋之问、沈佺期、张若虚、崔颢、岑参、贾至、李华、萧颖士等唐代前期文学创作领域的一流人才。作为著名作家，他们或视野开阔，或艺术手法多变，或思想深邃，但笔锋最健之处皆不离于兴复雅道之责与彰显奋发之气。这种现象，与他们所处的社会地位密切相关。有唐前期，国力的强盛、社会风气的开放，使国人普遍表现出一种恢宏开阔的气度和强烈的进取精神，从帝王至士人，无不如此。这是时代所赋予的希望与力量，任谁都无法阻挡。

　　然而，这批普通官员，尤其是他们中的文学精英们，必然难以接受才高而位下的现状，故追求功名以实现人生价值成为其向上精神的原动力。在奋斗具体过程中，因为有些作家后来升任贵官（如贾至、王维等），故有机会参与国家各项重要活动，其创作风格和内容亦开始倾向于庙堂文学。而有些作家因为仕途蹭蹬，无路"献替明君"，故退而"润色鸿业"（如萧颖士、李华等）。① 其历经坎坷，故对社会的认识更为深刻，其坚守儒道，故对国家的未来更为关注。因此，他们通过文学对盛唐后期出现的种种社会不良现象的批判，完全是医者的视角和思维，实为维护和完善唐代文化共同体建设所不可或缺的声音。

五、下层官员

　　这一阶层官员，其品阶为八品和九品，处于李唐官僚社会体系的末端。对于人数最多，地位最低的流内官员，其文学创作中对于唐代文化共同体建设的表现，自有其值得关注的意义。

　　唐代前期，通过文学来反映文化共同体建设的下层官员，主要有孙处玄、贠半千、陈子昂、卢藏用、富嘉谟、吴少微、骆宾王、卢照邻、郭元振、王泠然、王湾、徐九皋、乔琳、刘庭琦、赵晋用、齐光乂、李白、杜甫、贺朝、王昌龄、荆冬倩、储光羲、王之涣、梁锽等。（相关人物品阶情况详下表）

| 孙处玄 | ［清］董诰等编：《全唐文》卷二六六，第 2697 页。"处元，润州人。长安中征为左拾遗。"［唐］李林甫等：《唐六典》卷八"门下省"，第 247 页。"左拾遗二人，从八品上。" |

---

① ［唐］萧颖士：《赠韦司业书》，《全唐文》卷三二三，第 3276 页。

员半千	［清］董诰等编：《全唐文》卷一六五，第 1681—1682 页。员氏《陈情表》云："京官九品，无瓜葛之亲，立身三十有余，志怀松柏之操，不能余贱贩贵，取利于锥刀。"故归其为下层官员。
陈子昂	［清］彭定求等编：《全唐诗》卷八十三，第 889 页。"擢进士第，武后朝，为麟台正字。数上书言事，迁右拾遗。武攸宜北讨，表为管记，军中文翰，皆委之子昂。父为县令段简所辱，子昂闻之，遽还乡里，简乃因事收系狱中，忧愤而卒。"麟台即秘书省。［唐］李林甫等：《唐六典》卷十"秘书省"，第 302 页。"正字四人，正九品下。"卷九"中书省集贤院史馆瓯使"，第 277 页。"右拾遗二人，从八品上。"管记，为古代对书记、记室参军等文职的通称。《唐六典》卷二十九"诸王府公主邑司"，第 730 页。"记室参军事二人，从六品上。"据此，陈氏北征前作《感遇诗》《与东方左史虬修竹篇序》《答洛阳主人》等时可归入下层官员；而作《登幽州台歌》时当可归入普通官员。然其挚友卢藏用在其亡后每以右拾遗称之，则其生前正式官职当以此为准，而所谓管记者，仅为临时职务耳。
卢藏用	［后晋］刘昫等：《旧唐书》卷九十四，第 3001—3004 页。"（藏用）长安中，征拜右拾遗。……景龙中，为吏部侍郎。……又迁黄门侍郎，兼昭文馆学士，转工部侍郎、尚书右丞。……初隐居之时，有贞俭之操……及登朝，趋趍诡佞，专事权贵，奢靡淫纵，以此获讥于世。"据此，本节系《右拾遗陈子昂文集序》于发迹之前为左拾遗时。［唐］李林甫等：《唐六典》卷八"门下省"，第 247 页。"左拾遗二人，从八品上。"
富嘉谟	［后晋］刘昫等：《旧唐书》卷一百九十中，第 5013 页。"长安中，累转晋阳尉……嘉谟后为寿安尉，预修《三教珠英》。中兴初，为左台监察御史，卒。"［唐］李林甫等：《唐六典》卷三十"三府督护州县官吏"，第 750 页。"万年、长安、河南、洛阳、奉先、太原、晋阳，令各一人……尉六人，从八品下。"卷十三"御史台"，第 381 页。"监察御史十人，正八品上。"
吴少微	［后晋］刘昫等：《旧唐书》卷一百九十中，第 5013 页。"少微亦举进士，累至晋阳尉。中兴初，调于吏部，侍郎韦嗣立称荐，拜右台监察御史。"其品阶同富嘉谟。
骆宾王	［后晋］刘昫等：《旧唐书》卷一百九十上，第 5006 页。"高宗末，为长安主簿。坐赃，左迁临海丞，怏怏失志，弃官而去。"［唐］李林甫等：《唐六典》卷三十"三府督护州县官吏"，第 750 页。"万年、长安、河南、洛阳、奉先、太原、晋阳，令各一人……主簿二人，从八品上。"《唐六典》卷三十"三府督护州县官吏"，第 752 页。诸州上县、中县、中下县、下县丞分别为从八品下、从八品下、正九品上、正九品下。

续　表

卢照邻	［后晋］刘昫等：《旧唐书》卷一百九十上，第 5000 页。"初授邓王府典签……后拜新都尉，因染风疾去官，处太白山中，以服饵为事。后疾转笃，徙居阳翟之具茨山。"［唐］李林甫等：《唐六典》卷二十九"诸王府公主邑司"，第 731 页。"典签二人，从八品下。"卷三十"三府督护州县官吏"，第 752—753 页。诸州上县、中县、中下县、下县尉分别为从九品上、从九品下、从九品下、从九品下。
郭元振	［清］彭定求等编：《全唐诗》卷六十六，第 756 页。"十八举进士，为通泉尉。……武后召欲诘，既与语；奇之，索所为文章，上《宝剑篇》。"据此可知，郭氏作《古剑篇》时任县尉。［唐］李林甫等：《唐六典》卷三十"三府督护州县官吏"，第 752—753 页。诸州上县、中县、中下县、下县尉分别为从九品上、从九品下、从九品下、从九品下。
王泠然	［清］彭定求等编：《全唐诗》卷一百十五，第 1173 页。"开元五年登第。王丘典史选时，尝被奖拔。官校书郎，急于仕进，有上张说书，称公之用人，盖已多矣。仆之思用，其来久矣，仆虽不佞，亦相公一株桃李也。"［唐］李林甫等：《唐六典》卷八"门下省"，第 255 页。"校书郎二人，从九品上。"卷十"秘书省"，第 302 页。"校书郎八人，正九品上。"
王　湾	［清］彭定求等编：《全唐诗》卷一百十五，第 1169 页。"开元初，为荥阳主簿。……终洛阳尉。"［唐］李林甫等：《唐六典》卷三十"三府督护州县官吏"，第 752 页，诸州上县、中县、中下县、下县主簿分别为正九品下、从九品上、从九品上、从九品上。第 752 页。"万年、长安、河南、洛阳、奉先、太原、晋阳，令各一人……尉六人，从八品下。"
徐九皋	［清］彭定求等编：《全唐诗》卷二百三，第 2119 页。"徐九皋，河阴尉。"［唐］李林甫等：《唐六典》卷三十"三府督护州县官吏"，第 752—753 页。诸州上县、中县、中下县、下县尉分别为从九品上、从九品下、从九品下、从九品下。
乔　琳	［清］彭定求等编：《全唐诗》卷一百九十六，第 2014 页。"天宝间举进士，累授兴平尉。郭子仪辟为节度掌书记。"［唐］李林甫等：《唐六典》卷三十"三府督护州县官吏"，第 752—753 页。诸州上县、中县、中下县、下县尉分别为从九品上、从九品下、从九品下、从九品下。
刘庭琦	［清］董诰等编：《全唐文》卷二九九，第 3034 页。"庭琦，开元时官雅州司户。"［唐］杜佑：《通典》卷一百七十六，第 4630 页。"卢山郡（雅州）户九千四百八十。"［唐］李林甫等：《唐六典》卷三十"三府督护州县官吏"，第 747 页。"下州（注云：户不满二万者为下州）……司户参军事一人，从八品下。"

续　表

赵晋用	［清］董诰等编：《全唐文》卷三六四，第3693页。"晋用，天宝五载武进县主簿。"［唐］李林甫等：《唐六典》卷三十"三府督护州县官吏"，第752页。诸州上县、中县、中下县、下县主簿分别为正九品下、从九品上、从九品上、从九品上。
齐光义	［清］董诰等编：《全唐文》卷三五四，第3584页。"光义，开元中郴州博士。"［唐］杜佑：《通典》卷一百八十三，第4879页。"桂阳郡（郴州）户二万七千九百九十。"［唐］李林甫等：《唐六典》卷三十"三府督护州县官吏"，第746页。"中州（注云：户二万已上）……经学博士一人，正九品上。"
李　白	［后晋］刘昫等：《旧唐书》卷一百九十下，第5053页。"天宝初……与筠俱待诏翰林。……尝沉醉殿上，引足令高力士脱靴，由是斥去。"［宋］欧阳修、宋祁：《新唐书》卷二百二，第5762—5763页。"天宝初……有诏供奉翰林。……白自知不为亲近所容……恳求还山，帝赐金放还。"《新唐书》卷四十六，第1183页。"玄宗初，置'翰林待诏'，以张说、陆坚、张九龄等为之，掌四方表疏批答、应和文章。既而又以中书务剧，文书多壅滞，乃选文学之士，号'翰林供奉'。"据此，则先有翰林待诏，后有翰林供奉，《两唐书》或云白为翰林待诏，或为翰林供奉。两者皆为翰林院中擅长文词、经学等各种技艺，以备应诏者。其职责主要是陪皇帝消遣娱乐、文章应和等。其具体级别《唐六典》《通典》《两唐书》等均无记载，当无品阶。李氏虽不得志，而才高志远，又曾近侍皇帝，其眼界、思想绝非普通流外人员所能及，故本节归之于下层官员。
杜　甫	本节所引杜甫作品有《望岳》《封西岳赋》等，皆为其前期所作。据［清］仇兆鳌：《杜诗详注·杜工部年谱》，第12页。《望岳》作于贡举不第后游齐赵、赵时；据《年谱》第14—15页，甫天宝十载进《三大礼赋》后，玄宗令其待制集贤院，天宝十三载进《封西岳赋》时仍在集贤院。天宝十四载，授河西尉，不拜，改右卫率府胄曹参军。［唐］李林甫等：《唐六典》卷二十八"太子左右卫及诸率府"，第717—718页。"太子左、右司御率府……胄曹参军事各一人，从八品下。"卷九"中书省集贤院史馆瓯使"，第279—281页。集贤殿书院诸官员自学士、直学士下皆不著品阶。按：甫天宝十载入集贤院，而十四载始拜从八品下之微官，则待制集贤院时当无品阶。其虽无品阶，但毕竟供职与朝廷机构，故不以流外视之。因此，以《望岳》论，当归杜氏入流外人员；以《封西岳赋》论，当归其为普通官员。

贺　朝	［清］彭定求等编：《全唐诗》卷一百十七，第 1180 页。"贺朝，越州人，官止山阴尉。"［唐］李林甫等：《唐六典》卷三十"三府督护州县官吏"，第 752—753 页。诸州上县、中县、中下县、下县尉分别为从九品上、从九品下、从九品下、从九品下。
王昌龄	［清］彭定求等编：《全唐诗》卷一百四十，第 1420 页。"登开元十五年进士第，补秘书郎。二十二年，中宏词科，调汜水尉，迁江宁丞。晚节不护细行，贬龙标尉卒。"［唐］李林甫等：《唐六典》卷三十"三府督护州县官吏"，第 752—753 页。诸州上县、中县、中下县、下县尉分别为从九品上、从九品下、从九品下、从九品下；丞分别为从八品下、从八品下、正九品上、正九品下。
荆冬倩	［清］彭定求等编：《全唐诗》卷二百三，第 2123 页。"荆冬倩，校书郎。"［唐］李林甫等：《唐六典》卷八"门下省"，第 255 页。"校书郎二人，从九品上。"卷十"秘书省"，第 302 页。"校书郎八人，正九品上。"
储光羲	［宋］欧阳修、宋祁：《新唐书》卷五九，第 1513 页。"兖州人，开元进士第，又诏中书试文章，历监察御史。安禄山反，陷贼，自归。"［唐］李林甫等：《唐六典》卷十三"御史台"，第 381 页。"监察御史十人，正八品上。"
王之涣	周绍良、赵超：《唐代墓志汇编》，第 1549 页。《唐故文安郡文安县尉太原王府君墓志铭并序》云："以门子调补冀州衡水主簿……复补文安郡文安县尉。……以天宝二年五月廿二日葬于洛阳北原礼也。"［唐］李林甫等：《唐六典》卷三十"三府督护州县官吏"，第 752—753 页。诸州上县、中县、中下县、下县主簿分别为正九品下、从九品上、从九品上、从九品上；尉分别为从九品上、从九品下、从九品下、从九品下。
梁　锽	［清］彭定求等编：《全唐诗》卷二百二，第 2113 页。"梁锽，官执戟。天宝中人。"《唐六典》卷二十四"诸卫"，第 623 页。卷二十五"诸卫府"，第 639 页。皆云："执戟各五人，正九品下。"卷二十八"太子左右卫及诸率府"，第 716 页。"执戟各三人，从九品下。"

　　置身于这一群体中的文学大家们，凭借驾驭多样主题与不同体裁的过人能力，将文化共同体在唐代前期的重要内容尽情呈现。如李白，《溧阳濑水贞义女碑铭》《朱虚侯赞》《古风》等是弘扬儒风；《塞下曲》《塞

上曲》《出自蓟北门行》《紫骝马》《从军行》《长歌行》《幽州胡马客歌》《与韩荆州书》《上安州裴长史书》《临江王节士歌》等是著意功名；《明堂赋》《大猎赋》等是润色帝业；《武昌宰韩君去思颂碑》《虞城县令李公去思颂碑》《观胡人吹笛》《赠清漳明府侄聿》等则是对清明政治下美好人文环境的各种表达。

又如陈子昂、卢藏用、骆宾王、卢照邻、王昌龄、杜甫、储光羲等，《与东方左史虬修竹篇序》《感遇诗》《右拾遗陈子昂文集序》《和学士闺情诗启》《乐府杂诗序》《同张侍御鼎和京兆萧兵曹华岁晚南园》意在继雅道；《登幽州台歌》《答洛阳主人》《咏怀古意上裴侍郎》《从军中行路难二首》《于易水送人》《紫骝马》《结客少年场行》《咏史四首》《从军行七首（其五、其六）》《九江口作》《上李侍郎书》《别刘谞》《望岳》《登戏马台作》意在取功名；《为赤县父老劝封禅表》《为齐州父老请陪封禅表》《登封大酺歌四首》《南阳公集序》《对蜀父老问》《驾幸河东》《封西岳赋》《越人献驯象赋》《洛中贻朝校书衡》《送人随大夫和蕃》《献高使君大酺作》《同诸公秋日游昆明池思古》等意在彰国威；《至分陕》《风凉原上作》《忆昔二首》等意在记述当时人文环境。

其余作家作品，对于文化共同体的反映虽不如文学名家全面、丰富，但作为整体予以观照，仍不难看出其创作的方向，而且亦不乏可圈可点的名篇。其中关于秉承中和雅正之道的作品，有孙处玄《重修顺祐王庙碑》、富嘉谟《明冰篇》、吴少微《哭富嘉谟》《过汉古城》《古意》、乔琳《巴州化成县新文宣王庙颂并序》、赵普用《赛雨纪石文》、齐光义《后汉邠亭乡侯蒋澄碑》等。彰显昂扬向上精神的作品，有贠半千《陈情表》、郭元振《古剑篇》、王泠然《论荐书》、徐九皋《途中览镜》、刘庭琦《从军》、杜甫《望岳》、贺朝《从军行》、荆冬倩《奉试咏青》、王之涣《登鹳雀楼》《凉州词二首（其二）》等。表现丰乐和美人文环境的作品，主要有王湾《次北固山下》、梁锽《赠李中华》等。

通过对比，可以看出这一部分官员与普通官员在对文化共同体题材的关注方面，具有很大的相似性，即弘扬儒道与建功立业的诉求尤为突出。不过，除去《重修顺祐王庙碑》《巴州化成县新文宣王庙颂并序》《赛雨纪石文》《后汉山亭乡侯蒋澄碑》等具有官方纪念性质的文字，关于兴复儒道主题的作品已所剩无几。诚然，社会性是文学不可剥离的属性，但其作为艺术领域中的重要成员，文学不能仅仅满足于共性原则的遵循，唯有在共性基础上做到合理个性的适度彰显，才能焕发出与众不同的艺术魅力。因此，说这一群体文学作品中兴复儒道主题较普通官员薄弱，是基本符合事实的。

如此，追求仕进便成为李唐流内官员底层群体最为突出的特点。论才华，同为科举出身的他们不一定输于普通官员；而论地位，他们比普通官员更低，连普通官员都难以接受才高而位下的现状，他们当然更无法接受。如果他们甘心于此，不但是对自身才华的否定，而且有悖情理。事实上，这一群体对于功业的追求和人生价值的实现，有着异常艰辛的执着。如卢照邻《释疾文三歌》。其文云：

岁将暮兮欢不再，时已晚兮忧来多。东郊绝此麒麟笔，西山秘此凤凰柯。死去死去今如此，生兮生兮奈汝何。

岁去忧来兮东流水，地久天长兮人共死。明镜羞窥兮向十年，骏马停驱兮几千里。麟兮凤兮，自古吞恨无已。

茨山有薇兮颍水有湄，夷为柏兮秋有实。叔为柳兮春向飞。倏尔而笑，泛沧浪兮不归。①

即使僵卧孤村，也不向命运低头。那种刻骨铭心的痛苦和无助，始

---

① ［唐］卢照邻：《释疾文三歌》，《全唐诗》卷四十一，第 520—521 页。

终与现实世界的自尊、自信、功名、风骨紧紧相伴。故此必将成为人类精神世界的宝贵财富。而在死而不悔的生命动力背后，自然离不开建立于李唐强盛国势基础上的文化共同体润物无声的力量。

六、流外人员

唐代前期有一部分作家虽创作了关于文化共同体内容的文学作品，但生平资料过于简略，未见入仕的相关记载。故此处将其与平民、隐士作家归于一类进行研究。如刘希夷、①杨重玄、②祖咏、③常建、④程弥纶、⑤万楚、⑥杨颜、⑦陈章甫等。⑧

这一群体亦有颂扬儒道的作品，如程弥纶《怀鲁》、陈章甫《梅先生碑》、孟浩然《仲夏归汉南园寄京邑耆旧》《陪卢明府泛舟回作》等；有彰显昂扬精神的作品，如刘希夷《从军行》《将军行》、杨重玄《正朝上左相张燕公》、祖咏《望蓟门》、孟浩然《洗然弟竹亭》；有描绘人文环境的作品，如祖咏《归汝坟山庄留别卢象》、常建《落第长安》、万楚《题江潮庄壁》、杨颜《田家》、孟浩然《长安早春》等。

尽管受资料限制而不能排除某些作家有仕宦经历的可能，这一群体中的主流仍是平民阶层。对其作品分类统计之后，几乎看不到宣扬李唐强盛国势的题材，这主要是由其社会地位与生活环境所决定的。

---

① ［清］彭定求等编：《全唐诗》卷八十二，第 880 页。"刘希夷，一名庭芝，汝州人。少有文华，落魄不拘常格，后为人所害。"

② ［清］彭定求等编：《全唐诗》卷九十八，第 1064 页。"杨重玄，开元进士。"

③ ［清］彭定求等编：《全唐诗》卷一百三十一，第 1331 页。"祖咏，洛阳人。登开元十二年进士第。"

④ ［清］彭定求等编：《全唐诗》卷一百四十四，第 1453 页。"常建，开元中进士第。大历中，为盱眙尉。"建虽仕宦，然为尉之时已至中唐，故不在本节统计之内。

⑤ ［清］彭定求等编：《全唐诗》卷二百三，第 2122 页。"程弥纶，开宝间进士。"

⑥ ［清］彭定求等编：《全唐诗》卷一百四十五，第 1468 页。"万楚，登开元进士第。"

⑦ ［清］彭定求等编：《全唐诗》卷一百四十五，第 1470 页。"杨颜，登开元进士第。"

⑧ ［清］彭定求等编：《全唐文》卷三七三，第 3789 页。"章甫，开元中进士。"

作为平民阶层,在整个社会都为功业而奋进的时代,他们孜孜汲汲于功名勋业,极其正常。而以儒家学说作为思想基础,是腹有才华却沉于下僚的作家赖以立身的精神支柱。和平安宁是唐代前期的社会大背景,在李唐着力推行文治教化的努力下,社会人文环境自然有所发展、进步,身处其中的平民作家们,社会地位决定其很少去表现国势的雄强鼎盛。其实,他们将笔触停留在身边生活中的种种美好事物之间,便是对唐代文化共同体建设表现的最大贡献。在唐代前期,即使是隐逸诗人,也并非将自己与社会刻意分开,他们甚至对于此一时期文化共同体建设的努力成果也表现出某种欣赏与肯定。如王绩《答冯子华处士书》云:

　　乱极则治,王途渐亨,天灾不行,年谷丰熟,贤人充其朝,农夫满于野。吾徒江海之士,击壤鼓腹,输太平之税耳,帝何力于我哉? 又知房李诸贤,肆力廊庙,吾家魏学士亦申其才,公卿勤勤,有士于礼乐,元首明哲,股肱惟良,何庆如之也。①

　　以隐逸身份,对处士而谈,故其论当非虚与委蛇之言。王绩此语,真切道出隋末大乱后人心思治的迫切愿望。生活于隋末唐初,生平已不可细考的陆敬,其作品亦表露出相似情感。如《游隋故都》云:

　　来苏仁圣德,濡足乃乘乾。正始淳风被,人劳用息肩。舞象文思泽,偃伯武功宣。则百昌厥后,于万永斯年。②

————————

① ［唐］王绩:《答冯子华处士书》,《全唐文》卷一三一,第1323页。
② ［唐］陆敬:《游隋故都》,《全唐诗》卷三十三,第455页。

　　事实上,唐初君臣于心期治化的理想导引下,致力于文化共同体建设的作为契合了当时国人的普遍心态。通过对唐代前期作家进行阶层分类,可以明显看出其作品对文化共同体建设的反映既存在共性又不乏个性。通过文学可以看出,作为最高设计者、决策者、领导者,李唐前期皇帝(主要指太宗、玄宗两位英主)曾给予了唐代文化共同体建设事业顺利发展的重要保障,而高级官员以真实的时代感、必要的大局观,及其切合其身份的文学表达,表明他们是以文学辅助政治的方式致力于唐代文化共同体事业的建设,与高级官员偏理性、重庙堂之文有所不同,中层官员群体在文学创作中并不介意丰富情感的真实表达,在未曾显贵之时,更是钟情于圣贤事业的赞赏感喟和功业情思的率性直抒。

　　就普通官员而言,他们表现于文学作品中的理性精神和感性力量可谓齐驱并驾,各擅其长。因为不能满足于才高而位下的现状,故追求功名以实现人生价值成为其向上精神的原动力。在这一群体中,值得关注的是那些仕途多蹇却不放弃坚守雅道节操的作家们,其对于时代、社会的批判,不是否定,而是另一种方式的建设。下层官员在对文化共同体题材的关注和表现方面,和普通官员甚为相似。然而,作为李唐流内的底层官员群体,其才高而位下的境况更为明显,故对于建功立业的期望和对实现人生价值的追求实际上更甚于后者。平民阶层的作家,需要儒家思想作为立身的支撑,又有着与时代一起追寻功名的自由,但下层社会地位决定了表现国势实为其弱项。而作为体裁补偿,对身边美好人文环境的生动描绘则成为其强项。

　　要之,整个唐代前期,每一个阶层的作家,不分贵贱,不限地域,都沐浴在昂扬奋进的时代气息中,以其各具特色的方式进行着对文化共同体建设的表现和诠释。

第三节 从文学体裁看唐前期
文化共同体建设

唐代文学,承魏晋南北朝文学发展而来,又能自具其面目。若以大文学概念予以关注,其文体包括诗、乐府、赋、颂、赞、铭、史、传、封禅、诸子、论、说、序等三十余种。为阐明问题、避免繁冗,本节择取最近文学本质,又居于古代文学发展主流的诗、序、赋等文体对文化共同体在唐代前期文学中的表现予以论述。

一、诗

《文心雕龙·明诗》云:

> 大舜云:"诗言志,歌永言。"圣谟所析,义已明矣。是以"在心为志,发言为诗",舒文载实,其在兹乎!诗者,持也,持人情性;三百之蔽,义归"无邪",持之为训,有符焉尔。①

从《尚书》的"诗言志,歌永言",②到《诗大序》的"在心为志,发言为诗",③志与诗之间表里相依的密切关系,始终得到儒家高度认可。而孔子"思无邪"的论断,④则将追求情志雅正视为诗应满足的首要条件,自西汉武帝以来直至隋唐,其崇高的教化功用得到国家意志的支持后,更是成为古代文体中不可动摇的主流。

---

① 范文澜:《文心雕龙注》卷二,第 65 页。
② [汉] 孔安国传,[唐] 孔颖达疏:《尚书正义》卷三,第 95 页。
③ [汉] 毛亨传,[汉] 郑玄笺,[唐] 孔颖达疏:《毛诗正义》卷一,第 7 页。
④ [清] 刘宝楠:《论语正义》卷二,第 39 页。

唐代前期之诗,从内容上大致可分为边塞诗、咏物诗、咏史诗、咏怀诗、山水田园诗等几类。尽管所写内容各有差异,但这并不影响其对文化共同体主题的精彩表现。唐代前期文学中的边塞诗对文化共同体的表现,集中于追求功名、忠君保国方面,相关内容在本章前两节中已有论及,故此处不再赘述。

咏物诗,特点是抓住某一事物的具体特征着意刻画,其用意常为托物言志。唐代前期的咏物诗亦是如此。如薛曜《舞马篇》借舞马宣扬国势;富嘉谟《明冰篇》、司马逸客《雅琴篇》、萧颖士《江有枫一篇十章》等分别借冰、琴、枫以呼唤雅道;卢照邻《紫骝马》、郭元振《古剑篇》等分别借良马、宝剑以彰显昂扬刚健之气。

咏史诗,以历史人物和事件为创作对象,其用意往往在于借古论今。如魏征《赋西汉》是借西汉以劝谏太宗;王翰《飞燕篇》是借汉帝因女祸而国柄旁落的悲剧告诫李唐;卢照邻《咏史四首》通过组诗形式赞颂汉代季布、郭泰、郑泰、朱游四人,表达出其志所向。

唐代前期山水田园诗,通过对农村安宁祥和、恬淡静怡环境的描绘,很好地表现了文化共同体建设的成果。如祖咏的"沤麻入南涧,刈麦向东菑。对酒鸡黍熟,闭门风雪时",①李颀的"青枫半村户,香稻盈田畴。为政日清净,何人同海鸥",②万楚的"禾黍积场圃,楂梨垂户扉。野闲犬时吠,日暮牛自归",③杨颜的"四邻依野竹,日夕采其枯。田家心适时,春色遍桑榆",④孟浩然的"关戍惟东井,城池起北辰。咸歌太平日,共乐建寅春",⑤凡此种种,不可胜举。

咏怀诗,其特征为吟咏、抒发诗人的怀抱情志。这一类型涵盖面极

---

① ［唐］祖咏:《归汝坟山庄留别卢象》,《全唐诗》卷一百三十一,第1331页。
② ［唐］李颀:《寄万齐融》,《全唐诗》卷一百三十二,第1339页。
③ ［唐］万楚:《题江潮庄壁》,《全唐诗》卷一百四十五,第1468页。
④ ［唐］杨颜:《田家》,《全唐诗》卷一百四十五,第1470页。
⑤ ［唐］孟浩然:《长安早春》,《全唐诗》卷一百六十,第1658页。

为广泛，作家在现实社会的各种经历与感触，对人生价值的不断追求与思考，构成了咏怀诗的主体内容。唐代前期能够反映文化共同体内容的咏怀诗，无论是作家数量还是作品数量，都要远远超过咏物诗、咏史诗和山水田园诗的总和。在咏怀诗之中，有可以进一步细化，其中为人而作者，主要有李乂《夏日都门送司马员外逸客孙员外佺北征》、陈子昂《答洛阳主人》、杨重玄《正朝上左相张燕公》、卢象《赠广川马先生》、萧颖士《赠韦司业书》《答邹象先》、郑愔《哭郎著作》、崔颢《赠王威古》、王维《送宇文三赴河西充行军司马》、岑参《入剑门作寄杜杨二郎中时二公并为杜元帅判官》《敦煌太守后庭歌》《与独孤渐道别长句兼呈严八侍御》、陶翰《赠郑员外》《送金卿归新罗》、李白《临江王节士歌》、储光羲《洛中贻朝校书衡》、王昌龄《别刘谞》、吴少微《哭富嘉谟》、梁锽《赠李中华》等。

为己而作者，主要有薛据《古兴》、陈子昂《感遇诗》、骆宾王《咏怀古意上裴侍郎》、常建《落第长安》、卢照邻《释疾文三歌》等。

为时而作者，主要有李华《杂诗六首》、萧颖士《过河滨和文学张志尹》、张若虚《春江花月夜》等。

为事而作者，主要有陆敬《游隋故都》、陈叔达《州城西园入斋祠社》、袁朗《和洗掾登城南坂望京邑》、陈子昂《登幽州台歌》、陈元光《落成会咏一首》、宋之问《扈从登封途中作》《扈从登封告成颂》、薛据《初去郡斋书怀》、崔颢《澄水如鉴》《黄鹤楼》、萧颖士《蒙山作》、岑参《陪狄员外早秋登府西楼因呈院中诸公》《银山碛西馆》、卢象《驾幸温泉》、李白《观胡人吹笛》《赠清漳明府侄聿》、储光羲《同张侍御鼎和京兆萧兵曹华岁晚南园》《登戏马台作》《同诸公秋日游昆明池思古》、骆宾王《至分陕》、王昌龄《九江口作》《风凉原上作》、杜甫《望岳》《忆昔二首》、吴少微《过汉古城》《古意》、徐九皋《途中览镜》、王之涣《登鹳雀楼》、王湾《次北固山下》、祖咏《望蓟门》、孟浩然《洗然弟竹亭》等。

　　实际上,将咏怀诗分为为人而作、为己而作、为时而作、为事而作四类,只是据其表达内容之情感指向而进行的便于操作的简单区分,正如叙事诗和抒情诗不可能完全分离一样,为人、为己、为时、为事的四分法固非绝对化之标准。因不受现实特定事物、具体山水田园环境,以及历史人物、事件等制约,咏怀诗可以多角度地去观照社会生活中的众多对象。由于这一类别有利于大唐帝国上升时代诗人情感更自由、更昂扬、更奔放地表达,故唐代前期文学中咏怀诗数量大大超过咏物诗、咏史诗、山水田园诗等,便显得顺理成章。

　　就唐代前期诗歌而言,在反映文化共同体内容方面还有两个比较突出的特点。第一,不同诗人创作同一题目的边塞诗大量出现。如虞世南、孔绍安、虞羽客、卢照邻、李白等皆有《结客少年场行》;虞世南、王宏、杨炯、崔融、骆宾王、乔知之、刘希夷、张旭、崔国辅、李昂、王维、王昌龄、杜頠、李白等皆有《从军行》;卢照邻、杨炯、沈佺期、李白等皆有《紫骝马》;窦威、虞世南、杨炯、乔备、张柬之、王维、王昌龄、刘湾等皆有《出塞》;太宗、王翰有《饮马长城窟行》、袁朗有《赋饮马长城窟》、虞世南有《拟饮马长城窟》等。

　　第二,君臣唱和作品的大量出现。如围绕贞观朝正月初一的大典盛况,太宗《正日临朝》云:"百蛮奉遐赆,万国朝未央。虽无舜禹迹,幸欣天地康。车轨同八表,书文混四方。赫奕俨冠盖,纷纶盛服章。"①颜师古《奉和正日临朝》云:"负扆延百辟,垂旒御九宾。……天涯致重译,日域献奇珍。"②魏征《奉和正日临朝应诏》云:"百灵侍轩后,万国会涂山。岂如今睿哲,迈古独光前。"③岑文本《奉和正日临朝》云:"天文光

---

① 〔唐〕李世民:《正日临朝》,《全唐诗》卷一,第3页。
② 〔唐〕颜师古:《奉和正日临朝》,《全唐诗》卷三十,第434页。
③ 〔唐〕魏征:《奉和正日临朝应诏》,《全唐诗》卷三十一,第441页。

七政，皇恩被九区。方陪瘗玉礼，珥笔岱山隅。"①杨师道《奉和正日临朝应诏》云："皇猷被寰宇，端扆属元辰。九重丽天邑，千门临上春。"②

又如，关于盛唐时张说出巡边塞之事，玄宗作《送张说巡边》，诗云："端拱复垂裳，长怀御远方。股肱申教义，戈剑靖要荒。"③宋璟《奉和圣制送张说巡边》云："帝道薄存兵，王师尚有征。是关司马法，爰命总戎行。"④崔日用《奉和圣制送张说巡边》云："壮心看舞剑，别绪应悬旌。……暂劳期永逸，赫矣振天声。"⑤崔泰之《奉和圣制送张尚书巡边》云："南庭胡运尽，北斗将星飞。……地脉平千古，天声振九围。"⑥源乾曜《奉和圣制送张尚书巡边》云："奉国知命轻，忘家以身许。安人在勤恤，保大殚襟腑。"⑦徐坚《奉和圣制送张说巡边》云："至德抚遐荒，神兵赴朔方。……燕山应勒颂，麟阁伫名扬。"⑧胡皓《奉和圣制送张尚书巡边》云："利用经戎莽，英图叶圣诒。……万里要相贺，三边又在兹。"⑨韩休《奉和圣制送张说巡边》云："定功彰武事，陈颂纪天声。……东辕迟返旆，归奏谒承明。"⑩许景先《奉和圣制送张尚书巡边》云："训旅方称德，安人更克贞。伫看铭石罢，同听凯歌声。"⑪贺知章《奉和圣制送张说巡边》云："荒憬尽怀忠，梯航已自通。九攻虽不战，五月尚持戎。遣戍征周牒，恢边重汉功。"⑫

①　[唐]岑文本：《奉和正日临朝》，《全唐诗》卷三十三，第451页。
②　[唐]杨师道：《奉和正日临朝应诏》，《全唐诗》卷三十四，第461页。
③　[唐]李隆基：《送张说巡边》，《全唐诗》卷三，第39页。
④　[唐]宋璟：《奉和圣制送张说巡边》，《全唐诗》卷六十四，第750页。
⑤　[唐]崔日用：《奉和圣制送张说巡边》，《全唐诗》卷四十六，第559页。
⑥　[唐]崔泰之：《奉和圣制送张尚书巡边》，《全唐诗》卷九十一，第991页。
⑦　[唐]源乾曜：《奉和圣制送张尚书巡边》，《全唐诗》卷一百七，第1111页。
⑧　[唐]徐坚：《奉和圣制送张说巡边》，《全唐诗》卷一百七，第1111页。
⑨　[唐]胡皓：《奉和圣制送张尚书巡边》，《全唐诗》卷一百八，第1123页。
⑩　[唐]韩休：《奉和圣制送张说巡边》，《全唐诗》卷一百十一，第1133页。
⑪　[唐]许景先：《奉和圣制送张尚书巡边》，《全唐诗》卷一百十一，第1135页。
⑫　[唐]贺知章：《奉和圣制送张说巡边》，《全唐诗》卷一百十二，第1146页。

唐代前期文学中同名边塞诗的大量出现,是众多诗人在不同具体时间里对于同一空间的反复歌唱,乃是基于强盛国力和倡行文治的一种自信、豪迈、激昂、刚健精神的集中反映。而这一时期文学中较多的以"临朝""巡边"等为主题的君臣唱和诗,则是国家统治集团上层对于李唐政权在文治武功齐备基础上的走向认识和现状描摹。这些作品在反映大唐帝国前期国势强盛的同时,也在一定程度上体现出高官显宦群体在文化共同体建设中的角色定位和自我期许。因此,这两个现象虽表现各异,然就其反映唐代前期文学对文化共同体建设的表现而言,无不具有同样的本质。

二、序

唐代前期序体文中有关文化共同体主题的作品,根据其所序对象可分为诗序、书序、赋序、碑铭序等。南朝刘勰《文心雕龙·论说》谈及论体文的作用时说:

陈政,则与议说合契;释经,则与传注参体;辨史,则与赞评齐行;诠文,则与叙引共纪。故议者宜言;说者说语;传者转师;注者主解;赞者明意;评者平理;序者次事;引者胤辞:八名区分,一揆宗论。①

明人吴讷《文章辨体序说》云:

序之体,始于《诗》之《大序》,首言六义,次言《风》《雅》之变,又次言《二南》王化之自。其言次第有序,故谓之序也。……大抵序事之文,以次第其语、善叙事理为上。②

───────────
① 范文澜:《文心雕龙注》卷四,第326—327页。
② [明]吴纳:《文章辨体序说》,第42页。

在刘勰看来,序作为文体之一种,其功能在于诠解文章,其特点在于次第叙事。吴讷仍秉承刘氏序体"次第"之说,不过将序的功能更明显地归于叙事。两人皆以文体区别为出发点来论序体文,故皆强调其遵循写作顺序之特征。如若抛开各种文体间的差别,单就序体而论,其功能远非叙事一途所能概括。

唐代前期诗序类文章。如太宗《帝京篇序》是交代创作组诗的初衷并表达其大治大化的宏伟志向;玄宗《春中兴庆宫酺宴序》《春晚宴两相及礼官丽正殿学士探得风字序》等虽为次第叙事,但其更为重要的意义在于彰显盛唐国势和美好的人文环境;王勃《山亭思友人序》是展示和平时期之诗人欲藉文章欲有所为的诉求;陈子昂《与东方左史虬修竹篇序》是表达对初唐文学现状的不满和对"风雅兴寄"的呼唤;萧颖士《江有归舟三章序》《江有枫一篇十章序》等则通过具体意象以表现其对雅正之道的坚守。

书序类。如太宗《帝范序》是对李唐政权在文化共同体建设方面如何能够持续发展的良苦用心;玄宗《孝经注序》是基于尊尚仁义,移孝为忠的深层考虑;高士廉《文思博要序》是对贞观时代大重文籍、欲行文治现状的概括;杨炯《王勃集序》是对同道中人立志革除文场变体缺骨气、少刚健之弊的肯定;卢照邻《南阳公集序》是对贞观时代人才济济、开启文治的敬意与向往,《乐府杂诗序》是要求以风骨雅正为目标而实现文学的回归;卢藏用《右拾遗陈子昂文集序》和李华《扬州功曹萧颖士文集序》分别是对陈子昂、萧颖士在初唐、盛唐文坛上高举风雅兴寄之义的高度赞许;李华《杨骑曹集序》是对盛唐时代天下太平、才士辈出社会状况的总体陈述;而孙恂《唐韵序》则是对盛唐时代大崇儒术、广招才士的国家政策予以概括。

碑铭序。如玄宗《纪泰山铭序》、苏颋《封东岳朝觐颂序》、张嘉贞《北岳庙碑序》皆为对李唐边静民阜、功业有成的强盛国势不同侧面的彰显;李邕《兖州曲阜县孔子庙碑并序》是对儒圣孔子德业绵延的颂赞;陈九言《唐尚书省郎官石记序》是对李唐人才选拔制度能够搜择茂异、网罗俊逸的称赏。

赋序类。如太宗《述圣赋序》、李华《含元殿赋序》等。前者为帝王对其混一夷夏、大行文治功业的详尽表述;后者则是对李唐盛世可睥睨千古的颂扬。

作为文之一体,依附外物以抒发情志、表现内容,是唐代前期序体文表现文化共同体的一大特征。其所凭借之外物主要为文籍和诗,以此两者为依附对象,正说明情志之真对于序而言是何等重要。事实上,这也是本节选取序作为表现唐代文化共同体建设主题文体之一的重要依据,因为它虽不是中国古代文学的主流文体,但其与主流文体却有着极为密切的盟友关系。

三、书

与其他文体相比,书信触及的往往是作者与特定读者间的私密空间,故其情感表达的真实性会更高一些。此亦为本节将其作为具体表现唐代文化共同体建设内容代表文体的主要原因。《文心雕龙·书记》云:

> 详总书体,本在尽言,言以散郁陶,托风采,故宜条畅以任气,优柔以怿怀。文明从容,亦心声之献酬也。①

显然,书之为体可散心中郁积,可见风度神采,宜以"任气""怿怀"为标准来实现作者内心情志的淋漓表达。唐代前期书信,表现出来的

---

① 范文澜:《文心雕龙注》卷五,第 456 页。

正是如此风貌。

如王绩《答冯子华处士书》云：

乱极则治，王途渐亨，天灾不行，年谷丰熟，贤人充其朝，农夫满于野。……又知房李诸贤，肆力廊庙，吾家魏学士亦申其才，公卿勤勤，有士于礼乐，元首明哲，股肱惟良，何庆如之也。①

王勃《上刘右相书》云：

未尝降身摧气，逶巡于列相之门；窃誉干时，匍匐于群公之室。所以慷慨于君侯者，有气存乎心耳。实以四海兄弟，齐远契于萧、韩；千载风云，托神知于管、鲍。不然，则荷裳桂楫，拂衣于东海之东；菌阁松楹，高枕于北山之北。焉复区区屑屑，践名利之门哉？②

王泠然《论荐书》云：

仆所以有意上书于公，为日久矣。所恨公初为相，而仆始总角；公再为相，仆方志学。及仆预乡举，公在官于巴丘；及仆参常调，而公统军于沙朔。今公复为相，随驾在秦，仆适效官，分司在洛，竟未识贾谊之面，执相如之手，则尧舜禹汤之正道，稷契夔龙之要务，焉得与相公论之乎？③

房琯《上张燕公书》云：

① 〔唐〕王绩：《上刘右相书》，《全唐文》卷一三一，第 1323 页。
② 〔唐〕王勃：《上刘右相书》，《全唐文》卷一七九，第 1821 页。
③ 〔唐〕王泠然：《论荐书》，《全唐文》卷二九四，第 2980—2981 页。

期相国乃曰：人以道义求我，我不当以贵贱隔之，借如宣父有相国之贵，宁拒游夏之徒欤？夫其此心，千载一用，岂琯也当之？……衣惟素褐，乘非车马，阍人斥之，驭者排之。长衢高门，骤拜左右，则近于论诉，岂闻道之士乎？故献玉贡书，以先其意。①

王昌龄《上李侍郎书》云：

夫道有一，昌龄有心，明公有鉴，三者定矣。而又元气潜行，群动相鼓，乘时则利，遇难则否，斯亦分于数矣。今或者谲觚旁礴，以为已任，发心不中，中无不通。虽大愚之人，犹知不可，况贤智之士乎？兹数者，如昌龄之心，非不知也；明公之鉴，非不明也。惟明公能以至虚纳，惟昌龄敢以无妄进，故未便绝意，愿就执事陈之。②

李白《与韩荆州书》云：

愿君侯不以富贵而骄之，寒贱而忽之，则三千宾中有毛遂，使白得脱颖而出，即其人焉。白陇西布衣，流落楚汉。十五好剑术，遍干诸侯；三十成文章，历抵卿相。虽长不满七尺，而心雄万夫，王公大臣，许与气义，此畴囊心迹，安敢不尽于君侯哉？③

《上安州裴长史书》云：

若赫然作威，加以大怒。不许门下，逐之长途，白即膝行于前，再拜

---

① ［唐］房琯：《上张燕公书》，《全唐文》卷三三二，第3367页。
② ［唐］王昌龄：《上李侍郎书》，《全唐文》卷三三一，第3352页。
③ ［唐］李白：《与韩荆州书》，《全唐文》卷三四八，第3531页。

而去,西入秦海,一观国风,永辞君侯,黄鹄举矣。何王公大人之门不可以弹长剑乎?①

张楚《与达奚侍郎书》云:

今公全德之际,愿交者多;昔者未达之前,欲相知者少。于多甚易,在少诚难。则公居甚易之时,下走处诚难之日,本以义分相许,明非势利相趋。②

萧颖士《赠韦司业书》云:

足下本以道垂访,小人亦以道自谋,故此书之礼,过于慢易,成足下之高耳。苟道之不著,而名位是务,足下之趋风者多,岂惟一萧茂挺?小人之受侮亦众,岂独一韦夫子乎?③

在以上例子中,王绩《答冯子华处士书》反映出贞观时期帝王图治、贤人充朝、年谷丰熟、践行礼乐的文治之象;而王勃《上刘右相书》、王泠然《论荐书》、房琯《上张燕公书》、王昌龄《上李侍郎书》、李白《与韩荆州书》、张楚《与达奚侍郎书》、萧颖士《赠韦司业书》等所表现的,皆为不卑不亢的从容、平交王侯的自信和气雄万夫的神采。若个别作家表现如此,自可归结为性格原因,但众多作家从初唐到盛唐百余年的漫长时光里集体表现出如此激扬豪迈气概,必然离不开国家和时代的深层作用。

唐代前期的作家们通过书信表现出的自信豪迈的心态、建功立业

---

① 〔唐〕李白:《上安州裴长史书》,《全唐文》卷三四八,第 3533—3534 页。
② 〔唐〕张楚:《与达奚侍郎书》,《全唐文》卷三百六,第 3114 页。
③ 〔唐〕萧颖士:《赠韦司业书》,《全唐文》卷三二三,第 3279 页。

的壮志、激扬刚健的风骨和关注现实的情怀,乃是强烈的用世之心与道义追求的外化。尽管这些书信大多为干谒而作,但细品文辞,则不难看出其干谒的资本不止才华,更有道义。于是,这种看似作家与具体读者两人之间希求提携与提携的关系,便具有了至为广阔的社会意义。

四、赋

曹丕云:"诗赋欲丽。"①陆机云:"诗缘情而绮靡,赋体物而浏亮。"②《文心雕龙·诠赋》云:"赋者,铺也;铺采摛文,体物写志也。"③又云:"赋自《诗》出,分歧异派。写物图貌,蔚似雕画。"④曹氏从重辞采的角度出发将赋与诗大致归于一类。陆氏是根据诗与赋两种文体的具体特征而将其予以区分。而刘氏之论则更为详赡,既点出赋出于诗的源流关系,亦言明赋的特征外为"铺采摛文",内则"体物写志"。由此可见,诗、赋作为中国古代文学中的两种重要文体,可谓同中有异,异中有同。同时,因为赋"铺采摛文""写物图貌"的创作要求,又使得其在不断发展中逐渐向文靠近,实际上成为一种介于诗、文之间的中间文体。

在唐代前期文学之中,赋亦为表现文化共同体建设主题的重要文体之一。从外在形象看,这一时期表现文化共同体建设主题的赋,直接表现对象或为高大雄伟的建筑物,或为富有象征意味的自然景物,或为国家重大事件与重要仪式等。然而,从内里情志而言,诸多作者运用丰富的表现形式和艺术手法,极尽铺采摛文之能事,其意多在宣扬大唐帝国雄强鼎盛的国势。

直接表现对象为高大雄伟建筑物者,如太宗《临层台赋》在述其功

---

① ［三国魏］曹丕:《典论·论文》,《文选》卷五十二,第 2271 页。
② 张少康:《文赋集释》,第 99 页。
③ 范文澜:《文心雕龙注》卷二,第 134 页。
④ 范文澜:《文心雕龙注》卷二,第 136 页。

业、类比前朝之时刻意提出"一德是珍,万物非宝"的理念;①彭殷贤《大厦赋》虽以大厦为名,然其全篇结穴乃是"尚菲陋,卑宫室",颂扬李唐帝王"屡降哀矜之诏,频优耆老之秩"的德行;②李华《含元殿赋》通过对运用高超的空间叙述手法对大明宫的辉煌壮丽尽情描述,赞颂明皇备"允恭克让,光溢海外"的丰功伟绩;③苏珦《悬法象魏赋》肯定李唐"悬邦国之六典,致象魏之两阙"的做法,颂扬国家"以务人为本,以施命为先"的王道理念。而刘允济、王諲、李白、任华诸人皆有《明堂赋》,刘氏云:

> 于是览时则,征月令,观百王,绥万姓。肆类之典攸集,郊禋之礼爰盛。衣冠肃于虔诚,礼乐崇于景令。三阳再启,百辟来朝,元纁雾集,旌旆云摇。湛恩毕被,元气斯调,罗九宾之玉帛,舞六代之咸韶。泽被翔泳,庆溢烟霄。穆穆焉,皇皇焉,粤自开辟,未有若斯之壮观者矣!④

王氏云:

> 及夫四海波晏,一人有庆。寒风初尽,阳月既正;蛮夷飒沓以来王,文物葳蕤以交映。信所谓不宰而合通,居中而作圣。⑤

任氏云:

① 〔唐〕李世民:《临层台赋》,《全唐文》卷四,第 46 页。
② 〔唐〕彭殷贤:《大厦赋》,《全唐文》卷三〇七,第 3117 页。
③ 〔唐〕李华:《含元殿赋》,《全唐文》卷三一四,第 3188 页。
④ 〔唐〕刘允济:《明堂赋》,《全唐文》卷一六四,第 1677—1678 页。
⑤ 〔唐〕王諲:《明堂赋》,《全唐文》卷三三三,第 3375 页。

吾君正冠冕,垂衣裳;佩玉玺,腰干将。猛簴列,崇牙张;百揆时序,万国来王。敦行尚年,既在南而近夏;贵仁亲族,乃居东而曰阳。中主尊于太室,西导德于总章;务兢兢之孝理,匪晏晏之乐康。然后知向明之位正,随时之教盛。因方备色,乘五运以顺行;选士养贤,崇四学而敷令。①

李氏从李唐创元到明堂宏构,再到盛祀于此、四方朝贺,最后结之以"宗祀肸蚃王化恢。镇八荒兮通九垓,四门启兮万国来,考休征兮进贤才",②其颂扬李唐国势之意溢于言表。

直接表现对象为富有象征意味的自然景物者,如玄宗《喜雨赋》以借雨以喻帝王之德。赋云:

原夫雨之为德也:无小大之异情,无高卑之不平,无华朽之偏润,无臭薰之隔荣。喜夫雨之今应也,起一言而舍,经累辰而广泻;纳清阴之浮凉,同颢气之飘洒;感作霖于殷命,讽其滂于周雅。家尚知乎礼节,国有望于丰霸。小阳台之神人,却大宛之走马。观云行而雨施,吾何事乎天下?③

又如李邕《春赋》将春来万物复苏与帝王好生之德相提并论。赋云:

我圣君大抚万国,肆觐群后,受天之禧,嘉岁之首,文物粲于南宫,兵戈森于北斗,揽百辟以同心,贡千春之遐寿。于是明诏有司,摅求时

---

① ［唐］任华:《明堂赋》,《全唐文》卷三七六,第3816页。
② ［唐］李白:《明堂赋》,《全唐文》卷三四七,第3520—3521页。
③ ［唐］李隆基:《喜雨赋》,《全唐文》卷二〇,第234页。

令，迈惟一之德，究吹万之性，剿土木之庶功，阜稼穑之勤政，力渔止杀，狴牢复命。①

　　熊曜《琅邪台观日赋》则借观日而颂李唐统治之有道。赋云：

失万邦者，虽设门而必圮；表东海者，谅无门而亦存。步秦亭而在此，伤魏阙而何言？千载之后，石梁斯在。时无鬼功，岂越沧海？念无道而肆志，将不亡而何待？我国家逾溟渤而布声教，穷地理而立郊垌。略秦皇于帝典，参汉武于天经；顾荒台而寂寞，取殷鉴于生灵。②

　　直接表现对象为国家重大事件与重要仪式者，如梁献《出师赋》虽云盛唐帝王虽"居尊以体道""顺文而偃兵"，③然武备长在，则国势不衰。《大阅赋》借场面宏大的阅兵仪式，表达出李唐"止戈为则，垂衣是崇，混车书于无外，尚何施于一戎"的魄力与气度；④李白《大猎赋》借明皇大猎于秦、耀威讲武之事，先赞李唐"海晏天空，万方来同，虽秦皇与汉武兮，复何足以争雄"，然曲终奏雅，以明皇悟得"居安思危，防险戒逸"来颂赞李唐德业确在秦汉之上；⑤张钦敬《仲冬时令赋》颂李唐皇帝"睦以神人，施乎政令，铺惠泽以流渥，鼓薰风而入咏"；⑥杜甫作《封西岳赋》，实因"今圣主功格轩辕氏，业纂七十君，风雨所及，日月所照，莫不砥砺。……故作《封西岳赋》以劝。赋之义，豫述上将展礼焚柴者，实

① 〔唐〕李邕：《春赋》，《全唐文》卷二六一，第 2647 页。
② 〔唐〕熊曜：《琅邪台观日赋》，《全唐文》卷三五一，第 3560 页。
③ 〔唐〕梁献：《出师赋》，《全唐文》卷二八二，第 2867 页。
④ 〔唐〕梁献：《大阅赋》，《全唐文》卷二八二，第 2868 页。
⑤ 〔唐〕李白：《大猎赋》，《全唐文》卷三四七，第 3522 页。
⑥ 〔唐〕张钦敬：《仲冬时令赋》，《全唐文》卷四〇一，第 4101 页。

觊圣意因有感焉";①平洌《两阶舞干羽赋》道出玄宗"罢铸兵,归骥马,舞比干羽,文化区夏"之目的,实为"在昔则格虞氏之远人,于今则彰我朝之风雅";②《开元字舞赋》则借李唐独有之舞蹈形式——字舞,彰显有唐一代远超前古"干戚之容虽备,文字之旨未全"的盛世景象。③

此外,与诗在唐代前期表现文化共同体内容中较为突出的君臣唱和现象相似,这一时期的赋也不乏其例。如玄宗作《喜雨赋》,而张说、韩休、徐安贞、李宙、贾登等皆有《奉和圣制喜雨赋》。这一现象背后的文化涵义与诗的君臣唱和实为异曲同工。

以"丽词雅义,符采相胜"为总体风貌特征的赋,④在唐代前期对文化共同体的表现主要集中于赞帝王德业,颂强盛国势。因此,它实际上具有了一种以赋体为名而行颂体之实的现象。不过,由于文体之间的区分给予其"铺采摛文"的独特优势,故赋比颂拥有更大的创作自由,亦更富于文学特质。

文化共同体建设主题在唐代前期文学中的表现,广泛分布于诗、序、书、赋等诸多文体之中。就诗而言,其表现内容几乎涵盖了文化共同体的方方面面。这一时期的边塞诗多集中于追求功名、忠君保国方面。咏物诗、咏史诗或托物言志,或借古谈今,皆表现出奋发有为时代所特有的用世之心。即使是山水田园诗,亦以绝异于乱世远遁的方式来描绘和美的人文环境,形象地表现了文化共同体建设的良好成果。相比而言,因咏怀诗受到的各方面制约较少,有利于大唐帝国上升时代诗人们的情感更昂扬、更奔放地表达,可以更自由、更灵活地去观照社会生活,故在数量上大大超过咏物诗、咏史诗、山水田园诗等类别。唐

---

①　［唐］杜甫:《封西岳赋》,《全唐文》卷三五九,第3644页。

②　［唐］平洌:《两阶舞干羽赋》,《全唐文》卷四○六,第4157页。

③　［唐］平洌:《开元字舞赋》,《全唐文》卷四○六,第4157页。

④　范文澜:《文心雕龙注》卷二,第136页。

代前期序体文,同样涉及众多方面。其在表现文化共同体时的一个重要特征,是需要以文籍与诗为主要依附对象以抒发情志。这种向主流文学文体靠拢的倾向,事实上证明了这一文体对情志之真的极端重视。这一时期的书信,在强烈的用世之心作用下,具备了昂扬向上精神的所有表现,这种以道义相砥、以道义相求而平交诸侯的气度,表现出的是积极、阳刚,虽为匹夫亦有责于天下的士人风范。惟其如此,这种看似作家与具体读者个人之间希求提携与提携的关系,便升华出社稷天下的意义。与其他重要文体相比,赋在唐代前期对文化共同体的表现主要集中于赞帝王德业,颂强盛国势。因此,它实际上具有了一种以赋体为名而行颂体之实的现象。

　　总体而言,文化共同体的丰富内容在唐代前期文学中得到了充分表现,各种文体之间既独具特色又相互影响、互为补充。因其对于文化共同体具体内容的表达各有侧重,故虽有主次之别,但并无高下之分。事实上,正是借助于各种文体多角度、全方位、立体式的综合表现,我们才得以从文学的途径触摸到李唐文化共同体建设内容的诸多信息。

第五章

盛唐气象——文学创作中趋于成熟的文化共同体建设

第一节　文学中大唐帝国的全盛面貌

一、李唐良性权力核心的再形成

（一）皇权的回归与巩固

李唐政权在高宗后期，权力实际已渐入武后之手。麟德二年（665），"帝风疹不能听朝，政事皆决于天后。自诛上官仪后，上每视朝，天后垂帘于御座后，政事大小皆预闻之，内外称为'二圣'"。[①]其后，中宗于嗣圣元年（684）正月即位，二月即废；随即立睿宗，但"政事决于太后，居睿宗于别殿，不得有所预"。[②]载初元年（689）九月，武则天甩开傀儡睿宗称帝，改元天授，以武周代李唐。[③]李唐国祚自此暂绝。神龙元年（705），张柬之、崔玄暐、敬晖、桓彦范、袁恕己等人发动政变迫使武则天退位，复立中宗。[④]景龙四年（710）六月，中宗驾崩，殇帝李重茂即位，皇太后韦氏临朝称制。[⑤]临淄王李隆基遂与太平公主合力铲除韦氏之党，奉睿宗即位，改元景云（710—711）。[⑥]先天元年（712）八月，玄宗即位，尊睿宗为太上皇。三品以上除授及大刑政决于上皇，余皆决于

---

① ［后晋］刘昫等：《旧唐书》卷五，第100页。
② ［宋］司马光：《资治通鉴》卷二百三，第6418页。
③ ［后晋］刘昫等：《旧唐书》卷六，第121页。
④ ［宋］司马光：《资治通鉴》卷二百七，第6578—6581页。
⑤ ［后晋］刘昫等：《旧唐书》卷七，第150页。
⑥ ［后晋］刘昫等：《旧唐书》卷八，第166—167页。

皇帝。① "太平公主依上皇之势,擅权用事,与上有隙,宰相七人,五出其门。"②先天二年(713)七月,玄宗歼灭太平公主一党,始总揽大权。

　　纵观唐代前期历史,自麟德二年(665)至神龙元年(705),李唐皇室逐渐丧失对朝政的有效控制;神龙元年(705)至先天二年(713),政权虽然重新回到李氏手中,但政出多门的问题依然未能解决,异己势力对李唐政权的威胁始终存在。这种复杂的政治形势,直至先天二年(713)七月之后玄宗政治权力的巩固才宣告结束。玄宗铲除韦后、太平势力再定唐鼎的功业,深得唐人崇敬。如裴光庭《宰相等上尊号表》云:

　　　　往者国步多艰,克清内难,皇天眷祐,受命文宗,允协圣谟,肇修人纪,不易日月,再造乾坤。此陛下之神武也。③

　　玄宗自己也视两次政变为得意之作。其《春晚宴两相及礼官丽正殿学士探得风字序》云:

　　　　朕以薄德,祗膺历数。正天柱之将倾,纫地维之已绝。故得承奉宗庙,垂拱岩廊。④

　　由此可见,先天二年(713)十二月改元为开元,实际反映出李唐皇室对国家权力的重新巩固,从而标志着一个全新时代的到来。

---

① 〔宋〕司马光:《资治通鉴》卷二百一十,第 6674 页。
② 〔宋〕司马光:《资治通鉴》卷二百一十,第 6681 页。
③ 〔唐〕裴光庭:《宰相等上尊号表》,《全唐文》卷二九九,第 3029 页。
④ 〔唐〕李隆基:《春晚宴两相及礼官丽正殿学士探得风字序》,《全唐诗》卷三,第 34 页。

(二) 效法"贞观之治"

玄宗自实际掌握政权开始,即任用姚崇为相,以太宗为效法对象,励精图治。他以毁武后天枢、韦后石台、复明堂为乾元殿,三省皆复旧名等做法为政治风向标,一改武后以来有意区别于贞观一朝的执政理念与行政措施,通过惩治前代酷吏、罢免冗滥官员、提倡简朴风俗等一系列努力,逐步树立起清明的政治气象。玄宗选择效法太宗,一方面是因为太宗兼文治武功于一身,以其雄才大略开创了"贞观之治";另一方面,欲肃清武后、韦后等非唐室政治势力的影响余波,需要重新树立李唐皇室的崇高地位,而太宗无疑是李唐自开国以来最为杰出之人物。因此,效仿太宗、取法贞观必然成为玄宗的首选。

太宗朝良相有房玄龄、杜如晦等,玄宗朝良相有姚崇、宋璟等。太宗朝直谏有魏征等,而玄宗朝姚崇等直谏则不让魏征。姚崇于先天二年(713)拜相之时,曾谏玄宗以政先仁恕、不幸边功、法行自近、宦竖不预政、不征杂税、戚属不任台省、待臣以礼、许臣下直谏、绝道佛营造、防外戚之祸等十事。[①] 而宋璟为相,则直接以复贞观之政为其目标。[②] 正是在致力于恢复贞观之政的不懈努力中,玄宗成为继太宗之后又一位具有极高个人威望的李唐君主。

欲使政治清明、国强民富,仅帝王一己之力实孤掌难鸣。"开元盛世"的出现,诚然离不开玄宗的积极作为,但诸多贤臣的积极参与亦是不容忽视的重要因素,唯有君臣齐心协力,治世之梦想才能变为现实。事实上,这种君臣相得的良好政治局面在太宗时期即已树立了成功典范。如:

贞观四年,太宗与秘书监魏征从容论自古理政得失。太宗曰:"善

① [唐] 姚崇:《十事要说》,《全唐文》卷二〇六,第 2085 页。
② [宋] 司马光:《资治通鉴》卷二百一十一,第 6729 页。

人为邦百年,然后胜残去杀。大乱之后,将求致化,宁可造次而望乎?"征曰:"此据常人,不在圣哲。若圣哲施化,上下同心,人应如响,不疾而速,期月而可,信不为难,三年成功,犹谓其晚。"太宗以为然。①

贞观五年,太宗谓侍臣曰:"今天下安危,系之于朕,故日慎一日,虽休勿休。然耳目股肱,寄于卿辈,既义均一体,宜协力同心,事有不安,可极言无隐。傥君臣相疑,不能备尽肝膈,实为国之大害也。"②

显然,君臣一体、上下同心以求治化乃是贞观君臣之间的共识。《旧唐书》评价太宗云:

拔人物则不私于党,负志业则咸尽其才。所以屈突、尉迟由仇敌而愿倾心膂;马周、刘洎自疏远而卒委钧衡。终平泰阶,谅由斯道。……以房、魏之智,不逾于丘、轲,遂能尊主庇民者,遭时也。③

刘昫此论,完全是对君臣协力以促成"贞观之治"的高度肯定。以史为鉴,贞观君臣相得的良好政治局面在有唐一代拥有极具现实性的典范意义。唐人柳芳《食货论》云:

玄宗以雄武之才,再开唐统,贤臣左右,咸至在己。姚崇、宋璟、苏颋等,皆以骨鲠大臣,镇以清静,朝有著定,下无觊觎。四夷来寇,驱之而已;百姓富饶,税之而已。继以张嘉贞、张说,守而勿失。④

---

① 谢保成:《贞观政要集校》,第 36 页。
② 谢保成:《贞观政要集校》,第 33 页。
③ [后晋] 刘昫等:《旧唐书》卷三,第 63 页。
④ [唐] 柳芳:《食货论》,《全唐文》卷三七二,第 3777 页。

据此而言，玄宗正是以太宗为追慕对象，在效法雄才大略，效法君臣相得中实现了大唐盛世。

二、国家局面的和谐稳定

玄宗登基之后，其统治就宏观而言，是以"祖述尧典，宪章禹绩"的方式致力于"敦睦九族，会同四海"政治局面的形成。具体而言，则是派遣使者巡查天下以"便亿兆"，派兵将驻守边塞以"静边陲"，命礼官考稽典则制度以"申严洁"，令学者辑纂遗编典籍以"修文教"。其用意乃是欲以文治武功并举而实现其作为一代雄主之政治宏图，即"流寓返枌榆之业，戎狄称藩屏之臣，神祇歆其禋祀，庠序阐其经术"。①

经过玄宗朝君臣的不懈努力，国家强盛、社会安定、经济发展、文化繁荣的整体局面逐渐形成。这一时期四海晏清的社会状况，在文学创作中多有反映。

有言天下大治，国富人安，百姓生活丰美和乐者。如张嘉贞《北岳庙碑序》云：

粤若我唐，正百王颓教；恭惟我后，扬五圣丕烈；人神允浃，动植和畅。乃藉北镇，柴南坛，碑西岳，泥东岱，是用告厥功，祇其祠也。故穰穰介福获于彼，喁喁众心傒于此。而今猃狁不炽，已万余辰，边隅于是乎静；雨雪其滂，乃屡盈尺，稼穑于是乎丰。②

杜甫《进封西岳赋表》云：

---

① ［唐］李隆基：《春晚宴两相及礼官丽正殿学士探得风字序》，《全唐诗》卷三，第34页。
② ［唐］张嘉贞：《北岳庙碑序》，《全唐文》卷二九九，第3036—3037页。

先是御制西岳碑文之卒章曰："待余安人治国，然后徐思其事。"此盖陛下之至谦也。今兹人安是已，今兹国富是已，况符瑞翕集，福应交至，何翠华之脉脉乎？①

独孤及《庆鸿名颂序》云：

唐兴百三十有八载，皇帝在宥，天下铸五兵为农器，栖万姓于寿域，道证德洽，神人以和。②

沈既济《词科论序》云：

开元、天宝之中，上承高祖太宗之遗烈，下继四圣理平之化，贤人在朝，良将在边，家给户足，人无苦窳，四夷来同，海内晏然。虽有宏猷上略无所措，奇谋雄武无所奋，百余年间，生育长养，不知金鼓之声、烽燧之光，以至于老。③

有言天下太平，大兴文教而文学昌盛者。如元结《述时》云：

皇天有命于我国家，六叶于兹。高皇至勤，文皇至明，身鉴隋室，不敢满溢，清俭之深，听察之至，仁惠之极，泱泱洋洋，为万代则。圣皇承之，不言而化，四十余年，天下太平，礼乐化于戎夷，慈惠及于草木。虽奴隶齿类，亦能诵周公、孔父之书，说陶唐、虞、夏之道。至于歌颂讴吟，

---

① ［唐］杜甫：《进封西岳赋表》，《全唐文》卷三五九，第3649页。
② ［唐］独孤及：《庆鸿名颂序》，《全唐文》卷三八四，第3902页。
③ ［唐］沈既济：《词科论序》，《全唐文》卷四七六，第4868页。

妇人童子，皆纾性情，美辞韵，指咏时物，与丝竹谐会，绮罗当称。①

李华《杨骑曹集序》云：

开元、天宝之间，海内和平君子，得从容于学，以是词人材硕者众。②

有言尊崇儒术，以致经学之盛者。如孙愐《唐韵序》云：

我国家偃武修文，大崇儒术，置集贤之院，召才学之流。自开辟以来，未有如今日之盛。上行下效，比屋可封，辄罄謏闻，敢补遗阙，兼习诸书，具为训解。③

有言朝廷招贤纳士，士子激情踊跃，以致举国人才济济者。如崔颢《荐樊衡书》云：

今国家封山勒崇，希代罕遇，含育之类，莫不踊跃。④

陈九言《唐尚书省郎官石记序》云：

圣上至德光被，睿谋广运，提大象以祐生人，躬无为以风天下。三台淳曜，百辟承宁，动必有成，举无遗策。年和俗厚，千载一时，而犹搜

---

① ［唐］元结：《述时》，《全唐文》卷三八三，第 3895 页。
② ［唐］李华：《杨骑曹集序》，《全唐文》卷三一五，第 3198 页。
③ ［唐］孙愐：《唐韵序》，《全唐文》卷三六五，第 3715 页。
④ ［唐］崔颢：《荐樊衡书》，《全唐文》卷三三〇，第 3349 页。

择茂异,网罗俊逸,野罄兰芳,林殚松秀,尽在于周行矣。①

有言慎择官员,吏治清明者。如陈元伯《贪泉铭》云:

皇唐启圣,开元御历。黜陟幽明,官人慎择。道风淳俭,吏业清白。②

有言时逢盛世,社会风气重德操、尚雅正者。如于邵《与裴谏议虬书》云:

国家受命,焕乎文明。开元、天宝,于斯为盛,格高体正者,君臣之义,天人之际,毕备于斯矣。③

三、社会经济的全面发展

(一) 人口增长

玄宗一朝,人口增长速度较快。高宗永徽三年(652)时,唐朝人口仅为 380 万户;④开元十四年(726),为 7 069 565 户,41 419 712 人;⑤至天宝十三载(754),达到 9 069 154 户,52 880 488 人。⑥ 短短二十八年时间,增长了 200 万户,11 460 776 人,其总数为高宗初年的 2.4 倍,大唐帝国进入了人口数量最为鼎盛的时期。

---

① 〔唐〕陈九言:《唐尚书省郎官石记序》,《全唐文》卷三六三,第 3682 页。
② 〔唐〕陈元伯:《贪泉铭》,《全唐文》卷四〇一,第 4099 页。
③ 〔唐〕于邵:《与裴谏议虬书》,《全唐文》卷四二六,第 4343 页。
④ 〔宋〕司马光:《资治通鉴》卷一百九十九,第 6279 页。
⑤ 〔宋〕司马光:《资治通鉴》卷二百一十三,第 6773 页。
⑥ 〔宋〕司马光:《资治通鉴》卷二百一十七,第 6929 页。

　　唐代文学对盛唐时期人口的繁盛多有反映。有描写京都者,如张九龄的"武卫千庐合,严扃万户深",①王维的"万户千门应觉晓,建章何必听鸣鸡",②以及崔颢的"万户楼台临渭水,五陵花柳满秦川"等;③有描写小城者,如杜甫的"忆昔开元全盛日,小邑犹藏万家室";④有描写郡城者,如杜甫的"城中十万户";⑤有描写村落者,如王昌龄的"晋水千庐合"等。⑥ 总之,开天时期人口数量持续而稳定地增长,是国家社会秩序稳定,社会生产力发展的结果,亦是盛世到来的可靠佐证。

　　《旧唐书·玄宗本纪下》云:

　　户部计今年(天宝十三载)见管州县户口:管郡总三百二十一,县一千五百三十八,乡一万六千八百二十九;户九百六十一万九千二百五十四,三百八十八万六千五百四不课,五百三十万一千四十四课;口五千二百八十八万四百八十八,四千五百二十一万八千四百八十不课,七百六十六万二千八百课。⑦

　　《通典》卷七云:

　　(天宝十四载)管户总八百九十一万四千七百九,管口总五千二百九十一万九千三百九。此国家之极盛也。⑧

---

① ［唐］张九龄:《和许给事中直夜简诸公》,《全唐诗》卷四十九,第 597 页。
② ［唐］王维:《听百舌鸟》,《全唐诗》卷一百二十八,第 1299 页。
③ ［唐］崔颢:《渭城少年行》,《全唐诗》卷一百三十,第 1324 页。
④ ［清］仇兆鳌:《杜诗详注》卷十三《忆昔二首(其二)》,第 1163 页。
⑤ ［清］仇兆鳌:《杜诗详注》卷十《水槛遣心二首(其一)》,第 812 页。
⑥ ［唐］王昌龄:《驾幸河东》,《全唐诗》卷一百四十二,第 1438 页。
⑦ ［后晋］刘昫等:《旧唐书》卷九,第 229 页。
⑧ ［唐］杜佑:《通典》卷七,第 153 页。

《资治通鉴》卷二百一十七云：

（天宝十三载）户部奏天下郡三百二十一，县千五百三十八，乡万六千八百二十九，户九百六万九千一百五十四，口五千二百八十八万四百八十八。［胡注云：有唐户口之盛，极于此。］①

《旧唐书》《资治通鉴》所载为天宝十三载统计数据；《通典》所载为天宝十四载统计数据。三书内容互有出入，《旧唐书》和《资治通鉴》除户数抵牾之外其他数据皆相合，故可推断《资治通鉴》此处内容当取自《旧唐书》，而两书于户数必有一误。尽管《通典》与另外两书所载内容相差较大，但《通典》和《资治通鉴》皆注明唐代户口至此为盛。因此，言有唐人口数量于天宝末达到顶峰当无不妥。

（二）交通畅达

从代隋而立至开天盛世，李唐国势稳步上升，随着实际控制区域及其影响范围的逐渐拓展，大唐帝国在开元、天宝之际的综合国力达到了鼎盛。而维持政令通畅，实现国家对辽阔疆域的有效控制，则离不开相应的交通保障。关于盛唐时代的交通状况，杜佑《通典》记载了开元十三年（725）之情形。其文曰：

东至宋、汴，西至岐州，夹路列店肆待客，酒馔丰溢。每店皆有驴赁客乘，倏忽数十里，谓之驿驴。南诣荆、襄，北至太原、范阳，西至蜀川、凉府，皆有店肆，以供商旅。远适数千里，不持寸刃。②

高适《陈留郡上源新驿记》云：

---

① ［宋］司马光：《资治通鉴》卷二百一十七，第6929页。
② ［唐］杜佑：《通典》卷七，第152页。

《周官》行夫掌邦国传遽之事,施于政者,盖有章焉。皇唐之兴,盛于古制。自京师四极,经启十道,道列以亭,亭实以驷。而亭惟三十里,驷有上中下。丰屋美食,供亿是为,人迹所穷,帝命流洽。用之远者,莫若于斯矣。[1]

岐州属于京畿道,在长安以西,宋州、汴州属于河南道,在洛阳以东。自岐州至宋、汴的路线,是唐代交通的东西大动脉,"夹路列店肆待客,酒馔丰溢"说明其同时亦是极为繁荣的商业之路;"远适数千里,不持寸刃"则说明社会安定,天下太平。杜甫《忆昔二首(其二)》亦云:"九州道路无豺虎,远行不劳吉日出。"[2]该诗堪称此一时期的真实写照。不仅如此,自京师有十道可通往四方,每道置亭,亭备驿马,食宿丰足,完全能够保证国家行政运行和社会经济发展的需要。

(三) 经济繁荣

盛唐时期,国家通过兴修水利、垦荒屯田等一系列措施,有效促进了农业发展。玄宗在《春中兴庆宫酺宴序》云:"所宝者粟,所贵者贤。故以宵旰为怀,黎元在念。尽力沟洫,不知宫室之已卑;致敬鬼神,不知饮食之斯薄。"[3]明确表达出其因心系农业而重视水利之事实。开元二十五年(737),唐玄宗颁布了我国第一部水利法典《水部式》,以立法的形式加强了水利建设。[4] 据王双怀统计,盛唐时期修建的比较重要的水利工程最少有 63 项。其中开元年间 53 项,天宝年间 10 项。在 63 项工程中,用于灌溉的有 40 余项,占工程总数的 63% 以上。可见,盛唐时期的大部分水利工程都是针对农田灌溉。从水利工程的数量来

---

① [唐] 高适:《陈留郡上源新驿记》,《全唐文》卷三五七,第 3629 页。
② [清] 仇兆鳌:《杜诗详注》卷十三《忆昔二首(其二)》,第 1163 页。
③ [唐] 李隆基:《春中兴庆宫酺宴序》,《全唐诗》卷三,第 37 页。
④ 周魁一:《我国现存最早的水利法规——〈水部式〉》,《水利天地》,1987(1)。

看,盛唐时期也是最多的,约占有唐一代水利工程总数的百分之
二十。①

　　加强水利建设之外,屯田亦是促进农业发展、增加粮食产量的有效
措施。所谓屯田,是指国家组织劳力在官地上进行开垦耕作的农业生
产组织形式。唐代屯田的区域主要在关内、河北、河东、河西、陇右诸
道。作为提高国家的粮食收入的重要手段,屯田对于唐代军需供应具
有突出意义。如仅天宝八载(749),"天下屯收百九十一万三千九百六
十石"。② 通过屯田,可增加政府收入,能安置闲散劳力,既利于农业发
展,亦利于社会安定。

　　由于玄宗励精图治,革除弊政,在农业经济上采取的积极措施,使
得土地种植面积扩大,粮食产量逐渐增加。反映在文学作品中,如苏颋
《奉和圣制至长春宫登楼望稼穑之作》云:"变芜粳稻实,流恶水泉通。
国阜犹前豹,人疲讵昔熊。"③杜甫《忆昔二首(其二)》云:"稻米流脂粟
米白,公私仓廪俱丰实。……齐纨鲁缟车班班,男耕女桑不相失。"④元
结《问进士·第三》云:"开元、天宝之中,耕者益力,四海之内,高山绝
壑,耒耜亦满,人家粮储。皆及数岁,太仓委积,陈腐不可校量。"⑤

　　在农业得到良好发展的同时,手工业、商业亦得到相应的发展。因
此,在国家经济全面发展的进程中百姓生活水平有所提高,形成了国富
民安的太平局面。如开元十三年(725)时,"米斗至十三文,青、齐谷斗
至五文。自后天下无贵物,两京米斗不至二十文,面三十二文,绢一匹

---

①　王双怀:《论盛唐时期的水利建设》,《陕西师范大学学报(哲学社会科学版)》,1995
　　(3)。
②　[唐]杜佑:《通典》卷二,第44页。
③　[唐]苏颋:《奉和圣制至长春宫登楼望稼穑之作》,《全唐诗》卷七十四,第810页。
④　[清]仇兆鳌:《杜诗详注》卷十三《忆昔二首(其二)》,第1163页。
⑤　[唐]元结:《问进士·第三》,《全唐文》卷三八○,第3860页。

二百一十二文"。① 开元二十八年(740)时,"频岁丰稔,京师米斛不满二百,天下乂安,虽行万里不持兵刃"。② 反映在文学当中,则有:"黄图巡沃野,清吹入离宫。是阅京坻富,仍观都邑雄。"③"百余年间未灾变,叔孙礼乐萧何律。"④

郑綮《开天传信记》则全方位展示了开元盛世的社会经济风貌:"天下大治,河清海晏。物殷俗阜。安西诸国,悉平为郡县。自开远门西行,亘地万余里,入河、隍之赋税。左右藏库财物山积,不可胜较。四方丰稔,百姓殷富。"⑤

四、文化艺术的高度繁盛

在唐代文学艺术中,取得最高成就的是诗歌,故被后世视为有唐一代文学之标志。自玄宗开元年间至"安史之乱"爆发前,是李唐国力昌盛、文化高度繁荣的历史时期。唐诗经过一个世纪的蓄势和发展,于开元十五年左右,"声律风骨始备",⑥迎来了诗国高潮——盛唐诗歌的全面繁荣。在唐诗的初、盛、中、晚四个分期中,盛唐时间最短,但成就最高。

这一时期,涌现出大批才华横溢、影响深远的杰出诗人。其中有身兼重臣和诗人双重身份而对唐诗的变革和发展做出贡献的张说、苏颋、张九龄等人;有以恬淡静美风格著称的王维、孟浩然、綦毋潜、祖咏、储光羲、常建等人;有以豪迈劲健风格著称的王之涣、王昌龄、李颀、崔颢等人;亦有以雄壮奇伟著称的高适、岑参等人;更有以绝代风华、个性魅

---

① ［唐］杜佑:《通典》卷七,第 152 页。
② ［后晋］刘昫等:《旧唐书》卷九,第 213 页。
③ ［唐］苏颋:《奉和圣制至长春宫登楼望稼穑之作》,《全唐诗》卷七十四,第 810 页。
④ ［清］仇兆鳌:《杜诗详注》卷十三《忆昔二首(其二)》,第 1163 页。
⑤ ［唐］崔令钦:《教坊记(外三种)》,第 79 页。
⑥ 李珍华、傅璇琮:《河岳英灵集研究·河岳英灵集(校点)》,第 117 页。

力和积极浪漫主义精神来寄情时代、讴歌理想的李白……而这一时期，唐代诗歌世界中的另一位巨匠杜甫也已崭露头角。

"群才属休明，乘运共跃鳞。文质相炳焕，众星罗秋旻。"①这是李白对一个世纪以来唐代诗坛的概括，其中不乏溢美之词。但是，若对时间予以限定，将其理解为作者对盛唐文学群星璀璨盛况的现实描摹，则完全称得上是真实写照。事实上，不独文学如此，在盛唐时代，各种主要的艺术样式都跻身于繁荣之列，谓之百花齐放、百家争鸣实不为过。

（一）绘画

盛唐画坛人才辈出，涌现出一批杰出的画家。其中殷季友、许琨、僧法明、钱国养、左文通、杨宁、杨升、张萱、谈皎、李果奴等擅长人物；王陁子、牛诏、郎余令、畅辩、卢鸿、释修然、郑虔、郑逾、王维、张谞、刘方平、王熊等擅长山水；杨庭光等擅长佛像经变；武静藏、杨垣、杨仙乔、解倩等擅长鬼神；董谔、程维等擅长杂画；陈静心、陈静眼等擅长寺壁、地狱；冯昭正、姜皎等擅长鹰、鹘、鸡、雉；曹霸、韩干等擅长画马。② 盛唐时代绘画艺术蔚为壮观的发展态势，在文学中自然会有所反映，如杜甫《姜楚公画角鹰歌》云：

> 楚公画鹰鹰戴角，杀气森森到幽朔。观者贪愁掣臂飞，画师不是无心学。此鹰写真在左绵，却嗟真骨遂虚传。梁间燕雀休惊怕，亦未捎空上九天。③

其《杨监又出画鹰十二扇》云：

---

① ［唐］李白：《古风》，《全唐诗》卷一百六十一，第1670页。

② 参见［唐］张彦远：《历代名画记》卷九"唐朝上"、卷十"唐朝下"，第167—211页。

③ ［清］仇兆鳌：《杜诗详注》卷十一《姜楚公画角鹰歌》，第924页。

近时冯绍正,能画鸷鸟样。明公出此图,无乃传其状。殊姿各独立,清绝心有向。疾禁千里马,气敌万人将。忆昔骊山宫,冬移含元仗。天寒大羽猎,此物神俱王。当时无凡材,百中皆用壮。粉墨形似间,识者一惆怅。干戈少暇日,真骨老崖嶂。为君除狡兔,会是翻鞲上。①

其《丹青引·赠曹将军霸》云:

先帝御马玉花骢,画工如山貌不同。是日牵来赤墀下,迥立阊阖生长风。诏谓将军拂绢素,意匠惨澹经营中。须臾九重真龙出,一洗万古凡马空。玉花却在御榻上,榻上庭前屹相向。至尊含笑催赐金,圉人太仆皆惆怅。②

其《画马赞》云:

韩干画马,毫端有神。骅骝老大,腰褭清新。鱼目瘦脑,龙文长身。雪垂白肉,风蹙兰筋。逸态萧疏,高骧纵恣。四蹄雷电,一日天地。御者闲敏,云何难易。③

据史实而言,盛唐画家中无论题材之广抑或技艺最精者,当首推吴道子。吴氏兼擅人物、佛像、鬼神、禽兽、山水、台殿、草木等,皆一时之选,有"画圣"之誉。其人《旧唐书》和《新唐书》均未立传。《太平广记》卷二百一十二云:

---

① ［清］仇兆鳌:《杜诗详注》卷十五《杨监又出画鹰十二扇》,第1340—1342页。
② ［清］仇兆鳌:《杜诗详注》卷十三《丹青引·赠曹将军霸》,第1149—1150页。
③ ［清］仇兆鳌:《杜诗详注》卷二十四《画马赞》,第2191页。

唐吴道玄字道子,阳翟人也。少孤贫。天授之性,年未弱冠,穷丹青之妙。浪迹东洛,玄宗知其名,召入供奉。大略宗师张僧繇千变万状,纵横过之。……其画人物、佛像、鬼神、禽兽、山水、台殿、草木,皆神妙也。国朝第一。张怀瓘云:"吴生画,张僧繇后身,斯言当矣。"①

朱景玄《唐朝名画录序》云:

近代画者,但工一物以擅其名,斯即幸矣。惟吴道子天纵其能,独步当世,可齐踪于陆、顾。②

吴道子代表作品有《天王送子图》《八十七神仙卷》《孔子行教像》《菩萨》《鬼伯》等。其所画人物"如塑",即栩栩如生,立体感强,"旁见周视,盖四面可意会"。③ 吴氏将线条的表现力提高到一个全新的水平,形成了独特的艺术风格。吴门弟子翟琰、李生、张藏、卢棱伽等皆善画。

杜甫《丽人行》云:

三月三日天气新,长安水边多丽人。态浓意远淑且真,肌理细腻骨肉匀。绣罗衣裳照莫春,蹙金孔雀银麒麟。头上何所有? 翠微匐叶垂鬓唇。背后何所见? 珠压腰衱稳称身。就中云幕椒房亲,赐名大国虢与秦。紫驼之峰出翠釜,水精之盘行素鳞。犀箸厌饫久未下,鸾刀缕切空纷纶。黄门飞鞚不动尘,御厨络绎送八珍。箫管哀吟感鬼神,宾从杂遝实要津。后来鞍马何逡巡,当轩下马入锦茵。杨花雪落覆白苹,青鸟

---

① ［宋］李昉等:《太平广记》卷第二百一十二"画三",第1622—1623页。
② ［唐］朱景玄:《唐朝名画录序》,《全唐文》卷七六三,第7936页。
③ ［宋］董逌:《广川画跋》卷六,文渊阁四库全书本。

飞去衔红巾。炙手可热势绝伦，慎莫近前丞相嗔。①

该诗与盛唐画家张萱的《虢国夫人游春图》反映的是同一题材，张画与杜诗分别从绘画和文学两种艺术类型的独特性出发，展示出杨贵妃的姐姐虢国夫人及其眷从盛装出游的情景，将贵妇人玩赏春光、悠然自得的神情以高超的技巧传神地予以表现，诗中有画、画中有诗的艺术美感让两者在交相辉映之中焕发出异曲同工之妙。

《太平广记》卷二百一十三云：

唐张萱，京兆人。尝画贵公子鞍马屏帷宫苑子女等，名冠于时。……其画子女，周昉之难伦也。贵公子鞍马等，妙品上。②

张萱的创作多以宫廷宴游为题材，代表作有《捣练图》《虢国夫人游春图》等。其作品线条劲健，色彩富丽，注重反映现实生活，着重表现人物的精神气质。

此外，作为绘画艺术重要分支的雕塑，在当时也获得长足发展，代表人物有张仙乔、杨惠之、员名、程进等。③

开天时期的画家们在不断吸收、兼容多种文化养分的基础上，表现手法日益丰富，技巧更加成熟，在创作题材方面也空前广泛。可以说，盛唐时期的绘画成就以高超的技艺和豪迈的气势，成为中国绘画史上的一座高峰。

（二）音乐

作为礼乐制度的重要组成部分，音乐自开国之时即得到李唐政权

---

① ［清］仇兆鳌：《杜诗详注》卷二《丽人行》，第 156—160 页。
② ［宋］李昉等：《太平广记》卷第二百一十三"画四"，第 1633 页。
③ ［唐］张彦远：《历代名画记》卷九"唐朝上"，第 176 页。

的重视。太宗即位后，每宴会必奏《秦王破阵乐》，以示不忘功业之本。后考虑到自己"虽以武功兴，终以文德绥海内，谓文容不如蹈厉，斯过矣"，[1]遂令魏征、褚亮、虞世南、李百药等改编歌辞，变《秦王破阵乐》之名为《七德舞》，与《九功舞》同奏。贞观十四年时，十部乐齐备，[2]官方音乐种类已超越杨隋。至盛唐之时，"凡乐人、音声人、太常杂户子弟隶太常及鼓吹署，皆番上，总号音声人，至数万人"。[3] 开天年间，唐代官方音乐机构在人数、分工、规模等方面皆达到鼎盛时期。

玄宗时有立、坐两部乐："堂下立奏，谓之立部伎；堂上坐奏，谓之坐部伎。太常阅坐部，不可教者隶立部，又不可教者，乃习雅乐。"[4]玄宗于听政之余，"教太常乐工子弟三百人为丝竹之戏，音响齐发，有一声误，玄宗必觉而正之，号为皇帝弟子，又云梨园弟子，以置院近于禁苑之梨园。太常又有别教院，教供奉新曲。太常每凌晨，鼓笛乱发于太乐署。别教院廪食常千人，宫中居宜春院"。[5]

玄宗有极为深厚的音乐造诣，尝自制新曲四十余首，还能创作新乐谱。[6] 其好羯鼓，而宁王善吹横笛，"达官大臣慕之，皆喜言音律"。[7] 帝王对于音乐的喜好和重视，往往会影响臣下，进而带动社会风气的变化，在盛世之中更是如此。如南卓《羯鼓录》云：

宋开府璟虽耿介不群，亦深好声乐，尤善羯鼓。始承恩顾，与玄宗论鼓事曰："不是青州石末，即是鲁山花瓷。捻小碧上，掌下须有朋肯

---

① ［宋］欧阳修、宋祁：《新唐书》卷二十一，第 467 页。
② ［宋］司马光：《资治通鉴》卷一百九十五，第 6159 页。
③ ［宋］欧阳修、宋祁：《新唐书》卷二十二，第 477 页。
④ ［宋］欧阳修、宋祁：《新唐书》卷二十二，第 475 页。
⑤ ［后晋］刘昫等：《旧唐书》卷二十八，第 1051—1052 页。
⑥ ［后晋］刘昫等：《旧唐书》卷二十八，第 1052 页。
⑦ ［宋］欧阳修、宋祁：《新唐书》卷二十二，第 476 页。

声,据此乃是汉震第一鼓也。且磔用石末花瓮,固是腰鼓。掌不朋肯声,是以手指,非羯鼓明矣。"①

在良好的社会经济、政治基础和文化背景下,盛唐时期的音乐艺术也进入了繁荣阶段。唐朝兴旺的音乐生活与大批杰出音乐人才的出现是分不开的。这一现象在文学中亦有所反映。

有长于声乐者,如开元中著名歌伎许和子。唐段安节《乐府杂录》云:

开元中,内人有许和子者,本吉州永新县乐家女也,开元末选入宫,即以永新名之,籍于宜春院。既美且慧,善歌,能变新声。韩娥、李延年殁后千余载,旷无其人,至永新始继其能。遇高秋朗月,台殿清虚,喉啭一声,响传九陌。明皇尝独召李谟吹笛逐其歌,曲终管裂,其妙如此。又一日,赐大酺于勤政楼,观者数千万众,喧哗聚语,莫得闻鱼龙百戏之音。上怒,欲罢宴。中官高力士奏请:"命永新出楼歌一曲,必可止喧。"上从之。永新乃撩鬓举袂,直奏曼声,至是广场寂寂,若无一人。喜者闻之气勇,愁者闻之肠绝。②

又如天宝中著名歌伎念奴。王仁裕《开元天宝遗事》云:

念奴者,有姿色,善唱歌,未尝一日离帝左右。……每啭声歌喉,则声出于朝霞之上,虽钟鼓笙竽嘈杂,而莫能过。③

---

① ［宋］李昉等:《太平广记》卷二百五"乐三",第1561页。
② ［唐］崔令钦:《教坊记(外三种)》,第125页。
③ ［五代］王仁裕:《开元天宝遗事》卷上,第21—22页。

元稹《连昌宫词》云："飞上九天歌一声，二十五郎吹管逐。"元稹自注曰：

念奴，天宝中名倡，善歌。每岁楼下酺宴，累日之后，万众喧隘，严安之、韦黄裳辈辟易不能禁，众乐为之罢奏。明皇遣高力士大呼于楼上曰："欲遣念奴唱歌，邠二十五郎吹小管逐，看人能听否?"未尝不悄然奉诏。其为当时所重也如此。①

有长于器乐者，如宫廷乐师李謩。元稹《连昌宫词》云："李謩擪笛傍宫墙，偷得新翻数般曲。"②李肇《唐国史补》卷下云："(李)牟吹笛天下第一，月夜泛江，维舟吹之，寥亮逸发，上彻云表。"③卢肇《逸史》云：

(李)謩开元中吹笛为第一部，近代无比。有故，自教坊请假至越州。公私更宴，以观其妙。时州客举进士者十人，皆有资业，乃醵二千文同会镜湖，欲邀李生湖上吹之。想其风韵，尤敬人神。……李生拂笛，渐移舟于湖心。时轻云蒙笼，微风拂浪，波澜陡起，李生捧笛，其声始发之后，昏曀齐开，水木森然，彷髴如有鬼神之来，坐客皆更赞咏之，以为钧天之乐不如也。④

又如宫廷乐师贺怀智、李龟年等。据唐段安节《乐府杂录·琵琶》，"开元中有贺怀智，其乐器以石为槽，鹍鸡筋作弦，用铁拨弹之"。⑤ 有

① ［唐］元稹：《连昌宫词》，《元稹集》卷二十四，第 270 页。
② ［唐］元稹：《连昌宫词》，《元稹集》卷二十四，第 270 页。
③ ［唐］李肇：《唐国史补》卷下，第 58 页。
④ ［宋］李昉等：《太平广记》，卷二百四"乐二"，第 1553 页。
⑤ ［唐］崔令钦：《教坊记(外三种)》，第 130 页。

诗赞其技艺云："玄宗偏许贺怀智,段师此艺还相匹。"①"夜半月高弦索鸣,贺老琵琶定场屋。"②李端《赠李龟年》云:"遍识才人字,多知旧曲名。风流随故事,语笑合新声。"③李白《清平调词三首》注云:

> 天宝中,白供奉翰林。……李龟年以歌擅一时,手捧檀板,押众乐前,欲歌之。上曰:"赏名花,对妃子,焉用旧乐词?"遂命龟年持金花笺,宣赐李白,立进《清平调》三章。白承诏,宿酲未解,因援笔赋之。龟年歌之。④

此外,还有著名乐师何满子、安万善、董庭兰等人。何满子,开元中沧州之善歌者。⑤ 有诗赞云:"何满能歌能宛转,天宝年中世称罕。"⑥"世传满子是人名,临就刑时曲始成。一曲四词歌八叠,从头便是断肠声。"⑦李颀《听安万善吹觱篥歌》云:

> 枯桑老柏寒飕飗,九雏鸣凤乱啾啾。龙吟虎啸一时发,万籁百泉相与秋。忽然更作渔阳掺,黄云萧条白日暗。变调如闻杨柳春,上林繁花照眼新。岁夜高堂列明烛,美酒一杯声一曲。⑧

李颀《听董大弹胡笳声兼寄语弄房给事》云:

---

① 〔唐〕元稹:《连昌宫词》,《元稹集》卷二十四,第 270 页。
② 〔唐〕元稹:《连昌宫词》,《元稹集》卷二十四,第 270 页。
③ 〔唐〕李端:《赠李龟年》,《全唐诗》卷二百八十五,第 3251 页。
④ 〔唐〕李白:《清平调词三首》,《全唐诗》卷一百六十四,第 1703 页。
⑤ 朱金城:《白居易集笺校》卷三十五《何满子》,第 2457 页。
⑥ 〔唐〕元稹:《何满子歌》,《元稹集》卷二十六,第 306 页。
⑦ 朱金城:《白居易集笺校》卷三十五《何满子》,第 2457 页。
⑧ 〔唐〕李颀:《听安万善吹觱篥歌》,《全唐诗》卷一百三十三,第 1354 页。

董夫子，通神明，深山窃听来妖精。言迟更速皆应手，将往复旋如有情。空山百鸟散还合，万里浮云阴且晴。嘶酸雏雁失群夜，断绝胡儿恋母声。川为净其波，鸟亦罢其鸣。乌孙部落家乡远，逻娑沙尘哀怨生。幽音恋调忽飘洒，长风吹林雨堕瓦。迸泉飒飒飞木末，野鹿呦呦走堂下。①

李颀两诗真实记录了盛唐乐坛安万善、董庭兰两位名家的演奏情形，赞赏了安、董的高超技艺，极富感染力地描摹出筚篥、古琴的音乐之美，在文学中保留了关于盛唐音乐发展水平的珍贵资料。

（三）舞蹈

盛唐舞蹈艺术高度发达，仅在文学中有所反映的杰出舞蹈家便有杨玉环、公孙大娘等人，其中公孙大娘擅长舞剑器，杨玉环则精通霓裳羽衣舞。

关于剑器之舞，杜甫《观公孙大娘弟子舞剑器行》云：

昔有佳人公孙氏，一舞剑气动四方。观者如山色沮丧，天地为之久低昂。㸌如羿射九日落，矫如群帝骖龙翔。来如雷霆收震怒，罢如江海凝清光。②

该诗序云："开元三载，余尚童稚，记于郾城观公孙氏舞剑器浑脱，浏漓顿挫，独出冠时。自高头宜春梨园二伎坊内人泊外供奉，晓是舞者，圣文神武皇帝初，公孙一人而已。"③郑嵎《津阳门诗》云："公孙剑伎

---

① ［唐］李颀：《听董大弹胡笳声兼寄语弄房给事》，《全唐诗》卷一百三十三，第1357页。
② ［清］仇兆鳌：《杜诗详注》卷二十《观公孙大娘弟子舞剑器行》，第1816页。
③ ［清］仇兆鳌：《杜诗详注》卷二十《观公孙大娘弟子舞剑器行》，第1815页。

方神奇。"自注云："上始以诞圣日为千秋节，每大酺会，必于勤政楼下使华夷纵观。有公孙大娘舞剑，当时号为雄妙。"①沈亚之《叙草书送山人王传乂》云："昔张旭善草书，出见公孙大娘舞剑器浑脱，鼓吹既作，言能使孤蓬自振，惊沙坐飞，而旭归为之书，则非常矣。"②

霓裳羽衣舞，《全唐诗》卷二十七《婆罗门》序云："商调曲，开元中西凉府节度杨敬述进。天宝十三年，改为霓裳羽衣。"③陈嘏《霓裳羽衣曲赋》云："我玄宗心崇至道，化叶无为。制神仙之妙曲，作歌舞之新规。被以衣裳，尽法上清之物；序其行缀，乃从中禁而施。"④可见，唐人以其为玄宗所作。作为唐代最著名的歌舞大曲，《霓裳羽衣曲》董声乐坛，代表了我国古代音乐史上歌舞音乐的水平，已成为流传千古的不朽佳作。因现存盛唐文学史料中缺乏关于此舞内容之详细记载，故借助于白居易《霓裳羽衣歌》。诗云：

舞时寒食春风天，玉钩栏下香案前。案前舞者颜如玉，不著人家俗衣服。虹裳霞帔步摇冠，钿璎累累佩珊珊。娉婷似不任罗绮，顾听乐悬行复止。磬箫筝笛递相搀，击擫弹吹声逦迤。散序六奏未动衣，阳台宿云慵不飞。中序擘騞初入拍，秋竹竿裂春冰拆。飘然转旋回雪轻，嫣然纵送游龙惊。小垂手后柳无力，斜曳裾时云欲生。烟蛾敛略不胜态，风袖低昂如有情。上元点鬟招萼绿，王母挥袂别飞琼。繁音急节十二遍，跳珠撼玉何铿铮。翔鸾舞了却收翅，唳鹤曲终长引声。⑤

天宝末，康居国献胡旋女，胡旋舞传入中原，此舞以独特的异域风

①　［唐］郑嵎：《津阳门诗》，《全唐诗》卷五百六十七，第 6563 页。
②　［唐］沈亚之：《叙草书送山人王传乂》，《全唐文》卷七三五，第 7597 页。
③　［清］彭定求等编：《全唐诗》卷二十七《婆罗门》，第 388 页。
④　［唐］陈嘏：《霓裳羽衣曲赋》，《全唐文》卷七六〇，第 7896 页。
⑤　朱金城：《白居易集笺校》卷二十一《霓裳羽衣歌》，第 1410—1411 页。

情和高超的艺术魅力风靡一时,成为盛唐舞蹈的代表性作品之一。关于此舞姿态,元稹《胡旋女》云:

　　蓬断霜根羊角疾,竿戴朱盘火轮炫。骊珠迸珥逐飞星,虹晕轻巾掣流电。潜鲸暗吸箕波海,回风乱舞当空霰。[①]

　　白居易《胡旋女》云:

　　胡旋女,胡旋女。心应弦,手应鼓。弦鼓一声双袖举,回雪飘摇转蓬舞。左旋右转不知疲,千匝万周无已时。人间物类无可比,奔车轮缓旋风迟。[②]

(四) 书法

作为古代艺术中源远流长的艺术门类,书法伴随汉字的产生而出现。在盛唐时代,书法也和诗歌、绘画、音乐、舞蹈等一样达到了高峰,成为这一时期普及而又成熟的艺术。

唐初书坛,涌现出欧阳询、虞世南、褚遂良、薛稷等一批名家,加之太宗喜好书法,遂于一国之中形成重书之风气。然太宗朝书家较多表现出承袭南朝书风之面目。

初唐书论家孙过庭《书谱》云:

　　夫质以代兴,妍因俗易。虽书契之作,适以记言,而淳醨一迁,质文三变。驰鹜沿革,物理常然。贵能古不乖时,今不同弊,所谓文质彬彬,然后君子,何必易雕宫于穴处,反玉辂于椎轮者乎!……然后凛之以风神，温之以妍润，鼓之以枯劲，和之以闲雅，故可达其情性，形其哀乐。①

　　书法作为一种艺术样式，自然须遵循审美之原则。然而，若缺少了真实情志的参与，则美感终究是遥不可及。孙过庭立足时代，植根现实，自觉强调书法作为表情艺术的特性，以书法为抒情达性的艺术手段，提出"达其情性，形其哀乐"，从理论层面置书法、诗歌于并行同美的高度。不仅如此，他还说："《易》曰：'观乎天文，以察时变；观乎人文，以化成天下。'况书之为妙，近取诸身。"②明确将书法艺术作为"人文化成"的有机部分。孙氏开创性抒情哲理的提出和对书法艺术宏观意义的认识，积极导引了盛唐书坛自居面目时代的到来。

　　盛唐书坛，草书以张旭、怀素为代表。杜甫《殿中杨监见示张旭草书图》云：

　　悲风生微绡，万里起古色。铿铿鸣玉动，落落群松直。连山蟠其间，溟涨与笔力。有练实先书，临池真尽墨。俊拔为之主，暮年思转极。未知张王后，谁并百代则。呜呼东吴精，逸气感清识。③

　　李颀《赠张旭》云：

　　张公性嗜酒，豁达无所营。皓首穷草隶，时称太湖精。露顶据胡床，长叫三五声。兴来洒素壁，挥笔如流星。④

---

① ［唐］孙过庭：《书谱》，《全唐文》卷二〇二，第 2043 页。
② ［唐］孙过庭：《书谱》，《全唐文》卷二〇二，第 2046 页。
③ ［清］仇兆鳌《杜诗详注》卷十五《殿中杨监见示张旭草书图》，第 1339—1340 页。
④ ［唐］李颀：《赠张旭》，《全唐诗》卷一百三十二，第 1340 页。

王颙《怀素上人草书歌》云：

忽作风驰如电掣，更点飞花兼散雪。寒猿饮水撼枯藤，壮士拔山伸劲铁。君不见张芝昔日称独贤，君不见近日张旭为老颠。二公绝艺人所惜，怀素传之得真迹。峥嵘蹙出海上山，突兀状成湖畔石。一纵又一横，一欹又一倾。临江不羡飞帆势，下笔长为骤雨声。①

窦冀《怀素上人草书歌》云：

忽然绝叫三五声，满壁纵横千万字。吴兴张老尔莫颠，叶县公孙我何谓。如熊如罴不足比，如虺如蛇不足拟。涵物为动鬼神泣，狂风入林花乱起。殊形怪状不易说，就中惊燥尤枯绝。边风杀气同惨烈，崩槎卧木争摧折。塞草遥飞大漠霜，胡天乱下阴山雪。偏看能事转新奇，郡守王公同赋诗。枯藤劲铁愧三舍，骤雨寒猿惊一时。此生绝艺人莫测，假此常为护持力。连城之璧不可量，五百年知草圣当。②

外在气象犹如风驰电掣、大漠飞雪的草书，实为内心情感以笔墨为载体而无所拘束、酣畅淋漓之表现。盛唐时代的草书以张旭、怀素为代表而异军突起，但是他们绝非超越了特定时代文化土壤突兀而出的孤证。如贺知章即长于此道，"能文善草，当世称重"，人谓其"机会与造化争衡，非人工可到"。③ 由此可见，草书在盛唐书坛臻于巅峰，并非偶然，而是时代精神风貌的深层体现。

盛唐书坛，楷书以颜真卿为代表。《旧唐书·颜真卿传》云："真卿

---

① ［唐］王颙：《怀素上人草书歌》，《全唐诗》卷二百四，第 2134 页。
② ［唐］窦冀：《怀素上人草书歌》，《全唐诗》卷二百四，第 2134 页。
③ ［宋］佚名：《宣和书谱》卷十八，文渊阁四库全书本。

少勤学业,有词藻,尤工书。"①殷亮《颜鲁公行状》云:"公以家本清贫,少好儒学,恭孝自立。贫乏纸笔,以黄土扫墙,习学书字,攻楷书绝妙。"②颜真卿书法初学褚遂良,后师从张旭等书法大家,其楷书端壮谨严,行书刚劲多姿,开创了独具特色的"颜体"风格。欧阳修《集古录·唐颜鲁公书残碑》云:"颜公书如忠臣烈士,道德君子。其端严尊重,人初见而畏之,然愈久而愈可爱也。"③朱长文《续书断》中盛赞颜书云:"点如坠石,划如夏云,钩如屈金,戈如发弩,纵横有象,低昂有态,自羲、献以来,未有如公者也。"④

此外,盛唐以书法名家者,还有徐峤之、徐浩、李造、韩择木、田琦、卫包、蔡有邻、郑迁、郑迈、郑遇、李权、李枢、李平钧、工维、工缙、史惟则、李阳冰、宋儋、李璆、萧诚、张从申、吕向、李邕、张怀瓘等人。⑤

(五)艺术与盛唐气象

艺术的共性,以及艺术创作主体间的接触交流,决定了同一时空环境中的艺术门类之间往往会产生融通,文学、绘画、音乐、舞蹈、书法等莫不如是。《诗大序》云:"情动于中而形于言,言之不足,故嗟叹之,嗟叹之不足,故永歌之,永歌之不足,不知手之舞之、足之蹈之也。"⑥从艺术的起源看,文学、音乐和舞蹈的关系是三位一体的。

"开元、天宝已来,宫掖所传、梨园弟子所歌、旗亭所唱、边将所进,率当时名士所为绝句尔。"⑦显然,盛唐文学与音乐的关系与前代相比并没有疏离,其联系依然密切。

---

① 〔后晋〕刘昫等:《旧唐书》卷一百二十八,第3589页。
② 〔唐〕殷亮:《颜鲁公行状》,《全唐文》卷五一四,第5224页。
③ 〔宋〕欧阳修:《欧阳修全集》卷一百四十一,第2259页。
④ 〔宋〕朱长文:《墨池编》卷三《续书断上》,文渊阁四库全书本。
⑤ 〔唐〕窦泉:《述书赋下》,《全唐文》卷四四七,第4573—4574页。
⑥ 〔汉〕毛亨传,〔汉〕郑玄笺,〔唐〕孔颖达疏:《毛诗正义》卷一,第7页。
⑦ 〔清〕王士禛:《唐人万首绝句选序》,文渊阁四库全书本。

　　张旭尝"自言始见公主担夫争道,又闻鼓吹而得笔法意,观公孙大娘舞剑器,乃尽其神".① 张氏坦言书法的精进来自"鼓吹"与"舞剑器"的启发,则表明书法与音乐、舞蹈之间的确存在着内在关联。

　　中国古代绘画的基本特点是强调"气韵为主"、②"笔墨为上",③不局限于形似,而是重在传神写意,以创造出时空一体、富于动感的艺术空间为其鹄的。中国古代音乐强调"意先乎音,音随乎意",④而书法亦讲求"情动形言,取会风骚之意;阳舒阴惨,本乎天地之心",⑤至于文学,则主张"以意为主,以气为辅,以辞彩章句为之兵卫,未有主强盛而辅不飘逸者,兵卫不华赫而庄整者".⑥ 就此而论,中国古代绘画、书法、文学和音乐等诸多艺术门类在精神世界的终极追求是趋于一致的。"绝句、草书、音乐、舞蹈,这些表现艺术合为一体,构成当时诗书王国的美的冠冕,它把中国传统重旋律重感情的'线的艺术',推上又一个崭新的阶段,反映了世俗地主阶级知识分子上升阶段的时代精神。而所谓盛唐之音,非他,即此之谓也。"⑦文宗太和年间(827—835),曾命翰林学士为《三绝赞》,以李白诗歌、裴旻剑舞和张旭草书为"三绝",⑧其中自然有着基于不同艺术样式内在相通性的深层原因。

　　苏东坡尝云:"诗至于杜子美,文至于韩退之,书至于颜鲁公,画至于吴道子,而古今之变,天下之能事毕矣!"⑨苏氏深为推崇的四位艺术巨匠当中,除韩愈外皆为盛唐人物。杜甫、颜真卿、吴道子三人能够分

①　[清]彭定求等编:《全唐诗》卷一百十七"张旭小传",第1179页。
②　[宋]葛立方:《韵语阳秋》卷十四,见[清]何文焕:《历代诗话(下)》,第597页。
③　[宋]郭若虚:《图画见闻志》卷六,文渊阁四库全书本。
④　[明]徐上瀛:《溪山琴况》,续修四库全书本。
⑤　[唐]孙过庭:《书谱》,《全唐文》卷二〇二,第2045页。
⑥　[唐]杜牧:《答庄充书》,《全唐文》卷七五一,第7783页。
⑦　李泽厚:《美的历程》,第137—138页。
⑧　[唐]裴敬:《翰林学士公墓碑》,《全唐文》卷七六四,第7946页。
⑨　[宋]苏轼:《书吴道子画后》,《苏轼文集》卷七十,第2210页。

别于文学、书法、绘画领域登峰造极、独领风骚，固然有其个人天赋因素，但更重要的原因则是盛唐社会的深厚积淀与繁荣文化的濡染、熏陶。

要之，随着玄宗即位，良性权力核心重新形成，李唐皇权得到回归并进一步巩固。开元君臣以"贞观之治"为效法对象，逐步实现了社会经济的全面发展和文化艺术的高度繁盛，国家呈现出和谐稳定的政治局面。

以文学为代表的盛唐艺术，在技艺的进步与风格的成熟中，彰显出大唐帝国全盛时期的浓郁现实气息与雍容华贵气度。而这种独特时代风范的最终形成，自然离不开国力强盛、国家安定、百姓乐业的现实土壤。大唐帝国借助其鼎盛强大的国势和开放包容、繁荣粗犷、气势恢宏的文化基础，将中国古代艺术的发展推向顶峰。故此，可以说盛唐文学、绘画、书法、舞蹈和音乐等所达到的巨大艺术成就，实际上是不同艺术样式从各自领域对开天盛世的真实反映，而将当时各种艺术形式进行综合，从文学的视角予以观照，则彰显出唯有盛世才能焕发出来的整体风貌特征，是为盛唐气象。

第二节　盛世的忧患与文学

一、"文质论"的文化共同体意义

"文质"是中国古代文论中一个重要术语，包括"文"和"质"两个方面。这一概念成型的表述可以追溯到孔子。《论语·雍也》曰："质胜文则野，文胜质则史，文质彬彬，然后君子。"[①]东汉包咸注曰："野如野人，言鄙略也。史者，文多而质少。彬彬，文质相半之貌。"[②]可见，孔子所

---

① ［清］刘宝楠：《论语正义》卷七，第 233 页。
② ［清］刘宝楠：《论语正义》卷七，第 233 页。

说的"文质"是就人的修养而言。"文"是指外在表现,"质"是指内在本性。然而,先秦"文质"论发展到后来,其意义在文学范畴内则发生了变化,文学理论领域的"文"多指辞采,"质"多指内容。"文""质"在某种程度上近似于作品的形式与内容。

然而,孔子"文质"之论影响所及,并非止于文学领域,而是涉及国家社会的方方面面。其中尤以政治领域最为突出,春秋时代即是如此。如《礼记·表记》云:

> 子曰:"虞、夏之质,殷、周之文,至矣。虞、夏之文,不胜其质;殷、周之质,不胜其文。"①

汉代亦是如此。如董仲舒《春秋繁露·三代改制质文》云:

> 王者以制,一商一夏,一质一文。……主天法商而王,其道佚阳,亲亲而多仁朴……主地法夏而王,其道进阴,尊尊而多义节……主天法质而王,其道佚阳,亲亲而多质爱……主地法文而王,其道进阴,尊尊而多礼文。②

唐代仍是如此。如岑文本《拟剧秦美新》云:

> 牺农崇行道之化,尧舜弘揖让之风。汤武以干戈而称尽美,成康以刑厝而表成功。虽步骤殊时,浇淳异世,道有文质,政有隆替,不在天文,因人垂制。③

---

① ［汉］郑玄注,［唐］孔颖达疏:《礼记正义》卷五十四,第1735页。
② ［清］苏舆:《春秋繁露义证》卷七,第204—211页。
③ ［唐］岑文本:《拟剧秦美新》,《全唐文》卷一五〇,第1528页。

崔融《为朝集使于思言等请封中岳表》云：

今陛下获瑞铭于广武，得宝图于温洛，星连月合，云起风摇。上以拥神休，下以塞天望。崇徽号，定都邑，文质再而复，正朔三而改，义在得天，乃立天统。非受命者，孰能臻兹？①

李峤《上应天神龙皇帝册文》云：

天地人皇之立称，始别洪荒；唐虞夏帝之居尊，渐详文质。姬水以椎轮发号，烈山以斫末增名。然后仁被德宣，功昭业远，历访前古，兹为旧式。②

苏颋《焚珠玉锦绣敕》云：

朕若躬服珠玉，自玩锦绣，而欲公卿节俭。黎庶敦朴，是使扬汤止沸，涉海无濡，不可得也。是知文质之风，自上而始。③

韦述《服制议》云：

由近而及远，称情而立文，差其轻重，遂为五服。虽则或以义降，或以名加，教有所从，理不逾等。百王不易，三代可知，日月同悬，咸所仰也。自微言既绝，大义复乖，虽文质有迁，而必遵此制。④

①　［唐］崔融：《为朝集使于思言等请封中岳表》，《全唐文》卷二一七，第 2195 页。
②　［唐］李峤：《上应天神龙皇帝册文》，《全唐文》卷二四二，第 2452 页。
③　［唐］苏颋：《焚珠玉锦绣敕》，《全唐文》卷二五四，第 2572 页。
④　［唐］韦述：《服制议》，《全唐文》卷三〇二，第 3065 页。

贾至《旌儒庙碑》云：

> 夫戡乱以武，守成以文；文以正崇，武以权胜。秦皇知权之可以取，不知正之可以守。向使天下既定，守正崇儒，遵六经之谟训，用三代之文质，则黄轩盛美、汤武宏业不若也。①

既然文质论关系到国运之兴衰、政权之更替，则必然会受到各领域、各阶层有识之士的高度关注，而文学作为先秦文质论影响至深的一个领域，作为文化共同体建设的一个有机组成部分，无疑会从其独特的艺术特点出发，来呼应并辅助政治领域中的文质论朝着健康的方向发展。这一行为关系到国家和民族的走向，因此其既为文学自身之义务，亦是文学生产者与批评者不可推卸之责任。

从这一角度而言，中国古代文学理论中的"文质论"对于文化共同体建设有着不容忽视的意义。两者之间的这一关系，在唐代文化共同体建设中表现得甚为突出。风骨与声律兼备的盛唐诗歌，宣告了贞观君臣"文质彬彬，尽善尽美"文学理想的到来。至此，有唐一代之文学进入了鼎盛时期，文学的全盛则反映出国力、经济、文化等领域的同步繁荣。然而，任何事物的发展过程，都会经历产生、上升、鼎盛、衰微和消亡五个基本阶段。李唐步入繁盛的同时，亦逐渐孕育着走向式微的因素。此种情形，在文学领域，尤其是古文运动先驱者，如萧颖士、李华那里能够得到真实的反映。

作为古文运动先驱之一的萧颖士，从盛唐繁华的背后看到了"隆古日以远，举世丧其淳"的风气浇薄倾向；②"雅操大缺，内不能自强于己，

① ［唐］贾至：《旌儒庙碑》，《全唐文》卷三六八，第3739页。
② ［唐］萧颖士：《过河滨和文学张志尹》，《全唐诗》卷一百五十四，第1595页。

外有以求誉于时"则是当时文人的真实写照;①而权力在握的执事者"儒书是戏,搜狩鲜备",于是,整个社会风气"忠勇翳郁,浇风横肆,荡然一变,而风雅殄瘁"。②

李华识见与此相合,其《杨骑曹集序》云:

> 开元、天宝之间,海内和平君子,得从容于学,以是词人材硕者众。然将相屡非其人,化流于苟进成俗,故体道者寡矣。③

玄宗朝曾任国子司业的苏源明亦以"衰俗"二字指称盛唐末期。④社会大环境如此,文坛风气的转衰自然不可幸免:"朝野之际,文场至广,掞藻飞声,森然林植。必也扣精微于赏鉴之府,稽折中于序述之科。"⑤可见当时世人所尚者,皆为驰骋文采、形式华美之文,与雅道传统非但略无裨益,甚至有所妨害。

面对天宝年间李林甫、杨国忠主政之时政治腐败,整个社会崇尚奢华享乐之风的现状,一些有识士人毅然挺身而出。元德秀、刘迅、萧颖士、李华等人立足于儒家礼乐文化,以知行合一的方式自觉担负起兴复雅道、矫正时弊之重任,在当时思想、文学领域产生了重要影响。事实上,他们崇儒、重质、轻文的文学主张,并非仅仅就文学而发,而是缘起文学,立体辐射国家之政治、思想、学术、文化等诸多方面,成为唐代文

---

① ［唐］萧颖士:《赠韦司业书》,《全唐文》卷三二三,第 3274 页。
② ［唐］萧颖士:《登宜城故城赋》,《全唐文》卷三二二,第 3261 页。
③ ［唐］李华:《杨骑曹集序》,《全唐文》卷三一五,第 3198 页。
④ ［宋］欧阳修、宋祁:《新唐书》卷一百九十四"卓行",第 5564 页。苏源明常语人曰:"吾不幸生衰俗,所不耻者,识元紫芝也。"《新唐书》卷二百二"文艺中",第 5771 页,"(苏源明)工文辞,有名天宝间。"第 5773 页,"雅善杜甫、郑虔,其最称者元结、梁肃。"
⑤ ［唐］萧颖士:《赠韦司业书》,《全唐文》卷三二三,第 3275 页。

化共同体建设的重要组成部分。

元德秀,字紫芝,河南人。为人至孝,恪守礼仪,"以才行第一,进士登科"。① 为政有德声。其所著文章,"根元极则《道演》,寄情性则《于蔫于》,思善人则《礼咏》,多能而深则《广吴公子观乐》,旷达而妙则《现题》,穷于性命则《蹇士赋》,可谓与古同辙、自为名家者也"。② 然而,元德秀为时人所重的根本原因还是在于德行,《新唐书》以其入"卓行"传,李华有"涵泳道德,拔清尘而栖颢气,中古以降,公无比焉"之论。③

刘迅,字捷卿,初唐史学家刘知几之子,著有《六说》五卷。④ 李肇《唐国史补》云:"刘迅著《六说》,以探圣人之旨。惟《说易》不成,行于代者五篇而已。识者伏其精峻。"⑤ 玄宗时名相房琯颇重刘氏,曾因刘氏卧病而担忧叹息曰:"捷卿有不讳,天理欺矣!"⑥ 陈郡殷寅名知人,见迅叹曰:"今黄叔度也!"刘晏每闻其论,曰:"皇王之道尽矣!"⑦ 可见时人对其评价之高。

萧颖士,字茂挺,兰陵人。"十岁以文章知名,十五誉高天下。"⑧ 萧氏读书,于"经术之外,略不婴心"。⑨ 为文则"格不近俗,凡所拟议,必希古人,魏晋以来,未尝留意"。⑩ 做人则行以士礼,交游则本之于道,皆以儒道为先,名位屈后。

---

① 〔唐〕李华:《元鲁山墓碣铭序》,《全唐文》卷三二〇,第 3249 页。
② 〔唐〕李华:《元鲁山墓碣铭序》,《全唐文》卷三二〇,第 3249 页。
③ 〔唐〕李华:《元鲁山墓碣铭序》,《全唐文》卷三二〇,第 3249 页。
④ 〔后晋〕刘昫等:《旧唐书》卷一百二,第 3174 页。
⑤ 〔唐〕李肇:《唐国史补》卷上,第 15 页。
⑥ 〔宋〕欧阳修、宋祁:《新唐书》卷一百三十二,第 4525 页。
⑦ 〔宋〕欧阳修、宋祁:《新唐书》卷一百三十二,第 4525 页。
⑧ 〔唐〕李华:《扬州功曹萧颖士文集序》,《全唐文》卷三一五,第 3197 页。
⑨ 〔唐〕萧颖士:《赠韦司业书》,《全唐文》卷三二三,第 3277 页。
⑩ 〔唐〕萧颖士:《赠韦司业书》,《全唐文》卷三二三,第 3276 页。

　　李华，字遐叔，赵郡人。与萧颖士"平生相知，情体如一"，"古称管鲍，今则萧李"。[①]　面对衰俗之世，李华力主"将求致理，始于学习经史"。[②]　独孤及《检校尚书吏部员外郎赵郡李公中集序》云："天宝中，公与兰陵萧茂挺、长乐贾幼几勃焉复起，振中古之风，以宏文德，公之作本乎王道，大抵以五经为泉源，抒情性以托讽，然后有歌咏。美教化，献箴谏，然后有赋颂。"[③]可见其同样有志于兴复儒道。

　　李华《三贤论》云：

　　余兄事元鲁山而友刘、萧二功曹，此三贤者，可谓之达矣！或曰：愿闻三子之略。遐叔曰：元之志行，当以道纪天下；刘之志行，当以六经谐人心；萧之志行，当以中古易今世。元齐愚智，刘感一物不得其正，萧呼折节而获重禄，不易一刻之安。元之道，刘之深，萧之志，及于夫子之门，则达者其流也。[④]

　　从李华评论可以看出，元德秀、萧颖士、刘迅于开元、天宝间并称"三贤"。元德秀毕生身体力行，旨在通过道德修养来弘扬儒家之"道"；刘迅重在对儒家元典进行述论、解读，以"条贯源流，备今古之变"来彰显其儒学理论之精深；[⑤]而恪守典训的萧颖士，则是力求借文史"正其失"、补世用的功能来回归儒学本质。三人之侧重点虽各有不同，但其于世风日下之时致力于儒道兴复的努力方向却完全一致。诸贤力挽儒道既衰之过程，同时亦是进一步构建、完善和补充唐代文化共同体的具

---

①　［唐］李华：《祭萧颖士文》，《全唐文》卷三二一，第 3257 页。
②　［唐］李华：《三贤论》，《全唐文》卷三一七，第 3213 页。
③　［唐］独孤及：《检校尚书吏部员外郎赵郡李公中集序》，《全唐文》卷三八八，第3946 页。
④　［唐］李华：《三贤论》，《全唐文》卷三一七，第 3214 页。
⑤　［唐］李华：《三贤论》，《全唐文》卷三一七，第 3214 页。

体进程。

　　李华则在《质文论》中详细提出了关于"文""质"互动之关系、相互作用及其意义的探讨。他说：

　　天地之道易简，易则易知，简则易从。先王质文相变，以济天下。易知易从，莫尚乎质，质弊则佐之以文，文弊则复之以质。不待其极而变之，故上无暴，下无从乱。……质则俭，俭则固，固则愚，其行也丰肥，天下愚极则无恩；文则奢，奢则不逊，不逊则诈，其行也痼瘵，天下诈极则贼乱。故曰不待其极而变之。固而文之，无害于训人；不逊而质之，艰难于成俗。若不化而过，则愚之病，浅于诈之病也；无恩之病，缓于贼乱之极也。故曰莫尚乎奢也。奢而后化之，求固而不获也。利害迟速，不其昭昭欤！……海内之广，兆民之多，无聊于烦，弥世旷久。今以简质易烦文而便之，则晨命而夕周，逾年而化成。①

　　显然，作为古文家，李华"文质论"的最终指向却不是文学，而是国家政治事务。在他看来，治理天下应质、文兼顾，而以质为核心，若"质弊则佐之以文，文弊则复之以质"，不能在质、文之间走向极端。因此，他提倡学习经史以求致理，以"简质易烦文"，先"裨世教"再"淳风俗"，最终达到长治久安、人文化成之终极目的。

　　初唐至盛唐，重文、重质二说在理论与创作中交相出现，其于盛唐时最为接近"文质彬彬"之文学理想。随后，重文倾向进一步强化，而对文学教化作用的重视日渐削弱。这种趋势的不断加深，引起了以古文运动先驱为代表的有识之士的重视。由此可见，唐代古文运动的先驱者提出重儒、尚质的理论主张，一方面是为了矫正文学走向渐趋浮华的

---

① ［唐］李华：《质文论》，《全唐文》卷三一七，第3212页。

不良倾向,另一方面则是因为他们首先是从国家政治的高度考虑文质关系,而文学中的文与质仅仅是这一前提下的具体细化。

从某种角度而言,文学隐性作用中的外向与内指,与文学研究中的文质关系密切相关。简言之,质侧重于文学的思想教化功能,而文则侧重于文学的审美悦性功能。两者各自担负着文学的不同功能,却又相辅相成,不可偏废。盛唐古文家这种重质轻文的主张,的确能于世风浇薄中产生振聋发聩之功效,但一味提倡尚质求简,片面强调文学的政治教化功用而忽视了其审美艺术价值,则极有可能导致文学完全沦为经学附庸而不能自拔。然而,“文质彬彬”从本质上讲仅仅是一种理想化的状态,早在汉代,儒家学者已经认为虞舜之后以忠厚朴实为特点的重质时代已经一去不返,历代王朝的治国之道,是按照“一商一夏,一质一文”的模式而循环往复。① “文明进化不是抽象而是具体的,其各个具体阶段各有优劣短长,每一个进步都伴随着其特有的病态,或导致病态、弊端的可能性。”②所以,对文与质的价值不能以静止的孰优孰劣来评判定位,其优劣地位的决定者,实际上是文学背后的特定历史与社会生活状况。如果我们不局限于狭义的文学视角,而是从更为广阔的文化共同体视角来审视文质论,就会发现在萧颖士、李华为代表的盛唐古文运动先驱者眼里,文学只是一个切入点,其真正目的乃是以“化理”思想为指导,兴复雅正之道、维系世道人心,最大限度地发挥出文学反映现实、干预现实的社会功用,致力于李唐文化共同体的维护、完善和进一步建设。

正是因为处于对立统一关系中的文与质在国家和社会中有着不容忽视的意义,无论是拥有远见卓识的执政者、志于兴复儒道的士人,抑或是有所担当的文学家,都将文质关系确立为文化共同体的重要部分。

---

① ［清］苏舆:《春秋繁露义证》卷七,第 204 页。
② 阎步克:《“质文论”的文明进化观》,《文史知识》,2000(5)。

随着社会发展以及文学自身的演进，对于文质关系的认识和评价都会随着时代而发生变化。这种变化的出现，从某种意义上可以说是文化共同体通过文学艺术反映出来的一个重要的内部调适现象，它包括政治生活、文化思潮、士人心态、社会风尚等众多方面。这一现象在唐代前期表现得尤为明显。

二、"化理"思想的内涵及其影响

"化理"，是盛唐学者萧颖士提出一种思想理论。其含义为行教化之道，而臻致生活安康、世风淳朴之治世。所谓"化"，其义有创化、变化、进化之义，即圣人创制垂统，以礼乐文明，教而化之，形成自觉的意识和行为。"理"，治也。高宗名李治，为避讳，治字改为持、理、化等字。"治"，理水，水波不兴，顺流安澜，引申为治理、有秩序，常与"乱"相对而言。萧氏所谓"化理"者，并非仅言教化治理，而是指在实现教化治理的基础上，达到超越有汉，直追三代，实现儒家治国的最高理想状态。①

以"化理"思想为指导，元德秀、萧颖士、刘迅等人不但同声相应，同气相求，而且在各自周围团结了一群志趣相投的文人学者，形成了多个学术文化小团体，而这些团体又在相互交流、影响中融汇成一个更大范围的学术文化圈。其中与元德秀关系密切者，主要有房琯、苏源明、程休、邢宇、邢宙、张茂之、李峤、李丹叔、李惟岳、乔潭、杨拯、房垂、柳识等人；②与萧颖士关系密切者，主要有韦述、杨浚、邵轸、赵骅、殷寅、源衍、孔至、陆据、柳芳、贾至、韦收、张有略、张邈、刘颖、韩拯、孙益、韦建、陈

---

① 雷师恩海，苏利国《论唐朝文化共同体建设——以萧颖士"化理"思想为中心的考察》，《西北师大学报（社会科学版）》，2015(1)。
② ［唐］李华：《三贤论》，《全唐文》卷三一七，第3214—3215页。

晋、尹征等人；①与刘迅关系密切者，主要有房琯、刘晏、殷寅、裴腾、裴霸、李广敬、卢虚舟、陈谠言、沈兴宗、陈兼、高适等人。②

　　将元德秀、刘迅、萧颖士和李华四人进行比较，我们不难看出：无论是元氏的"道纪天下"、刘氏的"以六经谐人心"，还是萧氏的"以中古易今世"，均为针对当代衰败世风所开之"方剂"，其根本目的皆为兴复儒家雅正之道。元德秀之说重在实践，刘迅之说重在理论，而萧颖士兼顾文史以循儒道的做法，明显具有理论与实践并重之特点。也许在他看来，唯其如此，才能实现"以中古易今世"之目的，完成唐代文化共同体的真正建构。在这一伟大进程中，作为齐名而"平生最深"的知己，③李华始终是萧颖士最忠实的支持者、合作者。④

　　而且，在当时还出现了一个以萧颖士、李华为主体，由殷寅、颜真卿、柳芳、陆据、邵轸、赵骅等志同道合者共同结成的学术群体——"八友"。⑤

　　殷寅，字直清，陈郡人。早孤，事母以孝闻。应宏词举，为永宁尉，与萧颖士善。⑥殷寅为人耿介正直，⑦精通姓氏谱系之学。⑧李华《三贤论》称其"直清有识尚""达于名理"。⑨

―――――――――――

①　[唐]李华：《三贤论》，《全唐文》卷三一七，第3215页。
②　[唐]李华：《三贤论》，《全唐文》卷三一七，第3215页。
③　[唐]李华：《扬州功曹萧颖士文集序》，《全唐文》卷三一五，第3198页。
④　[后晋]刘昫等：《旧唐书》卷一百九十下，第5047页。"华文体温丽，少宏杰之气，颖士词锋俊发。"[清]永瑢：《四库全书总目》，第1286页。"颖士文章与李华齐名，而颖士尤为当代所重。"而且，据[宋]欧阳修、宋祁：《新唐书》卷二百二，第5770页。"（颖士）尝与华、据游洛龙门，读路旁碑，颖士即诵，华再阅，据三乃能尽记。闻者谓三人才高下，此其分也。"可见萧氏才高于李在当时已成公论。
⑤　[清]彭定求等编：《全唐诗》卷八百七十六"八友语"，第9925页。
⑥　[清]彭定求等编：《全唐诗》卷二百五十七"殷寅小传"，第2874页。
⑦　[宋]欧阳修、宋祁：《新唐书》卷一百四十九，第4804页。
⑧　[宋]欧阳修、宋祁：《新唐书》卷一百九十九，第5680页。
⑨　[唐]李华：《三贤论》，《全唐文》卷三一七，第3215页。

　　颜真卿,字清臣,琅邪临沂人也,少勤学业,有词藻,尤工于书法,事亲以孝闻,"安史之乱"时以忠贞名扬天下,《旧唐书·颜真卿传》称其"富于学,守其正,全其节,是文之杰也"。① 李华《三贤论》称其"重名节,敦故旧"。②

　　柳芳,字仲敷,蒲州河东人。长于才辩,③笃志论著。肃宗时曾继韦述编纂国史,"推衍义类,仿编年法,为唐历四十篇,颇有异闻"。④ 李华《三贤论》称其"该练故事"。⑤

　　陆据,字德邻,河南人。"文章俊逸,言论纵横",⑥"神宇警迈,善物理。年三十始到京师,公卿爱其文,交誉之"。⑦ 李华《三贤论》称其"恢恢善于事理"。⑧

　　邵轸,字纬卿,汝南人。李华《三贤论》称其"词举标干"。⑨

　　赵骅,⑩字云卿,邓州穰人。有志于学,善属文。"性孝悌,敦重交友,虽经艰危,不改其操。"⑪李华《三贤论》称其"才美行纯"。⑫

　　实际上,在萧颖士、李华等人致力于兴复儒道、构建文化共同体于盛唐末期之际,不但有前辈的赏识、朋友的推崇、同道的支持,而且还有弟子与后学对其思想、志向的承继与发扬。

---

① ［后晋］刘昫等:《旧唐书》卷一百二十八,第 3597 页。
② ［唐］李华:《三贤论》,《全唐文》卷三一七,第 3215 页。
③ ［宋］欧阳修、宋祁:《新唐书》卷一百四十九,第 4804 页。
④ ［宋］欧阳修、宋祁:《新唐书》卷一百三十二,第 4536 页。
⑤ ［唐］李华:《三贤论》,《全唐文》卷三一七,第 3215 页。
⑥ ［后晋］刘昫等:《旧唐书》卷一百九十下,第 5049 页。
⑦ ［宋］欧阳修、宋祁:《新唐书》卷二百二,第 5770 页。
⑧ ［唐］李华:《三贤论》,《全唐文》卷三一七,第 3215 页。
⑨ ［唐］李华:《三贤论》,《全唐文》卷三一七,第 3215 页。
⑩ ［后晋］刘昫等:《旧唐书》卷一百八十七下"忠义下",第 4906 页作"赵晔"。［宋］欧阳修、宋祁:《新唐书》卷一百五十一"赵宗儒传",第 4826 页作"赵骅"。按其人既与萧颖士、李华交往甚密,李华所载当更为可靠,据《三贤论》所载,当为"赵骅"。
⑪ ［后晋］刘昫等:《旧唐书》卷一百八十七下,第 4907 页。
⑫ ［唐］李华:《三贤论》,《全唐文》卷三一七,第 3215 页。

　　萧颖士"乐闻人善,以推引后进为己任,如李阳、①李幼卿、皇甫冉、陆渭等数十人,由奖目,皆为名士。天下推知人,称萧功曹"。② 据《唐诗纪事》卷二十七,萧颖士弟子中知名者有刘太真、相里造、贾邕、刘舟、长孙铸、房白、元晟、刘太冲、姚发、郑愕、殷少野、邬载诸人。③ 据《新唐书》所载,萧氏弟子还有尹征、王恒、卢异、卢士式、赵匡、阎士和、柳并等人。④ 此外,其弟子姓名可考者尚有卢冀、⑤柳澹、⑥戴叔伦、⑦陆淹、⑧息夫牧等人。⑨

　　对于慕名而来的求学者,萧颖士的态度是"盖有来学,微往教,蒙匪余求,若之何其拒哉。猗尔之所以求,我之所以诲"。⑩ 那么他究竟以什么来点拨后进、教导弟子呢? 概言之,便是文学。但他对文学的重视并非立足于其审美特性,而是将其作为一种工具和载体,在遵循"孔门四科"统一准则的前提下,用以承载德行和政事。如云:"然夫德行政事,非学不言,言而无文,行之不远,岂相异哉,四者一夫正而已矣。"⑪另一方面,萧颖士又对"文学"概念进行了辨析、细化。他说:

　　学也者,非云征辨说,摭文字,以扇夫谈端,輓厥词意,其于识也,必

---

① ［宋］计有功:《唐诗纪事》卷二十七,第 394 页,作"李阳冰";［清］彭定求等编:《全唐诗》卷二百九,第 2174 页,贾邕《送萧颖士赴东府,得路字序》亦作"李阳冰"。
② ［宋］欧阳修、宋祁:《新唐书》卷二百二,第 5769 页。
③ ［宋］计有功:《唐诗纪事》卷二十七,第 422—425 页。
④ ［宋］欧阳修、宋祁:《新唐书》卷二百二,第 5768 页。
⑤ ［唐］萧颖士:《江有归舟三章序》,《全唐诗》卷一百五十四,第 1594 页。
⑥ ［唐］赵璘:《因话录》卷三,第 89 页。
⑦ ［唐］权德舆:《朝散大夫使持节都督容州诸军事守容州刺史兼侍御史充本管经略招讨制置等使谯县开国男赐紫金鱼袋戴公墓志铭序》,《全唐文》卷五〇二,第 5115 页。
⑧ ［唐］萧颖士:《江有枫一篇十章序》,《全唐诗》卷一百五十四,第 1591 页。
⑨ ［清］彭定求等编:《全唐诗》卷二百五十七"息夫牧小传",第 2872 页。
⑩ ［唐］萧颖士:《江有归舟三章序》,《全唐诗》卷一百五十四,第 1594 页。
⑪ ［唐］萧颖士:《江有归舟三章序》,《全唐诗》卷一百五十四,第 1594 页。

鄙而近矣。所务乎宪章典法、膏脓德义而已。文也者,非云尚形似,牵比类,以局夫俪偶,放于奇靡,其于言也,必浅而乖矣。所务乎激扬雅训,彰宣事实而已。[①]

由此可知,萧氏之"学"为经学,他反对经学死守章句,关键在于汲取精神内涵。其重要性在于博长识见,目标指向是服务于国家宪章制度、经典法则,实现宣扬德义、润色鸿业的根本意义。而"文"为文学,其重要性在于凸显文字在语言表达形式层面的作用,在于以儒家雅正典训为旨归,要求客观准确、实事求是地描绘、表达真实的事物。很明显,在萧颖士的文学观中,文学并非筌中之鱼,而是得鱼之筌,儒道才是他终其一生也不曾改变的立身、为文之根本所在。在众多弟子中,萧颖士评价最高的是刘太真与尹征,[②]其根本原因就在于"尹征之学"和"刘太真之文"分别继承了萧氏学术思想的两大门径。

要之,面对隐藏在盛世景象背后的可能性隐患,以萧颖士、李华等为代表的古文运动先驱从文化共同体建设的角度出发,以超越狭义文学观的宏观视野来重新审视文质关系。其具体表现为,以文学为切入点而致力于"化理"思想的最终实现,即兴复雅正之道、维系世道人心,最大限度地发挥出文学于抒情言志、政治教化乃至人文化成方面的重要社会功用,致力于李唐文化共同体的进一步维护和完善。

客观而论,文质关系实为文化共同体建设的重要组成部分,由于社会发展以及文学自身的演进原因,关于文质关系的认识和评价始终处于变化之中。这种变化的出现,从某种意义上可以说是通过文学渠道所反映出的一个涵盖了政治、文化、思想、风尚等诸方面元素的文化共同体内部重要调适现象。这一现象,在李唐由盛趋衰时期的萧颖士、李

---

① ［唐］萧颖士:《江有归舟三章序》,《全唐诗》卷一百五十四,第 1594 页。
② ［唐］萧颖士:《江有归舟三章序》,《全唐诗》卷一百五十四,第 1594 页。

华等人身上表现得较为突出。通过师友门人相聚讲学、唱和，萧颖士以其道德、学术、文章而产生广泛影响，名动华夷。此一情形的出现标志着一个以萧颖士为核心，前辈、同道、朋友、弟子、后学前后相继、纵横交错的，具有一定影响力之学术文化团体的正式形成。而萧颖士"化理"思想的提出，符合唐代文化共同体建立的历史与现实必然性，因此，得到了独孤及、梁肃诸贤的积极响应，在薪火相传中进一步实现了李唐文化共同体建设在中唐的传承与新变。

第三节　"安史之乱"中的文化因素及其影响

"安史之乱"爆发于玄宗天宝十四载(755)十一月，至代宗宝应二年(763)三月才得以平定。这场持续了八年之久的叛乱，不仅结束了唐代前期与南北朝相承之旧局面，同时又开启了赵宋以降之新局面，其深远影响涉及政治、社会、经济、军事、文化、学术等诸多方面。① 因此，它是唐代社会由盛转衰的标志，更是中国历史的一个重要分水岭。由于"安史之乱"对中国历史有着如此巨大的影响，因此关于其爆发的原因成为学界研究的热点之一。其中以下几种观点较有代表性。

章嵚先生认为，叛乱的起因主要有四个方面：设置节度使、重用蕃将、用兵东北两蕃以及任用奸臣。② 吕思勉先生认为，天宝年间内地与边境兵力过于悬殊而导致叛乱。③ 谷霁光先生认为，李唐皇室对河北的歧视政策直接或间接导致了叛乱的爆发。④ 蒲立本先生从经济、政治、军事、种族及安禄山与李林甫关系等多方面来分析了叛乱产生的

①　陈寅恪：《论韩愈》,《陈寅恪集・金明馆初稿丛编》,第 332 页。
②　章嵚：《中华通史》,第 840—843 页。
③　吕思勉：《隋唐五代史》,第 210—214 页。
④　谷霁光：《谷霁光史学文集》第四卷,第 180—191 页。

背景。①

　　随着研究的进一步深入，学界逐渐认识到，分析"安史之乱"爆发的原因宜将唐代社会作为一个有机整体予以观照，而不是在政治、经济、军事等领域各为战。如黄新亚认为，"安史之乱"是唐前期各种社会矛盾激化的产物；②王素认为，"安史之乱"起因相当复杂，单一的某一种原因根本无法解释清楚。③

　　陈寅恪先生在《统治阶级之氏族及其升降》一文中指出，"禄山之举兵与胡汉种族武力问题有关"，"安史叛乱之关键，实在将领之种族"。④又云："夫河北之地，东汉、曹魏、西晋时固为文化甚高区域，虽经胡族之乱，然北魏至隋其地之汉化仍未见甚衰减之相，何以至玄宗文治灿烂之世，转变为一胡化区域？其故殊不易解。"⑤缘此可知，种族、地域和文化，与"安史之乱"的爆发有着极为密切的原因。鉴于种族、地域和文化三者皆为文化共同体建设范畴的重要元素，本节尝试从文化共同体视角探讨"安史之乱"爆发的原因。此一思路的提出，陈寅恪先生之说实有启示之功。

　　自永嘉乱起、衣冠南渡，长江以北处于胡族政权的统治之下，胡风大盛自是不可避免之事。故《晋书·武帝纪》有云："帝道王猷，反居文身之俗；神州赤县，翻成披发之乡。"⑥事实上，南北朝时夷夏文化之间差异甚大，时人看法已是如此。如《资治通鉴》卷一百一十八云：

---

① （加）蒲立本著，丁俊译：《安禄山叛乱的背景》。
② 黄新亚：《说玄宗削藩与安史之乱》，《学术月刊》，1985(3)。
③ 王素：《略谈安史之乱》，《文史知识》，1987 年(9)。
④ 陈寅恪：《统治阶级之氏族及其升降》，《陈寅恪集·唐代政治史述论稿》上篇，第218 页。
⑤ 陈寅恪：《统治阶级之氏族及其升降》，《陈寅恪集·唐代政治史述论稿》上篇，第212 页。
⑥ ［唐］房玄龄等：《晋书》卷三，第 82 页。

关中华戎杂错，风俗劲悍，(刘)裕欲以荆扬文化施之函秦，此无异于解衣包火，张罗捕云。①

从"华戎杂错，风俗劲悍"可知，崔浩所言关中与荆扬之地域文化差异，其根本乃是夷夏文化间的差异。又如北魏广平民歌云：

李波小妹字雍容，褰裙逐马如卷蓬，左射右射必叠双。妇女尚如此，男子那可逢！②

此歌谣所反映的，正是当时河北之地骑射盛行的真实状况。后汉时，俗谚即有"关西出将，关东出相"之说。③ 然永嘉乱后，北方处于匈奴、鲜卑、羯、氐、羌诸民族的实际统治之下，这种由来已久的人才分布情形有所改变。有学者统计，在北魏、北齐两朝，出自关东、关西的汉人武将有九十三名，其中关东地区达五十七人。而这种尚武精神实际上与关东各族杂居有着极为密切的关系。④ 可见，至南北朝末期，以出相闻名之关东地区变得以出将而著称，此一局面的出现，实为深受胡文化尚武风气影响的结果。

一、河北地区与降户安置

安史军事集团的形成，与河北尚武胡族的聚居不无关系。河北，在唐代为河北道之简称。《新唐书·地理志三》云：

---

① ［宋］司马光：《资治通鉴》卷一百一十八，第 3705—3706 页。
② ［北齐］魏收：《魏书》卷五十三，第 1167 页。
③ ［南朝宋］范晔：《后汉书》卷五十八，第 1866 页。
④ 史念海：《唐代前期关东地区尚武风气的溯源》，《唐史研究会论文集》，第 154—159 页。

河北道,盖古幽、冀二州之境⋯⋯为州二十九,都护府一,县百七十四。①

　　其所辖区域大致包括今河南省北部、山东省北部、河北省,以及东北三省全境。天宝元年(742)正月,安禄山为平卢节度使;②天宝三载(744)三月,兼范阳节度使;③天宝十载(751)二月,又兼河东节度使。④从战略规划布局而言,河东节度使与朔方节度使掎角以御突厥,治太原府;范阳节度使临制奚、契丹,治幽州;平卢节度使镇抚室韦、靺鞨,治营州。⑤ 安禄山身兼三节度使,其辖区兼有河东道及河北道西南部,是李唐政权的北方及东北门户。这一地区,自杨隋以来便是多民族汇集之地。如隋炀帝征高丽时,靺鞨渠帅度地稽率其部来降,遂于柳城安置,与边人来往。⑥ 武德四年(621),契丹别部酋帅孙敖曹遣使内附,诏令于营州城旁安置。⑦ 贞观四年(630),东突厥灭亡,其部落降唐者达十万人,太宗用温彦博之策,诏于东自幽州,西至灵州之区域内安置突厥降众。⑧ 同年,营州都督薛万淑遣契丹酋长贪没折说谕东北诸夷,奚、霫、室韦等十余部皆内附。⑨

　　以此可知,身兼三节度使的安禄山,其辖区(主要为营州、幽州境内)实为隋唐以来降户安置之重地,作为胡族聚居之地,若无中原文化之教化浸染,胡风大盛自为必然之势。

---

①　[宋]欧阳修、宋祁:《新唐书》卷三十九,第 1009 页。
②　[宋]司马光:《资治通鉴》卷二百一十五,第 6847 页。
③　[宋]司马光:《资治通鉴》卷二百一十五,第 6859 页。
④　[宋]司马光:《资治通鉴》卷二百一十六,第 6904 页。
⑤　[宋]司马光:《资治通鉴》卷二百一十五,第 6847—6851 页。
⑥　[唐]魏征:《隋书》卷八十一,第 1822 页。
⑦　[后晋]刘昫等:《旧唐书》卷一百九十九下,第 5350 页。
⑧　[宋]司马光:《资治通鉴》卷一百九十三,第 6077 页。
⑨　[宋]司马光:《资治通鉴》卷一百九十三,第 6082 页。

二、李唐对胡族文化的包容

李唐立国伊始,在民族政策方面即采取"华夷一视"之观念。如太宗云:"自古皆贵中华、贱夷狄,朕独爱之如一。"①又云:"盖德泽洽,则四夷可使如一家;猜忌多,则骨肉不免为雠敌。"②

随着国势日益强盛,作为各民族共同推举的"天可汗",③太宗自然是以"君临四海,含育万类"为己任。④ 如掩埋突厥尸骸、平定吐谷浑内乱、问罪鞠文泰苛政、讨伐盖苏文篡位等,甚至将臣属政权诸族民众等同于大唐子民。⑤ 太宗优渥胡族之举措在对外关系中取得了重大成功。如贞观二十二年(648),四夷大小君长争遣使入献,道路不绝。太宗接见诸胡使者,尝谓侍臣曰:"汉武帝穷兵三十余年,疲弊中国,所获无几。岂如今日绥之以德,使穷发之地尽为编户乎!"⑥

诚然,太宗礼遇胡族有其雄才大略、胸怀天下之原因,但与其自身血统亦不无关系。李唐皇室与杨隋、宇文周皆出自武川,同属于胡汉杂糅之北方鲜卑系军事贵族集团。⑦ 陈寅恪先生云:

李唐先世本为汉族,或为赵郡李氏徙居柏仁之"破落户",或为邻邑

---

① ［宋］司马光:《资治通鉴》卷一百九十八,第 6247 页。
② ［宋］司马光:《资治通鉴》卷一百九十七,第 6215—6216 页。
③ ［后晋］刘昫等:《旧唐书》卷三,第 39 页。"(贞观四年)夏四月丁酉,御顺天门,军吏执颉利以献捷。自是西北诸蕃咸请上尊号为'天可汗',于是降玺书册命其君长,则兼称之。"
④ ［唐］李世民:《复建吐谷浑诏》,《全唐文》卷五,第 66 页。
⑤ ［唐］李世民:《收埋突厥暴骸诏》,《全唐文》卷五,第 61 页;［唐］李世民:《令侯君集等经略吐谷浑诏》,《全唐文》卷五,第 68 页;［唐］李世民:《讨高昌诏》,《全唐文》卷六,第 76 页;［唐］李世民:《亲征高丽手诏》,《全唐文》卷七,第 86 页;［唐］李世民:《赎取陷没番内人口诏》,《全唐文》卷八,第 99 页。
⑥ ［宋］司马光:《资治通鉴》卷一百九十八,第 6253 页。
⑦ 王树民:《廿二史札记校证》卷十五"周隋唐皆出自武川",第 319 页。

广阿庶姓李氏之"假冒牌"，既非华盛之宗门，故渐染胡俗，名不雅驯……李唐一族之所以崛兴，盖取塞外野蛮精悍之血，注入中原文化颓废之躯，旧染既除，新机重启，扩大恢张，遂能别创空前之世局。故欲通解李唐一代三百年之全史，其氏族问题实为最要之关键。[①]

据此，李唐血统本为华夏，后来才与胡夷混杂。据陈寅恪先生考证，李渊母亲独孤氏、妻窦氏、李世民皇后长孙氏皆为胡族。[②] 岑仲勉先生认为："除独孤、长孙都属鲜卑无疑外，窦氏之先，相传自后汉奔匈奴，故说者亦视之如漠北之族。"[③]故李唐氏族胡汉混血至迟当自李渊始。正因为如此，李唐并不看重夷夏之别，其对归降胡夷之人亦颇为优待。如西突厥特勤史大奈、东突厥处罗可汗次子阿史那社尔、突厥酋长执失思力、铁勒哥论易勿施莫贺可汗之孙契苾何力、百济郡将黑齿常之等，皆被唐太宗重用。又如东突厥亡后，太宗尝"擢酋豪为将军、郎将者五百人，奉朝请者且百员，入长安自籍者数千户。乃以突利可汗为顺州都督，令率其下就部"。[④]

李唐对于传自胡地的宗教信仰，亦采取兼容的态度。如佛教，在唐初实为帝国境内第一大宗教，至武则天时期得到长足发展。虽然玄宗朝通过提升道教地位予以压制，但仍然将其作为三教合流的重要元素而加以利用。又如摩尼教（公元三世纪时波斯人摩尼糅合祆教、基督教和佛教等思想所形成之宗教），玄宗开元二十年（732）七月敕云：

　　　　未（末）摩尼法，本是邪见，妄称佛教，诳惑黎元，宜严加禁断。以其

① 陈寅恪：《李唐氏族之推测后记》，《陈寅恪集·金明馆丛稿二编》，第 344 页。
② 陈寅恪：《统治阶级之氏族及其升降》，《陈寅恪集·唐代政治史述论稿》上篇，第 196 页。
③ 岑仲勉：《隋唐史》，第 89 页。
④ ［宋］欧阳修、宋祁：《新唐书》卷二百一十五上，第 6038 页。

西胡等既是乡法,当身自行,不须科罪者。①

李唐氏族长期生活于胡族政权中,又有胡汉混合血统,势必会影响唐代皇室之政治思想及民族政策。故而,若从一定程度上结合李唐皇室血统来考察太宗华夷无别的民族政策,显然要比单从雄才大略角度来解释更具说服力。

三、幽州政治军事地位的加强

"安史之乱"爆发前,李唐政权在河北道实际上建立了三级边疆防御系统。由外及内,第一级是名义上臣服大唐帝国,并作为其藩属的外族势力,如奚、契丹等;第二级是以羁縻州府形式存在的外族部落降户,如营州境内诸族;第三级是唐朝政府直接管理并派有驻军的正式州、府、县,如幽州及其下辖各地。②

然而,这一多层次的边疆防御体系在武则天万岁通天(696—697)年间被打破。万岁通天元年(696)五月,契丹李尽忠、孙万荣发动叛乱,攻陷了作为唐朝河北道防御体系第二级核心的营州。一年多后,李唐虽然平定了叛乱,此后营州都督府所辖诸州多暂时南迁至河南道淄、青、宋、徐等州安置。虽然不久又于神龙(705—707)年间北还,但北还并非复隶营州,而是改隶幽州。如:

> 慎州,万岁通天二年移于淄、青州安置。神龙初复旧,隶幽州。
> 玄州,万岁通天二年移于徐、宋州安置。神龙元年复旧,今隶幽州。
> 夷宾州,万岁通天二年迁于徐州。神龙初,还隶幽州都督。

---

① ［唐］杜佑:《通典》卷四十,第1103页。
② (德)傅海波、(英)崔瑞德编,史卫民等译:《剑桥中国辽西夏金元史(907—1368年)》,第10页。

　　师州,万岁通天元年迁于青州安置。神龙初,改隶幽州都督。

　　鲜州,万岁通天元年迁于青州安置。神龙初,改隶幽州。

　　带州,万岁通天元年迁于青州安置。神龙初放还,隶幽州都督。

　　黎州,万岁通天元年迁于宋州管治。神龙初还,改隶幽州都督。

　　昌州,万岁通天二年迁于青州安置。神龙初还,隶幽州。

　　瑞州,万岁通天二年迁于宋州安置。神龙初还,隶幽州都督。

　　信州,万岁通天二年,迁于青州安置。神龙初还,隶幽州都督。①

《旧唐书·地理志二》云:

　　幽州大都督府,隋为涿郡。武德元年,为幽州总管府,管幽、易、平、檀、燕、北燕、营、辽等八州。……天宝,县十,户六万七千二百四十二,口十七万一千三百一十二。②

　　据此,可知幽州编户在天宝年间已经超过十七万,幽州实为人口众多的边地大州。李尽忠、孙万荣叛乱,导致李唐在东北地区的防御重点被迫由营州转至幽州。幽州原本为唐朝前期东北防御体系的重镇,至此,其取代营州成为防御奚、契丹以及其他东北诸族的一道最主要防线,其地位愈加重要。③ 经过中宗、睿宗、玄宗三朝对幽州地区防御力量的不断加强,加之所辖编户的增加,至天宝年间,幽州作为东北边防体系军事中心的地位得以确立。天宝三载(744)三月,安禄山任范阳节度使身份镇守幽州;天宝十载(751)二月后,其身兼范阳、平卢、河东三镇节度使。安禄山盘踞要害、手握重兵的事实,无疑为"安史之乱"的爆

---

① 〔后晋〕刘昫等:《旧唐书》卷三十九,第1522—1526页。
② 〔后晋〕刘昫等:《旧唐书》卷三十九,第1515—1516页。
③ 李松涛:《唐代前期政治文化研究》,第192页。

发提供了极为便利的政治、军事条件。

四、安史胡文化军事集团的形成

安史叛军的核心人物，先为安禄山，后为史思明。关于安禄山其人，《旧唐书·安禄山传》云：

> 安禄山，营州柳城杂种胡人也。本无姓氏，名轧荦山。母阿史德氏，亦突厥巫师，以卜为业。突厥呼斗战为轧荦山，遂以名之。[1]

《新唐书·安禄山传》云：

> 安禄山，营州柳城胡也，本姓康。母阿史德，为觋，居突厥中，祷子于轧荦山，虏所谓斗战神者，既而妊。……母以神所命，遂字轧荦山。少孤，随母嫁虏将安延偃。……乃冒姓安，更名禄山。及长，忮忍多智，善亿测人情，通六蕃语，为互市郎。[2]

据陈寅恪先生考证，杂种胡即羯胡，并非混合血统胡族之泛称。安禄山原姓康，则父系本为羯胡，乃中亚月氏种无疑。[3] 康姓胡人，本西域康居胡，以国为氏。[4] 康居国人"始居祁连北昭武城，为突厥所破，稍南依葱岭，即有其地。枝庶分王，曰安，曰曹，曰石，曰米，曰何，曰火寻，曰戊地，曰史，世谓'九姓'，皆氏昭武。土沃宜禾，出善马，兵强

---

[1]　［后晋］刘昫等：《旧唐书》卷二百上，第5367页。
[2]　［宋］欧阳修、宋祁：《新唐书》卷二百二十五上，第6411页。
[3]　陈寅恪：《统治阶级之氏族及其升降》，《陈寅恪集·唐代政治史述论稿》上篇，第215页。
[4]　姚薇元：《北朝胡姓考》，第406页。

诸国"。①

关于史思明其人,《新唐书·史思明传》云:

> 史思明,宁夷州突厥种。……与安禄山共乡里,生先禄山一日,故长相善。……通六蕃译,亦为互市郎。②

《旧唐书·史思明传》云:

> 史思明,本名窣干,营州宁夷州突厥杂种胡人也。……与安禄山同乡里,先禄山一日生,思明除日生,禄山岁日生。及长,相善,俱以骁勇闻。……又解六蕃语,与禄山同为互市郎。③

两唐书既云其为突厥种又云杂种胡者,当是突厥与月氏两族混血种之缘故。安氏父月氏母突厥,史氏父突厥母月氏,故两人皆为突厥、月氏混血之后。以相近的种族血统和相同的胡族文化作为基础,安禄山以史思明为坚定盟友,致力于安史胡文化军事集团的建立。安、史皆为混血胡族,又共同生长于胡族聚居之边地营州,遂能"解六蕃语,为互市郎"。既有此种族、语言方面之有利条件,其必然会借其优势以收买人心。如:

> 养同罗、降奚、契丹曳落河八千人为假子。④

凡降蕃夷皆接以恩,有不服者,假兵胁制之,所得士,释缚给汤沐、

---

① 〔宋〕欧阳修、宋祁:《新唐书》卷二百二十一下,第 6243 页。
② 〔宋〕欧阳修、宋祁:《新唐书》卷二百二十五上,第 6426 页。
③ 〔后晋〕刘昫等:《旧唐书》卷二百上,第 5376 页。
④ 〔宋〕欧阳修、宋祁:《新唐书》卷二百二十五上,第 6414 页。

衣服，或重译以达，故蕃夷情伪悉得之。禄山通夷语，躬自尉抚，皆释俘囚为战士，故其下乐输死，所战无前。①

　　又如天宝十三载(754)二月安禄山为其部将奏请"告身"云：

　　"臣所部将士讨奚、契丹、九姓、同罗等，勋效甚多，乞不拘常格，超资加赏，仍好写告身付臣军授之。"于是除将军者五百余人，中郎将者二千余人。②

　　其次，是军事力量的日益强大。安禄山与史思明皆为混血月氏人，而月氏人以骁勇善战著称于世。③ 天宝十一载(752)，安禄山逼朔方节度使阿布思叛奔葛逻禄，然后招降其众，自此兵雄天下。④ 不仅如此，安禄山还于天宝十四载(755)叛乱前夕上表奏请以蕃将三十二人代汉将，并得到玄宗批准。⑤ 这一以蕃代汉的排他性举措，使安史军事集团从内部得到进一步巩固。

　　关于安史军事集团，陈寅恪先生曾予以精要概括：

　　盖玄宗时默啜帝国崩溃后，诸不同胡族之小部落纷杂散居于中国边境，或渐入内地。安禄山以杂种胡人之故，善于抚绥诸胡种，且其武力实以同一血统之部落为单位，如并吞阿布思之同罗部落及畜义子为

---

① ［宋］欧阳修、宋祁：《新唐书》卷二百二十五上，第6417页。
② ［宋］司马光：《资治通鉴》卷二百一十七，第6924页。
③ 季羡林：《大唐西域记校注》卷一，第88页。"(飒秣建国，即康国)兵马强盛，多诸赭羯。赭羯之人，其性勇烈，视死如归，战无前敌。"
④ ［宋］欧阳修、宋祁：《新唐书》卷二百二十五上，第6415页。
⑤ ［宋］欧阳修、宋祁：《新唐书》卷一百一十八，第4267页。

"曳落河",即收养诸杂类勇壮之人,编成军队,而视为同一血统之部落。①

　　以安史集团之兵力、战斗力、凝聚力而论,当时大唐帝国域内实无可与之争锋者。故学界有"安史之徒乃自成一系统最善战之民族,在当日军事上本来无与为敌者也"之说。②

　　第三,利用宗教信仰自我神化以维系人心。荣新江认为,从柳城胡人聚落到幽州军事集团,安禄山都是首领甚至最高首领,他利用粟特聚落和祆教信仰组织了"安史之乱"。③《安禄山事迹》云:

　　母阿史德氏,为突厥巫,无子,祷轧荦山神,应而生焉。是夜赤光傍照,群兽四鸣,望气者见妖星芒炽落其穹庐。怪兆奇异不可悉数,其母以为神,遂命名轧荦山焉(突厥呼斗战神为轧荦山)。④

　　有学者认为,"禄山"之义,为伊朗语 roshān(意为"光、明亮、光辉的")一词的音译。安氏以"轧荦山"和"禄山"这两个名字,宣示了自己是斗战神和灵光神二位一体。⑤ 据《新唐书·安禄山传》:"至大会,禄山踞重床,燎香,陈怪珍,胡人数百侍左右,引见诸贾,陈牺牲,女巫鼓舞于前以自神。"⑥可知其借宗教仪式以自神的目的甚为明显。

　　面对当时李唐东北地区复杂的政治、军事形势,"唐代中央政府若欲

---

① 陈寅恪:《论唐代之蕃将与府兵》,《陈寅恪集·金明馆丛稿初编》,第303页。
② 陈寅恪:《统治阶级之氏族及其升降》,《陈寅恪集·唐代政治史述论稿》,第213页。
③ 荣新江:《安禄山的种族与宗教信仰》,《中古中国与外来文明》,第222—237页。
④ [唐]姚汝能:《安禄山事迹》,第73页。
⑤ 王小甫:《拜火教与突厥兴衰——以古代突厥斗战神研究为中心》,《历史研究》,2007(2)。
⑥ [宋]欧阳修、宋祁:《新唐书》卷二百二十五上,第6414页。

羁縻统治而求一武力与权术兼具之人才,为此复杂胡族方隅之主将,则柘羯与突厥合种之安禄山者,实为适应当时环境之唯一上选也"。在对自己极为有利的局面下,安禄山运用其自身优势,借助袄教信仰、胡族文化,辅之以招纳降众、收买人心等手段,最终形成了实力雄厚的军事集团。

五、"安史之乱"的文化反思

《新唐书·张弘靖传》云:

> 长庆初,刘总举所部内属,请弘靖为代,进检校司空,仍同中书门下平章事,充卢龙节度使。……俗谓禄山、思明为"二圣",弘靖惩始乱,欲变其俗,乃发墓毁棺,众滋不悦。……幽蓟初效顺,不能因俗制变,故范阳复乱。[①]

长庆(821—824)为穆宗年号。卢龙节度使治幽州。安史乱后六十余年,幽州胡风犹盛,如其地之人仍称安禄山、史思明为"二圣"。张弘靖欲变其俗,即以华夏文化取代胡族风俗,此举因在当时、当地缺乏社会文化基础而引发众人不满,最终导致范阳复归于乱。

幽州于"安史之乱"结束半个多世纪后仍排斥中原礼乐文化,则安禄山统治之时胡文化兴盛程度可想而知。河北之地不仅爆发了"安史之乱",而且造成了其后近一个半世纪的藩镇割据局面,最后间接导致了李唐政权的覆亡。若从张弘靖镇卢龙失败之事开始追溯,可以将诸多历史事件以时间为序理出一条线索:藩镇割据→"安史之乱"→安史胡文化军事集团形成→河北胡化。不难看出,这一系列事件的发生,其本源实为文化问题。客观而论,河北地区的胡化,玄宗并非没有察觉。

---

① ［宋］欧阳修、宋祁:《新唐书》卷一百二十七,第 4447—4448 页。

《资治通鉴》卷二百一十七云：

> （天宝十三载六月）上尝谓高力士曰："朕今老矣，朝事付之宰相，边事付之诸将，夫复何忧！"力士对曰："臣闻云南数丧师，又边将拥兵太盛，陛下将何以制之！臣恐一旦祸发，不可复救，何得谓无忧也！"上曰："卿勿言，朕徐思之。"①

胡三省注云："高力士之言，明皇岂无所动于其心哉！祸机将发，直付之无可奈何，侥幸其身之不及见而已。"②"侥幸其身之不及见"恐不当如是，但"无可奈何"之说却是深中肯綮。就事实而论，河北胡化问题并非朝夕而成。河北道位于唐帝国东北之隅，属于多民族杂居区域。其地自隋末以来即为安置降户之所，唐初沿袭杨隋之政策，使该地区民族关系日益复杂。则天朝契丹李尽忠、孙万荣乱后，幽州实际成为李唐东北防御体系的中心，唯有同时符合武力、权术、民族、宗教等多重条件者，才有能力完成对此军事形势严峻、民族关系复杂之区域的有效控制。而安禄山刚好具备了以上条件，由此顺势成为盛唐末年河北地区举足轻重之人物，遂导致安史胡文化军事集团的形成。

从河北胡化到安史胡文化军事集团的形成，再到"安史之乱"爆发，这一过程环环相扣，似乎一切都是形势使然，李唐政权的决策者并无失策之处。那么，问题的症结究竟何在？其关捩正在唐朝民族文化政策存在着缺陷。

李唐自立国之日起，便宣扬以儒家礼乐制度为依归，以官方身份给予其国家主流文化的地位。从民族政策而言，由于以胡汉混合血统身处胡族政权北周的社会上层，华夷之辨在李唐氏族中未曾强调，致使其

---

① ［宋］司马光：《资治通鉴》卷第二百一十七，第6927页。
② ［宋］司马光：《资治通鉴》卷第二百一十七，第6927页。

后李唐皇室华夷一视民族观念的生成。以此为基,随着一系列政策推行过程中多元文化的碰撞、交汇,初盛唐之交的士人已开始注意到胡文化与中原文化在某些方面有所抵牾(如吕元泰、武平一、张说等人上疏请废除"泼寒胡戏"等)。于是,玄宗朝便采取了在粗浅层面上抑胡扬夏的文化政策。诚然,李唐皇室所为是出于维护儒家礼乐制度、构建文化共同体的考虑,然其只关注到在多元文化交融进程中坚守儒家礼乐文化的重要性,却在以官方身份将儒家礼乐文化有意识地渗透到胡文化区域的思考方面有所欠缺。殊不知,对内加强主流先进文化自身与对外推进主流先进文化影响同样重要,二者实为文化共同体形成和巩固之两极,相辅相成,不可或缺。

要之,"安史之乱"的产生原因,文化方面有李唐民族文化政策等,地域方面有降户安置、幽州军事地位上升等。多重原因综合之结果,导致安史胡文化军事集团的最终形成。至此,李唐东北一域遂呈尾大不掉之势。然而,在"安史之乱"产生的诸多原因之中,最为关键者,实为国家之民族文化政策。

作为文化共同体建设中的重要环节,民族文化政策的重要性自不待言。李唐于立国之初推行包容开放的文化政策本为合理,但随着夷夏诸族的文化碰撞与融合,国家应根据实际情况对其民族文化政策予以必要关注和适度调整,而李唐政权事实上却对此有所忽视。其于胡族汉化环节中导向性明显薄弱的重大失误,客观上导致了安史胡文化集团的形成。此一集团胡族及其胡化汉人群体在宗教信仰、文化习俗等方面迥异于儒家礼乐文明,因而具有较强的独立性和一定的离心力,其在特定的时空条件下,借助外部诱因之作用,必然会打破大唐帝国努力营构的统治平衡状态。因此,正是缘于李唐政权民族文化政策中单腿而行的指导策略及其实践操作的失误,最终为天宝末年"安史之乱"的爆发埋下巨大隐患。

结 语

自"永嘉之乱"后，中国经历了近三百年(311—589)的分裂割据时代，总体上表现为南北对峙：南方一系是东晋、宋、齐、梁、陈等政权的相继更替；而长江以北则主要是五胡十六国诸政权之间的纷争与兼并。这一分裂局面的出现，一方面割裂了传统礼乐文化的传承与发展；另一方面因为多个政权的割据、对峙而形成了不同政治、地理环境下区域文化的多重面目；同时，华夷文化的交流伴随着诸多民族间的融合而呈现出前所未有的强劲趋势。

华夏文化传承和夷夏文化融汇，是任何一个统一王朝都不可忽视的两大课题。杨隋虽实现了疆域的统一，但短短三十多年的国祚根本无暇承担起文化建设的重任。李唐执政者以殷为鉴，奉尧舜之治为愿景，在大一统疆域的基础上致力于开启可以远超近世、比肩周汉的文治盛世。而盛世的出现，离不开文化共同体的全面建设。唐太宗即位之后，有意识地选择了顺应民心、尚德明法、文武并举的执政理念。通过大力尊崇儒家文化学术、礼乐制度，文治之象蔚然而成。这一理念使得"贞观之治"成为李唐统治的经典范式，具有垂法后世的意义。它实际上成为唐代文化共同体得以形成的顶层设计和宏观构想，为盛世的到来从帝王层面提供了理论支撑。

然而，治世的出现，仅有执政理念远远不够。因此，贞观君臣选择以文学为切入点，提出"人文化成"，其目的就在于借儒家文化的这一核心内涵来纠正六朝文风之弊，从国家意志层面，重申其崇高地位。有鉴于周隋以来重质轻文的文学主张和强改文风的行政手段均无济于事，贞观君臣从文学本身的特征着眼，通达辩证地看待文学的本质、功能及其与政治的关系，将文学的审美属性和社会功用一齐予以肯定。以此为基，贞观君臣选择将政治力量作为辅助，把文学的问题在更大程度上交由文学自身去解决。他们在客观评价南北文学的优劣利弊后，提出"文质斌斌，尽善尽美"，完成了新文学理想的建构。

文化共同体的建设，还离不开思想导向。通过"僧道拜俗"之争可以看出，在整个唐代前期，李唐政权以儒家礼乐制度为主导，通过对佛、道二教殊途同归的宗教政策，逐步实现了三教合流，这标志着唐代文化共同体建设指导思想的真正形成。这一指导思想，在唐代明确体现为国家意志。致拜君亲之礼在玄宗朝的最终实现，反映出国家意志的强大和有力。其从理论到实践的过程，见证了唐代文化共同体建设的艰难历程。而指导思想的形成，又促进了文化认同、国家认同、华夏民族认同、社会价值认同，形成了国家、社会的凝聚力和创造力，既维护巩固了大唐帝国的完整统一和国祚绵延，亦对其后中国历史的发展具有重要的借鉴意义。

执政理念为积极健康的政治文化提供了高层理论保障，文化共同体指导思想则决定了文化的合理走向。"文质斌斌，尽善尽美"的文学理想要求文质兼备，审美与政教并重，其与文治之盛世风貌实不可割裂。故而，初唐新文学理想的实现过程，亦是李唐政权因势利导，为新生时代孕育出与其相应之文化、文学的过程。因此，在积极健康的政治文化背景下，文学一方面反映出族群认同、文化认同和国家认同的真实状况，另一方面反映出大唐帝国昂扬宏阔的气象风貌。

唐代前期文化共同体建设中的族群认同，主要体现为胡夷族群民族归属感的日益汉化。文化认同的体现，首先是汉民族在崇尚郡望时代对先祖的尊奉。这种几乎熔汉民族所有姓氏于一炉的祖先崇拜现象,实际上反映出文化认同的真实本质。而在这一过程中,少数族裔亦深为此思想倾向所影响,并逐渐走向同化。唐代前期墓志文学中所反映的祖先崇拜,既是唐代文化共同体形成趋势的体现,同时亦是文化共同体形成的重要动力与幕后推手之一。其次,是唐代前期的颂圣褒贤。从高祖立国至玄宗统治的百余年时间里,李唐诸帝虽然一直在努力提升道家地位,但他们深知增强国家实力,实现长治久安离不开儒家思想的参与,故能因势利导,为我所用。于是在继承前代中加强了文化认同,在文化认同中又推进了国家认同。第三,是胡风东渐中的以华为体,以夷为用。唐代前期华夷文化的碰撞与融合,实为一种"胡化"与"汉化"之间的双向互动关系,在以仁义精神为本质、礼乐制度为表征的华夏正统文明作用下,其总体渐趋于对儒家文明的文化认同和对李唐政权的国家认同。

唐代前期文化共同体建设中的国家认同,就官方行为而言,包括对周、隋以来两都制的承继和进一步发展,以及天下大治后的封禅等。前者有助于李唐政权完成对关中、山东、江南诸文化圈的有效统治,实现国家的长治久安,而后者既是有志兴复儒道的君王所欲达到的最终结果,同时亦是体现其继承先圣事业的一种最佳方式。唐人对于封禅行为的高度认可及其在封禅文学中的诸多表现,真实反映了封禅在文化共同体建构过程中的重要意义。此外,普通士人家族与山东高门迁徙及埋葬地点的变化,亦从独特角度反映出国家认同的真实状况。

文学是最具有感染力的艺术载体,通过其承载的信息既可以再现特定时代的文化背景、政治生活、社会思潮和世相百态,亦可真实反映出微观心灵世界的情感历程。然而,对社会生活的反映只是文学所具有的功用之一,其更重要的功能则是干预社会生活。这一功能集中体现为,小处可陶冶心灵,提升读者审美修养;大处则能经世济民,塑造民众精神品性与民族性格。唐代前期文学,正是以其所承载的现实情怀、辞章之美，以及对于真、善、美的精神追求，在秉承雅正之道、讴歌向上精神、宣扬强盛国势和营造美好人文环境等方面，隐然推动了文化共同体的建设进程。

为实现更全面、深刻地把握唐代文化共同体建设在唐代前期文学中真实表现之目的，本书尝试从历史演进、作家阶层、主要文学体裁三个不同视角对这一时期文学予以具体观照。如此安排，一方面是为了对立足文化共同体以求证于文学方式的呼应，另一方面亦是对其必要的补充，实为相辅相成。事实上，整个唐代前期，每个阶层的作家，不分贵贱，不限地域，都沐浴在昂扬奋进的时代气息中，以其各具特色的方式进行着对文化共同体建设的表现和诠释。

从初唐至盛唐，经过一个世纪的不懈努力，文化共同体的建设取得了丰硕的成果。"盛唐气象"，便是从文学视角对趋于成熟的唐代文化共同体建设的宏观表达。此一时期的大唐帝国，良性权力核心重新形成，国家局面和谐稳定，社会经济全面发展，文化艺术高度繁盛，呈现出前所未有的全盛面貌。作为对现实生活的审美呈现，盛唐艺术在技巧的不断进步与风格的日益成熟中，彰显出浓郁的现实气息与雍容华贵的气度，实现了不同艺术样式从各自角度对开天盛世的真实反映。

任何事物的发展，到达巅峰也就意味着走向衰微的开始，盛唐时代的到来亦不外乎此。盛唐文人中的有识之士颇能留心于是，表现出对盛世背后一系列社会问题的深层忧患与沉思。作为古文运动的先驱，萧颖士、李华诸人提出重儒、尚质的理论主张，一方面是为了矫正文学走向渐趋浮华的不良倾向，另一方面则是他们从国家与社会的高度来思考文质之关系。在他们眼中，文学范畴的"文质论"不过是社会"文质论"前提下的具体细化。萧、李诸人以关系国运兴衰、政权更替的"文质论"为依据，由其文学范畴的本义出发，呼应、辅助"文质论"在社会范畴中朝着健康的方向发展。因这一行为密切关系到国家、社会和民族的未来,故不只为文学自身之义务,亦成为唐代文化共同体建设所不可或缺之重要环节。

事实上,正是因为处于对立统一关系中的文与质在国家和社会中有着不容忽视的意义,无论是具有远见卓识的执政者、志于兴复儒道的士人,抑或是有所担当的文学家,都将文质关系作为文化共同体的重要部分予以确立。随着社会发展以及文学自身的演进,对于文质关系的认识和评价都会随着时代而发生变化。这种变化的出现,从某种意义上可以说是文化共同体通过文学艺术反映出来的一个重要的内部调适现象。

正当唐代社会最为昌盛,文化最为繁荣的时期,却爆发了"安史之乱"。这场长达八年的叛乱,不仅将唐代历史划分为前后两期,而且还因在政治、社会、经济、军事、文化、学术等诸多方面的深刻影响而成为中国历史的转折点。[①] "安史之乱"既然有着如此重要的历史作用,必然值得深切关注。就史实而论,从河北胡化局面的日益明晰,到安史胡文化军事集团的形成,再到"安史之乱"爆发,似乎一切都是形势使然,并非李唐皇室的决策失误所致。然而,若从文化共同体建设视角来看,这一问题的产生,实肇始于唐代前期民族文化政策的缺陷。

有唐立国,因胡汉混血出身及深受胡夷文化影响,李唐皇室并不刻意强调华夷之辨。随着多元文化的碰撞、交汇,虽然开始注意到夷夏文化在某些方面有所抵牾,但执政者出于维护儒家礼乐制度、构建文化共同体的考虑,仅仅采取了一些在粗浅层面上抑胡扬夏的文化政策。然而,这一做法只注重对内加强主流先进文化自身建设,却未曾以官方身份重视对外推进主流先进文化的影响。这种跛足式文化措施的执行,无疑成为唐代前期文化共同体建设中的短板,客观上导致了具有较强

---

① 陈寅恪:《论韩愈》,《陈寅恪集·金明馆丛稿初编》,第332页。

独立性和一定离心力的安史胡文化军事集团的形成。在特定的时空条件下，这一集团必然会走向李唐文化共同体建设的对立面。

诚然，"安史之乱"造成了李唐政权的由盛转衰，但它的爆发并非意味着唐代文化共同体的崩溃。相反，中唐有识之士以此为鉴，将关注、思考的视角由外放转为内收，在强调"华夷之辨"的前提下，从另一层面继续推进文化共同体的建设与巩固。见微以知著，鉴古以启今。唐代前期文化共同体建设的成功与不足，对当代中国文化传承，对社会主义核心价值观建设，对"中国梦"的实现，皆具有不可忽视的借鉴价值和现实意义。

在一系列较为翔实的梳理、论证之后，本书得出初步结论如下。唐初君臣提出新的文学理想，指明唐代前期文学积极健康的发展方向。而李唐强盛的国势与倡行文治的延续性政策，又赋予作家关注现实、激扬自信的用世之心，他们通过多种文学样式，借助多样艺术手法，在反映文化共同体建设整体风貌的同时，亦积极能动地营造着美好人文环境。事实上，在整个唐代前期，追求雅正之道、彰显昂扬精神、宣扬强盛国势和描绘并营造美好人文环境的努力贯彻了文化共同体建设的始终。这一现象表明，文化共同体建设乃是处于动态之中的环环相扣，而唐人对华夏民族品格的锻造和对真、善、美的人文追求亦是一个不曾停息的过程。

附 表

一 唐前期墓志所见主要少数民族姓氏及郡望一览表

姓氏与郡望	族属	代 表 墓 志	其他佐证资料
陇西南安姚氏	羌	《唐代墓志汇编》p66,《姚孝宽墓志铭》(贞观)	《北朝胡姓考》p345
南安谯郡焦氏	氐	《唐代墓志汇编》p397,《焦宝墓志铭》(麟德)	据《资治通鉴》卷一百二十八,p4040,南安氏有焦姓
河南河南苻氏	氐	《唐代墓志汇编》p201,《苻肃墓志铭》(永徽)	《北朝胡姓考》p365
京兆杜陵扈氏	鲜卑	《唐代墓志汇编》p808,《扈小冲墓志铭》(天授)	《北朝胡姓考》p140
京兆万年莫氏	鲜卑	《唐代墓志汇编》p835,《莫义墓志铭》(长寿)	《北朝胡姓考》p132
阴山罗氏	鲜卑	《唐代墓志汇编》p662,《罗甄生墓志铭》(调露)	《北朝胡姓考》p70
河南洛阳疋娄氏	鲜卑	《唐代墓志汇编》p1302,《疋娄思墓志铭》(开元)	《北朝胡姓考》p98
扶风平陵豆氏	鲜卑	《唐代墓志汇编》p1523,《豆善富墓志铭》(开元)	《北朝胡姓考》p272
京兆茹氏	柔然	《唐代墓志汇编》p1275,《茹守福墓志铭》(开元)	《北朝胡姓考》p72
河南于氏	鲜卑	《唐代墓志汇编》p1343,《于士恭墓志铭》(开元)	《北朝胡姓考》p58
洛州河南单氏	鲜卑	《唐代墓志汇编》p147,《单信墓志铭》(永徽)	《北朝胡姓考》p117

姓氏与郡望	族属	代 表 墓 志	其他佐证资料
河南洛阳元氏	鲜卑	《唐代墓志汇编》p250,《元则墓志铭》(显庆)	《北朝胡姓考》p3
洛州河南房氏	鲜卑	《唐代墓志汇编》p347,《房宝子墓志铭》(开元)	《北朝胡姓考》p172
洛州河南路氏	鲜卑	《唐代墓志汇编》p374,《路彻墓志铭》(龙朔)	《北朝胡姓考》p139
河南洛阳豆卢氏	鲜卑	《唐代墓志汇编》p298,《豆卢逊墓志铭》(显庆)	《北朝胡姓考》p103
河南洛阳长孙氏	鲜卑	《唐代墓志汇编》p40,《长孙家庆墓志铭》(贞观)	《北朝胡姓考》p13
河南登封慕容氏	鲜卑	《唐代墓志汇编》p566,《慕容知敬墓志铭》(咸亨)	《北朝胡姓考》p185
河南万俟氏	鲜卑	《唐代墓志汇编》p1576,《万俟氏墓志铭》(天宝)	《北朝胡姓考》p268
河南兰氏	鲜卑	《唐代墓志汇编》p507,《兰德墓志铭》(总章)	《北朝胡姓考》p250
洛阳古氏	鲜卑	《唐代墓志汇编》p388,《古弘节墓志铭》(龙朔)	《北朝胡姓考》p121
河南源氏	鲜卑	《唐代墓志汇编》p1173,《源氏墓志铭》(开元)	《北朝胡姓考》p258
河南洛阳尉迟氏	鲜卑	《唐代墓志汇编》p290,《尉迟恭墓志铭》(显庆)	《北朝胡姓考》p206
雁门代县薄氏	鲜卑?	《唐代墓志汇编》p57,《薄氏墓志铭》(贞观)	《北朝胡姓考》p82
潞州襄垣连氏	鲜卑	《唐代墓志汇编》p882,《连简墓志铭》(天册万岁)	《北朝胡姓考》p61
昌黎徒河屈突氏	鲜卑	《唐代墓志汇编》p14,《屈突通墓志铭》(贞观)	《北朝胡姓考》p149
扶风和氏	鲜卑	《唐代墓志汇编》p1580,《和守阳墓志铭》(天宝)	《北朝胡姓考》p83

姓氏与郡望	族属	代 表 墓 志	其他佐证资料
邺郡纥干氏	鲜卑	《唐代墓志汇编》p310,《纥干承基墓志铭》(显庆)	《北朝胡姓考》p143
辽西令支段氏 洛州河南段氏	鲜卑	《唐代墓志汇编》p51,《段元哲墓志铭》(贞观) 《唐代墓志汇编》p375,《段文会墓志铭》(龙朔)	《北朝胡姓考》p262
雁门解氏	鲜卑	《唐代墓志汇编》p318,《解摩墓志铭》(显庆)	《北朝胡姓考》p156
二庭奚氏	鲜卑	《唐代墓志汇编》p908,《奚弘敬墓志铭》(万岁通天)	《北朝胡姓考》p17
辽东郑氏	鲜卑	《唐代墓志汇编》p1516,《郑实活墓志铭》(开元)	《唐开元年间黑龙江流域地区史事新证》
洛阳可那氏	未详	《唐代墓志汇编》p240,《可那氏墓志铭》(显庆)	
北代斛斯氏 河南洛阳斛斯氏	高车	《唐代墓志汇编》p122,《斛斯达墓志铭》(贞观) 《唐代墓志汇编》p343,《斛斯师德墓志铭》(龙朔)	《北朝胡姓考》p331
洛州河南李氏	高车?	《唐代墓志汇编》p217,《李表墓志铭》(永徽)	《北朝胡姓考》p321
洛阳翟氏	高车	《唐代墓志汇编》p306,《翟惠隐墓志铭》(显庆)	《北朝胡姓考》p335
漠北契苾氏	高车	《唐代墓志汇编》p1374,《契苾嵩墓志铭》(开元)	
燕地奇氏	高车	《唐代墓志汇编》p534,《奇玄表墓志铭》(咸亨)	《北朝胡姓考》p157
恒州代郡库狄氏	高车	《唐代墓志汇编》p2,《库狄真相墓志铭》(武德)	《北朝胡姓考》p200
京兆渭南乔氏	匈奴	《唐代墓志汇编》p1328,《乔崇敬墓志铭》(开元)	《北朝胡姓考》p300
河南洛阳贺兰氏	匈奴	《唐代墓志汇编》p1243,《贺兰务温墓志铭》(开元)	《北朝胡姓考》p36

姓氏与郡望	族属	代 表 墓 志	其他佐证资料
金河曹氏 洛阳河南曹氏	匈奴	《唐代墓志汇编》p1284,《曹明照墓志铭》(开元) 《唐代墓志汇编》p187,《曹氏墓志铭》(永徽)	《北朝胡姓考》p317
河南贺娄氏	未详	《唐代墓志汇编》p1375,《韦行懿墓志铭》(开元)	据《隋书·贺娄子干传》,p1351,贺娄氏为随元魏南迁之代北胡族
代郡雁门张氏	匈奴？	《唐代墓志汇编》p1483,《张起墓志铭》(开元)	《北朝胡姓考》p301
西河卜氏	匈奴	《唐代墓志汇编》p1044,《卜元简墓志铭》(神龙)	《北朝胡姓考》p185
河西独孤氏 河南洛阳独孤氏	匈奴	《唐代墓志汇编》p380,《独孤澄墓志铭》(龙朔) 《唐代墓志汇编》p1461,《独孤炫墓志铭》(开元)	《北朝胡姓考》p43
汾州西河靳氏	匈奴	《唐代墓志汇编》p636,《靳晶墓志铭》(仪凤)	《北朝胡姓考》p308
河南洛阳宇文氏	匈奴	《唐代墓志汇编》p432,《宇文夫人墓志铭》(麟德)	《北朝胡姓考》p181
河南呼延氏	匈奴	《唐代墓志汇编》p913,《呼延氏墓志铭》(神功)	《北朝胡姓考》p313
陇西伏羌金氏	匈奴	《唐代墓志汇编》p132,《金行举墓志铭》(永徽)	《北朝胡姓考》p309
安定梁氏	匈奴	《唐代墓志汇编》p1156,《梁焕墓志铭》(开元)	《北朝胡姓考》p64
酒泉支氏	月氏胡	《唐代墓志汇编》p143,《支彦墓志铭》(永徽)	《北朝胡姓考》p404
洛阳何氏	何国胡	《唐代墓志汇编》p188,《何盛墓志铭》(永徽)	《北朝胡姓考》p418
陇西潘氏	鲜卑	《唐代墓志汇编》p140,《潘卿墓志铭》(永徽)	《北朝胡姓考》p217

姓氏与郡望	族属	代 表 墓 志	其他佐证资料
京兆阿史那氏	突厥	《唐代墓志汇编》p601,《阿史那忠墓志铭》(上元)	《北朝胡姓考》p341
疏勒裴氏	疏勒胡	《唐代墓志汇编》p1304,《裴沙墓志铭》(开元)	《北朝胡姓考》p419
武威姑臧安氏	安息胡	《唐代墓志汇编》p1045,《安令节墓志铭》(神龙)	《北朝胡姓考》p410
西域康国康氏	康居胡	《唐代墓志汇编》p124,《康阿达墓志铭》(贞观)	《北朝胡姓考》p406
太原白氏	龟兹	《唐代墓志汇编》p1107,《白光倩墓志铭》(景龙)	《北朝胡姓考》p400
波斯阿罗憾氏	波斯	《唐代墓志汇编》p1116,《阿罗憾墓志铭》(景云)	
河南洛阳侯氏	羯族?	《唐代墓志汇编》p121,《侯云墓志铭》(贞观)	《北朝胡姓考》p89
河南洛阳尔朱氏	羯族	《唐代墓志汇编》p618,《尔朱义琛墓志铭》(上元)	《北朝胡姓考》p386
辽东平壤泉氏	高句丽	《唐代墓志汇编》p667,《泉男生墓志铭》(调露)	
百济扶余氏	百济	《唐代墓志汇编》p702,《扶余隆墓志铭》(永淳)	
百济黑齿氏	百济	《唐代墓志汇编》p941,《黑齿常之墓志铭》(圣历)	
朝鲜高氏	高句丽	《唐代墓志汇编》p959,《高慈墓志铭》(圣历)	

二 唐前期墓志所见主要姓氏尊奉先祖情况一览表

姓氏	姓名	郡望	埋葬地	远祖	传说始祖或肇姓始祖	《唐代墓志汇编》收录情况
关氏	关道爱	河东安邑	千金里邙山		禹王→夏丞相关龙逢	p9
	关英	安邑	邙山		帝喾→关龙逢	p113
刘氏	刘粲	中山中山	河南县清风里	后汉竟陵侯刘隆		p10
	刘氏	徐州彭城	邙山之阳	丰公刘仁		p45
	刘氏	魏郡安阳	邙山	河间献王刘德		p59
	刘夫人	弘农华阴	邙山西北	刘司徒	帝喾→唐尧	p61
	刘粲	彭城	邙山	汉高祖刘邦		p62
	刘政	瀛洲河间	北邙王羽村	中山靖王刘胜		p64
	刘普耀	河间	北邙清风乡		帝尧→刘累	p175
	刘裕	河南	邙山	刘文		p176
	刘氏(匈奴?)	并州晋阳	邙山		唐虞	p226
	刘尚	沛郡彭城	邙山	楚元王刘交		p416
	刘洪	河间乐成	乐寿县	汉河间孝穆王刘开		p603

姓氏	姓 名	郡 望	埋葬地	远 祖	传说始祖或肇姓始祖	《唐代墓志汇编》收录情况
	刘齐贤	广平	邙山	西汉广平王		p1000
	刘寂	梁国睢阳	邙山	梁节王	陶唐	p1070
程氏	程钟	广平	邙山		周大夫伯休父	p11
	程雄	广平	邙山		康王	p241
	程氏	洺州平恩			程伯休甫	p604
	程氏	广平	邙山	后汉程昱		p689
	程仵郎	南阳			帝喾	p852
	程德誉	太原广平郡	洛阳	晋国程婴		p1331
	程璬	广平	邙山		周大司马休甫	p1506
杨氏	杨敏	弘农华阴	北邙山	太尉杨震		p12
	杨达	弘农	邙山之阳	汉司徒伯起杨震	晋大夫阳处父	p99
	杨昭	洛阳	北邙平乐	汉太尉杨震		p113
	杨吴生	河南洛阳	北邙旧茔	杨震		p190
	杨贵	弘农华阴	邙山		周文王	p205
张氏	张女羡	南阳白水	清风乡张方里邙山	汉相留侯张良	少昊	p13
	张明	武城	河南邙山阳	汉文成侯张良		p32
	张岳	南阳西鄂	河南邙山	汉相文成留侯张良		p34
	张信	河内修武	北邙千金里	东汉司徒张延		p70
	张钟葵	南阳	洛北邙	西汉安昌侯张禹		p73

续　表

姓氏	姓　名	郡　望	埋葬地	远　祖	传说始祖或肇姓始祖	《唐代墓志汇编》收录情况
	张纲	白水	邙山	汉相子房		p79
	张云	南阳白水	邙山		少昊	p115
	张凤怜	南阳西鄂	北邙之原	汉河间相张衡		p135
	张宝	河南伊阙	邙山之阳	汉河间相张衡		p136
	张钦	清河白水	邙山	汉相张良		p173
	张洛	南阳西鄂	邙山	汉河间相张衡		p174
	张义	南阳白水	邙山	晋司空张华		p225
	张德操	范阳方城	邙山	汉文成侯张良		p312
	张奖	南阳	邙山	晋黄门侍郎张协		p346
	张温	南阳，河南	邙山	汉河间相张衡		p405
	张达	弘农	邙山	晋折冲将军张肇		p444
	张鬼	清河	邙山	晋司空张耳〔华〕		p467
	张朗	河内修武	邙山	曹魏太子友张范		p478
	张达	大梁，洛阳	邙山	张耳		p697
	张金才	雍州乾封	邙山	后汉太中大夫张湛		p895
	张恒	魏州昌乐	邙山	汉赵王张耳	轩辕帝	p915
	张齐丘	安定乌氏	洛城	汉赵景王张耳		p1189

续 表

姓氏	姓 名	郡 望	埋葬地	远 祖	传说始祖或肇姓始祖	《唐代墓志汇编》收录情况
	张翼	南阳西鄂	北邙	后汉河间相张衡	晋大夫张老老	p1414
郭氏	郭通	太原介休	河南县千金里		周文王之子虢叔	p16
	郭氏	河间封丘	邙山	郭表	虢叔	p238
	郭仵	太原	潞城		宁戚	p1360
李氏	李彻	陇西成纪	邙山千金里	汉将军李广		p20
	李桀	赵郡	邙山之阳		老子	p93
	李敬	陇西成纪	洛阳县清风乡		伯阳	p146
	李清	陇西狄道	邙山	李广	老子	p160
	李智	陇西	邙山千金乡		老君(老子)	p181
	李彦	陇西成纪	邙山阳千金乡	秦将李信		p19
	李远(高车?)	洛阳	邙山	后汉李膺		p418
毛氏	毛祐	安定鹑觚	姑臧县方亭里		西周毛公	p19
	毛盛	荥阳	北邙之曲		有周毛叔	p104
	毛文通	荥阳阳武	北邙		周文王之子	p137
邢氏	邢弁	河间	洛阳邙山	邢子才		p34
田氏	田氏	西河	邙山	大夫鳌		p36
	田氏	京兆	邙山	晋田侯后		p186
	田通	洛阳	邙山	魏将军田畴		p295
	田志承	太原,洛阳		汉畅公	虞爵氏	p961

姓氏	姓　名	郡　望	埋葬地	远　祖	传说始祖或肇姓始祖	《唐代墓志汇编》收录情况
	田嵩	雁门，河南			舜	p1265
孙氏	孙隆	平陵安德	洛州洛阳县	孙蕃		p38
	孙氏	河南河南	邙山	后汉将军孙坚		p201
	孙氏	富春	北邙	孙权	孙武	p472
王氏	王安	河南偃师	邙山	汉司徒王允	周文王	p40
	王仁则	琅琊	北邙山	西汉谏议大夫王吉		p68
	王通	并州太原	北邙山平乐乡		后稷	p74
	王宽	太原	邙山	王龟	后稷	p209
	王敏	太原	邙山	曹魏太尉王晃		p335
	王朗	太原晋阳	邙山	曹魏司空王昶		p339
	王孙	偃师	邙山		周太子晋	p341
	王宣	太原祁县	邙山	西汉安国侯王陵		p436
	王纂	太原祁	邙山	东汉太尉王龚		p468
	王庆	东莱掖县		汉议郎王扶		p1249
蒋氏	蒋喜	洛阳	洛阳北邙	曹魏太尉济		p41
段氏	**段元哲（鲜卑）**	辽西令支	万年县长乐乡	晋辽西公段尘之后	段干木	p51
	段氏	陇西武威	北邙谷城南原		有周郑共叔	p134

姓氏	姓 名	郡 望	埋葬地	远 祖	传说始祖或肇姓始祖	《唐代墓志汇编》收录情况
	段会	淄州邹平	邙山	段干木	颛顼→李宗	p191
	段雅(鲜卑?)	雁门		段干木		p740
薄氏	薄氏(鲜卑?)	雁门代县	邙山	汉文帝太皇后薄姬		p57
姚氏	姚孝宽(羌)	南安	邙山之阜		帝舜有虞	p66
	姚氏(羌?)	河南洛阳	邙山		舜	p153
梁氏	梁凝达(匈奴?)	洛州河南	邙山千金里		少昊	p58
	梁基(匈奴?)	安定乌氏	邙山平阴里	汉大将军梁冀		p105
	梁氏(匈奴?)	洛阳	平乐乡	汉武威太守梁统	晋大夫梁益耳	p452
	梁焕(匈奴?)	安定	北邙		嬴姓(伯益)	p1156
	梁皎(匈奴?)	安定乌氏	邙山		伯益	p1248
冯氏	冯氏	长乐信都	洛州洛阳	西汉光禄勋冯奉世		p65
	冯庆	长乐		北燕文成帝冯跋		p972
	冯明	新平	应城	冯亭		p980
	冯氏		北邙		毕公	p1328
马氏	马志道	扶风茂陵	千金乡	东汉伏波将军马援		p67
	马氏	扶风	北邙	后汉马续	颛顼	p155
	马忠	京兆扶风	邙山	马援		p155
霍氏	霍恭	行唐	邙山之阳		姬父之子叔处	p72
	霍万	河南洛阳	邙山		霍侯叔度	p284

姓氏	姓　名	郡　望	埋葬地	远　祖	传说始祖或肇姓始祖	《唐代墓志汇编》收录情况
范氏	范相	魏郡	邙山	越大夫范蠡、秦相范雎		p90
	范重明	河东			陶唐	p232
	范信	汝南	邙山	汉莱芜令范嵩后		p301
孔氏	孔长宁	鲁国邹	邙山平原里		孔子	p95
乐氏	乐善文	南阳	河南县平乐乡		帝喾→殷汤	p97
曹氏	曹谅	济阴定陶	邙山之阳	晋西平太守曹袪		p135
	曹氏	沛国谯		汉相曹参		p633
伤氏	伤大妃	京兆户县	长安县严村		汤武→伤琳	p139
单氏	**单信(鲜卑)**	洛州河南	邙山		周文王	p147
支氏	**支彦（月氏胡）**	酒泉	邙山		周大夫仙	p143
和氏	**和姬(鲜卑?)**	上党	北邙		颛顼→尧四岳和氏	p151
	和氏(鲜卑?)	陇西天水			羲和	p1358
赵氏	赵才	洛州洛阳	河南县平乐乡	赵文子	颛顼	p156
	赵氏	陇西	邙山	赵充国		p196
	赵通	洛阳	邙山	晋大夫赵衰		p233
	赵智偘			赵文子	颛顼→若敖	p1009
	赵洁	天水	邙山		高辛氏	p1288
公孙氏	公孙达	洛阳	邙山	汉丞相公孙弘		p184

姓氏	姓　名	郡　望	埋葬地	远　祖	传说始祖或肇姓始祖	《唐代墓志汇编》收录情况
姜氏	姜氏	洛州偃师			大岳→尚父	p189
韩氏	韩逻	许州临颍	北邙		轩辕→周武王之子韩侯	p193
	韩神	南阳	北邙		韩献子	p1106
席氏	席泰	安定	邙山翟村		周文王	p203
姬氏	姬推	鲁国兖州			姬旦	p204
金氏	**金魏（匈奴）**	河南洛阳	邙山	金日磾		p207
房氏	房基	清河	河南县平乐原		帝尧	p211
	房宝子（鲜卑?）	河南洛阳	平乐乡	汉司空房植		p348
恒氏	恒彦	河南洛阳	邙山	后汉桓阶		p217
解氏	**解氏（鲜卑?）**	河东闻喜	邙山		晋大夫解狐	p220
高氏	高俨仁	渤海蓚县	邙山		姜尚	p228
	高像护	蓚县，阳翟	北邙		太公	p816
阴氏	阴氏	晋阳汾阴	邙山		晋大夫阴饴甥	p231
吕氏	吕氏	东海	邙山		尚父	p237
	吕德	东平	邙山		太公	p397
车氏	**车铣（车师胡）**	河南			车千秋	p238
吴氏	吴素	冀州渤海	邙山	延陵	泰伯	p251
	吴绩	濮阳，洛州	邙山	汉长沙王吴芮	泰伯	p968
丁氏	丁氏	河南洛阳	邙山		齐丁公	p271
	丁赟	河南			齐丁公	p606

续　表

姓氏	姓　名	郡　望	埋葬地	远　祖	传说始祖或肇姓始祖	《唐代墓志汇编》收录情况
成氏	成朗	东平	邙山		文王第五子成叔武	p286
	成夫人		终南山		成肃公	p414
苌氏	苌夫人				苌弘	p295
皇甫氏	皇甫弘敬	京兆杜陵			微子→宋段	p301
	皇甫字	安定朝那	北邙平乐乡	后汉皇甫规		p383
	皇甫璧	安定朝那	邙山	东汉太尉皇甫嵩		p404
纥干氏	纥干承基（鲜卑）	邺	邙山		姜源（炎帝）	p310
崔氏	崔诚	博陵安平	邙山先君墓次	后汉济北相崔瑗	太公望	p311
	崔歆	清河东武城	合宫	汉东莱侯崔伯基	齐丁公之子季	p934
	崔哲	清河东武城	邙山	魏司空崔林		p977
樊氏	樊宽	蒲州河东		汉南阳令樊德云	周樊侯	p311
	樊晋客	南阳	邙山	周大夫仲山甫		p1272
	樊庭观	南阳			仲山甫	p1294
苗氏	苗明	颍川长社		西汉大司马苗启	轩黄，后稷	p315
许氏	许行师	高阳郡	平乐里		姜农→许由	p327
贾氏	贾德茂	洛阳		汉长沙傅贾谊		p330
	贾信	河南洛阳	邙山		周卫大夫王孙贾	p429

续 表

姓氏	姓 名	郡 望	埋葬地	远 祖	传说始祖或肇姓始祖	《唐代墓志汇编》收录情况
	贾楚	洛阳	洛阳		周康王	p1007
任氏	任氏		邙山		风后	p337
奇氏	奇长(高车)	上谷	邙山		列仙奇相	p339
斛斯氏	斛斯德(高车)	河南洛阳	北邙		黄帝	p343
	斛斯祥(高车)	东京河南		北魏侍中斛斯敦		p363
竹氏	竹妙	辽西	邙山		孤竹君	p344
	竹氏	安喜郡	洛阳	东海太守竹章	夷齐	p986
靖氏	靖彻	河南洛阳			齐靖国君	p344
	靖彻	洺州清漳	邙山		周靖王	p481
爨氏	爨?	雁门		蜀将军爨习		p346
	爨古	雁门	邙山		燧皇氏后	p811
袁氏	袁斌		邙山	西汉袁盎		p347
	袁公瑜	陈郡扶乐	邙山		妫满→辕涛涂	p975
乔氏	乔氏	沛国谯	邙山	汉太尉乔玄		p353
	乔崇隐(匈奴?)	京兆渭南	北邙旧茔		有熊	p1327
秦氏	秦氏	洛阳	邙山	蜀丞相秦宓		p363
桓氏	桓万基	河南	北邙	东汉陆安丞桓谭		p367
路氏	路彻(鲜卑?)	河南洛阳	邙山	汉前将军路博德		p374
	路隐	阳平	邙山	汉相路(温)舒		p1160

姓氏	姓　名	郡　望	埋葬地	远　祖	传说始祖或肇姓始祖	《唐代墓志汇编》收录情况
唐氏	唐沙	河南洛阳	邙山		周叔虞	p378
	唐仁规	洛州洛阳	邙山		周武王之子唐侯叔虞	p496
宗氏	宗氏	南阳	邙山	蜀领军将军宗德艳		p379
仵氏	仵愿德	偃师亳邑	邙山	楚大夫伍贠		p389
边氏	边师	洛阳	邙山	汉九江守边让		p399
孟氏	孟师	东海邹	邙山	孟子		p408
	孟氏	清河		梁相孟轲		p874
	孟头	陇西			康叔为孟侯	p1371
仇氏	仇氏	河南	邙山		晋穆侯	p433
周氏	周氏	吴郡，河南		周瑜		p437
	周广	汝南	黑山		太师旦	p635
	周氏	汝南	邙山	汝坟侯		p997
宋氏	宋氏	西河	邙山		微子	p485
	宋运	广平			微子	p1295
朱氏	朱信	洛阳伊阙	邙山	会稽朱太守（买臣）		p495
	朱简	会稽	邙山	朱侯	帝尧	p872
	朱行斌	沛国，邙山			邾（邾侠）	p1326
徐氏	徐买	齐郡历城	邙山	吴建武将军徐盛		p496
费氏	费胤斌	江夏	河南平阴乡	蜀丞相费祎		p561

姓氏	姓 名	郡 望	埋葬地	远 祖	传说始祖或肇姓始祖	《唐代墓志汇编》收录情况
	费氏(匈奴?)	河南洛阳	邙山		季友	p951
暴氏	暴廉	潞州上党	潞州		暴成侯	p567
侯氏	侯氏	上谷	邙山	后汉大司徒侯霸		p569
萧氏	萧瑶	东海兰陵	邙山	汉相萧何		p675
	萧令臣	兰陵	邙山旧茔	酂侯萧何	微子	p1439
胡氏	胡光复	陈国	邙山		胡公	p693
董氏	**董冬(匈奴?)**	陇西		董卓		p696
衡氏	衡义整	齐州全节	邙山	东汉儒林大夫衡咸		p802
申屠氏	申屠宝	陇西金城	潞城	西汉丞相申屠嘉		p824
昝氏	昝斌	平阳	北邙	后汉庐江左慈	因其仙术得姓	p849
康氏	**康智（康居胡）**		北邙		炎帝→康叔	p855
申氏	申守	魏郡	邙山		炎帝→楚大夫申骊	p868
南氏	南郭生	固安，洛州	邙山	宋国少师		p870
郑氏	郑宏	荥阳开封	北邙		周厉王之子郑桓公	p876
连氏	**连简(鲜卑?)**	潞州襄垣	襄垣		鲁元子伯禽	p882
牛氏	牛高	陇西	潞城	曹魏司徒牛金		p889
常氏	常举	屯留			檽公	p894
	常师	真定		魏赵郡太守常彪		p1006

姓氏	姓　名	郡　望	埋葬地	远　祖	传说始祖或肇姓始祖	《唐代墓志汇编》收录情况
陈氏	陈玄	颍川	邙山		虞帝→胡公	p899
呼延氏	呼延氏（匈奴）	河南	邙山		颛顼	p913
独孤氏	独孤思贞（匈奴）	河南洛阳	长安	汉沛献王刘辅		p921
	独孤思敬（匈奴）	河南	万年铜人旧茔	光武帝刘秀		p1102
盖氏	盖畅	信都，新安	邙山先茔		齐丁公之子	p921
阎氏	阎基	洛阳	邙山	汉长社侯阎显		p958
	阎虔福	河南洛阳	邙山		晋成公之子	p1077
淳于氏	淳于氏	济北			齐献公之子仲	p965
褚氏	褚承恩	河南阳翟	邙山		微子	p974
司马氏	司马论	河内			帝喾→契	p993
	司马诠	河内温	邙山	司马印	重黎	p1387
杜氏	杜并	京兆杜陵		晋当阳侯杜预		p994
	杜氏	京兆杜陵	邙山		陶唐	p1266
史氏	史善法	济北		后汉济北侯史良		p1016
蔡氏	蔡行基	陈留济阳	邙山		周文王第五子叔度	p1079
蔺氏	蔺氏	西河	邙山		韩献子玄孙韩康	p1085
于氏	于贲	东海郯	北邙	魏益寿亭侯于禁		p1087

续 表

姓氏	姓 名	郡 望	埋葬地	远 祖	传说始祖或肇姓始祖	《唐代墓志汇编》收录情况
	于士恭（鲜卑）	东海	京兆	汉太守于定国		p1343
元氏	元素（鲜卑）				黄帝子轩辕昌意	p1215
卫氏	卫节	河东			后稷	p1218
敬氏	敬守德	平阳，河东	邙山		陈公子敬仲	p1221
	敬昭道	河南鞏氏	河南河阴	汉扬州刺史敬歆	陈敬仲	p1310
贺兰氏	贺兰务温（匈奴）	河南洛阳	邙山	后魏尚书令贺讷	太公	p1243
裴氏	裴搎	河东闻喜	邙山		颛顼→秦景公弟鍼	p1245
	裴氏	河东闻喜	河南		高阳氏	p1313
畅氏	畅善威	荥阳	邙山		唐尧	p1248
雍氏	雍兴	上党屯留		淮南雍齿		p1272
茹氏	茹守福（柔然）	京兆			周文王	p1275
石氏	石映	乐安，京兆		晋将军石苞		p1291
邓氏	邓宾	京兆长安	北邙	后汉司徒高密侯邓禹		p1292
魏氏	魏靖	巨鹿曲阳	北邙	晋大夫毕万		p1323
陶氏	陶禹	丹阳，河南	邙山		帝尧	p1378
智氏	智玄	陇西		智百王		p1402
彭氏	彭珍		屯留		彭祖	p1427
来氏	来慈	南阳新野	宜君		商汤	p1406

姓氏	姓　名	郡　望	埋葬地	远　祖	传说始祖或肇姓始祖	《唐代墓志汇编》收录情况
江氏	江瓘	济阳金乡	北邙		颛顼→伯益	p1428
开氏	开承简	广陵江都	北邙		卫懿公之子开方	p1425
白氏	**白庆先（龟兹胡）**	太原祁县	邙山	秦将武安王白起		p1444
郜氏	郜崇烈	济阴郡	邙山		周文王	p1508

三 唐前期墓志所见主要家族郡望分布及埋葬地点一览表

开元十五道	姓 氏 与 郡 望	埋葬地点	姓氏数量
关内道	安定临泾胡氏,北地灵州傅氏,北地泥阳傅氏,安定乌氏梁氏,安定始平梁氏,安定乌氏张氏,安定朝那皇甫氏,安定席氏,安定姚氏,安定焦氏,平凉负氏,阴山罗氏,阴山定娄氏	洛阳	11
	安定鹑觚毛氏 漠北契苾氏	姑臧 咸阳先茔	2
京畿道	同州白水雷氏,京兆杜陵杜氏,扶风茂陵马氏,扶风平陵何氏,京兆霸城王氏,京兆长安王氏,雍州万年来氏,京兆武功惠氏,京兆杜陵扈氏,京兆万年莫氏,雍州乾封张氏,京兆长安邓氏,京兆渭南乔氏,岐邑鄠县白氏,扶风平陵豆氏,京兆武功苏氏,京兆杜陵皇甫氏,京兆田氏,平陵田氏,京兆茹氏,扶风强氏,冯翊吉氏,扶风和氏,泾阳和氏,冯翊庞氏,京兆仇氏,明堂赵氏,郕国姬氏,扶风窦氏	洛阳	26
	京兆始平苏氏 京兆华原支氏 京兆户县伤氏 京兆万年郭氏 京兆尹氏	昭陵 华原 长安 万年 终南山	5
河南道	弘农华阴杨氏,徐州彭城刘氏,弘农华阴刘氏,沛国丰县刘氏,齐州历城罗氏,汝南安城周氏,汝南平舆周氏,郓州东平成氏,河南偃师魏氏,东海郯县余氏,	洛阳	81

开元十五道	姓氏与郡望	埋葬地点	姓氏数量
河南道	鲁郡曲阜孔氏,鲁国邹县孔氏,琅琊临沂王氏,徐州临沂王氏,荥阳开封郑氏,荥阳荥泽郑氏,济阴定陶曹氏,沛国谯县丁氏,鲁国琅琊颜氏,淄州邹平段氏,许州临颍韩氏,齐州历城马氏,东莞莒国臧氏,曹州乘氏姚氏,鲁国兖国姬氏,高平彭城徐氏,东海邹县孟氏,琅琊平昌孟氏,陈郡阳夏袁氏,陈郡扶乐袁氏,沛国谯郡乔氏,梁国睢阳梁氏,洛州洛阳窦氏,河南阳翟褚氏,齐州全节衡氏,齐国临淄秦氏,南安谯郡焦氏,陕郡芮城明氏,汝南上蔡翟氏,谯郡龙亢桓氏,齐郡历城徐氏,荥阳申国申氏,鲁郡泗水盖氏,东郡东阿程氏,千乘乐安孙氏,陈留济阳蔡氏,东海郯县何氏,济阳金乡江氏,东海郯县于氏,汝南平舆和氏,滑州围城成公氏,东郡白马成公氏,东海齐氏,荥阳毛氏,彭城徐氏,东海徐氏,高平徐氏,濮阳吴氏,东海吕氏,东平吕氏,汝南范氏,乐安任氏,颍川陈氏,颍川许氏,颍川田氏,颍川谢氏,颍川荀氏,偃师仵氏,陈国胡氏,平原管氏,华阴史氏,济北史氏,陈留支氏,陈留边氏,高平靖氏,齐国娄氏,谯郡曹氏,东平毕氏,大梁张氏,弘农成氏,弘农常氏,汝南甯氏,荥阳畅氏,济阴部氏,鲁国左氏,颍川庾氏,齐地项氏	洛阳	
	谯郡戴氏 东海兰陵萧氏 弘农卢氏张氏 荥阳开封郑氏★① 鲁国兖州姬氏 颍川长社苗氏 济北淳于氏 乐安石氏 鲁郡济阳丁氏	长安 万年 昭陵 昭陵 ？ 屯留 ？ ？ ？	9

① 若同一郡望同一姓氏虽前已统计,然埋葬地点有别于前者,即以"★"标出,以示区别。

开元 十五道	姓　氏　与　郡　望	埋葬地点	姓氏 数量
都畿道	洛州洛阳贾氏，河南偃师王氏，洛州河南梁氏，河南缑氏梁氏，洛州河南张氏，河南伊阙张氏，河南洛阳冯氏，河南洛阳唐氏，河南洛阳劝氏，河南新安赵氏，洛州洛阳赵氏，河南洛阳孙氏，河南偃师尚氏，河南洛阳姚氏，河南洛阳盖氏，河南洛阳索氏，洛州洛阳李氏，洛州河南李氏，河南洛阳朱氏，洛阳伊阙朱氏，洛阳河南曹氏，河南洛阳颜氏，河南洛阳桓氏，河南伊阙吕氏，洛州河南段氏，洛州洛阳缑氏，河南洛阳霍氏，河南伊水范氏，河南洛阳丁氏，河南洛阳宋氏，河南洛阳靖氏，河南洛阳吴氏，洛州阳城畅氏，洛州河南周氏，河南伊阙周氏，洛州洛阳彭氏，河南洛阳费氏，河南洛阳阎氏，洛州洛阳牛氏，河南洛阳娄氏，河南缑氏敬氏，河南陆浑栢氏，河南新安安氏，河南洛阳安氏，洛州河南单氏，河南洛阳侯氏，河南巩县康氏，河南洛阳元氏，洛州河南房氏，洛州伊阙董氏，洛州洛阳罗氏，洛州河南支氏，洛州河南路氏，洛州洛阳史氏，河南伊阙史氏，河南河南苻氏，河南洛阳金氏，河南洛阳公孙氏，河南洛阳豆卢氏，洛阳司马氏，河南洛阳斛斯氏，河南洛阳宇文氏，河南洛阳长孙氏，河南令狐氏，河南洛阳尔朱氏，河南登封慕容氏，河南洛阳贺兰氏，河南万俟氏，洛阳蒋氏，洛阳许氏，河南任氏，洛阳杨氏，河南刘氏，河南韩氏，洛阳乐氏，洛阳刘氏，洛阳常氏，洛阳田氏，洛阳阴氏，洛阳秦氏，河南樊氏，河南仇氏，河南毛氏，河南成氏，洛阳垣氏，洛阳左氏，洛阳翟氏，河南兰氏，洛阳古氏，洛阳边氏，河南掌氏，河南源氏，洛阳何氏，河南车氏，洛阳可那氏，河南鲜于氏，河南呼延氏	洛阳	97
	河南洛阳尉迟氏 河南洛阳长孙氏★ 河南令狐氏★	昭陵 雍州 万年	3

开元十五道	姓 氏 与 郡 望	埋葬地点	姓氏数量
河东道	河东安邑关氏，上党关氏，太原介休郭氏，并州太原郭氏，恒山桑干谭氏，雁门谭氏，雁门代县薄氏，河东蒲坂李氏，太原祁县王氏，并州太原王氏，西河汾州任氏，河东晋国贾氏，雁门贾氏，平阳贾氏，襄陵贾氏，河东汾阴薛氏，太原受阳武氏，河东正平吕氏，河东闻喜解氏，河东蒲坂姚氏，河东舜原姚氏，并州晋阳刘氏，晋阳汾阴阴氏，河东解县柳氏，蒲州河东樊氏，西河安定靳氏，潞州襄垣连氏，河东闻喜裴氏，河东正平裴氏，河东安邑卫氏，西河田氏，太原田氏，雁门田氏，河东范氏，雁门班氏，雁门爨氏，雁门段氏，西河段氏，雁门徐氏，平阳邓氏，上党和氏，上党孙氏，平阳昝氏，太原何氏，屯留常氏，西河卜氏，西河蔺氏，平阳敬氏，金河曹氏，代州雁门申屠氏，代郡疋娄氏，恒州代郡库狄氏，代郡武川宇文氏，北代斛斯氏，太原斛斯氏，河西独孤氏	洛阳	56
	河东薛氏★ 潞州暴氏 太原祁县温氏 代地阿史那氏 蓟郡雁门田氏★ 上党屯留雍氏 代郡雁门张氏	少陵 潞州 昭陵 昭陵 ? ? 襄垣	7
河北道	博陵安平崔氏，清河武城崔氏，清河东武城崔氏，中山中山刘氏，冀州下博刘氏，魏郡安阳刘氏，瀛洲河间刘氏，广平刘氏，清河武城张氏，河内修武张氏，魏郡邺县张氏，魏州昌乐张氏，范阳方城张氏，赵郡平棘李氏，赵郡栾城李氏，清河清平李氏，渤海蓨县李氏，乐浪李氏，平原平昌孟氏，清河孟氏，常山行唐霍氏，定州博陵霍氏，赵郡霍氏，平陵安德孙氏，河间高阳许氏，瀛洲乐寿尹氏，渤海蓨县高氏，清河广宗潘氏，魏郡元城束氏，燕国蓟县乐氏，汲郡朝歌尚氏，怀州妭止秦氏，长乐信都冯氏，魏郡阳平路氏，清河路氏，河间鄚县史氏，冀州渤海吴氏，燕赵盛谷成氏，上	洛阳	112

开元十五道	姓 氏 与 郡 望	埋葬地点	姓氏数量
河北道	谷成氏,怀州河内范氏,魏郡范氏,邺地暴氏,洺州清漳靖氏,怀州修武申氏,魏郡申氏,辽东平壤泉氏,相州安阳康氏,涿郡平昌燕氏,上谷燕氏,涿郡上谷侯氏,燕州上谷侯氏,渤海蓨县封氏,河南温县梁氏,北平阳氏,渤海石氏,河内河阳逮氏,魏郡贵乡田氏,北平田氏,邺郡安阳邵氏,常山藁城倪氏,渔阳甯氏,太原广平郡程氏,高阳耿氏,饶阳葛氏,北平荣氏,辽东公孙氏,上谷昌平寇氏,武阳苑氏,百济扶余氏,昌黎徒河屈突氏,黎阳桑氏,邺郡纥干氏,高句丽泉氏,相州邺县慕容氏,昌黎棘城慕容氏,百济黑齿氏,河内温县司马氏,辽西襄平公孙氏,安喜郡竹氏,燕山贺娄氏,博陵康氏,魏郡栢氏,赵郡赵氏,清河鞠氏,昌黎韩氏,巨鹿魏氏,广平程氏,广平宋氏,广平赵氏,河间邢氏,平原明氏,清河房氏,北平桑氏,蓟县仵氏,乐陵段氏,雁门解氏,河内常氏,真定常氏,范阳祖氏,辽西竹氏,济源唐氏,河间齐氏,河间邢氏,燕地奇姓,汲郡吕氏,固安南氏,信都盖氏,下博孔氏,朝鲜高氏,巨鹿耿氏,河内温县向氏,范阳涿县卢氏	洛阳	
	辽西令支段氏 巨鹿耿氏★ 清河卢氏 渔阳鲜于氏 范阳方城张氏★ 辽东郑氏	万年 ? 其父墓次 长安 安养 京师	6
山南东道	南阳白水张氏,南阳冠军张氏,南阳西鄂张氏,南阳白水乐氏,南阳同州赵氏,南阳宛县畅氏,南阳新野来氏,南阳韩氏,南阳苑氏,南阳赵氏,南阳宗氏,南阳樊氏,南阳宋氏,南阳兰氏,南阳邓氏	洛阳	15
	南阳左氏	?	1
山南西道	长沙安氏	洛阳	1

开元十五道	姓 氏 与 郡 望	埋葬地点	姓氏数量
陇右道	陇西成纪李氏,陇西狄道李氏,陇西敦煌李氏,陇西金城李氏,敦煌姑臧李氏,陇西南安姚氏,陇西天水赵氏,陇西狄道辛氏,陇西伏羌金氏,天水金氏,陇西天水秦氏,陇西天水和氏,河西张掖安氏,河西武威安氏,安国安氏,陇西汧源秦氏,天水阎氏,陇西成纪史氏,陇西成纪董氏,陇西狄道董氏,陇西成纪关氏,西州康氏,康居康氏,天水库狄氏,陇西侯氏,陇西狄道牛氏,武威姑臧段氏,陇西上邽权氏,略阳权氏,武威孟氏,武都仇氏,陇西万氏,陇西祁氏,天水尹氏,西平麹氏,陇西天水上官氏,陇西金城申屠氏,西凉边氏,陇西智氏,疏勒裴氏,敦煌范氏,敦煌索氏,敦煌张氏,南安庞氏,酒泉支氏,二庭奚氏	洛阳	46
	西域康国康氏 陇西狄道李氏★ 陇西原北张氏 秦州上邽姜氏 陇西上邽姜氏★ 陇西狄道璩氏	武威 范阳、陇西曲阳 扬州 秦州 ? ?	6
淮南道	舒州望江董氏,楚国庐江何氏,蕲春禹氏	洛阳	3
江南东道	南徐州兰陵萧氏,丹阳白夏甘氏,会稽山阴贺氏,广陵江都开氏,吴兴丘氏,吴兴沈氏,吴县沈氏,会稽孔氏,会稽史氏,会稽朱氏,会稽范氏,会稽严氏,吴郡朱氏,吴郡周氏,吴郡陆氏,富春孙氏,丹阳陶氏,丹阳纪氏	洛阳	18
江南西道	番阳曹氏,江夏费氏,江夏安陆黄氏	洛阳	3
黔中道			0
剑南道	蜀郡何氏	洛阳	1
岭南道	始安秦氏	洛阳	1
合　计		510(除去重复者为501)	

参考文献

一、著 作 类

(一) 古籍（以经、史、子、集为序）

［春秋］左丘明传，［晋］杜预注，［唐］孔颖达正义：《春秋左传正义》，北京：北京大学出版社，1999 年。

［汉］孔安国传，［唐］孔颖达疏：《尚书正义》，北京：北京大学出版社，1999 年。

［汉］毛亨传，［汉］郑玄笺，［唐］孔颖达疏：《毛诗正义》，北京：北京大学出版社，2000 年。

［汉］郑玄注，［唐］孔颖达疏：《礼记正义》，北京：北京大学出版社，2000 年。

［三国魏］王弼注，［唐］孔颖达疏：《周易正义》，北京：北京大学出版社，2000 年。

［唐］李隆基注，［宋］邢昺疏：《孝经注疏》，北京：北京大学出版社，2000 年。

［宋］朱熹：《四书章句集注》，北京：中华书局，1983 年。

［清］刘宝楠：《论语正义》，北京：中华书局，1990 年。

［清］王聘珍：《大戴礼记解诂》，北京：中华书局，1983 年。

［清］焦循：《孟子正义》，北京：中华书局，1987 年。

［清］孙诒让：《周礼正义》，北京：中华书局，1987 年。

［先秦］佚名撰，黄怀信等集注：《逸周书汇校集注》，上海：上海古籍出版

社,1995年。

［汉］司马迁:《史记》,北京:中华书局,1963年。

［汉］班固:《汉书》,北京:中华书局,1964年。

［汉］赵晔:《吴越春秋》,南京:江苏古籍出版社,1999年。

［晋］陈寿:《三国志》,北京:中华书局,1964年。

［北魏］杨衒之撰,周祖谟校释:《洛阳伽蓝记校释》,北京:中华书局,
　　1963年。

［南朝宋］范晔:《后汉书》,北京:中华书局,1973年。

［南朝梁］沈约:《宋书》,北京:中华书局,1974年。

［南朝梁］萧子显:《南齐书》,北京:中华书局,1974年。

［北齐］魏收:《魏书》,北京:中华书局,1974年。

［唐］房玄龄等:《晋书》,北京:中华书局,1974年。

［唐］李百药:《北齐书》,北京:中华书局,1972年。

［唐］李延寿:《北史》,北京:中华书局,1974年。

［唐］令狐德棻:《周书》,北京:中华书局,1974年。

［唐］魏征:《隋书》,北京:中华书局,1973年。

［唐］姚思廉:《陈书》,北京:中华书局,1972年。

［唐］姚思廉:《梁书》,北京:中华书局,1973年。

［唐］玄奘著,季羡林等校注:《大唐西域记校注》,北京:中华书局,
　　1985年。

［唐］长孙无忌等编撰,刘俊文笺解:《唐律疏议笺解》,北京:中华书局,
　　2015年。

［唐］李林甫等:《唐六典》,北京:中华书局,1992年。

［唐］吴兢撰,谢保成集校:《贞观政要集校》,北京:中华书局,2003年。

［唐］杜佑:《通典》,北京:中华书局,1988年。

［后晋］刘昫:《旧唐书》,北京:中华书局,1975年。

［宋］王溥:《唐会要》,北京:中华书局,1955年。

［宋］欧阳修,宋祁:《新唐书》,北京:中华书局,1975年。

［宋］司马光:《资治通鉴》,北京:中华书局,1956年。

［宋］宋敏求:《唐大诏令集》,北京:商务印书馆,1959年。

［清］永瑢：《四库全书总目》，北京：中华书局，1965 年。

［清］石麟：《山西通志》，文渊阁四库全书本。

［清］赵翼撰，王树民校证：《廿二史札记校证》，北京：中华书局，1984 年。

［战国］佚名：《司马法》，文渊阁四库全书本。

［汉］贾谊撰，阎振益、钟夏校注：《新书校注》，北京：中华书局，2000 年。

［汉］王充撰，黄晖校释：《论衡校释》，北京：中华书局，1990 年。

［北齐］颜之推撰，王利器集解：《颜氏家训集解》，北京：中华书局，2002 年。

［隋］王通：《中说》，文渊阁四库全书本。

［唐］李世民：《帝范》，文渊阁四库全书本。

［唐］慧琳：《一切经音义》，上海：上海古籍出版社，2008 年。

［唐］崔令钦：《教坊记（外三种）》，北京：中华书局，2012 年。

［唐］封演撰，赵贞信校注：《封氏闻见记校注》，北京：中华书局，2005 年。

［唐］段成式：《酉阳杂俎》，北京：中华书局，1981 年。

［唐］李肇等：《唐国史补　因话录》，上海：上海古籍出版社，1979 年。

［唐］刘肃：《大唐新语》，北京：中华书局，1984 年。

［唐］姚汝能：《安禄山事迹》，北京：中华书局，2006 年。

［唐］郑处诲：《明皇杂录》，北京：中华书局，1997 年。

［唐］张彦远：《历代名画记》，上海：上海人民出版社，1964 年。

［唐］郑綮：《开天传信记》，北京：中华书局，2012 年。

［唐］段安节：《乐府杂录》，北京：中华书局，2012 年。

［五代］王定保：《唐摭言》，北京：中华书局，1960 年。

［五代］王仁裕：《开元天宝遗事》，北京：中华书局，2006 年。

［五代］李珣著，尚志钧辑校：《海药本草》，北京：人民卫生出版社，1997 年。

［宋］李昉等：《太平御览》，北京：中华书局，1995 年。

［宋］李昉等：《太平广记》，北京：中华书局，1981 年。

［宋］王钦若等：《册府元龟》，文渊阁四库全书本。

［宋］程颢、程颐：《二程集》，北京：中华书局，1981 年。

〔宋〕高承:《事物纪原》,北京:中华书局,1989年。

〔宋〕郭若虚:《图画见闻志》,文渊阁四库全书本。

〔宋〕朱长文:《墨池编》,文渊阁四库全书本。

〔宋〕佚名:《宣和书谱》,文渊阁四库全书本。

〔宋〕董逌:《广川画跋》,文渊阁四库全书本。

〔宋〕王谠撰,周勋初校证:《唐语林校证》,北京:中华书局,1987年。

〔宋〕计有功:《唐诗纪事》,上海:上海古籍出版社,1987年。

〔宋〕朱翌:《猗觉寮杂记》,文渊阁四库全书本。

〔明〕薛瑄:《读书录》,文渊阁四库全书本。

〔明〕李时珍:《本草纲目》,北京:中医古籍出版社,1994年。

〔明〕徐上瀛:《溪山琴况》,续修四库全书本。

〔清〕顾炎武著,黄汝成集释:《日知录集释》,上海:上海古籍出版社,2006年。

〔清〕王士禛:《池北偶谈》,北京:中华书局,1982年。

〔清〕王先谦:《庄子集解》,北京:中华书局,2012年。

〔清〕王先谦:《荀子集解》,北京:中华书局,1988年。

〔清〕苏舆:《春秋繁露义证》,北京:中华书局,1992年。

(日)高楠顺次郎等:《大正新修大藏经》,台北:新文丰出版公司,1983年。

〔晋〕陆机著,张少康集释:《文赋集释》,北京:人民文学出版社,2002年。

〔南朝梁〕江淹撰,〔明〕胡之骥注:《江文通集汇注》,北京:中华书局,1984年。

〔南朝梁〕刘勰撰,范文澜注:《文心雕龙注》,北京:人民文学出版社,2001年。

〔南朝梁〕萧统编:《文选》,上海:上海古籍出版社,1986年。

〔唐〕陈子昂:《陈子昂集》,北京:中华书局,1962年。

〔唐〕许敬宗编,罗国威整理:《日藏弘仁本文馆词林校证》,北京:中华书局,2001年。

〔唐〕白居易撰,朱金城笺校:《白居易集笺校》,上海:上海古籍出版社,

　　1988 年。

［唐］元稹：《元稹集》，北京：中华书局，2000 年。

［唐］皎然著，李壮鹰校注：《诗式校注》，北京：人民文学出版社，2003 年。

（日）遍照金刚：《文镜密府论》，北京：人民文学出版社，1975 年。

［宋］欧阳修：《欧阳修全集》，北京：中华书局，2001 年。

［宋］苏轼：《苏轼文集》，北京：中华书局，1986 年。

［宋］华镇：《云溪居士集》，文渊阁四库全书本。

［宋］洪兴祖：《楚辞补注》，北京：中华书局，2002 年。

［宋］严羽著，郭绍虞校释：《沧浪诗话校释》，北京：人民文学出版社，
　　1983 年。

［元］杨士弘编：《唐音》，文渊阁四库全书本。

［明］吴伯宗：《荣进集》，文渊阁四库全书本。

［明］高棅：《唐诗品汇》，上海：上海古籍出版社，1988 年。

［明］吴讷：《文章辨体序说》，北京：人民文学出版社，1998 年。

［明］唐顺之：《荆川集》，文渊阁四库全书本。

［明］徐师曾：《文体明辨序说》，北京：人民文学出版社，1998 年。

［明］葛昕：《集玉山房稿》，文渊阁四库全书本。

［明］胡震亨：《唐音癸签》，上海：上海古籍出版社，1981 年。

［明］贺复征：《文章辨体汇选》，文渊阁四库全书本。

［清］黄宗羲：《明文海》，文渊阁四库全书本。

［清］于成龙：《于清端公政书》，文渊阁四库全书本。

［清］申涵光：《聪山集》，丛书集成初编本。

［清］王士禛：《唐人万首绝句选》，文渊阁四库全书本。

［清］仇兆鳌：《杜诗详注》，北京：中华书局，2004 年。

［清］彭定求等编：《全唐诗》，北京：中华书局，2008 年。

［清］何文焕辑：《历代诗话》，北京：中华书局，2001 年。

［清］袁枚：《小仓山房诗文集》，上海：上海古籍出版社，1988 年。

［清］董诰等编：《全唐文》，北京：中华书局，2009 年。

［清］林昌彝：《射鹰楼诗话》，上海：上海古籍出版社，1988 年。

［清］刘熙载：《艺概》，上海：上海古籍出版社，1978 年。

［清］张之洞：《张之洞全集》，石家庄：河北人民出版社，1998 年。

（二）近代及今人著作（以拼音为序）

岑仲勉：《隋唐史》，石家庄：河北教育出版社，2000 年。

陈来：《古代宗教与伦理——儒家思想的根源》，北京：生活·读书·新知
　　三联书店，1996 年。

陈尚君辑校：《全唐诗补编》，北京：中华书局，1992 年。

陈铁民：《唐代文史研究丛稿》，北京：中国社会科学出版社，2013 年。

陈寅恪：《陈寅恪集》，北京：生活·读书·新知三联书店，2009 年。

丁福保辑：《历代诗话续编》，北京：中华书局，1983 年。

范文澜：《范文澜全集》，石家庄：河北教育出版社，2002 年。

葛兆光：《中国思想史》，上海：复旦大学出版社，2001 年。

谷霁光：《谷霁光史学文集》，南昌：江西人民出版社，1996 年。

李松涛：《唐代前期政治文化研究》，台北：台湾学生书局，2009 年。

李珍华、傅璇琮：《河岳英灵集研究》，北京：中华书局，1992 年。

李泽厚：《美的历程》，北京：文物出版社，1981 年。

李智：《文化外交——一种传播学的解读》，北京：北京大学出版社，
　　2005 年。

林庚：《唐诗综论》，北京：人民文学出版社，1987 年。

刘师培：《刘申叔遗书》，南京：江苏古籍出版社，1997 年。

吕思勉：《隋唐五代史》，北京：中华书局，1959 年。

毛汉光：《中国中古社会史论》，上海：上海书店出版社，2002 年。

缪钺：《诗词散论》，上海：上海古籍出版社，1982 年。

聂永华：《初唐宫廷诗风流变考论》，北京：中国社会科学出版社，2002 年。

钱穆：《中国文化史导论》，上海：上海三联书店，1988 年。

钱钟书：《谈艺录》，北京：生活·读书·新知三联书店，2001 年。

全汉升：《唐宋帝国与运河》，上海：商务印书馆，1946 年。

荣新江：《中古中国与外来文明》，北京：生活·读书·新知三联书店，
　　2001 年。

孙伏园等：《鲁迅先生二三事：前期弟子忆鲁迅》，石家庄：河北教育出版
　　社，2002 年。

谭其骧：《简明中国历史地图集》，北京：中国地图出版社，1996 年。

汤贵仁：《泰山封禅与祭祀》，济南：齐鲁书社，2003 年。

夏曾佑：《夏曾佑讲中国古代史》，南京：凤凰出版社，2010 年。

向达：《唐代长安与西域文明》，石家庄：河北教育出版社，2001 年。

徐复观：《中国人性史论》，上海：上海三联书店，2001 年。

王国维：《人间词话》，上海：上海古籍出版社，1998 年。

吴钢：《全唐文补遗（千唐志斋新藏专辑）》，西安：三秦出版社，2006 年。

杨向奎：《宗周社会与礼乐文明》，北京：人民出版社，1992 年。

姚薇元：《北朝胡姓考》，北京：中华书局，2007 年。

余恕诚：《唐诗风貌（修订本）》，北京：中华书局，2015 年。

余英时：《十与中国文化》，上海：上海人民出版社，1987 年。

章钦：《中华通史》，北京：商务印书馆，1934 年。

赵昌平：《赵昌平自选集》，桂林：广西师范大学出版社，1997 年。

中国唐史研究会：《唐史研究会论文集》，西安：陕西人民出版社，1983 年。

中国戏曲研究院：《中国古典戏曲论著集成（六）》，北京：中国戏剧出版社，1959 年。

周绍良、赵超：《唐代墓志汇编》，上海：上海古籍出版社，1992 年。

（德）傅海波、（英）崔瑞德编，史为民等译：《剑桥中国辽西夏金元史（907—1368 年）》，北京：中国社会科学出版社，1998 年。

（德）马克斯·韦伯著，林荣远译：《经济与社会》，北京：商务印书馆，1998 年。

（德）斐迪南·滕尼斯著，林荣远译：《共同体与社会》，北京：商务印书馆，1999 年。

（加）蒲立本著，丁俊译：《安禄山叛乱的背景》，上海：中西书局，2018 年。

（美）本尼迪克特·安德森著，吴叡人译：《想象的共同体：民族主义的起源与散布》，上海：上海人民出版社，2003 年。

（美）谢弗著，吴玉贵译：《唐代的外来文明》，北京：中国社会科学出版社，1995 年。

（日）谷川道雄著，李济沧译：《隋唐帝国形成史论》，上海：上海古籍出版社，2011 年。

（英）齐格蒙·鲍曼著，欧阳景根译：《共同体》，南京：江苏人民出版社，
　　2003年。

二、论文、研究报告（以拼音为序）

范恩实：《唐开元年间黑龙江流域地区史事新证》，《中国边疆史地研究》，
　　2007(4)。

葛晓音：《论唐前期文明华化的主导倾向——从各族文化的交流对初盛唐
　　诗的影响谈起》，《中国社会科学》，1997(5)。

勾利军：《唐代长安、洛阳作为都城和陪都的气候原因》，《史学月刊》，
　　2002(2)。

何平立：《中国封建皇帝封禅略论》，《安徽史学》，2005(1)。

黄新亚：《说玄宗削藩与安史之乱》，《学术月刊》，1985(3)。

贾二强：《"本命"略说》，《中国典籍与文化》，1998(2)。

雷恩海："中国传统文化与文化共同体建设·隋唐时期"课题报告，兰州大
　　学中央高校基本业务费团队创新培育项目，2013年。

雷恩海、陆双祖：《文化共同体视阈下唐初文学理想的建构》，《甘肃社会科
　　学》，2015(1)。

雷恩海、苏利国：《论唐朝文化共同体建设——以萧颖士"化理"思想为中
　　心的考察》，《西北师大学报(社会科学版)》，2015(1)。

李宪堂：《"天下观"的逻辑起点与历史生成》，《学术月刊》，2012(10)。

钱谷融：《与殷国明谈真诚》，《学术研究》，1999(10)。

荣新江：《安史之乱后粟特胡人的动向》，《暨南史学》，2003(12)。

王双怀：《论盛唐时期的水利建设》，《陕西师范大学学报(哲学社会科学
　　版)》，1995(3)。

王素：《略谈安史之乱》，《文史知识》，1987(9)。

王嵘：《论库木吐拉石窟汉风壁画》，《新疆大学学报》，1998(4)。

王小甫：《拜火教与突厥兴衰——以古代突厥斗战神研究为中心》，《历史
　　研究》，2007(2)。

吴真:《道教修道生活的忠与孝——以初唐"致拜君亲"论争为中心》,《现代哲学》,2009(7)。

阎步克:《"质文论"的文明进化观》,《文史知识》,2000(5)。

张文:《论古代中国的国家观与天下观——边境与边界形成的历史坐标》,《中国边疆史地研究》,2007(9)。

周魁一:《我国现存最早的水利法规——〈水部式〉》,《水利天地》,1987(1)。

祝良文:《"龙朔变体"详论》,《宁夏大学学报(人文社会科学版)》,2009(11)。

后 记

　　这本小书是以我的博士论文为基础修改而成。论文选题是在导师雷恩海先生指导下最终确定的。先生常常对门下弟子讲,博士论文选题一方面要力图在学术研究上有所突破,另一方面还需具有后续拓展的广阔空间。基于这一考虑,确定了"唐前期文学与文化共同体建设"这一选题。

　　若将本书算作求学旅程中一点小小的进步,我首先要感谢的,无疑是导师雷先生。在人生道路上,先生可谓是对我影响最深的老师。2005年秋天,先生未因我非科班出身而拒之门外。忝列门墙后,又在学业、生活上多蒙关照。先生治学有道,主张学问"须从文献入手","能熔文学之悟、史学之实、哲学之明为一炉者,方为治学之正途"。每有疑惑请教,先生必能切中肯綮,道明所以然,并提出具体解决办法。愚钝如我者,常百启而不发,先生亦不厌其烦,直至有所领会。我毕业论文的写作,从选题、思路、结构、字句乃至标点符号,悉得先生之力,且皆以朱笔一一批阅。先生淹通经史,学问宏博,立身谨严,果毅刚正,强调为人为事先须有所担当,因我天性柔懦,先生每以此勖励。多年来,先生的鼓励、批评和安慰,成为我人生道路上不断前行的动力,这份弥足珍贵的师生情谊,值得永远铭记!

　　在毕业论文答辩过程中,有幸得到复旦大学吴兆路教授,西北师范大学张兵教授,兰州大学庆振轩教授、宁俊红教授、敏春芳教授、胡颖教授的指导,深表谢意!

　　感谢甘肃政法大学文学与新闻传播学院院长康建伟教授,在他的积极推荐和支持下,书稿得到本校汉语言文学专业建设经费资助出版。感谢上海古籍出版社虞桑玲老师在书稿出版、编校过程中提供了一系列的帮助,她认真严谨、不厌其烦的作风令我钦佩不已!

　　感谢生我、养我,无论多苦多累都支持、牵挂着我的父母,是他们给了我一路前行的动力。感谢妻子何程程女士的陪伴和鼓励,在我求学期间她几乎包揽全部家务,承担了照料孩子的重任。感谢天真可爱的女儿萌萌为我带来的幸福和快乐!

　　书稿的出版,算是自己在学术道路上尝试从把握个体作家到关注一个时代的些许拓展,尽管它很不成熟,但在不断否定又不断思考地补课、前行过程中,我学到了很多。"视履考祥,其旋元吉。"这本小书既是我过去学习的小结,亦是我未来学习的起点,更是我继续努力的鼓励和鞭策。

苏利国

2023 年 9 月 10 日,兰州安宁

图书在版编目(CIP)数据

唐前期文学与文化共同体建设 / 苏利国著. -- 上海：
上海古籍出版社，2024.12. -- ISBN 978-7-5732-1361
-7

Ⅰ. I209.42

中国国家版本馆 CIP 数据核字第 202401XU45 号

唐前期文学与文化共同体建设

苏利国　著

上海古籍出版社出版发行

（上海市闵行区号景路 159 弄 1-5 号 A 座 5F　邮政编码 201101）

（1）网址：www.guji.com.cn

（2）E-mail：guji1@guji.com.cn

（3）易文网网址：www.ewen.co

浙江临安曙光印务有限公司印刷

开本 890×1240　1/32　印张 13.625　插页 2　字数 351,000

2024 年 12 月第 1 版　2024 年 12 月第 1 次印刷

ISBN 978-7-5732-1361-7

Ⅰ·3867　定价：68.00 元

如有质量问题，请与承印公司联系